不才如仆 著

他是我的宇宙星河

上册

青岛出版社
QINGDAO PUBLISHING HOUSE

图书在版编目(CIP)数据

他是我的宇宙星河/不才如仆著.—青岛:青岛出版社，2021.3
ISBN 978-7-5552-8800-8

Ⅰ.①他… Ⅱ.①不… Ⅲ.①长篇小说－中国－当代 Ⅳ.①I247.5

中国版本图书馆CIP数据核字(2020)第179127号

书　　名	他是我的宇宙星河
作　　者	不才如仆
出版发行	青岛出版社
社　　址	青岛市海尔路182号（266061）
本社网址	http://www.qdpub.com
邮购电话	18613853563　0532-68068091
责任编辑	李文峰
特约编辑	崔　悦　田　宇
校　　对	张静静　张玉霞
装帧设计	千　千
照　　排	李红艳
印　　刷	三河市良远印务有限公司
出版日期	2021年3月第1版　2021年3月第1次印刷
开　　本	32开（880mm×1230mm）
印　　张	20
字　　数	369千
书　　号	ISBN 978-7-5552-8800-8
定　　价	65.00元（全2册）

编校印装质量、盗版监督服务电话 4006532017　0532-68068050

CONTENTS

目 录

上册

CONTENTS
目 录
下 册

第一章
我不离婚了

昏昏沉沉一场大梦后，她猛然间惊醒。

阮啾啾反应迟钝地望着洁白的天花板发呆片刻，缓慢地合上眼皮，又缓慢地睁开，半晌都没能回过神来。见穿着白大褂的主治医师和护士伫立在病床前，阮啾啾茫然地抬起头："大夫……这是怎么回事？"

"你喝醉酒，不小心摔了一跤，已经昏迷一天一夜了。"

阮啾啾不由得愕然。

奇怪，她不是在赶画稿吗？怎么会醉酒呢？

衣服已经被换掉，但呼吸间能嗅到一股令人不舒服的酒味，阮啾啾不禁皱起眉头。她坐起身，目光却突然被某一物吸引。

她不可思议地伸出手，怔怔地睁圆眼睛，目光从涣散到聚焦。

手指细长、白皙，柔若无骨，做了渐变色的指甲精致美丽，指腹柔嫩，肤色雪白到她能轻易地看到手背上青紫色的纤细血管。

阮啾啾沉默片刻后问："大夫……你们医院还提供美甲服

务吗？"

"……"

半小时后。

阮啾啾盯着手机前置摄像头里明显成熟一些的精致面容，眼神呆滞。

医生说，她因为这次意外失去了大学毕业之后的所有记忆，目前还不知道什么时候才能恢复。

阮啾啾搜集着身上的所有证据，最终不得不接受这个残酷的现实。

毕业后的第三年，她没能成为一名职业画手，而是嫁给了一名在手机上和她的聊天内容只有转账记录的陌生男人。

并且，他们即将离婚。

傍晚的天阴沉沉的，如墨般凝重，一场冰冷的大雨冲刷着城市的钢铁丛林。

阮啾啾站在医院门外，偌大的玻璃映出了自己姣好的身材，引得周围男士纷纷偷看。她立即把风衣的纽扣尽数系上，将领子竖起。

她顺利地从手机里的快递地址中翻出住处，打了个的士。

住址离医院不远，阮啾啾坐在车的后排座上，一边想着接下来该怎么办，一边茫然地望着联系人中的名字"程隽"。虽然这是她的老公，但比陌生人更陌生，她找不出任何两人相处过的痕迹，就连相册里也没有任何关于对方的照片。

这场莫名其妙的婚姻究竟是怎么一回事呢？

而她在这几年又经历了什么？

阮啾啾目前一头雾水。

司机拐了个弯："到了。"

房子在市区，周围交通便利，但这里算不上是多么好的地段。小区有些年头了，不是新小区，好在绿化做得还不错。

雨还在淅淅沥沥地下个不停，阮啾啾将包顶在头顶当雨伞，寻找着地址上的单元楼。

包里有钥匙，幸亏房门不是密码锁，否则她真的别想进去了。

房子不大，不到一百平方米。阮啾啾打开灯张望一眼，两室两厅的布局，一间卧室的门打开着，另一间卧室的门紧闭，敞开的卧室里全是女人的用品。不用猜她也能想到，两人是绝对不会睡到一张床上去的。

阮啾啾翻开衣柜，挑了比较正常的衬衫和牛仔裤换上，然后坐在椅子上，拿着卸妆水开始卸妆。正当她忙活的时候，门锁咔嗒一声被转开。

一道瘦长的身影走进来，阮啾啾做好心理准备后抬起头，却愣住了。

站在门口的男人身材瘦高，黑色的连帽衫被淋得湿透，脸被冻得苍白。他手中的塑料文件袋倒是被保护得很好，干干净净的，没被打湿。

他低垂着眼睑，自顾自地换着拖鞋，黑色的发梢浸着湿意，有些凌乱，却衬得肤色越发白皙。他长着一双不常见的丹凤眼，眼形细长，眼皮微微耷下，看起来温和无害又睡意蒙眬的样子，仿佛对一切事都漫不经心。

他下颌的线条有些凌厉，唇色淡淡的，本应该是锋利而极有攻击性的漂亮长相，却被那双眼睛奇妙地中和许多。

阮啾啾看得有些呆愣。这张脸，还能有女人长得比他更好看吗？

"……"

在阮啾啾的注视中，男人走到卧室门口，打开文件袋把合同放在桌上，从头至尾没正眼瞧过她。

以两人的关系，恐怕他连阮啾啾摔了一跤昏迷了一天一夜，失去这几年的记忆的事情都懒得知道。

桌上放着两份离婚协议，如果不是因为这件事，他是不会这么迟才回来的。

阮啾啾的目光追随着程隽，直至他走进厨房。

咔嗒一声，柜门被打开，程隽动作熟稔地拿出了一桶泡面。他没换衣服，头发潮湿，湿漉漉的黑色连帽衫穿在身上，看着都冷。他背对着阮啾啾站在原地，白色瓷砖、白色冰箱、黑色灶台，孤零零的背影融在黑白的世界中，不带半分人间烟火气，看着让人觉得有些孤独。

望着他的背影，阮啾啾站起身来："我不离婚了。"

听到阮啾啾的话，从进门开始，程隽第一次把目光投向她，就像是在看一个素未谋面的陌生人，毫无情感波动。

"房子不能给你。"

房子？阮啾啾愣了一下。

桌上是两份离婚协议，阮啾啾匆匆翻开浏览，上面清清楚楚地写着两人因感情破裂而离婚，女方阮啾啾愿意主动放弃不动产的归属权，而作为赔偿，男方会给她自己所拥有的程氏公司的所有股份，折合人民币五百多万元。

程氏公司是程隽的父亲拥有的产业，公司规模不算大。自从母亲过世继母上门后，父子两人的关系早已决裂，程隽手上拥有的股份就算很少，也足足有几百万了。

阮啾啾有些惊讶。这栋房子只是接近市区的一栋不到一百平方米的普通居民楼，最多不过三百万，程隽竟然要赔偿她这么多？

最重要的是，她为什么会要这么多钱？

阮啾啾合上合同："我不是在跟你谈条件，也不是要房子，我目前不打算离婚了。"

程隽一言不发。

"是这样的，"阮啾啾从包里掏出诊断说明，小心地放在桌上，推到他面前，"我摔了一跤，记忆停留在大学毕业后不久，忘记了很多事情。你能不能等我想起来后再离婚？"

医生说了，希望她能待在熟悉的环境里，好让她能够早点儿找回自己的记忆。

在目前她没有任何头绪的情况下，稳定周遭的环境条件才是最重要的。阮啾啾直到现在脑袋里都是一团糨糊，只想先待在一个地方让自己缓过神来，接受现实。

这几年发生的事情，她都想弄明白，包括和面前这位陌生的"丈夫"有关的事。

对阮啾啾身上发生的变故，程隽既没有怀疑，也没有惊讶，表现得相当无所谓，好像手里的泡面都比阮啾啾重要得多。

"好。"

或许对他来说，身边有没有人、是什么样的人，都不是很重要的事情。

看着程隽手里的泡面，阮啾啾皱起了眉头。

她走进厨房，扒拉了一下冰箱里的食物，不是速食品就是诸如汽水之类的肥宅快乐套餐，没有蔬菜和水果。

阮啾啾沉默了。

虽然她大学毕业不久，但早就熟练掌握独自生活的各项技能，尤其是下厨。阮啾啾每次画画累了就用美食犒劳自己，塞一口食物的幸福感是任何事情都无法媲美的。

"那个……程隽，你吃完泡面，我们出去一趟，去超市买点儿东西。"她对这里完全不熟悉，还是有人结伴同行比较好。

程隽慢吞吞地瞟了她一眼，眼神表达的意思很明显，仿佛阮啾啾这个陌生人提出了突兀的请求。

阮啾啾理不直气却壮地道："我提不动，而且天黑了，外面还在下雨。"

"哦对，吃完了去换一身衣服，会着凉的。"
阮啾啾只想对程隽维持表面上的夫妻应有的礼貌关切。

程隽没有接茬，端着泡面回到书房，关上了门。

阮啾啾在门完全关闭前瞥了一眼，发现书房里似乎有张单人床。联想到自己睡的房间没有任何男人的衣物，她不由得松了口气，幸好，他们不用睡到一张床上了。

程隽换掉黑色的连帽衫，穿上浅灰色的运动衣，那张脸看起来，说他是高中生都不会有人质疑。

他一手插在口袋里走在前面，阮啾啾跟在他身后东张西望，熟悉周围的路线。两人一路无话倒也不尴尬。附近就有一家超市，只需要几分钟的路程，阮啾啾业务熟练地寻找着家里需要的东西，程隽负责推购物车，两人分工明确。

嗡嗡——程隽的手机突然振动。他停在原地，一手扶着购物车，一手接通电话。

电话另一头是年轻的男性声音："老板，bug（漏洞）修复好了，你上线看看？"

"在忙。"

程隽的目光落在前面不远处的一排货架上，阮啾啾正踮着脚够最上排的卫生纸巾，面颊因为吃力泛起绯红。她仰着头，一手伸得高高的，笨拙得有些不像"她"。

他的表情变得若有所思起来。

"嗯？为什么没时间，你不是回家了吗？"

程隽语气温暾地道："在超市。"

"超市？"对方起了开玩笑的心思，"你该不会和嫂子在一起吧？"

程隽的回复轻飘飘的："嗯。"

电话那头的人死寂般沉默了几秒，随即爆发出震惊的吼声："你们怎么……"

程隽直接挂断电话，切断聒噪的源头。他走上前，越过阮啾啾，轻而易举地拿下一包纸扔到了购物车里。阮啾啾感激地松了口气："谢谢。"

回应她的是程隽推着购物车离开的背影，他轻车熟路地拐向了对面的货架。

阮啾啾："回来！不要拿垃圾食品！"

同一时间，被挂掉电话的涂南一脸愕然。身旁的几人问道："怎么了？老板说要加班吗？"

"没有。"

他回过味来，神秘兮兮地说："你们猜，我听到什么惊天大秘密了？老板竟然在陪老婆逛超市！哎哟，他还会跟别人出门？天上下红雨了啊！"

此话一出，众人哗然。

平日里老板从来不提关于妻子的事情，当初老板结婚连喜宴都没办，他们至今不知道传说中的程太太是什么模样。

现在这么一看，说不定两人关系不错，只是程隽性格内敛，不喜欢表露情绪。

"他的妻子不是在闹离婚吗？"唯一的女性安柔咬了咬唇，小心翼翼地问道。

"你可别胡说啊！老板不喜欢别人传闲话。"

"哪有，我的朋友跟他的妻子偶尔会在一起玩，我也是最近才知道的。"

一群单身汉立即感兴趣了："嫂子长什么样？好看不？性格如何？"

他们这下问到点子上了。想起远远看到过的那张浓妆艳抹审美奇差的脸，对比自己精致的裸妆，谁庸俗谁高级一眼就能分清，安柔噗地捂着唇，只是含笑摇头。

"妆有些浓，看得不太清楚呢。"

短暂相处后，阮啾啾发现了程隽的诸多优点。

他会主动推购物车，尽管是为了方便拿零食；会主动付钱，根本不用阮啾啾开口；不聒噪。

最重要的一点是，他对阮啾啾的异常表现不闻不问，不，应该说他对任何事都不上心，包括他自己。

阮啾啾本想好心地问他要不要一起吃饭，程隽却放下购物袋就径直回了书房。望着他把门关上，阮啾啾耸了耸肩，决定自己做碗面吃。

晚上，阮啾啾躺在床上开始思考人生。

几年后的她并没有继续画画，甚至连任何画画的工具都没有，她迫切地想知道这些年发生了什么事情，然而直到现在脑袋里依然空空的。

阮啾啾轻轻叹了口气。

这个"她"，令她感到异常陌生。

突然，新消息的提示音打断了她的思绪。

"你离婚的事情怎么样了？"对方开门见山地问。

阮啾啾愣了一下，忽然有种不好的预感。

通过她的聊天记录可以得知，这个名为曲薇的女人便是程隽的后妈。她们两人之间似乎有一些联系，这让阮啾啾不由得开始怀疑自己这些年究竟在做什么事情。

不论经历过什么，她绝对不相信自己会有害人的想法。

本来离婚协议就让她心里七上八下，现在她更是摸不着头脑。她踌躇片刻，手指在屏幕上轻点。

"没离。"

"怎么回事？"对方的语气像是在质问。阮啾啾一时间有些哑然。她离婚分程隽的财产，为什么这个后妈比她更急切，难道说——

正当她思考时，对方打来了电话。

麻烦是永远躲不掉的，除了她亲自解决，别无他法。阮啾啾坐直了身体，接通电话。

电话那头传来又冷又尖锐的中年女声："如果你足够聪明的话，就不要想着在这件事上跟我玩心眼。"

阮啾啾："我不太明白你的意思。"

事实上她的确不明白，但在后妈曲薇听来，这话就有些挑衅的意味了。

曲薇冷笑一声道："我这段时间忙，不着急，等过段时间再算账。"

"请问……"

阮啾啾还没说完话，对方已经挂断电话。

阮啾啾："……"

她失去记忆的第一天，已经有大麻烦找上门。

阮啾啾起得很早。

天刚蒙蒙亮，天际挂着寥寥的几颗星，下了一夜的雨之后，空气吸足了潮湿的水汽。

阮啾啾推开窗户，感受着新鲜的清凉空气。这个点起来的人不多，周围显得安静又舒适。睡在陌生的床上，阮啾啾原以为自己会彻夜难眠，没想到一闭眼就进入了梦乡。

阮啾啾穿着拖鞋打开卧室门，一道瘦高的身影正从厨房出来，吓了她一跳。

程隽拿着两块干巴巴的吐司面包还有一盒牛奶，两样东西看起来毫无营养。他对阮啾啾的存在毫无反应，慢吞吞地折回了书房。

想起昨晚程隽好像没有吃晚饭，阮啾啾挠了挠头，叫住他："早晨要不要吃点儿鸡蛋什么的，或是乌冬面？"

程隽停下脚步，目光转向阮啾啾所在的方向。客厅的灯没有打开，那双漆黑的眼眸狭长却有种恙懒的美感，不带丝毫锋利之意。他的眼神不像是探究，却让阮啾啾意识到，自己的话可能有点儿多。

她应该很久没有做饭了吧，那一双纤纤玉手就差供着了，怎么可能碰灶火？

指甲做得很好看，但也很不方便，阮啾啾用卸甲水好好洗了一番，把指甲剪短，这才有点儿能做事的样子。

阮啾啾僵直着身体。糟糕，她可能太得意忘形了。

就在她思考着如何补救的时候，程隽伸出了三根手指。

阮啾啾满脸疑惑。

程隽语气温暾地道："三个鸡蛋。"

阮啾啾："……"

热乎乎的乌冬面配上煎鸡蛋，给空瘪的胃带来温暖。阮啾啾早饭吃得不多，估摸着量太多可能会剩下，不承想，剩下的竟然都被程隽吃完了。

他吃饭时速度不快，也吃得不少，在阮啾啾有些惊讶的目光中把剩下的面条吃得干干净净。

程隽默默地望向阮啾啾。

"没有了。"阮啾啾真怕他大清早吃这么多把肚子撑坏。

简简单单的早饭他居然也能吃得这么香，让阮啾啾不禁怀疑面前这位名为程隽的男人是不是一日三餐都在用泡面解决。她喜欢做饭，但最不喜欢的事情就是洗碗。不待阮啾啾纠结，程隽擦了擦嘴，在她有些惊讶的目光中慢悠悠地收起两个人的碗筷洗碗去了。

阮啾啾又发现程隽的一个美好品质——善解人意。

失去记忆后的第一个早晨，阮啾啾还是没能完全接受现实。她看着镜子里略显成熟的小鬈发和衣服，怎么看怎么不舒服，于是决定换一身行头，好让她能够接受全新的自己。

她来到理发店，身影立即吸引了店内所有人的注意力。

推开门进来的女人穿着长风衣、阔腿裤、低跟鞋。她的五官艳丽而精致，几乎不用化妆，只有丰润的唇涂上了夺人的正红色唇膏。一双微挑的桃花眼瞟向店内，眼眸波光流转，眼神却是飘飘忽忽的，没有落在一个点上，看得他们心痒痒。

立即有人迎上前来，问："您要做什么啊？来、来、来，先坐下。"

阮啾啾坐在椅子上，说："头发做柔顺，剪短一些，发梢烫大一点儿的卷。"

"好、好、好！"

店里的造型师一直在夸阮啾啾的发量多、发质好。阮啾啾只是微微笑了一下，一直没有说话。对方有些讪讪的，纵然心猿意马也不敢多嘴乱问。

他们阅人无数，看阮啾啾这副冷漠的模样，指不定她身份不一般，一不小心碰一嘴灰就犯不着了。

在理发店花费将近一上午的时间卓有成效，阮啾啾拨弄着长发，非常满意地交钱走人。

账户里的余额以阮啾啾的消费水平绝对是绰绰有余，她对奢侈品没什么追求，哪怕大手大脚也暂时花不完。

她开了一个新的银行账户，打算每个月转入一笔钱。这样不论是工作还是生活中遇到突发情况，她都不至于一下子陷入拮据的状态。

阮啾啾都想好了，待到她恢复记忆之后离婚，是绝对不可能要程隽的钱的。作为对他的报答，她只能做饭来犒劳他。

这样想着，阮啾啾挎着包，步伐轻松地朝着购物大厦走去。这时迎面走来两位年轻的女人，一个有些谄媚地挤着笑脸，帮另一个举着咖啡。另一个女人妆容精致，笑容明媚，眉目温和。

她们面对面地走过。两人说着什么抬起头，恰好撞上阮啾啾的视线。

对面的两人明显愣了一下。

阮啾啾客气地点了点头，迈上台阶，噔噔噔地进入了购物商厦。

"哇……柔姐姐，我从来没有见过这么好看的女人啊。"举着咖啡的小女生羡慕地感慨道，"你瞧那皮肤，细嫩得像能掐出水来，她竟然都没怎么化妆，那身材，啧啧啧……"

忽然察觉到名为安柔的女人脸上有些挂不住，小女生才意识到自己方才在夸别人是大美人，一时间有些尴尬地救场："我不是这个意思！你们美得各有特色，她是艳丽的玫瑰，你是百合，你们不是一个风格。"

安柔果然对得起这个名字。她抿唇微笑，瞥了眼身旁局促的实习生，温柔地说："没事的，美人多了去了，要都比个一二三，岂不是很为难人？"

实习生松了口气："柔姐姐，你真善良！"

安柔扑哧一声捂着唇笑了："走吧，工作还没做完呢。"

她将目光挪开，心里却有些疑虑。

奇怪……为什么她总觉得，那个人有些熟悉？不过如果她真的见过这样漂亮的美人，肯定会有印象。

这人到底是谁呢？

阮啾啾并不知道发生了一个小小的插曲。她已经开始了试衣服、买衣服的漫漫长途。

尽管身上的衣服设计很一般，却因为样貌不俗，阮啾啾踏入大门就被导购盯上了。她们热情地介绍着新上市的衣服。阮啾啾随便翻开着牌子，看到后面的一串零，不由得暗暗咋舌。

她只是想买几件衣服，不需要很贵。一开始导购还在热情介绍，直到阮啾啾的眼神一个劲儿地飘向打折区，手上拿着的单品也不贵，她们的笑意渐渐就淡了。

不过她们没了热情，没再围在阮啾啾身旁，反而让阮啾啾松了口气。

见她顺利地买到了几件衣服，试穿好后，导购的眼睛亮了亮，有些艳羡地夸赞："这身衣服很挑人的，身材好就是好看！"

被人夸奖当然开心，阮啾啾笑眯眯地说了声谢谢，桃花眼似笑非笑，像是能把人的魂都吸进去。

她学生时期就不缺追求者，但对谈恋爱一直毫无兴趣。比起两个人的生活，她更喜欢独处。哪怕是日子最困难的时候，她也没想过靠别的男人来拯救自己。

她不知道自己账上有多少钱属于程隽，这笔账一时间算不清，只能以后慢慢还了。想到这儿，阮啾啾掏出手机，在微信里找了好久，终于找到程隽的名字。犹豫片刻，阮啾啾发了一条信息。

"晚上想吃什么？"

公司最近几天忙着测试新游戏，由于刚开服，人流量太大，再加上即将迎来七夕，游戏准备正式开启姻缘系统，各种活动广告一波接一波地炒热度，众人忙得不可开交。

更重要的是，程序员和产品经理又打起来了。

这种事每个月总有那么一次，大家非常淡定。程序员熬夜加班瘦得轻飘飘的，产品经理是个软绵绵的胖子，两人脸红脖子粗，谁也说不过谁，决定用拳头解决。

那场面、那气势用四个字形容就是——菜鸡互啄。

每月一次的娱乐项目让公司上下又充满了欢乐的氛围。

听说平日神龙见首不见尾的大老板就待在办公室里，公司里的小姑娘们都可积极了，只想亲眼看到大老板的真容。

茶水室的几个小职员争着抢着想给大老板送咖啡，这时一道穿着白色长裙的倩影走上前，赫然是漂亮又有气质的安柔。她微微抿唇笑了一下，接过咖啡，说："这件事就由我来做，你们可以下班了。"

几个小职员立即丧气了，悻悻然地望着她的背影远去。

"真羡慕啊，我也要努力升职见大老板，听说大老板长得超帅的！"

"可是我怎么听说大老板好像结婚了啊？"

"哎，不会——"

"如果大老板结婚了，安柔主管这么殷勤干吗，她是想撬墙脚吗？"

安柔端着咖啡进入了会议室。

涂南正在做数据分析，寥寥几人围着桌子坐成一圈。最引人注目的是坐在一角的穿着灰色连帽衫的男人，他低垂着眼睑，表情漫不经心，不知道在想什么。

手机突然嗡的一声响，他点开屏幕看了一眼，破天荒地没有放下。

他盯着手机屏幕看了好久。异样的举动让涂南也忘记自己在汇报什么了，偷偷瞄向程隽所在的方向。其他人也朝着程隽所在的方向望去，包括刚进门的安柔。她有些小心机地将顺几缕碎发，好让自己看起来更具有生活气息一些。

程隽用细长的手指在手机屏幕上飞快地戳了几下，点击消息发送。

他慢吞吞地抬起头，面对着"吃瓜"群众的注视，表情平淡地道："今晚不加班。"

"老板你要干吗去？"涂南的疑问代表了诸位单身汉的心声。

程隽合上文件："回家吃饭。"

单身汉们先是一愣，随即发出哀怨的狼嚎。

"我的天哪，二十一世纪还会有妻子叫老公回家吃饭的吗？请你们别秀了好吗？"

"老板，求求你说说嫂子做的饭长什么样！我只在网上看到过！"

"对不起，我完全想不出来这是什么神仙日子。"

"我哭了，我自闭了。"

一群单身狗鬼哭狼嚎，自从进了 IT 行业，不是光棍也变光棍，他们也想成家啊！

唯有安柔握住手中的咖啡纸杯，灼热的温度烫得手心一阵发热，她却浑然不觉，笑容也有些僵硬。

阮啾啾特意做了三菜一汤犒劳程隽。两人的吃饭模式非常和谐，阮啾啾负责做饭，程隽负责洗锅洗碗，阮啾啾吃一小碗，程隽能把剩下的菜和饭吃得干干净净。

阮啾啾望着埋头吃饭的程隽，有种成就感和被认同的幸福感。

饭后，程隽戴上她买的粉色小碎花围裙洗碗，有种画风诡异的反差萌。阮啾啾按住自己的手，默默告诉自己不能用手机拍。

抽屉里有白纸和黑笔，阮啾啾看着程隽忽然来了灵感，拿起笔唰唰唰画起来。在阮啾啾的构想中，一个可爱的小人儿戴着围裙的背影跃然纸上。她很好地抓住了萌点，画面上的小人儿有些呆呆傻傻的，头上翘着一根呆毛，又添几分笨拙的可爱。

或许是长时间不画画，不过几分钟手腕就有些酸痛，阮啾啾不禁皱起眉头：身体素质已经差到这种地步了吗？

她瞟了一眼动作温暾还在洗洗涮涮的程隽，放下笔回到卧室，开始思考接下来该怎么办。

程隽摘下围裙，朝着书房走去，路过客厅沙发时，看到茶几上摆着一张纸，上面的 Q 版小人儿很是惹眼。

他的脚步顿了顿。

为了挣钱，最好能给程隽还账，阮啾啾登录了许久不用的 QQ，上面的联系人已消失很多，几乎没几个人在线了。

空间里最后一条动态停留在一年前，她说，她可以挣到钱开漫画店啦。

下面有上百条留言，陆陆续续的，时间跨度有一年多，大家都是在问她到底去了哪里，甚至有画画的朋友以为她已经过世。

"……"

阮啾啾的梦想就是开一家漫画店，养一只肥橘猫。她每天坐在门口晒着太阳撸猫，闲暇时就画几张画。她发这条动态时心情明显极好。

从时间点来看，应该是这时候发生了一些事情，或许情况严重到让她的人生发生了重大转折。

阮啾啾给唯一信得过的工作伙伴肖雅发了信息，对方回复极快。

肖雅："我的天，是你吗，啾啾？为什么消失这么久都不联系我？你发生了什么事？"

阮啾啾："说来话长……总之，情况很复杂。最近我想重拾旧业，你能帮帮我吗？"

肖雅："什么？我以为你换了个名字重新干呢！"

阮啾啾："我已经有些时间没画了。"

对方沉默了片刻。

肖雅："是发生了什么事吗？"

阮啾啾："一切都过去了。"

不论她对失去记忆的这几年发生了什么有多么好奇，日子都得继续往下过。

肖雅："好，你等我看看有没有适合你的工作。"

她尽量找到符合阮啾啾的条件的活儿，接一些价格比较合适同时客户又不是很难缠的商业稿。肖雅还怕阮啾啾觉得价位太低，而对阮啾啾来说，现在这样的情况，肖雅能帮她找到合适的约稿就已经再感激不过，这件事着急不来。

初步确定了时间和具体的要求，阮啾啾躺在床上下单画板，就等着工具到了好干活。

她给自己加油打气：一切都会越来越好的，一定！

哼着歌，洗完澡，阮啾啾擦好了香体乳。浴室的镜子上蒙着一层雾气，朦朦胧胧的，照出一张艳丽的脸。美人眉眼含情，铅华退尽，更显娇艳。

阮啾啾满意地拍拍脸，敷上面膜。

她脚步轻快地推开浴室门，所谓乐极生悲，高兴之余，悲剧也随之而来。

阮啾啾没站稳，脚下猛地一打滑，惊叫一声没能拽住门把，一屁股狠狠地摔在木地板上。

咚！

她吃痛地轻呼一声。

啪嗒。

一瓶养乐多掉在地上，骨碌碌地滚到了她的脚边，然后停下。阮啾啾愣了愣，抬起头，便撞上了程隽的目光。

美人娇娇弱弱地躺在地上，手肘撑着地板，浴袍敞开，泄露出几分美好的春光。她的双腿修长而笔直，胸前被浴巾勒得紧紧的，锁骨纤细。或许是因为刚从浴室走出来，她皮肤透着鲜嫩的粉色，十分诱人。

这场景，是个男人都会把持不住。

程隽："你吓到我了。"

阮啾啾："……"

这是个人会说出来的话吗？求求你闭嘴好不好？

因为阮啾啾的禁止，家中没有肥宅快乐水，只剩下各种奶制品，包括……娃哈哈、养乐多。阮啾啾非常怀疑程隽是因为喝不到汽水才故意刺激她。

事实证明她真的想多了。

程隽丝毫没有要扶她起来的意思，更没有鼻血直流或是春心萌动。在阮啾啾的注视下，他淡定地捡起养乐多走人了。

阮啾啾："……"

他就这么走了？

她气不过，拿起拖鞋就朝着程隽扔过去。拖鞋砸到程隽的屁股上，又啪地弹飞。他终于停下脚步。

阮啾啾咬牙切齿的声音响起："扶我起来。"

这一跤阮啾啾摔得不轻，手肘磕青一块，浑身散了架似的疼。程隽像个没事人似的，把她扶到沙发上，就开始剥一块巧克力。阮啾啾报复地抢过巧克力，啊呜一口吃掉大半块，然后得意扬扬地朝程隽示威。

程隽凝视着她，沉默许久。

被程隽盯着的感觉很奇怪，他的眼形细长，眼瞳是相当漂亮的黑色，眼中情绪莫名，阮啾啾渐渐有些笑不出来了。

她干涩的喉咙动了动，"理不直气却壮"地道："你看什么看？我知道我漂亮。"

程隽继续凝视着她："没有坏？"

阮啾啾："嗯？"

程隽："好像过了保质期了。"

阮啾啾："……"

她忽然记起，他们两个人那天去超市的时候，根本没有买巧克力。所以这块巧克力程隽是从哪里找出来的？

像是能感受到阮啾啾的心情，程隽慢吞吞地补了一刀："这是从去年的冬大衣口袋里找出来的。"阮啾啾如鲠在喉，剩下的巧克力吃也不是吐也不是。程隽这个杀千刀的！

她凶巴巴地瞪着程隽，宣告道："你，没有早饭了。"

程隽为了美食恢复了一点求生欲，试图缓和两人之间的气氛。

"我好像还有一袋没过期的巧克力，吃吗？"

阮啾啾："……"

不过似乎因为这小小的插曲，两个人之间恍如陌生人的隔阂感消散了那么一点儿。尽管两人这些天一直同桌吃饭，偶尔还能说两句话，但说到底，阮啾啾对他的过去，包括他那几乎二十四小时紧闭着的门，都是不了解的。

但她也不需要了解太多不是吗？阮啾啾在心里松了口气。

目前这样的相处模式就很好了，两个陌生的朋友互相帮助——

这就是他们的关系的定义。

"你今天要出门吗？"

阮啾啾这么问是有原因的。

程隽平日里几乎宅在他的书房里，偶尔会出门一趟。他经常穿着卫衣、运动服，肯定不是去正式的场合，因此在阮啾啾的心目中，她已经把程隽和"死宅"两个字画了个等号。

有些人表面正经，电脑里不知道有多少资源。阮啾啾已经脑补了满屋子都是手办的场景。

程隽温暾地看了她一眼，不知道神情古怪的阮啾啾在想些什么。

"嗯。"

"那你等我一会儿，我们正好一起。"正好，她要把房间里的一堆东西收拾好扔掉，包括几件不喜欢的内衣。

女人说的等一会儿，想不到竟如此漫长。

半个小时过去了。

一个小时过去了。

在程隽第 N 次看手机的时候，她才拖着一个黑色的袋子出了门，累得满头大汗："正好一起下楼，帮我扔了。"

程隽起身，没有半分怨言地拎起塑料袋，率先出门。

阮啾啾拿着包包跟在身后。

程隽个头很高，阮啾啾目测一番，估计自己不穿高跟鞋最多到他的下巴的位置。摔了一跤的脚跟隐隐作痛，阮啾啾走路的速度渐渐变慢。

这时有一道身影越过阮啾啾，快步向前走去。

他们出了楼，门外还有一段楼梯，阮啾啾认识那个越过她的小女生，是楼上一户人家的女儿。小女生经常会借倒垃圾之名在门口转悠，没遇到程隽，反而屡次碰到阮啾啾。

阮啾啾莫名其妙地挨了几个白眼，颇有些无辜。

小女生穿着一条白色的连衣裙、细高跟鞋，如一朵轻盈的莲花一样，跳跃着朝程隽的方向快步走去。

阮啾啾还没搞懂小女生图谋什么，在她茫然的注视中，对方忽然哎呀一声，竟然故作崴到脚，大叫着扑向了程隽的后背！

阮啾啾惊了。

这哪是娇羞的莲花？对方简直就是猛虎下山、饿狼扑食、葛朗台扑首饰盒，咬定青山不放松，任尔东西南北风！

她已经能猜到接下来的场面了。

千钧一发之际，程隽提着塑料袋的身形一顿。在"小白莲"沉浸在一击必中的兴奋娇羞中时，他居然非常淡定地挪了一步，恰好让"小白莲"扑了个空，吓得小姑娘原形毕露，发出凄惨的尖叫声。

阮啾啾："……"

程隽手里的塑料袋松开，骨碌碌地滚下去，"小白莲"正好扑在半人高的软绵绵的塑料袋上，不至于当场磕得头破血流。

然而尴尬的事情发生了。鼓鼓的塑料袋刹那间噗的一声被重力压爆。对方还没反应过来，一脑袋扎进了衣服里。小姑娘心有余悸地趴在垃圾袋上，似是忽然意识到自己这样有些不雅，抬起头来。一条带子从她头上耷拉下来，蕾丝的质感，头上是黑色的聚拢款内衣。

"……"

望着这一幕，阮啾啾不合时宜地想到了"一秒钟变格格"。

头顶着性感内衣的小姑娘察觉到不对劲儿，表情变了，颤巍巍地从头上扯下纤细的带子，看到手上是什么玩意儿，脸色顿时一阵青一阵白。

程隽站在台阶的第一层，一手插在口袋里，表情淡漠地望着她，丝毫没有上手帮忙的意思。

小姑娘终于憋不住委屈，哇地哭出声来，扔掉内衣飞快地跑了。

阮啾啾："……"这可不是她的错啊。

程隽慢悠悠地下了台阶，俯下身捡起内衣装起来，动作自然地重新把袋子扎好。阮啾啾看着怪不好意思的，虽然这东西她没穿过，但是说到底，名义上还是她的内衣。

她快步走下楼梯："等等，你放着让我收……啊！"

脚腕突然一阵刺痛，脚软了一下，阮啾啾一个不防差点儿跌倒。

阮啾啾发誓，她绝对看到程隽这个狗男人竟然也避开了！

他！避！开！了！

她反应极快地拽住程隽的衣摆。果然，程隽没稳住，如同一棵被大风刮倒的树，径直栽倒在地上，而阮啾啾正好扑在程隽的怀里，半点儿都没有受伤。

怀里的佳人柔软芬芳，黑发如瀑，白净的脸颊上浮起一抹绯红。

她柔声赧然道："你没事吧？"

程隽："……"

两人四目相对。

阮啾啾头上浮起一个大大的问号，她磨了磨牙冷笑道："你该不会要说我太沉吧？"

程隽咽下即将脱口而出的话语："没有。"

阮啾啾："……"

程隽："手骨折了。"

阮啾啾连忙坐起身来，尴尬地看着程隽抬起有些软绵绵的左手。程隽轻轻叹了口气，这让阮啾啾更尴尬了。

"对不起，我们去医院！我绝对给你报销医药费！"

如果阮啾啾知道程隽这只手买了多少钱的天价保险，是绝对不敢说这种话的。

第二章

你的眼袋为什么在发光

阮啾啾是低着头跟程隽到医院的。

羞惭加上尴尬，这让她就像鼓鼓的气球被戳了一下，瘪了下来。

名义上的夫妻二人外貌不俗，走到哪儿都是焦点，医院里的人一时间都不知道该看阮啾啾好，还是该看程隽好。他们纷纷发出艳羡的感慨——果然是金童玉女的绝配啊，瞧瞧，两人感情多好，丈夫受伤，妻子也跟着难过。

程隽拍完片子出来，幸好受伤不严重，只需要休养几天就可以。

阮啾啾终于长出一口气。

两人坐在的士里，沉默到让司机都有些不自在。司机默默打开音乐，听到张宇沙哑的声音响起："雨一直下，气氛不算融洽……"听到这句，司机选择默默地关掉音乐。

程隽望着窗外，冷不丁地慢吞吞出声道："想吃炖羊肉。"

阮啾啾爽快地答应："好。"

"红烧排骨。"

阮啾啾："好……"

"糖醋鱼。"

阮啾啾磨了磨后槽牙，一记死亡视线投向程隽。下一秒，程隽发出幽幽的叹息："手开始疼了。"

阮啾啾："对不起。"她做还不成嘛！

司机从后视镜里看到古怪的小两口，顿时乐了。

程隽的左手被绷带绑得严严实实的，右手依然行动自如，几乎不影响正常生活。阮啾啾感觉眼皮跳了跳，隐忍地望着程隽大快朵颐，只希望这家伙吃完快点儿闭嘴。

她一直以为程隽是高岭之花，认识久了完全打破了她对程隽的认知。

晚餐结束后，阮啾啾打开电视，随意调换着频道。见程隽坐在她身旁低头按手机，阮啾啾瞟了一眼，发现他的打字速度简直非一般地快。

阮啾啾暗暗咋舌。

就在她分神的工夫，电视画面正好停在了娱乐频道上，上面正在播某个座谈秀，主持人在介绍他们大有作为的"电竞新秀"。

阮啾啾关掉电视，毫无形象地仰躺在沙发上，也拿起手机。

最近她在玩一款竞技类手游，游戏做得一般，胜在画面精美。阮啾啾玩这款游戏是因为最近新出的一个活动，组团打怪出拼图抽奖，运气好的话最高能每人拿到一台最新款的苹果电脑。

她虽然手速不行，胜在有毅力、有时间。

阮啾啾灵光一现，感兴趣地问程隽："你玩游戏吗？"

程隽："嗯。"

果然！

一般来说"死宅"的游戏技能会高于其他群体。阮啾啾抱着希望继续问道："那你擅长什么，'王者''吃鸡'？还是《英雄联盟》《使命召唤》？"

程隽慢吞吞地说："《开心消消乐》《欢乐斗地主》。"

阮啾啾："……"

她真不应该对程隽抱有希望的。

她长叹一口气，打开游戏首页开始做每日任务。既没有运气当锦鲤，又没有实力和人 PK（竞技），她只能做最底层的小氪金玩家。

"看来我只能找别人组团了，"阮啾啾全神贯注地玩着游戏，早就忘记身旁还有程隽这么个存在，"万一能拿到奖品呢？"

程隽对着桌上的柚子瞅了半天，试图用一只手剥掉，却发现不好剥。他又瞅了瞅罪魁祸首阮啾啾。她完全没有意识到来自程隽的幽幽凝视。

程隽："柚子不好剥。"

阮啾啾头也不抬地道："那不是有刀吗？"

程隽："一只手不好切。"

阮啾啾："等会儿等会儿，我正忙着呢。"

结果一个正忙，忙了一个小时也没能想起剥柚子的事。

程隽："……"

程隽用余光瞥到阮啾啾的游戏 ID，名字叫啾啾啾。

看来她真的很喜欢这个名字。

翌日，还没等到画板的阮啾啾继续玩游戏，完全忘记做饭的事。程隽站在卧室门口沉思良久，只听阮啾啾玩游戏的音乐声没停过。他在原地停留片刻，转身回书房去了。

阮啾啾刚刚做完任务，这时有一支队伍向阮啾啾发出组队邀请，名字叫"娃哈哈"。

奇怪的名字让阮啾啾的眼皮抽了抽。有这么神奇吗？就在她思考要加哪支队伍的时候，有人向她发出了邀请。

队伍里一共有四个人，队长叫"养乐多"，剩下分别为"南方黑芝麻""好吃不如饺子"以及"康帅傅方便面"。看着诡异的名字和组合，阮啾啾举棋不定，不过看到他们每个人都砸钱买了最好的装备，她想了想，觉得大家水平菜还是能玩到一起的，便爽快地答应了。

啾啾啾："你们确定要带我一起玩？我的技术很一般的。"

过了几秒，队长养乐多惜字如金，发了一个"嗯"字。

阮啾啾看着养乐多这个名字和对方说话的习惯，下意识地联想到程隽，但很快她就否定了这个猜测。程隽没说过喜欢玩竞技类手游，更何况他一只手受伤了，怎么可能玩得起来。

这款手游最复杂也最坑爹的地方在于技能和动作巨多，看得阮啾啾眼花缭乱，她花了几天时间才慢慢习惯玩法。

几个人都是新号，估摸着是想玩组队任务，正好缺个人，就随便揪出一个人凑数。

阮啾啾没想过真的能拿到奖品电脑。小团队里的成员都是新人，能集齐碎片抽奖的可能性极小，不过有人一起玩，阮啾啾还是挺开心的。

养乐多："走。"

好吃不如饺子："好嘞。小嫂子快走！"

另外两个人发了省略号。

好吃不如饺子已被队长禁言。

啾啾啾："……"

她突然明白对方为什么叫这个名字了。敢情因为她是唯一的女性，就成了小嫂子？阮啾啾有些生气，如果不是队长迅速禁言，阮啾啾绝对立即退出队伍。

养乐多："他脑子不好使。"

南方黑芝麻："就是就是，加班加傻了。你别生气。"

康帅傅方便面："我刚刚拍了他一巴掌。"

被他们的热情吓到的啾啾啾："谢谢……"

团里气氛挺好，决定组团打怪之后阮啾啾就放心地跟了上去。她本来想带一下新人队伍，让他们能够快点儿熟悉游戏。第一场打怪阮啾啾已经做好了团灭的准备，谁料没等她反应过来，只见其余几个人一阵噼里啪啦地丢技能，三下五除二就把怪物打死了。

打怪的时候几人还在聊天。

南方黑芝麻："哎呀、哎呀，运气真好。"

康帅傅方便面："就是，大家实力都不太行的，没想到竟然这么顺。"

啾啾啾："……"

这个怪，她当初跟别人组团打的时候几次都没有攻下好嘛！

阮啾啾默默地安慰自己，这只不过是个小怪，待到他们再打几个就知道不容易了。

几个新手号暴涨经验，兴冲冲地朝着下一个任务传送点走去。阮啾啾看得有些蒙，一头雾水地跟着他们到了下一个地图。她还没反应过来，其余几人就猛地冲上前，屏幕上仿佛炸开了几十朵绚丽的烟花，阮啾啾连怪跑到哪儿都没看见，就又赢了。

尤其是队长养乐多，招式精准，手速快得惊人，阮啾啾只想膜拜。

南方黑芝麻："嘿嘿，运气、运气。"

啾啾啾："……"

眼看着团队解开的拼图越来越多，团队排名也在噌噌上涨，阮啾啾已经无法形容内心的惊讶之情。

啾啾啾："你们……是大神吗？"

从开始到现在只说了一句话的队长养乐多解释道："这游戏人机模式比较多，奖励一般。我们是矮子里拔高个。"

阮啾啾有些相信他的话。如果他们真的是游戏大神，干吗组团来玩这个还能卡 bug 的小破游戏，奖金还不够他们直播一次的。

今日任务次数用尽，大家约好第二天晚上继续。说巧不巧，他们约的恰好是阮啾啾吃完晚饭之后的时间，也避免她的时间表和大家不合的尴尬情况。

尽管今天的战况有些魔幻，但阮啾啾还是很高兴的。这大概就是联机游戏比单机游戏更有趣的地方。

由此，阮啾啾联想到了程隽这个喜欢玩益智游戏的"大龄儿童"。

她去厨房倒了一杯水，路过程隽的房间的时候感觉里面非常安静，门缝里没透光，对方应该是睡着了。阮啾啾嘀咕了一声，不知道这家伙睡觉记不记得盖被子，真是让人操碎了心。

怕吵醒程隽，她放轻脚步，蹑手蹑脚地回到房间。

隔着一道门，程隽倚着枕头，半坐在单人床上，游戏界面还没有退，上面的游戏 ID 赫然是"养乐多"几个大字。

游戏下线后，涂南他们闲得无聊，看到游戏竟然有这么多 bug

有些受不了，悄无声息地潜入游戏系统，秉着友好的精神给他们修改掉了几个致命的 bug。

一边修，大家一边在群里语音吐槽。

"我的天哪，受不了，为什么走个路都能卡？"

"bug 多到令人无力吐槽。他们的程序员大学好好上了吗？"

"或许他们可以来我们五道口职业技术学院进修一下。"

"我觉得等我们改完之后就是一个全新的游戏了。"

大家一边插科打诨一边改 bug，群里的气氛轻松愉快。槽点满满的手游官方团队绝对想不到，待他们第二天反应过来的时候，游戏里已经是一个新世界了。

叮咚。

手机传来短信提示，阮啾啾困倦地揉了揉眼睛，翻身趴在枕头上打开手机。联系人的备注是曲薇，短信的内容也很简单。

"下午叫程隽一起吃饭。地点等会儿发给你。"

阮啾啾浑身打了个激灵，翻身坐起。

她连忙给程隽发微信："你在哪儿？我有事问你。"

对方的回复很快："厨房。"

阮啾啾："哦。"

程隽从冰箱里拿出一盒牛奶喝。阮啾啾从没见过像他这个岁数还酷爱喝各种奶制品饮料的男人。家里的冰箱里永远装满了一排排的牛奶，本来还有肥宅快乐水，被替换成了养乐多和娃哈哈。

阮啾啾披散着长发，拖鞋发出嗒嗒的响声。程隽没有回头，正耐心地拆掉吸管上的塑料封。

"那个……"

程隽慢吞吞地问："嗯？"

阮啾啾清了清嗓子，说："那个……今天下午你没事吧？"

"嗯。"

"有个饭局，"阮啾啾用词含糊不清，"后妈那边。"

听到阮啾啾的话，程隽破天荒地抬头看了她一眼，一副若有所思的样子。那眼神，看得阮啾啾打了个激灵。

"怎、怎么了？"

"没什么。"

待到下午换好衣服，跟程隽到了一家装修奢华的酒店，阮啾啾一路都在暗暗咋舌。而表面上，她矜持地微微仰起下巴，走在程隽身边气场完全不输他。

侍者带两人到预约的席位就座。阮啾啾将目光投向靠窗的一个座位——

坐在一侧的男女均是四十多岁的样子，举止优雅端庄。

"逆子，见我都不叫爸的吗？"程父面带怒气，浓眉大眼的，气势更是惊人。

"薇薇她虽然是后妈，但对你的关心不比其他人少，听说你们小两口最近生活不和谐，她就提出来吃顿饭。你这浑小子不要不知趣！"

程父的一番话听得阮啾啾微微拧起了眉头。

这番话未免说得太过难听。就算程隽无法接受后妈也是情有可原的，程父这样刻薄又粗暴地逼儿子承认，简直是将程隽推得越来越远。

程隽全程神似木头人，一句话都不回应，让程父有种一拳打在棉花上的郁闷，只好转移话题。

"啾啾，你最近怎么样？"

"呃，"阮啾啾不想叫他们爸妈，便笑着接上话题，"挺好的。我们两个人生活得很好，您可能误会了。"

这话一出，曲薇目光微妙地望了阮啾啾一眼，表情有些奇怪。

"那就好。这浑小子天天混吃等死，就是个废物，让你受委屈了。"程父哼了一声。

"……"

阮啾啾用余光瞥到程隽。

相对其他人端正挺拔的坐姿，他是唯一放松得过分的人。他的脊背略微弯曲，神态怠懒地坐在自己的座位上，对父亲丝毫不给面子的话他也无动于衷，细长的手指拨弄着垫在盘子下的纸巾，眼睑低垂，一副漫不经心又满不在乎的样子。

阮啾啾却莫名感觉有一股烦躁情绪涌上心头。

为什么程父要这样跟自己的儿子说话，这样对程隽来说公平吗？他有把自己的儿子当作一个有尊严、有家室的成年人来看待吗？

阮啾啾吸了一口气，决定说点儿什么："我……"

"我饿了。"程隽头也不抬地打断她的话，语气温暾软绵，"上菜单。"

"……"

阮啾啾抿唇。

不知是不是她的错觉，程隽好似知道她想说什么，正巧在这个时机阻止她说话。她轻轻地叹息，明白这样的场面下，说什么都会很奇怪，或许只能先忍耐，弄清楚情况才是对的。

程隽的左手受了伤，他吃西餐有些不便，刀叉难免落在瓷盘上发出细微的响声。这副"废柴"的模样让程父更是看不过眼，程父一直沉着脸。

一顿饭吃得阮啾啾如坐针毡，她尴尬得不知道该聊什么，又怕露馅。

菜品尚可，分量却不多，反而不如她在家里抱着碗吃面来得痛快。

就在这时，她的脚尖突然被踢了一下。

阮啾啾愣了愣，望向坐在正对面的贵妇曲薇。她保养得很好，风姿绰约，面对阮啾啾惊讶的目光勾起唇道："我要去补个妆，一起吗？"

阮啾啾捏紧手中的刀叉，意识到情况并非她想象的那么简单。

她点了点头，拿起包："好。"

两人到了洗手间，曲薇果然立即变脸，嘴角一直噙着的微笑泛冷，眼睛就像淬了毒，冷漠地盯着阮啾啾。

"你怎么回事？不离婚是想跟我涨价？"

阮啾啾愣了愣，立即明白对方的意思。

敢情她离婚有后妈的功劳在?

"我不是跟你说了吗,你拿到股份,到时候转让给我,我送你一套房子,地段你挑,你再不知足小心什么都得不到!"

阮啾啾倒吸一口冷气,表面上却丝毫不显震惊之色。

她别过脸,说道:"我还没想好。"

曲薇有些急了,拽住阮啾啾的手腕,抹茶色的指甲深深嵌在阮啾啾白嫩的肌肤上,戳得阮啾啾一阵发疼。

曲薇表情很难看:"你不要给我耍花招!你要记得,你没有依靠,当初要不是我,你也嫁不了程隽!

"这房子是他那死掉的妈留下来的唯一遗产,你就不要妄想了!"

"……"

阮啾啾听着她倒豆子似的把真实情况交代清了,终于弄明白程隽为什么会跟自己在一起。

她竟然做了这种卑鄙的事情吗?阮啾啾一时间愣在原地,不知该说什么好。

"总之!你给我弄清楚情况,不要再犯傻了。"

阮啾啾含混地嗯了一声。

曲薇恨恨地瞪了她一眼。为了程隽的股份,她谋划这么多年,就是为了等待这一天,怎么可能被阮啾啾毁了?

手腕隐隐作痛,却比不上阮啾啾心里的难受劲儿。

尴尬的一顿饭结束,阮啾啾跟程隽照例打的回去。清冷的风吹拂着她的长发,两人一路沉默着进入小区楼。阮啾啾踩到台阶上,忽然转过身,平视程隽的眼睛。

两人站定。

关于曲薇所说的事情,总有解决的办法,现在的她,是决不会再跟曲薇沆瀣一气的。

阮啾啾不想提今天程父说的那些话。在程隽有些疑惑的注视中,阮啾啾烦躁地挠了挠头发。以程隽这种性格,他肯定不想争抢家产,指不定哪天就被继母陷害,彻底成为穷光蛋。

阮啾啾忽然觉得压力很大。程隽对她不错,她也不是狼心狗肺的人。

"没事的，我也有钱，最近在努力挣钱，虽然钱不是很多。"所以他想怼回去就怼回去，别忍气吞声。

是的，在阮啾啾的构想中，程隽是为了不断绝父亲给予的经济支持，才一副满不在乎的样子。母亲过世，父亲不疼爱他，继母又时时刻刻盯着钱，程隽不消沉才怪。阮啾啾完全能理解他逃避现实的理由。

程隽："……"

他一手插兜，表情认真地凝视着阮啾啾。朦胧的灯光下，他的面颊线条柔和，那双细长的眼眸很漂亮，眼瞳染上了温暖的光晕。

阮啾啾被盯得有些不自在："好的，我知道你很感动，但是……"

"等等。"

他的身体略微向前倾斜，两人的距离拉近了一些。

阮啾啾警惕地问："你干吗？我知道我很好看也很善良！"但是这个狗男人如果想亲她就大错特错了！她只是有那么一点点护小鸡崽的心理而已！

她不谈感情的，谢谢！

"你……"

"嗯？"

"你的眼袋，为什么在发光？"程隽的眼神里写满了认真。

阮啾啾："……"

死寂的沉默持续良久后，一道磨着后槽牙的愤怒声音响起。

"我们管这个，叫卧蚕！"

阮啾啾不想理程隽。

对他非常不识相又找死的行为，阮啾啾满脸写着记仇。她回到房间，洗漱之后躺在床上，闭上眼睛就又想起曲薇说的那些话。记忆消失的这几年，她没有朋友，孤身一人，弄丢了自己唯一的爱好，甚至开始助纣为虐。

阮啾啾叹了口气，脑袋里一片糨糊。

她睡不着，便打开游戏，却发现养乐多还在线。

阮啾啾发私聊过去："在干什么？"

养乐多："看风景。"

游戏的夜景没了花里胡哨的颜色，清幽寂寥，里面没有几个人，悠扬的音乐声渐渐抚平内心的烦躁。阮啾啾找到他所在的地方，跳到房顶上，坐在他身旁一起看月亮。

她看了很久很久，身旁的养乐多也一动不动。

啾啾啾："还在线吗？"

养乐多没有回复，而是象征性地敷衍着动了动身体。

阮啾啾没忍住笑了。

啾啾啾："我忘记了很多重要的事情，怎么也想不起来了。"

两人沉默了片刻。

养乐多："顺其自然。"

啾啾啾："好。"

想强行恢复记忆做不到，她就只能先慢慢来了，着急不来。

有这么一个陌生人陪着，不知道为何，阮啾啾忽然没那么茫然无助了。一切总会有解决的办法，就算再困难，又会难到哪里去呢？

游戏里的夜深了，银月如钩，清风拂过，隐隐约约传来了古琴声。

啾啾啾："月色真美。"

许久，养乐多才回："嗯。"

不知是不是因为游戏里放空自己，精神舒缓，这一晚，阮啾啾终于睡了个安稳觉。

第二天阮啾啾打开游戏的时候，被一连串的更新弄蒙了，最值得欣慰的是每次都卡顿的小破游戏竟然顺畅了！

看来程序员还是有点儿用处的啊。

她一打开游戏，伴随着欢快的音乐，弹出一个加粗的黑体字公告栏，就像街边的小广告一样又大又惹人注目。

公告只有十来个干脆利落的大字：临表涕零，不知所言，感谢高人！

阮啾啾："……"

这个游戏的制作人越来越神奇了。谁会放这么个没头没尾的公告啊，这到底是什么玩意儿？

一脸无语的阮啾啾上线，发现大家已经等待许久，正在优哉游哉地挨个完成跳楼——上楼——跳楼的动作。唯有队长养乐多淡定地站在原地一动不动，仿佛在围观这几个二傻子。

阮啾啾："……"

啾啾啾："嘿！对不起，我迟到了。"

养乐多动了一下："走。"

一上线就开始组队做任务，已经成为阮啾啾的日常消遣。大家玩游戏的时候相当随意，只是有时候语气莫名有些暧昧，让阮啾啾摸不透他们的真正意思。

阮啾啾把这归为宅男之间的专属暗号。

啾啾啾："你们互相认识的吗？"

南方黑芝麻："是呀是呀，我们都是一个公司的好朋友。"

好吃不如饺子："我们的大老板可帅了，他这么正直的人，年底一定会给我加薪。"

康帅傅方便面："就是就是。老板英明神武，肯定得加薪犒劳我们这些辛苦的底层员工。"

阮啾啾总觉得他们意有所指。

不待她细细思量，队长养乐多发话："做任务。"

不过短短几天时间，小队排名噌噌向上爬，竟然以百分百的胜率拿到了海量的拼图碎片。阮啾啾惊喜之余，忽然开始奢望自己没敢想象过的大奖。

啾啾啾："我们能爆出奖励吗？"

康帅傅方便面："可以试试。这个是有规律的。"

阮啾啾有些惊讶，但看他们说得如此笃定，也跟着期待起来。她是从来没有中过奖的惨淡"非酋"，从来没有捡到过钱，哪怕三个人里面抽两个人，她也会是被剩下的那个。

自己有钱是一回事，这种恍若幸运锦鲤的幸福感又是另一回事了。

阮啾啾摩拳擦掌，抱住手机围观他们抽奖。抽奖是由队长来完成的，养乐多集齐所有碎片后，十抽十抽地来。

一次，没有中，两次、三次……

阮啾啾有些灰心，但其他人都很淡定，一副胸有成竹的样子，这莫名地感染了阮啾啾。

还剩下最后两次机会，阮啾啾紧张地盯着屏幕。

没中……

她失落地轻叹了口气，就在这时，队长养乐多点击最后一抽，突然，屏幕亮起金闪闪的光，阮啾啾看着屏幕上显示的"一等奖"字样，目瞪口呆。

他们竟然真的中了？！

书房里的程隽听到隔着墙壁的欢呼声，眨了眨眼睛，低头在群里打了一行字。

"我的那份，寄到公司。"

阮啾啾生平第一次抽到这么大的奖，心情非常好。她清楚地明白自己是沾了大家的光，没有他们，她压根是一根毛也拿不到的。

阮啾啾热情地表示要给大家发个红包，被他们拒绝了。

"游戏嘛，玩得开心就好。"

"就是就是，下次一起玩别的游戏啊。"

"小嫂子记住我们的 ID。"

好吃不如饺子已被队长禁言。

啾啾啾："……"

阮啾啾有种错觉，仿佛他们是专程来为她实现愿望的圣诞老人。待到愿望实现了，他们也就是时候离开了。

不过她并没有失落。人生本来就是如此，大家遇见然后分离，有些人相互陪伴得长久一些，有些人只会昙花一现。阮啾啾发了个笑脸，同他们告别，约定一起下线。

微信群里只有四个人，除了程隽之外，分别是涂南、焦樊、傅子澄，对应南方黑芝麻、好吃不如饺子和康帅傅方便面。

涂南的语音相当荡漾："嫂子真温柔啊。"

焦樊："唉，来自母胎单身的叹息。"

傅子澄："老板啊！啥时候让我们也看看啊，你这金屋藏娇瞒得也太严实了！"

他们私下都以为老板婚姻不幸福，提都不敢提，怕让老板想到伤心事。现在可好，老板拉着他们陪玩吃"狗粮"，还不让他们见见真人的样子，这也太无情了！

程隽一直没有接茬。

几个单身汉不知道的是，他们的老板已经抛弃他们，响应妻子的召唤吃饭去了。

阮啾啾为了庆祝自己白白得到一台笔记本电脑，决定拉着程隽去吃一顿大餐，她请客。

两人去了一家云南菜饭店，这个点客人不多，为了避免麻烦，阮啾啾订了包间，两个人可以安安静静地吃饭。服务员小姑娘看到程隽顿时红了脸，目光扫到阮啾啾所在的房间，心中热情的火焰被浇灭大半，只剩下艳羡之情。所谓的金童玉女不过如此了。

菜点了五六样，比起上次吃西餐的别别扭扭，这一次两人自然得多。

阮啾啾心情好，眉眼都带着笑意。

"好吃吗？"她一边问一边给程隽倒了杯水。

柔和的灯光下，她那醉人的桃花眼微微弯起，眼尾上翘，显出一丝惊人的明艳媚态，不知是唇瓣的胭脂红，还是如玉的面颊更胜一筹。

程隽多看了她一眼，又淡定地移开视线。

"没有你做的东西好吃。"他说的是大实话。

被如此认真肯定的阮啾啾翘起嘴角道："谢谢你。"

两人继续默默吃饭，没有话题，却也相当和谐。

公司寄来包裹，是几台苹果电脑，署名是涂南。

安柔看到包裹，顺便帮涂南拿到了办公室。她的动作有些吃力，娇娇弱弱的样子让涂南一个大老粗也立即醒悟，连忙接过来："这个我自己拿就行啦，你的手还得画立绘呢，可不敢弄伤了。"

安柔负责的动画设计部门，也算是为公司立下不少功劳。她在日本留学，名师之徒，又有自己独特的设计理念，虽不说特别出彩，但审美一直在线。

程隽并没有在办公室里。安柔用余光瞟了一眼，有些失望，但表面上没有显色半分。

她轻笑了一声："对了，你买电脑干什么？"

"啊，这是我们跟小嫂子一起玩游戏开出来的。"

"小嫂子？"

安柔的表情变得有一点点微妙，她勉强笑了一下，问道："你们在一起玩游戏？什么时候的事，为什么都没告诉我？"

一连串的询问有些咄咄逼人。涂南挠了挠头，说："老板说过了，让我们不要乱说话。这是件小事嘛。"

安柔咬了咬唇："我以为我们的关系没这么生疏的。"

"嘿，这有什么可计较的，游戏而已，我们都还没见到嫂子呢。"

"有这么好奇吗？老板都不愿意让她出来见面，只能说明老板不爱她。"被嫉妒心折磨的安柔有些口不择言，当她意识到涂南的表情不对劲儿时，立即变了脸色，补充了几句，"我的意思是，你们还是别抱太高期望。"

涂南摸了摸鼻子，意有所指地道："我觉得老板对嫂子挺好的。你……最好别想太多。"

在他看不见的地方，安柔默默捏紧了拳头，指甲嵌入到手心而不自知。

公司物流极快，不过两三天的时间，阮啾啾女士喜提苹果电脑一台。

她高高兴兴地装好了电脑，幸好有程隽帮忙，很快就连上网络。阮啾啾一手撑着书桌，挑了挑眉毛说道："你肯定不知道我的电脑是怎么来的。"

程隽慢吞吞地瞥了她一眼，非常不给面子地没有接茬，而是打开电脑随手检查安全防护系统。

"我是玩游戏抽到的！"

"哦。"

阮啾啾："……"这人真没劲儿，性子温暾得像个七八十岁的老头，半点儿活力都没有。真不知道他谈恋爱会是什么样子，该不会和同样温暾的女孩子躺在一起，每天以垃圾食品和手办为生，沟通都是用手机吧？

阮啾啾感觉眼皮一跳，这场面也太不美好了。

就在她走神的工夫，电脑被装好，显示网络已连接。阮啾啾笑眯眯地拍了拍他的肩膀："小老弟，有两把刷子。"

"下午想吃饺子。"

阮啾啾的笑容破裂："饺子很麻烦的，我们买速冻的。"

面前的男人个头很高，穿着的黑色连帽衫衬得皮肤很白。他低垂着细长的眼，从阮啾啾的角度能看到他浓密纤长的睫毛和过分挺拔的鼻梁，好看得令人羡慕。

他轻轻叹了口气，语气幽幽地道："手疼。"

阮啾啾："你不是绷带都拆了吗？想讹人是不是？"

程隽的回答很认真："嗯。"

"……"

她竟无言以对。

热腾腾的饺子皮薄馅多，看着就让人食欲十足。阮啾啾盛了一大碗给程隽，忙着给自己舀饺子。她还没上桌，程隽也没有动筷，等着阮啾啾坐下来一起吃饭。

阮啾啾的手机摆在桌上，忽然嘀嘀响了两声，屏幕亮起。

从程隽的方向恰好能看到屏幕上的内容。

"我是向戎，我想见你。"

"……"

"哇，好烫、好烫！"

阮啾啾端着一盘饺子，快步走到桌前放下。她看到手机亮起，见程隽一副事不关己的样子低头吃着饺子，便拿起手机。

这个男人用不同的号发过信息给她，似乎是曾经在一次聚会中捡到了阮啾啾的手机，对她一见钟情，记下了她的联系方式。他嘴上说她的婚姻不幸福，还说什么喜欢她，明显是一直在骚扰她。这家伙真是阴魂不散，阮啾啾拉黑他的号无数次他依然不气馁，阮啾啾简直要被烦得没脾气了。

正在她准备继续拉黑向戎的手机号的时候，向戎又发了一条信息。

"如果你不见我的话，我可能就得采取一些特殊手段了。"

看到这一句话，阮啾啾简直要翻白眼，立即回复。

"已截图，你敢做什么我立即报警。"

饺子有些凉了，阮啾啾被向戎搅和得没了胃口，有些心不在焉地戳了几下筷子。很可惜，她没有足够的能力让向戎再也不敢来打扰她，只能想别的办法。

程隽吃饺子的动作一顿，在阮啾啾没有看到的地方，他的表情变得若有所思。

向戎果然说到做到。他就不信了，哪怕是完全没有感情的夫妻，在看到妻子给自己戴"绿帽子"后，丈夫还能无动于衷？

向戎是有程隽的手机号的，捡到手机后，他存下了程隽的手机号，想着有朝一日能够用到。他冷着脸发了一条长长的信息，附带一份邮件链接，期待着阮啾啾的丈夫大发雷霆。

向戎志得意满地等待着程隽的回应。

久久没能收到回复，他有些烦躁，难道对方正在跟阮啾啾闹？

此刻的向戎并不知道，程隽从来不接任何陌生号的信息，带着链接的那一条长长的信息早就被拦截，自动滚入到垃圾箱里，和垃圾广告为伴了。

阮啾啾躺在床上玩手机，《开心消消乐》的声音时不时地在房间里响起。她以为向戎会发作，现在半点儿消息都没有，等着等着有些困，渐渐地就睡着了。

向戎等了几个小时没等到水花，连发几条消息也无人回应。

向戎冷着一张脸，用程隽的手机号找到他的微信，给他发了一条好友申请，备注上写着：我给你发的信息是不打算回应了吗？很好，你会后悔的！

过了几分钟，程隽回了一条信息。

"在哪儿？"

向戎心想，在哪儿？这家伙是在挑衅他吗？！

他强忍怒气："连发几条信息你没看到吗？"

又过了几分钟，程隽回复信息。

"找到了，在垃圾箱里。"

向戎："……"

程隽快速浏览了一遍向戎发的信息，无非说阮啾啾拿着程隽的钱养别人，说阮啾啾是为了跟向戎结婚才想要离婚，最后附上链接，是两个人亲密床照的证明。

黑黢黢的书房里，电脑屏幕亮起淡淡的光，程隽的侧脸上没有表情。

"……"他一眼就看出来，几张照片都是合成照。

对方合成的技术十分高超，如果是一般人，突然间看到这样的照片可能真的会被骗。

但这是程隽。他动作极快地点击鼠标，却又刻意放轻了动作，键盘被敲击着，只有轻微的咔嗒咔嗒的响声。他飞快地黑了向戎的电脑，将所有云盘和硬盘里的所谓证据全部删除，顺便登录向戎的几个通信工具大号、小号，把他跟其他女人的床照人手一份发了出去，甚至没忘记发给向戎的父母。

这一动作干脆利落，短时间内程隽就完成了"回报"的行为。

程隽全程很淡定，淡定到甚至又喝了一瓶养乐多。他关掉电脑，慢悠悠地去了洗手间洗漱。

这时的阮啾啾睡得正香，不知道向戎那个麻烦已经被彻底解决掉。

另一边，待到向戎反应过来的时候，家人、朋友的连环夺命call（电话）差点儿打爆他的手机。他大惊失色下忙得焦头烂额，一夜之间生活被毁了大半，他的下流行径还被家人发现了。

这下，他彻底完蛋了。

阮啾啾等待几天，等着向戎发作，却再也没有等到他的消息。她琢磨着向戎是知难而退了还是另辟蹊径了，不过不论是哪一点都和她没有关系，她也乐得跟向戎撇清关系。

几天没有登录手游，阮啾啾也没了兴趣。

她忽然记起，当初一起玩游戏的时候，不知是"黑芝麻"还是"康帅傅"因为游戏的精美画面顺口提到了另一个游戏的名字，名为《如梦令》。

阮啾啾听过《如梦令》的名字，还是因为它数次上过热搜。这款大型古风网游画面精美，设定繁多有趣，从各方面来看都是国产游戏的精品良心之作。

目前游戏开服不过短短一个多月，已经拥入非常多的玩家，导致游戏区经常爆满，需要排队进入。

买的画板还在路上，正巧这两天闲着，她打算换个游戏玩一玩。

就这个了！

《如梦令》是一款国产古风游戏，在开服之前就已经吸引了诸多玩家进行内测，好评如潮。

也难怪大家对其期望如此之高——在此之前，嘉澄公司完全属于异军突起。公司规模不大，投资不多，一开始经费不足，因此制作的游戏都是简单的小游戏，却以脑回路清奇、画风有趣、可玩性强而渐渐得到了一批玩家的认可。

紧接着，在经费许可的前提下，公司制作的一款经典回合制手游彻底火了一把。各大主播纷纷试玩，讨论帖盖了一层又一层楼，嘉澄的名字从此彻底传开，也让大家对他们有了更多期待。

短短几年时间内，公司推出的游戏大大小小有数十种，其中不少评分一直很高，直到现在人们仍对其津津乐道。

有传言，现在公司老板涂南并不是真正的大 boss（老板），而是另有其人。至于对方是谁，众说纷纭，不过大家对老板的发家史并不是特别感兴趣，再加上涂南性格活泼，经常出现在各种社交场合，拥有无数迷妹，关于他的报道往往能上很久的热搜。

长此以往，也就没有人在乎传说中的大老板是谁了。

阮啾啾在下载游戏的时候便看到了这一段八卦消息。

她不感兴趣地关掉网页，静静等待着游戏加载好。

不知道程隽这个家伙每天在房间里做什么，经常昼伏夜出，偶尔她能听到敲键盘的响声，但更多时候是安静无声的。阮啾啾好几次以为他不在，然后在自己吃独食的时候，某人的身影便幽幽地冒出来。

后来，阮啾啾长记性了。

但凡要确定程隽在不在房间里，她就做点儿吃的，程隽就跟嗅到腥味的猫一样，跟在身后等着投喂。

"……"

阮啾啾已经不确定她是在跟人同居，还是跟一个偷嘴的猫住在一起。

正在她走神之际，游戏的音乐声响起，如鸣佩环，叮咚作响，忽然一阵古琴声大作，伴随着婉转箫声，金石之音听得人心潮澎湃，从高亢渐渐平复下来，一幅江湖的画面缓缓展开——

好一曲如梦令，如梦，入梦。

阮啾啾只想为选曲人鼓掌。

新创建的人物有角色技能、难易度等分析，阮啾啾想了想，决定玩一个操纵起来最简单的角色。她技术不好，那就玩辅助的奶妈，反正她可以氪金呀。

人物穿一身月白色常服，黑发以白玉簪绾起，衣袂飘飘，花容月貌的玉仙持着一支玉笛，头顶是三个大字。

啾啾啾。

阮啾啾懒得想其他名字，玩游戏嘛，重在过程，名字是其次的。她兴冲冲地到了新手村开始做任务，一开始的剧情任务稍微多一些，但每一个小故事都很有意思，阮啾啾玩得津津有味，不知不觉太阳就下山了。

待到追盗匪的任务，阮啾啾卡了几次都没能过去。这一关任务会有两方玩家，一方追盗匪，一方帮盗匪逃跑，阮啾啾输出少，又没有和别人组队，就很容易在大乱斗中死翘翘。

偏偏有个玩家相当贱，似乎闲得无聊，守在跑马的地方，阮啾啾来一次那人绊一次她的马，每一次都能让阮啾啾摔得灰头土脸，猝不及防地就被打死。

阮啾啾急了，这不是欺负人嘛！

她立即充值买了个豪华套餐，穿上最好的装备过去虐对方。果然，贱贱的侠客坐在原地似乎在等阮啾啾，她潇洒地下马，扬起一身黑色绣金边的长袍，显得杀气腾腾的。

名为啾啾啾的玉仙二话不说便使出杀招！

然后，她被对方直接打掉了小半管血。

阮啾啾："……"

如果要小看阮啾啾的耐心那就大错特错了，她说过，她最不缺的就是耐心。对方虽然技术不错，但装备跟阮啾啾比差远了，再加上阮啾啾的角色血厚，被削掉的血很快又恢复，周而复始，无止无休，简直是钝刀磨肉、精卫填海、愚公移山……

这是一场漫长的持久战。

两人来来回回打了十几分钟依然没有分出胜负。阮啾啾成心要跟他死磕到底，就跟咬住肉的乌龟一样，死死不松口。

两个人的持久战引起了一拨人的注意。

这拨人的头顶顶着"长月踏歌"几个大字，本来他们是路过，不知谁叫了一声，其他人也纷纷停了下来。他们被两人的战斗吸引了，一时间在旁边看得津津有味。

阮啾啾忙得焦头烂额，哪能察觉到自己正在被一群玩家围观。

白龙马："奶妈的求生欲可以说是很强了。"

蹄朝西："牛！"

我乃叶良辰："哈哈哈，我要被笑死了！"

肉包子打狗："你们猜奶妈会赢吗？"

白龙马："会。"

蹄朝西："我老婆说啥就是啥。"

我乃叶良辰："秀恩爱死得快！"

故国神游："噗。"

白龙马："大神！"

蹄朝西："大神！"

我乃叶良辰："大神！"

肉包子打狗："大神爱我！"

其他人："你一个死宅男要点儿脸行不？"

白龙马："大神，你啥时候来的？"

故国神游："看了一会儿了。"

大概是从没见过这么拼的人民币玩家，他也跟着看得饶有兴致，看到玉仙头顶的"啾啾啾"三个大字，才忍不住噗地笑出来，脑补出了一只小鸟奋力啄人的场景，有点儿可爱是怎么回事？

名为"我是二爷"的侠客停了下来。

我是二爷："妹子，别打了，我的手抽筋了。"

啾啾啾："该！你干吗老是追着我一个人打？"

我是二爷："其实……我是想拦住你打个广告的……"

啾啾啾："……"

我是二爷："妹子，游戏代练加微信7927332。"

啾啾啾："……"

我信了你的邪！

阮啾啾冷着脸补了最后一刀，让侠客明明白白地去死。

待到她回过神的时候，当前会话有一堆人在发"哈哈哈"的表情。阮啾啾有些蒙了，他们在"哈"什么？

正在她一脸茫然，准备拉个人继续做任务的时候，有人发起了好友申请。

白龙马："妹子，加个好友呗。"

啾啾啾："不加代练，谢谢。"

阮啾啾不知道的是，名为"白龙马"的女生立即把两个人的对话截图发到了帮派的游戏群里，又是一群人笑到昏厥。

阮啾啾正在郁闷的时候，突然发现一堆人站在她身后，就像看热闹似的动也不动。她眼皮一跳，回想起好像自己在跟那个打广告的侠客互怼的时候，他们就已经站在她身后了。

啾啾啾："……"

她似乎明白他们在笑什么了。

白龙马向你发出帮派邀请，是否加入"长月踏歌"帮派？

阮啾啾并不知道"长月踏歌"是目前《如梦令》中排名前几的帮派，只是想到自己玩游戏可以跟团，便愉快地答应了。她进入帮派后，看到一群人欢快地叫着她的名字，感觉仿佛进入了鸟巢。

阮啾啾："……"

啾啾啾："那个，有人在玩捉盗匪的任务吗？求组队！"

立即就有几个人欢快地回应她："我带你啊。"

阮啾啾想，这个帮派还挺活跃，人也挺友好的。还没等她回应，其中一个叫"故国神游"的剑修说："我带你，正好今天有时间。"

白龙马："哇，大神你要亲自出马了吗？"

蹄朝西："小心碧影妹子吃醋哟——"

听到"碧影"两个字，阮啾啾不禁浑身一抖。这让她联想起一些不好的回忆。上高中的时候她年少无知，被班里叫徐碧影的女生摆了一道，让别人误以为她对徐碧影校园霸凌。她本就长得艳丽一些，徐碧影又是"小白莲"的长相，大家都不由自主地站在徐碧影那边。

对方哭得梨花带雨地求安慰，导致同学们都孤立阮啾啾，那段黑色记忆令她难以忘怀，至今她都想不明白那个女生究竟为什么要这么对她。

这勾起了阮啾啾不好的回忆，她顿时没了玩游戏的心思。

大家还在羡慕大神竟然会带阮啾啾玩游戏时，不料她飞快地拒绝了。

啾啾啾："抱歉，我没时间，下次。"

说完她就下线了，留下一群人目瞪口呆。

一群人发了超长的问号，就连故国神游也愣了一下。平日里别人重金求他带，他都懒得搭理，现在倒好，被拒绝得明明白白的。

白龙马有些幸灾乐祸地说："哟，这下正好碧影妹子不用担心了。"

平时徐碧影把大神看得跟防贼一样，帮派里的所有女性都不放过，白龙马早就看得不耐烦了，现在倒好，新人压根不稀罕大神，白龙马真想把聊天记录发到群里，让那个徐碧影看看。

隔着屏幕，顾游盯着啾啾啾的名字，抿唇不语。

阮啾啾不想跟所谓的大神沾上关系，免得惹得一身臊，如此干脆拒绝，大神那么爱面子，肯定不会再跟她有任何交集了。

她推开门去厨房倒水，黑黢黢的客厅里伫立着一道黑影，吓得阮啾啾连退两步。

"你、你、你在客厅为什么不开灯？"

程隽的回复有些温暾，还能气死人："我、我、我正准备开灯。"

阮啾啾："……"

她决定今天晚上吃面，给自己加两个鸡蛋，让程隽喝汤去。

第三章

可以，但没必要

　　阮啾啾做了一个噩梦。

　　梦中的她在学校被徐碧影紧紧掐住脖子，喘不上气来，憋得肺疼。阮啾啾无力地挣扎着，就听到徐碧影在她的耳旁嘶吼："你不许抢我的东西！不许！"

　　阮啾啾猛地惊醒，大汗淋漓。脖颈的窒息感依然存在，阮啾啾蒙了一下，手摸到喉咙的地方，才发现估计是昨晚睡得不安稳，竟然让枕巾绕了一圈勒住脖子，怪不得做梦都喘不上气来。

　　阮啾啾："……"她还真是够蠢的。

　　外面滴答滴答下着小雨，枯黄的落叶被践踏在泥泞的土地里，看得人的心情都变得有些糟糕。

　　阮啾啾冲了个澡，房屋里静悄悄的，安静无人，程隽大概是出去了，冰箱里的面包片被吃掉几片，少了一盒牛奶。在阮啾啾没有早起的早上，他都是这么将就的。

　　阮啾啾还有些纳闷，他宅在屋子里还需要起这么早吗？作息规律能够早睡早起，却不肯好好吃饭，这家伙真是个奇怪的人。

闲来无事可干，阮啾啾登录了游戏。

帮派里的人在聊天，嘻嘻哈哈地笑闹着，阮啾啾一上线，众人立即化身鸟巢里的幼崽。

"啾啾啾！"

"啾啾啾！"

"啾啾啾！"

啾啾啾："我快要不认识这个字了。"

她顺手处理好垃圾邮件，却看到好友申请里多了一条消息，名字是"故国神游"。

阮啾啾："……"这家伙，怎么就突然跟她耗上了呢？

她果断地拒绝，装作没事人似的继续玩游戏。昨天聊过的白龙马他们都在，非常热情地带着阮啾啾去做任务了，阮啾啾有高手带着，升级的速度很快，游戏里的气氛也很愉快。

大家聊了很多事，也有人问阮啾啾多大了，她只说自己是自由职业，强调已婚。

白龙马："啾啾妹子，你开麦呗，大家语音好聊天。"

阮啾啾不想暴露太多细节，含糊过去，只说她的声音不好听。

就在她拒绝的当口，一个娇柔的声音突然插进来："你们在聊什么啊？"

阮啾啾看到 ID，听到熟悉的声音，眼皮一跳。

不会吧……时隔多年，这么巧，她们又在网络上相逢了吗？

徐碧影似乎对阮啾啾抱有敌意，一直揪着她聊天，说什么都要弄清楚她到底是谁。这时候的阮啾啾有些后悔，早知道当初玩男号，就没这么多麻烦了。

帮派里的其他妹子连忙帮阮啾啾挡了挡，徐碧影的闺密也不是善茬，在一旁帮腔。

阮啾啾忽然明白了。

徐碧影……是因为游戏名字，联想到自己了吗？

玩个游戏没必要这么不痛快，阮啾啾加了其他几人为好友，爽快地退了帮派下线。

她不想跟徐碧影进行无谓的纠缠。

阮啾啾看了一眼时间，这个点程隽还没回来。

外面的雨下得越来越大了，程隽似乎没有带伞的习惯，她该打电话问一声吗？

叮叮……

手机铃声忽然响起，阮啾啾以为是程隽的电话，拿起手机却看到继母曲薇的名字。她知道这个女人打电话过来绝对没好事，正打算把手机扔到床上任其自生自灭，铃声却突然消停了。

阮啾啾咦了一声。

这么快便放弃，可不是继母的作风啊。她正疑惑之际，对方直接发来消息。

"要么下楼，要么我上去找你，选一个。"对方这语气，颇有霸道总裁的风格。

阮啾啾不知道，对方只是在诈她。曲薇敢抢程隽的股份，但不敢进这栋房子，因为她清楚这栋房子是程隽唯一的底线。曲薇是聪明人，怎么可能愚蠢到激怒程隽？

在她眼里，程隽就是个一无所有的二世祖，但兔子被惹急了还咬人，程隽好歹是程父的亲儿子，紧要关头曲薇不能太过放肆。

阮啾啾叹了口气。曲薇肯定是来下最后通牒了，他们的安稳生活也即将结束。她以壮士扼腕的决心披着一件外套下楼，小区楼下停着一辆亮眼的宝马，曲薇正站在单元楼的台阶上躲雨。

阮啾啾："真没想到你会下车。"

一般电视剧里谈判，被约的人不都是得上对方的车吗？

曲薇摘掉墨镜，表情冷冷地道："我怕你弄脏我的车。"

阮啾啾被噎了一下，立即反击："我是怕你老胳膊老腿的伤到了。"

曲薇差点儿捏断眼镜腿儿。

曲薇向前走了一步，企图以气势压迫阮啾啾："你还在折腾什么幺蛾子？我想，我说得已经够明确了。"

阮啾啾非常认真地请教道："如果我不离婚，您能把我怎么样？"

"怎么样？"

阮啾啾有些忧虑："这么烫，还是去医院吧。"

程隽闭着眼睛，嗓音又低又哑："不去。"

平日里程隽都是说东不往西，指哪儿打哪儿，今天格外不听话。阮啾啾拿他没办法，好声劝道："你发烧了，去医院看看比较好，万一更严重了怎么办？"

程隽只是重复着一句话："不去。"

阮啾啾烦恼地揉了揉头发："好，那你先躺在床上，如果过几个小时没退烧，我们就去医院挂急诊行不行？"

许久程隽才嗯地应了一声。

他脸颊烧得通红，困倦得睁不开眼，神志也迷迷糊糊的，还有点儿可爱。

待到阮啾啾想把他拽起来的时候——

可爱个屁啊！他为什么会这么重？他是秤砣转世吗？

阮啾啾艰难地扶起程隽，发现他平日里看着又瘦又高的样子，此刻却有千斤沉，压得她差点儿喘不上气来。阮啾啾咬着牙，就跟扛大米似的扛着程隽继续向前走。

"我真是……把吃奶的劲儿都用上了……"

神志迷糊的程隽微微睁开眼睛："纯奶？酸奶？"

阮啾啾："……"

事关吃的时候，这个浑蛋真是无比清醒啊！

她满脑子都是吐槽程隽的话，看在他生病的情况下忍了忍，终于在即将精疲力竭的时候把程隽放倒在他的单人床上。程隽无力的样子看起来怪可怜的，阮啾啾打湿毛巾，给他擦擦额头，擦擦手掌，好让他舒服点儿。

程隽的手指很好看，修长笔直，阮啾啾一边擦，一边还翻来覆去地看了看。

她喂程隽喝了两杯温开水，让他吃了退烧药，终于能坐在他身旁缓一缓。

这时，阮啾啾开始打量程隽的房间。自从她来到这里，还不知道程隽的房间长什么样。程隽的房间很干净，一张床、两台电脑和椅子，还有一个书柜，基本上就是他所有的配置。

书柜上的书没有漫画，没有杂志，有一大半阮啾啾看不懂。

最眼熟的书便是放在最高一层的《小王子》，阮啾啾真没料到程隽也会喜欢看这样的书。她打量一番，再次回到程隽的床边，又用毛巾给他擦了擦额头。

躺在床上的程隽忽然抓住了阮啾啾的手腕。

这宛如诈尸的行为让阮啾啾受惊："你干吗？"

他的力气很大，手紧紧拽着阮啾啾的手腕不放。他的手心温度很高，手指轻易地扣住她纤细的手腕一圈还绰绰有余。阮啾啾有些蒙了，不知道程隽想干什么。

就在这时，程隽缓缓睁开了眼睛。

他望向阮啾啾，那双狭长的眼眸里似乎有许多复杂的情绪。阮啾啾一时间有些分辨不清。

"我……"

阮啾啾不由得紧张起来："什么？"

"我想……吃饺子。"嗓音有些嘶哑，他费尽力气地说完这几个字，手上的力气也松了。

阮啾啾："……"

程隽迷迷糊糊之中想了想，又补充了一句："羊肉馅的……"

他的话立即被打断。

"发烧还吃羊肉，你是想当场去世吗？"

阮啾啾深感程隽就是有气死她的本事。

程隽有些失望："那就虾饺。"

阮啾啾幽幽地问："你要不要尝尝抹布的味道？"

程隽未能如愿以偿地吃到饺子，不过有皮蛋瘦肉粥，配一小碟爽口的小菜，同样吃得很满足。

阮啾啾看着他精神些了，额头的温度渐渐退下来，总算放下了心。

趁着程隽在吃饭的工夫，阮啾啾想起曲薇的那件事，支着下巴小心翼翼地问："那个……你将来会继承你爸的公司吗？"

原谅她问得直接，他俩也没多少夫妻情。

程隽舀粥的动作顿了顿，他温暾地回答："不会。"

阮啾啾叹了口气："你这个人真是能急死人，人家都抢到门口了，你竟然还不温不火的。"

她沉默下来。

阮啾啾早就准备离婚了，只不过这一天来得比她想象中更早而已。

"我就直说了，曲薇问我要你的股份了。我知道你不愿跟她争，你可能连股份都不想要，但是饭还得吃，所以只要我答应离婚，她就能多给我三百万，还会给一套房子。你比我更需要钱，所以这些你就拿着吧。虽然我记不清细节，但是这件事我可能也是帮凶，我对不起你。"

她早就习惯自食其力的日子，钱多钱少都一样，但是程隽这样的状态还是令人很担心的。

程隽突然抬起头："给我？"

"对啊，我又花不了那么多钱，你还是多担心担心你吧。感冒都能差点儿弄死自己……"阮啾啾没好气地翻了个白眼。

程隽怔怔地望着她。他狭长的眼眸微微抬起，眼珠黑漆漆的，透着异样的神采，这是阮啾啾很少能看到的、不同于平日的眼神。他沉默许久，又重复了一遍："给我的？"

阮啾啾："你是被复读机附身了吗？"

程隽没有回答她的问题，反而接着问："为什么？"

"就当报答你让我白吃白喝还给我钱的恩情。这个理由充分吗？不过，说到底这些钱本来就是你的，我只不过是沾了光。"

"如果你没有问题，正好当初的离婚合同在我的抽屉里，我等会儿就签了。"

阮啾啾说了这么一长串话，程隽终于放下手里的勺子。

他的语气十分淡定："不用离婚。"

阮啾啾："嗯？不离婚哪里来钱啊？"

"我有积蓄。"

"哎？"阮啾啾伸出手向他比画，"五十万？一百万？两百万？该不会有五百万吧？！"

程隽望着她不淡定的模样，怕吓到她，便淡定地嗯了一声："还有两套房子。"所以，她也别惦记曲薇给的一套房了。

其实……他的存款还得再加两个零，再翻几倍。

阮啾啾惊了："你哪里来的钱？"

程父的公司做了这么多年，年收入总和不过是他的月收入，差距太大，程隽从来没觉得自己持有的股份是多么大的一笔钱。这些钱，还不够他开发一款游戏的资金。

在他眼里，曲薇就像个上蹿下跳的跳梁小丑，为了一点点钱费尽心机，丑态毕露。

他瞒得太好，或者说程父和曲薇从头至尾不觉得他能做出什么成绩，在他们心中，他就是个一事无成的废物，他们根本不屑于关注他在做什么。

这也让他们错失了一个惊天秘密——在他们眼里一无所有的草包，其上市公司都已经估价几十亿，且这才仅仅几年的时间。

阮啾啾惊了。

"我的天哪！这是伯母留给你的积蓄吗？"她只能想到这一个理由了。

程隽沉默片刻后回道："嗯。"

阮啾啾松了口气："那就好，如果你是个大老板，那我肯定得搬走。"她最怕麻烦，最不想搅和进别人的事情，如果程隽自己做生意，情况就变得很复杂了。

程隽的眼神飘忽了一下："……"

这么一想，阮啾啾不着急了，问："那我们的生活有保障了？"

程隽很淡定地道："嗯。"

"我挣了钱会慢慢还给你的。"

"不用还，你能负责我的一日三餐就好。"

阮啾啾："好的，你吃满汉全席我都给你做！"

程隽立即捕捉到关键词："满汉全席？都有什么？"

阮啾啾："那什么……还有一碗粥你喝不喝？"

至于程父的公司会如何，曲薇会怎样应对，阮啾啾没想好。

翌日，她又迎来一个好消息。程父的公司发生资金运转问题，恰逢一个项目被爆出有严重问题，上了热搜，有投资方撤资，紧跟着程父的公司股票大跌，股份立即缩水了至少一半。

突然遭到如此重创，程父急得日日夜夜睡不着，曲薇更是哭天抢地。

她的股份！她的钱！她还没拿到手就没了！

为了这件事，她刚刚向别人借钱，投入了一大笔资金进行运转，现在倒好，不仅没捞到钱，恐怕还得赔本。为此平日里乖顺体贴的曲薇顿时变成了母夜叉，天天阴阳怪气地指桑骂槐。

公司经历减员缩水，所幸没有赔得太惨，不至于破产结算。程父感觉焦头烂额，只想把公司维持住，哪还顾得上自己的儿子在干吗。

程隽的感冒第二天就好了大半。

阮啾啾有钱又有了底气，决定给程隽做一顿好饭犒劳犒劳。

程隽收到了涂南的信息。

"老板，还要把最后一笔投资撤了吗？"

程隽指尖轻点，回复道："不用了。"

程父的公司倒闭，阮啾啾又是意外又觉得大快人心。

她给曲薇发信息，优哉游哉地问："房子和三百万准备好了吗？等你。"

手机另一头，收到消息的曲薇差点儿气得把手机砸了。她面目狰狞，表情扭曲，恶狠狠地戳了几下手机："没有！你们离不离婚关我屁事！"

阮啾啾理直气壮地道："你这人怎么能说脏话呢？"

曲薇直接把她拉黑了。

半晌没有得到回应，阮啾啾知道曲薇大概是再也不想看到她了。

阮啾啾耸了耸肩，可惜了，本来还想再调侃调侃曲薇的。

她拿起手机照照自己的脸，叹了口气，有种顾影自怜的惆怅感。

接水喝的程隽听到叹气声，望向阮啾啾，听见她幽幽地说："我怎么这么好看？"

程隽：“……”

　　阮啾啾再次登录游戏，看到几位好友在线，愉快地叫他们一起玩游戏。正好最近有个组团任务，可以爆出最新的装备，白龙马高高兴兴地叫了几个人一起。

　　邓布利少：“还缺个侠客，谁来？”

　　白龙马：“你等我去帮派拉一个。”

　　没过多久，白龙马私聊阮啾啾。

　　白龙马：“啾啾啊，大神说他有时间哎，你介意不？”

　　阮啾啾犹豫了一下。这时候她再拒绝，未免有些不识好歹。人都凑齐了，她因为故国神游不玩，别人指不定还以为他们之间有什么。只要两个人不单独说话就好了。

　　啾啾啾：“嗯，好的。”

　　白龙马：“好嘞！”

　　小地图的怪比较难打，阮啾啾只打算乖乖地跟在后面及时给大家补血。故国神游开了麦，淡定地指引着大家等会儿该怎么打。他的声音很好听，是低低沉沉的嗓音。

　　大家纷纷开了麦聊天。

　　白龙马用语音说：“啾啾妹子，你也来呗！”

　　啾啾啾：“不了，我的声音不好听。”

　　白龙马：“能多难听啊？”

　　啾啾啾：“难听到能让你拉黑我。”

　　故国神游轻笑了一声，引得团队里的几个迷妹尖叫：“大神，你的声音太好听了！”

　　阮啾啾装作没听见。

　　这一波打怪，故国神游带得很稳。阮啾啾都没有补上几次血，纯粹是跟着打酱油。故国神游一边指挥一边淡定自若地连连放出杀招，最后一招暴击，彻底将怪物打死。全场最佳绝对是他。

　　怪不得小女生都喜欢游戏大神呢，阮啾啾不得不承认，此时的故国神游很有魅力。

　　爆出来的装备，白龙马热情地让阮啾啾挑，阮啾啾一身人民币装备比这些好多了。她象征性地拿了一个戒指，跟着他们出了地图，就打算退出游戏。

邓布利少："我们再玩几把，难得有个奶妈妹子不嘤嘤嘤、不作的，技术也还可以。"

之前玩组团任务的时候他可没少被坑，有些玉仙玩得不好不说，一出好装备就软声软气地叫哥哥撒娇地要。像他这种只喜欢游戏的纯直男，最见不得这种女生，偏偏队友还就吃这一套。

他差点儿没郁闷死。

这么一对比，他顿时觉得话少又靠谱的啾啾啾真是不错。

啾啾啾："谢谢夸奖。"

几个队友换了换装备，准备开个难一点儿的深渊地图。若不是有故国神游在，他们肯定不敢轻易进去，趁着大神在说不定能爆神级装备呢。

阮啾啾继续摸鱼。

蹄朝西："啾啾妹子，你玩游戏不要装备也不升级，玩什么啊？"

啾啾啾："看风景啊，风景很美的。"

白龙马："噗，你真有意思。"

故国神游："的确很美。"

白龙马："哟哟哟，大神你说谁呢，说人还是风景啊？"

白龙马看不上轻风碧影，明眼人都能看出来，故国神游对啾啾啾似乎有那么点儿意思，她绝对支持两人在一起，这时候起哄也是给他们制造机会。

阮啾啾只希望她别再开玩笑，虽然隔着网线徐碧影掐不过来，阮啾啾不怕徐碧影，但是惹出事还是很麻烦的。

正当她在内心吐槽的时候，白龙马说道："那个……轻风碧影说要一起玩。"

轻风碧影同样是玉仙的辅助角色，阮啾啾见状乘机溜了："既然这样我就下了。"

邓布利少："不用啊，正好还缺一个位置的，下一场比较凶险，估计需要两位多出力了。"

阮啾啾感觉眼皮跳了一下。

轻风碧影的名字刚显示在队友列表里，她就动作很快地开了麦，嗓音轻轻柔柔地道："啾啾妹子，我的装备没你好，等会儿带带我啊。"

阮啾啾真不确定她是在讽刺自己还是没心眼了。

啾啾啾："哦，我是人民币玩家，我能给你找个比较好的充值套餐。"

一句话，她成功地把对方噎了一下。

故国神游："噗。"

轻风碧影不乐意了："游哥哥，你竟然取笑我。"

故国神游："没有，我们继续游戏。"

阮啾啾被这一声娇娇软软的"游哥哥"惊得头皮发麻，只觉得五雷轰顶，七窍生烟。天哪，这么羞耻的声音，徐碧影到底是怎么发出来的？

白龙马趁着还没开团私聊阮啾啾。

白龙马："女人撒娇是杀器啊。"

啾啾啾："是吗？"

白龙马："你也用着点儿，男人都吃这一套的。"

啾啾啾："嗯……"

两人正说着，地图加载完成。故国神游温润的声音响起："两个玉仙跟在身后，放心，我会保护你们的。"

这一场众人打得极为艰难，boss（首领级怪物）血厚，自带回血技能不说，还能召唤死亡小兵。阮啾啾向来是佛系玩家，被这凶残的一幕吓了一跳，但依然兢兢业业地守卫在第一线。

"回血，回血，我要死了！"

"走、走、走，不要被困住了！"

"稳住！"这是唯一淡定的故国神游说的。

阮啾啾累得手指头快要抽筋，一边小心地躲着攻击，一边留意着技能冷却时间，随时给他们助攻。尽管她的等级不高，但胜在装备给力，人又跑得勤奋，算是帮了不少忙。

阮啾啾持续着回血——被打死——等待复活——继续回血的循环。

和阮啾啾不同的是，比她高了几十级的轻风碧影明显只在意故国神游一个人，回血大招都只针对自己的竹马，把其他人抛到了一边。

这一场打得很是艰难，一结束，邓布利少就发话了。

"那个轻风碧影，你怎么只复活大神一个？我们不是人啊？"

"幸好有啾啾妹子在，否则我得郁闷死。"

"就是，你也太偏心了啊。"

几个人都很不满，七嘴八舌没个消停。这时，故国神游发话了："把最好的那件装备给啾啾啾，大家没意见吧？"

方才啾啾啾可是拼了命地在救他们，装备正好是回血神器，适合玉仙这样的角色，大家纷纷同意。唯有轻风碧影不服气地嘟囔了一声："这是游哥哥打下来的啊。"

这一次，故国神游的语气有些重："碧影，别说了。"

阮啾啾拿了装备，其实也没多高兴。徐碧影肯定把她给记恨上了。

对阮啾啾来说这只是个游戏而已，她可以随时下线，都是小事。

但对徐碧影来说这就是大事了。她不仅没捞到好处，还把顾游惹不高兴了。她哭哭啼啼地去找闺密吐槽求安慰，言语之间都在指啾啾啾抢她的男友，得了便宜还卖乖。

另一边，阮啾啾从房间里出来，正巧程隽进了门。她鬼使神差地想到了白龙马那句话。

阮啾啾凑上前，娇娇甜甜地叫了一声："隽哥哥——"人家想吃大龙虾。

后面的话她还没来得及说，程隽像是受惊了似的，平日惫懒的眼皮微微抬起，目光凝固，来不及换鞋转身就朝着客厅走去。

阮啾啾："你干吗去？"

程隽很快就回来了，手里拿着一根细长的……温度计："量一量。"

阮啾啾："……"

敢情他以为她发烧烧糊涂了？不是说所有男人都吃这一套的吗？阮啾啾深感自己的自尊心受到了严重的伤害。

阮啾啾恼羞成怒地道："你算什么男人？！"随即她不开心地回到房间，还把门关上了。

程隽站在原地，默默凝视着紧闭的房门。

手机嘀的一声，响起微信提示音。

阮啾啾："我要吃徐记大龙虾，只允许你回复'嗯'，否则冷战一星期。"

程隽回复得极快："嗯。"

阮啾啾："我的自尊心受到了伤害。"

程隽："嗯。"

阮啾啾："你就这反应？！这日子没法过了！"

沉默良久后，程隽回复："不是说好了，只说'嗯'的吗？"

阮啾啾："我要跟你冷战。"

程隽："……"他还是去买大龙虾吧。

徐记离家不远，程隽不爱在外面吃饭，出门买虾去了。

刚才还说要冷战的阮啾啾转眼就忘记了自己说的话，正要夸他一句速度快，她的微信突然弹出一条信息，是白龙马发来的。

"啾啾，你好像被挂到游戏论坛上了。好多人在看呢！"

阮啾啾吃了一惊，第一反应居然是：难道自己氪金却技术不行的事传出去了吗？

白龙马把"818"帖子的链接发了过来，阮啾啾打开，粗略地看了一遍。这才不过几个小时而已，八卦帖子下面已经有了上万浏览量。

帖子名叫"818想抢我闺密的男朋友的人J"，发帖人是用第一人称来描述整件事情的。

帖子里面提到，本来闺密跟男朋友感情稳定，是帮派里公认的一对眷侣，结果来了一个名为J的人。这人欲擒故纵，用各种手段吸引闺密的男友的注意力。从那之后，J就开始明里暗里地勾搭闺密的男友，表面上退出帮派，暗地里却叫闺密的男友一起玩游戏。闺密是个软妹子，只知道哭，自己作为闺密实在是看不下去了，于是选择来论坛曝光J，让她知道她不应该招惹别人的男朋友，好自为之。

阮啾啾："……"

她好自为之个鬼啊，这句话不应该是说给故国神游看的吗？

阮啾啾当初退出帮派，多多少少也是有人议论的。再加上他们是大帮派，鱼龙混杂，楼主还在帖子里放了不少暧昧的关键词信息。很快留言里就有人扒出 J 是 ID 为"啾啾啾"的一个玉仙玩家。接着，所谓闺密、闺密的男朋友，大家自然也知道是谁了。

轻风碧影虽然从来没有公开说过自己是故国神游的女朋友，但她跟故国神游语气亲昵，言谈间经常透露两人现实中是青梅竹马的关系，迷妹们不敢放肆。

但这个来路不明的啾啾啾竟然敢对她们的大神有想法，手段还如此卑鄙。

阮啾啾收到了很多好友申请，附带消息都是各种不堪入目的辱骂的话。有人劝她收手，也有人劝她别毁了自己，免得牵扯到三次元的生活。她一键删除，把状态改为"不允许任何人加好友"，消息页面才消停了。

时隔多年，又被徐碧影用同样的手段对付，阮啾啾的心态却比那时候好得多。

她已经学会不被别人影响，不过是一群身份不明的网友，大不了她换个号，这些人还能怎么样？

平白无故地遭遇一波波劈头盖脸的狂轰滥炸，是个人都会生气。

白龙马一直在劝阮啾啾冷静，先向官方举报，把信息不实的帖子给删了。

阮啾啾登录游戏，非常冷静地让白龙马邀请她加入长月踏歌帮派，非常冷静地在群聊中打出了一行字："我就是啾啾啾。"

她这一句话，让群里的人炸锅了。上百人的帮派，"吃瓜"群众多的是，很快论坛更新帖子：J 妹子要跟轻风碧影开撕了！

下面全是蹲楼等直播的人。

好多人哀号着求进群，好想看看新鲜热乎的"瓜"。无奈此刻只有帮派内部成员能看到，大家纷纷沉默下来，等着轻风碧影出来，两人当面对质。

好多人在哀号——真羡慕故国神游啊，竟然有妹子为他争风吃醋打起来了！

阮啾啾耐心地等待片刻，徐碧影果然出来了。

徐碧影的语气非常无辜："怎么了？对不起，是发生什么事了吗？我刚刚上线。"

啾啾啾："没什么事，我就是想跟你说一声，不要让你男朋友再来骚扰我了。我真的不想加他的好友。"

轻风碧影："……"

轻风碧影："你是不是自作多情了？他怎么可能会骚扰你？"

啾啾啾："你是不是自作多情了？我用得着骚扰他？"

轻风碧影："呵呵。"

轻风碧影："游哥哥不是那种人，可能你给了他一些错误的暗示。"

她明里暗里指阮啾啾先撩者贱。

轻风碧影："我知道的，人人都喜欢大神，他的迷妹很多。如果你有什么误会，那我先道歉好了，这个帖子不是我发的，你可以去查。"

帖子当然不是她发的，是她的好闺密干的事情。

阮啾啾想，徐碧影可真是个巧舌如簧的女人，怪不得当初能把所有人耍得团团转。她懒得跟徐碧影计较，今天徐碧影口不择言地说了这么些话，谁对谁错，大部分人是清清楚楚地看明白了的。

正在这时，门被敲了敲，传来程隽温暖的声音："吃虾。"

阮啾啾的心情顿时好了："等我、等我！"

啾啾啾："随你，我老公在叫我了。"

轻风碧影的闺密"天下第一小公举"立即嘲了一句："谁知道你有没有老公，有老公的人还来网恋，臭不要脸。"

这话一出，帮派的其他人也受不了了，纷纷加入战局，开始讨伐两人，说她们欺人太甚，没证据胡说什么。

"天下第一小公举"的战斗力非常强，她不仅替轻风碧影顶住其他人的攻击，还非常有嘲讽力地继续骂阮啾啾，说阮啾啾"就知道示弱""别人有老公都是一起玩，你老公知道你在网上干的这些事吗""都不知道你有没有给你老公'戴绿帽子'"……

她骂得很脏，偏偏又不带脏字，大家想举报都没办法。

啾啾啾的 ID 显示亮着，却一直没有回复。大家都以为她被骂哭了，不料没过多久，江湖追杀令更新——

玩家"啾啾啾"挂出通缉令，追杀玩家"轻风碧影""天下第一小公举"一百次，最高级别黄金赏金，时限一个月。追杀次数最高玩家可获得本人赠送的极品装备。

鲜红的大字在屏幕上重复滚动播放，一时间整个世界都沸腾了。

这人有钱啊！真是人民币玩家啊！

被追杀的两人立即红名，脸都绿了。

一般大家都是互相怼来怼去，这个啾啾啾怎么不按节奏出牌？

阮啾啾深藏功与名。自己怼人多麻烦，她们不是很在乎这个游戏吗？一个月的时间，她们要么换马甲，要么只能在群里打嘴炮，一个任务都别想做了。

几个列表里的好友发来几行"66666"，简直对阮啾啾这一招佩服透顶。

她这么一做，别说徐碧影她们了，就连其他谩骂过她的人也有些怕被记住名字从而被红名追杀，悻悻地住口不提。

阮啾啾愉快地去餐厅吃大龙虾。程隽今天很听话，大概是知道惹恼女人的下场，规规矩矩地一句话不说。阮啾啾一边剥虾壳一边说："我刚刚在游戏里花了很多钱，有点儿肉疼。为了节省，最近我打算少花一点儿钱。"

程隽问："没钱了？我给你转。"

阮啾啾有些惊讶于他的识时务："不是啦。"不过程隽这么问她还是挺高兴的，好歹他也是关心她嘛。

程隽慢吞吞地说："那就好，别克扣饭钱。"

阮啾啾："……"

他们还能愉快地聊天吗？

阮啾啾不客气地偷走他剥好的虾，嚼啊嚼地含混说道："你怎么不问我钱都花到哪里去了？"

程隽默默地把剥好的一盘虾朝自己的方向缓缓挪："嗯？"

"我在游戏里被人骂得狗血喷头哎，还被挂到了论坛上。人家说我给自己的老公'戴绿帽子'，我可真冤。"

程隽眨了一下眼睛："戴绿帽子？"

阮啾啾："重点不是我被冤枉了吗？只不过是一个技术挺好的大神总是来搭讪我。"更何况，他们俩根本没有感情，哪里来的"绿帽子"可说？

阮啾啾郁闷地说："可惜我技术太差了，否则肯定会挑战那个轻风碧影，光明正大地将她好好揍一顿。"

程隽沉默片刻后问："你生气了？"

"不算生气，只是我不喜欢被冤枉。"阮啾啾剥好虾塞进口中，"不过我已经报复完毕了，成功让她闭嘴。"就当是报当年徐碧影算计她的仇，现在的她可不像那时候，说忍着就忍着。

程隽望着她，表情若有所思。

一顿大餐结束，程隽在收拾残局，阮啾啾去冲了个澡。

待到她贴好面膜出了门，却听到从程隽的书房里传出熟悉的音乐。阮啾啾愣了愣，凑到门前问："你在干吗，该不会是在玩游戏吧？"

程隽淡定地嗯了一声："看看奸夫是谁。"

阮啾啾："……"

她走到程隽身后，看到程隽操纵着名为"西江月"的侠客，慢悠悠地重复了几遍招数。阮啾啾顿悟了，促狭地问："之前没玩过这种游戏？"

程隽回答："技术不行。"

阮啾啾点了点头："我也是，技术不行，只能当一个看风景的佛系玩家了。"

说到这里，阮啾啾一手搭在他的肩膀上，凑近屏幕看清程隽所在的地图后，说："等会儿我加你，带你做做任务。如果你不嫌弃走哪儿都有人围观的话。"

她的注意力全在游戏上，不知不觉身体便挨得有些近了。柔软的手指有些冰凉，程隽隔着卫衣都能感受到她的温度，黑色的长发还带着洗发露的香味，她说话的时候，温热的气息仿佛擦着他的脸。

程隽有那么一瞬间有些晃神，但表面上依然纹丝不动，表情淡定。

阮啾啾立即回房间登录游戏号，在游戏加上程隽的好友。

啾啾啾："我带你去做任务……等等，你去哪儿？"

西江月："先去买几件衣服玩。"

啾啾啾："……"

阮啾啾郁闷地看着他的身影消失了，这才进入帮派群聊。大家看到她都挺开心的，一个个叫金主叫个不停。徐碧影和她闺密已经完全不敢在游戏里露面，如果她们俩龟缩一个月，那么阮啾啾即将完成一毛钱都不用花的胜利。

阮啾啾差点儿为自己的机智鼓掌。

白龙马："啾啾妹子，你刚刚干吗去了？"

啾啾啾："哦，我老公说要玩游戏，我就带他一起。"

她一说老公，大家都惊了，一个个叽叽喳喳地纷纷问她老公的名字。

正好借此机会正名，她大大方方地打出了"西江月"三个大字。她才不会觉得程隽等级低有什么丢人的，她的等级都是钱慢慢堆上去的，俩人只需要做开开心心的氪金玩家就好了，她从来不在乎别人的眼光。

帮派的群聊突然沉默了几秒。

蹄朝西："那个……是世界频道的那个西江月吗？"

白龙马："你老公牛啊！"

邓布利少："够爷们儿！挺他！"

阮啾啾一头雾水地打开隐藏的世界频道，便看到一排排刺目的红字不停地刷新，又不停地被玩家们的言论淹没。

"西江月"向"故国神游"发出竞技台挑战。

阮啾啾差点儿跳起来："程隽你在干吗？！！"

隔着一道门，程隽慢吞吞的声音飘了过来。

"练手。"

如此清新脱俗的理由，也只有程隽能用了。阮啾啾一时间竟无语凝噎。

她走到程隽的书房门口，却发现程隽在吃昨天买的散装小熊饼干，咔嚓咔嚓的声音持续不断，偏偏他的另一只手还控制着鼠标使游戏角色在地图上到处跑。他身后跟着成百的玩家，他走到哪儿大家跟到哪儿，都是特意过来看看西江月长什么样的。

阮啾啾："……"都要决斗了，他还优哉游哉地吃小饼干。她真想让白龙马他们看看所谓的真爷们儿到底在干什么。

游戏的论坛都要吵炸了。

报——啾啾啾的真老公上线了！

西江月冲冠一怒为红颜！

又是一个败在故国神游手下的弱鸡，毫无看点，垃圾。

直播西江月挑战故国神游，大家快进来！

我赌一根辣条，这是个全程无尿点的比赛！

…………

今天本是工作日的晚上，却因为这一出，不少玩家纷纷拥入游戏里"吃瓜"看热闹。《如梦令》自从开服以来，由于氪金度良好，游戏可玩性强，玩家们都忙着升级，主题也都是关于游戏的内容，"818"这种帖子极少，大家又见惯了网络渣男渣女，已经麻木。

乍然间吃了个大"瓜"，一群人兴奋得不行。其中牵扯到大神、三次元、四角恋、捉奸等狗血元素，已经有人脑补出一场大戏，如今敲锣打鼓，就等着大戏开场呢。

偏偏风波中心的二人，一个忙着吃小饼干，另一个默默地望着对方吃小饼干，无语凝噎。

阮啾啾忽然想到，是因为自己提到技术太差不能挑战轻风碧影，所以程隽才想上线给她出一口气的。程隽的心意她心领了，只不过等会儿他被收拾得太惨，她怕他面子上过不去。

咔嚓咔嚓咔嚓……程隽在以仓鼠的速度啃小饼干。

阮啾啾："……"他好像根本没把这当回事。

故国神游在线，却没回应。

待到他知道徐碧影做的事情后，事情已经到了无法挽回的地步，他都不知道该怎么道歉才好。望着不停向他发出挑战的西江月的名字，他又是好笑，心里又有种微妙的酸意。

他向蹄朝西借了号，给阮啾啾发信息。

蹄朝西："让西江月收手，我会替碧影向你道歉的。"

啾啾啾："抱歉，这是我老公决定的事情，如果他喜欢，我没有权利阻拦。"

故国神游微微皱起了眉头。

蹄朝西："我不想把情况闹得太难堪。"

啾啾啾："没事的，他输了也就输了。"

程隽如果不在乎，她也就当个闹剧看了。最起码他能有挑战大神的魄力，阮啾啾突然觉得程隽是真的很有胆量。

"……"

西江月还在发出 PK 申请。大家都等待着故国神游的反应，等了这么久没见回应，以为大神是不打算理会炮灰了，"吃瓜"的人渐渐有散了的趋势。

就在这关键时刻，世界频道刷新信息。

"故国神游"同意"西江月"的挑战。

哗——大神竟然答应了！方才还在论坛里说大神神格那么高，犯不着跟一个新人计较的人瞬间被打脸。

竞技台有十分钟的准备时间，设有围观席和弹幕，玩家们皆可拥入竞技台围观两个人的竞技比赛。还没等两人进场，弹幕就铺天盖地地涌现，都是在刷"吃瓜"的评论。

《如梦令》的竞技台从设立之时就是一个热点，要求如下：PK的双方玩家无等级加成，无特殊装备加成，红级以上装备加成均算作平均值。

也就是说，双方玩家只能用真正的技术来打倒对方。

竞技台对故国神游来说相当于一个起点的存在。早在开服不久，他就以新人的身份挑战玩过内测号的大神，在众人唱衰他的时候以一己之力打了个相当漂亮的翻身战。也正是从那个时候起，故国神游彻底在游戏里大火。后来几次，他上过竞技台，赢得相当潇洒，也算是整个游戏里曝光率和人气最高的大神了。

有人说西江月真是初生牛犊不怕虎，丢人的事还在后面，也有人说这样的行为哪怕输了也很光荣，毕竟西江月是为了自己的女人而战。总而言之，今晚他将在《如梦令》里留下光辉的一笔。

时间已到，两人换好了装备，被自动传送到竞技台上。

两人同样是侠客，同样是一袭白色长袍的新手装扮，衣袂飘飘、丰神俊朗，手上握着一模一样的青铜长剑。如果不是头上顶着的名字区分，恐怕一时间大家真的看不出谁是谁。

故国神游实在是不认同西江月的做法。

哪怕为了展示自己是真男人，西江月也应该穿好一点儿的装备，免得掉血太快。故国神游开始计算自己等会儿该用哪些招式，才不至于让对方输得太难看。

弹幕上一团乱。

"这是男人之间的战斗！"

"妈耶，太浪漫了，此处@我老公，出来挨打！"

"我已经预见接下来的惨淡场面了……"

"看大神如何让对方输得体面一些。"

大家吵吵嚷嚷的，阮啾啾默默地看着弹幕，不知道该说些什么好，就给程隽发了条"加油"。帮派的群聊也是闹哄哄的，一群"吃瓜"看热闹的人。看在当事人的面子上，他们含蓄得多，也有不少人安慰阮啾啾，夸她老公简直太给力。

阮啾啾半点儿没有焦急的样子，尤其是听到程隽的书房里持续传来的咔嚓咔嚓的吃饼干响声，就更放松了。

系统柔和的提示音响起。

"玩家请做好准备。"

"倒计时开始。"

"三、二、一，开始！"

众人顿时安静了，眼睛一眨不眨地盯着屏幕，等着看好戏。处于围观中心的两人平静地站在原地，谁也没动，安静得不像话。

围观的弹幕沉默了几秒，才有人弱弱地发了一条。

"卡住了？"

故国神游本来在等西江月先动手，免得自己一出手对方就掉半管血。不料对方稳如泰山，一副"敌不动我不动"的样子，让他有些不耐。

终于，故国神游动了。

他挽起一道漂亮凌厉的剑花，猛地朝对方冲去。电光石火之间，原本稳如咸鱼的西江月也跟着动了！只见他惊人地灵活挪转，避开故国神游的招式，在大家都没看清的情况下，手中的长剑倏然消失，再次出现的时候，凌厉的剑芒嗖地从故国神游的背后穿刺而过，亮起一道炫目的光。

故国神游头顶的血条瞬间少了将近四分之一。

时间凝固在这一刻。

围观的人都惊呆了，弹幕死寂，就连当事人故国神游也愣在原地，竟然忘记了反击，不知道电脑那一头的他是什么样的表情。

阮啾啾："……"刚才那一下是程隽干的？她怎么有点儿不敢相信呢？

这一招是侠客的基础招式，穿云破晓，是人人都用过不知道多少回的一招，大家也都知道这一招的缺点，明白该如何避开。按道理说，穿云破晓对故国神游应该是毫无威胁力的。

能打到故国神游，还能让对方愕然地愣在原地，只能说明——这个名为西江月、来路不明的玩家，手速比故国神游快得多！！

满屏都是震惊的感慨。

"太牛了！"

"这是哪路的神仙啊！"

"妈呀，谁看清楚了？求大神解说刚才是怎么回事？"

"我好想看慢放啊，但是我根本不敢动，生怕错过下一招！"

就在众人惊叹的时刻，故国神游操纵着人物向前走了两步，像是在表明自己要出招了。

白衣飘飘的侠客猛地向空中一跃，拔剑而起，刹那间，半空变幻出成千上万的银光，如暴雨梨花针般，气势汹汹地一拥而上！以阮啾啾的眼力根本追不上他们两个人的动作，她只看到西江月被对方锁死，徒劳地挣扎了一下，随即被对方的连招彻底锁住，随着万千烟花炸开的场面出现，西江月的角色的血条也在噌噌噌地减少。

"第一场，故国神游，胜！"

围观的弹幕瞬间活跃起来。

"刚才是故国神游大神太轻敌了！"

"果然，是大神发挥失误了，这个西江月没有任何抵抗的机会！"

"大神果然是大神！"

关于故国神游的"彩虹屁"一茬接一茬，帮派里的人也不好说话了，唯有一直在线的轻风碧影开口了。

轻风碧影："对不起啊啾啾妹子，我家大神没收住手。"

阮啾啾无视她的嘚瑟嘴脸，有点儿怕程隽失落，推开电脑椅去看程隽在做什么。从卧室门一出去，她便看见程隽正从厨房往回走，手里拿着一瓶被拆开的养乐多。

阮啾啾："……"

等等，刚刚他不是在玩游戏吗，什么时候跑到厨房去了？

程隽面对阮啾啾震惊的表情，反应优哉游哉的。

他淡定地说："啊，饼干吃太多了，有点儿渴。"

阮啾啾："……"

所以说……

这个家伙竟然打到一半去喝水了吗？！

阮啾啾一时间竟无语凝噎："你就不能打完一局再喝吗？"

程隽："可以，但没必要。"

第四章
嫂子超好看啊

五分钟的休息时间很快便过去了。

方才还吵闹着的大家都安静下来，等着下一轮的竞技比赛。也有人已经没了兴趣，直接退出围观。他们已经能预想到结果了——肯定是大神虐菜鸟，单方面的虐渣场面当然没什么看头了。

阮啾啾回到座位上，等着接下来的比赛。

她看着程隽淡定的模样，一时间有些无言以对。帮派群里大家还在安慰阮啾啾，让她不要太尴尬，故国神游是游戏里的大神，赢过别人是很正常的事情。

阮啾啾："……"如果他们知道程隽刚才是去拿养乐多的话，还能说出这样的话吗？

第二场竞技赛准备开始，大家翘首以盼，等着看大神虐渣，让这个自不量力的家伙好好掂量掂量自己的分量。

故国神游望着屏幕中一动不动的西江月，忽然有些晃神——为什么他总有种微妙的第六感，对方只是在试试他的实力如何呢？普通的玩家看不出来，但故国神游清楚，西江月绝不是侥幸拿到一血的，也绝不是发挥超常。

这种稳如老手的淡定，不禁让他有种似曾相识的熟悉感。

他皱了皱眉，在对话框里打了一行字发出去。

故国神游："我会尽力的。"

西江月："嗯。"

围观的"吃瓜"群众顿时愤怒了。

"他真以为自己是谁啊，国服第一李斯特？"

"这人简直太嚣张了！大神请使劲儿揍他！"

"厉害啊这个老兄，用这个态度跟大神说话。"

当事人故国神游并没有生气，对方气定神闲的回答，反而让他隐隐有种不安感。当他思索着这股不安感从何而来的时候，伴随着系统的提示音，两人的第二场竞技开始！

围观的"吃瓜"群众虽然走了一些，但人数依然众多，弹幕持续刷屏，无非表白和马后炮的话语。

"大神虐他！"

"一招送他上西天！"

"大神我爱你啊啊啊啊啊！"

零星有几条敬佩西江月能够有这种勇气的弹幕，很快被其他玩家压了下去，消失不见。

站在竞技台中央的两名侠客玩家一动不动，仿佛重现了方才的僵持局面。只不过沉默对视的场面在下一秒就被西江月打破。

他动了。

杀气腾腾，气势恢宏，八个字可以形容在场的观众看到的万年难得一遇的震撼场面：他们根本看不清西江月的连招，只能看到节节败退、被打得毫无还手之力的故国神游和其飞速减少的血量！

故国神游再一次被死死锁住，从高空狠狠地摔在地上！

黑金色的烈焰以西江月为中心爆开。他宛若死神般冷酷地站在原地，凝视着没有生命的故国神游。

"第二场，西江月，胜！"

哗——

围观的玩家呆若木鸡，沉寂许久后，脑中只有一个问题：

刚才到底发生了什么？

"能、能请求官方回放吗？"

"请以 0.5 倍速……不、不、不，以 0.1 倍速播放！"

"天哪，我是眼花了吗？"

"有谁看清楚了，求解释啊兄弟姊妹！"

他们一脸蒙地望着依旧淡定的西江月，方才还叫嚣着故国神游大神虐死这个渣渣的声音瞬间消失不见。谁都不敢出声，就连论坛的直播帖楼主也蒙了，一时间不知道该说什么好。

有人发了一条帖子。

"第二场，西江月完胜故国神游！"

帖子一出，立即引爆了大家的热情，就连方才出了竞技台围观频道的玩家们也愣了愣，这才后悔不迭，连忙追问到底发生了什么。不过短短几分钟时间，竞技台又拥入上万的玩家围观，差点儿造成系统崩溃。

顾游一脸震惊。这杀伐果断的气势和熟稔的手法……不，对方绝对不可能是那个人。

以那个人的性格，他怎么可能会屈尊来这样一个游戏，还跟他PK？只能说明大隐隐于市，这个世界上还是有许多自己不曾见识过的高手。

他的肌肉绷得很紧，一时间变得紧张起来。对方的手速是他根本无法企及的高度，如果再这么下去，他一定会以同样的方式失败！

可是，短短时间内，他该怎么做才好？

阮啾啾也蒙了。她不敢打扰程隽，只能等竞技赛结束了，再过去弄清楚到底是怎么一回事。只是现在胜率是一比一，谁也无法预测接下来到底哪一方会赢。

围观的玩家兴奋到要炸裂，迫不及待地等待着下一场比赛。

系统提示音响起："第三场比赛，开始！"

故国神游先行一步！

他几乎是在系统宣布开始的瞬间直接亮出自己最拿手的杀招，

只是对西江月来说，故国神游的动作还是太慢了，慢得破绽百出，毫无防守之力。西江月就像一个毫无感情的决斗机器，不留情地碾压着故国神游！

故国神游被打倒在地！

故国神游又被打倒在地！

仿佛一场单方面的血腥屠杀，故国神游面对对方的反抗如此凄惨又无力，让围观的玩家不由自主地代入进去，心跟着紧紧地揪在一起。

太惨了，太惨了，故国神游完全没有反抗的余地！

如果说故国神游的技巧堪称完美，毫无破绽，那么此刻的西江月则是以教科书般的技巧给他们生动地演绎了什么叫作真正的侠客。他以侠客的身份，完成了数次高输出暴击，招招酷炫，毫不留情，简直像是暗夜中的幽灵，随时能索命，令人战栗的窒息感让众人无力地颤抖着，一时间弹幕鸦雀无声。

玩家们屏住呼吸，心跳怦怦加快，眼睛都舍不得眨一下，紧接着，系统的提示音宛若一道丧钟，使劲儿砸到他们的心脏上，差点儿让他们一口气喘不上来。

"第三局，西江月，胜！此次竞技，西江月两胜一败，赢得胜利！"

玩家们顿时蒙了。

他们后知后觉地意识到，今天恐怕见证了《如梦令》网游再难复制的最经典的一次竞技赛。什么叫作玩游戏，这个西江月简直把游戏玩成了一种艺术！

众人回过神来，脑袋里只有一个问题：西江月到底是谁？

如此凌厉的气势、华丽辉煌的技巧、精妙而毫无疏漏的防守和不可思议的速度……这人仿佛人形机器，完成了简直不是人能做到的事情！

万众瞩目之中，故国神游回忆起一年前被支配的恐惧。

他在游戏圈已成名多年，战果累累，非常幸运地得到一次挑战国服第一玩家李斯特的机会。当时的他就是如此，毫无还手之力，只能眼睁睁地看着自己被打倒。

那种令人恐惧的无力感，除了李斯特会让他如此，不会有第二个了。

故国神游颤抖着指尖打下了一个名字，连他自己都不敢相信。

故国神游："李斯特。"

西江月："嗯。"

两人的对话一出，众人哗然。他们没想到，自己方才竟然在嘲笑国服第一玩家李斯特？那个神龙见首不见尾、连比赛都不打的大神？围观的玩家顿时疯狂了，弹幕全是给李斯特表白的话语。他们想加李斯特的好友，却发现对方早已修改为不允许任何玩家加好友，随后李斯特就这么悄无声息地下了线。

两人竞技的视频本就火爆，加了李斯特的 tag（标签），点赞转发量噌噌上涨，游戏被重放再重放，许多游戏 up 主（在视频网站、论坛等上传视频和音频文件的人）连夜制作视频，解说两人这三战到底是怎么一回事。

还在线的阮啾啾非常淡定。

帮派群里鸦雀无声，聊天页面还停留在轻风碧影那句嘚瑟的话上。

阮啾啾干咳了一声，在下面回复了一句。

啾啾啾："对不起啊碧影妹子，我家老公没收住手。"

两人的话一对比，打脸啪啪啪地响。帮派的"吃瓜"群众立即笑翻了，只想给阮啾啾点赞。亏那轻风碧影还把自家的竹马当作什么了不起的宝贝，人家啾啾啾妹子根本没把他放在眼里好不好。跟李斯特比起来，故国神游还能算哪门子的大神？

论坛帖子立即更新数十条。

惊！啾啾啾的老公竟然是国服第一玩家李斯特！

骂我老婆，打你男人。

打脸事件后续——尴尬，谁还会待在游戏里？

轻风碧影不知道是被气着了还是已经下线，半晌没有说话。

帮派的群聊已经被一群"舔狗"的鬼哭狼嚎刷屏了：

"啾啾啾妹子，求求你让大神说句话，我是他五六年的老粉了！"

"天哪我只想知道李斯特究竟长什么样！"

"妈妈我哭了！"

"李斯特我爱你啊，你看我一眼！"

阮啾啾："……"

啾啾啾："到饭点了，我先下线。"

她随便找了个借口连忙下线，好让一群疯狂的网友冷静下来。

另一边，程隽的书房里也没消停，涂南在电话里歇斯底里的叫声震得人耳朵疼："老板，你啥时候登录游戏的？为什么你不跟我说一声？"

自家老板登录自家的游戏，这本应该是好事才对，但是这么一弄引发了轩然大波，涂南一个头两个大，真不知道该如何收场。

电话里传来咔嚓咔嚓吃小饼干的响动，还有老板含糊不清的慢悠悠的声音："想吃大餐。"

涂南："啥？？？"

回应他的是老板挂断电话的忙音。

涂南："……"混账老板！哇呀呀，他真是要被气死了！

阮啾啾为了犒劳程隽，给他做了一大桌的菜。她听到书房门被打开的响声，身后的程隽慢悠悠地走上前，随手又拿了一瓶养乐多撕开包装。

阮啾啾一时间还有些忐忑。

她望向程隽，谨慎地叫道："那个……大神？"

"……"

程隽原本正仰头喝养乐多，能清楚地看到他的喉结上下滚动了几下，下颌曲线纤细。他听到阮啾啾的称呼，动作一顿，别过脸，余光瞥向她，那双狭长的眼眸没什么精神，却传达着一个信息：疯了？

阮啾啾："当我什么都没说，洗手吃饭。"

她就不应该把程隽想得太脱离世俗才对。

什么李斯特、国服第一玩家、大神，说到底，隔着网线都有滤镜，她面前的程隽才是真真切切存在的一个人……

被称为"神之手"的手掌宽大而指尖修长，程隽正跃跃欲试地朝着盘子里摆好的糖醋排骨伸出手。他没注意到，身后默默靠近的阮啾啾伸出没用过的长柄勺，咚的一声用勺柄打了一下他的后脑勺。

阮啾啾幽幽地问："洗手了吗？"

"没有。"

"去洗手。"

"哦。"

徐碧影很后悔。

她不应该仗着顾游在游戏里是大神就这么放肆，还疑神疑鬼，导致如今顾游的 ID 在《如梦令》里彻彻底底地成了一个笑话，人人都嘲笑他自不量力，昔日他被捧得有多高，现在就摔得有多惨。

她如此懊悔是因为《如梦令》是嘉澄的游戏，而顾游一直想进嘉澄。徐碧影知道，他一飞冲天的机会或许被她毁掉了一大半。

一想到顾游有可能因此断了前途，徐碧影就惊慌失措。

不行，她绝对不可能让事情发展到这个地步！

咚咚咚——门外传来顾游低沉有磁性的声音："碧影，我有话跟你说。"

他们俩从小青梅竹马，媒妁之言，徐碧影一直把顾游当作自己的私有财产，顾游却总是表现得很是被动。若不是父母对他要求严格，让他好好地对待徐碧影，恐怕他会更加不上心。

那晚徐碧影从噩梦中醒来，立即给顾游打电话说要见他一面。顾游受不了她一直哭，从另一座城市赶回来，却在途中出了车祸，幸而只是扭到了脚。

也正因为如此，两人的订婚暂时被搁浅，说好等待一个星期，但徐碧影已经迫不及待了。

她整理好自己的衣服，楚楚动人地打开门，站在门口的顾游身材修长，眉清目秀，只是神态有些疲倦。他的语气总是温和的，人也永远一副风轻云淡的样子，让徐碧影摸不透。

"碧影，订婚的事，再看吧。"

"什么？"徐碧影唰地变了脸色。

自打上次出风头事件后，阮啾啾上游戏的时候总会遭受到朋友们的狂轰滥炸。她退了帮派，偶尔在游戏里看看风景，一时间游戏里多了许多跟她的名字相似的高仿号。

什么"口秋口秋""啾啾啾啾""啾啾秋"……大多是玉仙的角色，看得人眼花缭乱。就算有人看到了真正的阮啾啾的ID，也要愣一下，琢磨琢磨到底是不是真的。

阮啾啾哼着歌在画板上涂涂画画，时不时地点击鼠标，不过大半天时间，一幅画基本上就成型了。

画中是一处江南春景，樱花灿烂，随风飘零散落满地，正是仲春最美的时刻。红砖白瓦、亭台楼阁都镀上了一层金色光晕。一名身着红衫白裙的玉仙坐在倾斜的屋檐上，跷着腿，抬起玉臂，吹响翠绿的箫，乌黑的长发散落，衣袂飘飘，只留下一道曼妙的背影引人遐想。

阮啾啾有些手生，修改了许久。看着基本成型的画作，她伸了个懒腰，只觉后背有些僵硬。

忙完了约稿她又开始练手，不论是画画还是别的事情，都需要经常练习才能保持状态。

她是美术生出身，对画画颇有天赋，大学期间就有了名气，早就把画画当作一辈子的爱好。阮啾啾想，这段时间就算是复健时期，待到她跟程隽离婚后，她就可以继续从事老本行，想画就画。

这样想着，阮啾啾愉快地匿名将画稿发到了游戏论坛上。

《如梦令》正在征集角色CG（Computer Graphics 的英文缩写，是通过计算机软件所绘制的一切图形的总称）画稿，被选中的画手会有参与到新游戏的机会。阮啾啾对他们的印象不错——嘉澄这种大公司，最讲究人才竞争，到时候大家就凭本事说话了。

阮啾啾关上了电脑。

晚饭还没想好吃什么，她打算出门逛逛。

最近几天降温，寒风凛冽，天气预报说下周会下雪，阮啾啾想到自己还没有厚外套，便收拾了一下出门，去附近比较大的一个购物商场。

傍晚天色灰白，浓云布满天空，金黄色的残叶刮得到处都是，冷意从骨子内透出来，直让人遍体生寒。

阮啾啾戴着口罩，缩了缩脖子，被冻得瑟瑟发抖。

待到进了商场，暖和的空调吹在身上，僵硬的四肢渐渐能活动了，阮啾啾就像揉面似的使劲儿揉了揉冰冷的面颊，完全不顾形象，却听到身旁传来一声不太明显的轻笑，但很快就被对方掩饰住。

她愕然地回过头，便看到一名身材修长的男人。他穿着衬衫套针织背心、黑色长裤，臂弯搭着外套，面容干净而温和，看起来性格极好。

两人四目相对，男人不由得愣在原地，直勾勾地望着阮啾啾。

"是你？"

阮啾啾也跟着茫然地眨了眨眼睛："你认识我？"

"没什么，大概是认错人了。"男人意识到自己不礼貌的行为，歉意地笑了一下，微微颔首。笑意不过是一时的，很快又转为紧抿着唇的样子，男人紧拧着眉心，显得心事重重的。

阮啾啾收回目光，也一副思索的模样。

奇怪，那一声笑为什么让她感觉有点儿熟悉？她是在哪里听过吗？

电梯门打开，对方示意阮啾啾先进去，阮啾啾本来只想找个僻静的地方暖和暖和手脚，被陌生的男人礼让，一时间觉得拒绝对方还挺难为情的，便客气地进去了。

"几楼？"他问。

阮啾啾望着他挺拔修长的后背，理直气壮地说："二楼。"

"……"男人愣了愣。

对方先是按了一下二楼，又按下五楼的按键。五楼基本上都是餐厅，这栋购物商场的餐厅档次比较高，价格也贵，阮啾啾有家想吃的西餐厅一直没舍得去吃。

"抱歉，是我给你造成麻烦了。"他似是叹息又似是好笑。

阮啾啾摆了摆手："没有，正好脚疼，不喜欢上楼梯。"

两人正说着二楼就到了，男人客气地一手挡着电梯门，阮啾啾走出门，回过头，渐渐合上的电梯门中，男人朝她微微一笑。

电梯门合住。

阮啾啾皱起眉，似曾相识的感觉在她心中萦绕不去，海马体却不够给力，她死活想不起来到底是在哪里听到过这样干净的声音。

她在二楼逛了许久，买了几件换季的冬衣。

阮啾啾换上驼色风衣，穿着浅色羊绒衫和长裤，走到哪儿都是众人的焦点。其间有人来搭讪，都被她淡定地拒绝。

阮啾啾换了一双短靴，站在落地窗面前望着自己，内心宁静。

玻璃上映出女人精致美丽的面容，一双桃花眼含情蒙眬，但冷起来的时候又多了几分凌厉，简直是劝退的利器。纵然她背影美丽，也没人敢搭讪。

阮啾啾面无表情地望着门外突然下起的暴雨，这时候出门肯定会被淋成落汤鸡，衣服也会被弄脏。

她想，这简直是上天的旨意，不如就去那家西餐厅进餐！

这个点，程隽大概快回来了。阮啾啾掏出手机，给程隽发了一条消息。

"我还在外面，凑合吃一点儿就好了，你自己解决。"如果程隽知道她一个人跑来享受美食，说不定会有意见，她还不如不提。

发完信息，阮啾啾哼着歌，拎着几袋子衣物朝餐厅走去。

收到信息的程隽正准备回家，看到屏幕上的这行话，顿时沉默。

身旁的涂南几人还在问："老板，你真的不跟我们一起去见见顾游吗？我觉得他还算是个不错的苗子。"

程隽淡定地问："哪家餐厅？"

一提起这个，焦樊乐了："就在附近，一家特好的西餐厅，你肯定不会失望的！"

程隽嗯了一声："走。"

"我也去。"安柔突然插话道。她今天穿着西装套裙，妆容得体，笑起来的样子很美，让焦樊有些脸红。

涂南没给面子："这跟你们设计部没关系哈，我们大老爷儿们儿谈生意，你还是别掺和了。"

焦樊连忙接茬："外面下雨呢，她一个人不好回，等会儿吃完了我送她回去。"

安柔抿唇微笑，非常客气地道："谢谢。"

只是她全程眼神都落在程隽身上。

程隽穿着简简单单的黑色卫衣外套，低垂眼睑，不知在思索什么，从她这个角度能看到他挺拔的鼻梁、抿成一条直线的好看的唇。他的唇色很淡，眼神也很冷淡，不知道这样的男人热情起来会是什么样子。

安柔忽然红了脸。

涂南打哈哈道："走、走，人家该等急了。"

同一时刻，阮啾啾被安排坐在靠落地窗的位置。她正准备就座，却看到斜对面的一个熟人，真巧，就是她进大楼时遇到的陌生男子。

阮啾啾朝他打了个招呼："嘿，你是在等人吗？"

对方有些意外，随即微笑着说道："是的，等朋友。"

阮啾啾表示，吃大餐不能吝啬钱。她原本只想点几样东西，看这个好吃，那个也好吃，不知不觉就点了超出份额的美食。

侍者醒了一瓶红酒，为阮啾啾倒上。

餐厅的环境极好，悠扬的小提琴声恰到好处，灯光略显朦胧，装修细节精致，衣着得体的客人举着酒杯低声交谈，鲜少有喧闹的杂音。

客人向落地窗外眺望，能俯瞰小半个城市的夜景。这里毗邻江岸，视野开阔，恰到好处地避开了鳞次栉比的高楼大厦，夜晚如游龙灯火，璀璨却迷蒙的都市夜色，与白日的含蓄克制相反。

滂沱大雨噼里啪啦地落在地面上，却听不到半点儿声音，一时间阮啾啾感到有些恍惚。

程隽应该已经回到家了。

侍者端着菜品上前，阮啾啾嗅到食物的诱人味道，立即将程隽抛在脑后。她有些心虚地想，如果东西的味道不错，下次就可以带程隽过来吃饭补偿一下。

她吃独食，也是没办法的事嘛。

程隽一行人正坐着电梯上楼。

涂南显得很兴奋，老板好久没有跟他们一起吃饭了，这让他们单身汉联盟总感觉缺了点儿什么。他一路上絮絮叨叨，非常关切地问嫂子最近在干什么，游戏好不好玩，希望嫂子能给出一份游戏体验的答卷等。

安柔当然知道程隽在游戏里冲冠一怒为红颜的事，脸色有些不好看了，隐隐的危机感萦绕着她——能让程隽做到这一步，那个女人绝对不简单。

这段时间究竟发生了什么？安柔拧起眉，显得不太愉快。

不过……今晚是个好机会，她要把握住。

望着窗外的大雨，她微微翘起嘴角，又有了自信。是男人都拒绝不了美人的投怀送抱，尤其是家里那朵粗糙艳俗的花衬托着，更显得自己清丽脱俗与众不同。程隽只是被动了一些，但她不介意主动。

涂南咳了一声："出电梯啊安柔，傻愣着干什么呢？"

焦樊是个没谈过恋爱的傻子，木愣愣的，不像涂南早就发现一路上安柔都盯着自家的老板，眼神柔得能溢出水来，让涂南好一阵尴尬。他真不希望安柔做出逾矩的事情，别的不说，惹得程隽反感，届时她还想在这个职位上坐着，恐怕就很难了。

涂南在心里叹了口气，他这一天操心的事可真多啊。

餐厅的位置已经提前预约好，傅子澄有事不在，本来是四个人，多加了一个安柔，得重新调换位置。

"抱歉先生，目前已经没有六人的位置。"

"那怎么办？"

焦樊说："那我就挤一挤，添把椅子。"望着他献殷勤的模样，安柔没说好也没说不好，只是抿唇微笑，说了声谢谢。

顾游在座位上等候已久。

他不由自主地瞥向阮啾啾所在的地方，太过相似的长相总让他忍不住回想起记忆中那张青春靓丽的面容。阮啾啾……一想到这个名字，立即想到李斯特的挑战，顾游又陷入了沉重的情绪中。

他做事太冲动了，现在的报应是罪有应得。

嘉澄的老板给了他一个当面谈的机会，他只希望还有机会弥补。

顾游正低头思索着，便看到一行人渐渐朝他的方向走来。三男一女皆面貌不俗，为首的是嘉澄的大老板涂南，神采奕奕，面含笑意，顾游的目光却不由自主地落在涂南身后的一道身影上，然后愣了愣。同为男人的他不得不承认对方容貌不俗，只是对方似乎有些漫不经心的样子。

程隽一脸无所事事的倦怠，一手插在口袋里，思索着等会儿吃什么好，却在转身的瞬间看到了一个非常熟悉的身影。

程隽："……"

坐在靠窗边位置的女人心情想必很好，眉眼间都带着笑意。

她面前足足摆着七八盘美食，开了一瓶红酒，餐桌中心摆着一枝红色玫瑰，花比人娇。她正慢条斯理地享受着海鲜意面，并没有发现几米远处的死亡凝视。

程隽眼睁睁地看着说自己"凑合一下"的阮啾啾就那么堂而皇之地坐在座位上吃独食。

这叫凑合？他沉默了。

另一边的涂南他们跟顾游寒暄了几句，看到程隽仿佛在发呆似的，涂南连忙打哈哈："公司员工，喜欢神游，习惯了就好。"

顾游有些诧异，表面上却没显露。他们互相客气地请对方坐下，安柔非常自觉地坐在了顾游对面。她算得很好：程隽不喜欢跟陌生人坐在一起，是决计不会坐在顾游身边的，因此相比较之下，肯定会坐在她身边。

涂南眼皮一跳，以为程隽会直接坐在多余的那张椅子上，不料他对顾游惊讶的眼神全程忽视，自然地坐在了顾游身边。

其他人："……"

真是奇了怪了！难道老板看上顾游了吗？还是在警告他们不要跟顾游乱说话？

一时间，几个人都有点儿蒙，摸不准程隽到底是什么意思。

他们都不知道，程隽坐在这个位置，正好一抬眼就能非常方便地看到阮啾啾的动作。

顾游："呃……那个，有什么不对吗？"

"没什么、没什么。"

安柔连忙说："那我坐椅子，我就是来打酱油的，你们谈事也方便。"

她动作极快地挪到了椅子上，也算是间接坐在了程隽的"身边"。

安柔坐得笔直，仿佛刻意在突显她美好的身材。她微妙地察觉到程隽朝自己所在的方向看了一眼，又移开视线，心里少女的娇羞窃喜从眉梢间透了出来。

安柔不知道的是，自己的位置恰好有些挡住了程隽看阮啾啾，让他有些烦。他干脆懒懒地倚在靠背上，拿起手机戳了几下。

听到手机嘀嘀的响声，阮啾啾擦了擦嘴，拿起手机，看到竟然是程隽的短信。

程隽："你吃了什么？要我给你带晚饭吗？"

望着手机的阮啾啾又是心虚又是不好意思，嘴里的一块牛排吞也不是吐也不是："……"

这就很尴尬了，程隽吃饭还惦记着给她带吃的，她却在这里吃独食，好像……有一点儿不像话。

但她这时候又不能说穿自己在吃什么，只能厚着脸皮继续回复："就是水果沙拉之类的。没事，你吃，我最近减肥，不饿。"

嘀的一声，收到信息的程隽看了一眼手机，余光瞥了一眼阮啾啾所在的方向。

减肥？不饿？当然不饿了，她点了意面、牛排、熔岩蛋糕……满满当当一桌高热量食物，还喝了半瓶红酒。估计今天她得吃撑，回去都是问题。

此时的阮啾啾没有时间抬头看别人，当然没察觉到程隽幽幽的目光。

她加快了吃饭的速度，想着早早吃完了回家，一身的味道还得散一散，免得被程隽闻到。

"老……呃，老程，你吃什么？"

涂南看程隽一副心不在焉的模样，一声老板差点儿脱口而出。他极快地住嘴，把菜单推给程隽。奇怪了，平日里只在乎吃吃喝喝和工作的老板，今天竟然对食物不感兴趣了？涂南认为这是个非常严重的问题。

但此刻他只能忍住好奇心，等着程隽点餐。

程隽修长的指尖点了几下，分明是阮啾啾点的餐的大部分。他挑起眼皮，余光又瞥了一眼阮啾啾所在的方向：还有什么来着？

安柔还以为他在看她，极有女人味地别起鬓角的碎发，一抬胳膊又挡住了程隽观察某个吃独食的骗子的视线。

他不耐地别过头，说："快点儿谈。"

顾游在情绪方面的感知能力相当强，他立即意识到，这位寡言少语的"老程"想必地位不低。

他打起精神，坐直了身体，放低姿态温声说道："说实话，我一直就是奔着嘉澄来的，希望您能给我一个机会。我相信别人能做到的，我一定可以做到。"

涂南对顾游的印象还不错，但决定权在程隽手中，程隽没有点头同意，涂南也只能马马虎虎地打太极。

"顾先生，先前你在《如梦令》游戏中发生了一点儿不愉快的事，目前来说不是一个很好的加入时机。我们希望你做出点儿成绩来。"

顾游心下一沉，表面上不动声色地道："我明白，我已经报名参加了由嘉澄组织的俱乐部选手筛选比赛，我会尽力而为。"

涂南对他是真的很满意。

他偷瞄程隽一眼，希望程隽给点儿意见。顾游这种好苗子他观察很久了，各方面能力都不错，以后在电竞圈绝对会留下自己的大名。

涂南突然愣住。

程隽有些心不在焉地望着某个方向，涂南顺着程隽的目光望去，看到一个极漂亮的女人正独自一人坐在桌前狼吞虎咽。涂南看过去的时候，她打了个嗝，立即红了脸，忙借喝红酒掩饰。

真是个可爱的女孩子啊，涂南的心情有些荡漾，但他立即意识到——等等，不对，老板竟然盯着一个素未谋面的女人？

"你在看什么？"焦樊有些好奇地问道。

这话一出，安柔抿唇微笑，似有些娇羞："没事的。"

涂南："……"安小姐，你似乎有些自作多情了。

程隽仍然一副神游太虚的表情，涂南强忍着保持表情不变，半晌咬牙说："那，我们先吃饭，吃完了再谈。"

顾游微微松了口气，面部表情僵硬得很，从未有过的紧张让他有些控制不住自己。他几乎想苦笑一声了，二十多岁的人，还像个毛头小伙子一样生涩拘谨，怪不得他们会认为他经验不足。他早就过了电竞生涯的黄金期，现在嘉澄不给他机会也是理所当然。但他就是不甘心。

美食配红酒，酸涩的口感在舌尖蔓延，令人胃口大开。几人只有程隽面前的餐盘最多，但他们一副习以为常的表情，顾游只能压下心中的疑惑。

程隽每一样尝了几口，低头又发了一条信息。

"牛排不够嫩，其他尚可。"

坐在斜对面的阮啾啾听到手机响声，点开却看到程隽发了这么一条没头没尾的信息。她有些纳闷，问道："你在吃西餐？"

程隽："嗯。"

"哪家店？好吃的话下次我们可以一起去。"

程隽回复信息极快，上面显示的定位，赫然是阮啾啾现在所在的餐厅。她点开信息的时候正好在喝红酒，猛然间受到惊吓，红酒呛进了气管，她捂着嘴拼命咳嗽，咳得眼泪都出来了。

妈耶！程隽竟然和她在同一家餐厅？！

阮啾啾那一头的响动引得涂南一桌人纷纷望过去。正巧阮啾啾东张西望偷偷摸摸地找程隽，然后极为尴尬地，在人海茫茫中瞬间和一双细长的眸子撞在一起。

他眼神幽深，一手握着手机点了几下。

阮啾啾下意识地望向手机。

程隽："吃独食快乐吗？"

阮啾啾："……"

本来她很快乐的！现在一点都不快乐！

阮啾啾的美貌，绝对是远远超过了安柔。哪怕阮啾啾坐在那儿有些狼狈地咳嗽，都掩饰不住自身的艳光四射。涂南收回目光，笑着说："很美丽的女士呢。"

程隽静静地凝视着涂南，他的存在感太过明显，以至于涂南有些笑不出来。

程隽问："好看吗？"

涂南不假思索地点头："好看。"

程隽："好看吗？"

求生欲强烈的涂南："其实，也就那样。"

涂南瞟了老板一眼，总觉得有些不对。从他们一进门，老板就对那位陌生的女人频频关注，刚才的模样……分明是不大高兴。

这下涂南是真的震惊了。

老板啊老板，你可不能做傻事啊！你可是有家室的人啊！

涂南已经脑补到程隽离婚，继续过着和泡面、键盘为伴的独居生活，直到老死在家中都没人发现。太惨了，太惨了啊！

程隽的死亡凝视让阮啾啾非常尴尬，坐立不安。

她心虚之余，饭都不打算吃了，连忙叫来侍者打算结账走人。

去往大门的方向正好要路过程隽他们所在的那一桌，阮啾啾没法绕过去，非常为难地纠结片刻，决定装作没事人似的立起风衣领遮住脸，低头拎着袋子，低调地朝大门的方向走去。

近了，近了，她即将越过程隽的座位，迎向大门的胜利怀抱了！

阮啾啾的步伐有些雀跃，以至于她没注意到程隽放下刀叉，慢吞吞地别过头道："不一起回去吗？"

在其他人震惊的目光中，阮啾啾刹住脚步。

她极不情愿地慢慢转过身，迎着一群人吃惊的眼神，尴尬地挥了挥手："哈喽。"

涂南有种预感："这位是——"

阮啾啾不知道原主有没有见过他们，有些不好说话，只能站在原地接受着他们的打量。

程隽非常淡定地说："我的妻子。"

涂南和焦樊一句粗口差点儿脱口而出，当着顾游的面两人又硬生生地憋了回去，就连顾游也愣了愣。涂南他们几人呆愣住了，完全没想到嫂子竟然长这么好看！

他们公司男女比例悬殊得厉害，像安柔这样有气质又漂亮的女人，简直就是公司公认的女神，就连她偶尔犯脾气，他们也拉不下脸生气。

现在跟阮啾啾一比，先前他们怎么看怎么好看的安柔，顿时有些黯然失色。

原先听安柔那么说，他们以为是个不太好看的女人，都已经做好心理准备了，乍然看到大美人阮啾啾俏生生地站在他们面前，他们还有些蒙，结结巴巴的，竟然不知道该说些什么。两个大男人脸红脖子粗地抓耳挠腮，羡慕得眼睛都要绿了。

老婆这么漂亮，性格又好，还有一手好厨艺，老板简直是人生赢家啊！

他们俩很想叫一声嫂子，却忍了忍。对外程隽的身份是保密的，哪怕是顾游也不能透露。

和其他人相反，安柔唰地白了脸，刀叉紧紧地握在手中而不自知。她明明记得当初打听消息时听闻程隽的妻子妖艳又造作，让程隽很不喜欢，如今怎么和想象中的差别这么大？

不！这不可能！

涂南想着嫂子简直是太漂亮了，也热情得很，毫不留余地地疯狂赞美："老……老程的妻子真好看！"

焦樊："喀。"这句话，怎么感觉怪怪的呢？

程隽非常淡定地向阮啾啾介绍："一群朋友，吃个饭。"

他知道阮啾啾绝对不会问东问西，也知道他们绝对不会主动向阮啾啾戳穿他的身份，所以根本不担心会掉马甲。

谁能想到他一个大老板，竟然需要向妻子隐瞒身份才不至于离婚。

阮啾啾从没有关注过嘉澄的八卦新闻，只觉得涂南看起来有那么一点点面熟，却又说不上是在哪儿见过。此刻她心里只有一个感慨——程隽竟然也是有朋友的啊。

他长大了啊！老阿姨很欣慰。阮啾啾不好意思地点头，真没想到这么巧。她笑靥如花地道："大家好！我叫阮啾啾。"

听到一个年少起就惦记多年的名字，像是有一块陈旧的石头猛然间砸中他的心房，顾游心中有些说不出的滋味冒上来："真巧，我们原来还认识过。"

两人这一出，让其他人皆愣了愣。

他们没想到顾游竟然跟嫂子认识。涂南和焦樊的眼神有些古怪，在他们的想象中，程隽头顶着一顶十吨重的绿油油的帽子，还是顾游亲手给戴上去的。

"……"

阮啾啾有些糊涂了："我们认识？"

顾游沉默片刻，有些了然地确定道："你是啾啾啾吧？"原来他的感觉没错，她们是同一个人。

阮啾啾惊了："你是？"

顾游笑了，非常客气，也有些遗憾地亮明身份："故国神游。"

整个游戏的人都知道故国神游对啾啾啾有那么点儿意思，涂南几个人吃了"大瓜"，知道啾啾啾是嫂子，此刻的场面让他们俩有些尴尬——完了完了，顾游看上谁不好，偏偏看上老板的老婆？让他进嘉澄，无异于引狼入室啊。

阮啾啾望着他，一时间竟有些发蒙。游戏里隔着一条网线，大家仿佛都不是真实存在的，她没想到竟然在现实中见到了故国神游。

这么说，他和徐碧影在一起了？这可以说是非常有缘了。

其他人可不同。他们只看到阮啾啾定定地盯着顾游不放，眼神复杂，涂南更是暗暗叫糟。小嫂子该不会真的对故国神游有意思吧？不过老板木讷不解风情，一看就是被动型人格，哪有故国神游这种暖男吸引人。

顾游说："这么巧，不如我们一起吃……"

程隽忽然伸出手帮阮啾啾拎起购物袋，打断了顾游接下来的话。

他正好挡住顾游的视线，语气温暾地开口道："回家。"

阮啾啾眨巴眨巴眼睛："啊……好。"她也想回家，被这么多人盯着让她有些不自在。

两人先行离开，安柔的脸上挂不住，素有温柔美人之称的她脸上浅浅的笑容没了，直勾勾地望着两人离去的背影，好看的唇抿成一条直线，眼神竟有些凌厉。

她不信他们两个人在一起了！她更不信程隽会爱上那样的女人！

"真没想到啊，竟然是个大美人。"

"是啊……唉，别提了，我羡慕嫉妒得快要哭了。"

顾游望着他们的表情，若有所思。

他问道："那个老程就是李斯特？"他虽然是询问，语气却是肯定的。

涂南说："记得保密。"

顾游："放心，我不是嘴碎的人。"

他微微一笑，脑海里却是阮啾啾娇俏的笑颜和伸出的嫩生生的手指，一时间有些晃神。

两个人一走，剩下的人也没了吃饭的心思，潦草付钱退场。涂南跟顾游回去，打算路上再跟他聊聊，而焦樊自告奋勇地开车带安柔回去。安柔一路上都沉着脸。她一想到程隽此刻跟那个女人一起回家，嫉妒的情绪简直要彻底将她吞了。

她还是有几分了解程隽的。他说"回家"，想必是把阮啾啾当作家人看待了。

焦樊从后视镜里看了安柔一眼，小心翼翼地问："安柔，你身体不舒服吗？我看你的脸色好像不太好。"

坐在后排的安柔忽然放轻了声音问道："你说，我跟那个阮啾啾哪个更漂亮？"

焦樊是个粗神经的直男，不假思索地回答道："当然是嫂子长得漂亮啊，万里挑一的大美人！不过，"他放软了声音，"你在我心中是最美的。"

"……"

安柔差点儿被他的安慰气得半死。

这边，两人并非众人想象的琴瑟和鸣，爱意满满，而是一路上都很尴尬。

阮啾啾没事人似的坐在的士上，身旁的程隽没有说话，两人都很沉默。心虚愧疚之余，阮啾啾决定打破沉默："那个……我看你都没有吃两口，你不饿？"

程隽幽幽地回答："没事，凑合一下。"

阮啾啾："……"行的，这下被他抓住把柄了，算她倒霉。

阮啾啾清了清嗓子，打算将功折罪："那要不要我给你做点儿吃的？"

程隽幽幽地说道："凑合吃点儿就行。"

阮啾啾："……"她还是闭嘴吧。

她默默地别过头，望向车窗外。的士里有些闷热，阮啾啾降下车窗，留出一道缝好让空气更快流通，冰凉的风扑了满面，她一个不防受凉，打了个嗝。

身旁继续传来程隽幽幽的声音："吃撑了吗？"

阮啾啾泪流满面："……"

她明白得罪一个吃货是怎样惨痛的教训了。她再也不吃独食了！绝对！

两人下的士时，雨已经停了。

潮湿泥泞的地面有些滑，幸好有程隽帮忙拎着购物袋，阮啾啾得以解放双手，小心翼翼地拽起风衣衣摆，免得有泥点溅上去。

程隽走得不慢，阮啾啾一路跟着他，鞋跟在台阶上发出噔噔噔的响声。

"对了，"阮啾啾想起方才的事情还有些疑惑，"顾游为什么会跟你一起吃饭？是因为游戏的事吗？"

程隽慢吞吞地嗯了一声。

阮啾啾等待着后续的解释，不料程隽嗯了一声之后竟然就没话了。

阮啾啾："……"这家伙的报复心很强啊！

阮啾啾朝着程隽的后背做了个鬼脸，对方却忽然回头，恰好看到她张牙舞爪的傻样。

时间像在这一刹那凝固。

"……"

"……"

阮啾啾："咳，咱下次回头的时候能告知一声吗？"

程隽盯着她看了许久，昏暗的灯光中，他的眼睛很黑，黑得看不到底，阮啾啾一时忘记了自己该说点儿什么好。

程隽把一句询问咽了回去。

他慢吞吞地说："我想吃鸡蛋面。"

"啊……"原来他要说的是这个啊。

阮啾啾立即松懈下来。她还以为程隽要说什么重要的话，结果这家伙一心只有吃。

"好，没问题。"

就在程隽吃面的工夫，原本的群已被涂南改名为"好吃不如饺子"。几个人疯狂刷屏，不过一会儿，群聊就上了99+。

涂南："嫂子超好看啊！绝了！"

焦樊："我做证！你不知道，一群人都看傻眼了！"

傅子澄："我就加了个班，错过这么大的事情？？？你们为什么没叫我？"

傅子澄："有多漂亮？怎么办？我好想@老板求爆照啊！我是不是疯了？"

涂南："别说你，我可能见不到明天的太阳了。"

焦樊："涂南的嘴脸简直了，见了小嫂子就跟狗见了肉，眼睛都不带眨一下的。"

傅子澄："我自闭了。天哪，我哭了。我也想见嫂子啊啊啊啊——"

十分钟后。

程隽修改群名为"群聊"。

涂南被移出群。

不过一会儿，群里多了一条程隽的语音，声音干净好听，语气平淡得毫无起伏。

"想加班？"

剩下的两个小可怜瑟瑟发抖。

关于顾游，涂南他们清楚，老板是从来不会把私人情绪带到工作上的。

他似乎也没什么私人情绪。

程隽扔下的话很简单：让顾游去打比赛，凭实力说话。

他们需要的是心理素质稳定的选手，而不是因为一时得失一蹶不振或者骄傲自满的人。这种选手很容易在心态方面出问题，即使实力再好也是定时炸弹。

涂南背着老板疯狂吐槽："谁像他心态那么稳啊？那时候公司刚上市挣了大钱，资产翻了上百倍老板都不带高兴一下的。"

傅子澄问："那他在嫂子面前稳吗？"

"稳，可稳了，主动拎包，主动带回家，简直是个妻奴。"提起这事，涂南还有些艳羡，"我也想娶这么一个老婆放在家里，晚上回去还有小娇妻暖被窝，太羡慕了。"

焦樊有些震惊："老板还会那个的吗？"

"你这不是废话吗？他是男人啊！"

焦樊嘀咕道："我总以为他是无性繁殖的。"

其他两人："……"很好，这个吐槽点满分。

阮啾啾最近对程隽态度很好。偷吃这件事的确是她理亏，程隽的"凑合"一出，她立即败下阵来。

她无比后悔自己一念之间犯下了过错，以至于让程隽抓住这个把柄，就跟被王八咬紧了似的，但凡有任何意见不统一的时候他都会幽幽地说"那就凑合一下"。

阮啾啾："……"

她好气啊，但还是要保持微笑。

嘉澄公司征集的 CG 画作很快引来了上万的玩家投票，其中233 号阮啾啾的画作投票数遥遥领先。这一次征集画作是匿名的，不允许参赛者出现任何表露身份的信息，这正好得阮啾啾的心意。

她的画作下面有不少人夸赞，大家都说色彩把握得很舒服，比捏出来的玉仙角色更美。

闹剧收场，玩家对阮啾啾的关注不减反增，她的游戏人物去哪儿都有人热情地和她打招呼，带她一起玩，一副恨不得喊亲妈的"舔狗"模样差点儿让阮啾啾退出游戏。

就连平日里爽快的白龙马提起李斯特也娇羞了。

"我可是李斯特的老粉啊！！！"为了强调这句话，她用了咆哮体来表示心情。

阮啾啾："……"

让这件事又炒上一次热度的是故国神游。他没有退出游戏，却在个人信息的附属备注里说明最近要打比赛，暂时退出游戏。混电竞圈的人都知道故国神游是要冲刺嘉澄，大家都在等着他的表现。

依然待在游戏里的轻风碧影就很尴尬了，闺密因为屡次发诽谤帖被封号，彻底蹦跶不起来了。即便如此，轻风碧影依然没有退出游戏，只是帮派里的人都不太爱搭理她了。

传言李斯特签了嘉澄，保不准上一次的比赛就是李斯特提前试试故国神游的实力。

传言越来越多，最后谁也说不清真相到底是怎么一回事。

而阮啾啾再次看到嘉澄的新闻，图片中的男人赫然是涂南。她有些惊讶，随即意识到传言是真的——程隽竟然跟嘉澄有关系！

吃晚饭的时候，阮啾啾夹了一块茄子，问道："那天跟你一起吃饭的是嘉澄的老板？"

程隽头也没抬地嗯了一声。

"哇，你竟然在嘉澄打工吗？"

程隽想了想道："算是。"

"真好，"阮啾啾一脸羡慕，"希望我也能顺利被选上。"

她的这话一出，程隽吃饭的动作顿了顿，他问道："想去嘉澄？"

"对，感觉那是个不错的地方，值得奋斗。"

阮啾啾笑眯眯地望着他："我会努力的。"

不知是不是她的错觉，这一顿晚餐，程隽的表情似乎有些愉快。

自从阮啾啾知道程隽的真实身份之后，观察过程隽。李斯特退役多年，隐私保护得非常严密，在网上一直没有透露过任何个人信息。

看样子，他应该许久未打过比赛了。在家中的程隽也经常会闷在书房里不出来，但鲜少有键盘的响动，他肯定不是在玩游戏。

阮啾啾观察几天就放弃了。这简直就是个死宅的日常嘛，渴了、饿了他就刨刨冰箱，继续回书房休息。她奇怪的是，程隽日常瘫，竟然还没有变胖，皮肤还那么好。一想到这里，阮啾啾是真心实意地羡慕嫉妒恨了。她为了维持身材和皮肤，阶段性地节食锻炼，就是怕有软软的小肚腩穿衣服会不好看。

被盯着的程隽拿着最后一瓶养乐多，正打算拆封。

阮啾啾的存在感太过强烈，实在让人无法忽视。他看了看阮啾啾，又看了看手中的最后一瓶养乐多，为难地思考半晌后，把养乐多递给了阮啾啾。

握着一瓶养乐多的阮啾啾有些茫然："……"

他这是什么意思？

阮啾啾可不知道，这对一名吃货来说，绝对是极大的牺牲。

最近程隽外出的频率比较高，阮啾啾懒得多问。他们俩各过各的，还是不要过问太多为好。

程隽出门后，她像往常一样打开游戏，却看到官方给她发了一份通知。

让阮啾啾出乎意料的是，她竟然中奖了！

"尊敬的玩家啾啾啾，您在本月的抽卡活动中非常幸运地抽到了私人度假地三日游兑换券，可携带一名家属前往。请在一周内回复是否兑现奖励，提前祝您旅途愉快。"

"非酋"阮啾啾惊了。

她难以置信地重复浏览了几遍通知，这才确定自己真的中奖了，而不是小广告。她立即回复"兑换奖励"。真是瞌睡了有人送枕头，阮啾啾正想出去走走，上好的机会送上门来了。她是绝对要去的，至于带一名家属……

同一时间，程隽正待在办公室里看数据分析报告。

进门的涂南神神秘秘地嘿嘿笑了一声，一副神采飞扬又高兴的模样："老板，好消息。"

程隽没理他。

涂南摸了摸鼻子，继续凑上前说："你问一下我嘛。"

程隽："……"他毫无感情的目光落在涂南身上，这让涂南意识到自己似乎离他太近了。

涂南讪讪地后退一步，说："你最近加班这么辛苦，不如出去玩玩。"

程隽瞥了他一眼，一副"多管闲事"的表情。涂南没有得到想象中的回应，有些气馁地叹了口气："我为你们夫妻俩真是操碎了心啊。"

"我就实话实说吧。我给小嫂子发了一条官方短信，说她抽中了三日游的度假券，可携带家属前往，嫂子肯定带你过去啊。你们俩就好好玩一趟，时间不够了自己加哈。"

程隽终于抬起头，语气温曛："有这时间多加班。"

老板似乎没有高兴的意思。

他灰溜溜地说："那我继续加班去。"

晚上程隽一推开门，便闻到了饭菜的香味。阮啾啾正高兴地忙活，想也不用想，肯定是为了"中奖"的事情。

程隽的脑海里浮现涂南说的话。

"嫂子肯定带你啊。"

"你们俩好好玩。"

程隽对跟别人度假的事情是相当反感的。但将阮啾啾代入进去，他似乎也不是太讨厌？

阮啾啾回过头，笑容明媚地道："快去洗手，哇，我的肚子超饿。"

也许是饭菜的烟火气太温暖，也许是她的笑容太好看，他愣怔片刻，仿佛一整天的疲惫被卸下，整个人都轻松起来。

两人坐在餐桌边，阮啾啾让程隽快点儿吃，免得油焖大虾放凉了。

程隽这一次吃得有些心不在焉。

他一直在等阮啾啾开口说"中奖"的事情。

直到整顿饭吃完了，直到他把碗刷掉，直到阮啾啾洗了澡敷好面膜甚至看肥皂剧、玩手机后，她也没有提到"中奖"的事情。

接着，她回到房间。灯关了，屋里一片漆黑。

程隽在黑暗中陷入沉思。

第五章

程隽睡了吗

阮啾啾真不是故意忽视程隽，而是压根没有把程隽放在候选人里。

她想了想，自己没有朋友，又举目无亲，一开始想过把票卖了，但因为三日游只能带家属，想必各种活动都必须共同参与。仔细思量之后，阮啾啾决定一个人去。

程隽？程隽是绝对不可能跟她去的。

阮啾啾才不想热脸贴冷屁股，所以干脆否决了这个选项。

她高高兴兴地为旅行做着准备，跟《如梦令》的客服确定信息之后，说明自己独自一人去游玩。紧接着，阮啾啾查询目的地的温度和具体位置，发现竟然还有私人的海滩，便美滋滋地去准备比基尼。

她虽然是个旱鸭子，但不妨碍在沙滩晒太阳啊。

这时候的阮啾啾忽然有些遗憾了，如果能跟朋友一起去游玩，肯定会拍到不少好看的照片。

不同于阮啾啾的快乐，今日在办公室的程隽显得有些沉默。

如果接触时间久了，知道他的性格的人，便能明白此刻他的情绪肯定不太好。其他几人都有些蒙，以为是游戏出了问题，战战兢兢地跑去检查，唯有涂南清楚到底是怎么一回事。

他这下完蛋了。

他也纳闷，两个人是吵架了吗？为什么小嫂子竟然不带老板一起去玩？

他在内心暴风雨哭泣，表面上还是诚诚恳恳的狗头军师，悄悄地走到程隽身边。

下一秒，涂南的表情变得复杂起来。

他以为程隽在忙工作，谁料程隽的笔记本电脑页面显示着名为阮啾啾的微信聊天界面，上面空空荡荡的，什么也没有。程隽从早晨过来就维持着这个姿势耐心等待着，不知道看了多久，一动不动的。

涂南："那个……老板你们是不是吵架了？"

程隽依然在沉思。

涂南："咳咳，不如这样！我再重新发一条官方短信，显示你也中奖了，正好你们一起去？"

程隽一言不发，笔记本电脑的屏幕上映出他隐隐约约的轮廓，那双眼睛正幽幽地盯着他，涂南打了一个激灵，整个人都不好了。

他又开始在内心暴风雨哭泣，自己真是手贱啊，为什么要想出这么个歪点子？

涂南哭丧着脸道："我也不知道你们在夫妻吵架啊，要知道就不撞枪口了。"

如果阮啾啾听到涂南的话恐怕得笑死。

吵架？谁能跟程隽吵起来，算她输！

晚上，买了一堆度假装备的阮啾啾正在努力塞行李箱，还有三天时间就出发了，她得早点儿准备，免得落下什么东西。

她正在忙着塞毛巾，却忽然感受到后背有一阵凉意。

阮啾啾下意识地抬起头，却看到程隽正站在一旁俯视着她的动作。

程隽脸上没什么表情，他一手拿着养乐多，动作慢吞吞地撕掉包装，非常淡定地跟阮啾啾四目相对。

阮啾啾："你很闲？"

程隽："嗯。"

"正好，帮我把这些小玩意儿整理一下。"

说完这句话，阮啾啾忽然想起程隽还不知道她要去玩的事情。加上来回路程有四五天时间，程隽可得自己解决吃饭的问题了。

阮啾啾恍然大悟，怪不得程隽会默默注视她，想必他还一头雾水呢。

"对了，有件事忘了跟你说。"

"你说。"

程隽侧过脸喝着养乐多，表情非常平静。他用余光瞥向阮啾啾所在的地方，已经能预想到阮啾啾要说什么了。

"我中奖啦，要出去玩三四天，这些天你就自己解决吃饭的问题，不要乱吃垃圾食品。"

程隽："……"

不知道为什么，阮啾啾总觉得他似乎不太高兴的样子。

长时间的相处培养出了默契，阮啾啾灵光一现，立即捕捉到程隽的想法。她拍了拍胸脯说："你放心，等我回来了一定会给你做大餐！你想吃什么我做什么！"

程隽："……"

阮啾啾看到他依然无动于衷的表情愣了愣，不明白程隽还在等待什么。

程隽慢吞吞地问道："你一个人？"

"对呀，难道还会有第二个人吗？"阮啾啾反驳得理所当然，"怎么了，有问题吗？"

"没有。"

"那就快来帮忙，今晚的事情还多着呢。"

"手酸。"

阮啾啾："……"

他转身回到书房，把门关上了，徒留阮啾啾一脸蒙地望着紧闭的大门。

不过一个小时，《如梦令》的官方给阮啾啾发了好几条信息，全是在确认她是否真的一个人出行。考虑到单身女性出行不太方便，官方建议她最好还是和伙伴一起出行。

对方强调，这一次的出行主要是美食和风景，建议她带着爱吃爱看风景的伙伴一起去。

一提到美食，阮啾啾第一个想到的就是程隽。

她不知道的是，所有信息都是涂南在公司一边加班一边哭着发过来的。他就差哀求阮啾啾一定要带上程隽一起去了。如果她没带程隽，恐怕她在外面玩的那几天就是他们的地狱。

老板是个加班狂，肯定会拉着他们一起加班！

他还想用年假去联谊相亲啊，不想再没人疼、没人爱地单身了啊！嫂子行行好！

阮啾啾后知后觉地意识到，程隽大概是因为自己没有叫他而感到不高兴。

这个结论一出，阮啾啾自己都不信了。

但是程隽方才的神情，的确和平日不太一样。

"……"

阮啾啾默默地走到程隽的书房门前，咚咚地敲了两下："程隽，睡了吗？我有话要跟你说。"

她的话一说完，门突然被打开。程隽穿着蓝色的格子睡衣，神情慵懒，低垂着眼眸望向阮啾啾，说："我要睡觉了，你早点儿说完。"

阮啾啾："……"她信他才有鬼了，裤子都还没换，装什么瞌睡。

阮啾啾倚在墙边，双手抱臂问道："那个旅行，你有什么想法吗？"

程隽一手插兜的动作僵住。

"你想邀请我？"

阮啾啾总感觉他有些蹬鼻子上脸的意思："是的。"

程隽叹了口气："得收拾东西，航班来回很累，坐飞机不舒服，飞机餐也不好吃……"

阮啾啾的眉毛抽了一下，随即她打断他的话道："所以，你要不要一起去？"

"我会考虑一下的。"

"……"

十分钟后，在办公室的涂南发出一声欢呼，差点儿泪流满面："太好了！老板要去度假了！我们终于可以愉快地玩耍了！"

他说话的时候，安柔恰好进来。

安柔的脸色有些失望。以往这个时候程隽都会待在办公室，最近程隽回家的次数越来越多，时间也越来越早了。

听到涂南的话，安柔有些不敢相信："他去度假？"

程隽竟然会去度假？

涂南乐呵呵地说："当然啊，老板跟嫂子一起。那个度假村不错，他们肯定会玩得开心。"

两人顺便修复一下夫妻感情。

安柔的笑容变得有些僵，但随即她又恢复成平日的温和模样："那正好，我的年假还没用，我也想过去玩。"

涂南有种不好的预感："你的意思是……"

"我也去那个度假地。"

"不行，你别胡来啊安柔。"

"我胡来什么了？平时大家不都是一起工作的吗？现在一起出去玩也没什么的，你不要太紧张。"

涂南试图劝退她："你一个人去凑什么热闹啊？"

安柔说："焦樊会陪我的。"

涂南有些生气了，但是又不好呵斥安柔，拧起眉，表情严肃地说："你这么做的后果，很有可能会收拾东西滚蛋的。"

安柔说："我来到这里就是为了程隽。"否则她怎么可能从大洋彼岸回来？

眼下新游开发到了一定阶段，安柔作为总设计师负责了大部分核心动画设计，程隽根本不可能把她辞退。她想，她不能再忍下去了，要么上位，要么走人，动作必须快一些。

涂南说："你会被停职的。"

安柔定定地望着他，说："我不信。"

如果程隽真的对她毫无感觉，为什么在她每次明示暗示时都没有表现出拒绝的意思，好让她心死？

安柔哪能知道，程隽之所以无动于衷，是压根对她没有丝毫关注。

涂南："你……唉，希望你清醒点儿。"在程隽眼里，从来没有非谁不可的道理，他有的是办法扭转局面。安柔这下恐怕要自作自受了，但涂南希望她能长点儿记性。

安柔笑了一下："我是那种人吗？放心啦，我只是想休息休息。"

当天晚上，涂南辗转反侧睡不着，想了想，还是决定一起跟着去。好好的年假竟然浪费在这种事情上，他真是被气得火冒三丈又没法说。涂南很快跟焦樊聊了几句，确定一起休年假的出行计划。

最后一个知情的傅子澄很蒙，随即发出一声哀号。

"什么？我们要去度假？我不想吃'狗粮'啊啊啊啊——"

阮啾啾头一回坐头等舱，上了飞机就开始兴奋地东张西望。

程隽望着她像刘姥姥进大观园似的，虽然不明白她为什么如此开心，但他的心情也跟着好起来。

阮啾啾小声地说："我之前只坐过经济舱哎。"

几乎每一次经济舱都有不少人，哪像这里，空荡又宽敞，根本没几个人，她想伸腿就伸腿，要多舒服有多舒服，就连飞机餐也比平日好吃。

出乎阮啾啾意料的是，程隽竟然对飞机餐不太感兴趣。

"你居然不喜欢？"

在阮啾啾的印象里，程隽的胃就像是个超大的垃圾桶，什么都能倒进去。一个泡面这种垃圾食品都能养活的男人，怎么可能会挑挑拣拣？

程隽回答得慢吞吞的："吃太多了。"

阮啾啾："哦！"对不起，这种甜蜜的负担她想都不敢想。

他喝完一杯酸奶就懒懒地靠着靠背，对热乎乎的餐饭半点儿没有要动的意思，反倒阮啾啾吃得很香。她有些不好意思再要一份，免得自己真像个乡巴佬，被空姐耻笑，但是一份下了肚，又好像没饱。

阮啾啾的目光落在了程隽的那一份饭上。

程隽应该睡着了，一动不动，眼睛紧闭着，呼吸均匀。他前些天经常早出晚归，眼眶有些泛青，大概是没睡好。阮啾啾没好意思打扰他。

她悄悄地挪过程隽热乎乎的餐饭，又悄悄地打开，悄悄地举着勺子舀了一勺。

程隽根本没睡着。他在飞机上从来不睡觉。

他微微睁开眼睛，便看到阮啾啾跟个仓鼠似的正埋头吃饭，于是幽幽地道："不是说在减肥吗？"

阮啾啾呛了一下，竟无语凝噎："……"

这个家伙竟然还惦记着她吃独食的事。

阮啾啾："想吃什么回去给你做。"

程隽："满汉全……"

阮啾啾："好的，当我没说。"

航程有三个多小时，阮啾啾吃饱喝足，美滋滋地戴上耳机开始看电影。她不知道的是，与此同时，经济舱还坐着几名"同行"的伙伴。

傅子澄一路上都很惊恐："完了、完了，老板发现我们会死的！"

涂南："我能不知道吗？"

他这不是怕造成家庭危机吗？

涂南郁闷地吃了一口鸡肉饭，非常不高兴。为了不暴露身份他只能订经济舱的票，饭一点儿都不好吃，最重要的是，在众人面前曝光率最高的他只能戴着墨镜出行，全程不能露全脸，免得被发现。

就这样，三天的度假时间即将开始。

阮啾啾到酒店之后突然愣住。她竟然忘记问订了几间房！待到前台竖起一根手指，阮啾啾才意识到大事不妙，问道："能不能再增一间房？我可以自费。"

"对不起哦，我们这里都是 VIP（贵宾）预约，空位有限的。"前台小姐差点儿被程隽勾走了魂，脸都红了。

阮啾啾叹了口气："好。"

幸好是套房，她就当在家里一样，各睡各的好了。

身旁的程隽一直神游天外，仿佛在发呆。阮啾啾拽着他朝楼梯走去，两人到了房门前，程隽若有所思地看了一眼大厅，没有说话。

这儿只有这一家酒店，涂南他们不得不选择剩下的客房。

前台小姐客气地说："先生，预约的小姐要两间房呢。"

涂南心里一紧："你给她了？"

"当然没有。"她露出职业的微笑，"情侣来到我们这里，永远只有一间空房。"可以说她非常上道了。

涂南竖起一个大拇指。

"先生你们想要哪个房间？"

"就离刚才那一对近一些的。"他好控制接下来的出行计划。

正好他们三个人住一套房间，安柔一个人住一套。

三个单身汉挤在房间里，一人拿着一瓶啤酒坐在地毯上，不约而同地叹了口气。这是什么事啊？

涂南说："安柔跟着我们干了有几年了。"

傅子澄点头："有一两年了。"

"你说都这么长时间了，她怎么还没摸清楚老板的脾气呢？我这是为了她好啊。"一想到小姑娘犯糊涂往枪口上撞，他就气不打一处来。

唯有焦樊后知后觉地惊叫了一声："什么意思？她喜欢老板？"

其他两人无言以对："你以为呢？"

活该他单身。

同一时刻，阮啾啾收拾了一下，准备换泳装出去玩玩。她兴奋地从行李箱里掏出新买的相机，和程隽招呼了一下："等会儿给我拍照啊！"

她一回头，却找不到程隽的身影。

最后阮啾啾成功地在厨房捕捉到他。

程隽喝了一罐可乐，坐在沙发上。听到阮啾啾说"一会儿就可以出门了"，他经验熟稔地从抽屉里找出一堆坚果零食，慢悠悠地吃了起来。果然他吃了一个多小时，换好泳装的阮啾啾披着外套，终于走出房门。

她的身材比例极好，双腿修长白嫩，身材凹凸有致，无一处不曼妙动人，是个男人都会被她迷住。

他的目光在她雪白的肌肤上停顿了片刻。

阮啾啾昂着头说："我知道我很好看，你想看就看。"

程隽指着她有些肉的小肚子："你胖……"

阮啾啾："闭嘴。"

傍晚的夕阳很迷人，海滩的水澄澈干净，天海相接一线，可以看到渐渐下沉的落日。

阮啾啾满脑子都是各种超模照片，找好角度，站在礁石上缓缓将纱举起。远远望去，她仿佛要跟着飘忽的纱一起飞起来。这个姿势不太容易，阮啾啾没法回头，高声问程隽："可以了吗？"

"嗯。"

"我看看拍成什么样了。"

阮啾啾兴奋地小跑过去拿起相机，原本弯弯的桃花眼里瞬间没了笑。这张风景照的确很美，澄澈的海水镀上了一层金色的光，远远眺望，天边是瑰丽的云彩，仿佛人间圣地。

可是，阮啾啾找来找去，问道："我呢？"

"这里。"程隽指了一下，阮啾啾放大，终于找到一块礁石上的黑影。

她没看到还好，看到反而更来气。

从这个角度拍过去，她仿佛一只老鹰蹲在礁石上……这简直堪称死亡角度，阮啾啾表情复杂，一时间竟然不知道该说什么好。

她沉着脸，死亡凝视终于激起程隽的求生欲。

程隽认真地发问："是拍得太小了吗？"

"你说呢？"阮啾啾气急败坏。能把她拍成老鹰，也只有程隽这种直男能够做到了好吗！

为了将功补过，程隽重新给阮啾啾拍了一张。阮啾啾强调几遍给她找好角度，不要拍得太小，要拍出梦幻的感觉，仿佛她就是敦煌壁画里的神女，飘飘欲仙。

趁着程隽找角度的时候，阮啾啾回头瞟了一眼，看到他的位置离自己不远，便满意地继续摆姿势。

等了一会儿，阮啾啾问："好了吗？"

程隽的语气很飘忽："很美，很有意境。"

阮啾啾："……"

她突然有一种不祥的预感。

阮啾啾跳下礁石，跑到程隽身边接过相机，一时间只觉得五雷轰顶，差点儿没认出来照片里的那个人是自己。

这一回的距离的确够近，近到他就差把相机抵到她身上拍一张，最要命的是程隽还是以仰拍的角度拍下了这么一张照片。

照片中的阮啾啾身姿硕大，直接占据了所有画面，这遮天蔽日的气势，直接挡住了海滩、落日、天空。她哪是敦煌壁画的神女，简直是天狗食日。

这个角度让阮啾啾恨不得立即给程隽绑个火箭，让他嗖地上天再也别回来。

阮啾啾阴恻恻地磨牙，好好的小仙女都被逼疯了："你听说过海滩杀夫案吗？"

默默向后退了两步的程隽试图转移话题："好像快开饭了。"

阮啾啾满脸写着不开心。

这时候的风有些冷了，她放弃了拍美美的照片的打算，披上外套，决定回去吃晚饭。

她气冲冲地向前走着，程隽很快落在身后。没过多久，身后传来程隽试图缓和气氛的友好搭话："我又给你拍了一张。"

阮啾啾将信将疑地停下脚步："你确定没把我拍成一个丑八怪？"

程隽举起手："绝对没有。"

阮啾啾接过相机，小心翼翼地凑上去。随即沉默了。

说实话，她真不应该对程隽抱有希望的。

这个狗男人竟然能把她拍成一米二，还真是非常有本事了。

镜头中的阮啾啾披着外套，俯拍下来就像是个一米二的小矮人，还气势汹汹，横眉冷眼。她真不想骂自己，但此刻的自己的确像只愤怒的野鸡，翅膀毛都乍开那种。

阮啾啾："……"

原来，在程隽的世界里，她就长这副模样吗？阮啾啾简直想哭。

偏偏程隽还不识相地说："好饿啊。"

当天晚上，程隽在阮啾啾幽幽的目光下淡定地吃了很多海鲜。阮啾啾盯着他，恶狠狠地用刀叉使劲插了一下煎鱼，仿佛此刻在瓷盘中待着的就是程隽。

她后悔了。她以为自己带个小伙伴能拍很多美美的照片，现在倒好，程隽简直是专程来气死她的实力战将。

回房间洗漱之后，阮啾啾气冲冲地关上门开始睡觉。

她躺在陌生的大床上，关了灯，屋里一片漆黑。厚实的窗帘被拉得严严实实，枕芯有股香香的味道，被子也很柔软。果然是高档酒店，配置各方面都很好，只是阮啾啾翻来覆去却没了睡意。

她睁大眼睛望着天花板，忽然发现天花板上的镜子映出黑乎乎的一团，差点儿把阮啾啾吓得魂飞魄散。她惊叫一声，猛地翻身坐起，半晌才反应过来自己是被自己吓到了。

"……"

好讨厌的酒店啊，为什么要在房顶装镜子，又不是演鬼片。

门外传来敲门声以及程隽温暾的询问："怎么了？"

"没事……"阮啾啾一头冷汗地开了床头灯，声音虚弱地道，"被自己的美惊到了。"自己吓自己一跳这种丢脸的事她才不会说！

程隽："……"

阮啾啾没有听到门外走动的声响，总感觉心里惴惴不安。她翻了个身睡不着，微微睁开眼睛，轻声叫道："程隽，你睡了吗？"

过了两三秒，对方回应了。

"没有。"他应该就在客厅，声音很近。

阮啾啾莫名地松了口气，放下心来。

"晚安。"她低低地说了一句，声音很轻，就像是自言自语。

客厅一片漆黑，灯全部关掉了，窗帘虚掩着，依稀能窥到笼罩在静谧的夜色下的宁静海滩，说不出地美丽。一道瘦高的身影斜倚在阮啾啾的卧室门的墙边，嘴唇张了张，却没声音，口型说的是——

晚安。

阮啾啾一夜好梦，翌日精精神神地打扮好，换了一条好看的海蓝色长裙。今天打算躺在沙滩椅上好好睡一会儿。日头正晒，就连安热沙防晒都救不了，阮啾啾只想安安静静地躺在躺椅上神游。

这一点她和程隽达成了完美的共识。

相比两个人轻松出行，另一组的几人就没那么高兴了。说是度假，但还是有不少工作，三人组抱着笔记本电脑忙得焦头烂额，靠啤酒续命，工作了一整晚。

涂南坐在地毯上陷入沉思："我为什么想让老板去来着？是因为我想过年假啊。"

所以他们现在到底在干什么啊？！

傅子澄哭丧着脸："相亲的事黄了，因为我没遵守时间。我恨你们。"

安柔换好了提前准备的比基尼，身材能露的全露了出来，和平日的清纯形象大相径庭，连焦樊也蒙了一下。她愉快地翘起唇，说："走，这个时候游泳正好。"

遮阳伞下的两人正眯着眼睛，一边吃水果一边看风景。海滩上此时一个人都没有，清静又悠闲，阮啾啾舒服地伸了个懒腰："真好啊，希望下次还有机会过来度假。"

阳光、沙滩、海浪，还有……身旁不合时宜地响起的吃西瓜的咔嚓咔嚓声。

阮啾啾黑着脸补充道："一个人过来度假。"

这时有几个人走过来，阮啾啾戴着墨镜没看清楚，微微地眯起了眼睛，身旁的程隽淡定地擦了擦手。他穿着宽松的半袖和短裤，露出的四肢竟然没有想象中的软绵绵的无力感，一看就是经常运动。

阮啾啾非常怀疑程隽背着她天天去健身，还要在自己面前装出肥宅的假象。

几个人渐渐走近了，有些讪讪地打了个招呼。

阮啾啾见他们走过来，看清楚他们的长相后，立即惊了。奇怪，嘉澄的老板过来度假了吗？这也太巧了。

涂南他们老远就看到阮啾啾慵懒地躺在沙滩椅上，肤色雪白耀眼，修长的双腿懒懒地交叠，小巧的脚指头上涂了红色的指甲油，好看得要命，像只睡眼蒙眬的猫儿，又像勾人魂魄的海妖。几个大老粗纷纷干咳一声，别过脸不敢再看。

意识到自己此刻的动作有些不雅，阮啾啾连忙坐直了身体，淑女地拽了拽裙摆，把露出的修长白嫩的腿遮住。

程隽像是早就知道他们会来，继续慢悠悠地吃着水果。

阮啾啾小声提醒他："喂，嘉澄的老板都来了，你身为员工不打招呼的吗？"

真正的嘉澄老板很淡定地吸了一口椰汁，含混地嗯了一声。

现在该紧张的，绝对不是他。

几人看到程隽，紧张之下老板的称呼几乎脱口而出，又硬生生地被咽了回去。程隽只是嘱咐他们不要在阮啾啾面前叫他老板，也不能叫阮啾啾嫂子，他们搞不清楚是怎么回事，也不好再问。

"好巧啊。"唯一一名不知情的观众阮啾啾热情地打招呼。

"好巧，好巧。"

阮啾啾问："你们是来休假的吗？"

"是、是。"几人顶着压力，大热天的竟然出了满头冷汗。

阮啾啾："……"

是她的错觉吗，为什么她总感觉他们几个人很紧张的样子？

正在她思索之际，一人身姿绰约、摇曳生姿地走到面前。

安柔的身材比例很好，早年间她练过几年芭蕾，体态优美，像只小天鹅。她不请自来地走到阮啾啾面前，笑着说："你好，我叫安柔，是嘉澄的动画设计师。"

安柔本是来示威的，她站着，阮啾啾坐着，衬得阮啾啾气势矮了半截。在安柔的脑补中，阮啾啾估计会面色不善，猜测她跟程隽的关系。

谁料阮啾啾一听到是设计师，立即热情地拽住安柔的手使劲儿摇晃，就像山里的困难户见到了扶贫的领导，两眼发光，笑得非常灿烂："你好啊，我叫阮啾啾，请你一定要记住我的名字！"

其他人："……"

安柔慌了神，立即抽出被阮啾啾抓住的手，一时间有些蒙地说："知道了。"

阮啾啾没想到自己竟然有机会见到他们的设计师，一想到有机会跟安柔一起共事，阮啾啾对她更热情了。她咣咣地拍了几下躺椅，示意安柔可以坐她身边一起聊聊天。

安柔惊慌失措地后退了几步："不、不、不！"

围观的涂南一行人："……"原本他们以为安柔能捅出娄子，现在这么一看，他们似乎想得太多了。

安柔黑着脸说："我要去游泳。"想了想，她又露出温柔的微笑，"你要一起去吗？"

阮啾啾摇了摇头，怕晒黑。

看着她拒绝了，安柔没有强求，扭着腰肢去海里游泳。焦樊也过去凑热闹，剩下俩人远远地坐在另一边的躺椅上。阮啾啾嘀咕着嘉澄的老板果然只是看着亲近，实则也有大人物的高不可攀气质。

她没有强求，万一过分热情引得他们不快就不好了。

于是阮啾啾继续坐在躺椅上，默默看着安柔一会儿从海里翻起，一会儿又扎进去，身姿曼妙得像一条美人鱼。她游的地方正好是在阮啾啾和程隽面前，这场景美不胜收，估计就连程隽这种木头疙瘩都得心猿意马。

这样想着，阮啾啾别过头去。

"……"

程隽竟然睡着了。

她再望向远处安柔费心费力地游来游去，总有种浪费的感觉。

安柔体力不错，游了很久，只有阮啾啾全程捧场地围观安柔优美的泳姿，就差给安柔啪啪鼓掌。阮啾啾不是傻子，小姑娘游来游去的，时不时地向这边瞟一眼，怎么可能在看她？

对方估计是，看上程隽了。

阮啾啾当然不担心，只要不闹到她的头上，她们还是可以愉快地做小姐妹。

她跟程隽是契约婚姻，其实都是单身状态，对方想追求就追求，她完全不介意的。阮啾啾已经在想，如果安柔跟程隽结婚，她作为同事出多少礼钱比较合适。

如果安柔知道阮啾啾的心态如此"佛系"，估计得气死。

终于，安柔游累了，上了岸，毫无保留地展示着自己优美的身姿。泳衣湿了，紧紧地贴在皮肤上，潮湿的黑色长发被她顺手捋到后面，看起来极为诱人。

阮啾啾呆了一下："啊……"

安柔想，自己此刻的风情，怕是有着连女人也不得不承认的魅力。

阮啾啾继续说："你今天没涂防晒吗？"

"……"

安柔举起自己的胳膊，果然黑了一圈，和比基尼边缘的白嫩皮肤形成了完美的反差，估计晒得够呛，她已经不敢想象自己的脸晒成了什么样。

死寂的沉默后，安柔真情实感地哭了。

阮啾啾真情实感地笑了。

对不起，这绝对不是她的错！

阮啾啾笑出声后，深感自己不地道。作为一名女性，她很同情安柔。

她出门哪怕阴天都会抹防晒，在大太阳下暴晒这么久，真是想都不敢想。这一下安柔恐怕得捂到明年才能捂回来了。

看到小姑娘红了眼睛，抽抽搭搭的，阮啾啾有些心疼地忙凑上去安慰。

听着她的安慰，安柔哭得更厉害了。

傍晚，从房间出来的安柔涂了一身临时买的晒后修复，穿着长袖长裤，戴着遮阳帽、墨镜、口罩，打着伞，浑身捂得严严实实的。

已经有工作人员在沙滩旁架上了烧烤架，他们可以吃烧烤、喝啤酒，吹着凉风，要多舒服有多舒服。唯有安柔一个人仿佛头顶乌云，和欢乐的气氛格格不入。焦樊没觉得晒黑是多大的事，早就忘了这么一茬，跟着他们挑食材去了。

几名厨师正在准备烧烤调料和炭火，余光瞥到一个穿着长裙的美人披着外套，正兴高采烈地低头玩小石头，天真可爱，黑色的眼眸就像两颗闪烁的星子，对一切都充满了好奇。

真美好啊，他们忙里偷闲，忍不住多看了几眼，然后便看见美人拎起一只大螃蟹，哈哈大笑："程隽快看啊！我抓住的！"

默默后退到安全区的程隽："……"

围观群众："……"

螃蟹被厨师逮了去洗刷，打算用酱料腌制一下。阮啾啾玩得心满意足，捡了很多被海水打磨得圆溜溜的小石子，打算回去找家店穿孔，正好可以当作手链戴。这大概算是手工界的潘多拉镯子？

一回头差点儿撞到别人，阮啾啾站直了身体才看清楚是安柔。

"我有话要对你说。"安柔面无表情，没了白日的温柔端庄，眼睛直勾勾地盯着阮啾啾，"我不管你是装疯卖傻还是胸有成竹，但程隽，我志在必得。"

阮啾啾："好啊。"

安柔："我没有开玩笑！"

阮啾啾："我也没有开玩笑啊。你攻略你的，我们还可以做小姐妹对不对？"

安柔："……"

阮啾啾笑眯眯地说："这么说，我们俩没多少夫妻情，你想撬墙脚就撬，不用来跟我示威，因为程隽也不喜欢我。"

安柔有些意外了。

不敢说喜欢，但她肯定程隽绝对是在乎阮啾啾的。但她看阮啾啾这副模样，谁在乎得更多，一目了然。安柔又是嫉妒又是说不出地难过，在她心里如高岭之花高不可攀的程隽，竟然也单方面地保护另一个人。

她原以为程隽这样的人只会被爱着，那颗冰冷的石头心却是永远也焐不化的。

安柔不说话了，阮啾啾思索半晌也没觉得自己哪句话不对，一时间还真弄不懂她在想什么。

安柔咬了咬唇，说："我不信你会舍得。"

程隽这样的男人，世上能有几个？

阮啾啾纳闷了，好好的姑娘不去找一个像顾游那种情商高又厉害的高富帅，干吗跟程隽这种能气死人的家伙过去？

她好心好意地劝说道："我有什么舍不得的？男人嘛，旧的不去，新的不来……"

阮啾啾说这句话的时候，正巧程隽跟涂南他们走了过来，听了个完完全全。听到小嫂子这么说，其他几人默默地望向老板，总觉得他头顶的那顶"绿帽子"越发绿油油的。

程隽："……"

"喀喀，那个，开饭了！"涂南连忙制止阮啾啾再说下去。

阮啾啾被抓包完全没有心虚的感觉，高高兴兴地过去吃烧烤了。

腌制好的新鲜的肉被刷上了一层油，再在炭火上烤，发出吱吱的响声，浓郁的香味让阮啾啾咽了咽口水。

安柔端庄地坐在椅子上一动不动，阮啾啾路过时多嘴问了一句："你不吃？"

她嫌恶地皱了皱眉："我吃素。"

阮啾啾："对不起，打扰了。"她这种无肉不欢的人真的跟安柔没法沟通。

安柔走到一个红色水桶旁，望着里面扑腾的鱼，温温柔柔地说："这些鱼不要吃了，看它们多活泼啊，我们把它们放生了好不好？"

她的声音不大，正好让坐在附近的程隽听得清清楚楚。

阮啾啾干脆地拒绝道："不要，我想吃。"

"你这样也太残忍了。鱼是有生命的。"

阮啾啾："……"

"我每年都会参加放生活动，放过鱼和龟。"安柔晒出手机里的照片给她证明，"你看，这只龟都这么大了，不知道活了多久。"

阮啾啾犹豫地说道："这个……是巴西龟……"

巴西龟被称为生态杀手，是性子凶猛的杂食动物，连人都敢咬。阮啾啾已经预料到安柔放生的那只龟，恐怕早就把整个湖的鱼吃得差不多了。

这是哪门子的放生啊？

安柔是知道巴西龟的，却不清楚具体的模样，闻言脸色一僵，一时间竟不知道说什么好，只好求助地望向程隽。然后她眼睁睁地看着程隽目光炯炯地指着那一堆鱼，说："都烤了。"

安柔："……"

不是说好男人都喜欢善良、热爱小动物的女生吗？

涂南尴笑着把安柔拽了回去，好让她死心，别再打扰他们两个了。

阮啾啾坐回原来的位置。眼看着虾烤好，她眼馋地伸出手，却有人比她更快一步地拿起烤好的虾。

程隽望向阮啾啾。阮啾啾愣了愣，还以为他是帮自己拿的，伸出手说："谢谢……你个大头鬼！"那只烤虾进了程隽的嘴，程隽有些被烫到，哈了口气，腮帮子鼓鼓地给出评价："好吃。"阮啾啾恨恨地磨了磨后槽牙。

她去拿烤鱿鱼，程隽比她更快，修长的手轻易地越过阮啾啾拿起烤鱿鱼，这下子他记得吹了吹，这才开吃。

"好吃。"

阮啾啾："请问你想死吗？"

她失去耐心，伸手拿生蚝，这一次程隽没有阻拦，阮啾啾志得意满地探出了手……

"烫、烫、烫！"

程隽："哈。"

"……"她都听到了，谢谢！

阮啾啾又想把程隽绑上火箭让他嗖地升天，最好再也别回来。

她看着程隽那张漂亮脸蛋，一副没事人似的继续嚼啊嚼，越看越气。不待程隽反应，她忽然上手拽住程隽的脸颊，使劲儿揉了揉。

程隽的脸皮薄，揉了几下就红了。

阮啾啾幸灾乐祸地说："让你再抢。"

程隽忽然怔住了。

怀里的佳人有股独特的馨香，平日里都是清淡的，此刻在怀中却乍然间清晰起来。

她的手掌是温热的，指尖带着被烫到的余温，紧紧贴在他的脸颊上。他的心好像也被烫了一下。这时的阮啾啾从他的眼瞳里看到了放大的自己的脸，几乎占据了大半的瞳孔。她愣了一下，突然意识到自己此刻就像要亲程隽似的捧着他的脸，两人四目相对，离得极近。

"……"

"……"

"你的眼睛有……"

阮啾啾瞬间黑脸："闭嘴。"

并排坐在对面的几人看了个分明，涂南灌了一口酒，说："安柔，死心了吗？你看老板能让你这样动一下？"他们又不傻，程隽虽然表情冷淡，一副什么事都不在乎的样子，还故意招惹阮啾啾，除了对方才的话介意，再没有其他的原因了。

安柔紧抿着唇，一言不发。

"你最好早点儿请罪，现在是收着呢，不代表老板允许你这么做。"

安柔忽然有些难过："我真不明白我比她少了什么，为什么你们都一心向着她？名存实亡的婚姻也需要维护？现在都什么时代了，喜欢一个人难道不是自由的吗？"

"人和人之间哪能比，安柔，你想得太简单了。"

一直闷不吭声的焦樊突然严肃着脸色说道："任何理由都不是介入别人的婚姻的借口。不要让我瞧不起你。"

"……"

阮啾啾已经入睡了，程隽却站在门外吹海风。

他身上宽松的衣衫被吹得猎猎作响，独身一人站在柔软细碎的沙砾上，不知道在思考什么。身后，一道身影渐渐向他走来，赫然是安柔。

安柔轻声说："你没有什么话要对我说的吗？"

程隽一手插兜，背对着她，语气平静："不要用工作上的信誉去换别的赌约。"

"你的意思是……"她的面色瞬间变得惨白。

"写辞职信。"

安柔不敢相信程隽竟然会主动提出辞职这件事。她紧握住拳头，咬了咬牙说："我走了没有人可以接我的工作，你想好了！"

程隽过了片刻才转过身。夜色中，他眼眸漆黑，带着阮啾啾不曾见过的疏离冷淡神色。他的表情平静无波，哪怕安柔眼泪止不住地掉，他也没有丝毫动容："工作上，没有人是独一无二的。"

所以，她妄图用自己的经验和地位来谋取其他方面的特权，就大错特错了。

安柔浑身都在颤抖。

她想到了涂南的那句话。

"安柔，你还是不懂程隽。"

她似乎的确不懂，为什么他对任何事情都可以这样轻描淡写？

安柔擦了擦眼泪，不甘心地问："我只有最后一个问题……在你的世界里，会有人是独一无二的吗？"

夜色中的男人站得笔直，狭长的眼眸漫不经心地瞟向大海，声音飘忽，几乎在瞬间隐没于浪潮拍打海岸的声音中。

"不知道。"

第二天，安柔的房间里空空荡荡的，只留下了一封辞职信。

收到消息的众人愣了一下，焦樊连忙给她打电话，却被不知何时走进门的程隽拦住："不用了。"

"老板啊，活干了一半，你就让人走了？"

"嗯。"

程隽的话一出，众人就没有反驳的余地了。涂南叹了口气，挠了挠头，说："那你说该怎么办？"

程隽的反应相当淡定。

"不是已经在征集画手了吗？好好调教一下。"这样人来了上手也就很快了。

征集的CG——其他几人面面相觑。

第一名不是阮啾啾吗？！

"阿嚏！"

阮啾啾打了个喷嚏，使劲儿揉了揉鼻子。

昨晚她睡得不太安稳，头发乱成了鸡窝。她一边梳头发一边拿起手机，却看到手机显示着一条陌生号发来的短信。对方明显很生气，用了非常多的感叹号。

"我是不可能跟你做小姐妹的！！！"

阮啾啾："……"

她随即反应过来这个人是谁了。阮啾啾一脸无辜，这个安柔还怪有意思的。

程隽身为嘉澄的老板，做法相当公正。

他给安柔保留了最后一丝颜面，毕竟被嘉澄辞退，业内的人士必定对安柔重新进行估量。外界都说是安柔因为家庭的事不能待在国内，临走的时候公司给她多结算了一年的工资和奖金，作为她为公司做出贡献的补偿。

待到阮啾啾知道这个消息的时候，安柔早已经登上飞机，离开这个地方。

阮啾啾实实在在地惊了。

当她得知自己要进嘉澄的消息时，竟有些心情复杂。

三天假期提前结束，因为嘉澄目前正在做一个项目，想必阮啾啾一回去就得加急培训，忙个不停了。

坐在飞机上的阮啾啾瞄了一眼正在吃火龙果的程隽，小声叫他的名字。

"程隽啊。"

"……"程隽望了她一眼。

"你在公司地位挺高的啊。"安柔和程隽二选一，公司领导竟然让安柔走人，阮啾啾真心觉得嘉澄太有魄力，也太果断了。

程隽吃了一口火龙果，没有回答。

阮啾啾讨了个无趣，悻悻然地坐直了身体。

她忽然想起，不知道嘉澄的大老板涂南他们有没有回去，头等舱里没有他们的身影，可能他们还在度假地待着。

被阮啾啾惦记的三个人正坐在经济舱里唉声叹气。他们倒是想去头等舱，但不敢。

老板正和嫂子培养感情呢，他们现在过去，岂不是三个锃光瓦亮的电灯泡？涂南望着面前的鸡肉饭，第 N 次发出叹息：不是鸡肉饭就是鱼肉饭，不能换点儿新花样吗？！

就这样，一次好端端的度假说散就散。

回到家中，阮啾啾直奔大床，咚的一下呈大字形扑倒在柔软的床上，使劲儿蹭了蹭她最爱的被子。

跟豪华的酒店比起来，还是自家的狗窝最舒服啊，阮啾啾整个人的心情都好了。

涂南给她两天时间做准备，阮啾啾一想到舒适的美好时光即将离她而去，还有些不舍。但很快，她因为能够到嘉澄这样的大公司而由衷地感到兴奋。

她上班前第一件要做的事是什么？

买工作装啊。

阮啾啾借工作的理由，决定去多买几件好看的衣服，之前衣柜里的衣服大多以休闲为主，很少有能穿到公司去的。一想到要逛街，阮啾啾立即恢复元气，精神抖擞地换衣服化妆出门。

目睹这一切的程隽忽然觉得，如果她工作能有这样的精神和魄力，以后嘉澄恐怕都是小庙。

阮啾啾买衣服的同时，带上了自己积攒的许多好看的小石头。手工首饰店里可以帮忙打磨和穿孔，阮啾啾只让他们帮忙穿孔，至于形状，保留目前的样子就很好看。

一天时间，阮啾啾逛得腰酸背痛，脚都疼了。

她拎着十几个袋子，终于想起还有小石头没拿。

待她到店里的时候，老板已经等了很久。老板笑呵呵地说："姑娘，小石子都挺好看，送你几条手绳。"

阮啾啾拿着一小袋石头，心满意足地搭上了回家的的士。

的士平稳地行驶着，阮啾啾打开布袋，细细挑拣着里面的小石子。一颗圆润无疵的黑色石子突然吸引了阮啾啾的注意力。小石子

117

很漂亮，让她瞬间想到了程隽那双慵懒的眼眸。他凝视着人的时候，情感似乎也是这般纯粹的。

阮啾啾决定把这颗小石子留给程隽。

程隽一如既往地闷在书房里没出来。

阮啾啾在外面吃了饭，心有余悸没敢吃独食，非常主动地给他带了外食。在酒店天天吃海鲜有点儿腻歪，阮啾啾给他带了烤肉饭和水果捞，还有几份小吃。

真不知道她看起来柔柔弱弱的，是怎么拎回来这么一大堆东西的。

阮啾啾警告程隽："不许再拿凑合说事！"

程隽慢吞吞地应了一声。

他正在吃饭，阮啾啾想起什么，回房间拿出小袋子掏啊掏，终于找到了那颗黑色的小石子。她再次来到客厅的时候，程隽已经吃完烤肉饭了，正在慢悠悠地吃水果捞。

阮啾啾："……"这家伙真的没有长两张嘴吗？前面一个，后脑勺一个那种。

她坐在饭桌的对面，朝程隽晃了晃小石子，说："这个小礼物就送给你啦！"

程隽："这是什么？"

阮啾啾说："你猜。"

他在阮啾啾鼓励的目光中沉思了片刻："羊粪球？"

"……"

死寂的沉默持续得有些久。

阮啾啾假笑着说："你怎么不猜肾结石呢？"好好的小石子被程隽一说，远远看着还真有点儿像羊粪球。

这就很尴尬了，阮啾啾只感觉无语凝噎。

"算了，你不要我留着。"

程隽的动作比她快一步。他胳膊长，非常容易地取走了阮啾啾手中的小石子。

他顺手就将小石子塞到了口袋里，然后继续吃饭。

阮啾啾："……"

"凑合。"他慢条斯理地给出了评价。

阮啾啾："……"

有些人还真是知道什么叫作蹬鼻子上脸。她心里的小人立即抓住程隽哇呀呀地暴揍一轮。

阮啾啾去嘉澄工作意味着程隽将减少任何和她在公司遇见的机会。

涂南是真不明白夫妻俩干吗躲躲藏藏、你瞒我瞒的。他用直男和单身狗的思维思考片刻，觉得这大概就是情趣。

上班第一天，阮啾啾化好精致的妆容，将长发编起来，露出了修长白皙的脖颈，显得精神干练。低跟鞋在地板上发出啪嗒啪嗒的响声，一大早她就忙来忙去，准备许久才离开家。

过了许久，程隽揉了揉眉心，一脸困倦地穿着拖鞋走出书房的门。他习惯性地拿了一瓶养乐多打开，手机嘀地响了一声，是涂南在群里@他的信息。

"嫂子还没到吗？怎么办，我好紧张啊老板！"

重新回到"群聊"群的涂南不敢放肆，乖乖地等待着阮啾啾的到来。

焦樊："我举报，涂南今天的头发打了摩丝。"

傅子澄："穿着最骚的衬衫。"

焦樊："傅子澄换了新鞋。"

傅子澄："兄弟，你在视奸我吗？两双鞋只有一条白道不一样，你是咋看出来的？"

群里的人吵吵嚷嚷的，很快又是99+的消息。

程隽看着他们闹，一直没有发话。

直到最后他思索片刻，才说："不用给特殊照顾。"阮啾啾虽然表面嘻嘻哈哈的，实际很要强。真相总有被揭开的一天，届时她万一误以为自己的成绩都是靠关系，那将是非常糟糕的认知。

涂南没来得及回他，因为前台打电话过来说阮小姐正在楼下等着。

公司里传言来了一个名不见经传的空降兵接替安柔的位置，一个个都等着看好戏。

到阮啾啾踏进大门时，他们瞬间看直了眼——这到底是选员工还是选美？公司里本来狼多肉少，程序员们差点儿兴奋地发出狼嚎，纷纷打探阮啾啾的来历，一时间激动得整个办公室嘈杂吵闹，许久都无法安静下来。

带阮啾啾的是一名老员工，年龄挺大，是个有些萌的大叔老孟，工作室里贴满了灰原哀的画报。

他的性格很好，讲解起来非常有耐心，阮啾啾一开始还有些紧张，渐渐就被代入进去，时不时地提出问题。

涂南一整天都有些心不在焉。他需要的是老孟的评价。

阮啾啾在办公室学习的当口，老孟偷偷溜到了涂南的办公室，说："我还以为是没招了随便找的空降兵呢，技术可以啊。"

涂南顿时乐了："能成？"

"没问题，只要她肯吃苦，上手绝对快。"

阮啾啾比他们想象的还要拼，第一天就留在公司加班到晚上学习。她没回，涂南也不敢回，他还得让司机把嫂子送回去呢。这么一想，涂南更苦了，夫妻俩都是加班狂，还有他的活路吗？

手机叮的一声亮了。

程隽："没结束？"

涂南颤颤巍巍地回道："等会儿就送回去。"他不敢给程隽说，因为阮啾啾今天加班，公司里的一半单身汉激动得化为拼命三郎一起加班。

这算是好事，如果他们不觊觎老板的媳妇就更好了。

阮啾啾还在忙着看策划，从游戏背景到整体画风，再到人物的故事和特色，她仔仔细细地看了一遍又一遍，每一遍都补充上自己的灵感。

就在这时，有人敲门，阮啾啾伸了个懒腰，还以为是老孟，结果竟然是涂南。

"你今天的进度已经挺不错了，回去休息，明天继续。"涂南笑呵呵地夸了一番，"身体是本钱，我们要可持续发展，不能过于消耗体力。

阮啾啾理解地点了点头，这才察觉到肩膀又僵又酸。

"我让司机把你送回去。女孩子这么晚回去不太方便。"

"那多不好意思……"

"没事没事，公司的女性员工少，都是当宝对待的。"尤其是嫂子，半点儿汗毛都不能少。

阮啾啾感慨道："果然是嘉澄，待遇真好。"

涂南尴尬地笑了一下，突然有些心虚。

一阵音乐声响起，是涂南的电话。他没把阮啾啾当外人，接起来就问："顾游？"

电话那头的顾游声音很消沉。

"对不起，我的手受伤了，没办法参加比赛。"

第六章
抱了个满怀

　　电竞选手的职业生涯不长，吃的是年轻饭。而顾游在此之前虽有实力，却运气不佳，在几次即将走上人生巅峰的时候都遭遇滑铁卢。

　　这一次是最严重的事故。

　　顾游在路上看到一起抢劫事件，见义勇为却伤了自己的手，至少需要休养几个月。

　　这对他来说，无异于无妄之灾。

　　涂南的表情很凝重。

　　他嗯了一声，问清楚顾游的情况，让顾游安心养病不要让手受到二次伤害，这才挂了电话。

　　"嫂……那个，走，司机在停车场等你，正好我送你一程。"

　　阮啾啾走在涂南身后，路过的几个程序员眼睛一亮，随即意识到老总的表情比平日严肃，顿时不敢造次。阮啾啾因此没被骚扰就回到了自己的家。

她推开门时，客厅漆黑，灯没有打开，估计程隽已经睡觉了。

阮啾啾蹑手蹑脚地换掉鞋子，打开灯，忽然哇的一声踉跄着向后退了几步。

"你干吗坐在沙发上不出声啊？"她气急败坏地道。

乍然间看到一个黑衣男人坐在沙发上，阮啾啾汗毛竖立，浑身冒起鸡皮疙瘩，差点儿举起鞋子扔过去。

相对于她的惊慌失措，程隽就很淡定了。

他仰躺在沙发上，瘫得很安详。偏偏他没有闭眼睛，就那么像个木偶似的望着电视墙。

阮啾啾："你在干吗？"

他这么弄，怪吓人的。

程隽幽幽的声音飘飘忽忽的："辟谷。"

阮啾啾："……"

他继续幽幽地说道："通俗一点儿说，饿晕了。"

"……"

阮啾啾真希望程隽辟谷成功，上天当仙人去。

神厨阮啾啾成功用加了荷包蛋的面条将程隽这个凡人救了回来。她望着程隽吃面条，忽然意识到自从她做饭之后，这家伙竟然对垃圾食品都不感兴趣了，整天就等着吃好吃的。

他这种不劳而获的心思不可取。

阮啾啾一本正经地说："你不能总指望着我做饭啊，万一哪天我不在了呢？你自己也要学会照顾自己啊。"

程隽吃面的动作停了片刻。

他语气温暾地说："不会的。"

阮啾啾回过神来："嗯？什么不会？"

程隽只是埋头吃面，没有回答阮啾啾的问题。

阮啾啾想，有时候真是摸不透程隽的心思。真不知道他是大智若愚还是真聪明，说话总是前言不搭后语。

工作一天很疲惫，阮啾啾回到家有了些睡意。她揉了揉眼睛，让程隽吃完早点儿睡，自己去洗手间洗漱。不一会儿，花洒喷出的水哗啦哗啦地响，也只有这个时候，冰冷的家才仿佛真正有了烟火气息。

第二天，阮啾啾起了个大早。

她动作很轻地快速做好了两份餐饭，放进两个餐盒里，一份自己带走，一份放在冰箱最显眼的位置。

眼看着上班快迟到了，她连忙出门去赶车。

中午程隽在书房工作完毕，站起身，穿着睡衣，动作慵懒地朝着冰箱走去，习惯性地想拿一瓶奶喝。

他打开冰箱的瞬间，面前赫然放着一份已经做好的便当。

他慢吞吞地嗯了一声，掀开盖子，里面满满当当地叠着饭菜和肉，阮啾啾还给他多加了两个切成两半的鸡蛋。

程隽破天荒地迟疑了一下。

就在这时，手机叮咚一声，是阮啾啾发来的微信。

阮啾啾："忘了跟你说了，饭一定要用微波炉加热！"

"……"

他低头看着手机，侧脸被冰箱的门挡住大半，看不清神色。

开始了上班生活的阮啾啾很快便适应了这里的氛围，涂南他们几人是大老板，但对阮啾啾亲和无比，不像别的公司一样上下级界限分明。据涂南说，当初创业也是几个人一起合伙做起来的，由一个小公司发展为如今的规模不过短短时间，他们对自己的定位只是个普通员工。

再说了，老板活泼风趣平易近人，是因为他们正年轻。

不过阮啾啾明显能感受到他们对她手里的便当无比感兴趣。

"……"阮啾啾真想一边吃饭一边捂住自己的饭盒。

真奇怪啊！大老板什么没吃过，干吗对她的便当感兴趣？

涂南是真想尝尝嫂子的手艺，却又不敢说，不知道的人还以为他是耍流氓呢。他按捺住心中的蠢蠢欲动，默默吃着咖喱饭，无比羡慕老板的美好生活。

瞧瞧那配色、那营养搭配、那温暖的小饭盒，这是营养师和大厨再怎么精心制作也让人感受不到的爱啊！

单身狗终于在这个冬天感受到了凄凉。

阮啾啾眼睁睁地看着他吃着饭突然莫名其妙地叹了口气，一头雾水。

最近的工作压力很大，好在阮啾啾底子好又正好符合嘉澄的审美，再加上她肯吃苦，天天加班，涂南一开始还发愁怎么继续项目，没想到阮啾啾比他想象中的做得更好，终于不担心进度会被拖延了。

"不错不错，真的不错。"

涂南看着设计图眼睛一亮，毫不吝啬地第 N 次夸奖阮啾啾："就按照这样的进度继续往下走，没问题！"

阮啾啾被夸得都有些不好意思了。

她用余光瞥向窗外澄澈的蓝色天空，忽然想起了顾游。中途失利的感觉太过痛苦，阮啾啾有些感同身受的怜悯之情。

同一时刻，徐碧影真的很委屈。

顾游从未对她如此冷淡过。她安慰他、鼓励他，却收效甚微，这让徐碧影开始怀疑自己做的事是不是对的。

她想，既然自己选择了顾游，就绝对要一门心思地走下去，不能半途而废才对。

顾游几天没走出大门了，徐碧影一时间也六神无主，不知道该如何继续下去，脑袋混乱得很。

她相信自己的眼光没错，这是他腾跃的开始，他这块金子绝对会发光。

嘉澄啊，梦一样的地方。

一想到那座城市，徐碧影就发誓再也不会想起程隽。那是人生经历脱轨的一年，让她差点儿失去顾游。她承认一开始程隽惊为天人，她被他迷得七荤八素的，但一切都过去了。

这个男人是彻彻底底的草包美人，除了美色一无所有，跟顾游比简直是一个天上一个地下，她没有什么可以惦记的。

只是越这么想，徐碧影越回忆起自己暗恋的酸楚经历。若不是程隽结婚，若不是被顾游发现，她可能会一直等下去，一边享受着顾游的温柔体贴，一边暗恋程隽。现在她想起来，那仿佛一场让人神魂颠倒的梦境。

　　她想，这时候的程隽依然守着那套卖不了的破房子无所事事，过着毫无未来的生活。

　　徐碧影真想看看他一无所有的样子。

　　她忽然有些动心了。

　　人总有对比之心，看到程隽那副破落相，她只会越发确定自己的选择绝对没有错。

　　要不——她远远地看程隽一眼，好彻底断了执念。

　　今天下了初雪。

　　阴沉沉的天色折射出橘红的光，人间一片茫茫的白色。风很冷，吹得人刺骨地凉，如果不是家里的冰箱空了，阮啾啾才不会出门。

　　她是揪着程隽一起出门的。

　　在阮啾啾的印象中，程隽似乎已经有一个星期没出门了。

　　现在是休息日，他依然在家死宅，她真怕他闷出病来，正好找个小苦力拎东西。

　　程隽出门没打算穿外套，就穿着一件单薄的黑色卫衣。阮啾啾黑着脸，顺手把自己挂在门口的衣架上的黑色羽绒服套在他身上。她穿这羽绒服宽宽松松的，程隽穿到身上刚刚好。

　　程隽将手插到口袋里，对自己穿着她的外套没有发表任何意见，慢悠悠地跟在她身后。

　　两人一前一后，走得比平日慢多了。

　　阮啾啾小心翼翼地踩着台阶。

　　雪积了厚厚一层，幸好她穿着防滑靴，才不至于摔倒。阮啾啾走了几步，叮嘱程隽："你小心点儿，啊——"

　　她脚底一滑，脚尖上扬，整个人瞬间失力栽倒在台阶上，咣咣咣地一路滑下去，场面要多搞笑有多搞笑。阮啾啾被连续不断的屁股蹾摔蒙了，其实并不疼，厚重的羽绒服垫在底下柔软妥帖，就是有点儿丢人。

　　阮啾啾紧张地东张西望，见周围没有人看到她的糗样，才松了口气。下一秒她就听到了来自背后的清晰而短暂的笑声。

　　程隽："哈。"

阮啾啾："……"这个狗男人竟然敢笑她？？？

她愤怒了，想站起来，脚底太滑又一屁股摔在地上。说好的防滑靴此刻简直是旱冰鞋，要多滑有多滑，阮啾啾真想立即给店家一个大大的差评。她眼睁睁地看着程隽非常轻易地下了台阶，语气慢吞吞的，表情有些疑惑地问："不走吗？"

阮啾啾："扶我。"

程隽："哦。"

阮啾啾拽着他的胳膊缓缓站起身，拍拍身上的雪。她本想朝程隽砸几个雪球，但考虑到这家伙上次感冒有多折磨人，生怕他回想起满汉全席的事，决定还是继续干正事去。

就在她准备朝超市走去时，余光忽然瞥到一道身影，是一个女人的身影。

这么冷的天，来人穿着有些单薄的风衣，头发被冷风吹得散乱，一张俏脸不知是冻的还是别的原因，像被打了霜，惨白惨白的。她盯着阮啾啾和程隽所在的方向一动不动，眼神呆滞而无神。

这场景让阮啾啾不合时宜地想到了高中课本里的祥林嫂。

或许是因为对方震惊的目光存在感太过明显，阮啾啾看清她的面容时，脑海里瞬间浮现一个人的名字——徐碧影。

这会是徐碧影吗？可徐碧影为什么会跑到这里来？

徐碧影站在不远处。

她原本只想在楼下看一眼那扇熟悉的窗户。

几乎每一个晚上，程隽的书房的窗户都会亮起灯，仿佛在指引着那时候懵懂天真的她一步步飞蛾扑火，令她在他的冷淡木然中迷失自我。

她今天也是抱着这样的心情过来的。她想，看到那扇孤独的窗户，就彻底心安了。

结果……徐碧影眼睁睁看着程隽跟一个女人互动，伸出胳膊让她站起身，乖顺如一条大型犬似的听着她说话。他的眼神，是从未投射在徐碧影身上乃至一点点的那种温存。

徐碧影的世界崩塌了。

别的女人她可以记不住，但是阮啾啾的模样，哪怕化成灰，徐碧影都记得清清楚楚!

这一瞬间的认知让她咬紧牙关——和程隽结婚的女人居然是阮啾啾?并且,他们竟然没有离婚?

之前她在网上看到程氏企业濒临破产的消息,原以为阮啾啾早就走人,却没想到会看到这样的场景。

她还记得学生时期,她就把顾游当作她未来的丈夫,顾游来接她放学一起吃饭,她昂着头出门准备接受大家的羡慕时,却看到顾游站在校门口怔怔地望着一个女生发呆。

女生背着画板,戴着耳机,沉默地站在公交车站旁等着车。

那是班里也是年级里的风云人物,长得好看,画画棒,又有个性,是男生们追捧的对象——阮啾啾。

顾游望着她时眼中闪烁的光,夺目得徐碧影从未见到过。

徐碧影恍悟,为什么最近顾游来接她的次数频繁许多,她还以为顾游是喜欢她,原来他竟然喜欢上了阮啾啾!

那一瞬间的痛楚,仿佛少女编织好的梦境彻底被撕裂,徐碧影痛得喘不过气来。无端的恨意让她做出了过激的举动,而那更让她久久难以释怀。

尽管顾游只是从小听父母的话,从未对她表达过任何男女之情,但不代表可以有其他女人夺走她的游哥哥。

而现在,阮啾啾不仅差点儿夺走了顾游,还夺走了程隽?

为什么好处都被她占尽?

顾游如今处境尴尬,又困难重重,徐碧影心里的落差感就无限放大。尤其她看到阮啾啾虽然穿得很简单,却全身上下牌子货,人也精精神神的,娇俏甜美,明显是过得很滋润。

对比自己,她的家庭条件一般,顾游偶尔会送她东西,却都不是多值钱的玩意儿。

徐碧影有些心凉,甚至无法做到回头继续和顾游好下去。

站在台阶下的程隽顺着阮啾啾的目光看了一眼,随即不感兴趣地收回视线,慢吞吞地说:"走。"这个点,在二十四小时便利店还能买到关东煮。

程隽已经想好自己要吃什么了。

阮啾啾回过神来,看到对方僵在原地,便更确定了自己的想法。这个女人应该就是徐碧影,不知道她此刻看到自己又是怎样的心情。

阮啾啾是不畏惧徐碧影的。

"走、走、走,冻死了。"

直到他们的身影消失不见,徐碧影依然有些失魂落魄。她这条路,该怎么继续走下去?

阮啾啾将手插在口袋里,也有些心不在焉的。每次看到徐碧影的冲击力都不是一般大。

身旁的程隽突然出声:"离她远点儿。"

"她?"阮啾啾立即明白程隽指的是谁,问他,"你认识?"

程隽摇头。如果徐碧影听见恐怕得气死。她明追暗示程隽不知多少次,他对她竟然一点儿印象都没有!最重要的是,程隽真的是很真心实意地摇头,而不是在装作不认识。

一想到这里,阮啾啾顿时有了兴趣。她用肩膀抵了抵程隽的胳膊:"喂,你之前没谈过恋爱?"

程隽瞥了她一眼,懒得回答。

阮啾啾不放弃地追问:"那喜欢的人呢?这总有吧,没有恋爱的人没有青春啊。"

程隽幽幽地问:"你有?"

阮啾啾立即摆出花痴脸:"当初我上大学的时候,有个校园小歌王超帅气的,是整个系女生迷恋的对……哎哎你慢点儿走啊!"

程隽突然加快脚步,让阮啾啾立即忘了自己在说什么,忙不迭地追上去。

程隽的身世对阮啾啾来说算是个谜。

不知道他经历了怎样的过去才会变成现在这种性格,但阮啾啾能想象到,肯定不会是很美好的回忆。从后妈曲薇口中听到的寥寥几句话语,阮啾啾大概能确定,程隽唯一心存怀念的便是过世的母亲。

她已经脑补到程隽在学校因为慢吞吞的性格被男生欺负的场

面了。

午饭闲聊的时候，涂南无意间透露了一个关键的信息。

"程隽跟我是同学啊，高中同校，大学我出国，但也跟他有点儿联系。"

"高中同学？"

阮啾啾惊了："那你知道他高中是什么样子吗？该不会真和我想象中一样受欺负吧？"

涂南本要脱口而出的话被噎了一下。

他望着如小白兔般纯真的小嫂子，想了想，决定咽下真实的故事。女人是感性动物啊，最喜欢怜悯弱者，最容易被男人感动，嫂子对老板好了，他的日子也好过啊。

涂南顺着杆子往上爬，忧愁地说："可不，要多可怜有多可怜，他的日子不好过啊。"

他不好过个屁！当年的风云人物谁不知道啊？

涂南继续说道："最近建校纪念日邀请校友回归，我们都会回去，老……老程估计会去的。"

程隽从高中之后活得越来越没个人样了，分明以前还是有些人情味的。涂南看着担心，又发愁这两人龟速发展的感情，只希望阮啾啾多了解了解程隽，让程隽能够更好地走出自己的世界。

涂南的一番卖惨导致阮啾啾爱心泛滥。

阮啾啾回到家，望着坐在沙发上的程隽，忽然小心翼翼起来。

她拍拍程隽的肩膀，柔声问："你想吃什么？今天累不累？我们来聊聊人生？"

程隽沉默片刻，忽然站起身来。

阮啾啾以为他被自己感动了。

不料他走到一个熟悉的地方，拿起一样熟悉的……温度计。

程隽："量量。"

阮啾啾："你凉凉了，真的。"

清晨，阮啾啾早起准备去上班。

她做好了便当，一份放进包里，一份放凉了放进冰箱。不知何时程隽走出书房，困倦地揉了揉眼睛，一手插在口袋里走到冰箱前拿出一瓶养乐多，一会儿，他的目光跟着阮啾啾转到左边的案板上，一会儿又跟着她转到右边的便当盒袋上，看起来无比悠闲。

阮啾啾用余光瞥到无所事事的程隽，忽然有些郁闷。

她总感觉自己是辛辛苦苦早起晚归赚钱养家的老公，而程隽就是被她养着每日吃吃喝喝、花钱的小娇妻。

阮啾啾："……"

不过花钱养程隽这么好看的男人，她还真是不算亏……如果他的情商能够高一点儿就更好了。

一想到自己的羊粪球……呸！黑色的小石子，阮啾啾顿时新仇旧恨涌上心头，瞪了他一眼。

程隽无辜地望着她，不明白大清早的阮啾啾哪里来的这么大的火气。

"我要上班啦，你就在家里乖乖等我。"

程隽非常听话："好。"

他目送着阮啾啾换好鞋，精精神神地出了门。门咣的一声合上，房子里瞬间安静得不像话，程隽孤零零地坐在饭桌边的椅子上，突然觉得隐瞒身份真不是个好办法。

房子又要空荡荡的一天了，程隽喝了一口养乐多，低垂着眼睑，睫毛纤长浓密。许久后，他的唇间溢出一声轻轻的叹息。

"好冰。"

他拿出来后应该放一会儿的。

阮啾啾像往常一样坐的士去上的班。她从来没考过驾照，最近因为上班麻烦，让阮啾啾不得不考虑自己是否该考驾照买辆车开。

以前她没有考驾照是怕出车祸，现在想开了，生死在天，真想活长久可不是自己能够决定的。

今天阮啾啾出门有些迟了，路上堵车，尽管司机大哥费尽心思换路线试图绕过堵车的大潮，依然没能让她成功赶上上班时间。

阮啾啾提前跟老孟说了一声，迟到是肯定得迟到了，扣工资也是应该的。

老孟脾气极好地发来一条语音，笑呵呵地让阮啾啾别着急，如果早晨匆忙没吃早点就顺便吃了早点再过来。

阮啾啾："……"公司的前辈们真是太友好了。

待到匆忙赶往公司，阮啾啾一路连走带跑，已经顾不得形象了。

从大楼拐过弯，不远就到嘉澄，她拎着饭盒，脚下噔噔噔地响了起来。

紧接着，有人差点儿跟阮啾啾撞到一起。

阮啾啾连忙说："对不起、对不起！"

对方先是叫了一声，随即难以置信地拽住阮啾啾："你怎么会在这里？"

这人竟然是徐碧影。

这个方向赫然是朝着嘉澄去的，徐碧影一时间大惊失色，不明白阮啾啾怎么可能进入嘉澄。

阮啾啾纳闷了："我怎么不可以在这里？"

徐碧影的手很冰，阮啾啾被拽得很紧，使劲儿甩了一下才甩开。她皱起眉，是真不喜欢徐碧影这么失礼的行为："我上班要迟到了，麻烦你让一下。"

"上班？！"

徐碧影更不敢相信了："就凭你？"阮啾啾这种人能到嘉澄？这简直是世上最大的笑话。

阮啾啾压根不想搭理她，在徐碧影看来这就是不敢承认的做贼心虚。

徐碧影冷笑道："原来是靠着脸上去的。"

阮啾啾先是一愣，随即又是好气又是好笑。一想到徐碧影这么说是承认自己真的漂亮，她又不生气了。

曾几何时，阮啾啾也向往有一天有人能这么骂自己。

"你有钱了不起吗？"

"长得好看了不起啊！"

阮啾啾表示还真是非常了不起。

她似笑非笑地说："对啊，我就是靠脸，要不你也试试？"老娘天下第一美，阮啾啾就是这么臭不要脸。

她开玩笑的话被徐碧影当真了。

徐碧影咬了咬牙："我不比你差！"

从上学开始她就一直暗暗跟阮啾啾进行比较，比外貌、身材比不过，就比性格、能力，徐碧影心满意足地得出结论，阮啾啾跟她比就差远了。

现在徐碧影心里的落差感让她无比愤懑。

她眼睁睁地看着全身上下无一处不精致的阮啾啾从身旁经过，眼睁睁地看着阮啾啾自信地进入了嘉澄的大门，就连保安也对阮啾啾非常客气，然后阮啾啾就消失在徐碧影永远无法踏足的地方。

"……"

不知不觉间，徐碧影已将拳头捏得紧紧的。

她头一次如此嫉妒阮啾啾。她为了抱顾游的大腿不择手段，只是为了让顾游有朝一日能够进入嘉澄，迎来他的辉煌人生。现在倒好，阮啾啾如此轻易地进入嘉澄的样子让徐碧影有些接受不了。

失魂落魄的徐碧影回到家中，约了顾游见面。

她坐在咖啡厅的座位上，看着对面神色有些憔悴的顾游。他的右手裹着一层纱布，还没有拆，下巴泛着青，胡须没有被剃干净，还划了一道不明显的口子。他此刻的狼狈模样哪像个英雄，他简直就是傍晚的落日，即将沉入冰凉的海水，永无见天之日。

徐碧影捏紧了拳头："游哥哥，我希望你振作起来！"

顾游紧抿着唇，眨了眨眼睛，说："谢谢。"

徐碧影被他的消沉伤透了心，他的消极情绪紧紧缠绕着她，让她喘不过气来。她越发怀疑顾游是否真的能翻身。

徐碧影紧盯着他，缓缓地说："你如果再这样下去，就连我也要放弃你了。"

顾游眨了一下眼睛，对她的话无动于衷。

徐碧影被他的冷漠激怒，有些口不择言地说："行，很好，你如果想当一个垃圾，那你就去！一辈子你也就这样了，我真是看错了人才以为你会成功！"

她一时口快，说完立即懊悔了。

因为面前认识十几年的竹马，那双总是温柔缱绻的眼眸，在望

133

着她的时候终于失去了最后一丝迁就。

他盯着她，就像盯着一个陌生人。

顾游说："如果你是想买股，对不起，这只股跌停抛售，再也不会有奇迹发生了。"

徐碧影感觉后背一凉，连忙结结巴巴地解释："不，我不是那个意思，我……"

顾游异常冰冷地丢下了一句话："只有功成名就并不是真正的我。你还是去找别人吧。"

语毕，他大跨步地转身离开了，头也没回。

时间匆匆而过，转眼间又是半个月过去，阮啾啾渐渐适应了上班的生活，并显得乐在其中。

除了经常想借机跟她搭讪的员工们，其他还是非常顺利的。

阮啾啾美滋滋地算了算时间和工资，畅想着以后能当一个小富婆，然后想结婚就结婚，不想结婚只谈恋爱就好啦，这真是以前梦寐以求的美好生活。

最近涂南出差，公司里只剩下老孟可以和她说话。老孟是个活在二次元里的大叔，谈起日漫的发展史说得头头是道。他炫耀过自己曾经有一星期没洗手，因为那只手和宫崎骏握过手，他舍不得洗。

阮啾啾："……"

她一想到老孟是个男人，而男人上厕所……对不起打扰了，老孟在她心里瞬间变成了一个邋遢的老大叔。

老孟吐槽 TV 魔改，嚷嚷着不想要灰原哀跟柯南有任何感情戏，听得阮啾啾脑子发麻，借口出去走走，这才避免老孟在身旁对她洗脑。

下午还有不少工作，阮啾啾一心只想着晒晒太阳就回去继续工作。

外面阳光正好，阮啾啾眯缝着眼睛，却看到一道熟悉的身影，竟然是顾游。

他站在大门外，身形消瘦，表情怔然，似乎并没有发现阮啾啾的存在。

阮啾啾愣了愣。

奇怪了，这两个人是轮番坐镇？怎么一个来一个回去，全部守在嘉澄门口痴痴呆呆的？

阮啾啾走上前道："顾游。"

顾游原本茫然的眼神瞬间凝固，他站直了身体，别过头去，发现笑靥如花的阮啾啾不知何时站在他身旁。

"你是……"

阮啾啾哦了一声，指了指身后的大楼："我在这里工作，画画。"

顾游有些意外，随即缓和了神色："上次征集 CG 的画手，排名第一的 233 号就是你？"

"你竟然还记得？是我的荣幸了。"阮啾啾以为顾游是打起精神想开了，笑眯眯地望着他，"怎么样，要进去吗？只不过今天涂总不在。"

"……"顾游沉默了。

他今天原本是来看嘉澄最后一眼，然后向自己荒唐又潦倒的前半生告别。如今阮啾啾就这样笑着，语气轻松地询问着他，他却怎么也开不了口了。

她以为他是坚强的。他自己原来也是这么以为的。

望着阮啾啾意气风发的样子，顾游想起了李斯特。那样的男人拥有着怎样的钢铁意志？而自己只不过二十出头，就已经打算放弃自己人生的意义了。

这真是丢人到没法说出口啊。

"怎么了？"阮啾啾问。

"没什么。"

他的嗓音有些干涩，不如平日的温润好听，却在他再次抬起头的时候，多了某种情绪："我不会放弃的。"

顾游重复了一遍，像是在为自己宣誓。

顾游说完那句话便回去了。

阮啾啾总觉得他跟之前不一样了，也许是经历的变故过多，意气风发的从容之下添了些许稳重气质，这对顾游来说是非常好的事情。

晚饭时，阮啾啾跟程隽隔着饭桌聊天，友好地进行着假模假样的夫妻日常。

阮啾啾说："等我发了工资就请你吃大餐。"

互相报答，阮啾啾表示做人要厚道。

她的工资有多少，程隽了解得清清楚楚，毕竟工资数目是他决定的。程隽低头喝了一口汤，慢吞吞地说："好。"

"对了。"阮啾啾说，"我觉得我得学车，要不然上下班都不方便。"

程隽："打的。"

阮啾啾义正词严地道："虽然有钱，但是钱也会贬值的呀，要省着点儿油费。"更何况有时候她打的还不一定打得到。

"要不然就请专车司机，但是你说月月如此负担得起吗？不能。"

程隽眨了一下眼睛。

其实可以的，哪怕她想雇个车队护送她到公司都可以。

只是这话他没办法说出口。

工作那么忙，最近她完全挤不出时间去驾校，冬天天黑得早，晚上单独练车又有些危险。阮啾啾想，或许她可以做热身运动，比如说——找找什么游戏练练车技？

阮啾啾坐在沙发上，表情凝重地望着手机，不知道的人还以为发生了什么大事。

她将背挺得笔直，嘴里念叨着倒车入库的基本要领，正紧张地一步步进行。路过的程隽瞟了她一眼，诡异地沉默了。

他眼睁睁地看着阮啾啾在一款"吃鸡"游戏里开着小轿车，缓慢地拐弯，停下，又缓慢地向后转，然后停下。

阮啾啾没开语音，队友的语音开着。

"这小姐们儿在干吗呢？"

"……"

"你跑游戏里玩什么倒车入库啊！"

"我真是服气了，上次看到一个女生把'吃鸡'当暖暖玩我以为已经是极限，现在竟然还有练车的？？？"

"你要学车就去 QQ 飞车啊！"

一直没有开语音的阮啾啾愣了愣，忽然觉得他们说得有道理。

啾啾啾："谢谢提示。"

说完，她开着车朝墙一头撞过去自尽了。

队友："……"

他们真没见过对自己下手这么狠的。

于是十分钟后，阮啾啾的身影出现在了飞车的页面里。别人都朝着地图的方向往前冲，她倒好，一个人默默后退，就跟卡在原地似的，没几步又被送回原点。

阮啾啾表示自己是个有决心、有耐力的人。

这导致她第二天差点儿没起来床。阮啾啾挂着两个黑眼圈，满脸写着疲惫，发誓自己再也不用游戏来考验自己了。昨晚练着练着她就玩了起来，玩着玩着天就亮了，现在眼睛呆滞无神，只想倒头好好睡一场。

她打了个哈欠。

老孟愣了愣，说："我之前总觉得你和公司格格不入，现在终于找到和谐的地方了。"

阮啾啾："什么地方？"

"黑眼圈。"

"……"

老孟非常和善地说："所以说找对象一定要找程序员，挣得多死得快啊，记得多买保险哈。"

阮啾啾竟无言以对。

她被逗乐了，摇头莞尔一笑道："我老公可不是程序员。"电竞选手跟程序员的差别还是挺大的，看现在程隽每天优哉游哉地过着死宅的美好生活，怎么可能会猝死，噎死撑死倒有可能。

老孟跟着神秘一笑，还以为阮啾啾是不想提起程隽，免得被人说是关系户。

老孟："行、行、行，你说不是就不是。"

阮啾啾一头雾水。

她怎么感觉两个人不在一个世界呢？

"对了，涂总今天回来了，只不过这会儿正在见别人。"

阮啾啾一边翻看资料一边心不在焉地问："谁啊？"

"好像是叫什么……叫顾游？他请求涂总去了，大概是为了俱乐部的事。"报名时间已过，初赛选拔完毕，他想中间加塞儿进去，不知道能否有这样的机会。

另一边，跟涂南的谈话结束，一道身影从办公室里走了出来，赫然是顾游。

他身旁是涂南的助理，正好陪顾游走一段，把他送到门口。

顾游走了几步，忽然问道："你们的动画设计部门在哪边？"

助理说："再下一层楼。怎么了？"

"没什么。"顾游微笑了一下，回想起对方已婚的事实，表情一瞬间有些黯然。

"一个熟人在那里。"

阮啾啾回到家时早已天黑。

程隽在书房里没出门，阮啾啾便自己先换了衣服。她舒坦地仰躺在柔软的沙发上，头枕着靠垫剥橘子，双腿跷起，晃啊晃的，看样子心情极好。

程隽推开书房门，入目便是阮啾啾毫无形象的样子，平日里在外面对着陌生人端庄有礼，在家里就是四仰八叉的葛优躺造型。

阮啾啾抬起头打招呼道："哟，晚上好啊。"

程隽嗯了一声，坐在一旁的单人沙发上。

阮啾啾一边剥橘子，一边有些好奇地问："你觉得顾游的实力怎么样？"他跟程隽的一战毫无悬念，让阮啾啾对顾游的实力没有任何概念。

程隽瞟了她一眼，明显不太愿意搭理阮啾啾："还行。"

他的还行，就已经是非常有说服力的夸赞了。

阮啾啾松了口气："那就祝他成功。"

从阮啾啾的话语中，程隽清楚，她绝对知道顾游要继续参加选拔赛的消息。至于她具体怎么得到消息的，两人之间又发生了怎样的互动，都是程隽不得而知的事情。

偏偏这时候阮啾啾还表现得非常高兴的样子，仿佛今日的好心情就是因为顾游。

她嘴里说着顾游，情绪波动是为了顾游，连程隽的过去都懒得问，却能够主动提起顾游的名字，就是想弄清楚顾游的实力。

顾游，顾游，都是顾游。

程隽此刻竟然不愿意看到阮啾啾的笑脸，总觉得有些刺目。他倏然站起身，朝着书房走去。

身后的阮啾啾有些惊讶地问道："喂，你不吃饭啦？"

"……"

"你怎么啦？"

回应阮啾啾的是门关上的响动。

阮啾啾以为程隽只是莫名其妙的情绪上了头，不料程隽半晌没有出门，阮啾啾也有些生气。她气冲冲地回到自己的房间，也关上门，目的是向程隽表示自己也不高兴。

阮啾啾趴在床上玩手机，打算等程隽过会儿和她和好，等着等着却没了动静。

她趴在床上睡着了都不知道。

迷迷糊糊一觉醒来，肚子饿得要命，阮啾啾悄悄推开门，发现程隽的书房还是紧闭着门。她愤愤地合上门，打算今天不做饭了，让程隽饿着去。

肚子咕噜咕噜的响声让阮啾啾情不自禁地摸了摸平坦的小腹。

阮啾啾："……"

她默默地点开美团，决定吃顿好的，干脆花大钱点了一份麻辣小龙虾，还有龙门飞甲、烤串，点完已经开始咽口水了。

她正要点击付款，忽然想起如果自己点了外卖，一定会被程隽听到，到时候保不准程隽又把这件事归到吃独食的恶劣事件里。

于是阮啾啾想到了一个聪明的办法。

她在备注里写上：请外卖员不要走正门，到南面的窗户下，到时候会有一条绳子垂下去，记得拴紧了。

阮啾啾愉快地点了付款。

她学着电视里的情节，把两条床单拧成粗绳，紧紧绑在一起，耐心地等着外卖小哥送货上门。

外卖小哥小李今天是非常蒙的。

他看了几遍备注，才确认对方的诡异送货方式。顾客说会给一笔辛苦费，他咬了咬牙，骑着小车车到另一头，黑灯瞎火的像个贼似的，偷偷摸摸地提着一袋外卖走到楼下确认位置。

一扇窗户开着，一条绳子垂了下来，朝外卖小哥晃了晃。

他不明白顾客这么做的原因，却也照做了。

外卖小哥小李按照顾客的意愿将外卖绑得紧紧的，免得袋子松开。他忙得满头大汗，终于松了口气，仰起头等着对方将外卖拽上去。

然后……小李突然看到另一扇窗户开着。

毗邻着吊绳子的窗户，一名男人站在窗前，眼神幽幽地望着隔壁窗户的绳子。

外卖小哥："……"

他是不提醒呢，还是不提醒呢？

寒风萧瑟，从窗户缝吹进来的冷空气冻得阮啾啾瑟瑟发抖。

她感觉鼻尖有些痒痒的，差点儿打了个喷嚏，连忙捂住。她可不想让程隽发现自己订外卖的真相，所以还是小心一点儿为好。阮啾啾这样想着，动作越发小心翼翼。

此刻的阮啾啾全然不知，隔着几米的地方，有一道来自某人的死亡凝视。

咕噜咕噜……

肚子发出饥渴难耐的叫声，阮啾啾咽了咽口水，已经想象着一边吃麻小一边看肥皂剧的美好生活。

她耐心地等待了一会儿，楼下的外卖小哥还没有晃绳子，但她手里的绳子已经感受到了坠物感。

"……"奇怪，这是好了还是没好？

阮啾啾一手拽紧了绳子，把窗户拉开半边，冷飕飕的风瞬间没了阻碍，猛然间扑了进来，差点儿把阮啾啾吹成面瘫。她缩着脖子，懊悔自己应该披一件外套才对。趁着程隽没动静，阮啾啾鬼头鬼脑地从窗户探出头去。

楼下的外卖小哥小李一脸蒙地站在原地，还在提醒与不提醒的选择中挣扎。

他也是有职业道德的呀，万一不提醒，小费没了咋办？

从阮啾啾的角度俯视，她只能看到小哥站在原地，仰着头似乎望着她。

阮啾啾朝他比了个 OK 的姿势。

她试探性地拽了拽绳子，发现对方绑得还挺结实，于是一步步往上拽。她的动作非常缓慢，尽量保持着垂直匀速，好让外卖成功地到达目的地。

别说，这外卖还挺沉。

下一秒阮啾啾就傻眼了。

外卖被卡在楼下的防护栏上了。

"……"

阮啾啾憋红了脸，费劲地伸长胳膊想把餐盒拽出来。外卖分量不轻，阮啾啾累得满头大汗，胳膊都在微微颤抖了。她此刻非常郁闷，想吃独食怎么就这么费劲呢？

外卖小哥突然骑上小车车溜了，黑夜中一道黄色身影跑得极快，不过几秒就不见了踪影。

阮啾啾的手机叮叮咚咚地响了起来，是有人打电话。

她生怕电话会吵到程隽，连忙用一手紧紧地拽住绳子，一手接通电话。

"喂？"阮啾啾将声音压得极低，"放心，我等会儿会给你发红包……"

"不是，不是红包的事，我也是有职业尊严的人。"小李的声音很冷静，"那个……女士，出于良心，我建议你探出头，看看你东面的窗户。我就帮你到这里了，我们江湖有缘再见。"

嘟嘟嘟——对方挂断了电话。

阮啾啾一脸疑问地按照外卖小哥的指示探出头，望向左边的窗户。

然后……仿佛万千回眸中的心有灵犀，两人四目相对。程隽就站在窗户前，不知看了多久，望着她的眼神幽幽的。这一幕像极了那天在餐厅里撞到的尴尬场面。

"……"

阮啾啾惊呆了，手上的力气下意识地松开，只见笨重的外卖盒连带着绳子瞬间失力坠落下去。阮啾啾回过神时连忙试图挽救，伸出胳膊去抓飞快掉下去的绳子，可惜已经来不及了。

阮啾啾眼睁睁地看着外卖盒以惨烈的姿态坠落，咚的一声，砸到了草坪里，外卖盒四分五裂，汁水从塑料袋里淌了出来。

望着这一幕，阮啾啾无助地抱住头，差点儿呜呜地哭出声来。

她的外卖啊！她的钱啊！她的小龙虾啊！

什么都没了啊！

十分钟后。

阮啾啾裹着厚实的黑色羽绒服，垂头丧气地走到楼下，身后跟着程隽，两人一路无言，让阮啾啾非常尴尬。

她打开手电筒，朝着草坪照了一下，轻易地找到了"惨案现场"。

程隽拎着空塑料袋，一手拿着一卷纸，陪着阮啾啾过来处理"惨案现场"。放任着丢得到处都是的外卖就这么睡了，阮啾啾总有些不安，毕竟这是公共场所。

阮啾啾更沮丧了。谁会朝着草坪扔两百块的垃圾啊！

她还能更败家一些吗？

两人挪到小龙虾旁，蹲下来相顾无言。

为了缓和气氛，阮啾啾开玩笑道："听说东西掉落在地上几秒钟内还来得及捡起来吃，我们这才过了几分钟，是不是也可以啊？哈哈哈哈。"

听着阮啾啾的话，蹲在一旁的程隽陷入了沉思。

他凝视着躺在草坪上的冷冰冰的小龙虾："……"

阮啾啾："住手，不能吃！"

处理残局主要是由程隽主动来完成的。他戴上了塑料手套，把残渣都收拾到袋子里，又用纸擦了几遍地。阮啾啾用手机的手电筒给他照亮。

程隽全程一句话都没说，捡起超大个的小龙虾，沉默着。

阮啾啾垂下了脑袋："对不起。"

他又捡起冷冰冰的烤串，继续沉默。

阮啾啾的脑袋垂得更低了："对不起。"

如果说偷偷点外卖被发现非常尴尬，现在他当着阮啾啾的面一样样地把她吃独食的证据捡起来，仿佛是当场凌迟，让阮啾啾差点儿泪流满面。

天哪，她发誓她再也不背着程隽吃东西了！

阮啾啾垂头丧气地问："你是怎么发现我点外卖的？"她几乎要怀疑程隽拥有哮天犬一样的鼻子，隔着千里都能闻到味道。

程隽非常淡定："正巧开窗户通风。"

阮啾啾："……"

她这运气也是没谁了。

其实程隽一直站在窗前走神，从阮啾啾睡着之前就一直站在窗户边，俯视着空寂无人的地面。看到一道外卖小哥的身影朝着自己的楼下走来，程隽悄无声息地打开窗户，便看到隔壁窗户开了一道缝，正在往下扔"绳子"。

阮啾啾叹息了一声。

肚子咕噜咕噜地叫起来，阮啾啾的脸立即红了。

程隽站起身，拎着一袋垃圾也不嫌脏，率先朝着前面走去。冷风中传来他凉凉的声音："走，去凑合一下。"

阮啾啾自知理亏，只能装作没听到。

程隽说的凑合果然不凑合。

两人坐在一家江湖菜的包间里，点了满满一桌菜，有麻小、烧烤，颜色诱人，香味扑鼻，看得人止不住地流口水。阮啾啾没跟他客气，自顾自地剥起了红彤彤的麻小。她吃得满嘴是油，辣得直吸溜鼻涕，不过一会儿脸就红了。

吃着吃着，阮啾啾忽然想起今天两人冷战的原因。

她郁闷地问："你今天怎么了？为什么突然不理人了？"

程隽闻言，手上剥虾的动作停顿了片刻："是我自己的原因，跟你无关，对不起。"

"你怎么啦？有什么不开心的事，我给你调节调节。"

阮啾啾笑呵呵地凑上去："绝对拯救不开心。"

程隽慢吞吞地说："比吃独食开心吗？"

阮啾啾："你还是不开心吧。"

程隽没有要开口的意思，阮啾啾拿他没办法，干脆不再过问程隽，自顾自地吃饭，气氛倒也算是和谐。

阮啾啾吃撑了，仰躺在椅子上不想动弹。

她忧愁地问："我这样吃下去会不会变胖啊？"

程隽慢悠悠地科普道："你一天的基础代谢只有 1200 千卡左右，不运动代谢率更低，晚上还摄入高油、高盐食物和碳水化合物，不仅会长胖还……"

"想死吗？"阮啾啾冷笑着打断了他的话，"女人这时候只想听到一句话：绝对不会变胖。"

被逼着闭嘴的程隽表示，女人原来只喜欢对自己有害的谎言。

程隽结账，阮啾啾双手插兜地在他身后等着。

两人的高颜值引得店里的其他人纷纷看他们，就连收银的店员也客气得很，说什么都要打个六六折，还送了一张 VIP 卡，希望他们下次再来。

阮啾啾戴上羽绒服的帽子，试图遮住自己的半张脸。好在程隽动作快，结账之后就带着阮啾啾离开了。

外面天色漆黑，阮啾啾被冻得打了一个哆嗦。

她跟随着程隽的脚步朝着家所在的地方走着，两人没走几步，一辆车突然疾驰而过，差点儿轧上步行区。阮啾啾眼睛一花还没来得及惊恐，就被一道大力紧紧拽了回去。她跟跄着向一旁走了几步，幸好程隽的动作很稳，自己才不至于狼狈地跌倒。

然后她一头撞在程隽身上。

程隽一手按住阮啾啾乱动的脑袋，问道："受伤了吗？"

他低下头，两人的距离陡然拉近。昏黄的灯光下，他的睫毛如鸦羽般颤动，低垂的眼眸盯着阮啾啾的时候没了平日的漫不经心，他的瞳孔极黑，晕染着夜晚的沉沉墨色，浓重的情绪让阮啾啾有些看不清。

她别说伤到了，程隽那么快的反应，她距离车还很远。

阮啾啾迟钝的神经终于让她体会到心有余悸的后怕，一张小脸雪白雪白的。

"没什么，快回家。"

程隽嗯了一声，却没有松开手。

他拉着阮啾啾的胳膊朝着家所在的地方走去，脚步有些快，让阮啾啾不由自主地跟着小跑起来。程隽似乎意识到她跟不上，刻意放慢脚步，好让阮啾啾能够跟上来。

阮啾啾忽然觉得程隽正经起来还是挺有魅力的。那一瞬间的绝世美颜，令她都有些晃了神。

两人一路上沉默着，只能听到鞋子踩在地上发出的啪嗒啪嗒的响声。阮啾啾被拉着胳膊也没什么不适应感，走了几步，小声说："谢谢啊。"

虽然程隽只是她名义上的丈夫，但他还是挺靠谱的。

程隽轻飘飘地嗯了一声。

他穿着黑色的长款羽绒服，身材修长，个头很高，只留给阮啾啾一张像平日一样漫不经心的侧脸，仿佛对阮啾啾的感谢无动于衷，带着一股酷劲儿。

阮啾啾瞟了他一眼，又瞟了一眼。

"嗯……"阮啾啾一脸犹豫，"你怎么走路同手同脚？"

程隽："……"

第七章
嫉妒心

阮啾啾最近迷上了 QQ 飞车。借着练习倒车入库的名义，她玩着玩着就开始废寝忘食，周末早晨起来就做任务，一直玩到中午都还不起床，可以说是非常敬业了。

白龙马几天没看到阮啾啾上线，有些郁闷地给她发私聊。

"啾啾，你干吗呢，最近怎么不上线玩游戏了？"

阮啾啾的回答相当淡定："练车呢，忙正事。"

白龙马："练车？？？"

阮啾啾："对啊，为了上班。"

她睁着眼睛说瞎话，撒起谎来脸不红心不跳，非常容易地把白龙马糊弄过去了。

白龙马："对了，我们过几天打算一起组织个线下聚会，你要来玩吗？就我们几个，没别人。"

阮啾啾："算了，我还是不去了。"

她挺怕一些网友如果认识之前的她，再扒出来一些混乱的私生活，可就不太好了。

白龙马："小聚会，五六个人那种。这样，下下周末才聚会，你先考虑着，虽然我真的很想见你，但是也不能违背你的意愿啊。"

阮啾啾："成，我再考虑考虑。"

一说起这件事，阮啾啾忽然想起来，程隽不知道去校友会了没有。

她梳了几下凌乱的头发，将其扎起来，出门看看程隽在做什么。

"……"

阮啾啾黑着脸："你该不会又在辟谷吧？"

程隽轻飘飘地应了一声，就差羽化成仙了。

一顿饭让程隽恢复了人气，眼睛也不再涣散无神，有了点儿精气神在。阮啾啾有些无语地坐在他身旁，问："喂，你去校友会吗？"

程隽慢吞吞地说："不去。"

他这么一说，阮啾啾立即脑补了一万种程隽被校园暴力伤害的方式。她放轻了声音说："你不想去就不去。"

程隽一脸"你究竟在胡思乱想什么"的表情，斜睨着阮啾啾。

他身为学校的优秀毕业代表，作为那一届的学神式风云人物，是被邀请回去参加校庆的，只是程隽不喜欢凑热闹，干干脆脆地给母校捐了一百万，让校长乐开了花。

阮啾啾在这边瞎脑补出一堆情节，温柔地望着程隽，试图说点儿什么安慰的话。

程隽："鸡皮疙瘩要起来了。"

阮啾啾："……"

她果然不应该高估这个狗男人才对。

最近为了让程隽去公司几天，涂南强行给阮啾啾放了假。

其实也算不上放假，他只是让她在家里备备课，过些天可以跟着一起参加会议。

终于迎来了许久不见的老板，涂南和焦樊他们松了口气，就像是获得自由的几只欢快的鸟儿围着程隽转来转去。

"老板啊，你终于来啦！"

"人家好想你！"

程隽瞥了恶心的涂南一眼，这才让涂南悻悻地收回恶心人的本事，乖乖坐在一旁等着程隽开会。

焦樊揉了揉板寸，一脸疑惑："老板啊，我有些不明白，为什么不能让嫂子知道你在这里？"

程隽淡定地回答："因为她不知我是嘉澄的老板。"

其他人："啥？！"

傅子澄一脸复杂地道："老板你不厚道啊，都结婚了怎么还对自己的老婆瞒来瞒去的呢？"

焦樊："就是，做人可不能太过分。"

涂南："老板，我真没想到你是这样的人。"

面对几个人的轮番谴责，程隽继续淡定地亮出自己的平板电脑："所以，我们今天主要来商讨以下问题——"

上面清清楚楚地写着：

如何有效高速地让妻子知道真相，并接受丈夫的真实身份？

其他人："……"

敢情他是不敢跟嫂子说？

他们顿时郁闷了。

这年头别说女人了，是个人谁会讨厌钱？一个女人知道自己的老公是大老板，而且还是自己喜欢的公司，不是一件天降横财的大好事吗？老板有什么说不出口的？

涂南轻松地说："你就放心给出真实身份，顶多嫂子有些怪你没有早点儿说，生生气，然后就开始更加愉快地'买买买'啦。嫂子再生气你就给嫂子买一房子的漂亮衣服和包，嫂子肯定歇火。再说了，嫂子再不高兴能怎么样？她还至于离婚吗？"

程隽幽幽地说："是的。"

涂南："对不起，打扰了，当我没说。"

敢情这不仅仅是家庭危机，涂南已经彻底被女人的脑回路打败了。

经过一小时的热烈讨论，大家一致认为一下子让阮啾啾接受现实可能有点儿突兀，得循序渐进，先透露些风声，再让她慢慢知道更多真相。

大家有效地列出了方案 A、B、C，每一点都有三四条建议，活生生地把一件简单的事情做成了生意上的项目，可以说是非常高效了。

就在这时，有人敲了敲门。

涂南："请进！"

门被缓缓推开，一道身影走进来，赫然是原本应该待在家里的阮啾啾。

她手里抱着策划案，脚步轻快，紧接着愣在了原地。

她茫然地看着一群人坐在办公室里，围绕着程隽，电脑开着，阮啾啾还没来得及看清楚上面的内容，电脑就被咣的一声合上。

"……"

这真是一次死亡会晤。

"嫂子你咋来啦？"涂南一个不防，把真实称呼吐露了出来，下一秒他就扇了自己一巴掌，"对不起，我的嘴秃噜了。"

方才还嘴上滔滔不绝的几人瞬间变哑巴，一副装作不知情的模样纷纷低下头，不敢看阮啾啾的眼睛。

唯有程隽很镇定，非常镇定，镇定到忘了说什么。

"程隽怎么在这里？"阮啾啾更蒙了，"我是不是打扰到你们谈工作了？"

程隽一手按在平板电脑上，说："随便商量一下关于我的工作的问题。"

阮啾啾："可是你怎么坐在老板的椅子上啊？"

程隽："……"

其他几人更尿，不待阮啾啾继续问下去，什么都招了。说好的 A、B、C 方案也没用上，说好的要一步步来不能太突兀地坦白真相也抛在脑后。

"嫂子啊，都是老板说要瞒着你的！"

"求求你们，家事还是自行解决一下！"

"就是、就是，我们还是别待在这里了。"

阮啾啾："等等，你们说清楚不要跑啊！"

她的话音刚落，几个人立即溜得没影了，只留下她和程隽待在会议室里，沉默又尴尬。

阮啾啾不是傻子。她早就对涂南他们的热情态度有些怀疑，这下子仿佛全部的事情都能对上了，之前的心存疑惑、程隽的行踪不定以及程隽跟涂南他们之间谜一样的关系终于有了解释。

阮啾啾长出了一口气。

"原来是这样啊，我就说你再厉害也不过是一个已经隐退的电竞大神，为什么几个老板都对你恭敬又热情，怪不得他们对我百般照顾。"

程隽继续沉默。

"你竟然是嘉澄的老板？"阮啾啾都有些不相信了。

哪有一个大公司的老板住在一套旧房子里，每天优哉游哉地宅着，不显山不露水？

阮啾啾有些恍惚。理智告诉她这是符合逻辑的，但情感上她还有些无法接受。

程隽站起身，走到阮啾啾面前。

"我不需要你负担任何关于生意和家族的压力，你只需要做自己喜欢的工作，随心所欲地花钱就好了。"

阮啾啾的脑袋有些乱，她后退了几步，说："你让我冷静一下。"

阮啾啾瞬间意识到从开始到现在，程隽跟她的地位就不在同一条水平线上。他是嘉澄的大老板，也是程氏集团曾经的继承人。

而自己……

阮啾啾叹了口气："我想，我们还是……"

他低垂着头，忽然拽住阮啾啾，就像是一无所有的乞丐，声音很低。

"别走。"

程隽低垂着眼睑，阮啾啾看不清他的眼神。

他的嗓音极低，声音不大。他拽着阮啾啾的时候，也只不过拽着一片小小的衣角，就像是濒死的鱼在水源面前试图挣扎，却发现自己早已精疲力竭。

他的话一出，阮啾啾跟着愣了一下，一时间竟然不知道该怎么继续说下去了。

程隽想到哪儿去了？

她原本想说的是"我想，我们还是回去坐下来好好谈谈"。

阮啾啾除了失忆之外还从没有经历过这么大的事情，程隽的身份牵扯到她的未来，阮啾啾真怕哪天程隽因为工作的事情没谈拢，对方一怒之下买凶杀人，让她跟着遭殃。

程隽没松开手，明明比阮啾啾高了半截，此刻却可怜得像个孩子。

阮啾啾的心不争气地软了。

她最见不得别人示弱，一看程隽这副可怜样，就怎么也说不下去了。

她好声好气地说："咱们回去谈行不行？"

被别人看到了，这对程隽也不是好事。

程隽："不走了？"

阮啾啾说："我们得谈一谈。"

程隽抿着唇，一言不发，仿佛头顶有两个小尖耳朵也蔫蔫地垂了下来。

阮啾啾："……"这一招的杀伤力实在是太强，她有些承受不住。

两人一路沉默着回去。

阮啾啾走在前面，程隽跟在后方。涂南几人灰溜溜地躲在一侧的角落里，眼睁睁地看着程隽跟着阮啾啾即将下楼的时候，忽然回过头，那双凤眼半耷拉着眼皮，眼珠却很黑，极快地捕捉到了几人的方位。

那死亡凝视吓得几人哆嗦了一下，心中苦不堪言。

完了完了，老板记仇啊！

当下傅子澄和焦樊抓住涂南就是一顿暴打，打得涂南哎哟哎哟地叫个不停，还不敢回手。

涂南的小助理老远就看到自家老板被狠揍的场面。她安静片刻，决定装作什么也没看到，绕着远路回办公室休息去了。

程隽再转头望向阮啾啾的时候，带着几分锋利的眼神消失，恢复了弱小可怜又无助的样子。

平日的阮啾啾都是横着来，程隽要是敢横，她比他还横。

但程隽恰恰戳到了她的软肋，让她一时间竟不知所措。

直到回到家，阮啾啾才捋清楚乱麻一样的头绪。

程隽性格比较慢热孤僻，对生人比较冷漠（虽然对她这个熟人也没能好到哪儿去），两人相处久了，大概他是把她当作家人一样的存在，所以不希望她离开。

他缺乏母爱，缺乏亲情，应该很希望有人能陪伴他。

阮啾啾自动代入一名后母和长姐的身份，忽然觉得压力很大。这个小崽子实在是不好养，还气人得很。

两人坐在沙发上，阮啾啾拿出之前的离婚协议，一本正经地说："那我就在这个协议上签字，一旦发生问题，我随时可以走人。协议上说的股份也没了，我不需要钱，如果你怕我讹你可以重新写一份协议。"

程隽保持沉默。

"既然你不说话，那我就当你默认啦？"

阮啾啾爽快地在协议上签好了字。

几个月前，他找人拟好协议，是为了让"她"走人；几个月后，她签上了自己的名字，却不是他想要的结果。

阮啾啾签好字，甩了甩手上的协议，殊不知面前的男人已经在思考要如何让离婚协议消失的办法了。

"对了，还有一份手写协议，你也签字按手印。"

这是阮啾啾方才在路上思索好的。协议的大致内容是，夫妻双方无感情之实，若有任何一方提出离婚，另一方必须立即同意，且不得反悔。

阮啾啾把笔递给程隽："你签啊。"

程隽："……"

阮啾啾还在一旁添油加醋："咱俩年纪都不大，寻找第二春还是很容易的，谁也不耽搁谁。"

　第二春……

程老板头一回意识到婚姻危机。头顶上的"绿帽子"简直能种下青青草原，让他忧心忡忡。

阮啾啾将两份协议收好，心情很好，终于占了一回上风的感觉让她全程保持笑脸。她拍了拍程隽的肩膀，说："你放心，我在这里。"

程隽："太好了。"

阮啾啾："没办法，我就是这么善良迷人又可……"

"终于不用担心继续吃泡面了。"程隽慢悠悠地说。

阮啾啾："可爱个屁。"

她恶狠狠地瞪了程隽一眼。

程隽一脸无辜地问："晚上吃什么？"

阮啾啾冷笑道："泡面。"

"……"

第二天，程隽给了阮啾啾一张卡。阮啾啾接过卡后顿时惊了。这难道就是传说中的霸道总裁会使用的黑、金、卡？

"厉害了、厉害了！"

阮啾啾惊叹着看了好几遍这张卡，才确定地问："这是给我的？"

程隽："嗯，随便刷。"

阮啾啾唰地脸红了。

"你再说一遍。"

程隽一脸"疯了"的表情斜睨着她。

阮啾啾继续脸红地道："天哪，男人说这句话的时候实在是太酷了！"哪怕是程隽这家伙也帅！

程隽："……"

他说是可以随便刷，但阮啾啾压根没什么要买的东西。除了日常吃吃喝喝的花费，她也就买几件好看的小衣服，还不够养这张卡的钱，阮啾啾收了卡之后就将其压箱底了。

这一下，夫妻俩解决了问题，程隽终于可以正常上班，而阮啾啾也终于发现程隽跟她一起上班的好处了，那就是——蹭车。

程隽竟然有专车司机！

阮啾啾都惊了。

她原以为程隽不开车是因为没驾照，谁能料到根本是他懒得开車。阮啾啾为了避嫌，每次都会在距离公司几百米的路上提前下车，尽管公司的员工也不认识程隽，不知道为什么，她总有种做贼心虚的感觉。

两人到了公司，发现涂南几人笑呵呵的，一副没事人的样子。

阮啾啾还有件事没算清楚。

她面无表情地指着涂南："你是南方黑芝麻？"

涂南："呃……"

"你是康帅傅方便面？"

傅子澄："咯咯……"

"你，好吃不如饺子？"

焦樊吓得灰头土脸的，话都说不清楚了："对不起饺子，我错了，啊不、不、不，呸！是嫂子！天哪！我还是切腹自尽算了！"

养乐多先生正在淡定地喝养乐多，一副置身事外的样子。

阮啾啾叉着腰，对几人怒目而视，几个小伙子顿时就像被霜打了的茄子，蔫了半截。

不是说好的解决夫妻生活问题吗？！为什么到头来还是他们几个人遭殃呢？

涂南默默地咽下泪水。

他的年假已经泡汤了，他的年终奖哟……估计又泡汤了。

这一边的掉马事件闹得鸡飞狗跳，另一边，徐碧影迎来了人生中目前为止最糟糕的时刻。

自从上次和顾游吵架之后，她打电话顾游不接，找上门顾游总是不在，不知道人去了哪里。家里的人都在问他们俩是怎么了，为什么订婚的日期迟迟没能定下来。

徐碧影压力极大，差点儿崩溃。就在这时她得到消息，顾游重新参加了嘉澄的选拔，并且……表现不错。

四肢的血液瞬间倒流，她感觉手脚冰凉，脑袋嗡嗡地响，仿佛自己原本唾手可得的一张头等奖彩票被弄丢了，眼睁睁地看着奖金不翼而飞。

她怎么也想不到，不过几天时间，顾游竟然重新振作起来，还参加了比赛？！

徐碧影见不到顾游，就联系顾游的父母，委屈巴巴地表示两个人吵架了，顾游最近说什么都不理她。终于，她千辛万苦地联系上了顾游。

徐碧影连忙登门道歉。

她想进去，却被顾游冷淡地拦在门口。

顾游说："我们已经结束了。"

徐碧影咬了咬牙道："我不能接受！"

顾游望着她惊慌失措的狼狈模样，记忆中单纯的小姑娘仿佛随着时间一去不复返，不知是什么时候长大的，也不知是什么时候变得如此复杂。

顾游轻轻叹了口气，最后一次用温和的声音说："走吧，碧影，别再来了。"

他们之间，本来就没有开始过。

徐碧影依然不愿意放弃。

她眼眶含泪地望着顾游："游哥哥，是我一时口不择言，你不要放在心上。我跟你认识这么多年了，我是什么人你不清楚吗？"

顾游蹙起眉道："人总是会变的。"

徐碧影小脸煞白地问："你是什么意思？说我变了？"

顾游又叹了口气："回去。"

顾游转变得这么快，让徐碧影怎么也不敢相信事实。她胸脯上下起伏，呼吸急促，颤着声问："你是不是有喜欢的人了？"

她的话一出口，就连顾游也跟着愣了一下。

顾游抿着唇，脑海里浮现一道不可触及的倩影："或许。"

徐碧影如遇晴天霹雳，瞬间泪如雨下，转身就跑了。

顾游目送着她离开，终究没有追上去。

阮啾啾打了个喷嚏。

奇怪，谁念叨她呢？

离婚协议书只是签了字，还没有做公证，阮啾啾打算先拿到绿本本稳妥一点儿，再跟程隽进行搭伙过日子的生活。

155

咣当——

抽屉被翻了个遍，阮啾啾也没有找到离婚协议书。等到她终于在最下面一层找到离婚协议书，发现……签字的地方成了一个大洞。

阮啾啾立即给程隽打电话。

对方没有接。

阮啾啾继续打电话，又拿出另一份手写协议，幸好手写协议还没被弄坏，只是上面签的名字阮啾啾今天才看清楚。

程秀？？？

这家伙，竟然签了程秀？

她还蒂花之秀呢！

阮啾啾一时间竟无言以对，真是要被程隽的脑回路给打败了。

阮啾啾再一次拨通电话，程隽终于接了。

阮啾啾恶声恶气地道："回来挨打！"

另一头的程隽语气慢吞吞地说："钱花完了？"

阮啾啾："钱还没怎么花……不是！你瞧瞧你干的好事！协议是不是被你给毁坏的？"

程隽的语气很无辜："怎么可能？大概是被老鼠啃了。"

阮啾啾："……"

这绝对是某只名为程隽的硕大的老鼠干的。

阮啾啾非常冷静："你在哪儿？我过去找你。"

程隽可疑地沉默了几秒。

"我在出差。"他的声音飘飘忽忽的，听着就是在撒谎。

程隽的话音刚落，阮啾啾就听见电话那头传来涂南的大嗓门："老板，电话打完了没？"

阮啾啾："……"

程隽："和涂南。"

阮啾啾："我马上去公司，你等着我。"

那天她简直是被程隽搞得鬼迷心窍，才忘记了接下来的程序。阮啾啾此刻有些郁闷，因为根本弄不懂程隽为什么要这么做。

阮啾啾挂了电话，换上衣服就去找程隽。

公司离家不远，阮啾啾很快就到了。

今天没有工作，老孟又休假，阮啾啾也跟着放了一天假，谁能料到竟出了这样的事情。她的脚步很快，高跟鞋发出嗒嗒的响声，一个拐弯她差点儿撞到人。

阮啾啾眼前一黑，幸好对方比她反应更快，稳稳地握住了她的胳膊。

"抱歉抱歉……"

阮啾啾心有余悸地抬起头，却看到面前的人竟然是顾游。

她有些惊讶："顾游？你怎么过来了？"

顾游微笑着说："有些事情要处理一下。你是来上班的吗？"

阮啾啾点头："有些事情要处理一下。"

顾游："那我们一起上去？"

"好。"

鉴于之前的尴尬事件，阮啾啾没有主动问起顾游的情况，免得他误会。两人的脚步不快，顾游非常有自知之明地和阮啾啾保持着距离，说话也很有分寸。

两人聊了聊近况，阮啾啾看他心态不错，也替他高兴。

阮啾啾正跟着顾游上大楼楼梯，与此同时，程隽出了大门。阮啾啾侧过头跟顾游聊天，脸上带着笑意，猛然间视线中出现了程隽的身影，吓得她一蹦三尺高，差点儿崴了脚。

"小心！"

顾游扶住阮啾啾，阮啾啾惊魂未定地站直了，这才长出一口气。

她挎着的包掉落在地上，东西全部散落了出来，除了手机和零零散散的化妆品，还有两份文件掉了出来，入目便是"离婚协议"几个大字。

顾游愣怔地看了一眼协议，又看了一眼阮啾啾。

"啊，不好意思、不好意思。"

阮啾啾连忙捡起文件粗鲁地塞进包里。

顾游抬起头，便看到程隽一手插兜，几步跨下台阶，越过自己扶住阮啾啾，温暾地问："没什么事？"

阮啾啾生气地捶了他一下，小动作显得有些亲昵。

"还不都怪你，神出鬼没的，快走。"

"嗯。"

阮啾啾跟顾游打了声招呼，直接被程隽拽着往下走。顾游目送两人离开，满脑子却是那份离婚协议书，一时间竟然忘记自己过来要做什么。

阮啾啾跟着程隽从公司大楼里出来，走在外面的街道上。

她板着脸，脸上没了方才跟顾游说话时的笑意，就像是谁欠了她钱似的。

两人默契地走到一家咖啡厅里坐下，点了一堆小食，直到洋葱圈、鸡米花、香芋卷、薯条和饮料都上来之后，这才正式进行谈话。

阮啾啾问："为什么要把协议弄坏？"

程隽慢吞吞地反问道："为什么要离婚？"

阮啾啾呆了呆："什么意思？"

"你现在有喜欢的人吗？"

"呃，没有。"

"目前这样的生活舒适吗？"

"舒适……"

"所以，还是等你决定改变之后再离婚。"

阮啾啾被程隽说得一愣一愣的，莫名觉得他说得有点儿道理的样子。她陷入了沉思，仔细思考着其中的逻辑关系，想想似乎也不无道理。

阮啾啾更郁闷了。

郁闷在于，她竟然被程隽说服了？

她郁闷地吃着薯条，给出反驳意见："会有第二春的。"

程隽："嗯。"

于是，三秒钟记忆的阮啾啾彻底忘记了程隽为什么要弄坏协议书的事情。

晚上，部门说要聚餐，老孟不在，但阮啾啾是不可避免地要去的。尽管她可以让涂南拒绝，但为了融入大家，阮啾啾觉得还是去聚餐为好。

在公司这么多天，其实她一直只在跟老孟和涂南他们几个打交道，还不知道底下的员工是怎么想她的。

阮啾啾一进包间，就有几个小伙起哄。

"哟、哟、哟，大美女今天总算来啦！"

也有人对她不太服气，毕竟游戏依然处于制作中，阮啾啾真正的能力他们感受不到，自然以为她是空降兵。

阮啾啾客气地坐在女生那边，就几个，表情各异，恐怕这还是一场鸿门宴。

她微笑着打招呼时，有人直接哼了一声。

"假惺惺。"

阮啾啾没当回事，心态极好，稳稳地坐在椅子上。大家已经聊了起来，自然会好奇阮啾啾的身份，问个不停。阮啾啾只说了句已婚，引得几名男性员工黯然神伤，打了退堂鼓。

众人聊着聊着上了菜，阮啾啾专注地吃着东西，却听到身旁几个女生在小声窃笑。

"看她那样子，乡巴佬。"

"就是，就跟没见过大餐一样。"

正在吃东西的阮啾啾突然回头，盯着那几个女生。她的桃花眼不笑的时候眼尾上挑，多了几分凌厉，吓得几个女生立即噤声。

下一秒，凌厉的桃花眼变为弯弯的笑眼。

"抱歉，让你们见笑了。"

"没有、没有……"

几人连忙摇头。

阮啾啾长着一张美艳脸，一看就不好惹，她们几人立即意识到阮啾啾并不是好欺负的人，一时间有些悻悻然的。

阮啾啾身旁的女生低声说："你别理会她们，她们就喜欢抱团玩。"

阮啾啾笑了一下："谢谢。"

吃饭哪能不喝酒，红的、白的摆了一圈，众人纷纷劝着大家喝。部门的大老爷们儿不好劝女同事喝酒，唯一的一杯是敬阮啾啾，也算是对新来的员工的祝福。

阮啾啾推辞不掉，只好小酌一杯。

她的酒量不大，喝红酒她都能醉。果然，没一会儿她就微醺了。

聚会即将结束，已经有好几个男同事跃跃欲试，想把她送回家。虽然她有家室了，但几人想着能多亲近亲近也是好的，美人嘛，多看两眼还能增寿。

阮啾啾有些昏沉，一手捂着头，眯起眼睛，给程隽发了条信息。

"你来接我。"紧接着她就发了地点坐标。

同事们还在闹哄哄地抢着谁送她，阮啾啾走出包间，揉了揉眉心，一直在摆手拒绝。

就在这时，一道身影从走廊上走来，他走路的姿势很随意，存在感却非常强烈。一群正在吵吵闹闹的同事瞬间噤声，原本吵闹的走廊变得安静无比，掉根针都能听到。

这个男人是——

面前投下来一片黑影，遮住了头顶的光线。

阮啾啾不适地揉了揉眼睛，抬起头，程隽就站在她面前。他背对着光，阮啾啾有些看不清他的表情，只知道那双眼睛是盯着她的。

她忽然上前热情地把程隽抱了个满怀，嗓音拖得长长的，甜得腻人。

"隽哥哥，你来啦！"

"……"

身旁的同事们看得目瞪口呆。

程隽的脊背绷得很直，整个人僵硬得像块木头："……"

偏偏阮啾啾还毫无知觉，柔软的身子就像一条藤蔓，紧紧缠在他身上。当着诸人的面，她埋在程隽的胸前使劲儿蹭，就跟得了软骨病似的，自己站不稳，非要黏着程隽。

她的小脸蛋红通通的，就像是晚霞挂在白嫩的脸颊上，一双桃花眼盈着水意，显得波光动人。

周围的员工们纷纷悄声议论着这个漂亮男人的身份。

看样子，这人应该是阮啾啾的老公。两人男才女貌又般配，感情这么好，真是能羡慕死人。

在他们的注视下，程隽低垂着头，就像扯牛皮糖似的扯开了阮啾啾。

阮啾啾有些不情愿了。

她此刻脑袋晕晕乎乎的，自己都不知道自己在想什么，张开双臂，就那么站在原地，醉眼蒙眬，一副随时能摔在地上的样子。

她说："背我。"

程隽："……"

周围的男同事们都快佩服死程隽的定力了，如果是他们，哪经得起美人这样撒娇。

站在原地的男人叹了口气，下一秒，他做了个所有人都意想不到的举动。

他忽然半蹲下来，拦腰抱住阮啾啾，然后站起身来，就像扛一个米袋子似的，醉醺醺的阮啾啾挂在了他的肩膀上。

他慢悠悠地叹了口气，就像掂猪肉一样掂了一下阮啾啾："你好重。"

"吃瓜"群众："……"

这是个人能说出来的话？

半梦半醒的阮啾啾耳朵非常敏锐地听到了程隽的话，一巴掌拍在程隽的肩膀上，只听啪的一声，阮啾啾凶巴巴地说："放我下来！"

程隽全程无视她的反抗，扛着米袋……哦不，扛着阮啾啾就这么走了。

留下全场寂静的"吃瓜"群众面面相觑："……"

阮啾啾一路上都很闹腾。

坐上的士，她又是踢腿又是扭过来扭过去的，程隽已经在思考要不要从哪儿搞来一个防爆叉把阮啾啾按住，好让她不要再闹腾了。

司机大哥哭笑不得："小女朋友很闹腾啊。"

程隽还没来得及回答，一个头突然从司机大哥的靠背旁冒出来，披头散发像个女鬼，阮啾啾怒气冲冲地道："我们结婚了！"

轮胎猛地在柏油马路上打了个转，发出吱呀的一声，司机大哥吓得出了一头冷汗。

"请你管好她！"

顺着惯性一头栽倒在程隽怀中的罪魁祸首阮啾啾小声嘟囔："那是谁啊？好凶。"

程隽默默地捂住她的脸："……"

的士猛地刹车时吸引了附近巡警的注意力。他们开着车跟了上来，坐在副驾驶座上的巡警一眼便看到司机满头冷汗，坐在后排座位上的黑衣男人低着头，手捂着女人的脸，仰躺在座位上的女人还在无力地挣扎，动作软绵绵的，似乎是被下了药。

就像是《烈日灼心》里的警察发现了目标，巡警瞬间又惊又怒，指着驾驶座上的司机怒吼："停车！！"

这两人竟然想拐卖妇女，那还了得！

司机大哥立即慌了神，情急之下脑袋一乱，本来要踩刹车，却搞糊涂了，方才还平稳行驶的车辆嗖地向前飞跑，巡警连忙拉响警笛，拿出大喇叭喊道："前面的人不要跑！"

好在程隽比较冷静，立即指挥司机让他停下来。

车子跑了几百米，在几辆巡逻车的围堵下终于停了。

怀里的阮啾啾睡得迷迷糊糊的："到家了吗？"

程隽："……"他们似乎越跑越远了。

巡警让他们交出身份证，幸好程隽随身带着钱包，有身份证明。巡警打了好几个电话，查证两人的信息之后才悻悻然地说道："小夫妻玩情趣啊这是？"

全程不知情的阮啾啾依然迷迷糊糊地倚着程隽，睡得正香。

程隽叫了司机，把他们两人送到家，依然像扛着大米似的扛着阮啾啾。阮啾啾在睡梦中只感觉自己头重脚轻，胃有些堵得慌，终于被放在了床上。她翻了个身，睡得不踏实，修长的双腿蹬来蹬去，把鞋子蹬到了地上。

她开始卷成一团脱大衣，脱掉了大衣脱毛衣，眼看着洁白平坦的肚皮要露出来了，程隽的动作比她更快，直接上手用被子裹住了阮啾啾。

被子左右都被掖得结结实实的，阮啾啾硬生生地被捆成了木乃伊。

无法挣扎的阮啾啾闭着眼睛开始哼哼唧唧地道："隽哥哥……

我想喝水。"

说着，她舔了一下唇，露出粉嫩的舌尖。

程隽忽然觉得，他也应该喝一杯水。

他拆了一根吸管放在水杯里，阮啾啾半睁着眼睛咕嘟咕嘟地喝了一半，终于不叫渴了。

程隽放下水杯，正准备离开，阮啾啾却忽然翻了个身。

她使劲儿挪了一下，整个人就像蠕动的蚕宝宝，连人带被子从床沿滚了下来，直接把程隽压在地上。

他用手肘撑着地，闷哼了一声。

被子散开，阮啾啾柔软的身体压在他的身上，长发散落在他的肩胛、脖颈和脸上，他呼吸间都是来自阮啾啾独特的芬芳。

两人被埋在柔软的被子里，就像在依偎着睡觉。

程隽一动不动，像块石头。

怀里的阮啾啾笑得甜蜜，迷迷糊糊之中又叫了一声"隽哥哥"。

这一声又娇又软，像是在撒娇又像是在调情，程隽脸上的表情淡定得很，但是红通通的耳尖出卖了他。

她倚在他的胸口，睡了没几秒，手忽然摸了上去："嗯……哪里来的打鼓声？"

程隽冷静地握住她的手："睡觉。"

"可是……"

"睡觉。"

"哦。"

卧室的房间亮着床头灯，温暖的灯光洒落在两人身上，被子里传来阮啾啾均匀的呼吸声。

程隽半仰躺在地上，手肘被地板硌得生疼，却罕见地没有动弹。

他轻轻地叹了口气，片刻后又叹了口气。

"……"

睡梦中的阮啾啾皱起眉，心里奇怪，这鼓声怎么越来越快了？

翌日，阮啾啾是满头大汗地惊醒的。

醒来她就发现她被严严实实地裹在被子里，动弹不得。

毛衣和裤子都没脱，就像是在火炉里被炙烤着，阮啾啾感觉口干舌燥，连忙拿起床头的半杯水咕嘟咕嘟喝得一干二净。

阮啾啾换上睡衣，精神抖擞地出了门，却看到程隽正从厨房出来，手里拿着一盒牛奶。

阮啾啾："妈耶！你的眼睛怎么了？"

程隽竟然也有挂上黑眼圈的一天？

程隽幽幽地看了她一眼，不想说话。

阮啾啾只记得昨晚喝了酒，给程隽发了信息，再接下来的事情就什么都不记得了。从她在床上醒来可以判断，程隽肯定是很辛苦地把她带了回来。

阮啾啾有些心虚："抱歉，我没做什么过分的事情吧？"

程隽虽然没有说话，但眼神告诉她，她昨晚非常过分。

阮啾啾没好意思问，以为自己是吐到程隽身上了，再问岂不是更尴尬？

为了报答程隽，阮啾啾爽快地接受点单，辛辛苦苦地做了一顿大餐。吃饱喝足后，程隽不再用眼神控诉她，两人又恢复了往日的和谐相处。

吃完饭休息时，阮啾啾看到老孟给她发了条信息。

"听说你是被你老公像扛米袋子似的扛回去？部门的人都看到了，哈哈哈哈哈哈！"

阮啾啾暗暗磨了磨牙，皮笑肉不笑地望向程隽："我昨天是怎么回来的？"

程隽非常没有求生欲地撒谎道："背回来的。"

阮啾啾："用背还是用肩？"

程隽："忘了。"

阮啾啾："你凉了，真的。"

白龙马的真实名字叫白珑，给阮啾啾发来的语音很甜，半点儿不像游戏里豪气冲天的样子。

她兴奋地打了招呼，跟阮啾啾说好了时间和地点。

帮派里同城的玩家不少，不料白龙马竟然和阮啾啾所住的地方不远，不过半个多小时的车程就能到。这一次是一场小型聚会，有五六个人，都是平日里玩得比较好的朋友，阮啾啾这才敢放心过去。

他们订了一家私房菜的包间，是蹄朝西家里开的饭馆。蹄朝西的家境不错，他跟白龙马都算有些富裕的，线下就是一对情侣，玩什么游戏都是情侣号。

剩下的人还有邓布利少、我乃叶良辰、肉包子打狗。阮啾啾看到名字不由得笑了。

外面的天气还很冷，阮啾啾随意地套上羽绒服和牛仔裤，戴上围巾和帽子，捂得严严实实地出了门。待她到了饭店，其他几人都到场了，已经热热闹闹地聊了起来。

阮啾啾推开包间门，摘掉帽子，正在热热闹闹聊天的几人忽然愣在原地。

他们面面相觑，有些不敢认面前的美人。尽管她素着脸，连口红都没涂，依然美得不可方物。

阮啾啾笑眯眯地开口："哈喽，我就是啾啾啾。"

在场唯一的女生怪叫了一声："你这也瞒得太好了！"

"我惊了，这是哪家的仙女下凡？"

方才还僵住的气氛顿时又热络起来。他们热情地叫着阮啾啾的名字，就像是鸟巢里的鸟一样聒噪，让阮啾啾无言以对。

几人纷纷介绍彼此，让阮啾啾惊讶的是，邓布利少是个高中的小男生，年纪轻轻却很酷，一直戴着棒球帽，双手环抱。

一个笑嘻嘻的男人搭着白珑的肩膀，说："我就是她的小奶狗。"

"不，你是老狗。"

阮啾啾哭笑不得地问："蹄朝西？"

男人的笑容有些讪讪的："对，是我，魏恬。"

阮啾啾坐在椅子上，蹄朝西也就是魏恬，嘿嘿笑着说："大神呢？"

他的话一出，剩下的人纷纷竖起耳朵："就是、就是，大神长啥样啊？你们俩是住在一起吗？你们已经结婚了？……"叽叽喳喳的问题问了一堆。

阮啾啾："他就是个普通人。"

白珑喊了一声。

阮啾啾："……"

白珑说："我真是没想到你这么漂亮，要是知道，哪还有那轻风碧影嘚瑟的劲儿。她还吹什么盛世美颜，搞笑。"

阮啾啾无奈地摇了摇头："个人有个人的特色，这个没法比。"

"要我是故国神游大神，我也选你。可惜你有更厉害的大神啦。"

说到这里，白珑压低嗓音，神经兮兮地说："你知不知道，他们俩分手了。"

阮啾啾："嗯？谁？"

"就是故国神游和轻风碧影呀。轻风碧影的闺密还在群里诉苦呢，说大神被什么不要脸的狐狸精给勾搭去了。"

阮啾啾懒得管别人的是非，但对这件事是真的惊讶了。

"他们分手了？！"阮啾啾满头问号。

"谁知道呢？反正传什么的都有。你看故国神游正在打比赛呢，风头正劲，我要是那轻风碧影大概得后悔死，让她得意忘形。"

魏恬在一旁搭话："小宝贝，我在这儿呢，不许你惦记别的男人。"

其他人恶心得不行。

几个人热热闹闹地说着话，菜单放上来后，阮啾啾象征性地点了一个菜，剩下的让其他人点。这一次说是魏恬请客，推辞不得，阮啾啾只好接受了。

菜被送上来后，魏恬热情地招呼大家："吃、吃，我们家厨子别的不行，做鱼肉是一绝的，你们可以尝尝。"

阮啾啾拿起筷子，脑海里却忽然浮现一双幽幽的眼睛，瞬间没了食欲。

阮啾啾半晌没有动筷子，白珑纳闷地抬起头，却看到阮啾啾有些紧张地东张西望，连窗户也不放过。

白珑："你干吗呢？？？"

阮啾啾："没什么，就是有点儿紧张。"

虽然她没有跟程隽说，但这也不算是吃独食吧？阮啾啾简直要被程隽搞得神经兮兮了。

她干脆把手机调成静音，免得程隽发信息过来，这才松了口气，跟着大家吃起来。

其他人："……"

大神的女人都是这么奇怪的吗？

大家一顿饭吃得很愉快，互相加了微信，约好周末可以一起去野餐或是爬山。这算是阮啾啾失去记忆后第一次拥有了朋友，开开心心地跟大家交换了微信，约定好下次见面的时间。

一群人出了门，发现外面下着小雪，天边一片茫茫的白色。

阮啾啾裹着外套，其他几人说要送阮啾啾，被她婉拒了。吃饱喝足，正适合走走，阮啾啾半眯着眼睛，享受着雪花扑打在脸上的感觉。就在这时，她听到一声熟悉的轻笑声。

阮啾啾讶异地睁开眼睛，看见赫然是顾游。

顾游今天穿着灰色的长风衣，围着围巾，显得温文尔雅。他是从对面的大楼走下来的，远远就发现了阮啾啾的身影，便快步走上前来。

他的步伐有些雀跃，是阮啾啾未曾察觉到的。

阮啾啾有些惊讶："你怎么也在这里？"

"好巧，这是我们第几次无意间撞见了？"顾游微微一笑道，"我是来见个熟人。你吃饭了吗？"

阮啾啾："吃完了，正准备往回走。"

"正好我开了车，我送你。"

"不用、不用……"

顾游很坚持："我也算是半个嘉澄的预备役员工，你还是让我送你回去吧，以后大家都是同事，还有更多见面的机会。"

阮啾啾没能拒绝掉他，只好坐在后排的座位上。

顾游的车开得很稳，大雪天的，他特意降低了车速，或许也不仅仅是因为天气。

空调开得很足，阮啾啾暖和过来，抖抖索索地搓了搓手。

顾游看了一眼后视镜，笑着说："很冷吗？"

"嗯，还好。"

阮啾啾是有些尴尬的，不知道该怎么跟顾游搭话，脑海里浮现的都是白龙马所说的事情。关于顾游和徐碧影的关系，与她无关，阮啾啾只是在心里想了想，随即将两人抛到脑后。

顾游温声说着最近的情况，对阮啾啾毫不避讳，让阮啾啾有些不知所措。他提到了最近竞赛的进度，还有对未来的打算，就像是在跟阮啾啾介绍自己，阮啾啾总感觉怪怪的。

联想到徐碧影的事，阮啾啾不想自作多情，只能装作没事人似的望着窗外一言不发。

顾游一手扶着方向盘，望着前面的路，语气很平静地说："关于那天看到的离婚协议……抱歉，是我冒昧了，但你们……"

阮啾啾不想说那么多，只是敷衍地道："夫妻之间小打小闹的，你不要介意。"

顾游又看了一眼后视镜，望着阮啾啾的表情若有所思。

她回到家中时，程隽待在书房里没出来。

阮啾啾换了衣服，忽然找不到自己的手机。她翻来覆去就是找不见，最后不得不求助于程隽。

咚咚咚——阮啾啾敲了敲门："程隽，快给我的手机打个电话，我找不到手机在哪里了。"

程隽走出门，给阮啾啾的手机打电话，但半天没有动静。

阮啾啾有些蒙，不对啊，她记得她把静音模式调回来了啊。

倚在门边的程隽忽然站直了身体，细长的眼睛微微抬起，慢腾腾地看了阮啾啾一眼，表情看起来不怎么愉快。

阮啾啾并没有意识到程隽的凝视，还在沙发和床上找来找去，半点儿没想到手机会有落在外面的可能性。

"奇怪，到底跑到哪里去了？"阮啾啾揉了揉头发，一脸的苦恼。

程隽的手机上显示着对方的短信。

"是啾啾吗？我是顾游，你的手机落在我的车上了，现在不方便接电话。你把地址发过来，我给你送过去。"

程隽："……"

阮啾啾还在四处找她的手机跑到了哪里，丝毫没有察觉到程隽的反应。

说起来，最近她晚上半梦半醒之间偶尔能听到窸窸窣窣的声音，该不会家里真的进了老鼠吧？阮啾啾连忙打开备用手机的手电筒，免得在黑漆漆的角落里碰到什么不该碰的东西。

　　正当她满头大汗之际，程隽的指尖在手机键盘上飞快地点了几下。

　　"我是程隽，啾啾正在忙，不方便接电话，我把地址发给你。"

　　过了一分钟左右，对方发了一条回复，说等会儿就送过来。

　　阮啾啾半跪在地上，撅着屁股，之前换了手机之后原手机就放在家里，万一真找不到，就只能凑合着用了。

　　她拿着旧手机，打着手电筒在沙发底下照来照去，看是不是手机顺着沙发垫中间的缝掉了下去。倚在门边的程隽已经想好一万种审问她的办法，还没准备实施，阮啾啾忽然不动弹了。

　　她缓慢地坐起身体，猛地回头，表情气势汹汹的。

　　程隽："……"

　　阮啾啾面无表情地从沙发底下拽出好几个零食袋，有薯片、雪糕、妙脆角，还有旺旺雪饼。它们的共同点——都是阮啾啾平日里禁止程隽总是拿在手边的零食。

　　两人四目相对。

　　"……"这是气势忽然矮了半截的程隽。

　　"……"这是怒目而视的阮啾啾。

　　"怪不得每次回来你都坐在沙发上，还辟谷，有你这样辟谷的？"阮啾啾联想到每次程隽一副游魂模样似的瘫坐在沙发上，哪里是饿的，分明是做贼心虚。

　　最重要的是，他竟然就这么毫无忌惮地把零食袋扔到沙发底下？？？

　　程隽："其实，是老鼠干的。"

　　阮啾啾："你还能编更多的瞎话吗？"她瞪着程隽，"为什么藏到这里？"

　　程隽慢吞吞地回答："忘了。"

　　他眼神飘忽，总有种没有说真话的感觉。阮啾啾沉默片刻，说："你该不会还想等着晚上我睡了继续吃吧？"

晚上窸窸窣窣的声音……像老鼠啃木头的声音……

绝对是程隽这个狗男人趁着她睡觉戴了耳塞和眼罩，去把剩下的零食给吃完了。

阮啾啾一时间心情复杂，竟然不知道该说些什么好。

程隽看了一眼手机，语气温暾地道："我下去扔个垃圾。"

"哦，记得穿大衣。"

虽然不知道程隽为什么突然要下去扔垃圾，但阮啾啾鼓励他任何形式的走动。程隽出门有司机，她真怕程隽再不走走，就在这个家里长霉了。

程隽套了件羽绒服就出门了。

阮啾啾继续找手机，找了半天忽然后知后觉地意识到——

程隽是空着手出门的？

扔什么垃圾啊，他是要把自己给扔掉吗？

天气干冷干冷的，冻得人骨头嘎吱嘎吱响。程隽晃晃悠悠地下了楼，一辆奥迪停在楼下，许久不见的顾游背靠着车，双手环胸，似乎在沉思，并没有意识到程隽正接近他。

运动鞋踩在地上发出啪嗒啪嗒的响声，顾游抬起头，愣了愣，冲着程隽笑了一下："是你。"

程隽用鼻音哼了一声，显然连敷衍都懒得用在他身上。

程隽伸出手，摊开手掌，顾游立即明白了他的意思。

顾游从口袋里掏出一部手机，程隽轻巧地拿起，当着顾游的面把方才的短信记录删除。顾游看着他的动作，没有制止，直至程隽完成一系列动作后，把手机塞进口袋里。

他看着程隽，说："我看到离婚协议了。"

程隽慢悠悠地回答："已经撕了。"

顾游抿了一下唇，说："放心，我不会做出逾矩的事情。"

程隽瞥了他一眼，一言不发。

"身为男人，我想说，你再这么被动下去，迟早有一天会离婚的。"顾游停顿了几秒，棕褐色的眼眸快速眨了一下，像是回想起某一幅画面，又自嘲地笑了，"身为男人，我也想说，我很嫉妒你。"

170

在车上的阮啾啾提起程隽的时候，分明有几分她自己也察觉不到的维护。

不论是否有爱情，他们之间的确有一丝牵绊，虽纤弱，却不一定能轻易被撼动。

程隽全程没有说话，一副无动于衷的样子。顾游的话一停，他又敷衍地用鼻音嗯了一下，双手插兜转身离开。

顾游说："我不介意多等等。"

脚踩在台阶上，程隽没有回头，从顾游的角度，只能看到他站在原地一动不动的模样。

程隽慢悠悠的声音响起："你这个年龄，已经在走下坡路，有时间你不如想想怎么规划未来，不要在毫无希望的目标上浪费自己本就不够的时间。"

顾游："……"

这样慢条斯理的毒舌话语，真是够扎心的。

程隽虽然比他大了几岁，却早就在年少成名之后转型做了老板，现在正韬光养晦。不像他，还在为未来挣扎，程隽的话说得没错。

他们两个人比起来，阮啾啾应该选择谁，正常人都会做出决定。

顾游严肃着脸说道："我知道了，我会努力的。"

程隽嗯了一声，晃晃悠悠地上了楼。

程隽回到家后，阮啾啾一脸莫名其妙地看到他心情很好的样子，狐疑地问："你该不会是吃了什么东西吧？"

程隽的眼神似乎有些嫌弃："我不是你。"

阮啾啾："……"

她竟然无言以对。

程隽换了鞋，这才从羽绒服口袋里掏出一部手机递给阮啾啾："你的。"

阮啾啾惊了，随即兴奋地拿过手机打开，果然，一切都完好如初。她又惊又喜地问："你从哪儿找到的？"

程隽淡定地撒谎道："楼道。"

阮啾啾早就忘记质问程隽下楼不提垃圾是干什么去了。

她松了口气，说："幸好没丢，好多灵感放在便笺里，还没存到云文档里呢。"说着阮啾啾就赶紧把所有重要的资料挪到了云文件里，免得丢失。

就在阮啾啾忙活的时候，程隽回到书房关上门，郑重其事地坐在电脑椅上。

他打开电脑，望着显示屏沉默良久，这才敲下几个字。

搜索栏上赫然写着：如何快速高效地追求女性？

翌日，阮啾啾正常上班。她搭了程隽的顺风车，在距离公司几百米远处就下了车，恰巧被部门的几个人看到了。

一个午餐的工夫，就有很多员工知道空降兵阮啾啾表面看着有钱，实际连车都买不起，只能自己每天打车上班，想必辛苦得很。

阮啾啾下班的时候收到了几条群里的@，都是说可以顺路带她回家的消息。

阮啾啾："……"

她连忙在群里回复："谢谢大家的好意，我有车可以坐。"

部门的小方就是那天聚餐时嘲笑阮啾啾的其中之一。她故作好心地说："哎哟，这么晚打滴滴不安全啊，你长这么漂亮。"

阮啾啾："呃……有专车送我。"

大家都以为她是在强行挽尊。

公司里的专车寥寥无几，底下停车场停着的豪车早就被大家数得清清楚楚，要是真有人坐专车，早就在公司传开了。

阮啾啾的拒绝就像是在为自己找面子，倒让几个大男人有些怜香惜玉。

这么漂亮的女人不好好供着，竟然让她自己打车来上班？这简直是暴殄天物啊。

晚上下了班，阮啾啾正要联系程隽回家，忽然有几个小姑娘笑眯眯地凑上前，说是正好顺路，跟着她一起去停车场。

阮啾啾真心实意地不想跟她们一起走。

程隽属于保密人物，在公司偶尔出现是有专属通道的，而且是在员工们都上班的时候来公司。知道程隽的身份的人不多，都是公司的高层，严格保密。他不愿意暴露自己的理由很简单，应酬太麻烦，他只想做喜欢的事业，和别人打交道并不在这一范围内。

员工们出现的时候，程隽是肯定不会出现的。

几个小姑娘一直磨蹭着不走，阮啾啾一时觉得焦头烂额，只好跟着她们先往停车场走去。

阮啾啾低着头快速给程隽发了条信息。

"我先不去找你了，等会儿再会合。"

"嘿，你给谁发短信呢？"小方没有眼色地凑上前，手机屏幕立即被阮啾啾捂住。

阮啾啾淡然道："没什么。"

"对了，你老公是干吗的呀？"

一提起阮啾啾的老公，几个女人顿时感兴趣地围上前。那天的程隽实在是太让人惊艳，让她们看傻了眼，竟然连照片都没留下。她们只知道那是阮啾啾的老公，其余的信息便一无所知了。

阮啾啾皱了一下眉头："没什么，就是个普通的小职员。"

她这么说，她们才不信呢，心里笃定阮啾啾只想藏着宝，不愿意跟她们说。

小方挤眉弄眼地道："那方面怎么样？"

阮啾啾忽然停下脚步。

她们正兴奋，忽然见阮啾啾停下来，一时间有些讪讪的，以为她要发火。阮啾啾为了工作稳定，不想跟别人起冲突，免得让涂南他们为难。

她忍了忍，说："我等一下人，你们走。"

阮啾啾身旁停着一辆几百万的路虎，她们心里门清，毕竟涂老板曾经也坐过这辆车。

她们以为阮啾啾想用老板的车糊弄一下，不由得纷纷相视一笑，彼此心照不宣。果然，长得好看有什么用，阮啾啾钱都没有，看那天她老公对她的模样，保不准两人连感情生活都不和谐。

得到了满意的猜测，她们心满意足，去开自己的车了。

她们开着车，还特意在阮啾啾面前绕一圈，炫耀一下自己的奥迪、宝马，成功收获阮啾啾因为没有车失落而尴尬的神情，这才扬长而去。

阮啾啾站在原地，幽幽地叹了口气。

看哪，人家都有驾照，就她没有，她总有种落伍的感觉。

晚上跟程隽坐着车回家时，阮啾啾再一次提起要考驾照的事情。

程隽问道："用 QQ 飞车？"

阮啾啾："那怎么能行？太没有参考价值了，再怎么讲我也得用《侠盗飞车》或者是《跑跑卡丁车》。"

"……"

阮啾啾用蹩脚的普通话夹着自创的粤语腔发誓："迟早有一天我也会在停车场漂移，成为所有车主中最靓的仔。"

"……"

当天晚上，阮啾啾睡得很香甜。

她梦到自己成为一名车技堪比《速度与激情》中的布莱恩的车手，尽情打方向盘，踩着油门漂移。

安安静静的房间里，猛地传来咚的一声，是脚重重踩在床上的闷响。

坐在客厅正安静无声地撕开一袋麦丽素的程隽听到咚的一声，手一抖，于是一整袋麦丽素全部滚落在地面上，宣告阵亡。

"……"程隽坐在沙发上陷入沉默当中。

公司里的绯闻要什么有什么，阮啾啾相当不在意。

她已经想过了年之后就报驾校，考到驾照就可以买车了。阮啾啾算了算，买辆便宜的代步车还是可以的。

等这个月发了工资，她就可以请程隽吃大餐了。

阮啾啾还有一个秘密。

跟涂南他们闲聊的时候，她无意间了解到，程隽的生日就在新年第一天。正好阮啾啾这个月发工资攒起来，可以给程隽过一个难忘的生日。

阮啾啾一直对节日有种神秘的仪式感。

这源于她的生日——她是在二月二十九号出生的，四年才能过一次生日。她很喜欢庆祝生日的氛围，可惜自己并不常有，寥寥无几的几次生日都无人记起。

阮啾啾想，她得好好谋划一下。

今天下班早，程隽不在公司，阮啾啾打算自己去逛逛。

她裹着长款风衣，戴着口罩和围巾，在寒风中走得很快。

或许是因为例假即将造访，阮啾啾非常想吃甜点，尤其是半熟芝士蛋糕。她记得附近有家甜点的味道还不错，便兴冲冲地过去了。阮啾啾的脚步很快，那家蛋糕店不过几百米的路程，走过去的过程中，她已经想好要吃的东西，顺便还得给程隽带一份。

就在这时，有人突然在后面叫了她的名字："阮啾啾。"

阮啾啾茫然地回头，身后站着一名同样捂得严严实实的中年大哥。他裹着羽绒服，身材矮胖，有些臃肿，眼神看起来很和善的样子。

阮啾啾愣了："你是？"

对方微微一笑，表情神秘："我是想来谈谈关于嘉澄的事。"

阮啾啾："什么？如果谈生意的话，你不应该找我。"

"不是不是。"大哥摆了摆手，"我是从嘉澄的竞争公司过来的。"

阮啾啾："……"

"我们坐下来谈，一千万的生意，你感兴趣吗？"

阮啾啾顿时惊了，一方面震惊于对方竟然如此有钱，张口就是一千万；一方面是竟然有人愚蠢地跑来找老板娘谈生意，看样子是要搞事，简直是没事找事。

阮啾啾看了一眼时间，确定还早，便轻松地说："走，前面有一家甜点店，咱们坐着聊。"

大哥姓林，叫林利，一开始就介绍明白自己的身份。

阮啾啾问道："是瑞方公司吗？"

"你果然识货！"林利竖起大拇指，有些得意扬扬地觉得他们公司果然风头正劲，谁提起来都是第一时间就想到了。

其实阮啾啾只是听到涂南提过一句。这个公司惯用噱头制作游戏，质量参差不齐，有手脚不干净的黑历史，之前就碰瓷过别的公司，有搞臭别人的名声的手段在先。但是对方要跟嘉澄比起来，还是有距离的。

阮啾啾淡定地喝了一口卡布奇诺："你说。"

"我就实话实说了。一千万，就买几张画稿，你知道我想要的

175

是什么。嘉澄的游戏不是还没发概念图吗？最核心的人设和背景，我就需要这些，希望是没有对外公布过的图。"

阮啾啾恍然大悟："你们要搞手段，制造嘉澄抄袭的事实？"

"聪明！"

只要他们得到了原图，就有本事比嘉澄更早发出去。嘉澄这一次的游戏投资不少，万一出了差错，届时嘉澄恐怕要大伤元气。

"为了表达诚意，我们先给你三百万，剩下的钱，一手交钱一手交货，你意下如何？"不待阮啾啾思考，对方又补充道，"不要担心，如果你怕公司施压，我们会给你搞到绿卡，让你去国外舒舒服服地待几年。"

几年之后还是不是嘉澄的天下，可就不一定了。

阮啾啾眨了眨眼睛，说："容我再思考一下。"

"我认为你是个聪明人。"林利放了个"彩虹屁"。

阮啾啾神秘一笑道："我也这么觉得。"

所以，她回去和程隽商量商量，保不准还能挣几百万的外快呢。

"对了，你为什么会找到我头上？就不怕我倒戈吗？"

"你放心，我们自然有自己的办法。"林利一副大局在握的样子。

实际上早在几天前，副总的情妇就提到过，闺密认识的人在嘉澄工作，是个空降兵，估计跟某位高层有着不清不楚的关系。

听到小情人这么说，副总立即兴奋地让小情人联系闺密。

他们私下好好谈了一次，对方说了很多细节，几乎都能一一和阮啾啾对上。姓徐的女人说了很关键的一句话——名为阮啾啾的空降兵很爱钱，甚至为了钱嫁给毫无感情的丈夫，还没来得及下套离婚，丈夫的家族企业破产，于是阮啾啾又为了房子死死忍着。

这么爱钱的女人，如果他们给她一千万，她怎么可能不动心？

为了满足阮啾啾的贪婪，他们做了很多准备，目的就是搞到嘉澄的原稿。

女人狠起来，简直能吓死人。为了钱她可以背叛自己，当然也可以背叛金主。

想到这里，林利压着嗓音，胖乎乎的脸像一团发面馒头，看得阮啾啾有些想笑。

"那个……我问个冒昧的问题。你的金主是不是嘉澄的老板？"

阮啾啾被他问得有些愕然。

脑袋一转，阮啾啾想了想，似乎的确是这么回事。她现在的金主就是程隽呀，程隽可不就是嘉澄的大老板？

阮啾啾郑重其事地点头道："没错。但你不要外传，他不希望别人知道。"

"好的，明白。"林利比了个OK的手势。

"我希望你能好好考虑，这么多的钱哪怕买房子，过几年都能上涨不少。你说你年纪轻轻的干什么不好，画画多伤手啊。"

阮啾啾点了点头。

"你放心，我绝对、绝对、绝对会好好考虑。"她会挣到这笔钱的。

阮啾啾说得铿锵有力，眼神坚定。林利自认为她已经在自己这边的阵营试探，朝着阮啾啾举起咖啡杯，为他们的战友情……呃不，为了他们的共同利益干杯！

林利咕嘟咕嘟一口喝尽咖啡，随即一张发面馒头似的脸苦巴巴地皱成一团。

真苦，他忘了放糖了！

两人达成友好合作，阮啾啾一路上都在给出保证。她目送着林利远去时，这位大哥已经约好了下次见面的时间。

毕竟事态紧急，他们必须争分夺秒地把嘉澄拉下水。

阮啾啾心情愉快地哼着歌，回到家一进门就叫程隽的名字："隽啊，隽隽，你在哪儿呢？快出来，我有事要跟你谈！"

伴随着阮啾啾的声音，浴室门被打开，穿着睡衣的程隽身上带着浴室的水汽，皮肤湿漉漉的，潮湿的头发不停地滴着水珠，被他用毛巾随意地擦掉。他奶白的肤色被潮热的水汽蒸得有些泛红，一副懒洋洋的模样，领口有些松，露出了纤细好看的锁骨。美色当前，阮啾啾也有些发愣地咽了咽干涩的喉咙，脸腾地红了。

尽管她已经看惯了程隽的美色，但突然来这么一遭，这家伙还是该死地好看啊。

程隽走到她面前，审视着阮啾啾的模样，一双黑色的眼眸有些深沉。他低垂着头，两人距离陡然拉近，她几乎能嗅到他身上潮热的水汽的气息。

阮啾啾结巴了一下："你干吗？"

程隽认真地问："感冒了？"

阮啾啾："你能不能别再咒我了？"

思绪被程隽扰乱，阮啾啾差点儿忘记了要说什么。回过神来，她瞪了他一眼，继续说道："是这样的，今天有人找到我，说要让我偷几张嘉澄的原画。"

程隽慢吞吞地停下擦头发的动作："嗯？"

"你觉得这生意，咱们能做成吗？"阮啾啾眨了眨眼睛，眼神狡黠。

夫妻两人迅速交换眼神。

看来能成！

第八章

理不直气却壮

对方想要嘉澄的原画，那就给他原画，程隽是这么说的。

只不过……他们要给的原画，是之前 A 方案里被否定的概念图，已经不再启用。

对方送上门来找死，不赚他们的钱良心上简直都过不去，阮啾啾跟程隽谈好之后，又跟涂南、老孟他们开了个小会议。老孟决定了应该给哪几张图，还坏心地给了最不喜欢的几张设计原稿。

聊好了细节后，阮啾啾给林利发信息："东西已经拿到，咱们什么时候见面？"

林利收到消息无比兴奋。他当天就约了阮啾啾去上次的甜品店，还叮嘱阮啾啾小心点儿，别被公司的人发现，阮啾啾自然满口答应。

今天依旧寒风瑟瑟，阮啾啾被冻得哆哆嗦嗦的，待到她到达甜品店，一眼就看到胖乎乎的身影，果然是林利。林利正在吃一块千层蛋糕，脸上沾了奶油而不自知，阮啾啾扬起唇，走到他面前，微微笑了笑。

她看着林利，就像在看一堆小钱钱，怎么看怎么可爱，笑了起来。

林利虽然在商场上也见惯了美人，被阮啾啾捉到窘相还是有些不好意思，尤其是当对方笑靥如花地望着他的时候。

林利连忙拿起纸巾擦了擦嘴，让阮啾啾坐下："你点一点儿什么。"

阮啾啾点了一杯珍珠奶茶暖手。

林利问："那个东西——"

阮啾啾挑了挑眉："你可得收好了，我拿到这个东西不容易。"他们选了半天呢。

"当然当然。"

阮啾啾把 U 盘放在桌子上推过去，林利连忙拿起来小心翼翼地擦拭几遍，接着放在他的黑色公文包里。阮啾啾看着他无比小心的动作，还觉得有些好笑。

林利说："现在先付你三百万，后续得等我们公司进行到下一步再看。"

阮啾啾一抬眼皮，神色在这一瞬间竟然神似程隽，锋利的眉眼微挑，就连语气也是悠然而又平缓的："你们该不会是想违背约定吧？"

"当然不会！"

被她这么盯着看了一眼，林利浑身的鸡皮疙瘩都起来了，他立即摆手。

"万一拿到了假图，我们岂不是白白损失了？所以，等我们……"

"对不起，我没这个耐心。我最多只能等到你们公布游戏的概念图。"

阮啾啾双手环抱，跷着腿："或者你们也可以选择拒绝，我们上次的对话已经被我录音，你们不给钱，我就将其曝光给嘉澄。谁的钱不是挣呢？你说是不是？"

林利擦了擦冷汗："我得回去和领导商量一下。"

阮啾啾似笑非笑地道："劝你们快点儿想清楚哦，据我所知，嘉澄距离官方发布预告的时间没几天了。"

翌日，某高尔夫球俱乐部。

林利站在一旁，让球童退下，低头跟副总报告着阮啾啾的话。副总眯着眼睛，咂了咂嘴，说："那还不加快速度？"

"那钱呢？"

"先给她，到时候有的是办法让她吐出来。"副总冷笑道。

家里的小情人可得好好奖励一下。

这么一想，副总有些心猿意马。叫他们说他不会管理公司，说他只会拿着家族的钱败家，他这不是能成事吗？

他已经想好功成名就开庆祝会时该怎样站在台上讲述自己的功绩了。

至于那个女人？呵，敢威胁他南宫傲天，简直是自寻死路！

阮啾啾收到了瑞方公司的钱，第一笔三百万，第二笔七百万，就这么到账一千万块，让她有种不真实的幸福感。

对方果然是老手，手段极其隐蔽。阮啾啾数了数存款的零，突然体会到什么叫中彩票的兴奋感。

天哪，挣钱也太容易了！

阮啾啾一本正经地倚着门框，看着手机对程隽说："人傻，钱多，这话果然不假。"

程隽正在忙着吃早餐，泡了一杯牛奶，拿着一袋麦片哗啦啦地倒。麦片是烘焙的水果麦片，吃起来嘎嘣嘎嘣脆，趁着阮啾啾一个不注意，他哗的一下倒了有小山那么高。

听到响动的阮啾啾回头就发现了程隽的小动作："住手！"

再低热量的东西也经不住他这么吃啊！

程隽有些失望地停下动作，趁着阮啾啾一个不防抖了抖，又抖出来不少脆脆甜甜的麦片，差点儿从碗里滚出来。

阮啾啾："……"

人傻，钱多，这话到底是在说谁？

"我们来分钱，主要是公司出力，我三你七怎么样？嫌少了我们俩可以再谈谈呀。"阮啾啾拉开椅子坐在程隽对面，一双漂亮的桃花眼亮得惊人，闪烁着名为财富的光辉。

程隽嘎嘣嘎嘣地吃着麦片。

阮啾啾："嫌少了？你八我二？"

程隽继续嘎嘣嘎嘣地吃着麦片。

阮啾啾："喂！"

程隽终于从一碗牛奶麦片中抬起了头，慢吞吞地说："都给你。"

阮啾啾愣了愣，说："虽然你有钱，但是也不能都给我啊。"

程隽继续说道："你先保管着，我没钱了会问你要。"

阮啾啾："……"他这不是废话吗！

"夫妻共同财产，谁拿着都是一样的。"他语气很平静地说完，又低头继续嚼麦片水果干了。

阮啾啾拗不过他，只好挠了挠眉头，说："好，那我先拿着。"

这笔钱就先放着，她也用不着，放在银行里涨利息也不错。

瑞方的动作果然极快，赶在圣诞节之前，竟然加班加点地发布了官方的概念图和预告，看起来像模像样，的确像那么回事。在此之前，嘉澄的游戏名已宣布过，名为《侠客行》，瑞方也用了类似的名字，名为《侠道》。

对方明显是买了公关造势，各大营销大号转发，将游戏夸得天花乱坠，说游戏请到了非常棒的设计师，将会以全新的面貌来跟大家见面。

话题挂了一整天热搜，各种各样的说法都有。经常玩游戏的网友们对瑞方充满了怀疑，毕竟他们又不是没做过挂羊头卖狗肉的事，也有不少人期待公司能够给出新的改变。

同一时刻，网上刮起了一股风，有人说瑞方的新游画风和嘉澄的有些相似，都是极具古典美的色调画风，让人眼前一亮，但是如果说真正的制作的话，还是嘉澄更好一些。

而本是官方宣布第二天发布预告的嘉澄竟然没了动静，说出了点儿问题，三天后发布官方预告。消息一出，网友们都惊了，不知道嘉澄出了什么事。

这可是嘉澄第一次推迟时间啊，难道出了什么问题吗？

瑞方那一头的人乐翻了天。

果然！那个女人没有给假图，嘉澄果真是出了问题了！

嘉澄的员工们哗然，除了公司的高层，谁也不清楚到底是出了什么样的问题。不知是谁流传起了谣言，说公司有内奸，把公司的原稿给泄露出去了，并且内奸的名字暗暗指向阮啾啾。

阮啾啾到达公司的时候，立即察觉到有些员工看她的眼神不太对劲儿。阮啾啾进来的时候就高调，已经习惯别人异样的目光，自然没有多想。

直到有人在背后偷偷议论："瞧啊，出卖公司还能来上班呢。"

涂南给阮啾啾发了条消息。

"公司有人造谣是你出卖公司，估计是有瑞方的内奸。嫂子，你就委屈点儿，我们加快速度把人找出来。"

阮啾啾愣了愣，顿时好笑地回复道："好，我哪儿都不走。"

老孟坐在办公室里，优哉游哉地问："怎么样，要不要放松放松心情？"

阮啾啾："放松心情？"

老孟的眼睛里闪过一道诡异的光："一起来看《一拳超人》！你会爱上埼玉老师的！"

阮啾啾："不了，我对光头不感兴趣。"

两人正说着，林利给阮啾啾发了条信息："把钱还一半，保你不被嘉澄追责，怎么样？"

阮啾啾直接把他拉黑了，神经病啊，还要她还一半的钱？

一下午，嘉澄的员工人心惶惶。

陆陆续续有几个人被叫进去谈话，谁都清楚，肯定是关于新游戏的问题。如果公司真的有内奸，恐怕是再糟糕不过的事情，也有"吃瓜"群众等着看笑话，看阮啾啾什么时候被叫进去。

不过短短几个小时的时间，涂南就把造谣的人揪了出来。得亏他多防着一手，恩威并施，终于揪出瑞方的炮灰棋子。那内奸阮啾啾认识，竟然是设计部的小方。

小方的表现一直还算不错，只是她迟迟没能升职，所以怨念颇深，不知什么时候就跟瑞方勾结到了一起。

在此之前，嘉澄的游戏设计原稿就出过几次小小的意外，幸好迅速被摆平。如今将这些事联系到一起，明显是小方的手笔，在涂南的逼问下，她结结巴巴地承认了。

当她得知阮啾啾出卖公司，新仇旧恨加一起，便按照瑞方公司所说在茶水间传谣言。他们都以为公司的主要目标会放在抓出丢稿的罪魁祸首，也就是阮啾啾身上，谁能料到嘉澄反而开始揪造谣的人。

面对涂南严厉的表情，小方惊慌失措地说："不可能！绝对是阮啾啾偷了公司的稿件！你们为什么不追究她的责任？这不公平！"

涂南脸上没了平日的温和笑意，眉毛紧拧着。

"一码事归一码事，你这样的做法要承担法律责任，以后也别想在圈子里混出头了。小方，你怎么会这么糊涂？"

小方被吓得脸色惨白。

"对不起，我错了，我真没想到会这么严重，求求您原谅我，我不想离开嘉澄啊！"

面对她的求饶，涂南无动于衷："收拾包裹回你的瑞方，这里不是你的家。"

铲除了公司里的内奸，涂南松了口气。如果按照原来的计划，小方会在这次游戏发布之后升职加薪，拿到更多公司的机密。只是他不知公司里还有几个这样的存在，真是让人不放心。

一想到某人还在家里睡大觉，涂南就怨念颇深。不开心啊，他也想当甩手掌柜啊！

小方哭着抱着一箱东西走人，公司上下八卦传得极快，众人议论纷纷。

没过几分钟，阮啾啾就被请到了涂南的办公室里。

坐在大办公室里的员工们哗然，有人按捺不住好奇心，装作去洗手间，路过涂南的办公室。隔着磨砂玻璃，他们震惊地看到原本应该挨批的阮啾啾坐在椅子上，而他们潇洒英俊的涂总，竟然点头哈腰，脸上堆着笑意，给对方递咖啡？？？

围观到这一幕的员工们："……"

天哪，他们到底看到了什么？

同一时刻，瑞方的副总还没有收到来自小方的最新消息。

他只知道嘉澄现在在彻查内奸，那个贪心的女人想必也不会有什么好下场。

他站在办公室里，握着高尔夫球杆冷笑。

"天凉了，让嘉澄公司破产。"

网上铺天盖地都是关于瑞方的新游戏的宣传，他们卡在这个关键点发布新游戏，明显是想跟嘉澄抢热度。而原本应该发布新游戏的嘉澄没了消息，不知道发生了怎样的意外，各种各样的小道消息传得沸沸扬扬，让嘉澄在热搜上挂了几天。

坐在办公室里的涂南就差鼓掌了："这一招妙啊！"虽然公司不缺钱，但是不花钱也能连着几天上热搜还不怕掉观众缘，简直是最美妙不过的事情了。

他按照程隽所说，在第三天的下午发布微博，说晚上九点钟见。

周六晚上，正是流量最好的时候，从他发布微博开始微博就被疯狂转发，大家都在等着嘉澄的新游概念图，看是否如谣言所说，嘉澄的设计是因为撞了瑞方的，所以才迟迟不敢拿出来。

三天的时间嘉澄能改个什么啊。

嘉澄的对家都铆足了劲儿，等着嘉澄出糗。

瑞方倒是假惺惺地提前火上浇油地表示，好的设计是不共通的，嘉澄向来以画风鲜明著称，怎么可能跟他们撞到一起，这简直是子虚乌有的事情。

在万众期待中，牢牢占据着热搜第一位的嘉澄终于在晚上九点整发布概念图和预告片——《侠客行》。

视频一开始，是铺天盖地的飘雪，整个世界笼罩在冰天雪地中，不见人迹。伴随着寒鸦簌簌掠过，悠扬的箫声猛地吹响，音色绵长诡异，听得人心头发颤。

漫漫飞雪中的黑色寒鸦猛地在风中停滞，顷刻间，如枯叶般噗的一声坠入雪中，没了生机。

镜头从地面抬起，雪上无痕，却有一道背影不知何时从寒鸦身旁走过。冰天雪地中，他穿着黑色的粗麻布衣，腰间别着生了锈的剑，斗笠上落满了一层雪，脸看不清，只留下普普通通乃至看起来有些单薄瘦小的背影。

他走过的地方，半点儿脚印也无。

传说中的江湖，由此展开画面。

短短不过两分钟的视频，很快便看完了，网友们傻眼了。

大家先是沉默了一会儿，随即留言评论和转发瞬间呈几何级数暴增，热度就连嘉澄的员工们也吓了一跳。

"这是什么神仙画风！"

"太帅了啊啊啊啊啊！"

"什么时候开服啊？我要哭了！"

"嘉澄这一次果然没有让我失望！冲着这预告片，给满分！"

评论区一堆尖叫的语气词，没过多久，前十的热搜话题，嘉澄占据了一半，全是关于游戏的关键词。

热搜第一是：跪求嘉澄爸爸开服！

一方面在夸嘉澄的新游戏比之前更有新意，背景更为细腻，一方面，大家都在热烈讨论——这些原画的画师究竟都有谁？这简直是神仙画作啊！

涂南发了条语音给阮啾啾，语气轻快而兴奋："嫂子，你火了！"

阮啾啾："……"这话怎么感觉怪怪的？

瑞方的高层还在等着嘉澄倒闭。待林利看到网上一边倒的评价后，脸色忽然变了，战战兢兢地给副总打电话："您快看看！好像有点儿不对劲儿！"

副总正搂着小情人卿卿我我，等着晚上的庆功宴，哄着小情人买几套房，这时接到了林利的电话，心咣当一声，瞬间沉入看不见底的水中。

副总把情人推开，连忙打开手机。

一水的好评映入眼帘，令他暗叫不好。

嘉澄发布了两条微博，一条是概念图，一条是第一弹预告视频。

他颤颤巍巍地点开概念图，如果说第一张图还和他们买的有那么点儿像，接下来就是完完全全不一样的图，不仅是人物设计，还是背景服饰，嘉澄发布的这些明显要比阮啾啾给他们的高级许多，两者完全不是一回事！

糟了！

他面色惨白，咬牙点开预告片，看了没一半，气得止不住地粗喘，脸都红了。身后的小情人衣不蔽体，柔媚地凑上前抱住副总："咱们的爱巢买……"

"买个屁！老子的钱都没了还房房房！"

副总暴跳如雷，毫不留情地指着小情人开始骂："让你那个闺密过来，她叫什么？徐碧影？！你们给我赔钱！赔钱！"

副总还没发够火，记起一件事，仿佛一盆冷水从头上浇下去，浇得他透心凉。

他这下彻底明白了，那个名为阮啾啾的女人不是内奸，是嘉澄的走狗啊！来不及找阮啾啾算账，他又想起另一件更为重要的事情，还有买的营销号没有撤！

营销号没有接到撤生意的消息，还以为瑞方有大招憋着没有出，一个个按照事先谈好的格式，截图嘉澄的概念图，又截图瑞方的概念图，发了相似的微博，中心主旨是同一个意思——嘉澄的设计是抄瑞方的？为什么感觉瑞方的更加高级一些呢？

本来大家没有想起瑞方的这件事，一个个都在嘉澄的大本营狂欢，看到各营销号的热搜，网友们顿时开始群嘲。

"疯了，瑞方还想碰瓷？谁高级谁低级自己心里没点儿数？"

"碰瓷狗连嘉澄都敢碰，恶心，你们的垃圾游戏我绝对不玩！"

"营销号瞎了眼吗？"

"哇，瑞方这个热搜可以说是买得非常不值当了。"

"竟然还把两个公司的概念图放在一起，拜托，这确定不是公开处刑吗？"

"瑞方的哪个猪队友买的热搜？给我嘉澄来十个！"

网民们的嘲讽立即把这一条营销推上了热搜，热搜前十除了嘉澄的游戏相关话题，就是"瑞方又开始碰瓷了""抵制瑞方游戏，人人有责"……

得知消息的副总脸都绿了，连忙让秘书联系营销号赶紧撤热搜，营销号也纷纷删除相关微博。他们一删除，动静更加明显，网友们嘲得更加厉害，而且还给瑞方制作了各种调侃表情包，跑到瑞方的官博下面热热闹闹地开大会。

瑞方立即召集高层人员开紧急会议。

本来已经做好庆功宴的准备，南宫副总穿着特意买好的西装过去，被总裁看到，气得差点儿想把这个龟儿子当场打死。

"你是来参加婚礼的吗？谁让你穿得这么好？"

迎着其他人或是嘲弄或是冷漠的视线，南宫副总尴尬得说不出话来，哪还有平时在下属和情妇面前的威风，讪讪地坐在自己的座位上。

因为他的举动，恐怕会给公司带来非常严重的影响。本来他打算跟嘉澄打官司讨要钱来弥补这次行动的亏空，这下可好，一毛钱没拿到，那个见钱眼开的死女人也没还钱！副总气得差点儿要升天。

挨了一场骂，他灰头土脸地让秘书联系涂南，却得知对方此刻在忙，没时间跟他通电话。

对方这不是看不起人吗？！

南宫副总直接抢过电话，放在耳边，怒气冲冲地说："那个名为阮啾啾的女人挪用我公司的钱一千万元！你们公司竟然敢害我，我要告她，我要告你们公司！"

电话那头的秘书小姐非常温柔地说："好的，您的投诉已经记录在案，有时间一定会处理的哟，祝您心情愉快！"

然后电话就被挂了。

"……"

这边，嘉澄的公关部门简直要笑死，眼睁睁地看着嘉澄的游戏热度不停地攀升，最后竟然成为第一个非明星八卦让微博挂掉的热搜。

阮啾啾坐在办公室里，一条条地浏览着信息。不少的大号在夸这一次的动画设计比以往更为细腻，看着他们就差把画师夸上天，阮啾啾兴奋地跑到程隽的办公室里，晃着手机给他看。

"你看、你看，好多人在夸哎！"

程隽刚刚给涂南回复了消息，抬起头便看到阮啾啾的面颊因为兴奋而有些泛红，一双眼睛晶亮，闪烁着罕见的光彩。她拿着手机凑上前，一手扶在程隽的肩膀上，两人的距离瞬间拉近。

屏幕上映出了两人挨得极近的面孔。

他不知不觉地挺直了脊背，身体有些僵硬，只是表面上还是淡定而平静的。

窗帘被拉着，黑漆漆的，透不出光亮来。

一个男人坐在皮质沙发上，跷着腿，微微晃动着身体。他的眼睛盯着面前的两个女人，一个已经哭得涕泪横流，另一个紧捏着拳头，面无表情。这分别是徐碧影的闺密谢岚岚和徐碧影。

几名身材健硕的黑衣大汉双手背后，冷漠地望着她们两个。

"打算什么时候还钱？"南宫傲天终于缓缓地开口道。

"我哪有那么多钱啊，求求您饶了我！"谢岚岚悲从中来，抽噎得厉害，泪水混着不防水的睫毛膏从脸上滑落，留下两道湿漉漉的污痕，让南宫傲天的脸使劲儿抽了抽。

他当初是怎么看上这个玩意儿的？

徐碧影咬了咬牙道："这件事，你不是应该去找阮啾啾吗？"

"找她？"南宫傲天不怒反笑，"她跟嘉澄的老板是一伙的，你要我去碰瓷她，岂不是没事找事？"

"这怎么可能？！"

徐碧影自诩对阮啾啾是看得相当清楚的。

这样的女人，用庸脂俗粉可以概括从内到外的所有特点，如果阮啾啾有本事，早就勾搭到比程隽更好的优秀男人，又何必在程隽这样混吃等死的人手里耗费时间？

再者，如果阮啾啾真的跟了嘉澄的老板，为什么不跟程隽离婚？这明显说不通啊。

徐碧影很不甘心。这段时间，她用尽办法想要修复和顾游的关系，但他们中间似乎始终隔着一层厚厚的屏障，让徐碧影始终碰不到他。她原以为让嘉澄受到重创，顾游失意之际自己就可以有机会好好接近他。就像重生一样，再给她一次机会，她一定会对顾游一心一意啊。

看着她一脸执念的样子，见惯了妖艳型和小白莲型的美人的南宫傲天有些心动。

"不还钱也可以。"

一双黑色的高定皮鞋最终停在了徐碧影面前，男人用指尖勾起她的下巴，眼神残酷地道："用你的身体来偿还。"

徐碧影身旁的闺密脸色惨白："傲天！我以为你……"

"闭嘴！你这种残花败柳，我早就不感兴趣了。"

他一个眼神，身旁的黑衣壮汉就捂着谢岚岚的嘴将人拖了出去，徒留徐碧影一个人在原地瑟瑟发抖。

徐碧影纵然胆子大，面对这样的场面，大脑也空白一片。她的头顶响起南宫傲天玩味的声音："我对女人从来不吝啬，房子、车、珠宝，你想要什么我都给你。"

"我……"

嘭！

门猛然间被撞了一下，其余两名壮汉面面相觑，立即走到门边，透过猫眼看到底是哪个不长眼的人想来找死。下一秒，两人只听一记剧烈的撞击声传来，门咣的一下直接被撞开，重重地打在其中一名壮汉身上。

一道身影冲进来，不待南宫傲天叫嚷，立即把两名壮汉打倒在地。

徐碧影这下是真的哭了："游哥哥！"

"你是什么人？"南宫傲天气得面色铁青，又不好上前动手。

顾游擦掉手上的血迹，拽着徐碧影，冷冷地瞥了一眼南宫傲天："再有第二次，我就不客气了！"

语毕，顾游拉着徐碧影转身离开。

一路上，徐碧影心跳如擂鼓，整个人心花怒放，又哭又笑，眼泪都顾不得擦。

顾游坐在驾驶座上，接到消息的时候跑得很急，连西装都没来得及换。原本他是被邀请去参加嘉澄的年会，现在他的主要任务就是把徐碧影安全地送回家。

徐碧影坐在后排座位上，裹着顾游的外套，惨兮兮地缩成一团。

她的眼睛一直闪亮地盯着顾游："游哥哥……今天如果不是你……"

"碧影。"

顾游紧抿着唇，表情比平日严肃许多。他紧捏着方向盘，尽力让自己的语气平静："你为什么会跟他们纠缠在一起？"

"我、我是被无辜牵连的！"徐碧影立即委屈地红了眼，"是我闺密把我害了。"

"……"

顾游的沉默让她感到不安，也让她突然惊觉，为什么顾游会出现在这里？他是怎么知道这件事的？

她顿时紧张起来："游哥哥……"

"不要试图做一些不应该做的事情。"他动了动嘴唇，却没有说出接下来的话，只是长出一口气，"这是作为兄长的劝告。"

"兄长"两个字，就像是针一样狠狠地刺在徐碧影的心上，她感觉几乎快要窒息。

两人一路无言。

到了家门口，徐碧影抖抖索索的，没有要下去的意思。顾游扶着她下车，接过徐碧影的钥匙打开门，让她坐在沙发上。徐碧影低垂着头，没有说话。顾游给她倒了一杯水，她却低声说道："你能不能陪我坐一会儿？我今天真的很害怕……"

顾游看了一眼时间，距离年会开始还有十几分钟，横竖都要迟到。

他坐在另一张沙发上。

徐碧影的眼神闪烁着，一种莫名的勇气支撑着她，让她想到自己存放在柜子里很久的"药"，她想，有时候或许必须破釜沉舟，才能让这条路更加坚定地走下去。

阮啾啾今天要参加年会，届时涂南将在宴会上介绍阮啾啾的功劳，也好让其他人都闭嘴。

阮啾啾打扮得很朴素，化了淡妆，穿着小黑裙，裹着又厚又保

191

暖的大衣出门。真正的程老板还在家里玩电脑，一副局外人的模样。

她一时间不知是该羡慕还是该佩服涂南顶大梁的魄力了。

年会选在了一家价格不菲的酒店里召开。

阮啾啾一出现，尽管扮得非常简单，却依然像聚光灯一样，走到哪儿都会吸引一堆人的视线。她客气地跟一群不认识的人打招呼，傅子澄跟焦樊人模狗样地站在一旁倒酒，偷瞄阮啾啾几眼，说："果然还是嫂子最好看啊。"

"瞧瞧你们俩没出息的样，自己不会主动出击去找对象？"不知何时走上前的涂南接过一杯香槟，挤对两人。

"说得好像你有对象一样。摩丝倒是打得比城墙还厚。"

涂南："滚。"

"人家焦樊不一样，顾念着旧情。"

焦樊红了脸："你别说了。"

几人说是这么说，却不好上前跟阮啾啾打招呼，免得被其他人传闲话。阮啾啾遥遥地朝着他们点头微笑，举止娉婷，楚楚动人。几个人心里一阵荡漾，瞬间又陷入自己也会有老婆的美好遐想之中。

老孟今天打扮得很是精神。最近妻子怀二胎，他两头跑倒也不见疲惫，平日的言语之间都是对妻子和孩子的爱意，让阮啾啾羡慕不已。

好的婚姻会改变两个人，老孟跟他的妻子一定过得很幸福。

"我昨晚梦到有野男人看上我老婆了，吓得我一头冷汗！但是我又不能跟我老婆说，你知道为什么吗？"

阮啾啾下意识地顺着他的提问问道："为什么？"

老孟打了个响指："你的提问非常有意义。因为这要牵扯到一本漫画 *NANA* 中的奈奈当初也是梦到了男朋友出轨然后就真的被'绿'……"

"你想吃寿司吗？"阮啾啾选择打断他神奇的脑回路。

"好啊、好啊。"

老孟夹了几块金枪鱼寿司，忽然神秘兮兮地问："那你知不知道，有哪些二次元人物喜欢吃寿司？"

阮啾啾："啊，好像有人在叫我！"

好不容易脱离老孟的魔咒，阮啾啾松了口气。

大叔平时性格是真的好，但就是有一个毛病，三句不离二次元，每一次的话题毫不意外都会拐到各种动漫上。据说当初他跟妻子也是在一场漫展上相识，两人爱好出奇一致，偶尔吵架也是因为本命不一致，可以说是非常可爱了。

还有十分钟左右，涂南就会上台主持年会，阮啾啾一想到等会儿还会上台，连忙放下餐盘，打算去补个口红。

阮啾啾补好口红，从洗手间出来，却撞上了顾游。

他的神色有些不对，白色的衬衫皱巴巴的，脸颊泛红。他站在公用的洗手池面前，使劲儿往脸上扑水，一遍遍地降低脸上的温度，好让自己冷静下来。

阮啾啾有些愕然："顾游，你怎么了？"

顾游罕见地有些仓皇，狼狈地擦了擦脸上的水，哑着嗓子说："不要靠近我！我好像误喝了药！"

他一手撑着洗手池，上半截身体湿透了，只是皮肤透着红，就连眼睛也红了。

阮啾啾立即恍然大悟。

"你该不会是中了催情……"

"嘘！"

顾游强忍着痛苦，说："我是到了这里才发现不对劲儿的，现在这副样子没办法去医院。你就当作没看到，快走！"

眼看着顾游痛苦万分的模样，阮啾啾一想到他今天也要在嘉澄亮相，不能出糗，此刻的情况的确有点儿糟糕。

阮啾啾灵机一动，冷静地说："兄弟！你就在这里等我！我有办法！"

顾游："……"

身体不对劲儿，顾游第一时间就联想到了徐碧影身上。

是徐碧影给他倒水，柔声劝他多待一会儿。顾游和她相识多年，两人就算没有成为夫妻，也是青梅竹马，他对徐碧影始终未能狠下心来，终于酿成今日的祸端。

徐碧影坐在沙发上抽抽噎噎地一直在道歉，说自己不对。

屋里的空调温度开得有些高，不过一会儿就让人口干舌燥。顾游喝了半杯温水，又看了一眼时间，决定还是等会儿就出发。他耳旁是徐碧影娇娇柔柔地叫着"游哥哥"的声音，不知不觉间，她坐得越来越近，不知是有意还是无意，她的领口敞开着，露出柔嫩白皙的肌肤。

徐碧影一双泪眼显得柔弱凄然，让人不自觉地就产生了保护欲。

顾游感觉像有一团火从胸腔里蹿起。

徐碧影的手落在他的膝盖上，顾游一时间竟有些烦躁，因为他的脑海中突然浮现另一张脸，这让他感到羞耻难忍。他猛地站起身来，外套都顾不得拿，语气比平日更为冷淡："我先走了。"

"你要去哪儿？"

"抱歉，我有事……"

"你不能走！"

徐碧影从他的后面要抱住他，却被顾游毫不留情地推开。他的力气有些大，她一个不防跌坐在地上，摔得有些蒙。顾游大跨步地走出房间，咣的一声关上了门。

徐碧影暗暗叫糟，连忙冲上前要去追顾游，待她追上去，顾游已经开着车走了。

徐碧影大惊失色。她第一时间想到的不是顾游会不会当众出糗，而是会不会被别的女人乘虚而入，捡了便宜？

顾游开车赶往酒店，过去不过十几分钟的车程，现在赶去还来得及。

空间逼仄的车里有些闷热，顾游打开窗户，让凉风扑在自己的脸上，想让躁动的血液平静下来。胸膛似快要炸开，这让他有种不安的预感。

这种不安的预感在他到达酒店之后攀升到顶峰。

顾游相当狼狈地躲进了洗手间，将冷水拍打在自己的脸上，好让自己快点儿清醒。

他浑身燥热难耐，某处明显的反应让顾游意识到自己是被下药了。至于是谁，他心里立即有了一个人选——也是顾游最不愿意接受的人。

他没料到，徐碧影竟然会用如此卑鄙的手段！

她的药是从哪得来的，她又是什么时候有了这样的想法，顾游都不得而知。他此刻自顾不暇，随时有可能被别人看到这副狼狈样子，但是要放弃今天亮相的机会，顾游又不甘心。

为什么他每次总是在关键时刻出岔子？

顾游拼命克制着自己的冲动，恨不得立即冲个冷水澡。就在这种窘迫的时刻，他最不想见到的人出现在他面前——阮啾啾。

阮啾啾交代顾游不要乱跑，可以先去洗手间里躲着，然后她一路小跑回到二楼大厅，涂南已经站在讲台上，准备等会儿上场开讲。

阮啾啾："糟糕！"她得抓紧时间了！

趁着其他人没注意，阮啾啾叫住一名服务生，是个年轻的小男生。她把对方拽到一边，小男生面红耳赤，结结巴巴地问怎么了。阮啾啾一脸严肃地说："你们有冰块吗？"

"有的、有的。"服务生还以为她想喝冰镇的饮料，"我这就给您拿。"

"好，给我来一桶！"

"一桶？？？"服务生被阮啾啾的话吓蒙了。

阮啾啾双手合十，柔声说道："拜托、拜托，有急用。"

"呃，用来冷冻的冰块可以吗？"

"可以、可以！麻烦你快一点儿，谢谢！"

今晚的亮相对顾游来说同样重要，他是个很有事业心的人，肯定不希望错过这次机会。

所以，阮啾啾只好下重药了。

服务生小哥很给力，不过一会儿便拎着水桶过来，阮啾啾吃力地接过。

"您好，需要我帮您吗？"服务生有些不忍。

"麻烦你帮我找一套西装，酒店有备用的吗？大概一米八的人穿，号不要太小。啊，对了，再拿条毛巾。"

时间紧急，没工夫去开一间房，阮啾啾只好让顾游委屈一些，在洗手间将就。

　　顾游看到阮啾啾拎着一桶冰还有一个空桶过来，不由得愣了一下。

　　阮啾啾一脸深沉地道："你听说过冰桶挑战吗？"

　　"……"

　　顾游进了洗手间，为了安全着想，阮啾啾厚着脸皮守在男厕门外。

　　这个点鲜少有来洗手间方便的人，阮啾啾守了一会儿，听到洗手间里哗啦的水声，渐渐放下心来。

　　就在这时，楼道里走来一名男性，赫然是公司的员工。他撞见阮啾啾，先是愕然，随即一脸尴尬地指了指男士洗手间："那个……"

　　阮啾啾真诚地问："你急吗？"

　　"急倒是不急……"

　　"男厕坏了，你去另一个。"

　　"……"

　　两人大眼瞪小眼，一时间气氛尴尬异常。

　　对方挠了挠脑袋，没敢问阮啾啾是怎么知道洗手间坏了的，只好讪讪地说："那我去另一个洗手间看看。"

　　阮啾啾依旧一脸真诚地说："祝你如厕愉快。"

　　"……"

　　目送对方远去后，阮啾啾擦了擦额头上的冷汗，深感今天的脸都要被丢尽了。恐怕第二天整个公司都会出现关于阮啾啾为什么要守着男厕所一动不动的八卦。

　　这一晚，顾游一辈子都不会忘记。

　　他一遍遍地感受着刺骨的寒冷，冻得肌肉僵硬，面色惨白，浑身颤颤巍巍，却咬着牙撑了过去。他咬着牙冲着冰水，脑海里都是关于未来、关于过去的各种想法，想到了很多事情。

　　从小父母就教导他要承担责任，只是从这一刻起，他再也负担不起一个哥哥的身份了。他对徐碧影仅存的最后一丝温情，被冰水浇得消失殆尽，脑袋被冻得麻木。

　　直到最后，他再也感受不到任何燥热的情绪。

他木着脸擦干身上的水渍，换上一身黑色西装，肩有些窄，却也算是大小合适。

顾游拎着桶走出门，面色已然恢复平日的宁静温和，只有潮湿的头发和苍白的皮肤暴露了此刻的窘境。

阮啾啾说："桶放这里，等会儿会有人来收。你在这里收拾一下仪表，为了避嫌，我先过去。"

"啾啾！"

阮啾啾回过头，表情疑惑："嗯？"

他伸出的手指缩了回去，唇抿成一条直线，望着那张美丽的脸，他克制地收敛着情绪，语气和情绪都恰到好处地表示着感激："阮啾啾，谢谢你。今天的恩情我一定会铭记在心。"

阮啾啾被他一本正经的样子逗乐了，一巴掌拍在顾游的肩膀上，笑眯眯地说："嘿，别这么客气，等会儿好好表现。"

顾游望着她，也笑了，嗯了一声。

另一边，涂南站在台上，没有看到阮啾啾跟顾游二人，心急如焚。他使眼色让焦樊他们几个去找人，等会儿介绍新人，两个都不在，岂不是没办法交代？

正在这时，阮啾啾从一旁走了出来。

焦樊松了口气，小跑到阮啾啾面前，低声问："嫂子，你干吗去了？"

阮啾啾整了整头发，说："我去了一趟洗手间，抱歉，肚子有些吃坏了。"

"那就好，你快准备准备！"

阮啾啾赶得正巧。于茫茫人海中，涂南一眼就找到了她，非常自然地将话题转到了此次隆重介绍的新人身上，首先要出场的便是阮啾啾。涂南退开一步，伴随着众人的议论纷纷，阮啾啾走上台，站在正中央。

涂南清了清嗓子，说："在此之前呢，有些人怀疑我们这位阮小姐的实力，在这里我要说明两点。首先，我们的选拔非常公平，阮小姐是以投票绝对领先的优势来到嘉澄的，这一点大家都看在眼里，不存在内部塞人的行为。其次也是最重要的一点，在我们的新游戏《侠客行》中，阮小姐是主创，整个游戏加入了非常多她的灵感，给我们带来相当大的惊喜，这次的成功她功不可没。现在，她值得我们致以最热烈的掌声！"

涂南的话引得众人哗然，大家没想到游戏的主要创意竟来自阮啾啾。

原本戴着有色眼镜、有些轻视的目光，纷纷转为敬佩和认同。一开始欢迎阮啾啾的掌声是轻佻的，因为大家是在为她的外貌欢呼，而这一次，他们中的大多数人是真心实意地为她鼓掌。

掌声停歇，阮啾啾被他们的情绪感染，也有些欢喜。她握着话筒的手有些颤抖，暴露了她的情绪，但她表面非常平静，就连介绍和感谢词都没有磕巴，顺畅地说完了。

涂南原本都已做好救场打算，想好了该怎么替阮啾啾接话。她如此落落大方，让涂南也暗地里竖起了大拇指。

阮啾啾鞠了一躬，准备下台的时候，涂南笑着说："做得不错呀。"

"我都要吓死了。"阮啾啾僵着脸的模样，差点儿逗乐涂南。

如果不是场合不对，他早就忍不住多逗逗这位可爱的小嫂子了。

阮啾啾走下台，迎面走来的是西装革履的顾游。两人相视一笑，擦身而过的瞬间，阮啾啾低声道："加油。"

"谢谢。"

待到顾游上台介绍自己，阮啾啾已经准备开溜了。

她给老孟告知了一声，自己悄无声息地拿着大衣，顺带让方才听话好脾气的服务生小哥打包了一堆食物回家。阮啾啾想，公司的年会，真正的大老板也应该吃到食物的，而不是一个人孤零零地待在家里。

一片喧哗热闹中，谁也没有发现她悄然不见的身影。

门被打开，客厅只开了一盏小灯，显得昏暗又孤寂。坐在沙发上的程隽似乎在发呆。听到动静，他别过头，有些意外地望着阮啾啾。

他慢吞吞地问："怎么这么早就回来了？"

阮啾啾晃了晃手里一袋沉甸甸的打包食物，扬起唇道："回来开年会，老板你说如何？"

"……"

程隽愣怔片刻，语气依然温暾，却沾染着温度："好。"

应公司的要求，阮啾啾开了个微博工作号，苦思冥想半天，终于想到一个跟"啾"无关的名字，耗时一天，差点儿让她一个起名废当场去世。

据小秘书八卦说，当时涂老板听到阮啾啾的微博名字，面部肌肉抽搐了一下，欲言又止，最后咽下了自己想说的话。

他用手敲了敲桌子，说："嗯……'肥鸟先飞'……这个名字，蛮好，蛮好。"

阮啾啾已经能脑补出涂南一副想笑又不能笑的样子了。

他们不觉得这个名字很可爱吗？阮啾啾本人表示，她还是非常满意的。

"肥鸟先飞"的微博号创立，挂着《侠客行》的画师名头，加上公司官宣@，立即吸引了第一批"吃瓜"网友。他们拥进微博后，只看到唯一一条微博。

"肥鸟先飞：大家晚上吃什么？让我参考一下。"

于是，原本是来表白的网友们立即忘记了自己的初衷，纷纷在微博下留言说自己的晚餐，还有不少人的配图被顶到前排，好好的互动变成大型交流晚饭内容现场，画风清奇。

两个小时后，肥鸟先飞又更新了一条微博，正文只有简单的两个字：晚饭。

配图是一张没有加滤镜的美食照片，桌上摆着几碟家常菜，有肉有菜，红红绿绿的煞是好看，配上两碗白米饭，看得人食欲大开，真想上去跟着蹭两口。

"哇——是博主做的吗？又会画画又会做饭，博主简直是小仙女啊。"

"旁边的人是谁呢？"

"羡慕！我也想吃！"

"神仙生活啊，可以说是非常嫉妒了！"

不知道的人，还以为这是个美食博主，微博的画风彻底歪到和公司无关的事情上去了。评论只剩下众人的表白和吃货的讨论，零星有几条无脑黑的评论，也立即被压了下去，如石子沉入水中，没掀起一丝水花就消失不见。

阮啾啾在大学的时候开过微博，不过粉丝比现在少多了。那时候的她也就分享一下画画的相关内容，偶尔有一些旅游的景点照，粉丝活跃数不多，但是一派和谐。

如今粉丝基数变多了，不过一晚上她就收到许多条私信和@，让她有些忐忑。好在挑刺找事的只是极少数人，大部分人"佛系"又可爱。阮啾啾应公司的要求放了几张未完成的线稿到微博上，眼睁睁地看着关注人数噌噌上涨，不过短短几天时间，粉丝数已经破了十万。

阮啾啾有些惊讶："真没想到有这么多人啊。"

像她这种平日发动态少，又不会经营的博主，微博应该会很冷淡才对。

"这是意料之中的事情。"老孟凑上前，笑眯眯地望着阮啾啾，"别说他们，我看着你的微博也觉得很温馨。哦，对了，你能不能教教我茄合子怎么做？我老婆看着可眼馋了，非说要吃。"

说着，老孟拎着一袋冬枣放在阮啾啾的办公桌上。

"这是她老家的特产，说是拿给你一份，你别嫌碜碜，枣子脆甜脆甜的，味道还不错。"

阮啾啾忙不迭地道谢。

这段时间，公司的员工们对待阮啾啾的态度变化有些大，大家对她尊敬了许多，也不敢轻易找阮啾啾搭话了，一个个看她的眼神就像在看大老板。开玩笑，就连涂总都对阮啾啾毕恭毕敬的，他们再不识眼色，岂不是没事找事？

阮啾啾一开始是想融入公司的员工之中，后来想开了，明白自己没必要强行融入大家。一开始她就是中途空降来公司的，职位不低，现在成为核心的工作人员，也没有办法再同他们融入一起去，这对彼此来说都是负担。

对阮啾啾的说法，老孟笑了笑，说她想开了就好。

顾游在年会那天表现得不错，最近风光无限，屡屡上各种采访，在不少网络媒体上能看到他英俊的面容。外表和内在同样优秀，这样的人怎能不圈粉？

阮啾啾在公司碰到过他一次，顾游表现得礼貌客气，非常有风度，两人和谐地避开了那天的事情不谈。

不知顾游是被谁下了药，又不知他们之间究竟发生过怎样的事情，只是当阮啾啾看到采访的时候，媒体问过顾游是否正在谈恋爱，他表示自己单身，阮啾啾就知道两人估计是谈崩了。

"阮女士，到家了。"

司机提醒了阮啾啾一声，阮啾啾回过神来，说了声谢谢，拎着枣子回了家。她将脑袋缩进帽子里，冻得手又僵又冷，只剩下两根手指头拎着袋子，哆哆嗦嗦地回了家。

客厅里只开了一盏小灯，窗帘被拉着，有些昏暗。阮啾啾愣了一下，问："程隽？"

浴室的门被打开，程隽擦了擦湿漉漉的短发，慢吞吞地道："在。"

阮啾啾狐疑地挑眉问道："这个点你洗什么澡？"

程隽眼神飘忽，但表情依旧很淡定："想洗澡。"

阮啾啾："……"毫无说服力也毫无辩驳意义的理由。

这已经是最近第四次，阮啾啾在找程隽的时候，突然撞到他洗完澡出门时候的场面。平日的程隽神出鬼没，如果不是偶尔在清晨和深夜起床上洗手间的时候听到程隽的洗手间有哗啦哗啦的水声，阮啾啾几乎以为这家伙从来不洗澡，身上还能搓伸腿瞪眼丸的那种。

两人四目相对。

阮啾啾情不自禁地走上前拉住程隽的胳膊，在他身上使劲儿闻了一下。

"……"

昏黄的灯光下，两人凝视着彼此，场景美得不像话。阮啾啾柔软而冰凉的手指紧扣着他温热而结实的臂膀，她能嗅到水汽的味道，还能嗅到沐浴露的味道。

她仰着头，一双漂亮的桃花眼眼尾微扬，红润的唇弯成一个美好的弧度，露出了两颗尖尖的小虎牙。她的脸有些泛红，眼睛像银河系里的星辰。

然后，她幽幽地说道："为什么洗完澡还要喷香水？"

程隽："你闻错了。"

阮啾啾："我前两天刚刚闻过，是古驰的男士香水对不对？"

程隽："你闻错了。"

阮啾啾："一千多块。"

程隽底气不足地再次道："你闻错了。"

某人死不承认。

阮啾啾原本是想送程隽一瓶香水作为生日礼物的，却在试了一堆香水之后，发现这些味道还不如程隽干干净净的清爽味道好闻。再说，他需要喷香水的机会实在不多，她还不如买零食大礼包更让某人高兴。

现在看来，程隽似乎还蛮喜欢香水的？

于是阮啾啾华丽丽地误会了，说："我先去洗冬枣。"说完她便朝着厨房走去，留下程隽一人站在原地。

一阵凉风吹过，他沉默地想，教程上似乎不是这么说的。到底是哪一步出了错？

"哦，对了，元旦放假，你有什么打算？"

出乎阮啾啾的意料，程隽语气温暾地说要出差。

出差？！

阮啾啾一脸蒙："为什么元旦还要出差，谁会在那时候工作啊？"

程隽擦掉头发上的水珠："私人的工作要处理。"

阮啾啾一时间有些苦恼。

那她的计划岂不是都要泡汤了？

第九章
麦琪的礼物

计划总是赶不上变化，阮啾啾只好暂时搁置给程隽一个生日惊喜的准备。

程隽只说是工作原因需要出差一趟，非常不巧地赶在了元旦几天的假期。阮啾啾一边思考着到底该怎样才能让计划继续进行，一边咔嚓咔嚓地吃冬枣，一颗接着一颗。

于是，翌日阮啾啾上了火，眉心顶着一颗红彤彤的粉刺上班。

"……"

她偷偷摸摸地拿出小镜子照了照脸，早知道就用遮瑕遮着点儿，现在倒好，鲜红的一颗痘痘被老孟取笑好久，说她这是前世送过来的朱砂痣，要她好好珍惜。

阮啾啾哭丧着脸，非常不开心。

在下午画稿的时候，她给英姿飒爽的女侠点上了一颗殷红的眉心痣。老孟看了一眼，说："哟，这个有点儿意思啊。"

阮啾啾面无表情地道："请善待每一个有朱砂痣的女人。"

老孟哈哈大笑。

傍晚，肥鸟先飞发了一条微博："长粉刺的小仙女［心］。"

配图依然是黑白线稿，坐在大树枝丫上的侠女一脚踩着树枝，嘴角叼着一根草，正百无聊赖地发呆。唯一有一点儿不同的颜色，是她的额头上有一颗鲜红的朱砂痣，仿佛整幅画都跟着鲜活起来。

短短一小时，微博下便有了上万条评论，一水的"哈哈哈""可爱"。

阮啾啾把线稿设置成了头像。

秘书给阮啾啾发了条信息，说涂南刚刚参加完一场会议，正坐在办公室里处理事务，方便跟阮啾啾说话。阮啾啾得到消息，便一溜小跑到涂南的办公室。

涂南上一秒还是精英样，下一秒见到阮啾啾，瞬间变成毫无羞耻感的"舔狗"。

"嫂子你今天真漂亮，嫂子快坐下。嫂子你想喝什么？嫂子你最近工作忙不忙呀？嫂子……"

阮啾啾："打住、打住、打住！"

她简直要被涂南的一堆嫂子叫得晕头转向。

涂南一秒变回正经样："是工作上有问题吗？"

"呃，不是，其实是私事。"

涂南暗暗嘀咕不会夫妻两人又在搞冷战吧？他拉着一把椅子坐在阮啾啾对面，做出洗耳恭听的样子："你说。"

阮啾啾小心翼翼地问："程隽元旦出差要去干吗呀？"

元旦？出差？

涂南愣了一下。

他压根没接到程隽要出差的消息，更何况这种时候公司怎么可能会让老板出差？老板可是最不愿意挪地方的人，如果这件事没有其他人去做，他宁愿懒到不接合作。

不过……意识到老板肯定对嫂子撒了谎，身为一名忠诚而又专业的"舔狗"，涂南是非常敬业的。

他立即配合阮啾啾说道："是啊、是啊，要出差，挺忙的。"

阮啾啾顿时有些失望地长长哦了一声。看来程隽出差的事情是不会改变了，那么她提前预约的餐厅和电影票只能遗憾地取消，还有准备好的惊喜都得一一作废了。

涂南问："嫂子，怎么了？你是有什么事吗？"

"没什么，只是没想到还有人会在节假日工作，"阮啾啾站起身道，"我以为能一起跨年呢。"

"对了，他出差的地方远吗？"

涂南干咳了一声："应该、大概、目测算是比较远、远吧。"

阮啾啾："……"

"呃，是在那个、那个 H 市。"

H 市坐飞机过去，需要三个多小时，的确不算近。阮啾啾明白让程隽提前回来的可能性不太大，只好彻底放弃计划。

阮啾啾离开后，涂南已经脑补了一万个小剧场。

虽然搞不清楚这夫妻俩会做什么，但涂南依然秉持着一名员工的良好素养，时时刻刻为程隽保密。至于具体是怎么回事，涂南没有胆子去问程隽，只好默默将疑惑咽下去。

到时候老板知道自己这番苦心和配合，肯定会夸赞不已，让自己升职加薪迎娶白富美走上人生巅峰……喀喀——升职还是不用了，他已经快升到天上去了。

涂南对自己见机行事的聪明行为非常满意。

阮啾啾整个晚上都在忙活着取消各种预约，因为是节假日，预约安排都很热，阮啾啾取消预约损失了不少订金，肉疼得要命。

她心痛地算着钱，压根没发现程隽朝她的方向瞟了好几眼。

一小时后，程隽终于意识到自己被彻彻底底地无视了。

"……"

他今天穿着黑色卫衣和长裤，领口有些松松垮垮的，露出了纤细的锁骨。他的皮肤是奶白的颜色，不似平时经常见不到阳光的惨白，更没有斑斑点点和毛孔的痕迹，好皮肤让阮啾啾羡慕不已。

程隽坐在阮啾啾身旁，按了几下频道。

电视突然跳到一个访谈节目，被采访的人赫然是顾游。

阮啾啾正在分神之际，突然听到顾游的声音，下意识地抬起头：

"嗯？是顾游？"

她的话音刚落，电视屏幕就黑了。

程隽淡定地藏起遥控器："电视好像坏了。"

阮啾啾："你看我像三岁吗？"

阮啾啾对程隽的行为有些不解，毕竟顾游目前已经签约嘉澄，是嘉澄的正式员工，顺带着提高一些收视率，看看员工会怎么发挥不都是老板应该做的事情吗？

不过她懒得多问，程隽总是这样没来由地做出一些举动，她已经习惯了。

阮啾啾说："那我回房间啦，晚安！"

还有最后一天班，就可以放假好好睡一觉，阮啾啾已经准备过睡得昏天黑地躲在被窝里吃外卖的生活了。

咣当——这是门被关上的声音。

坐在沙发上的程隽沉默不语。

他默默地从沙发底下掏出一袋乐事的黄瓜味薯片，咔嚓咔嚓地吃起来，思考着下一步的计划该怎么进行。

今天他本来应该向阮啾啾套话，已经失败一半，但还有接下来的计划挽回局面。

他很有信心。

程隽果然如他所说，一大早就收拾好行李箱，一副准备出远门的样子。

阮啾啾忙着换衣服，还不忘提醒他应该带的东西。程隽一副漫不经心的样子，就像是要出门去玩，阮啾啾看着替他着急。如果时间允许，她就得盯着程隽一样样将东西放进行李箱里才好。

阮啾啾临出门的时候说："那你路上小心啊，我就不送你了。"

"嗯。"

"还有……"

阮啾啾的一句生日快乐差点儿脱口而出。她想了想，摸了摸鼻子，说："算了，没什么。照顾好自己。"

虽然程隽挺让人操心的，但是没她的时候一样过得好好的，应该不至于出什么纰漏才对。

目送阮啾啾出门时，程隽还规规矩矩地跟她挥手再见。

门一合上，他立即开始行动。按照攻略中所说，他打算准备一次美好的烛光晚餐，当然少不了蜡烛和红酒、牛排。

阮啾啾还不知道程隽竟然在撒谎。

她一整天都有些心不在焉。既然程隽不在，她就应该去参加公司的聚会，大家一起去唱歌吃饭。但是直到下了班，她依然没确定自己是否该去参加聚会。

阮啾啾一想到回去面对的是空荡荡的房子，忽然感到有些无趣，脑海里闪现一个想法——

不如，她干脆买飞机票过去找程隽过节好了？

谈生意肯定在白天，晚上他们就可以一起庆祝，她去另一座城市或许是个不错的选择！

偶尔来一场说走就走的旅行，阮啾啾还有些兴奋。她是个行动派，说到做到，同司机说了一声自己还有事，立即打的士前往机场。

途中阮啾啾迅速订票，幸好身上带着身份证。只是化妆品没带，到时候她只能临时去买一些旅行装凑合一下。

最近的一次航班在晚上九点多，这个点她赶到飞机场大概快八点，不用托运行李动作应该会快一些。阮啾啾一下车就开始狂奔，一路上取票、过安检、找登机口，效率非常高，在还不到九点的时候顺利地到达登机口。

已经开始检票，阮啾啾排队检票结束，坐在了自己的位置上。她很幸运地买到了靠窗的位置，只是这一回不在头等舱，身旁也没有程隽，坐在邻座的是一对情侣，男人有些心猿意马地偷瞄了阮啾啾几回，被女朋友发现，揪着他的耳朵跟他换了座位，这才消停。

飞机还有几分钟起飞，阮啾啾打开手机，点开和程隽的聊天框。

阮啾啾："我去找你啦，是不是很惊喜？飞机马上起飞，我们几个小时之后见！"

语毕阮啾啾关上手机，倚在座位上闭目养神。

准备完毕的程隽正在家中耐心等候阮啾啾聚餐结束回来，然后就收到了阮啾啾说要找他的消息。

程隽："……"她去哪儿找？天上吗？

他反应极快，直接给涂南打去电话。程隽鲜少给涂南打电话，涂南一看来电姓名吓了一跳，不顾相亲对象的反应，立即走到一边接起电话。

"老板，怎么啦？不会又要加班吧？"

程隽幽幽地道："你跟她说我去了哪里？"

涂南先是愕然，随即反应过来程隽指的是谁。

"我随口诌了一个 H 市，怎么？不会……嫂子跑去找你了？！"

回应涂南的是电话被挂断的声音。

他哭丧着脸，顿时忘记自己还在相亲。糟了糟了，这下他捅娄子了！

程隽挂断电话之后就立即给阮啾啾打电话，电话打过去，只有"对不起您拨打的电话已关机"的提示。

他拿起外套就出门，直接打的赶往机场，查询阮啾啾的航班。

阮啾啾差点儿睡过去。

她只觉得睡了好久，然而飞机还是没有起飞。

就在这时，飞机上的广播响起，一个温柔的女生缓缓说道："本次航班的乘客们，由于目的地突降暴风雪，天气恶劣飞机无法起飞，只能暂时取消本次航班，给您带来影响非常抱歉……"

话音刚落，周围的乘客发出此起彼伏的抱怨声，大概谁也没料到竟然会发生这样的情况。

一般来说航空公司会提前一天左右取消航班，现在他们可怎么改啊？不用想，其他去往 H 市的航班肯定也被取消了。

阮啾啾也蒙了。

她第一时间想到的是，程隽不会被困在那里了吧？

空乘还在柔声安慰着大家的情绪，天气这种不可控因素影响航班也是没办法的事情，阮啾啾只能认命地掏出手机，打算取消航班回家睡觉去。

阮啾啾一打开手机，便看到程隽连发了几条信息。

"我没有出差。"

"还没起飞就下飞机。"

"我看到航班取消了，你在哪儿？"

"我到机场了。"

程隽破天荒地发的一连串消息让阮啾啾吓了一跳。随即她反应过来了。阮啾啾磨了磨牙，程隽竟然没有去出差？这家伙到底在干吗？

阮啾啾一边跟着其他乘客下飞机，一边给程隽打电话。

一出门，雪花簌簌地从天而降，阮啾啾打了个哆嗦，发现地上不知何时已经白茫茫一片了。

手机屏幕上显示已经打给对方，还没接通，下一秒，嘟的一声，手机被冻得瞬间没了电量，自动关机。

阮啾啾："……"

"别死啊！"她没有带充电器！

阮啾啾快步朝着机场里走去，祈祷着等会儿能借到充电器。待她回到大厅里，人海茫茫，根本看不到程隽的身影。阮啾啾头痛地重启手机，幸好还有百分之五的电量。

她连忙向程隽发起视频通话。

嘟了一声，对方接通，阮啾啾忙说："我的手机快没电了，你在哪里？"

视频另一头的程隽也站在机场大厅里，身后是人来人往的场景，阮啾啾根本看不出来他的坐标。程隽说："就站在原地。"

阮啾啾："嗯嗯？"

手机再次关机。

阮啾啾："……"她真是无力吐槽。

正当阮啾啾东张西望的时候，背后响起程隽慢悠悠的声音："你在看什么？"

阮啾啾被吓得差点儿跳起来。她回过头，就看到淡定的程隽站在身后。不知该算惊喜还是惊吓，阮啾啾对其怒目而视道："你怎么回事？为什么没有去出差？"

程隽眼神飘忽地道："天气不好，取消了。"

　　阮啾啾："你不是白天的航班吗？"

　　"嗯，取消了。"

　　虽然程隽回答得非常镇定，但阮啾啾的第六感告诉她，程隽肯定在撒谎。

　　不过……算了，本来她就是为了给他庆祝生日，这样的事情谁也没想到。

　　阮啾啾叹了口气："回家。"

　　两人向前走了几步，阮啾啾看了程隽一眼，又看了一眼，让程隽不由自主地检查着自己有没有同手同脚。

　　"喂。"

　　阮啾啾问道："你来的时候很着急吗？"

　　程隽很少有大汗淋漓的样子，但此刻他的发根都浸着水意，脖颈有汗淌下来，打湿了领口。他走路的时候是沉默的，一副平日里淡定从容的样子，但身上的种种迹象告诉阮啾啾，他在方才肯定经历过剧烈运动。

　　程隽安静了一秒，然后语气温暾地回答："是因为下雪。"

　　"这样啊。"阮啾啾恍悟。想想也是，程隽怎么可能会因为她而飞奔到这里？他做什么事都是慢悠悠的，甚至打比赛还能去喝杯水，这样慢吞吞的性格想必他也不会有焦急的情绪。

　　两人出了门，簌簌的雪花扑面而来。

　　程隽赶往机场的路上还没有半分下雪的意思，不过短短时间，路上已然白茫茫一片。

　　他叫了车，两人坐在后排，谁也没有要先开口的意思。

　　阮啾啾瞥了程隽一眼，最终开口道："不好奇我为什么去找你吗？"

　　"你想出去玩。"他给出了最大可能性的回答。

　　程隽第一时间就排除了阮啾啾会因为他而跑到另一座城市的可能性。

　　"猜错了。"

　　司机师傅打开了电台，主播正在倒计时，准备放歌祝福大家元旦快乐，即将跨入新年。

尽管这种时候不太适合，没有蛋糕，没有美好的气氛，没有祝福的歌曲，车窗外还下着大雪，阮啾啾的心在此刻却忽然受到了触动。

在电台主播倒计时到最后一个数字时，她从包里掏出一小块已经东倒西歪、糊成一坨的小蛋糕，朝程隽说道："生日快乐呀。"

"……"

电台里响起了欢乐的歌曲，司机师傅调的声音挺大，歌声几乎要盖住阮啾啾的话。程隽原本低垂着眼睑，在听到阮啾啾的话之后，瞬间愣怔，那双细长的眼眸定定地望着阮啾啾，一言未发。

他黑漆漆的眼眸在盯着某个人的时候，会让人产生紧张的感觉，阮啾啾同样也有这种感觉。

她干咳了一声道："都不打算说句话的吗？程先生？"

"……"

"你该不会是嫌弃我的蛋糕太丑了吧？"阮啾啾低头看了一眼软软的蛋糕，嗯，的确很丑。

她打算将蛋糕收回包里去。

程隽却突然接过蛋糕，就像之前突然拿走阮啾啾的"羊粪球"，捧在手里打开，拿起叉子吃了一口。

"不许说不好吃啊，虽然蛋糕店里没剩几块了，但这块在没毁容之前绝对是卖相最好的，所以……"

"好吃。"

他的眉眼是舒展的，嗓音很低，说着他又吃了一大口。阮啾啾真怕他被噎住。

她不知道的是，打从母亲过世之后，程隽就再也没有庆祝过生日。生日蛋糕对他来说已经是多年前的记忆，舌尖甜蜜到发腻的甜味熟悉而又陌生。

阮啾啾松了口气，虽然知道程隽是个吃货，但生日蛋糕这种东西，更多代表的是一种心情。

她说道："你知不知道，我本来订了电影票和餐厅，都取消了，好气噢。如果不是你也意外地取消了航班，我真是想敲打你的心都有了。"

"喀喀喀……"程隽忽然咳嗽起来。

正在吃蛋糕的程隽立即意识到，如果阮啾啾看到家中明显已经布置好的晚餐，恐怕他即将面临人生中的一场暴风雨。

阮啾啾："你怎么了？"

程隽："我好像被噎住了。去医院，挂急诊。"

回应他的是阮啾啾的死亡凝视。

"你是不是当我傻？"

吃蛋糕能被噎到住院，一般人恐怕做不到。

再说了，程隽明显一副没事人的样子，能正常说话，怎么可能是被噎住了？

阮啾啾一脸无语的表情："你是不是没事找事？"

"……"

她不知道的是，某人只是许久未曾体会过的求生欲突然上线。

程隽吃了一半蛋糕，嘴角还沾着奶油。他捧着蛋糕，眼神飘忽地望着窗外，没过几秒钟，幽幽地说道："我的心脏不太舒服，去医院检查一下。"

阮啾啾斜睨他一眼道："骤停了还是要升仙了？恭喜你啊，辟谷成功了！"

程隽："……"

又过了一会儿，程隽说道："我好像……"

"闭嘴。"

"……"

阮啾啾有些纳闷程隽突然一副非要去医院的架势到底是怎么回事。程隽依然望着窗外一闪而过的大楼，问道："去购物，你不是最喜欢购物吗？"

阮啾啾："都零点了哪家店还会开门，淘宝吗？"

程隽认真地问："淘宝实体店开门吗？"

阮啾啾："你到底要干吗？"

坐在一旁的男人闻言低垂着头，手紧紧扣着蛋糕的塑料盒。他的头发还没干，湿漉漉地耷拉着，细长浓密的睫毛遮住了眼底的情绪，浑身上下散发着如幼崽般可怜兮兮的气息，让人看着心疼。

他低声说："不想回家。"他会死的。

阮啾啾瞬间脑补了很多事情。想必程隽以前的生日都是跟母亲一起过的，如今回到家，触景生情，估计不是一般难过。回想起自己独居时的时光，阮啾啾瞬间心有戚戚焉。

她拍了拍程隽的肩膀，柔声安慰他道："既然不想回去，我们就找个地方玩。嗯……去电影院怎么样？"

现在可能也只有电影院能容纳他们两个了。至于宾馆，想都别想，这个时候肯定到处都是住得满满的情侣们。

程隽飞快地答应了。

于是，在离家只有几公里的地方车子又转向，司机把他们带到了一家电影院面前。付了钱，阮啾啾抖抖索索地下车，却看到程隽扣好蛋糕盒子拿着蛋糕下来。阮啾啾觉得有些好笑："就剩一两口了，不想吃就算了。"

程隽嗯了一声："没吃完。"

程隽果然是居家小能手，阮啾啾对他不浪费食物的行为非常认同。

两人进入电影院，这个点已经没有人在大厅等候，只剩下几个玩手机的服务员。两人的到来立即吸引住服务员们的注意力，几个人非常热情地招呼着阮啾啾和程隽，让阮啾啾有种自己在餐厅里被招待的谜之错觉。

"呃，买两张电影票，最近的场次。"

"好嘞！"

"双人套餐，大份爆米花。"

"好嘞，没问题！"

店员塞了满满当当一大桶爆米花，阮啾啾接过爆米花桶的时候颤颤巍巍的，生怕爆米花撒落在地上。好在程隽动作快，帮她接住，阮啾啾拿着两杯可乐，两人正好赶上一场喜剧电影，不过几分钟就入场。

两人放好饮料，整场只有零星几对情侣，纷纷坐在最后排，唯有阮啾啾跟程隽坐在最中央。

阮啾啾有些郁闷："他们傻吗？跑到最后排看电影，观影效果很差的。"

程隽没有接她的话茬，把爆米花放在阮啾啾的怀中，淡定地说："我出去接个电话。"

"嗯？好的。"

阮啾啾目送程隽离开，忽然愣了一下。电影还没开场，程隽怎么跑到外面去接电话了？

走出电影院的程隽倚在墙边，在微信群里发了条消息。

程隽："谁没睡，急事。"

群里立即跳出欢脱的涂南："我在、我在！"

打从程隽挂了电话，他就有些心不在焉。相亲的海归小姐是个聪明人，意识到涂南对她没多大兴趣，便客气地找了个借口走人了。

因此涂南在这一年的最后一天依然没能成功脱单。

他在回家的路上一直惴惴不安，不知道程隽跟小嫂子是什么情况。涂南哪能想到阮啾啾会追去找程隽，他这个小嫂子看着柔柔弱弱的，实际上很有魄力啊！

晚上睡不着，涂南试图用斗地主缓解焦虑感，就在这时收到程隽的消息，如蒙大赦，立即"舔狗"上身。

程隽找他开始私聊。

程隽："过来找我拿钥匙，帮我回家收拾房间。"

涂南发了几个问号。

程隽："把客厅里所有的布置都收拾掉。这是坐标。"

涂南："老板，我可以问为什么吗？"

程隽："不可以。"

涂南："我马上去找你！"

老板说好就是好，老板不让问就不问，涂南深谙"舔狗"准则。他干劲儿满满，告诉自己一定要把握好机会，让程隽忘掉今天的事情。

程隽再次回到影厅里。

电影即将开场，他坐在阮啾啾身边，余光瞥到阮啾啾正一边饶有兴致地看大屏幕上的广告，一边咔嚓咔嚓地吃爆米花。阮啾啾把

214

爆米花递给程隽："吃。"

出乎她的意料，程隽竟然拒绝了。

阮啾啾一脸不可思议。在吃的方面，程隽可是从来没有拒绝过她。

她小心翼翼地问："你难道真的身体不舒服？"

程隽："……"

电影开场，影院黑漆漆的，依稀能听到身后有窸窸窣窣的声响，阮啾啾没忍住回头看了一眼，目光所及之处，几对小情侣不是甜蜜蜜地依偎着，就是吻得如胶似漆。

她跟程隽端正地坐在最中央，就像是身处孤岛，和周围环境格格不入。

阮啾啾哭笑不得地说："怪不得坐在最后一排，他们为什么要跑到这里来亲热啊？"

话音未落，阮啾啾的脑袋被程隽一只手按住扭了回来。他慢吞吞地道："看电影。"

"哦。"

两人正说着，程隽看了一眼手机。

"我出去接个电话。"

"真的没什么事吗？"阮啾啾有些担心。

"没什么。"

程隽走出影院门，涂南正在门口等待。见到程隽涂南便讪讪地笑了一下："老板，晚上好啊。"

程隽从口袋里掏出钥匙递给他："收拾完了拍张照片。"

"好的，没问题！"涂南朝他敬了个礼，"向你保证，绝对完成任务！"

下一秒，涂南成功地收获老板凉凉的一瞥。

他意识到今天的意外是自己造成的，立即灰头土脸地告别，连忙跑去完成老板交代的任务了。

阮啾啾津津有味地看着电影，喝了一大口冰镇可乐，打了个嗝。

程隽坐在她身边，帮她拿着爆米花。阮啾啾压低嗓音问道："是工作上的事吗？"

程隽："嗯。"

同一时间，涂南动作极快地到达程隽家中。他小心翼翼地打开灯后，便被眼前的一幕惊到了。窗帘被拉着，房间里摆着香薰蜡烛，餐桌上铺着桌布，放着红酒和酒杯还有凉透的牛排。

老板简直是大动作啊！涂南被他老套的追妻手法弄得目瞪口呆。在他的认知里，程隽怎么可能会布置出这样的约会场景？这简直是不可能的事情！

原来一向冷心冷情的老板谈恋爱是这种样子，别说，还怪可爱的。涂南嘿嘿笑了一声，忽然意识到自己这个样子有点儿猥琐，干咳了一声，决定赶紧开展"救援"活动。

虽然不知道程隽为什么要他收拾掉这些东西，涂南还是决定不多此一举地去问，免得捅出娄子了。

他忘记了程隽要他把东西收到书房的事，而是全部收到了厨房里。他利索地收拾掉蜡烛和桌布，把酒和食物也放好，终于辛辛苦苦地把一切收拾好，擦了擦额头上的汗，决定给自家的家政阿姨加点儿钱。

做家务太不容易了，钱果然不好挣！

涂南收拾好一切后，拍了照片给程隽发过去。程隽检查之后确定没有问题，回了个"OK"，好让涂南成功撤退。

他收回手机，全程动作非常稳。

原因无他，阮啾啾不熬夜，在看电影看到后半部分的时候瞌睡连连，不知不觉就倚着程隽的肩膀睡着了。她睡得很沉，柔软的面颊蹭着他的肩膀，双目紧闭，在昏暗的电影院中睡得十分安详。

程隽却毫无睡意。

他僵直地坐直了身体，把扶手按下去，好让阮啾啾能睡得更舒服一些。阮啾啾咂了咂嘴巴，迷迷糊糊中不知说了句什么，睡着睡着就倒在了程隽的怀中。

他下意识地搂住她，怀里的软玉温香，就像一团柔软的棉花糖，轻盈得过了头，让他有种不真实感。

他低声叫她的名字："啾啾，啾啾。"

怀里的人睡得很沉，丝毫没有要醒来的意思。

程隽帮她把散落的头发捋起来，睡梦中的阮啾啾感到一阵痒意，有些不耐烦地皱了皱眉，忽然抓住程隽的手。她睡熟了，软软的手指勾着他的，正要松开，却被男人反应极快地握住。

他感觉到手心出了汗，却一直没有松开。

阮啾啾在睡梦中不舒服地嘀咕了一声："热。"

她感觉就像抓着一块烙铁，又烫又硬，还怎么都甩不开。

她耳旁传来低低的一声"乖"，声音又"苏"又轻，尾音沙哑，听得人心里一阵痒痒，阮啾啾又迷迷糊糊地睡了过去。

早晨，阮啾啾醒来的时候，发现自己躺在程隽怀中。她眨巴眨巴眼睛，意识到面前这一场景怎么有点儿像偶像剧中的情节。

阮啾啾望着程隽那张好看到天怒人怨的脸，露出甜甜的笑容："早上好！"

两人四目相对，时间仿佛永远凝固在这一刻。

程隽叹了口气："腿麻了。"

阮啾啾："……"

程隽是挨了一锤回到家的。身旁跟着的阮啾啾一路上仿佛没睡好的样子，面无表情。她换了鞋后，先去洗漱。

新年第一天，应该有一顿美好的早餐才对。

阮啾啾洗漱之后打算做早餐，到了厨房，打开冰箱，忽然发现里面竟然有做好的牛排和红酒。她顺手打开吸油烟机上面的柜子，里面摆着一堆红通通的蜡烛。

阮啾啾："……"

这是怎么回事？

阮啾啾默默地翻了一下冰箱里的存货，牛排应该是昨天现买的，在此之前家中根本没有牛排，红酒和蜡烛当然也是现买的，食材和器皿均是双人份。

所有事情发生在她上班的时候。

所以——阮啾啾脑补出了几种可能性。

第一，程隽根本没有去出差，而是趁着她不在的时候约别的人来家里进行烛光晚餐。

第二，程隽出差被取消，所以决定约别的人来家里进行烛光晚餐。

第三，程隽有别的人了。

"……"

阮啾啾认为一件事不能仅凭臆想和单薄的证据定罪，必须找到别的证据。她合上冰箱门，瞬间福尔摩斯上身，眼神如闪电，飞快地寻找着房间里的痕迹。

女人细心起来简直可怕。阮啾啾在门口查看，发现地毯上有两道泥土痕迹，已经干透，而她和程隽的鞋子留下的印记是湿漉漉的。昨晚才下了雪，地毯洗过，肯定是第三个人留下的痕迹。

接下来，阮啾啾成功地在沙发和餐桌上找到了几根头发，不长，是黑色的。

阮啾啾立即在脑海中脑补出一名短发女人的形象。

正在阮啾啾想象着两人暗通款曲的模样时，程隽换了宽松的睡衣，揉了揉眼睛，懒懒散散地从书房走出来。

两人四目相对，大眼瞪小眼。

阮啾啾："……"

程隽："……"

"我觉得我们得正视这个问题，"阮啾啾拍了一下桌子，一本正经地道，"我们当初不是约定好，如果某一方有了喜欢的人，就可以好聚好散对不对？"

"……"

程隽的眼神忽然变得有些奇怪，方才还是迷蒙而散漫的，待阮啾啾话音刚落，便转为有些直勾勾的锋利。

猛然间被这么盯着，还有一点儿吓人，阮啾啾被吓了一跳，随即意识到，不对啊，是程隽不遵守约定，怎么反而是她心虚了呢？

阮啾啾站直了身体，争取用气势压迫对方："你还记不记得？"

程隽走到茶几前，微微躬下身体拿起一个橘子，过了半晌，语气有些慢吞吞地道："不记得了。"

阮啾啾没想到程隽竟然会耍无赖。

她拿着证据走到程隽身后，拽住他的胳膊，试图跟程隽摊牌："那我就明说了啊……"

正在剥橘子的男人忽然别过脸。他的发梢蓬松而凌乱，散落在饱满的额头上，单薄的唇抿着，一双低垂的眼眸眼形细长，正斜睨着阮啾啾。

阮啾啾就像是被大型食肉动物盯住的弱小食草系小兽，竟然紧张起来。

她意识到两人的距离实在是太近了，便下意识地后退一步，小腿撞在沙发的一角，上半身却下意识地向后倾斜，最后整个人失了力地跌坐在沙发上，控制不住地发出小声惊呼。

程隽朝着她走了一步。

他身形高大，灯光照在身上，黑色的人形阴影笼罩着她，他一手轻易地撑住沙发靠背，臂弯挨着阮啾啾的耳侧。他背对着灯光，阮啾啾看不清他的眼神，只能嗅到一股极淡的橘子酸酸涩涩的味道。

她恍然大悟——这家伙，竟然想通过色诱来含糊其词，好让她忘记这件事吗？！

不！可！能！

"虽然你长得很好看，但是有狗的事情还是得商量一下，因为我不太想介入别人的感情当中……"

"有狗？"

"就是你外面有人的意思！"

程隽先是愣了一下，随后明白阮啾啾并不是要跟他谈顾游的事情。紧绷的身体放松了些许，他问道："为什么会这么想？"

"冰箱里的牛排和红酒是怎么回事？你自己心里清楚，不要给我装傻。"阮啾啾正要举起手中的几根头发，却发现不知什么时候已松开手，头发掉落在了地上。

她一脸懊恼地东张西望着："还有头发来着，头发呢？跑到……"

"那是涂南。"程隽说。

阮啾啾："咦？涂南为什么会跑到这里来？"

程隽眼神飘忽地道："他……说要一起过节日。"

"所以说，涂南知道你不出差，就跑来跟你一起过节日，却忘了通知我？"

程隽选择应和阮啾啾："嗯。"

"简直太过分了！他怎么可以这么粗心？"

程隽正要点头继续应和，阮啾啾方才还有些愤愤的表情突然变成了冷笑。

"你以为我会这么想对不对？所以，为什么他没通知我，你也没通知我？竟然还能心安理得地吃牛排、喝红酒，好啊你，不让我吃独食，你自己一个人吃好的，让我白跑一趟浪费钱？"

眼看事情变得越来越复杂，程隽的求生欲发作："其实这都是我给你准备的。"

"你以为我会信吗？"

谎话说得太多，导致真话没人相信，"匹诺曹隽"为此付出了相当大的代价。

他不仅没了早饭、午饭、晚饭，阮啾啾在新年的第一天，一句话都没跟他说，把他当作空气。她只做一个人的饭，自己端着碗回房间吃完，只剩下程隽孤孤单单地站在饭厅里。

他叹了口气，默默地回到书房，打开电脑上当当网首页，滑到自己购买过的一本《教你如何快速高效地取得女孩子喜欢》的书。

他生平第一次给了个中评，并附上评论："没用。"

那本书光荣地在垃圾桶里"牺牲"。

最倒霉的人当之无愧还是涂南。

不过睡一个觉的工夫，醒来之后他发现老板和老板娘都把他拉黑了。

"……"

涂南眼含热泪，发了一条朋友圈："我再也不当'舔狗'了！"

没过几分钟，涂南的父亲发来一条微信："你什么时候养了狗，为什么要舔一条狗？"

涂南的母亲："是不是又喝多了？快删掉，让别的女孩子看到影响多不好！"

涂南："……"

晚上,阮啾啾坐在沙发上玩"吃鸡"游戏。

她很郁闷,尤其是当她数次落地成盒之后,被队友疯狂吐槽,就更郁闷了。

"姐们儿,你不会玩就别玩啊。"

"这技术你还是挂机好了。"

阮啾啾:"想死啊。"

她正打算去买个挂,回去虐他们一次再被封号,这时正好程隽从书房里走出来。阮啾啾哎了一声,忘记自己还在生气的事,连忙叫住他:"你会玩这个游戏吗?快来帮我、帮我!"

程隽一手插兜,表情慵懒地走到阮啾啾身旁,恰好听到一个有些猥琐的男生声音:"小姐姐,你叫一声老公,我就送你八倍镜。"

阮啾啾立即感受到了一股杀气,后背发麻,鸡皮疙瘩噌噌冒起。沙发沉了下去,程隽坐在她身旁,他的身上还带着沐浴过后的清新味道,下一秒,那股清新的气息彻底笼罩住阮啾啾。

他一手越过阮啾啾的右肩,臂弯沉甸甸地压在她的肩上。两人挨得极近,阮啾啾转过头,差点儿碰到他的脖颈。她莫名有些紧张起来。

程隽拿起手机,简短地说了一声:"看着。"

阮啾啾有些蒙:"看什么?"

程隽的手指可以说是相当灵活了。

阮啾啾眼睁睁地看着他飞快地换了枪,试探性地左右跑了两步,开了一枪。他这一枪打空了,其他人纷纷开始嘲笑道:"哟、哟,小姐是生气了吗?握好枪啊!"程隽的脸上没什么表情,在队友嘻嘻哈哈的调笑声中他突然砰的一声,把一个偷袭的玩家爆头。

阮啾啾惊了。

队友们也蒙了,半晌才说道:"你刚才是怎么回事?不小心打中的吗?还是你买挂了?"

砰!又是一声,程隽把躲在墙角另一侧正准备突袭的玩家打死了。

队友们被这一番操作惊得目瞪口呆。

刚才他们还在嘲笑阮啾啾，一时间有些讪讪的。就在这时，程隽瞄准了他们几个，不待他们反应，扔了雷过去，队友当场去世。语音里只剩下几个人不甘的叫骂声，程隽关掉语音，将人全部举报完事。

阮啾啾全程围观，不由得惊了。

"我以为你不会玩这种射击游戏呢！"

程隽淡定地嗯了一声，对付这种"辣鸡"，他的技术绰绰有余。

阮啾啾想起了自己还在生程隽的气，只是他们两个现在还紧紧挨着，阮啾啾冷不下脸来。

她清了清嗓子，夺回手机，面无表情地问道："晚上吃什么？"

程隽眼睛一亮，说道："糖醋鱼……"

"哦，面条啊，可以的。"

程隽："……"

阮啾啾给自己的面条卧了一个半的鸡蛋，给了程隽半个，那半个鸡蛋是为了报答他刚才在游戏里给她报仇的恩情。

女人说翻脸就翻脸，程老板望着面前的半个鸡蛋，感觉惨淡无比。

但他知道，但凡张嘴说一个"不"字，恐怕别说蛋，汤都没的喝。他决定先吃了半个蛋，免得鸡蛋不翼而飞。

阮啾啾问："那牛排怎么办？"

程隽非常机智地道："你看着处理。"

"那就当明天午饭的配菜好了，热一下还能吃。"

翌日，程老板耐心地等到午饭时间，打开便当盒，发现饭盒里只有小半块牛排。

程隽："……"

涂南路过程隽的办公室时瞟了一眼，诧异地问："老板，你吃这么点儿能吃饱不？"

程隽目光幽幽地望向罪魁祸首。涂南感觉芒刺在背，满头冷汗地请示道："要不要我帮你买饭？"

"不用了。"

事实证明，谁都不能得罪吃货，也不能得罪厨师。

阮啾啾午饭时吃了一块半牛排和配菜主食，差点儿撑死。她心中忽然生出罪恶感，不知道程隽有没有吃饱，他的饭量可比她大多了。

身旁的老孟啧啧了两声，说道："你的午饭也太丰盛了，有钱人啊。"

"别人的，不吃白不吃。"

她恶声恶气地说完，想了想，决定晚上给程隽加餐好了。她可不想大半夜又做梦梦到老鼠咔嚓咔嚓地啃东西的声响。

今天工作比较忙，阮啾啾加班到晚上，待工作完成，已经累到脊背僵硬，半晌才站直身体。她在原地拉伸时，手机嘀的一声，程隽发来消息。

程隽："结束了吗？"

阮啾啾："嗯。"

这个点员工早就下班走光了，唯有技术维修部的同事和客服还在轮流值班。阮啾啾从办公室走出来，正准备去停车场，却看到一个熟悉的身影。

她吃了一惊："你怎么进来的？"

来人赫然是徐碧影！

多日不见，徐碧影没了平日的光鲜靓丽，皮肤黯淡，神色憔悴，整个人瘦了一大圈，但眼神带着一股执拗的狠劲儿，看着竟让人有几分骇然。

"如果你是来找顾游的，他不在这里。"

"我不是找他，我是来找你的，阮啾啾。"

徐碧影一字一顿，吐字清晰，就像是咬着阮啾啾一样咬着牙，让阮啾啾不由得生出一股冷意来。

阮啾啾不动声色地后退一步，不知道徐碧影是怎么越过安保一关跑到嘉澄的大楼里的，还正确找到了自己所在的这一楼。此时狭路相逢，阮啾啾躲不开，只能希望公司剩下的员工快点儿发现她们的不对劲儿。

"我是真没想到啊，没想到。"徐碧影挤出笑容，样子却比哭还难看，"如果不是那天撞见顾游醉了酒，念着你的名字，我还以为……我还以为——"她还以为顾游早就忘了阮啾啾。

谁能料到时隔多年，顾游竟然一直对阮啾啾念念不忘。

徐碧影联想到阮啾啾没离婚还勾搭顾游，觉得阮啾啾简直臭不要脸，如果不是情况不允许，她真想一巴掌打上去，打花那张表情无辜的"白莲花"脸！

阮啾啾摇了摇头："我不懂你在说什么。如果是关于顾游的事，抱歉，我们是不可能的，我也不会给他任何机会。"

她可以离婚，可以跟别人在一起，但是这个人永远不可能是顾游。

"那你是什么意思，还吊着几个？算盘打得真好啊，外面吊着情人，回家还有老公，自己装作无辜的样子，真是令人作呕。"

徐碧影的话说得很难听，阮啾啾不想跟她计较，如果在公司发生争执，把事情闹大了，徐碧影一走了之没有影响，自己还是得继续工作。

她清楚徐碧影心里的小九九，无非故意找碴，想让阮啾啾搞出点儿丑闻出来。

阮啾啾偏偏不上当，把徐碧影想象成一块发霉的土豆，心里顿时轻快多了。

"你走。"阮啾啾的语气很冷静，"等会儿巡逻的安保队就过来了，公司里还有很多员工没回去，我希望你能够想清楚，你在这里把事情闹大了，顾游只会越发不喜欢你。"

提到顾游，徐碧影神经质地笑了一下，眼角含泪。

"他不喜欢我，还缺这一点儿事来找理由吗？"

阮啾啾愣住。

她只以为顾游跟徐碧影闹矛盾了，却不料他们之间竟然已经出现了裂痕。

趁着阮啾啾愣怔的片刻，徐碧影自暴自弃地说："我过不了好日子，凭什么你可以？"

她的白月光、她的青梅竹马，怎么可能绕着这样一个女人转？她不甘心！

徐碧影只想把这件事闹大，要阮啾啾同样臭了名声，同样栽在污泥里翻不了身，这样徐碧影才能痛快甘心。

阮啾啾没能等到其他人上楼，眼看着徐碧影的眼神越来越不对劲儿，心里暗暗叫糟，余光瞥了一眼安全通道。看样子，她只能逃开了。

就在这时，徐碧影眼神一冷，使劲儿推了阮啾啾一把！

徐碧影的打算是等着阮啾啾来反击她，她就拼命尖叫引来安保人员，最好事情闹到上热搜，让大家看看所谓的画师阮啾啾究竟有多么不堪。

阮啾啾本是想躲开的，无奈一天工作下来身体僵得要命，她使劲儿扭转了一下，却没来得及反应，身体比神经更快一步，仰着头倒了下去，眼看后脑勺就要砸中桌角！这一下弄不好要出人命！

完了、完了、完了！阮啾啾悲催地想，这一撞该不会要了她的老命吧？

徐碧影发出一声尖叫。

有人动作更快一步，一道身影迅速上前抓住了阮啾啾。

阮啾啾只见眼前一阵天旋地转，随即眼睛一花，胳膊被紧紧拽住，滚落在一个结实的怀抱里。对方随着惯性作用力重重地摔倒在地上，发出一声不甚清晰的闷哼。

阮啾啾被方才的惊险一幕吓得大脑一片空白，愣了几秒，连忙叫程隽的名字。

"程隽！程隽！你没事吧？"

充当人肉垫子的程隽摔得不轻，表情却纹丝未动，眉头都没有皱一下。他眼睛一眨不眨地看着阮啾啾，眼神泄露了一丝后怕情绪。那是阮啾啾在程隽的眼中从未看到过的情绪，只是她此刻没时间去思量真正的原因。

阮啾啾生怕自己压坏了程隽，还没来得及坐起身体，就被一股大力紧紧箍住腰肢，勒得她差点儿喘不过气来。

她有些惊惶地听着程隽怦怦跳动的心脏，他浑身的肌肉绷得很紧，僵硬得像一块石头，只是放在阮啾啾的后背上的手颤抖得很明显。

阮啾啾趴在程隽身上，大气也不敢喘。她眼睁睁地看着程隽的肩膀处有鲜血从衣料上渗出，灰色的卫衣染上了黑红的颜色，看着有些恐怖。阮啾啾被吓得眼泪在眼眶里打转："你流血了！我们快去医院！"

"别动、别动……"程隽哑着嗓子，手上的劲儿却没松，"让我抱一会儿……"

仿佛做梦一样，感觉却因为痛楚而如此清晰，他竟然舍不得松开手。

身旁的徐碧影被吓傻了，正要转身逃跑，却被涂南几人领着安保堵住了。安保人员直接上前拽住徐碧影，不让她有任何逃走的机会。

涂南一脸焦急地冲上前，一时间忘了身旁还有别人，一边询问两人的情况一边迅速掏出手机拨打 120 急救。

"老板你没事吧？嫂子怎么样？"

徐碧影呆愣在原地。

老板？嫂子？

等等，面前的涂南不是嘉澄的大老板吗？

她心中忽然生出一股不好的预感。传说中嘉澄有一位神秘的大老板从来没有露面，事情传得十分玄乎，难道，程隽他……

徐碧影面色惨白，竟然当场昏了过去。

第十章
我喜欢你

程隽的右肩是被掉落在地上的墨水空瓶的碎碴划伤的。情急之下阮啾啾压根没注意到有墨水瓶掉落，幸好有衣服阻挡，才避免有更多的玻璃碎碴扎在皮肤里。

阮啾啾看着感觉揪心不已。

程隽被带过去处理伤口，晕倒的徐碧影被拉去确诊，幸亏只是低血糖。人昏迷不醒，正在输液，估计过会儿就清醒了。

阮啾啾坐立不安，转过来转过去，绕得涂南头晕。

涂南不由得好笑地问："嫂子，你着急什么啊？就是小伤。"

"这事赖我。"阮啾啾本来有机会逃走，是自己一时没能下定决心，才导致程隽受这无妄之灾。

平时身体可灵活了，要不是她在座椅上坐了一天，身体僵硬得动弹不得，也不至于被徐碧影一手推倒。听涂南说，徐碧影是通过已经离职的小方进公司的，小方跟其中几个安保关系不错，不过一会儿工夫，涂南已经辞退了几名安保人员。

赶来的警察询问几人的情况，阮啾啾如实回答。警察已经拿到楼上的监控录像，待会儿等徐碧影醒来做了笔录，回去会查看录像。

因为并没有对阮啾啾造成直接伤害，程隽受的伤不重，徐碧影的行为构不成坐牢处罚。

阮啾啾只想离徐碧影远一些，这个女人疯了，谁知道接下来会不会像疯狗似的咬到谁身上。

程隽出来了。

涂南正要上前，被阮啾啾挤得趔趄了一下，这才讪讪地摸了摸脑袋。估计老板也不希望他冲上前，还不如给夫妻俩留点儿空间。

"你还好吗？没事吧？会不会很疼？没有伤到筋，胳膊还能不能用？"

阮啾啾真是要被吓坏了，程隽的胳膊如果出了问题，对他的影响是一辈子的，她就是再怎么补偿也无济于事。

程隽的伤口看着吓人，实际上很浅，用不了几天就会恢复，这会儿疼都不疼。但他望着阮啾啾一路小跑过来，脸上盛满了焦急和紧张，淡定的表情瞬间转换为蹙眉。

"好痛。"

"快，坐下休息。喝水吗？我给你倒。"

"好。"

一旁的涂南看得目瞪口呆："……"老板这也太无耻了！！

程隽喝着温水，阮啾啾忙前忙后地照顾他，就差让他躺在床上睡觉。涂南看得脸部直抽搐，在接到老板投来的死亡凝视后，立即满头大汗地装作什么也没看到。

就在这时，有护士小姐进来，告知他们徐碧影醒了。

程隽下意识地站起身来，却被阮啾啾拽住，她像哄孩子似的哄着他："你就坐在这里，别动，我们一会儿就回来啊。"

涂南："噗。"

程隽："……"

"嫂子，你就在这里陪老板，那边不是什么大事，我过去看一趟就好。"

阮啾啾："可是……"

"没事、没事，交给我。"

阮啾啾目送涂南去了另一间病房。面对警察的询问，徐碧影紧抿着唇，一言不发地盯着天花板。直至涂南进了门，她才恢复神志，难以置信地望着涂南。

"我只想问一个问题——"

面对徐碧影，涂南没了平日对阮啾啾的活泼友善，眼神冷酷，一眼扫过去，令人心底生寒。

"我不管你有什么理由、什么疑惑，你得明白你私闯嘉澄，还差点儿伤了人。"

"程隽是神秘的大老板对不对？对不对？"徐碧影完全没有理会他的话，惨白着脸一遍遍地喃喃自语，"我要见程隽！我要见他！"

她一激动，透明的输液管便涌上红色的血液，身旁的护士连忙把她按住，让她冷静。

"阮啾啾就是个骗子！她跟我没什么不同，她就是伪装得好，你们不要被她给骗了！

"她本来是要离婚的，肯定是知道程隽有那么多钱才没离婚！"

涂南面无表情地对身旁的警察说："找医生鉴定一下精神状态，我有理由怀疑她有躁狂症和偏执症，或许她更适合待在疗养院里，恢复了再出来。"

"好的，明天联系医生。"

另一边，阮啾啾正在给程隽剥橘子。

程隽乖巧地坐在病床上，等着阮啾啾把橘子送到嘴边。他目不转睛地望着阮啾啾专心致志地剥橘子的样子，阮啾啾被盯得有些不自在，懊恼地瞪了程隽一眼。

"看什么看？"

程隽："怕你把橘子吃了。"

阮啾啾："……"

程隽："把白色的脉络剥干净。"

阮啾啾："我劝你善良，谢谢。"

碍着程隽受了伤，还是因为她，阮啾啾不好对程隽做什么过分的举动。如果按照平时的习惯，阮啾啾早就一记天马流星锤让他当场去世，哪还轮得上他在这里没事找事。

她凶巴巴地把橘子剥好，递给程隽。

程隽一脸无辜地道："一只手不好剥瓣。"

阮啾啾忍无可忍，正要发火，程隽立即皱起眉，虚弱地嘶了一声："肩膀好痛，好像是伤到骨头了。"

"……"好，她忍。

阮啾啾耐心地把橘子一瓣瓣地剥好，放在他的手上，程隽这才满足地吃下橘子。

"你那会儿为什么一直抱着我不放？你是昏了头吗？"

阮啾啾事后想起来，程隽当时的表情的确不太对劲儿。他就像脱了水的鱼，紧紧箍住她的腰，差点儿让她上不来气。阮啾啾几乎要以为程隽对她有意思了，不然他干吗抱那么紧？

程隽沉默片刻，说："没有昏头。"

"你该不会是紧张我吧？"阮啾啾揶揄了他一句。

"嗯。"

阮啾啾："就知道你不会……嗯？？？"

她愣了一下，没想到程隽竟然会按照她的说法应了一声。在阮啾啾的意识中，程隽的世界里压根没有"恋爱"两个字，在这件事上她跟焦樊奇异地保持一致，两人都认为程隽可以无性繁殖，自己产下后代以保证香火不灭。

因此，她第一时间就排除了程隽会喜欢她的可能性。

阮啾啾："你干吗这么正经？不要让我觉得你喜欢我啊！"

程隽握住了掌心里的橘子，柔软的橘瓣紧贴着湿润的皮肤，他正要说出心中的话，下一秒，阮啾啾拧起眉说："那就很糟糕了啊。"

程隽闻言眼神一滞。

他还没来得及问"为什么"，涂南推开门走了进来，说："那个女人怎么跟疯了一样？她还要叫顾游过来。如果顾游跟这件事有关，那我真是饶不了他。"

"跟别人无关，她只是想来找我泄愤。"

"无论如何，她都得承担后果，随随便便伤害人怎么能行？"

"不过，"涂南苦恼地望向程隽，"老板，是我一时口误，你说怎么办？"

程隽回过神来，表情很淡，语气慢吞吞地说："曝光了，就曝光。"

几人正说着，顾游过来了。

他一进门便看到徐碧影在病床上挣扎，一副不甘心的样子，头发散乱，红着眼睛，竟有几分可怕。

顾游沉默片刻，说："闹够了吗？"

"游哥哥！你过来看我了！"

徐碧影表情委屈地道："你听我说，你们都被阮啾啾那个女人骗了，她根本不是你们想象中的那个样子，一切都是她伪装出来的，她……"

"别说了。"

顾游的眼神变得严厉，没了平日的温和内敛。他走到徐碧影的病床前："如果你再闹，我就把你做的一切事情都告诉伯父伯母，我已经管不住你了。"

"不要啊！"

父母还期待着她和顾游的婚礼，前几天两人正兴致勃勃地商量婚礼举办的地点，徐碧影绝对不想让他们知道她跟顾游之间已经没有了任何可能性，更不想让一些小人看笑话。

徐碧影无助地拽住顾游的衣摆："你相信我好不好？她早就知道你能飞黄腾达，没离婚也是因为知道程隽有钱、是个大老板，她对你根本不是真心实意的啊！"

"徐碧影！"顾游明显气极，"伯父伯母教你在外面这样诋毁别人的声誉的吗？"

徐碧影不甘地咬了咬唇："我没有撒谎！"那个阮啾啾绝对不是善茬！一旦有了其他的高枝，她绝对会毫不犹豫地飞向另一个人的怀抱。

顾游看着她的眼神很失望，也很冷漠。

"外面已经有蹲守的媒体捕风捉影，你最好保持安静不要乱说话。如果涂南起诉你，我是不会站在你这一边的。"

徐碧影难以置信地道："你要站在阮啾啾那一边？凭什么？谁才是和你相处多年的青梅竹马？"

顾游扯开自己的衣角："我的碧影妹妹已经不在了。"

语毕，他便转身离开。

顾游从病房里出来，抬眼就撞见了倚在墙边的男人。男人披着黑色外套，脊背倚在冰凉的瓷砖上，脸上没什么表情，一双睡凤眼有些漫不经心地瞟向顾游，就连眼神也很淡。

顾游几乎荒谬地一瞬间联想到隔着电脑屏幕的李斯特。当初对方也是用这样的眼神望着自不量力的他吗？

这真是让人觉得又生气，又有种无力感。

"你的肩膀怎么样，没受重伤吧？"顾游几个月前手腕受过伤，此刻有几分同病相怜的感触。

程隽收回目光，就连眼神都带着一股酷劲儿，他慢悠悠地冷嗤了一声："不至于。"

"那就好。对了，阮啾啾呢？"

程隽斜睨他一眼，懒得回答，双眼里只写着几个大字：关你屁事。

涂南去处理关于徐碧影的事情还有蹲守在外面跃跃欲试的媒体，自然无暇去管程隽。当然，程隽是半点儿不需要他来管的。

于是买养乐多这种跑腿的事情便落在了阮啾啾身上。

程隽只为了支开阮啾啾，跟顾游说两句话。

"我不允许任何人伤害她。"

顾游眼神肃然："我跟你的想法是一样的。"

"还记得我当初说过的话吗？不要浪费时间。"

顾游皱起眉："我……"

"哎？顾游，你怎么也来了？"远远地传来阮啾啾的声音，"啊……是因为我们的事吗？"

她想了想觉得也是，徐碧影在这里根本不认识几个人，除了找顾游过来撑腰，恐怕再没有别的办法。顾游意识到阮啾啾未曾脱口而出的话，下意识地反驳："我不是来替她说话的。"

"没事，一切按照证据说话。"阮啾啾摇了摇头，不想再谈关于徐碧影的事情。

"你还好吗，有没有受伤？"顾游关切地问。

阮啾啾笑着说道："没有，我……"

程隽忽然闷哼一声，恰巧打断了两人的交谈。

阮啾啾的目光迅速转移到程隽身上："你的胳膊还疼吗？还有，为什么没经过允许就跑出来了？"

方才还一副酷劲儿的程老板在顾游瞠目结舌的注视中整个人松懈了下来，锐利的气势瞬间消失，虚弱地捂着受伤的肩膀，说："我找不到你，有些担心。"

阮啾啾真想翻个白眼说当初是谁让她去买养乐多的，但每当程隽一示弱，可怜兮兮的，一副弱小又无助的样子，阮啾啾就怎么也下不了嘴说他了。

她叹了口气："我不是说了一会儿就回来吗？走。"

"好。"

程隽跟着阮啾啾进了病房，徒留顾游心情又是惊讶又是酸涩。他真没想到，程隽也有用这样"卑鄙"的手段的一天。

说实在的，他竟然羡慕嫉妒得要命。

医生叮嘱阮啾啾具体的事宜，主要是不要沾水，不要做剧烈运动，静养就好。

本来只是小伤，医生压根没打算给医嘱，只是身旁的程隽盯得他头皮发麻。医生默念着算是造福夫妻关系，就认认真真地对阮啾啾说了很多不必要的注意事项。

阮啾啾一一记了下来。

两人回到家，程隽坐在沙发上，说："我想吃炖羊排。"

"都受伤了怎么能吃羊肉呢？"

"那鱼……"

"鱼也不能吃啊！伤口发炎了怎么办？"阮啾啾生怕伤口拖太久，导致程隽无法正常工作就不好了，"这些天你就喝粥，吃得清淡一些，等到伤口好了再吃大餐。"

程隽意识到自己简直是在自掘坟墓，立即采取措施补救："我的伤口好像好了。"

阮啾啾瞪了他一眼："为了吃不要命？伤筋动骨还一百天呢，一周后去复查再看。"

"……"

上帝不仅关上了窗，还把门闩死，一丝光都甭想透进来。程隽瘫在沙发上，这下是真的瘫了。

他现在反悔还来得及吗？

徐碧影这几天被折磨得够呛。

她在这座陌生而又熟悉的城市刚刚扎根，找到了一份新工作，就因为嘉澄的闹剧，新公司的老板大概是被传了话，徐碧影的工作没了，顾游又靠不住。

她很少有积蓄，从未有过危机意识，从警局出来后突然意识到，如果自己再不想办法补救，恐怕真的只剩下回家一种办法了。

这时候的徐碧影只想到了一个人。

绝望之中，她找出那张名片，给对方打了电话过去。

电话被接起，南宫傲天冷笑道："怎么，又打过来了？你不是跟着姘头跑了吗？"

徐碧影站在逼仄的房子里。

这个单人公寓不过四十多平方米，电器老化，要什么没什么。徐碧影抓住手机，脑海中的荣华富贵都像泡影一样，转瞬即逝。

她只是想过好一点儿的日子，有错吗？为什么他们总是一副认为她罪大恶极的样子？

徐碧影不甘心，擦掉眼泪，心里是绝望的。顾游和她已经彻底没戏了，程隽就更不可能和她有关系了，他那样的人，怎么可能爱上别人？她现在唯有一个办法，那就是攀附上南宫傲天。

尽管他并非良配，和顾游比除了有钱一无是处，但是……有钱也是他的长处。

234

她的声音一直颤抖着："我想跟着你。"

南宫傲天哼了一声，语气轻蔑地道："你以为我是拾荒？别开玩笑了，我从来不捡二手货。"

被称为二手货的徐碧影紧紧捏住手机，浑身哆嗦着，气得差点儿翻脸。她耐心地忍住情绪，说："如果我有关于嘉澄的把柄呢？"

南宫傲天冷冷地道："你以为我这次还会相信你吗？"

"……"徐碧影深深吸了口气，"不如我们见面聊？"

外面沸沸扬扬地传着嘉澄的绯闻，说是公司大老板终于露面，涂南忙得焦头烂额。

程隽的照片暴露出来后，全网哗然的同时，大家纷纷定焦在一个点上——嘉澄的老板这么好看的吗？狗仔的高糊照竟然都没能让对方的颜值折损一分！

嘉澄不仅没有因为隐瞒老板的身份损失名气，反而，程隽的照片引来了一大拨女粉，粉丝们铺天盖地地跑到嘉澄的官博下叫老公，求程隽出道，狂热度堪称追捧顶级流量明星。

沉默许久的官博只发了条微博，是一个表情包：想都别想。

同一时间，又有留言称程隽已经结婚多年，妻子正是画手肥鸟先飞，夫妻两人低调多年，谁也没有揭露身份。又是一群人跑去肥鸟先飞的微博下求证，绕了一圈，看到阮啾啾的微博更新，竟然被圈粉了。

于是，在阮啾啾不知情的情况下，她多了一个亲切的称呼——霸总小娇妻。

上网看到这个昵称的阮啾啾："……"

公司的员工们更是震惊。他们原先以为阮啾啾只不过是个空降兵，跟涂南有点儿关系，谁能料到她竟然是传说中的神秘总裁的妻子？？？

她这也太亲民了，朴素到他们完全没能发现真相啊！

换句话说，老板夫人就在他们中间，他们不但没能珍惜机会，还劝酒。

回想起那天程隽带阮啾啾回家时不太好看的脸色，劝酒的几个同事脸都绿了，连夜写检讨书求转交给涂南。

相比起来，真正的大老板在家里悠闲自在地喝了两碗白粥。

"……"

阮啾啾的手艺是很好，哪怕是普普通通的白米粥，配上酸咸可口的小菜程隽都能吃很多。但是架不住顿顿喝粥，天天喝粥，程隽喝到仿佛自己也变成了那碗粥。

阮啾啾倒好，给自己开小灶，什么都吃，一边吸面一边叮嘱程隽不要吃太多咸菜，对伤口不好。

程隽在同一天里第 N 次提出要求："去医院，我的伤口好像好了。"

阮啾啾没好气地说："这才两天，你是神吗？"

是不是神倒不好说，再这么吃下去，他可能会变成魔鬼。程隽幽幽地叹了口气。

阮啾啾察觉到他盯着自己的面，抱住碗说："觉得我打扰到你了吗？那我回房间吃好了。"

程隽："不用，吃完了我们去医院。"

阮啾啾："……"

这家伙为什么这么执着啊？前两天哎哎叫疼的人，不也是他吗？

一人喝粥，一人吸面，阮啾啾单方面认为场面非常和谐。

晚餐结束，程隽洗了碗，晃晃悠悠地拿着毛巾进浴室时，被阮啾啾拽住。阮啾啾义正词严地说："不是答应我这几天不洗澡吗？伤口会感染的。"

一天没洗澡倒还好，两天没洗澡，程隽总感觉身上有股发霉的味道，说："我会臭的。"

阮啾啾回答得很理所当然："臭就臭啊，不是有个词叫臭男人吗？你连自己的味道都嫌弃，还能指望别人不嫌弃你吗？"

程隽沉默了。

他竟然无法反驳？？？

两人展开拉锯战，终于，程隽妥协了，答应阮啾啾稍微冲一下，但是头发没法洗。于是程隽要求阮啾啾帮忙给他洗头。

洗头这么简单的事情，阮啾啾不假思索地答应了。

236

程隽冲了个澡，身上湿漉漉的，裹着睡衣，站在浴室里，跟进来的阮啾啾则东张西望。虽然两人相处这么久了，但阮啾啾从来没有进过程隽的浴室。浴室比她想象的干净很多，海蓝色的砖、干干净净的镜子和置物架，东西不多，但井然有序。

"哇，浴室挺漂亮的嘛。"

阮啾啾拿着花洒，拍了拍程隽的脖颈，让他低下头。程隽听话地把头低了下来，他的个子很高，衬得洗脸台矮了半截，看起来还有些不搭调。

阮啾啾嘟囔了一句："长这么高干什么？"

"能跟你互补。"

阮啾啾闻言愣了愣，随即虎着脸按住他的脖颈："这种时候还皮，站好啦，我要放热水了！"

阮啾啾果然不应该把程隽想得太好，从一开始洗头到结束，他一直没消停过。

"水太烫了。

"有点儿小。

"冷了，调热一点儿。

"洗发露……"

"闭嘴！"阮啾啾有些凶地吼道。

低着头的程隽闷不吭声，半晌才慢吞吞地说道："洗发露进眼睛了。"

"啊啊啊，对不起！都怪你，你怎么不早说啊？"

"……"

洗了头，阮啾啾拿着吹风机给他吹头。她开了热风，轻轻吹拂着程隽的头发。程隽的头发看着很软，但实际上摸上去又硬又扎。阮啾啾就像刨玉米地似的把头发刨来刨去，好让头发快点儿干。

程隽的声音很低："可以问为什么吗？"

吹风机的噪声有些大，阮啾啾说："什么？你说大声点儿。"

"为什么觉得糟糕？"

啪——吹风机的线有些短，被阮啾啾拽了一下，突然从插座上脱落，方才还嗡嗡嗡嗡的声音瞬间消失，阮啾啾恰巧清清楚楚地听到了程隽的这句话。

阮啾啾反应了几秒，才反应过来，程隽似乎在说那天在医院说的事情。

可以说这家伙的反射弧是非常长了，两天时间过去，他居然还能想起这件事并问出来，阮啾啾真是服了他了。

头发干得差不多了，阮啾啾揉了揉他的狗头，收回吹风机的线。

"我懂你，男人自尊心强，哪怕假设的可能也很在意……道理很简单啊，因为我们没有感情，有了感情就很糟糕。"

比起来，阮啾啾对程隽的感情更像朋友、亲人，一个值得依赖的特殊的人。

但阮啾啾同时也很理智，感情方面，她向来懂得克制自己，免得受到不必要的伤害。

她对自己很克制，避免犯错误，相信程隽更是如此。程隽缺乏情感方面的依赖，才会对她投以特殊关注，他的生命中出现的女性角色太少，他才会认为她这样的存在比较特别。

如果程隽换个环境，一定不会觉得她有什么特别值得依赖的地方。

阮啾啾一直是这么认为的。

说厨艺，比她会做饭的人多了去；说画画，她也并非无可替代，嘉澄那么大的公司想找一些有灵气的画师简直易如反掌；说外貌就更可笑了，她这副皮囊还不如程隽来得好看，如果他想，多的是大把优秀的女孩子排着队等待他。

她脾气坏，不愿意认输，仗着程隽脾气好，还总是对程隽张牙舞爪，臭毛病一堆，程隽能喜欢上她才有鬼。

尽管阮啾啾嘴上总是嘲笑程隽这样的男人竟然还有女孩子对他念念不忘，但她心里清楚，程隽的优秀不是她这样的普通人驾驭得了的。

因此，自始至终，虽然偶尔会有被那张脸迷惑的时候，但她从没有肖想过程隽半分。

"你不要多想啦程总，如果真的遇到不错的女孩子就快点儿下手，你也老大不小了。"阮啾啾把吹风机放在抽屉里，"我总是赖在这个位置上也不是什么好事，对不？"

程隽沉默很久，才说："不对。"

阮啾啾走了几步，没听清楚，愣了一下回过头："你说什么？"

"我说……"

叮叮咚咚——手机的铃声打断了程隽的话。他拿起手机，看到是涂南的来电，便接了起来。

"老板，有人放嫂子的黑料，我查了一下，应该是瑞方公司。目前还在处理，你别让嫂子上网啊，她看到肯定会不高兴的。"

当然，最好程隽也别看为好。

网上各种传闻闹得沸沸扬扬，所谓昔日的同窗好友都出来证明阮啾啾私生活放荡，结了婚还四处撩拨，嘉澄的大老板戴了"绿帽子"而不自知，简直蠢到透顶。网上传的那几张非常逼真的合成照，就算是涂南一开始看到也吓了一跳，以为嫂子真的做出了这样的事情。

程隽的语气很平淡："我知道了。"

语毕，他挂断了电话。

阮啾啾问道："怎么了？"她能看出程隽的表情不太高兴。

程隽站起身，拽住阮啾啾的胳膊，拉着她坐在客厅的沙发上，在自己的手机上按了几下，待将手机递给阮啾啾的时候，手机页面上显示着《开心消消乐》的界面。

阮啾啾有些纳闷："干吗？？"

"玩到二十关。"

阮啾啾："……"

程隽一手插兜，拿起阮啾啾的手机："不许作弊。"

阮啾啾表示，开玩笑，《开心消消乐》这种三岁小孩子都会玩的游戏，二十关岂不是手到擒来？

程隽带着她的手机进了书房，阮啾啾从不担心程隽会翻她的手机，便专心致志地玩了起来。她怎么可能因为这种游戏被程隽小看？

一个小时后，阮啾啾："我大概只有一岁半。"

阮啾啾正在忙着玩游戏的工夫，程隽在书房里处理事情。

这几张合成照他当然熟悉，是名为向戌的男人威胁他时给他发来的照片。涂南生怕程隽一怒之下做出不理智的事情，不承想程隽表现得相当淡定。

他的反击战却来得气势汹汹。

合成照被营销号传得满天飞，但不过一会儿工夫，嘉澄给出了照片造假的证明，上了热搜，造价痕迹被指得明明白白，啪啪啪打在营销号的脸上。

所谓"情夫"的过去被"扒"得干干净净，他和众多女人厮混，私生活混乱，被父母断绝关系走投无路，就想要碰瓷。这些合成照早在几个月前就被他拿来当作所谓的威胁证据，被拆穿之后他一直怀恨在心，所以这是一次被有心人利用的拙劣的抹黑行为。

几乎所有转发过照片并造成影响的营销号都被寄了律师函，并告知已保留他们造谣的证据，嘉澄准备起诉他们。嘉澄用词之严厉，令营销号联想到嘉澄之前因为名誉问题宁愿花费高昂费用也要打官司的行为，一个个立即按头认尿，灰溜溜地删除了推送，并附以道歉信。

紧接着，瑞方公司的多种行为被曝光——在嘉澄安插卧底，想要取得嘉澄的机密；花钱试图买嘉澄的原稿；多次明里暗里地进行肮脏交易。

嘉澄攒着这些证据不是一天两天的事情了，就等着一个契机曝光，这下正好。

瑞方假惺惺地表示"嘉澄不可能会出现这样的丑闻"的官博下面全是网友们的调侃。

"人家当然不会出现这样的丑闻了，敢情是您安排的啊。"

"为什么我没发现瑞方这么戏精？"

"有这工夫不如多搞搞游戏，偷了人家的原稿作品还那么烂，简直是扶不起的阿斗。"

"绝了，上次就装傻，这次还来，以为别人都是傻子啊！"

"这下糟糕了小老弟，嘉澄亲自上门打脸，还不凑上来挨打？"

瑞方始终没有发表声明，开始装死。

紧接着，网上又爆出一个惊天大料——嘉澄的老板娘和俱乐部的电竞选手顾游有一腿。网上一时间众说纷纭，爆料者称自己是顾游的青梅竹马，给出了证据，包括在《如梦令》玩游戏的一些聊天记录，并表示是嘉澄的老板娘破坏了他们之间的感情。

事件再一次反转，"吃瓜"群众看得目瞪口呆。

俱乐部的比赛还有几周就要开始了，如果这个"瓜"是真的，恐怕嘉澄的俱乐部会被骂得很惨，受到舆论的影响恐怕很难让顾游继续参赛。

首先，顾游的微博号立即发表声明，表示本人和老板娘无任何私人关系，同事可以证明。其次，《如梦令》的玩家们也站了出来。

当初在游戏里的是是非非有不少人关注，帮派长月踏歌有几名玩家都有微博号，纷纷出言证明。随即，大家迅速认识到一件事——

嘉澄的大老板是李斯特？李斯特是啾啾啾的老公？啾啾啾是画手肥鸟先飞？两人已经结婚多年？？？

李斯特当初一怒为红颜一事迅速上了热搜第一，看得网友们瞠目结舌。李斯特太帅了！

大家的关注点迅速跑偏。

立即有营销号整理事情的来龙去脉，再加上当初的一些帖子还时不时地飘上首页，玩家们纷纷出来辩解，整个故事也就成型了：原来，爆料的青梅单方面暗恋顾游，两人并没有在一起。青梅轻风碧影不仅在网络上造谣，还试图挑衅玩家啾啾啾，也就是嘉澄老板娘，反遭打脸。

整个事件都是轻风碧影，也就是现在所谓的爆料者的片面之词，她发出的聊天证据里，顾游从未承诺过什么。

徐碧影立即从受害者变成了众人口中的被迫害妄想症患者，小号被攻击到没了声。

这下实实在在地让她感受到了什么叫作真正的"网络暴力"。

网友们很辛苦，跑到嘉澄的官博下"吃瓜"后又跑去瑞方，跑到徐碧影的小号上之后又跑去看顾游的微博，最后跑回嘉澄吃完"瓜"，又跑到肥鸟先飞的微博去留言安慰她。

谁能想到当事人还挣扎于《开心消消乐》之中无法自拔？

终于消停半天之后，嘉澄又给了重磅一击。

官博发表声明，大致意思是，嘉澄不再与瑞方的合作方有任何合作，清者自清。

正经的官博微博下面是秒变欢脱的评论，被顶在了评论第一的位置："还有，我们老板说了，离婚是不可能离的［偷笑］。"

这一条评论一出，众人哗然。嘉澄虽然家大业大，前景十分美好，但因为瑞方的事情舍弃诸多合作方，可以说是杀伐果断，非常有魄力了。微博简直成为网友们的狂欢地，不知是哪个营销号立即蹭热度，把嘉澄和瑞方的合作公司都列了出来，嘉澄的合作方都是品牌大公司，官博纷纷俏皮地发出和嘉澄合作的证据，附图："友军！不要开炮！"

"吃瓜"的"吃瓜"，吃"狗粮"的吃"狗粮"，嘉澄的新游戏《侠客行》硬生生蹭了一次热度。

阮啾啾的微博已经彻底沦陷了。

评论有安慰她的，有"吃瓜"的，有祝福的，有羡慕嫉妒恨的，还有求他们赶紧结婚的评论。立即有人提醒，人家已经是老板娘了，求结婚的评论迅速转为踹翻"狗粮"。

涂南打电话问道："老板，你要露面开个会吗？"

程隽："嗯？"

"就像是钢铁侠宣布自己是钢铁侠，黑豹宣布自己是黑豹一样，你也……？"

程隽："……"

涂南的电话立即被挂断了。涂南在新的一年里感受到了自己的职业生涯岌岌可危，当然，如果他知道自己在几个小时前打断了老板的告白，恐怕会毫不犹豫地选择当场去世。

阮啾啾正在跟《开心消消乐》做斗争。忽然，程隽的书房门被推开，他拿着阮啾啾的手机走出来，将其放在茶几上。

阮啾啾下意识地缩在沙发上，把手机抱在怀里不让他看到。

程隽瞥了阮啾啾一眼，问："过到第几关了？"

阮啾啾："你别问！"

程隽："……"

阮啾啾选择退出游戏，将其删除，这才一本正经地说："闯的关太多了，怕吓到你，还是不让你看到了。"

程隽接过手机，慢悠悠地说："我登录了微信账号。"

阮啾啾："……"

这样关于她的弱鸡闯关记录，岂不是程隽重新下载一次游戏就能看到了吗？！

"不许下载！"

她一手撑着沙发垫，连忙上前抢手机。程隽高高举起胳膊，阮啾啾扑了一下没抓到，反而一头栽在了程隽身上。程隽一个不防向后栽倒，整个人陷在了柔软的沙发里，阮啾啾也倒在他的身上。

别看程隽平时死宅在家，身上的肉一点儿都不软，没有感受到脂肪的阮啾啾就像撞在了一堵墙上，撞得她头晕眼花，连自己抱着程隽的暧昧姿势都没有察觉到。

陷在沙发里的程隽望着她，整个人忘记了动弹。

怀里软玉温香，都是阮啾啾沐浴露的味道。她的头发的味道很好闻，程隽觉得很奇怪，廉价的洗发水竟然会有如此芬芳的气味。

阮啾啾的身体软得不可思议，就像没骨头似的，让他第一次生出冲动，很想捏一下、掐一下她。

"你怎么像块砖似的？好痛啊。"阮啾啾揉了揉鼻子，忽然记起程隽还受着伤，"啊！你的胳膊没事吧？！"

她连忙站直身体，让程隽有些空落落的失望感。

他嗯了一声，说："还好。"

"要不要拆开看一下？我怕伤口被压到。"

程隽："不用。"

阮啾啾："还是看一下！"

程隽语气坚决地道："不用。"

阮啾啾把这当作男人的自尊心，谁能想到只是因为程隽的伤口已经结了疤，好得不能再好，他若被她发现装可怜岂不是死定了？

今天依然是夫妻二人脑回路不在一条线上的一天。

咚咚咚——门外忽然响起敲门声。

两人四目相对，阮啾啾给出猜测："你叫外卖了？"

程隽："没有。"

"除了外卖，还会有人敲门？"别说其他人了，就连涂南，程隽都不允许对方过来串门，这房子就像是他的私人领地，严格禁止任何外人进入。

就在这时，阮啾啾的电话铃声响起。

竟然是曲薇打来的。

程隽的余光瞥到上面显示的名字，眼神很淡，他正要上前开门，却被阮啾啾拦住。

"不行，你受伤了，战斗力也太弱，我来。"

阮啾啾还压根不知道，程老板已经为了她在网上把瑞方撕到凄凄惨惨戚戚。她此刻就像是护着小鸡崽，把程隽拦在身后，快速收拾了一下头发和衣服，等着曲薇第二次的电话挂断，这才施施然地走到门前。

开玩笑，后妈还想过来分一杯羹，真以为他们人傻钱多吗？

阮啾啾打开了门。

曲薇一脸焦急和忐忑，正要继续敲门，便撞上了阮啾啾的视线。

阮啾啾优哉游哉地双手抱胸，一脚踩在门框上，挡住了曲薇的去路："不好意思啊，家里拖了地，还没干，有什么话咱们就在门口说。风吹着，人还清醒一些。"

曲薇被她的冷嘲热讽刺得脸色一黑。

在得知程隽竟然是嘉澄的大老板之后，曲薇就坐不住了。她没有找到好的下家，只好暂时跟程父虚与委蛇，谁能料到等着等着，等来了这样天大的好消息！

她简直要被天降的财产砸蒙了。程父的企业市值缩水一半，正处于半死不活的状态，哪能有程隽的后妈的身份来得值钱。

她欢欢喜喜地换上了一身新衣服，花枝招展地打算过来请罪。她知道程隽心软又懦弱，肯定会帮帮他们这对可怜的落难夫妻。这孩子体会的母爱少，她给他想要的亲情不就可以了吗？

这样想着，曲薇挤了挤眼泪，一副可怜相。

"程隽啊，你的父亲都躺在医院里了，突发脑梗，你快去看看他！"

程父的确进了医院，就前不久的事，原因是——被程隽气的。

他没想到自己平日里骂废物无用的儿子竟然是嘉澄的老板。这就像是扔到角落里的一块石头，都已经被他丢弃厌恶，却突然有人告诉他那实际上是价值连城的玉石？

这样的心理落差简直太大了。

程父好面子又自大，一想到每次训斥程隽时，对方不知以怎样冷漠的心情看着他如跳梁小丑般上蹿下跳，一想到亲朋好友会怎么看待他这个废物爹，他的血压就噌噌升高，当场昏厥在地上。

早在程父住院的第一时间，就有人告知了程隽这事，他半点儿都没有想过要去尽孝。

阮啾啾看着曲薇装模作样，顿时忍不住了："你还真是有心了，记得化眼妆、贴假睫毛再过来告知我们。"

"你这人怎么能道德绑架呢？人在病床上躺着，难道我就要辛辛苦苦地陪在床前？我又不是保姆。"被阮啾啾盯着，曲薇下意识地别过脸，表情有些讪讪的。

阮啾啾气极反笑："人醒了吗？"

曲薇愣了愣："还没。"

"一个电话就能通知的事，你亲自跑过来真是费尽苦心了。"

被阮啾啾损得张不开嘴，曲薇抬眼，假睫毛颤动着，一副委屈到要哭泣的样子，却在顷刻间撞上了阮啾啾身后程隽的眼神。

那双细长的睡凤眼平日里都是半耷拉着，他平时也是漫不经心地侧着脸听他们说话，此刻却直视着她，眼里没带半分情绪，却让曲薇心底一阵发慌。她竟然不敢直视程隽。

曲薇说："治病要花很多钱，我知道这时候不应该……但是看在他是你的父亲的分儿上，你还是帮帮忙吧。"

程隽的回答很平淡："把公司卖了，治病。"

"你！你怎么可以这么心狠？他可是你的父亲啊，我知道是我不对，我会求你原谅，但是眼下还请你不要因为我们的私人恩怨去伤害你们父子之间的感情……"

阮啾啾这下弄明白了，原来曲薇是来要钱的。

"我这个后母没有尽到应有的责任，是我失职，你放心，我以后一定会对你……和啾啾很好的，我向你们保证！"

阮啾啾被一声"啾啾"叫到鸡皮疙瘩起了一身，整个人都不好了。

她假笑着，甜甜地叫了一声："曲阿姨啊，你放心，我们隽隽有我照顾着，就不用你操心了。你也回去照顾你老公吧。"

曲薇的表情变得有些僵硬。

"你这小丫头怎么说话呢！"如果不是她，阮啾啾能享受到这样的富贵生活？这人简直不知好歹！

"程隽，你替我说说话啊，怎么能让你的妻子这么没礼貌呢？"

阮啾啾说："不好意思，他听我的。"

程隽："嗯。"

曲薇气得脸都要变形了："我也是婆婆……"

"住嘴。"

阮啾啾被吓了一跳。

这大概是她第一次看到程隽有发火的迹象，尽管他的表情很平静，语气也平淡无波，但一双眼眸盯着曲薇，眼神冷漠得令人头皮发麻。

他慢吞吞的语速在此刻就像是警告："你不配。"

曲薇被他的表情吓傻了。

程隽懒得在她身上浪费多余一秒，拉住阮啾啾的胳膊，将人拽到自己身后，嘭的一声关上了门。

阮啾啾意识到程隽真的生气了，小心翼翼地拽了拽他的衣袖，问道："你……还好吧？"

"没事。"

程隽在望向她的时候已经恢复正常。

阮啾啾松了口气："不过曲薇简直就像是牛皮糖一样，接下来说不定还会有别的办法……"

"不会的。"他会处理的，他向阮啾啾保证过，所以她不用为这些事担忧。

程隽忽然探出手，摸了摸她柔软的头发，就像是在抚慰小兽，动作很轻，就连语气也带着不常见的温柔。阮啾啾有些不自在地别过头，躲开了程隽的手。

"别占我的便宜啊。"

程隽一脸无辜："便宜？"他那样子活脱脱是在说，阮啾啾有这玩意儿吗？

阮啾啾："……"

看在程隽受伤的分儿上，她忍了！

既然程隽一副不让阮啾啾管的样子，阮啾啾就决定不管了，程隽自有他的处理办法。

曲薇压着心里的火气回到了医院。程父早就醒了，精神状态还算不错。当他看到曲薇走进病房，打扮得花枝招展的样子，顿时来了气："你去哪儿了？"

"还不是为了你我才受这气！程隽那小子简直不识好歹，我……"

啪！

程父是好面子的，当他知道曲薇竟然在他昏迷的时候去问程隽要钱，顿时火冒三丈，伸手就是一巴掌挥过去。

曲薇被打蒙了："你竟然敢打我？"

"你！你简直不要脸！我从没见过你这种见钱眼开的女人！"

程父越说越气，气得脑袋发昏，整个人忽然不听话地抽搐了几下，一头栽倒在床上。

这一下，他真的得住院了。

程隽派人过来付了钱，助理果真一丝不苟，程父看病花了多少就报销多少，一毛钱都不多掏，急得曲薇眼睛都红了，又没有别的办法，只能眼巴巴地苦守着程父。

她觍着脸问助理要钱，文质彬彬的助理推了推眼镜，身后跟着的保镖走上前，冷冷地盯着曲薇，吓得她双腿直发颤。

助理笑了一下："您缺钱的话呢，我这里有个渠道，您可以变卖包包和首饰。您放心，一定会给您最高价。"

曲薇尴尬地扯了扯嘴角："哪有，哪有。"

苦守了这么久，她竟然没能从程隽身上抠到一分钱，反而因为讨好助理花了不少冤枉钱！人家倒好，照收不误，却从来不知道什么叫作拿钱办事。

曲薇只感觉欲哭无泪。

这边，阮啾啾上了网才发现不过是几小时玩《开心消消乐》的工夫，她的微博粉丝数竟然翻了几番。评论里都是各种祝福以及羡慕嫉妒恨的话，她蒙了一下，通过网友们的留言，这才搞清楚到底是怎么回事。

她去公司，公司的职员们对她也客客气气的，简直就像对太上皇一样伺候着她，让她感觉有些不自在。

她这算是真正体会到了总裁夫人的待遇？

想起网友们一口一个"霸总小娇妻"，阮啾啾哭笑不得，竟然不知该说什么好。

愉快的日子没能持续多久，曲薇又找上门来，将阮啾啾堵在楼下。

这些日子曲薇憔悴了许多，却依然有种盛气凌人的骄傲。这一次，她面对阮啾啾，直奔主题道："不履行我们的约定，你是想身败名裂吗？"

望着她，阮啾啾忽然一阵头痛欲裂，她捂着脸发出痛苦的轻呼，脑海中闪现一大段陌生而熟悉的回忆。大概是她渐渐熟悉环境，旧日的记忆涌了出来——

阮啾啾捂着脸，体内的血液从四肢倒流回去，令她一时手脚冰凉，面色惨白。

她忽然不想知道这几年失去的记忆了。

因为在阮啾啾的记忆中，自己和曲薇面对面站着，在谈条件。

程隽的伤好了许多，明天他就得过去复查了，看他的样子似乎很高兴。阮啾啾最近工作太忙，晚上又睡不好，眼眶泛着青色，明显是经常加班疲劳所致。

她有些刻意地躲着程隽，尽量避免和程隽接触。

面对阮啾啾的躲闪，程隽以为是因为热搜的事，便由着她，适当地和她保持距离。

客厅很安静，半点儿声音也无，阮啾啾倚在沙发上不小心睡着了。程隽从书房出来，便看到这幅场景。她睡得很沉，眉毛蹙起，似乎在睡梦中都不太安稳的样子，不知道此刻在做着怎样的梦。他轻轻推了她一下，阮啾啾迷迷糊糊地倒在他身上，嘟囔着不想起来。

程隽站起身，好让阮啾啾舒舒服服地躺在沙发上。他找了被子盖在她身上，替她掖好被角。此刻的阮啾啾已经陷入深度睡眠，整个人动也不动，呼吸均匀。

他原本要离开，脚步顿了顿，又转过身，半蹲在阮啾啾面前。

回想起阮啾啾的话，程隽叹了口气，过了半晌，轻轻地说道："恐怕，会很糟糕了。"

想掩盖心意实在太难，他没法做到。

说完这句话，他站起身，离开了客厅。

灯被关掉，黑漆漆的客厅中一片寂静，本来应该处于熟睡中的阮啾啾忽然睁开眼睛，眼眶里盈着泪水，睫毛轻轻颤动，眼泪终究还是从面颊上滑落。

她身上裹着温暖而柔软的被子，就像发呆似的，茫然地看着天花板。

一场梦境居然让她回忆起一些不堪回首的往事。

半梦半醒间她听到程隽的话，更是难过不已。她好像已经以各种卑劣的方式，开始伤害程隽了。

第十一章

弱小，可怜，又能吃

翌日，阮啾啾起得很早，做好早饭便上班去了，待程隽从书房里出来，房子里已经没了阮啾啾的身影。

"我的老天爷，你怎么了？被家暴了？"老孟的反应很夸张。

顶着两个熊猫眼的阮啾啾神态恹恹的，懒得跟他多说，无力地摆了摆手："让我休息休息。"

老孟关切地问："你怎么样？实在不舒服就请假回去睡觉。"

如果她睡得着，也不至于变成现在这样了。

阮啾啾长长地叹了口气。

"没事，大概是最近压力有点儿大，没睡好，过一会儿就好了。"

"年轻人不要老熬夜。"老孟倒了一杯水递给她，"压力大什么呀，要不要周末一起去漫展玩？我媳妇那里还有成套的cosplay（角色扮演）服呢，你要不要来啊？"

老孟说着，眼里闪过一道诡异的光。他早就跟媳妇讨论过几次，一致认为把阮啾啾拐去一起玩肯定有意思，年轻人，总是一本正经地板着脸多没趣。

阮啾啾："我还是不打扰你们的二人世界了。"

她现在脑袋乱哄哄的，哪有闲心跟老孟夫妻俩出去玩。

只要一闭上眼睛，她就能回想起回忆中的画面。

曲薇让她离婚，向程隽索要房子。

而她……答应了。

"啊，对了。"

阮啾啾叫住老孟："咱们的工作算是告一段落了。"

"对啊、对啊，这周末开始就能放长假了。说真的，你要不要考虑一下扮纲手……"

"我肚子疼，先去一趟洗手间。"阮啾啾急中生智使用了尿遁技能，只留下一脸失望的老孟咂了咂嘴。

"照桥这种美少女也可以的啊！"

不知道是不是自己的错觉，涂南总觉得这些天嫂子不太对劲儿。

上班时间她总躲着他，工作比平时还拼命，不用加班的时候也加班，每天早出晚归，俨然工作狂附身。他特意找了个时间去找阮啾啾，阮啾啾拿着画笔正在唰唰地改稿，涂南敲了一下门，走进去。

"嫂子？"

阮啾啾被吓了一跳，拍了拍胸脯，说："你怎么突然就进来了？"

"我敲了门的，是你太投入了。"涂南一脸无辜。

"你怎么一点儿都没有大老板的架子？谁像你一样三天两头地跑到员工的办公室里来聊天。"阮啾啾哭笑不得，"说，什么事？"

"我这叫亲民。"尽管他只亲近嫂子一个。

涂南嘿嘿地笑了一声，说："没什么，就是最近看你工作这么辛苦，过来谈谈心。"

阮啾啾没好气地瞥了他一眼："哪有你这种老板，员工加班还担心。"

"这不是关心你们的夫妻生活嘛。"

涂南自觉地拉开一把椅子坐下，试图套出点儿有用的信息："马上要放假了，嫂子跟老板出去玩啊。"

"别想歪的。"

待程隽的真实身份被戳穿，阮啾啾才搞清楚，原来她中的电脑是他们帮的忙，她所谓的抽到了三日游，也是涂南搞的鬼。

想到这里，阮啾啾抿了抿唇，一言不发。

涂南压根不知道他们俩结婚时没感情的事，还以为小夫妻俩在闹别扭。

眼看着距离过年还有一个月，放年假当然得好好出去玩了，涂南自己脱单无望，只能蹭蹭别人的"狗粮"，给老板做点儿好事。霎时间，涂南悲从中来，泪流满面："嫂子，你可不知道啊，我们的单身狗小团体都背叛了我，焦樊和傅子澄那两条没良心的狗都跑了！他们都要陪女朋友过春节去了！"

阮啾啾有些惊讶："是吗？那真是恭喜他们了。不过，焦樊——"他不是还惦记着安柔吗？

"他借着出差的名义追到美国去了。"涂南啧啧了几声，"谁能知道他们以后的发展又是什么样子的呢？"

阮啾啾讶然，不由得笑了一声："每个人都在向前看了。"

她也该向前看吗？

话题聊着聊着就跑偏了，涂南已经想不起来一开始打算跟嫂子说什么话题来着。他蹭了一杯饮料、几颗奶糖，还有嫂子的小零食和干果，聊了聊自己对结婚的展望，终于在秘书的催促中心满意足地离开了。

出了阮啾啾的办公室，涂南愣了愣："咦，我刚才打算说什么来着？"

小秘书无语凝噎，早已习惯外界传说的有多么强大完美的总裁实际上是个间接性二哈的事实。她露出职业性的微笑说道："还有十几分钟就要开视频会议了，您先准备一下。"

阮啾啾坐在办公室里。

她已经完成了目前阶段的所有工作，如果找别人接任她的位置，应该会非常容易。

时间不早了，她仰躺在椅子上，举着手机翻大家的微博，一群人都在等着她发"狗粮"。

阮啾啾揉了揉眉头，附上一张手绘的线稿，依然是上次坐在大树上的女侠，这一次，她的腰间没别着剑，背后的包袱沉甸甸的，晃来晃去。她将双手放在后脑勺处，咬着一根草，潇洒地朝着落日缓慢走去。

肥鸟先飞："打道回府咯。"

阮啾啾回到家时，程隽正从厨房里走出来，他手里拿着一瓶养乐多，松松垮垮的睡衣显得整个人懒洋洋的。阮啾啾神态自然地问道："晚上想吃什么？"

程隽："满汉全席。"

阮啾啾："请你做个人！"

"钓鱼台国宴。"

"你把我当成什么人了？点菜机吗？"阮啾啾一巴掌拍在他的胳膊上，"有这本事我怎么不去当米其林餐厅主厨？"

程隽像是发现了新大陆："米其林……"

"想都别想。"阮啾啾面无表情地打断了他的话。

两人之间每天的话题似乎都是从吃什么开始的。终于，两人敲定吃饺子，阮啾啾把肉和菜都切好，让程隽剁馅儿，自己则准备面皮。只听一阵阵菜刀落在案板上的咣咣响声响起，整个家都有了烟火气。

阮啾啾忙活完，忽然听到剁馅儿的声音没了。

她回过头，便看到程隽背对着她，凝视着案板上的馅儿，在尝与不尝的边缘试探。

阮啾啾："不能吃生肉！有寄生虫！"

几分钟后，被抓包的程隽老老实实地坐在椅子上，看着阮啾啾教他如何包饺子。看了几遍，他嫌麻烦地拧起眉，舀了一勺馅放在面皮上，又放了一块面皮，一秒捏紧。

阮啾啾："你这是什么玩意儿？"

程隽："满月。"

阮啾啾："……"

他偷懒就偷懒，找什么借口啊！

他动作极快地又捏了几个："上弦月、下弦月。"

阮啾啾："……"

待阮啾啾从滚水中捞出饺子盛在盘子里的时候，程隽幽幽的解说又不合时宜地响起："猴子捞月。"

"……"

俗话说得好，忍无可忍，无须再忍。阮啾啾满脑子都是武松打虎、鲁提辖拳打镇关西。

程隽头顶着包，非常乖顺地吃着饺子，再也不说关于月亮的任何词语了。

阮啾啾吃了几口饺子，忽然觉得索然无味。她托着下巴望向程隽，心底涌起一阵忧伤情绪。

当她真的回忆起自己最不愿见到的一幕之后，便知道她是没有资格再留在这个家中的。她对不起程隽，怎么还能接受他的各种好意？这对程隽不公平。

程隽咽下一口饺子，说："所以，发生了什么？"

相对外表看起来的温暾迟钝，他似乎比想象中更敏感。阮啾啾心头一紧，语气不咸不淡地道："你少气我我就没事了。"

两人吃了晚饭，又吃了水果，各自玩了一会儿手机，就像是所有正处于七年之痒阶段的平平淡淡的夫妻一样，各自回房睡。

在阮啾啾即将进入卧室的时候，程隽忽然叫住她。

"不打算说吗？"

阮啾啾沉默片刻后道："明天你回来再说。"

第二天，程隽去了公司，阮啾啾却请假没有去。她拉出一个行李箱，坐在床上发呆。整个家里似乎没几样东西是她的。

守着空荡荡的行李箱，阮啾啾坐了很久。

程隽在公司一整天都心不在焉的。

他时不时地看一眼手机，动作明显到傅子澄都有些受不了了："老板，你要是想回家就回去，剩下的工作我们做就好。"

程隽："好。"

254

傅子澄："……"他就是客气一下！

程隽迅速合上笔记本电脑，只留给傅子澄一个背影。刚进来的涂南愣了愣，问傅子澄道："老板要去哪儿？我们不是今晚得加班吗？"

傅子澄一脸苦相地道："是的，而且得多加班了。"

涂南："……"

程隽直接坐车回了家。

他走到楼下，抬起头，阮啾啾的卧室灯没有开，黑黢黢一片，这让他有种不好的预感，脚步不由得加快了。他打开门，客厅的灯也没有开，房子里满满当当的仿佛什么都不缺，又空荡荡到仿佛什么也没有。

他放缓了脚步。

茶几上摆着两份协议，白纸黑字，赫然是离婚协议，阮啾啾的名字签得工工整整的，上面说明她自愿放弃所有财产。

除此之外还有阮啾啾的一封简短的信。

"我想起来了，我做了一些对不起你的错事，没有脸再待在这个家里。我们好聚好散，公司递辞呈会被传出来的，只能麻烦你和涂南重新招人。照顾好自己，少吃垃圾食品。

"还有，程秀，别来找我了，我是不会当你的厨师的。"

阮啾啾很尿。

她只能趁程隽不在的时候偷偷溜走，避免当面说离婚的尴尬场景。

"……"

程隽的脸上没什么表情，苍白的面色衬得一双漆黑的眼眸毫无生气。

他走到阮啾啾的房间，打开了灯。

房间里和平日没什么不同，她带走的东西很少，就连梳妆台上摆着的小首饰、丝巾什么的都原模原样地摆着。

他僵硬地站在原地，像是在思考什么，又像是在毫无意义地发呆。

他掏出手机，屈着手指，沉默许久后，拨通阮啾啾的电话。

甜美的客服小姐的声音响起："对不起，您拨打的电话是空号……"

他又发微信过去，显示他不是对方的好友。

咣当一声，手机掉落在地上。

阮啾啾深深感到小说里说走就走的潇洒情节简直是骗人的。

她拖着行李箱打车，让师傅把她拉到距离住处几十公里的地方，路上惨遭堵车，她就那么眼睁睁地看着计程车的计价器不停转动，钱噌噌噌地上涨，简直肉疼到恨不得立即下车。

现在可不比以前了，来回都有司机接送的待遇彻底成为历史，她想都别想了。

阮啾啾想，幸好她还有一点儿存款，好让她有个安身之地。从此以后她再也不是总裁的小娇妻了，而是一个即将面临租房等生计问题而弯下英雄腰的普通人。

的士还在缓慢地挪动。

司机大哥也许是心不忍，看了一眼后视镜里一副咸鱼瘫状的阮啾啾，说："女士，你如果着急的话可以坐地铁，周五下班高峰期堵得厉害，可能还得堵一个多小时。"

阮啾啾瞟了一眼计价器："……"大哥说得对。

几分钟后，的士停在路边，阮啾啾拎着行李箱去坐地铁，这时候的她已经累得满头大汗。

但她必须得捂得严严实实的，戴上口罩和帽子，免得被其他人认出来。尽管如此，她姣好的身材和一双漂亮的桃花眼依旧引人注目，再加上身上穿的衣服都不便宜，走哪儿她都被人围观，甚至有人以为她是哪个明星，上前搭讪要签名。

阮啾啾头痛不已，忽然开始后悔自己不应该为了省钱而找麻烦。

酒店是普通的连锁酒店，幸而设备还算新，阮啾啾坐在床上，摸了摸饥肠辘辘的小腹，决定叫个外卖。

加上满减的麻辣香锅很划算，但阮啾啾吃了一口，就皱起眉头。

说好的好评上万呢，这还不如她自己做的好吃。

她叹了口气，忽然没了心思，敷衍地吃了几口饭后便躺在床上发呆。这时候收到信息的程隽应该已经接受现实了，她不敢听到程

隽的声音，先一步换了手机号，将他的微信号拉黑，从今往后跟程
隽就没有任何关系了。

阮啾啾已经想好，明天就买票去另一座城市，那里没有人能将
她和嘉澄的老板娘联系在一起。她换个发型，穿着普通的衣服，脸
没有机会保养的话，过不了多久她就会变成一个只能算好看的女人，
淹没在茫茫人海之中。

后悔吗？或许，有那么一瞬间阮啾啾是后悔的。

她也像正常人一样贪恋着舒适又体面的生活，希望自己能少受
劳累，这样的私心偶尔也会冒出来。

但是阮啾啾做不到继续留在那房子里。

她回想起记忆中的画面就感到痛苦。这样的她无法回报给程隽
相等的情感，如果再放任着他对她加深喜欢而做出不负责的承诺，
那简直和欺诈没什么区别。她已经伤害了他，不能再伤害第二次。

那晚阮啾啾想了很多，感情方面她的确迟钝，一想到程隽曾经
那样紧紧地抱着她浑身颤抖，她还说出有新欢就离婚的话，心里的
羞愧与自责就要将自己淹没。

阮啾啾没办法当面对程隽说出离婚的话，那样程隽受到的伤害
会是现在的数倍。

她只能做一个毫无勇气的逃兵了。

"唉……"

冰箱里有冻好的饺子和她做好的熟食，够程隽吃一两天。到时
候程隽换了厨子，有了新生活，也会渐渐淡忘她的事情。

他离了她，日子还是照样过的，以前是什么样，现在还是什么样。
程隽活了这么多年，活得比她清楚得多，肯定会照顾好自己。

只不过，他是用垃圾食品还是外卖来照顾自己就不一定了。

如果不是涂南太人精，阮啾啾很想留下一句话，让他多关照一
下老板的吃饭问题。

翌日，阮啾啾去楼下的一家理发店把头发剪成了齐耳短发。

理发的"托尼老师"一直在感慨她的头发有多漂亮、颜色多好，
店里没几个客人，理发师们都在一旁围观，一个个像娇羞的少女，
却怎么也不敢上前搭讪。

"托尼老师"买下了阮啾啾的头发。

阮啾啾有些肉疼，但看在钱的分儿上，终于接受了自己短头发的现实。

她剪短头发后，和之前的形象差别很大。如果说披着波浪卷的阮啾啾是妩媚的，现在的短发则多了几分活泼俏皮，像青春漂亮的女高中生，混在高中校园里都没人怀疑。陆陆续续有客人进来，都在猜她是附近哪所高中的学生，阮啾啾又是惆怅又是高兴，心情复杂万分。

剪了头发后，她买了几件便宜衣服，更像手上没什么钱的小姑娘了。

面对面路过的几名穿着高中校服的男生对着她吹了声口哨，笑嘻嘻地你推我搡地上来要她的联系方式，阮啾啾只能告诉自己老阿姨不跟他们一般见识，冷漠地回绝。

"还是个小辣椒呢。"

"喂，你是哪所学校的，明天下课去堵你啊。"

"高一还是高二？小学妹？"

学妹个屁！

阮啾啾真想抓住几个乳臭未干的小流氓教训一顿。

她瞪了几人一眼，装作没听到似的掏出手机查票。紧接着，她忽然蒙了——等等，为什么没票了？待她看到"春节"两个字的时候，忽然意识到自己赶上了春运高峰期。

"……"

机票价格不低，阮啾啾慎重考虑片刻后，决定还是买票走人。

她买好了几天后的飞机票，准备在旅店里先规划规划自己的人生。

接下来，她该怎么走？

阮啾啾哪能料到，程隽的反应比她想象中还大。

自从阮啾啾离开之后，程隽就像人间蒸发似的，没了踪影。

涂南一开始还没反应过来，后来发现给嫂子发信息竟然被拉黑，电话号也成了空号，而其他几人遭受了同样的待遇。几人面面相觑，不知道发生了什么事。

待他联系不到程隽的时候，这才意识到事情似乎比想象中更为严重。

平时这个点，家里都是吵闹的。

有吹风机的声响，有鞋子啪嗒啪嗒地踩在地板上的声音，有做饭的烟火气，有电视剧的喧闹声，哪怕两人各做各的事情，紧闭着房门，他也感觉很安心。

他回来的时候，永远都能看到她。

许久没有犯的胃炎开始折腾神经，他顿时有种令人作呕的恶心感，仿佛胃液在不停地翻滚。他已许久没有进食，只有疾病才会及时地过来提醒他要照顾身体。

程隽穿着松垮的睡衣，脸上平平淡淡的，像平日一样耷拉着眼皮，木然地打开冰箱门，拿出阮啾啾冻好的饺子，放在沸水中。

火开得太旺，他发个呆的工夫，一小半的饺子就被煮得烂了皮，馅儿翻滚出来，变成了一碗肉馅汤。他毫无知觉地关上火，将肉馅汤舀到碗里，拿起碗筷放在桌子上。

一双筷子、一个碗，衬得餐桌比平时大很多，无边的孤寂充盈在心里，挤压着五脏六腑。

程隽拿起筷子，却在走神。

很快，冒着热气的汤水渐渐冷却、凝固，浮起一层单薄的油花。他就像吃了十大碗猪肉馅的饺子，又撑又腻。

咚咚咚！门外响起涂南的敲门声，一个大男人竟然带着哭腔大吼道："老板啊，你快说句话啊！别想不开啊！"

程隽慢吞吞地走到门前打开门。

涂南差点儿急红了眼："嫂子呢？她去哪儿了？你们吵架也不能吵这么厉害啊，有什么事不能好好说？"

发呆许久，程隽才自言自语道："她走了。"她再也不会回来了。

涂南是第二次见到程隽这样的神情，上一次，还是程隽的母亲过世的时候。

涂南差点儿哭出来，红着眼，颤颤巍巍地问："嫂子她……已经埋了？"

程隽："……"

回应涂南的是咣的一声关上大门的声音。

阮啾啾打了个喷嚏。

奇怪，是谁在念叨她？

脑海中第一时间闪现的居然是程隽的名字，阮啾啾愣了一下，忽然幽幽地叹了口气。出来这几天她总是会想到程隽到底有没有好好吃饭，大概是习惯了厨子的身份，总怕程隽把自己给养死。

不过阮啾啾还是相信偶尔靠谱的涂南会照顾好程隽，有涂南在，她也就放心了。

阮啾啾坐着飞机来到了另一座城市。这是她随意地在地图上挑选的坐标，城市物价较低，交通便利，算是座宜居的城市。

她提前在 App 上看好了房子，跟房东沟通好后，确定没有问题就搬了进去。

房子是公寓式住宅楼，小平方米的单身公寓，一下子显得逼仄许多。

阮啾啾绕了一圈，发现缺的东西太多，于是坐在沙发上列了一条长长的购物清单，锁定附近的连锁超市，换好大衣便出门去买东西。

锅碗瓢盆、柴米油盐酱醋茶，哪一样都是必需品。

清单上打了钩的东西还不到一半，购物车里已经堆得满满当当，塞不下了。目测所有东西至少几十斤重，阮啾啾只好先买第一波，把东西都拎回去之后再买剩余的东西。

她正准备排队结账的时候，有人诧异地叫了一声她的名字："阮啾啾？？"

对方的语气明显带着迟疑和难以置信，阮啾啾听到熟悉的声音，下意识地想回头，但反应极快地捂住了脸，闷着声音说："对不起，你认错了。"

"是你。"顾游的声音响起。

他拎着几袋水果，快步走过来，确定阮啾啾是真的剪短了头发，打扮也和之前很不相同。

"你怎么会在这里？"她还一副添置家当的架势。

顾游的目光落在了阮啾啾的购物车上。

阮啾啾知道伪装是无用了，愁眉苦脸地松开手说："你不用多问，总之跟你没关系。"

"只有你一个人？"他精准地察觉到了真相。

阮啾啾别过脸去："跟你无关。"

"……"

顾游排在阮啾啾身后，两人沉默无语，在喧闹的超市里显得有些尴尬。仿佛有一道镭射灯光照在阮啾啾的头顶，她感觉浑身不自在。在程隽没有公布离婚消息之前，阮啾啾是绝对会保守这个秘密的，不会让任何人知道他们俩离婚的事情，包括顾游也不行。

很快轮到阮啾啾结账。

她买的东西实在是太多，满满当当地装了两个大购物袋，看着比阮啾啾还要重。她憋红了脸，要装作很轻松地拎起两个超大号的购物袋，但还没走几步胳膊就颤颤巍巍的了。

"我来。"身后的顾游上前一步，帮阮啾啾拎起一个购物袋，把一小袋水果塞进她的手里，又拎起另一个购物袋。

阮啾啾急忙道："其实不用……"

"就当我报答你的恩情，和别的事情无关，可以吗？"

顾游轻轻松松地拎着袋子快步走出了超市："你住在哪边？"

阮啾啾有些不情愿地指了一下单身公寓的方向。这里本应该是个秘密住所，她万万没想到，第一天就被顾游撞了个正着。

顾游笑了一下："好巧。"

"你为什么在这里？"阮啾啾一脸郁闷地问道。

难道他们之间真的有缘分在，才会让她不论去哪儿都会碰到他或是徐碧影？

"我的老家就在这座城市，说来也巧，我家距离这儿不过几公里，我是顺路买水果。"

"这样啊。"

阮啾啾心里似有一万匹羊驼奔腾而过。

她这是什么运气？她随便选择的房子，竟然就在顾游的老家附近？？？她整个人都要不好了！

幸好顾游不是喜欢问东问西的性格，直到两人进了公寓，顾游

261

把两袋东西放下，打量一番公寓里的环境，才说道："是刚来不久吗？"

"是的……"

"一个女人住这里的确要小心一点儿。我检查一下设备有没有问题。"

阮啾啾挠了挠头发："其实不用了。"

顾游望着她，齐耳的短发被揉得有些乱糟糟的，哪里像个结婚多年的女人，简直是个没长大的小女孩。他不禁莞尔，摇摇头上前帮阮啾啾检查一番设施，将松了的螺丝拧好，确定没有问题之后才准备离开。

阮啾啾感激万分地把他送到门口，忽然想起顾游的水果还放在家里。

"对了，你的水果——"

"没事，就当是祝贺你乔迁的微薄之礼。"

顾游突然正了脸色，说："如果有什么问题，记得给我打电话，不要为了面子而觉得不好意思。"

"好，谢谢你。"

阮啾啾关上门，后背倚在门上，缓缓滑坐在木地板上，唉声叹气地捂住了脸颊。

完了、完了，顾游绝对发现他们的不对劲儿了。

果然，顾游表面上没表示，却三天两头地找理由给阮啾啾送东西，有时候是肉，有时候是蔬菜水果。阮啾啾一开始直接拒绝，却架不住顾游真心实意的劝说。实际上他的确如他自己所说，只是送东西，偶尔说几句话，询问阮啾啾最近的情况，说完了就走人，没有半点儿搞暧昧的意思。

阮啾啾渐渐松了口气。她偶尔也会象征性地让顾游带一些她做的点心之类的食物回去作为谢礼，无论如何，阮啾啾从来没有让他留下来吃饭的想法。

她最近接了私活，兼职给别人画画稿，还算是有些收益，生活也逐渐稳定下来。

顾游由衷地为她感到高兴。

临走之前，阮啾啾塞了一盒小点心给他。顾游郑重地接过点心，跟她道别后，这才下楼。

他不自觉地扬起嘴角，从大楼拐过去的时候，一道黑影和他擦肩而过。顾游心里有事，自然没有察觉对方似乎看起来有些熟悉。

程隽摘下帽子，回过头望向顾游离开的背影。

他抬头望了一眼阮啾啾所在的大楼，又转向顾游已经消失不见的街角，陷入久久的沉默之中。

半晌，程隽掏出手机，拨通电话，平静的语调在寂静的院落里十分清晰："把顾游叫回俱乐部，随便用什么理由。"

阮啾啾走在回家的路上。

最近顾游不再三番五次地出现在阮啾啾的生活里，让她松了口气，不用再为如何拒绝顾游费脑筋。

她拎着一袋蔬菜，正好赶上超市减价，统共也没花多少钱。

一个人的饭很难做，她经常习惯性地按照两人份做了一大锅，只能自己顿顿吃，吃到反胃不想再看到第二次为止。

阮啾啾一想到明天得做饭，又是一阵头痛。

她还是偷个懒，订外卖好了，这些菜还能放好几天。

阮啾啾的脚步不慢，一个人生活总得注意一些，万一被盯上会很危险。

但此刻她总有种奇怪的感觉，令她头皮发麻，浑身上下都不自在。

阮啾啾向后看了一眼。

最近几天她总有这样奇怪的错觉，晚上睡觉都做噩梦。这条路上的行人不多，纵然阮啾啾胆子再大，也有些发怵，不由得加快脚步。

这时，身后响起一个流里流气的笑声："怕什么？小姑娘，你住哪里，我送你上去啊。"

阮啾啾正准备将一袋蔬菜抡上去，有人比她的动作更快，一拳把对方打得脸歪在一边，鼻血横流。来人又是一拳，男人已经痛得开始哇哇乱叫，叫嚷着要报警了。

阮啾啾被面前的变故吓了一跳。

待她看清楚打人的是谁，不由得愣在原地："程隽？"

程隽一手将她护在身后，低垂着头，盯着躺在地上哭爹喊娘的男人。那双细长的眼眸中的寒意让男人抖了抖，男人忘记叫嚷报警，连忙屁滚尿流地跑远了。

阮啾啾心有余悸。

"你为什么知道我在这里？你是不是已经跟着我好几天了？"

程隽："路过……"

阮啾啾："……"

程隽："……"

"我不是说了，不要来找我吗？"阮啾啾后退几步站定，"谢谢你，我以后一定会注意的，你也快回去吧。"

程隽没有答应，只是默然地凝视着她。

"你走吧。"阮啾啾叹息了一声。

程隽依然一言不发。

阮啾啾转过身，继续朝着公寓所在的方向走去。身后的程隽像是怕她生气，远远地跟着，始终没有靠近，待阮啾啾上了楼梯，他远远地站在小区门口，望着一层层的灯亮起。

阮啾啾回到公寓，反锁上门，透过猫眼并没有看到程隽的身影。但愿那家伙已经走了。

外面突然开始下雪，纷纷扬扬，热烈到像是一场告白，美得惊人。

阮啾啾将窗户打开一道缝，想透透风。这时她不经意地一瞥，却在一片苍茫的白色中发现了一道黑色身影。

他就坐在台阶上，一动不动，身上落了雪，背影显得孤独又落寞。

"……"

阮啾啾唰的一声关上了窗户。

她告诉自己，不能重蹈覆辙，不能心软。程隽又不是小孩子，雪下大了他自然会回去，用不着她来操心。

阮啾啾当作没有看到似的换了衣服开始做饭。

外面的雪下得更大了，这大概是新年最大的一场雪，整个世界都像被掩埋在白色的海洋里。玻璃窗蒙着一层雾气，有些看不清窗外的情况，阮啾啾犹豫了一下，走到窗前，手随意地擦了几下。

方才还模糊的景色骤然变得清晰，她从玻璃窗俯瞰下去，乍然间差点儿没有发现程隽的踪影。

他依旧坐在台阶上，这么长的时间仍一动不动，身上披着一层雪，仿佛要和这场大雪融为一体。

"啧……"阮啾啾烦恼地皱了皱眉。

他疯了吗？

她在屋里漫无目的地绕了几圈，最终还是没能狠下心来。

还不知道这场雪要下到什么时候，程隽如果真的坐上一夜，恐怕得发高烧。他从来不爱惜自己的身体，仿佛身体上受到的折磨苦痛与他无关。

阮啾啾穿上大衣，倒了一瓶热水拧好，快步下了楼。

程隽依然坐在台阶上，就像一块石头，以他心不在焉的程度，他能够在阮啾啾不提醒的情况下穿上羽绒服就已经是好事了。

阮啾啾走到程隽身后，叫他的名字："程隽。"

"……"

他抬起头，身上的雪簌簌地掉落在地上，面色比平日里苍白许多，唇色淡到几乎看不清，睫毛上结了霜，一双死气沉沉的眼眸在望向阮啾啾的时候，终于多了点儿生气。

"你疯了吗？这么大的雪你为什么不回家？"

沉默许久，程隽才哑着嗓音说："没有家。"

他的话太过酸楚，就像是一根软刺扎在阮啾啾的心上，一时间，她竟然说不出话来。

阮啾啾深吸了口气，随即长长地叹了一声。

她蹲在程隽身旁，帮他把身上的雪拍掉，将手里暖烘烘的热水瓶塞到他的怀里。碰到程隽的手指时，她只觉得冰凉得像块冰，不由得皱起了眉头。

程隽全程没有说话，目不转睛地望着阮啾啾的动作，待到阮啾啾的目光转向他，他像是怕阮啾啾厌烦似的垂下了头。

"去找个酒店睡一觉。"阮啾啾站直了身体，"睡一觉之后，买最近的飞机票飞回去，再也不要来了。"

程隽没回应她的话。

过了许久，他才问："是因为我吗？"

"什么？"

阮啾啾不知道的是，程隽比她预料中的来得更早一些。他按照地址找到她，却看到她剪了齐耳短发，仿佛拿出了决心要彻彻底底地和过去决裂。

他停顿在原地，迟迟没能上前，直至阮啾啾消失在街角。

"你很讨厌这样的死缠烂打。"

所以她为了躲避他，宁愿花费心思跑到另一座城市，换了新发型，只为和他脱离干系。

"……"阮啾啾竟不知要怎样接下去，只好避开这个话题，"你快回去，等会儿天黑了不好打车。我先走了。"

她转过身去，就在这时，一只手拽住了她的衣角，程隽拦住了她的去路。他的力道不重，阮啾啾只要稍微用力拽一下，就能挣脱了。

"不能故技重施啊。"就算他说"别走"这样的话，阮啾啾也下定决心不能心软了。

"我喜欢你。"

"……"

突如其来的告白让阮啾啾愣在原地。

男人坐在台阶上，被冻到身体僵硬，呼出的气瞬间凝结为白色的雾。他却执着而可怜地拽着阮啾啾的衣摆。他这哪里像是在告白，简直是在乞讨，希望阮啾啾能分给他一丁点儿暖意就好。

两人之间是死寂般的沉默，唯有风的呼啸声持续着。

"你回去。"她的语气陡然冷漠起来，"不要再来了。"

阮啾啾甩开他的手，毫无感情可言地径直朝着大楼走去。她想她必须冷漠一些，才能让程隽不要对她心存希望。

她拒绝得如此干脆，像程隽这样怕受到伤害的人，必定是不会再有纠缠的想法了。

就在这时，阮啾啾听到水瓶滚落在地上的声响。

她还没来得及回头，一股大力紧紧箍住她的身体。他从身后紧拥着她，像是怕她逃跑似的，没有要松手的想法。阮啾啾被吓了一跳，撞在程隽的怀里，动弹不得，整个人都是蒙的。

他这样简直太不像程隽了。

"你……"

"求你。"

他的语气软弱得可怜，若是被涂南他们撞见程隽这样哀求阮啾啾的模样，恐怕得吓死。

阮啾啾很难狠下心去斥责他，只感受到他的皮肤很烫，就像是一个火炉，烫到有些不正常。

他是不是发烧了？

阮啾啾还没来得及询问程隽，就在这时，他松开了手，一头栽倒在地上，不省人事。他重重地砸在雪地里的样子吓坏了阮啾啾。

"程隽！"

程隽发高烧了，是被120急救车带到医院的。

阮啾啾心急如焚，幸好程隽并无大碍，只是发烧加上许久未进食，情绪大起大落，才会这么晕过去。

阮啾啾坐在病床边唉声叹气，简直不知道该说什么好。

"你是怎么活到现在的？这么大的人还不会照顾自己。"

程隽吊着点滴，还没有醒来。

他还没退烧，额头很烫，嘴里说着胡话。阮啾啾凑近了才听清，他一直念叨着别走。

阮啾啾生怕手背上的针被他乱动扎到别的血管上，抓住了他输液的那只手。

指尖相触时，程隽猛地拽住她的手，阮啾啾感觉简直像被王八咬住了似的紧紧不放。

像是陡然间松了口气，他不再说胡话，但那只手一直没有要松开的意思。

"……"

阮啾啾的手温暖小巧，软弱无骨，程隽的手宽大而结实，将她的手覆住。他的手心有些滚烫，阮啾啾心底一抖，腹诽着程隽这家伙真是无意识地在占她的便宜。

她坐在病床边，端详着程隽的模样。

不知是不是她的错觉，几天没见，程隽似乎有些瘦了，也憔悴

267

了一些。

阮啾啾又一次发出叹息声。

她最见不得别人落魄可怜的模样，程隽这样，她还如何狠得下心拒绝他呢？

程隽醒来之后，一直没有松开手的意思，让来换输液瓶的护士又是羡慕又是好笑。

阮啾啾脸皮薄，尴尬地红了脸，让程隽松开，程隽便开始装傻。

"血流出来了！"

程隽是不得已松开手的。

接下来，阮啾啾走到哪儿，他的目光就追随到哪儿。阮啾啾如果要出去拿药，程隽也必定会拿着输液瓶跟在她身后，仿佛怕她跑了似的，捉贼都不带黏这么紧的。

阮啾啾感觉压力好大。

她给程隽削苹果时，程隽看得目不转睛，不知道的人还以为他在看电影还是怎么回事。

"我给你买饭去。"

"别走。"他下意识地又拽住她的手腕。

阮啾啾："你得吃饭。"

程隽用沉默回答了她。

阮啾啾别无他法，只好买了医院的饭，让护士小姐送过来。程隽已经盯着她看了好久，让阮啾啾浑身不自在，若不是他还在生病，阮啾啾真想一巴掌招呼上去。

吃了饭，阮啾啾正要起身，程隽立即跟上来。

"我要去厕所。"

"我跟着你。"

阮啾啾怒目而视道："坐下！！！"

趁着程隽发高烧昏迷的时候，阮啾啾给涂南发了一条信息。幸好她还有涂南的电话号的记录，不至于抓瞎。她报了位置，便等着涂南过来领人。

涂南来的时候，程隽睡着了，阮啾啾悄无声息地走出病房见了涂南。

涂南眼含热泪，不知道的人还以为他怎么了："嫂子……"

阮啾啾："……"他们不就是几天没见，涂南对她感情这么深厚的吗？他怎么一副经历过生死离别的样子？

她哪知道自己在涂南心里已经死了一回。

"你好好照顾程隽。"

"嫂子，你去哪儿？"

"你们别再来找我了，也不要叫我嫂子了。"

阮啾啾心乱如麻。看到程隽这样，她心里怎么可能不难受？但她必须得主动、坚决地斩断程隽的最后一丝念想，让他别再对她抱有想法，时间会淡化一切感情。

"不行啊，你不能走啊。"涂南面带焦急地道，"老板他……已经几天不吃不睡了，再这么下去会出人命的。"

"他只是一时想不开，过段时间就好了。饿了他自然会吃，困了也会睡着，身体会帮他调节。"阮啾啾别过脸去，"大家都是成年人了，谁离开谁哪还有活不下去的？"

"老板会。"

"……"阮啾啾一时间竟然找不出反驳的理由。

阮啾啾也快要不懂自己是什么想法了。

她既无法狠心到干脆地扔下发烧的程隽就走，又没办法留下来，心底仿佛有两个小人在拉扯着她，让她心烦意乱。

嘴上说得很轻松，但阮啾啾从没想过要去拥有一段感情经历，甚至是结婚，尤其是当她做下自己都无法原谅的错事之后。

涂南站在楼道里，表情严肃，像是在透过阮啾啾的内心审视什么："嫂子，遇到事情不要总想着躲避，以后你肯定会后悔的。"

阮啾啾烦躁地揉了揉短发。

她这样的行为是在躲避吗？涂南说得似乎没错。

"我、我先走了。"阮啾啾的语气颇有落荒而逃的意味。

"去哪儿？"背后忽然响起程隽慢吞吞的声音。

"……"阮啾啾顿时感觉芒刺在背，竟然有几分怯场。她正准备走人，涂南自觉地尴笑了一声，让他们两人好好聊，自己则快步进了病房。

程隽一手推着输液瓶的支架，架子在光滑的瓷砖上弄出吱呀吱呀的刺耳响声。

"你应该都知道了吧……为什么还要再来找我？"

"你梦到曲薇了。"

"是这样。"

骤然被程隽提起曲薇，阮啾啾抿了抿唇道："对不起。"

程隽的反应很平静。

"这件事，你早在失忆前就跟我坦白过。你说你没办法继续下去，已经想好办法来补偿我。"

"是、是吗？"

"你用一模一样的表情说着道歉的话。"

阮啾啾："……"

不知道为什么，被程隽这么一说，她总感觉她很愚蠢的样子。

程隽说道："那时候你的手受了严重的伤，还被人勒索要赔偿，曲薇给你钱帮你偿还了债务，你便跟曲薇达成了协议。"

"你都知道了吗？"

"但你不知道，让你的手受伤的人就是她，是她下套做的这些事。手受伤复健了一年，你大概是受到了打击，渐渐就再也没拿起过画笔。"

阮啾啾："……"

"别害怕，一切问题都会解决的。"程隽向前走了一步，站定。

曲薇的事情，他会去做个了断，绝对不会让曲薇再伤害到阮啾啾一分一毫。

阮啾啾的脊背绷得很紧，她站直了身体说道："谢谢你告知我这一切。无论如何我就是做错了事，没有理由再待在你身边……"

"那就重新来一次。"

"嗯？"她惊讶的视线撞上了程隽的目光。

两人四目相对，阮啾啾重复了一遍："重新……什么？"

程隽的语气慢条斯理的，就像是在谈生意："你可以当作相亲一样试着跟我相处，不用有压力。"

阮啾啾惊了："这怎么可以？"

"我们同居过，熟悉彼此的生活作息，这一点没有任何矛盾。"

"这倒是。"

"你对跟我相处没有反感，我的各方面条件都还不错。"

"似乎是的。"

"最重要的是，我很喜欢你，所以你不用担心单方面付出。"

"……"

"那为什么不试一试？如果之后你还是认为不可以的话，我们就离婚好了，我会放你离开。"

"但是，如果我……"她真的不想伤程隽的心，但这是横在两人之间无法避免的问题。

到时候她再离开，给了程隽希望，又让他绝望，他岂不是会更痛苦？

程隽缓慢地说："让我甘心。努力过之后还是失败的话，我会甘心。"

"……"

阮啾啾努力寻找着能够反驳程隽的话，却怎么也想不出来。婚内相亲式相处，也只有程隽才能提出这样的提议了。

她再三询问程隽："你想好了吗？确定真的要这么做？其实……如果你想成家的话，会有比我更好的选择……"

"不会的。"他回答得毫不犹豫，不会再有比她更适合他的选择了。

阮啾啾正想说她再考虑考虑，程隽不知何时已经走到了她的面前，低下头，在阮啾啾的注视中缓缓地伸出了手。

他的嗓音很低，表情出人意料地柔和："回家。"

回家？阮啾啾在这一刻竟然奇异地被这两个字打动了。

涂南站在病房门口，使劲儿挨着门偷听，恨不得再戴个助听器。他只希望老板男人一点儿，抱住嫂子亲下去！半晌没有听到动静，涂南偷偷摸摸地探出头，却撞上程隽和阮啾啾的目光。

他们两人就站在门口，看着涂南略显猥琐地悄悄探出的脑袋。

271

"……"涂南脸上写着大大的"尴尬"二字。

"哈哈哈，你们没事了？"

程隽："出去。"

涂南："……"这叫什么，卸磨杀驴……呸！他才不是驴！

尽管心里还是觉得奇怪，阮啾啾最终仍同意了程隽的建议。

她总有种被程隽的逻辑绕进去的感觉。

程隽动作极快地订了飞机票，阮啾啾一脸苦恼地说："东西都是新买的……而且才付了房租。"

早知道会是这样的结局，她干吗辛辛苦苦地收拾房子啊？

她真是疯了。

程隽很淡定地道："我已经买下房子了。"

阮啾啾："啊？！"

"所以，房子就搁着。"

阮啾啾一时间竟无言以对。他有钱就了不起啊？这真的很了不起啊！

程隽订了晚上的飞机票，一晚上都等不下去，像是生怕阮啾啾清醒了就不跟着他回去，就差动作快一些地把阮啾啾绑回去。

"我得回去收拾一下东西。"

"好。"

程隽套上外套，站了起来。阮啾啾愣了愣，说："你就在这里待着。"

"好。"说着，他已经跟在阮啾啾身后了。

阮啾啾："……"

她现在后悔还有用吗？

阮啾啾严令禁止程隽离她太近，这个狗男人有占她便宜的嫌疑在先，她不得不防。她走在前面，程隽跟在身后，两人保持着一两米的距离。

一路上阮啾啾都在走神，不明白她这样的决定到底对不对。

正当她走神之际，脚下打滑，猝不及防地在程隽面前摔了个狗啃泥。

阮啾啾：我恨下雪天！

程隽磨磨蹭蹭着，半晌没有上前扶一下阮啾啾，让阮啾啾深深感到被欺骗了。她狼狈地站起身，朝着程隽怒目而视道："为什么不扶我？"

程隽一脸理直气壮的表情，慢吞吞地道："不是你说，不论什么情况下都不允许我接近你吗？"

阮啾啾声音幽幽地道："有的人活着，却已经死了。"

就这样他还想和她发展感情，她还不如指望一场海啸把他们俩卷到孤岛上为了繁衍不得不在一起来得靠谱呢！

阮啾啾真是要把这辈子所有的吐槽都用在程隽一个人身上了。

她恼怒地瞪了程隽一眼，换来程隽茫然的眼神。

阮啾啾更生气了。

她上楼收拾东西时，程隽进了房间，四处打量，忽然觉得这房子也不错，只是单人床得换成双人床。

他走到厨房，拉开柜子，里面只放着一副碗筷。

程老板的心情骤然转晴。

阮啾啾正在收拾衣服，回过头便看到程隽站在厨房里，一副心情不错的样子。她没好气地翻了个白眼："我就知道你只惦记着吃！"

这家伙该不会是为了吃饭演了一出戏吧？

阮啾啾忽然觉得，这个可能性也是有的。

阮啾啾也说不清楚贸然答应了程隽的提议，到底是否正确，甚至有种稀里糊涂地上了贼船的感觉。但她突然意识到，涂南说得对，她总这么逃避可不行。

"走。"阮啾啾叫了程隽一声，"等会儿还得赶飞机。"

两人出门，程隽帮阮啾啾拖着行李箱，阮啾啾跟在一旁，场面出奇和谐。

匆匆坐飞机赶来的顾游看到的便是这一幅画面。

他先是愣在原地，目送他们远远离去的背影，僵硬得像块木头。随即他苦笑了一下，摇了摇头，不知心里是什么滋味。心里涌起的一点儿希望瞬间被打碎，他不禁嘲笑自己有多么无知。

他从怀里掏出一张票，是一周后比赛的现场票，本来是留给阮啾啾的，现在似乎用不上了。

顾游沉默片刻，干脆利落地把票撕成了两半。

他原本想等着比赛结束之后，告诉阮啾啾，他好多年前就喜欢她，现在也喜欢她，希望她能给他一个机会。

然而有些事情不需要撞到南墙也可以看到结果，他从来不是会介入别人的感情的小人。

虽然他很舍不得，但是……

既然是错误的事，他就不能继续下去了。

阮啾啾坐在飞机上，飞机还有十几分钟才起飞，身旁的程隽一直在看手机。这会儿他倒是精神抖擞，没有一丝病恹恹的样子，如果不是高烧未退，阮啾啾真怀疑他是在装病了。

"你在看什么？"她随口问了一句。

程隽立即关掉手机。

如果这时候阮啾啾打开他的手机，一定会看到条目：如何快速高效地让女孩子产生心动的感觉。

高票第一的回答是：人在危险的情况下因为心跳加快，会产生心动的错觉。建议可以去玩惊险项目，或是去鬼屋之类的地方。

程隽陷入了沉思之中。

飞机起飞后，阮啾啾昏昏欲睡，这时候程隽忽然问道："要不要去游乐场玩？"

"怎么突然要去游乐场啊？"

"相亲对象，不是要出去约会吗？"

"……"他说得好像很有道理的样子。

程隽继续说道："附近有一家游乐园设施齐全，我们可以在工作日过去玩。"

阮啾啾眼睛一亮。

她好久没有玩海盗船、过山车、蹦极、鬼屋了，出去玩一次的话，也不错！

第十二章
女人都是"魔鬼"

阮啾啾一开始还觉得有些别扭，毕竟她此次回来后，已经不单纯是两人共同生活了。

但很快程隽就身体力行地向她表示，这个男人大概把自己说的话都当成了空气。待两人回到家的时候，他似乎已经忘记自己说了些什么，自顾自地拿出了一袋薯片开始嚼。

"冰箱里剩下的这些东西怎么都没吃？你这些天在吃什么？"

程隽语气不确定地道："空气……"

阮啾啾："……"什么鬼！

"你该不会几天就吃了一顿饭吧？"

"没有。"程隽慢吞吞地反驳道，"还有一桶方便面。"尽管面没吃几口就被他扔了。

阮啾啾毫不怀疑，给程隽一个机会，他可以辟谷到飞升，就差在家里彻底圆寂。

两人简简单单地吃了顿饭。

程隽的高烧已退，但显得有些疲惫，他吃了药，坐在了沙发上。

阮啾啾收拾收拾就准备睡觉了。一想到接下来还得继续去公司上班，她的尴尬癌就要犯了。当初她挖的坑，现在就得自己填上，可以说是自作自受的典型案例了。

她一夜睡得都不怎么安稳，满脑子都是关于未来的事情。

她和程隽会有未来吗？她自己都不敢确定。

阮啾啾翻了个身，睡不着又有些口干舌燥，便决定起床去喝点儿水。她推开门，结果发现客厅的沙发上坐着一道黑黢黢的身影，吓得她差点儿一蹦三尺高。

"你在干吗？！"他该不会又在半夜偷吃吧？！

程隽揉了揉眼睛，看样子似乎没睡着。

阮啾啾哪里知道，他是怕她半夜清醒过来跑路，所以守在客厅里，免得阮啾啾又一声不吭地逃掉。

"快回去睡觉。"

"嗯。"

阮啾啾喝了一杯水，程隽依然坐在沙发上一动不动。她眨了眨眼睛，问道："不是说好明天去游乐园玩吗？你不睡怎么有精力？"

程隽只是慢吞吞地说："你睡。"

"好，晚安。"

程隽目送着她的背影消失在门后。卧室的门被关住，发出咚的一声响，徒留他一人坐在沙发上，夜深了他却毫无睡意。

在漆黑的客厅里，程隽默默地掏出手机，温习着明天的流程。过山车和海盗船都是必玩项目，如果阮啾啾敢进鬼屋的话，那鬼屋就是压轴项目。

程隽的脑海里浮现阮啾啾嘤嘤嘤地尖叫，然后扑到自己身上的画面。

"……"

他更加睡不着了。

阮啾啾喝了一杯水后，彻底睡了过去。她再睁开眼睛的时候，已经日上三竿了。

她像平常一样推开门，懒懒地打了个哈欠，却发现程隽不知何时坐在沙发上睡着了。

"你竟然还没醒？"

阮啾啾的话音刚落，程隽便睁开了眼睛。他慢吞吞地揉了揉眼，说："不小心睡着了。"

实际上，直至早晨，他才终于有了睡意。

"今天还去游乐园吗？"

"去。"程隽回答得斩钉截铁。

"好。"阮啾啾看程隽的模样，似乎比她更加期待游乐园之行。

两人吃了三明治，换好衣服，打的到了游乐园。冬天的游乐园人本来就少一些，而且最近正处于考试期，又不是休息日，来游乐园的人寥寥无几。两人戴着口罩和帽子，保安大哥严厉地凝视他们许久，就像是在盯着两名不法分子。

"你在这里等着。"

阮啾啾："干什么？"

她手里拿着票，跃跃欲试地望着游乐园里的项目设施。没过多久时间，程隽回来了，手里拿着两个甜筒。

阮啾啾对他进行死亡凝视："你干吗买这个？"

程隽回答得理所当然："电视上都是这么演的。"

"可现在是一月份哎。"

程隽："嗯。"

阮啾啾："……"

没过多久，手里的甜筒就快要硬到成一坨冰，阮啾啾舔了一下，咬下一口，顿时猛吸气。甜筒冰到差点儿把她的脑袋都冻木了，她龇牙咧嘴的，引得程隽回过头来。

"烫嘴？"他问得很诚恳。

阮啾啾皮笑肉不笑地道："我劝你善良。"

阮啾啾的甜筒舔了很长时间，其间程隽又吃了几根烤肠，耐心等待着阮啾啾吃完甜筒。

终于舔完了甜筒，阮啾啾感觉被冻木的脑袋清醒了几分，这时程隽在她身旁慢吞吞地问道："要玩什么，过山车吗？"

"好啊！"

阮啾啾的声音抖抖索索的，仿佛她是害怕还硬撑着。实际上她只是被冻得有点儿哆嗦，再加上兴奋所以颤抖而已。

但程老板误会了。

这个点根本不需要排队，两人上了过山车，坐在第一排。程隽本来要体谅阮啾啾的身体，带她坐在中间，谁知阮啾啾太喜欢硬撑，说什么也要坐第一排。

两人系好了安全带。

程隽说："如果你害怕，可以跟我说。"

阮啾啾："你也是。"

程隽："……"

突然涌起的不安感笼罩在他身上。

阮啾啾压着嗓音，兴奋地说："你知道吗，我曾经一天内玩了十几次过山车！我超喜欢玩这个！"

程隽："……"

他还没来得及说话，过山车开动了。

阮啾啾尖叫了一声，和程隽预想中的"嘤嘤嘤"隔了十万八千里，尽管……这也算是尖叫。她超开心地睁大了眼睛，别说害怕，就差兴奋地笑出声来了。

哗——过山车猛地向下滑落！

高速飞驰而过的景色就像是一道道幻影，人的肉眼几乎看不清。

阮啾啾的心脏怦怦跳动着，这让她感觉放松而自由，浑身的血液似都在沸腾。她兴奋到脸都红了，在过山车的速度变缓的时候，别过头，看到并排坐的程隽面无表情。

风吹得他的头发有些凌乱，他的身体似乎有些僵硬，唇也紧抿着。

阮啾啾大声道："你该不会是害怕吧？！"

程隽："没……"

过山车又猛然间向下滑落！阮啾啾的耳旁只有呼啸而过的风声，她根本听不清程隽在说什么。

全程阮啾啾都保持着兴奋的状态，直至过山车缓缓地停下来。

"我们再玩一遍！"

程隽："要不要换……"

"哇，真的超开心！"

程老板以前从未有过去游乐园疯玩的经历。也是直到今天，坐在过山车上呼啸着上下飞驰，寒风就像耳光一样啪啪地打在脸上，抽得人生疼，他才意识到，打从出生到现在，他从未发现过，自己竟然——恐高。

"……"

身旁的阮啾啾笑得像个二百斤的胖子。在这种时刻，程隽依然冷静而又淡定，即使意识到自己恐高也不会表现出来。

程隽用余光瞥着阮啾啾。

她的碎发被风吹得有些凌乱，一双眼睛笑得眯了起来，就像两道弯弯的月牙，眼里闪烁着灿烂而耀眼的光。

他的心忽然漏跳了一拍。

程隽想，这到底是恐惧，还是心动？

他望着阮啾啾，竟然忘记呼啸而过的风和急速变幻的景色，只是默默地看着她。

终于，过山车缓缓地停了下来，阮啾啾小脸通红，揉了揉脸颊，望向程隽。程隽的脸上没什么表情，只是面色比平日苍白几分。

"你还好吧？"阮啾啾终于良心发现，"要不要去休息？"

这种时候他怎么能露怯？

程隽回道："没事。"

"那就好。"

他缓缓地站起身，缓缓地迈出脚，缓缓地走下台阶，全程僵硬得像个机器人。

阮啾啾再次确认道："你真的没问题吗？你可以在这里休息一会儿，我过去继续玩。"

程老板坚持自己很好。

阮啾啾说："我接下来要玩海盗船！你要来吗？"

坐在椅子上的男人沉默了两秒，说："好。"

逞强的下场就是……程隽像一条死狗一样被拖到海盗船上。

游乐园里的游客寥寥无几，最兴奋的大概就是阮啾啾了。

几个项目玩下来，她脸颊通红，眼睛发光，头发被吹得有些凌乱，一副没玩够的样子，东张西望，寻找着别的有趣的项目。

"你还想玩什么？"阮啾啾叫了程隽一声。

程隽坐在长椅上，表情木然，眼珠都没转一下，这又让阮啾啾诡异地联想到了祥林嫂。

"祥林……不，程隽，你怎么样？是不是身体不舒服？"

程隽保持了片刻的缄默，然后才说："还好。"

"那边的勇者峡谷看起来很有意思啊，要不要试试？"

程隽说："换一个。"

"玩什么？"

"鬼屋。"

如果说阮啾啾不怕高，喜欢玩刺激的项目，那么鬼屋她总会怕了吧？女孩子在见到"鬼"的时候不都是会嘤嘤嘤地哭泣着撞入男朋友或是老公的怀抱里吗？

程隽恢复精神之后，还在做着挣扎。

阮啾啾陷入了沉思之中。

像她这样挑剔的玩家，一般游乐场的鬼屋都不会进去，因为道具制作粗劣，工作人员不够敬业，导致整场玩下来气氛一点儿都不吓人。更别提有些工作人员比游客胆子还小，居然硬生生被阮啾啾吓哭。

阮啾啾还记得很早以前去一个废弃医院主题的鬼屋玩，场面一度惊悚到让阮啾啾都有些害怕。

然后，她前面的一对小情侣中的小哥竟然被吓尿了，场面一度很尴尬。

阮啾啾也很尴尬，无论如何都没办法投入进去，全程冷漠脸直到结束。

"可是不知道鬼屋会不会吓人哎。"

看到阮啾啾犹豫的表情，程隽就放心了。他站起身来，慢吞吞地说："试一试。"

万一阮啾啾被吓哭了呢?

来游乐园就应该玩个尽兴,阮啾啾跟着程隽去了鬼屋,工作人员叮嘱注意事项之后,两人确定没有问题,便朝着入口去了。

这一场只有他们两个人,大概即将享受 VIP 的豪门鬼宴。

两人一进门,黑漆漆一片,阮啾啾身旁响起程隽的声音:"如果害怕,你就抓住我的胳膊。"

阮啾啾不假思索地答应了。

前提是,如果她真的会害怕的话。

正在这时,从黑漆漆的上空忽然垂下一只手,苍白无力,指尖沾着血迹,差点儿甩在阮啾啾的脸上。

阮啾啾惊了。

这个效果做得还不错!气氛渲染到位!超出她的预期,她必须给高分!

程隽没有听到阮啾啾的动静,下意识地回过头,紧接着,他跟一个吊在半空的"女鬼"四目相对。扮演女鬼的工作人员大概没见过这么好看的男人,瞬间娇羞地红了脸,咧开血盆大口,五官古怪地扭在一起。

"……"

阮啾啾小声地说:"有点儿可怕哎。"

程隽僵硬地扭过头,表情尽量维持着平静。他终于等到了想象中的台词,正准备把肩膀借给阮啾啾依靠的时候,阮啾啾又美滋滋地补了一句:"真好。"

程隽:"……"

他突然有一种不祥的预感。

"走、走、走,我们去探索更好玩的房间。"

他如愿以偿地被阮啾啾拉住胳膊,却并不是想要的结果。因为阮啾啾一门心思地朝着看起来最恐怖的房间闯,玩得不亦乐乎。她突然推开门,突然打开柜子,突然发现新的暗门,热衷于发现各种惊喜。

她甚至拿着道具的电锯追着"鬼"跑!

程隽眼睁睁地看着阮啾啾越玩越兴奋,已经拦不下来,早已忘记他的存在。

工作人员们听说来了俩颜值特高的游客，一个个兴奋得不行，就连休息的员工也穿着衣服出来吓人，"女鬼"们都跑来围观程隽。

阮啾啾感受了一场强刺激探险，顿时觉得今天的游乐场的票买得太值。

她忽然发现，程隽似乎不见了？？

"程隽？你在哪儿？"阮啾啾叫他的名字。

"在这里。"

程隽艰难地从一群"女鬼"的包围中脱身，面无表情，怎么看也不像很轻松的样子。

阮啾啾开玩笑地道："你该不会是害怕了吧？"

程隽："没有……"

"啊——你身后！"阮啾啾忽然指着程隽的背后尖叫。

他反应极快地拽住了阮啾啾的手腕，倒退几步，回过头的时候却发现什么也没有，原来阮啾啾是在故意吓唬他。

"……"

阮啾啾差点儿笑弯了腰。

她从来没发现，程隽竟然有这么可爱的一面！

"不要害怕！放心，我会保护你的。"阮啾啾拍了拍自己的胸脯，示意程隽抓紧她，"走，我们距离终点不远了。"

在程隽的臆想中，阮啾啾会嘤嘤嘤地躲在他的怀抱里，一边叫着好可怕一边求抚摸。现在倒好，他怎么有种……反过来的感觉？

阮啾啾非常有男友力地保护着程隽。

程隽拽着她的手腕，不知何时，手悄无声息地滑落，渐渐地，指尖顺着手腕垂下，最终轻轻地握住她的手指。阮啾啾全神贯注地玩着鬼屋，连身旁牵着的是人是狗都没感觉。

程隽也走了神。

黑暗的鬼屋中，他的心跳越来越快，所有的注意力都集中在阮啾啾的手上。

果然，在恐惧之下，人会产生心跳加速的心动错觉。那阮啾啾呢？

"哇！你快看，咧嘴女！"阮啾啾兴奋地指着某一处道。

嘴快要咧到耳根的"女鬼"朝着程隽花痴地笑起来。

程隽："……"

这一趟，阮啾啾玩得心满意足。

直到出了鬼屋，她还有些恋恋不舍，被程隽硬生生地拽了出去。

不知不觉已经到了傍晚，天色阴沉，隐隐有浓云浮动，阮啾啾摸了摸瘪瘪的肚子，终于想起他们还没吃晚餐："我们去吃饭。"

游乐园门外有许多小摊位，卖着关东煮、冷锅串串、炸串、烤鱿鱼之类的小吃。

两人四目相对，纷纷明白了对方的想法。

阮啾啾跟在程隽身后吃得不亦乐乎，满嘴都是油。程隽吃了一个章鱼小丸子，阮啾啾凑上前，拿起一个塞进嘴里。

"好吃！"她嘴里塞满了食物，只能含含混混地给出评价。

喧闹的烟火气和昏黄的灯光笼在程隽身上，使得他的眉眼比平日更好看，周围路过的人纷纷看呆了。

他凝神望着身旁的女人，她娇俏可爱，眼神灵动，他的眼神不由得变柔和了。

这时，耳旁传来众人的议论声。

"是哥哥带着妹妹？女孩看起来年龄好小的样子。"

"说不定是情侣哦，差五六岁的那种。"

"搞不好是父女，男方娃娃脸不显年龄。"

阮啾啾："……"

程隽："……"

回家的路上程隽绝对在不高兴。

他一言不发，全程沉默。阮啾啾望着身旁的"程老父亲"，说："你还在想关于年龄的事呢？"

阮啾啾本来就比程隽小几岁，现在阮啾啾剪了头发，更显得稚嫩，也怪不得别人会这么说了。程隽的样貌很年轻，只是她显得更为年幼，才会被别人误会。

"啾啾。"他语气平静，却一副欲言又止的样子，让阮啾啾不由得紧张起来。

"怎么了？"她问道。

"我想说……"

"你说？"阮啾啾也不知道自己在瞎紧张什么。

"你的牙齿上有一粒辣椒。"

"……"

阮啾啾唰地红了脸，一时间恼羞成怒，抓起一堆积雪捏成团，直接砸到程隽身上："你怎么不早说？"此刻她只想掏出小镜子好好检查一下仪容，这也太尴尬了！

被雪打了一下的程隽无动于衷。

其实，他根本就是开玩笑的。阮啾啾的牙齿干干净净雪白一片，什么也没有。

趁着阮啾啾毫无防备之际，他忽然回头扔出一个雪球，正中阮啾啾的脑门。

啪的一声，阮啾啾只感觉心拔凉拔凉的。在她心里，程隽也已经是拔凉拔凉的了。

她报复心极强，回头就是一个雪球砸到程隽身上，没砸中程隽，却又挨了一个雪球。

两人你来我往地砸了半天，阮啾啾"伤亡惨重"，终于忍不住怒吼道："你怎么都不让让我？"

程隽一脸惊讶，语气仍慢吞吞的："我们不是在比赛吗？"

阮啾啾："……"

这时，程隽走上前，在阮啾啾的注视中，微微屈膝，双手撑在大腿上，将自己的脸对准了阮啾啾手上的雪球："你砸我。"

阮啾啾捏着手里的雪球，忽然心软了。

"算了，"她无趣地扔掉雪球，"回家。"

两人和谐地走在路上，迎着冷风，阮啾啾打了个喷嚏。程隽随即也打了个喷嚏。

糟糕！他们不会要感冒吧？！

晚上，两人坐在沙发上，姿势规规矩矩，脸颊红扑扑的。两人同步地把毛巾敷在额头上，仰躺在沙发上，等着外卖的退烧药上门。

284

程隽："唉。"

阮啾啾："唉。"

一场感冒，两人在家里睡了好几天。

阮啾啾总怀疑是因为跟程隽住在一起，两个人交叉感染，才导致感冒怎么都好不起来。

公司那边并没有通知阮啾啾离开，只是说她要放长假，就连老孟都不清楚实情。再过几天，阮啾啾便会重新回到公司继续上班，对这个结果，阮啾啾哭笑不得。

她总有种离家出走失败被揪回来继续上学的既视感。

涂南作为一名积极的"舔狗"，听到老板和老板娘都感冒的消息，主动上门来看望他们。他给阮啾啾发了消息，阮啾啾还没回。至于涂南为什么没有给老板发消息，是因为至今都是被老板拉黑的状态……

涂南风骚地上了发蜡，晃晃悠悠地到了门前，叮咚一声按响门铃。

阮啾啾听到门铃声，说："应该是我的快递，你接一下。"

"好。"

程隽打开一瓶养乐多，慢吞吞地拧开门，沉默一秒后，不待阮啾啾反应，又砰的一声关上了门。

阮啾啾："谁啊？"

程隽："走错了。"

门外响起不合时宜的涂南的干号："嫂子啊，是我来看你们了啊！"

阮啾啾："……"

程隽："……"

"还是不开门比较好。"

"是的。"

两人本来打算装死，不料涂南是个狠人，坐在门口就开始唱《小白菜》，声音颤颤悠悠的，唱得肝肠寸断，唱到上楼路过的大妈眼泪汪汪，非要带着他去老年团表演。

门外吵吵闹闹的，眼看要掀翻房顶，阮啾啾连忙叫程隽出去拉人。程隽一脸倦怠地出门，利索地把涂南拽了回来。

涂南手里还抱着一捧花和一盒补品，连忙将东西放在桌上。

"嫂子啊！老板啊！我来看你们了呀！"

"……"阮啾啾忽然后悔了。她应该狠狠心直接叫保安把涂南拖走。

等等，阮啾啾面无表情地指着桌上的那捧花："这是什么？"

涂南一脸肯定地道："好看的白花花。白百合？"

阮啾啾："这叫白菊花。"

涂南的冷汗都下来了。

"正好、正好，菊花降火是不是？你们可以用来泡茶。"

"还有，"阮啾啾指着补品，"为什么带一盒脑白金？"

"因为……今年过节不收礼？"

阮啾啾忽然意识到，涂南单身是有原因的。她长长地叹了口气，一手搭在涂南的肩上，表情深沉地道："嫂子给你说啊，如果你想脱单，千万别学你家程老板。你看他现在混成什么样了？"

正在喝养乐多的程隽沉默，凉飕飕地瞟了两人一眼。

涂南头皮一紧，讪讪地笑了一声道："我能有老板的万分之一就够不错了！他是那天上的仙，我这等凡人怎能企及？"

阮啾啾忍无可忍地道："求求你别'舔'了行吗？"

涂南来的时候正是饭点，阮啾啾准备做饭，自然地留下了涂南。涂南不假思索地答应了，程隽的死亡凝视一直伴随着他。程隽慢吞吞地说："只有两双筷子。"

"没事没事，我可以吃手抓饭！"涂南欢快地摇起了尾巴。

程隽沉思片刻，给阮啾啾提议："吃火锅。"

阮啾啾："噗。"

有时候程隽真是幼稚到不行，阮啾啾简直要被他打败了。

涂南装作委屈巴巴的样子要向阮啾啾卖惨，被老板幽幽的眼神吓到，瞬间意识到自己现在的作死行为很有可能遭到老板的报复。更何况，他直到现在还没能通过老板的好友申请呢！

阮啾啾说："正好做咖喱鸡饭好了，涂南你可以吃吗？"

"当然可以！"

涂南试图去厨房帮忙，被阮啾啾支使到客厅。她只是嫌他添乱，他能坐在沙发上别动就是对她最大的帮助了。

涂南郁闷地坐在沙发上，然后眼睛一亮，连忙打开群聊，@傅子澄和焦樊。

涂南："我即将吃到嫂子做的饭！啊哈哈哈哈哈！羡慕不羡慕？嫉妒不嫉妒？"

傅子澄："为什么不叫我？"

焦樊："涂南，你别太放肆，前车之鉴，谢谢。"

涂南："放心，老板这个点肯定不会看手机。"

涂南："你们看到了，我就撤回，他什么都发现不了。"

下一秒，群消息提示，涂南已经被程隽移出"群聊"群。

剩下的两人瑟瑟发抖。

阮啾啾并不知道他们之间发生的事情，动作很快，熬好了咖喱，盖上米饭就可以上桌了。涂南哭丧着脸走到阮啾啾身后，说："嫂子，我被老板嫌弃了。"

他试图在嫂子身上找到安慰。

温柔的嫂子微笑着说："这不是很正常的事吗？"

涂南表示，女人都是魔鬼，魔鬼！

可是饭真的好好吃啊！该死的美味！

涂南感动得都要哭了。最近他出差，客户是一个吃不惯中餐的外国人，顿顿吃西餐，吃到涂南怀疑人生。现在，他坐在老板的家中，吃着可口的咖喱饭，一边吃一边聊天，感受着家的温馨，突然不想回到自己空荡而冷冰冰的大房子里了。

"嫂子，还有饭吗？"涂南极其不把自己当外人，觍着脸端起盘子问道。

"还有、还有。"

幸好阮啾啾的咖喱煮多了，她给涂南盛了一大盘，轮到程隽的时候只剩下半盘了，程隽周身的气场更阴郁了。

涂南毫无知觉，还嫌命不够长似的挑起了关于顾游的话题。

"对了，嫂子，明天俱乐部的比赛你去看吗？"

"哎？明天？"

阮啾啾算了算，即将到月末，大概也就是顾游打决赛的日期。她眼睛一亮，说："你放心，我一定会看直播的！"

"如果你想去现场看，我还有票，第一排的。"

"不用了，在电视上看就很好了。"

程隽全程阴沉着脸。

当涂南意识到老板的表情不太对时，已经迟了。吃了饭的他被老板赶了出去，手里拎着白菊花和脑白金，茫然地站在原地，倍感凄凉。

"我想有个家，还有一个她。"

阮啾啾只不过是去了一趟洗手间，再探出头时就没了涂南的身影。

"咦，他人呢？"

程隽回答得言简意赅："加班。"

"哦。"

阮啾啾还记得明天俱乐部的决赛的事情，转头就忘记了涂南。

翌日，她早早地吃完午饭，准备观看下午的直播，程隽却磨磨蹭蹭的，一会儿说没有电，一会儿又说一起出门去超市，扰得阮啾啾不得安宁。

阮啾啾拽住他："能不能让我安安静静地看会儿电视？"

程隽："不能。"

阮啾啾一脸郁闷。如果不是知道程隽是正儿八经的嘉澄老板，她真要怀疑程隽是不是对嘉澄有意见了，不去现场助阵给自己家的俱乐部加油打气也就算了，现在他反倒一副不想看比赛的架势是什么意思？

"不要打扰我，走开、走开。"

偏偏不如阮啾啾的意，程隽坐在她身边，一副咬定青山不放松的样子，不知从哪儿拿来一袋乐事薯片，嘎吱嘎吱地吃起来。

主持人："接下来介绍一下今天的……"

嘎吱嘎吱……

"比赛即将开始，大家……"

嘎吱嘎吱……

耳旁吃薯片的噪声持续不断地传来，阮啾啾把电视音量调大，盖住了程隽吃东西的动静。

程隽："声音调这么大，对耳朵不好。"

阮啾啾对他怒目而视："你说我为什么调这么大？"

直播的现场，一场比赛正式开始。解说的主播想必很激动，再加上他是嘉澄俱乐部的铁粉，全程声音高昂而抑扬顿挫，阮啾啾一个不太懂电竞的人也被代入进去，看得热血沸腾，心潮澎湃。

"顾游太厉害了！"

"天哪！刚才是顾游吗？ carry（带动）全场啊，超帅！"

顾游这一场比赛超神，全程超常发挥，带着队友连连拿分。伴随着解说激动到破了音的高喊，阮啾啾跟着兴奋得脸都红了。

"顾游太帅了！"

"……"

身旁坐着一名电竞神话、真正的大佬，却在此刻彻彻底底地被阮啾啾冷落，这是何等凄凉的场景？这可以说是只见新人笑，不闻旧人哭了。程隽目光幽幽地关注着阮啾啾的动静，几年过去，他第一次有了复出的念头。

嫉妒心令人无法呼吸。

终于，嘉澄俱乐部的比赛结束，以非常耀眼的成绩拿到第一。

阮啾啾兴奋地转发了微博："嘉澄大发！"

庆功会上，涂南在场，有特别录制的视频。他恭喜大家今天取得了好成绩，特别恭喜了顾游。在这样特殊的场合，他也宣布了顾游第一次代表嘉澄比赛，也是最后一次。

顾游的突然退役引得众人唏嘘不已。

在众人看不到的地方，顾游的手指微微颤抖着，最终，他将手握成了拳头。

面对记者，他微笑着说了一段话："有时候要懂得适可而止，不要自不量力，高估自己，这是嘉澄的老板给我的忠告。及时收手给自己留条后路，希望在这一个转折点之后，我将迎来新的人生。"

有舍有得，他终于没能忍住，遗憾地叹了口气。

这时候的阮啾啾已经关了电视，没有看到接下来关于顾游的采访。

阮啾啾兴奋地说："怎么办？我也想玩游戏了！感觉很有意思的样子！"

至于程隽，已经被她从头忽视到尾。

大概是网络精准捕捉太准确，待阮啾啾感慨完毕之后，玩手机、玩电脑，发现各网站都在给她推送关于电竞游戏的视频和新闻。

"李斯特，当之无愧的神之手！"

"李斯特再次夺冠！究竟谁还能打破不败神话？！"

"理性讨论一下今天顾游的表现超过李斯特了吗？我觉得差距还是很大。"

李斯特……手机和电脑仿佛中了病毒，整个屏幕上都是李斯特的名字。

阮啾啾："……"

酒店。

顾游正参加庆功宴，一群人喝高了，热闹起来。他不喜欢太过喧闹的场面，告知一声之后，就从酒店出来了。

寒风冷冽地刮在脸上，让他清醒了些。

顾游双手插兜站在门外。

今晚再放纵自己一回，从明天开始，他便要头也不回地继续朝着新目标前进。

心底一阵说不清道不明的酸涩感让顾游自嘲地笑了一声，从头至尾他就没有能与程隽竞争的资格，只能怪命运捉弄，他和阮啾啾没有更早地遇见。

徐碧影从上次的事之后就消失了踪影，不知去向何处。顾游已经无力再管束她的事情，两人终究还是两条相交的直线，在交汇过后渐行渐远，永远没有再相遇的可能。

去年的这个时候，家人还没提出订婚的提议，在旁人眼里，他和徐碧影是金童玉女、青梅竹马，实在是不能再配了。

那时候的徐碧影天真又单纯，一心依赖着顾游，他纵然只对徐碧影有兄妹之情，但背负着家人的期望，背负着徐碧影的爱慕，仍一言不发地担起责任，从没有思索过关于自己的感情问题。

这一年发生了太多事情。

顾游长出一口气，倚在角落里静静发呆。这时候，不知何时偷溜出门的涂南拍了一下顾游的肩膀。

"喝不动了？"

"我不喜欢喝酒。"

"挺好，不过以后来两口也可以，不打比赛了嘛。"

"……"

涂南望着他的侧脸，表情忽然认真了几分："不打比赛了就谈个恋爱。"

顾游忍俊不禁地道："怎么突然这么说？"

当然是免得你这个臭小子整天盯着老板娘不放啊！这话在涂南的脑袋里过了一遍，他当然没有说出口，而是故作深沉地说："等你吃过一碗咖喱饭就知道了。"

顾游："……"

顾游刚打完比赛就退役的消息立即上了热搜。嘉澄连忙趁热打铁宣传一下新游戏，并说明顾游也是内测的玩家之一，以后会从台前转到幕后，并没有离开电竞圈。

虽然上热搜的钱也不贵，但是公司能省一分算一分啊，可以说是非常节俭了。

公司最近没什么事，老孟又请假跟妻子甜蜜蜜地双人游去了，还有几天就要到春节，阮啾啾干脆给自己多放几天假，待老孟回公司再去上班。

许久没上线的白龙马在游戏里做日常任务，叫阮啾啾上线。

阮啾啾这会儿正闲着，便切换新号，屁颠颠地跑上去重新做新手任务。

没办法，只要她用啾啾啾的 ID 玩游戏，必定会有一大堆人追着她到处跑，她根本没办法安安心心地玩游戏。

阮啾啾无聊地重复着出招的动作，跟白龙马连着语音聊天。

阮啾啾："对了，你看嘉澄决赛的直播了吗？"

白龙马："当然看了！顾游也算是我为数不多的曾经的墙头之一，但李斯特永远是我的本命！姊妹你放心，我只萌二次元人设，不会觊觎你老公的。"

"……"

阮啾啾哭笑不得。

两人一起爬到游戏里的一座山峰上看风景，阮啾啾控制着人物坐在山顶，有些郁闷地道："我发现现在的网络反应太快，我不过是看了一个视频，各网站就都是在推送李斯特的消息。你是不是也这样啊？"

她稀里糊涂地看了几个视频，被程隽的技术震撼到了，解说和评论无一例外都是在刷震惊、佩服之类的话，当然更多的是膜拜。

阮啾啾一想到他们恨不得当神一样供起来的大神每天在家里被她当作苦力一样使唤，语气就有些飘忽。

白龙马："嗯？没有啊，我还把视频看了五六遍呢，都没有给我这样的推送啊。"

阮啾啾："我的搜索引擎简直要被李斯特三个字覆盖了。"

白龙马嘿嘿地笑了一下，语气顿时显得有些猥琐："这得多少内容才会被覆盖啊？啧啧啧，恋爱的酸臭味，了不得。"

阮啾啾更纳闷了。正是因为她平日里从来没搜过关于程隽的马甲号的事情，这事才显得更加反常。

阮啾啾在游戏群里问了一下，大家都看了直播，但谁都没有出现阮啾啾这样奇怪的问题。

这真的是奇怪了。

两人吃饭的时候，阮啾啾提起这件事，说："难道引擎还会自动识别我的身份，然后给我推送你的所有信息吗？"

程隽慢悠悠地夹了一块茄子："或许。"

"可怕可怕，我得先关了定位。"

阮啾啾哪能想到，那是程老板亲手制作的小程（病）序（毒），只用在了她的手机上。这样铺天盖地的李斯特的消息推送，也只有她能够专享了。

罪魁祸首相当淡定，丝毫没有被抓包的心虚感。

阮啾啾随口提了一句："对了，春节有什么打算吗？"

她想说要不要过几天去超市大采购，尽管只有两个人，也得好好吃一顿年夜饭之类的话。

程隽吃饭的动作却停了下来，他慢吞吞地说道："去外面玩。"

阮啾啾："嗯？？"

以往程隽是从来不过年的，对这件事完全没有概念。只是，今年他有非常重要的事情要做，平日里叫阮啾啾出门她肯定不会答应，这种节假日用度假这个理由就非常自然了。

突然被邀约，阮啾啾反应极快地道："这该不会是算约会的邀请吧？我们的进展是不是太快了，不太好？"

程隽一脸"我们难道没有出去过吗"的表情，默默凝视阮啾啾片刻之后，他继续说道："只是出去玩，你不要有太大压力，就当作是员工放假的福利。"

"哪有员工和老板单独出去度假的……"阮啾啾嘀咕了一句。

"我们不一样。"程隽说道。

"每个人都有不同的境遇？"阮啾啾顺口就接了一句唱起来。

程隽："……"

阮啾啾："别看我了，我也觉得自己有点儿傻。"

程隽的邀请不算正式，但值得考虑。若是搁在平时，阮啾啾肯定会无情地拒绝他，塑料夫妻出去玩是怎么回事？遥想当初两人出去玩多尴尬，她才不想再尴尬一回。

鉴于现在两人相处得更加熟悉彼此，而且阮啾啾也答应了程隽会试着在一起，沉吟片刻后，答应了程隽的邀请。

反正她在家里看春晚也挺无聊的，还不如出去玩好。

以往每年的春节她都会在家里吃团圆饭，今年偏偏要在这个时候出去玩，还有些新鲜。度假的热闹让阮啾啾迅速忘记自己像是中毒的电脑和手机，程隽已经买好飞机票，再过两天他们就将踏上旅途，前往的地方依然是白雪皑皑的冬天，有滑雪场，有游乐设施，应该会玩得不错。

阮啾啾不由得跟着期待起来。

出去玩当然得带一堆东西，冬天的大衣、内搭、围巾、口罩等保暖用品等，不知不觉阮啾啾就塞满了行李箱。箱子实在塞不下了，她望向只收拾了一个背包的程隽，说："再拿一个小行李箱，到时候你带着。"

程隽应了一声。

两人赶往机场的时候机场没几个人，阮啾啾办理好托运，手上只剩下一个小包，心情轻松而愉快。程隽排在她身后，过安检的时候，阮啾啾回过头说："我等会儿去一趟洗手间，你办理完安检了就在这里等着。"

"好。"

阮啾啾过了安检就去找洗手间，排队的程隽跟上前。

负责安检的工作人员是个年轻的女生，偷瞄程隽一眼，脸唰地红了半截。

她羞羞怯怯地扫了程隽一遍，没敢碰到他身上。就在这时，身旁一名工作人员上前说："是充电宝吗？有东西得拿出来，重新过一回安检。"

估计是阮啾啾装东西时忘记了充电宝，于是程隽上前把行李箱拉开。

在工作人员的注视中，行李箱盖子摊开，里面塞满了花花绿绿的内衣、衣物之类的东西。若不是程隽反应快，恐怕一条吊带裙就得滑出来了。

工作人员的眼神变得诡异起来，大概他们没想到一个男人竟然会带着女性的衣物。

安检的女生大惊失色，看程隽的眼神也变了。她真没想到这人竟然是个异装癖！

程隽默默地在一堆衣服里摸了半天，找到了充电宝，整个过程弥漫着尴尬而又诡异的氛围。

阮啾啾去了一趟洗手间，回来的时候却发现程隽还没过完安检。阮啾啾纳闷地东张西望，不知道为什么，总感觉气氛有点儿怪。

她等到程隽拖着小行李箱走过来，这才问道："发生什么事了吗？"

程隽："嗯？"

"我总感觉他们看你的眼神很奇怪。"阮啾啾想到什么，表情瞬间变得严肃，压低嗓音问道，"他们是不是发现你的真实身份了啊？会不会暴露？"

程隽淡定地说："不会。"

最多也不过是个女装大佬或者变态的身份暴露了。

旅游的地点在更寒冷的北方某城市，两人下飞机的时候正是傍晚，已然漫天飞雪。

以往的旅游都得阮啾啾自己操心，而现在都是由程隽来解决各种琐事。接机的的士提前到了机场，司机师傅帮忙把行李箱塞进了后备厢。

阮啾啾打了个哈欠。

在飞机上没有睡着，她今晚得好好补一觉。

阮啾啾昏昏欲睡地到了酒店，比起上一次在私人度假地的清闲幽静，这里的人明显要多一些。一楼的大厅里有驻场歌手正在一边弹吉他一边唱《天空之城》，座位上有寥寥几人，灯光昏黄却暖融融的。程隽正在办理登记手续，阮啾啾听着歌，心情都跟着好起来。

"等会儿要下来听歌吗？"程隽问道。

"明天，今天只想好好休息。"

程隽预订的房间是豪华套房，在酒店顶层，相当于酒店式公寓，只不过比他们住的地方更宽敞豪华。阮啾啾站在落地窗前，能俯瞰到滑雪场以及绵延起伏的山脉，皑皑白雪落在山头。

套房有宽敞的客厅、两间浴室、两间卧室，还有娱乐的房间，里面摆着任天堂游戏机和投影仪，沙发旁甚至有一个小冰柜，里面放着一排排的酒和饮料。

阮啾啾忽然有些肉痛："这么大的房子，肯定不便宜。"

程隽正在脱大衣，闻言眨了眨眼睛，面不改色地报了个数。

当然，他少报了一个零。

不知情的阮啾啾更肉痛了："几乎抵得上我一个月的房租了啊。"

程隽又瞥了她一眼，慢悠悠地道："下次你想住哪里，买下来。"

阮啾啾立即摆手："对不起，我没有您这种有钱人的癖好。"

晚餐可以选择去大厅吃自助餐或是直接让人送进来。阮啾啾懒得下去，便让程隽叫餐，自己先去洗澡。浴室里有浴缸，阮啾啾蹲在浴缸旁研究了半天，在好几种香薰中挑挑拣拣。

她幸福地泡在浴缸里，温暖的水浸润着皮肤，几滴精油在水中化开，一股淡淡的香味弥漫开来，简直是神仙享受。

阮啾啾还开了瓶红酒，轻抿了两口，将酒杯放在台上，然后不知不觉地睡着了。

这一觉睡得很沉，以至于她根本没听到敲门的响动和送餐的声音。

饭菜都快凉了，程隽站在浴室门口，沉默片刻，敲了敲门："该吃饭了。"

浴室里没有动静。

他又敲了敲门："你还在吗？"

浴室里依旧一片死寂。

"……"

程隽记得阮啾啾酒量浅，也看到阮啾啾带着酒瓶和酒杯进了浴室。他的脑海里忽然浮现一幅画面，阮啾啾醉得不省人事，淹死在浴缸里。

浴室的门没有反锁，他拧了一下，在门被打开后立即冲了进去。氤氲的水汽中，忽然惊醒的阮啾啾发出了一声尖叫。

"臭流氓！"

一只拖鞋精准地砸在程隽身上，程老板落荒而逃。

阮啾啾真是没想到，程隽竟然会直接闯入浴室！幸好浴缸里漂浮着一层泡泡，成功遮盖住她的身体，否则阮啾啾绝对会以三百六十度无死角的阿姆斯特朗回旋踢来结束这一场旅行。

她怒视着程隽："说！你有没有看到什么不该看的？"

程隽慢吞吞地说："人的身体不都是一样的吗？"

"……"

阮啾啾明白了，这个狗男人的意思是，她的身体和别的女人没什么不同，所以就算他看到什么，也无动于衷，这对他来说只不过是生理上的区别而已。

这是人说出来的话吗？这是一个口口声声向她告白说要尝试着在一起的男人说出来的话吗？

人在不理智的时候很容易做出一些令自己后悔的事情。

阮啾啾望着他，慵懒地用一根细长的手指钩住自己宽松的衣领，微微向下一扯，圆领被扯成了 V 领，露出胸前的一抹雪白肌肤。她眯起眼睛，等待着程隽这个单身狗直男脸红脖子粗。

"……"

"……"

两人面面相觑，程隽一脸茫然地问道："你在干吗？"

阮啾啾："对不起，打扰了。"

她尴尬到只想找个地缝钻进去，急忙找了个借口回房间换衣服。换衣服的时候，阮啾啾站在镜子面前仔仔细细地端详着自己饱满的胸部、细嫩的皮肤，要多好看有多好看，她身为一名女性都要心动了，程隽竟然对此无动于衷？

阮啾啾突然怀疑，程隽是真的喜欢她？或者说这家伙只想谈一场有次元壁的恋爱，跟她玩柏拉图式的爱情的甜甜蜜蜜？

阮啾啾自闭了，郁闷了，不开心了。

坐在客厅沙发上的程隽淡定地喝着汽水，面色如常，只是耳尖红通通的，烫得惊人。

他们计划在这里待四天半的时间，明天可以出去滑雪，然后回来泡温泉。计划好一整天的行程后，阮啾啾又打了个哈欠，说："那我就回房间睡了。"

程隽嗯了一声，目不斜视，继续低头玩手机，仿佛于他而言，阮啾啾就是《西游记》里试图蛊惑人心的妖精，而他就是心无旁骛的唐僧。

阮啾啾郁闷地瞟了他一眼。

男人都是大猪蹄子！是谁要死要活地求她回来的？

她回到房间继续睡觉去了。

程隽坐在客厅里，喝完了第五瓶水。阮啾啾的卧室门被合上，灯关了，很快便没了动静。

他保持着缄默，望向阮啾啾所在的房间的门，忽然长长地叹了口气。他拧开第六瓶水，咕嘟咕嘟地仰头喝了大半，让心头的燥热能够快点儿消散。

这一晚，阮啾啾睡得很沉。

这一晚，程隽望着天花板，直到半夜才睡着。

翌日，在酒店吃了早餐，阮啾啾全副武装地换好衣服，便跟着程隽一起去滑雪。在此之前阮啾啾从未滑过雪，据程隽所说，滑雪场有教练，按小时收费，过不了多久她就可以学会了。

一路上阮啾啾很兴奋："摔倒了怎么办？会不会很疼？"

"不会。"

"对了，你不是恐高吗？你滑雪的时候不会感到害怕吗？"

"不会。"

程氏机器人非常寡淡的回答很快让阮啾啾冷静下来。

滑雪场很大，人不算多，刺目而耀眼的雪让阮啾啾下意识地眯起了眼睛。雪大概有小腿深，一踩一个坑，阮啾啾还从来没有见到过这么深的雪，一时间忘记寒冷，只顾得上兴奋地东张西望。

程隽早已在男多女少的教练中悄无声息地锁定一名女教练。

"你就在这里，我去交钱。"

"好！"

就是程隽离开的一会儿工夫，滑雪的游客、教练上前搭讪阮啾啾的就有几拨，纷纷借着教阮啾啾滑雪之名索要她的联系方式，通通被阮啾啾拒绝。只有一名自称留学海归的成功人士对阮啾啾纠缠不休，说什么也想要到她的联系方式。

阮啾啾正有些不耐烦的时候，男人忽然安静了。

阮啾啾感觉肩膀一沉，一条修长的手臂搭在她的肩膀上，手臂一收，来人的力气不小，阮啾啾便轻易地被揽进了他的怀中。

　　她的后脑勺抵着他的下巴，整个人被箍得紧紧的，动弹不得。

　　伴随着程隽慢吞吞的语速，阮啾啾的后脑勺被震得有些嗡嗡地响。她只听到头顶传来程隽懒懒的声音："怎么了？"

　　在阮啾啾看不到的地方，那双细长的眼眸微微抬起，眼珠漆黑。如果说程隽漫不经心的时候会让人跟着放松下来，那双眼睛幽幽地直视着某个人的时候，则会让对方汗毛竖立，浑身冒鸡皮疙瘩。

　　海归瞬间没了声音，悻悻然地说："抱歉、抱歉，我还有事，不好意思，打扰了。"

　　他说完就灰溜溜地离开了。

　　阮啾啾有些纳闷地说："他干吗跟见到鬼似的？"

　　程隽："你是想说，女人都是魔鬼？"

　　程隽是挨了一锤去滑雪的，那背影弱小可怜又无助，相当凄凉。

　　他身后的阮啾啾冷笑着说："你说得没错，女人都是魔鬼。"

不才如仆 著

他是我的宇宙星河

下册

青岛出版社
QINGDAO PUBLISHING HOUSE

第十三章
小草莓

滑雪是一项极其考验平衡力的运动。

阮啾啾自诩运动能力还算不错，虽然她打游戏差，但会打网球、乒乓球、羽毛球啊……似乎这之间的关联不大。

教练耐心温柔，大概是之前程隽跟她沟通过，她全程柔情似水地教导着阮啾啾，不知道的人还以为她在教情人。阮啾啾浑身不自在，根据教练的指示调整着动作，掌握重心。

她慢悠悠地向下滑动，双腿呈内八状，尽量让自己慢下来，远远望去，阮啾啾谨慎的动作有种谜之搞笑的感觉。

她不恐高，只是怕栽跟头。

教练跟在身旁，温柔地微笑着道："小妹妹，刚才跟你说话的人，是你的哥哥吗？"

阮啾啾愣了愣："小妹妹？！"

"对呀，你看起来不大啊。"

什么鬼的小妹妹！

"我是他的老婆，我不小了。"阮啾啾哭笑不得地道。

教练的脸色变了变。方才她还很温柔，恨不得把阮啾啾托着，让阮啾啾好好享受滑雪的美妙感受，待到阮啾啾的话一出，她的脸色就变得又黑又青，顿时没了温柔的感觉。

阮啾啾端详着她精彩的变脸反应，默默感慨又是一个被程隽的外貌哄骗的傻女人。

"我们继续练习。"

教练的语气短促而简洁，不带多余的情感。

这下的练习就没有方才轻柔小心了，阮啾啾成功在数十分钟内摔了几跤，浑身都是雪。

教练皱起眉，没好气地说："怎么这么笨？"

明明滑雪场里到处都是新手摔跤，阮啾啾这样的进步还算不错，教练却一副没有耐心的样子，双手抱胸，自顾自地玩起了手机。

阮啾啾忍住了。

毕竟程隽花了钱，她和教练吵起来各说各的，根本不占理。别人的地盘，她怎么争执都是处于弱势的，不想因为这样的小问题让两人都不愉快。

她默默地爬起来，继续练习滑雪。

结果她一屁股栽倒在地上，啪地摔出一个坑。阮啾啾摔得七荤八素，已经有些蒙了。就在这时，她听到头顶传来不甚清晰的笑声："哈。"

"……"

不用猜，这百分之百是程隽。

就在方才阮啾啾奋力挣扎的时候，他已经滑了几个来回，看样子没少来滑雪。

阮啾啾面无表情地抬起头道："你想死吗？"

程隽摘掉护目镜，慢吞吞地问道："好玩吗？"

"快要不好玩了，总摔跤。"

"哪儿摔了？"

"屁股，还有膝盖、手肘……其实有防护措施不太痛，只是差点儿扭了脚。"阮啾啾拍了拍身上的雪，一副不达目的不罢休的样子，"我继续练，你去玩。"

她扑腾了一下，没能站起来。

程隽伸出一只手："抓住。"

漫漫白雪中，他的发梢被风吹拂着，一张脸好看到令人发指，这一场大雪都成为衬托他的背景。有那么一瞬间，阮啾啾的心漏跳了一拍，眼神闪烁起来。好在她的脸被捂得严严实实的，程隽什么也看不到。

阮啾啾伸出手，握住了他的手。两人都戴着厚实的手套，阮啾啾隔着两层手套，却仿佛能感受到他那令人心安的体温。

生怕程隽直男附体，半途松手让她摔一跤，阮啾啾一手撑着雪地，一手紧紧地拽住他的手，被程隽拉了起来。脚下的滑雪板很沉，她重心不稳，连忙扑在程隽的怀里。

程隽踉跄一步，稳稳地抱住了她。

阮啾啾："不许说我沉！"

程隽："你的头盔撞到我的下巴上了。"

阮啾啾："对不起。"

赶来的教练在面对程隽的时候又是一副温柔面孔了。方才一个低头玩手机的工夫，阮啾啾就摔在了雪地上，她本来打算等阮啾啾爬起来，谁料程隽的动作更快，把阮啾啾扶了起来。

"怎么这么不小心呢？"她讪笑了一声。

"这种态度的话，还是不要教别人了。"程隽语气温暾地说道，却让教练很尴尬。

她是被塞进来的关系户，平日里就是混混日子，教教女孩子和小孩，碰到阮啾啾这么认真又一根筋的顾客，她也很不耐烦。

她仗着姨夫是雪场场主，脸色也有些不好看了："不好意思，你还没有资格来决定我是否在这里教别人。"这人再有钱又怎样？雪场是被一个超级有钱的大老板包下来的，姨夫是给大老板做事，这种去不了私人雪场还不会滑雪的人，已经被她自动定位为小康级别的穷讲究了，就是闹一闹也不能把她怎么样。

303

阮啾啾本来不想搭理这个教练，不想这教练对待程隽的态度如此粗鲁无礼，一股名为不爽的火气涌上心头。

她冷下脸来："你怎么说话呢？信不信我投诉你们？"

"那你投诉啊，我这就把人叫来行不行？"

不等他们再说什么，教练已经掏出电话，打电话叫人。

阮啾啾生怕她直接叫一群人来闹事，程隽却比阮啾啾的动作更快，把阮啾啾护在身后，拉住阮啾啾的胳膊道："没事。"

雪场场主很快就来了。

听到外甥女又闹事的消息，他也有些不耐烦，只能潦潦草草地过去收场。他已经跟一名教练打好招呼，等会儿尽量对人家好一点儿，延长半小时的课程。

结果场主走近看清楚摘掉护目镜的男人的模样后，脸色瞬间变得煞白。

尽管网络上流传过程隽的照片，但都是模模糊糊的，不甚清楚，在他正名之后几乎被尽数删光，平常人认不出那个人是正常的。但场主早在五年前就在这里工作，大老板是谁，见一面就能记得清清楚楚。

场主的唇颤了颤："老、老板……"

教练愣住了，阮啾啾也愣住了。

阮啾啾愕然地望向程隽："这也是嘉……"

"这片地是我的。"

阮啾啾："……"

"包括酒店。"

阮啾啾："……"

方才还得意扬扬的教练瞬间就成了霜打的茄子，蔫蔫的，后悔不迭。

"老板，您来了怎么没跟我说一声呢？今天这事……"

"该怎么解决就怎么解决。"

相对于阮啾啾的震惊，程隽则显得淡定多了，连眼神都懒得给："走。"

雪场场主颤颤巍巍地目送两人远去，身后的教练面色煞白，结结巴巴地问："姨夫，那、那我呢？"

"你走人，净知道给我添乱！"他气得瞪了一眼不懂事的外甥女，"收拾东西滚蛋！"

"你不是向我妈保证过会让我一直待在这里吗？"

她不依了，语气带着哭腔，又想用撒娇的方式让姨夫松口。开玩笑，她每天混日子，一个月还能拿几万块钱的工作去哪里找？

平日里脾气极好的姨夫一脸怒色："保证个屁！你不走，我就得走了！"

阮啾啾跟在程隽身后，艰难地挪着脚步，问道："这里竟然是你的地盘？"想不到程隽这种看着不懂享受的人竟然也会买下一大片地，阮啾啾震惊了。

程隽嗯了一声。

地是他几年前买下来的，他来这里滑雪的次数不多，有些浪费，干脆就修改为度假地，几年下来竟然盈利不少。

"我们现在是要去哪儿啊？"

"滑雪。"

阮啾啾："嗯？"

"我教你。"

程隽拉着阮啾啾一步步向上走，走到一处小山坡上才停下脚步。他站在旁边，示意阮啾啾站好，这才用慢吞吞的语速讲述要点。新手最容易犯的错误就是弄错重心，程隽一边讲一边纠正阮啾啾的动作，就像一名经验丰富的老师。

他的语速不疾不徐，表达方式通俗易懂，阮啾啾如被驱散了一片迷雾，方才还搞不懂的地方竟然会了。

阮啾啾按照程隽教的动作，脚下缓缓滑动，顺畅地从山坡上滑了下来。

她兴奋地尖叫了一声，然后忘记控制平衡……摔了个狗啃泥。

阮啾啾听到咔嚓一声，顿时大惊失色。她连忙坐起身体，果然看到程隽正满意地端详着手机："这个角度很不错。"

阮啾啾："你拍什么了？"

"看。"

手机屏幕上赫然是一张清晰无比的图片，阮啾啾正以狼狈的姿势扑倒在雪地上，要多滑稽有多滑稽。

最要命的是……阮啾啾气急败坏地道："你站住！谁允许你设置成屏保了？"

别人家的屏保都是小仙女，程隽的手机上的照片，只能说是仙女没站好，从天上掉下来摔了地。

为了颜面，阮啾啾站起身就要抢程隽的手机。

从她的方向扑过去，脚上的滑雪板太沉动弹不得，若是程隽躲开，阮啾啾必定又会摔一跤。他本来正向后退，见状动作一顿，便被阮啾啾成功地扑倒在地上。

身体砸在柔软的雪上，一点儿都不疼，溅起的雪末溜进衣服里，冻得人一阵颤抖。

阮啾啾倒在程隽身上，眼里只有他的手机。她伸长胳膊，飞快地抓了上去，却被程隽躲开了。

"你还跟我杠上了是不是？"

阮啾啾奋力地抓住他的胳膊，不知不觉间就压在程隽身上，脸距离程隽的唇近乎咫尺，呼吸扑打在他的脸上，仿佛身上的热气都能传递给对方。阮啾啾没有留意到程隽的脸越来越红、越来越红。

他别过脸，手上的力气松了，阮啾啾终于成功地抢回了手机。

她拿到手机的第一件事就是删除照片，第二件事是换屏保。

照片被果断地删除后，阮啾啾正欢快地闹腾着，却发现程隽不动弹了，正别过脸装死。

阮啾啾："你该不会生气了吧？

"你这么小气的吗？

"程隽？隽隽？"

程隽不知何时把脸捂得严严实实的，阮啾啾想扒开他的护目镜，被他躲开了。

阮啾啾问道："真的生气啦？好、好，我重新补偿你一张照片好不好？"

她躺在程隽的肩头上，开启前置摄像头。苹果手机的前置摄像头可真是照妖镜，阮啾啾非常明显地看到了自己额头上有一颗痘痘的痕迹。她郁闷地抬起手，让程隽也留在镜头里。两个人，一人戴着头盔、护目镜，衣领竖起，把脸遮得严严实实的；一人露出灿烂的笑容，桃花眼弯成两道漂亮的月牙。

下一秒，两人的合照定格在这一瞬间。

阮啾啾把照片设置为屏保，心满意足地把手机还了回去。程隽沉默地收回手机，阮啾啾正要嘲笑他，这时路过的两名中年夫妻啧了一声。

"现在的年轻人啊……"

"就是，大白天在外面干什么呢？"

阮啾啾："……"

她意识到两人的动作在外面的确有些亲昵，便赶紧坐起了身体。程隽就像是半天才缓过劲儿来，一手撑着雪地缓缓地坐起来。

他一路上显得比平常沉默许多，但阮啾啾早已经习惯他话少的性格，只当作他是在表示自己被欺负的委屈。

两人回到酒店，阮啾啾打算晚上泡会儿温泉，酒店的温泉是单独算钱，不便宜，如果程隽不是老板，阮啾啾看到价格的时候真的要肉疼死。

"一起去吗？"

程隽的表情就像是阮啾啾在无理取闹："男女是分开的。"

阮啾啾："你误会了！"她只是想和他一起出门而已。

程隽对泡温泉这种事压根不感兴趣，尤其是还有可能会出现别人的地方。但他看着阮啾啾高兴的样子，拎着个小包一直在等待自己，拒绝的话也就说不出口了。

"走啦、走啦！泡温泉的时候还有东西可以吃哦。"

程隽揉了揉眉心，任由阮啾啾拽着他前往温泉房。温泉在最高一层距离他们不远的位置，两人一进门，里面只有负责保管东西和看守女浴门的工作人员。

"那我就先进去了。"

"好。"

阮啾啾去更衣室换衣服，发现有一个小柜子上了锁，里面大概还有一个人。她裹着浴巾掀开帘子，蒸腾的热气扑面而来，让阮啾啾微微眯起了眼睛。

这时，她听到一道熟悉的声音。

"啾啾？！"

"哎？"

阮啾啾惊讶地望向温泉池，里面已经泡着一个人。那人头发盘成小团，一张娃娃脸带着惊喜的笑意，她连忙朝阮啾啾招手："是我啊，白龙马啊！"

两人竟然在这种地方相遇，可以说是非常巧了。

阮啾啾浸泡在温泉里，感受着温暖的水温，舒服地眯起了眼睛，听白珑解释半天才弄明白是怎么回事。原来他们即将订婚，两人这一次是订婚旅行，待回去之后就得准备结婚事宜了。

"这一趟不便宜啊，住宿就花了不少钱呢。"白珑家境不错，但提起费用依然有些肉疼，"我说不泡温泉好了，是那家伙非说好不容易来一次，就享受一下。"

虽然她是在抱怨，但语气甜甜蜜蜜的，可以说是甜蜜的负担了。

阮啾啾问道："对了，你们待多久？"

"明天就回去了，至少得赶着一起吃年夜饭。今年两家人会一起吃饭。"

"那就提前恭喜你啦！"阮啾啾笑眯眯地说，"到时候结婚别忘了叫我。"

"那当然！你必须坐在亲友席，如果你没结婚就让你当伴娘了。"

说到这里，白珑来了精神。她给阮啾啾倒了半杯红酒，殷勤地问道："对了，你结过婚，有经验，能不能跟我说说婚礼有哪些注意事项？"

"呃……"

阮啾啾忽然陷入尴尬的沉默。她哪有办婚礼的经验啊？

白珑还在等阮啾啾传授经验。

阮啾啾轻抿一口红酒，含含混混地说："其他都会有人负责的，你主要就是调整好状态，以最美的姿态去迎接婚礼。"

"你说得对。"白珑捏了一下小肚子，愁眉苦脸地说，"心宽体胖，最近都胖了。"

望着她小女生的模样，阮啾啾不由得笑了。

两人的话题进行了一会儿，阮啾啾眼尖地发现白珑的肩胛骨处有几道红色的印记，脖颈处也有。她有些惊讶地说道："你起疹子啦？这样的话泡热水对身体不太好。"

"噗……"白珑唰地红了脸，"你不要取笑我！讨厌！别说你没有'小草莓'啊。"

阮啾啾愣了愣，忽然明白了白珑的意思。她跟着红了脸，干咳一声试图转移话题，被白珑打断了。

白珑忽然从上至下审查了她一遍，就像是警察在审视犯人，目光如炬，打量得阮啾啾头皮发麻。

"你看什么？"

"哇，你们不太对啊，老夫老妻出来度假都没有性生活的吗？"

阮啾啾对外自然要维持他们的婚姻假象，下意识地反驳道："怎么可能！我们昨天就有过！"

"哟，是在哪里呀？浴室还是床上？"

幸好有热水浸泡着，才不会让人看出阮啾啾浑身上下直到脚尖都红通通的，像一只被烧熟的虾子。

阮啾啾连忙阻止白珑进一步深入话题："老夫老妻了，没什么可聊的了。"

"你听我说哈，两人待在一起久了，难免会没有新鲜感，这很正常。我和我家那位虽然还没结婚，但我们也在一起四五年了。"白珑一脸神秘地道，"有时候得主动一些，我跟你说……"

阮啾啾被白珑的轰炸洗脑了一个多小时。

直至皮肤泡到发皱，鼻尖发痒，一副想流鼻血的架势，阮啾啾才落荒而逃。

出来的路上，阮啾啾满脑袋都是白珑各种各样的"妙招"。她脑补了那么几秒，脸更红了，闭上眼睛使劲儿甩了甩脑袋，想把白珑的洗脑妙招都甩出去。

坐在椅子上等待的程隽便看到阮啾啾这副诡异的样子。

阮啾啾清了清嗓子："走。"

平常的程隽发梢微卷，头发略显蓬松凌乱，加上连帽衫和一双永远有些倦怠的眼眸，整个人显得慵慵懒懒的没什么精神。此刻的他系上浴袍腰带，身材修长，湿漉漉的头发被捋到耳后，慵懒中多了几分说不出的凌厉和性感。

在阮啾啾的视线中，他竟然莫名多了几分色气。

阮啾啾："……"

糟了糟了，美色误人啊！

两人回到酒店的房间，阮啾啾打了个喷嚏。

她揉了揉鼻子，倒了一杯温水喝。窗外的雪下得更大了，漫天纷纷扬扬的雪花如簌簌的纸片撒落在地上，她站在窗边眺望，遍地银色绵延着，似没有尽头。

阮啾啾站在窗边看雪，微微泛红的脸颊在冷静下来之后，终于恢复正常。

"我今天碰到白龙马了，就是之前玩网游认识的朋友。她的男朋友也在温泉池，你应该看到了？"

程隽嗯了一声。

"你们聊天了吗？相处得还好吗？"

"嗯。"

得到程隽的回答，阮啾啾这才继续说道："那就好。她邀请我们明天中午一起吃一顿早午饭，下午他们就会返程。可以吗？"

程隽正在认认真真地剥红柚，头也不抬地说："好。"

阮啾啾坐在沙发上，打开了电视。这个点的肥皂剧泛滥，她随便点开一个家庭伦理剧，百无聊赖地看了起来。程隽慢吞吞地剥好柚子，给阮啾啾递了一半，两人和谐地一起吃起了柚子。

手机叮咚一声，是有人给阮啾啾发来了微信消息。

阮啾啾瞟了一眼，看到是白龙马的语音消息。她忙着吃柚子，用小拇指点了一下，白龙马欢快的声音响起："啾啾啊，记得我的方法，今晚一定要水深火热哟——"

"喀喀喀！"

阮啾啾使劲儿咳嗽着，忙不迭地想要关掉语音，本来结束的语音被阮啾啾一点，又重复了一遍。

程隽投来幽幽的目光，无声地询问着阮啾啾。

"没什么……"阮啾啾感觉一个头两个大。

一想到明天白龙马肯定会用诡异的目光盯着他们两个人，说不定还会问她为什么没有被种小草莓，她便更加纠结。阮啾啾捧着手机发呆，连柚子都忘了吃。趁着她没注意，程隽默默地探出手，掰下两块柚子继续吃。

"喂。"

被抓包的程隽求生欲极强："还你。"

阮啾啾："你在说什么？"

程隽："嗯？"

"你柚子吃好了吗？"

程隽望向她："怎么了？"

"为了避免一点儿小麻烦，我们来作假一下怎么样？"阮啾啾磨磨蹭蹭地挪到他的身旁，眼神诡异地盯着程隽，"当果农。"

程隽："想种菜？"

"种水果。"

在程隽疑惑的注视下，阮啾啾忽然坐直了身体，一手搭在他的肩膀上。程隽的脊背条件反射地僵直成一条直线，他眼睁睁地看着阮啾啾探出手，在他的喉结处摸了一下。

她的手指柔软冰凉，带着股柚子皮甜甜涩涩的味道，指腹在脖颈处来回摩挲了几下。

那双眼眸真诚而无瑕，单纯得像个正值青春期的少女，完全没有意识到她此刻正在做的事情有什么不妥。他的喉结上下滚动了一下，嗓音骤然低了几度："你在干什么？"

阮啾啾聚精会神地寻找着好下手的地方。

程隽身上没多少软肉，脖颈修长，锁骨异常明显，这种情况下，掐一把应该会很痛。

阮啾啾表情深沉地说道："你让我掐一下，就当是为我们俩做贡献了。"

程隽："……"

她饱满而圆润的指甲停留在程隽右侧的脖颈处，然后她突然竖起指甲，掐住一小块软肉向右一拧。

阮啾啾第一次干这种事，手上的劲儿不大，有些颤颤巍巍的。程隽嗅着她身上芬芳的气息，感觉就像是蚊子在身上咬了一下。她仰着脸，圆润的红唇因为过于专注而微微张开，露出了粉嫩的舌尖。

程隽望着她，着魔了似的无法动弹，呼吸陡然沉重几分。

阮啾啾收回手，眼睁睁地看着泛红的一小块皮肤渐渐褪色，最终恢复成原本的白皙颜色。

"啊……"她失望地叹了口气。

看这个样子别说留印记了，连点儿红色都没有。

"你在做什么？"他哑着嗓子缓缓问道。

"为了避免白龙马总是对我的性生活感到好奇，所以想人为制造几颗'小草莓'，好打消她的好奇心。"阮啾啾表情认真而严肃，丝毫没有察觉程隽的表情有些不对，"你还有什么办法吗？最好明天一起吃饭的时候能被她看到。"

"……"

"要不然我掐得再使劲儿一些？你忍忍？"

程隽说："没用的，想要这样的效果，不如在我的脖颈处挠一下。"

阮啾啾不得不承认，这似乎是个好办法。她伸出手左右测量，愣是没能找到好下手的地方。她的指甲轻轻地从他的锁骨处掠过，就跟小猫挠人似的，劲儿小，又带着几分撩人的痒，在旁人看来，这简直像是撩拨人的爱抚。

"算了算了，我下不去那个手。"万一她一只手下去，他的脖颈上留下几条血道，阮啾啾想想都觉得疼。若是被涂南看到，指不定能想歪到哪里去，她还是别给自己找麻烦为好。

阮啾啾站起身，说："我还是回房间去睡了。"

她回了卧室，不过一会儿便听到哗啦哗啦的水声，大概是程隽在洗澡。阮啾啾翻来覆去，没有睡着，目光触及放在床头柜上的软饮，忽然眼睛一亮，有了主意。

听到洗澡的水声没了，阮啾啾从床上跳下来，穿着拖鞋，脚步轻快地跑到程隽的卧室门口，一边开口一边踏进房门："我跟你说哦，我想到了一个……好……办法……"

程隽的卧室窗帘被拉上了，房间里只开了一盏床头灯，灯光昏暗不明。

他只穿了长裤，背对着阮啾啾正在换衣服，上半身毫无遮挡地露了出来。从阮啾啾这个角度，能看到结实而线条流畅的后背、细窄的腰、修长有力的胳膊。

阮啾啾大概没想到会撞到程隽换衣服的场景，更没想到程隽会有这么好的身材，一时间愣在原地，忘记自己本来要说的话。

程隽背对着她慢吞吞地套上睡衣，头发滴着水，顺着肩胛的地方滑落，最终隐没于深陷的腰窝。

阮啾啾只感觉脸上火辣辣的，烧得慌，鼻子也火辣辣的，仿佛有鼻血在涌动。她下意识地捂住鼻子揉了揉，这才舒服一些。

手里握着吸管，脸颊退烧后，阮啾啾继续说道："我找到一个好办法，我们来试一下？"

"……"

程隽沉默地转过身，缓缓地走到阮啾啾面前，脸上没什么表情，一双细长的眼眸低垂着，睫毛浓密纤长，让人辨不清他的神色。他

313

背对着昏黄的灯光，屋里仿佛一下子暗了几个度，阮啾啾几乎要看不清他眼中的情绪了。

程隽向前走了一步，阮啾啾下意识地后退一步，脊背撞在冰凉的墙壁上，这才冷静下来。

"你干吗？不要吓唬我，我又不怕鬼。"

程隽皱起眉头，像是在按捺某种躁动的情绪，这和平日里平静到淡漠的他大不相同："不要在这种时候进来。"

这种时候？

阮啾啾茫然地抬起头。程隽半点儿不像刚刚洗过澡的样子，身上没有蒸腾的热气，反而冷冷冰冰的，就连呼出的气也是冰凉的，就像是淋了一场雨。

"你洗冷水澡？冬天干吗洗冷水澡啊，不怕感冒吗？"

程隽的发梢的水珠滴落，打在阮啾啾的脸颊上，冷得她打了一个哆嗦。

程隽一手插兜，伸出另一只手轻轻擦拭掉阮啾啾脸颊上的水珠。比起阮啾啾柔软的指腹，他的手指更为粗糙一些，刮在她柔嫩的脸颊上还有点儿痛，让阮啾啾不适应地别过头去："我自己擦。"

她的下巴忽然被他捏住。

阮啾啾吃了一惊。程隽这个狗男人竟然敢捏她的下巴？他不想活了是不是？

阮啾啾正在发怒的边缘，骤然抬起头，面前便是放大的一张俊脸。程隽慢吞吞地帮她擦拭掉脸上的水珠，不知是不是灯光的原因，他的声音低哑了几分，染上了一种名叫情欲的色彩。

"水珠自己擦不干净。同样，种'草莓'是一个人没办法做到的。"

这情景，暧昧至极。

程隽身上有一股淡淡的沐浴露的清新味道，带着水的冷意，他的身体挨得更近了，那股说不出的好闻味道铺天盖地地笼罩着阮啾啾。

阮啾啾被镇住了。

这个狗男人要占她的便宜？她要躲吗？还是不躲为好？

她答应他要相亲式接触，但这个进展太快了，她还没准备好和他搂搂抱抱就要接吻吗？他该不会亲着亲着就想再进一步吧？

阮啾啾在心底进行着天人交战，心情很是复杂。

她并没察觉到自己的变化。如果搁以往，程隽做出这样的行为，早就被她一巴掌扇到九霄云外了，哪里还轮得上他来捏自己的下巴。

额头低垂的发梢微微遮住了他的眼睑，让程隽的眼神多了几分道不明的情感。他松开手，低下头，朝着阮啾啾的脸靠近。阮啾啾显而易见地意识到什么，闪躲地避开程隽的目光，身体向后趔趄，紧张得脸颊通红。

只是她的眼神中，慌乱和不知所措明显要比情动多得多。

程隽的身体顿住。

"你要干吗？"阮啾啾就像一只炸毛的小兽，表面上依然张牙舞爪。

"……"

他的身体挨得更近了。阮啾啾恨不得紧紧地贴在墙上，和墙融为一体。就在这时，她感受到程隽的指尖落在她柔软细嫩的脖颈处，仅仅是轻轻摩挲，阮啾啾就浑身汗毛竖起，起了一层细细密密的鸡皮疙瘩。她感觉耳根痒得难受，很想使劲儿挠一下。

"啊！"脖颈处忽然传来剧烈的疼痛感，阮啾啾发出一声痛呼。

罪魁祸首当然是程隽这个宇宙第一超级无敌大直男。他竟然趁着阮啾啾毫无防备的时候，拧住她脖颈上的软肉掐了一把！阮啾啾疼得眼泪都飙了出来。

她惊吓之余，缓过神来，怒气冲冲地瞪着程隽。没想到在这种暧昧的时候，他竟然能做出如此惊天地泣鬼神的动作？

"你在干吗？"

程隽收回手，两手插着兜，站直了身体，慢悠悠地说："当果农。"

阮啾啾："……"

她更生气了，生气到想立即掏出结婚证拉着程隽去离婚，让这个狗男人无性繁殖，自生自灭好了。

阮啾啾本来想到一个好办法，想拿着吸管两人互相帮助，用吸管吸出几个假的"小草莓"好糊弄一下。谁料到程隽来了这么一出，让她的脑袋短暂地空白了一下，她差点儿忘记自己在做什么。

这时候，果农程隽低垂下头，凑到阮啾啾面前道："该你了。"

阮啾啾陷入了沉默之中。

好像程隽是很认真地在完成做果农这件事情。

借着方才生气的劲儿，阮啾啾哈了口气。程隽很配合地一动不动，任由阮啾啾找好了角度，掐住他的锁骨附近的一块肉，使劲儿拧了一下。

程隽全程无动于衷，被掐了也只是默然地看着她，几乎让阮啾啾以为她的劲儿小了。当她松开手的时候，他的锁骨附近赫然多了一块红通通的"小草莓"。

阮啾啾松了口气。

"好，就当作一报还一报了。"

程隽秉着认真的科研精神，说："一人一个红点，就像是被蚊子咬了，还很对称，不像是真的。"

"那怎么办？要多来几个吗？"

"应该。"

对刚才那一瞬间的疼痛阮啾啾还记忆犹新，警惕地后退了一步，说："你别乱来！"

程隽慢吞吞地说："剪刀石头布。"

阮啾啾："哎？"

比运气，阮啾啾自诩运气还算不错。以前和朋友偶尔玩剪刀石头布，她赢的次数挺多。阮啾啾顿时燃起自信，站直了身体，说："剪刀石头布就剪刀石头布，来。"

如果谁赢了，就在对方的脖颈处掐一下，一共三局。

如此残酷的"种草莓"的方法，也只有他们两个人想得出来了。

阮啾啾屏气凝神，紧张地观察着程隽的手势，两人沉默着面对面，阮啾啾紧张地捏紧了拳头，说："一、二、三——"

阮啾啾出的剪刀。

程隽是布。

"咦，我赢了！"阮啾啾双眼亮晶晶的，连忙让程隽低下头，"快、快、快，我要来'种草莓'了！"

程隽依言低垂着脑袋，任由阮啾啾在他的肩胛处选来选去，成功地留下一颗"小草莓"。阮啾啾兴高采烈地举起手，要准备进行第二次的剪刀石头布。

一、二、三——

阮啾啾惊了："我又赢了！"

程隽嗯了一声，倒不惊讶，低下头继续让阮啾啾"种草莓"。阮啾啾掐了他一把，看到他的脖颈上那三颗红通通的"小草莓"，忽然间良心回来，有些不好意思了。

"我掐了你两下了，你也来一下？"

程隽："嗯。"

阮啾啾："……"

他就这么不懂得什么叫作客气的吗？

但话已经说出口，阮啾啾咬了咬牙，把脑袋凑过去，好让程隽能够选个好地方"种草莓"。她闭上眼睛，紧拧着眉，准备迎接突然到来的刺痛感。

沉默，两人继续沉默。

阮啾啾依稀感受到了头顶程隽平稳的呼吸声，却没有感受到对方的动作。她悄悄地睁开一只眼睛，却看到程隽朝着沙发走去。

"你要去干吗？"阮啾啾突然惊悚地问，"你该不会是要去找工具吧？"

程隽："你想多了。"

他拿起一瓶凉茶拧开，默默地灌下半瓶。

阮啾啾："不'种草莓'了，果农？"

程隽别过头，语气温暾地说："留到下次。"

阮啾啾回了房间，坐在梳妆镜面前仔细观察，乍一看，脖颈处的红点的确像那么一回事。

阮啾啾脸一红，顿时有些不好意思。一想到明天还不知道白龙马要怎么挤眉弄眼，她就更尴尬了，忽然觉得这并不是个好主意。不过说起来，也只有程隽由得她这样胡闹。

她的脑海里浮现程隽站在面前的画面，平日里漫不经心的表情在那一刻似乎多了点儿不同于往日的复杂意味，让她说不清到底是什么。

算了算了，阮啾啾挥了挥手，拍散脑海里的胡思乱想。明天还得起床化妆，她还是早点儿睡好了。

躺在床上的阮啾啾翻了个身，渐渐地来了睡意。

另一个房间，沉甸甸的窗帘被拉得严严实实，程隽躺在床上，没有丝毫睡意。

只要他一闭上眼睛，脑海里便是阮啾啾柔软的皮肤、红润的唇、细腻如玉的肩胛，让人不禁好奇，手紧贴在上面的时候，到底是怎样一种触感。

那想必……会非常美好。

他翻了个身，更睡不着了。

翌日。

阮啾啾精神抖擞地起床化妆，化着化着，却有些不对。镜子里面的女人眉目如画，皮肤干干净净，白皙得像羊脂玉，连毛孔都没有，只是淡妆就足以添上颜色。但阮啾啾越看越不对劲儿，不由得陷入了沉思。

她似乎……漏掉了什么？

阮啾啾慎重地上下端详，终于找到不对劲儿的地方。她震惊地发现——"小草莓"没了！没了！

"程隽，程隽！"她连忙起身叫程隽的名字。

穿着松松垮垮的睡衣的程隽揉了揉睡意蒙眬的眼睛，顺着声音出了卧室门。阮啾啾握住他的胳膊，拽开程隽的衣领，踮着脚凑上去观察。程隽果断放弃抵抗，任由她看来看去，还顺势帮阮啾啾拽了一下领子，好让她更方便。

阮啾啾不抱希望地找了半天，果然，她掐过的地方已经恢复如初，什么都没了。

"天哪。"阮啾啾哭丧着脸。

程隽一脸疑惑的表情。

"你说，我昨天晚上辛辛苦苦是何必呢？"阮氏祥林嫂正式上线，表情消沉而沉重地迈着步伐，缓缓地朝着自己的房间走去，"我真傻，真的。"

程隽："……"

"我竟然不知道掐过的痕迹留不到第二天，你说是不是我们用的力气太小了？"

程隽诡异地沉默了几秒，慢吞吞地说道："或许。"

他当然知道。

白珑和魏恬是下午四点钟的飞机，待到他们吃了饭，就准备赶回去的飞机了。

阮啾啾应白珑说的时间，带着程隽早早地到达餐厅，幸好有包间，他们说话也方便一些。她穿着宽松的针织衫配半身裙和小羊皮靴，脖颈处系着一条丝巾，显得天鹅颈更加修长优美。

同为女人，白珑立即捕捉到点睛之笔："你今天的丝巾选得真不错。"

阮啾啾心有灵犀地笑了："你的口红是番茄色吗？"

"呀，这也被你看出来啦，我家直男还以为我涂的是'姨妈'红呢。"

阮啾啾莞尔一笑。

相比之下，魏恬就志忑得多。那天在温泉池里可不是程隽给阮啾啾交代的"还不错"的相处环境。程隽掀开帘子走进来的时候，魏恬正在眯着眼睛享受，见到程隽的第一时间，先是愣了一下，莫名地被那双细长的眼眸盯得有些紧张。

紧接着，男人折回去，进了浴室。直到魏恬泡得天昏地暗，对方再也没进来过一次。

谁能料到，对方竟然是——嘉澄的大老板？还是李斯特？

魏恬身为一名直男，脑海里却只有一个想法……

妈妈我居然见到李斯特的半裸体了！

阮啾啾纳闷地察觉到魏恬唰地红了脸，友善地说道："如果觉得空调温度太高，就调低一点儿。"

"不用、不用！"

相比之下，白珑尽管很兴奋，但智商还是在线的，勉勉强强地维持住冷静，只是客气地让阮啾啾选菜，一脸"此刻我吃草都很开心"的表情，让阮啾啾不由得无语。

魏恬就更夸张了，全程像个娇羞小姑娘似的时不时地偷瞄程隽一眼，眼睛发光，脸上的温度就没有下去过。偶尔程隽被盯得不太耐烦了，瞥他一眼，魏恬就像是被偶像点名一样兴奋到原地开小火车。

连白珑都有些受不了了，暗地里踢了一脚自家的男朋友，小声说道："丢不丢人啊你，正经点儿！"

"好嘞、好嘞。"

两人在面对程隽的时候小心翼翼而又谨慎，生怕自己说错话，或是哪个表情不太对，让大佬不高兴了。

谁料程隽全程非常随和，非常平易近人，尽管他只有一开始象征性地冲着两人点了点头，一副不善言辞的样子坐在座位上，让两人压力倍增，说一句话都得思索自己的用词是否恰当，但很快，两人发现程隽也没有表现出任何不愉快之色，或者可以说，他的关注点压根不在他们两个人身上。

"……"似乎，他们两个已经被程隽无视得彻彻底底了。

渐渐地，坐下来有些熟悉了，两人意识到大佬并不关注他们两人的话语，也就放松下来，不再像一开始一样谨慎。

一顿饭几个人吃得无比祥和，话题主要围绕在白珑和阮啾啾身上。程隽沉默着，从头至尾一言不发，魏恬则是怕一说话就抖，未免太屁，干脆往嘴里塞东西，克制着自己想冲上去熊抱偶像的心情。

"待到过了年就订婚，婚礼定在三月底的时候，正好结了婚可以去度蜜月。"

"你们要去哪儿度蜜月？"

"还没想好呢，我说去南美那边，他嫌太乱。"

"安全问题的确需要注意。"阮啾啾笑眯眯地道。

白珑说："没事的，度蜜月在哪儿都可以，反正想玩的地方早就玩过了，主要是两个人在一起时的心情。"

主要是两个人在一起时的心情？

阮啾啾下意识地看了程隽一眼，却被对方抓了个正着，她难掩尴尬地举起玻璃杯喝了一口果汁。

白珑察觉到两个人的小动作，差点儿少女心泛滥。她捧着脸，羡慕地说："真好啊，希望我和魏恬结婚几年后，感情也能这么好。"

"咯咯咯……"

阮啾啾喝果汁的时候差点儿被呛到。

白珑是哪只眼睛看到他们两个人感情好的了？这个狗男人昨天还掐她呢。阮啾啾几乎要怀疑程隽是不是拿她当掩护，用来掩饰自己是个无情无欲无性繁殖的外星人的真相。

饭吃到一半，阮啾啾就吃不下了，她有一搭没一搭地吃着沙拉，继续跟白珑聊天。

白珑的话题开始扯到以后孩子该怎么养的问题上。阮啾啾倒是没想这么多，看到白珑一脸向往的模样，摸了摸鼻子，忽然觉得这才是真正的婚姻。

一个人主动且坦然地和爱人牵着手共同踏入婚姻的殿堂，从此之后添了更多家长里短，却也很幸福。

程隽慢吞吞的声音响起："吃不动了？"

阮啾啾愣了一下："啊？"随即，她意识到程隽正盯着她没吃完的牛排，便说道，"嗯，吃不下了。"

程隽坦然自若地把阮啾啾的牛排拿过来，在白珑和魏恬目瞪口呆的注视中，自顾自地将牛排切成小块，继续慢悠悠地吃了起来。

白珑：这么甜的吗！

魏恬：大佬就是大佬，吃饭都这么优雅！

两人剧烈的心理活动成功暴露在脸上，唯有阮啾啾茫然地问道："怎么了？"程隽基本上是包揽家里的剩菜剩饭，包括一些阮啾啾吃不完的饭菜，完全不介意她的口水，阮啾啾早就习惯了这样的相处模式。

不料这在其他人看来，就成了妥妥的秀恩爱。

大佬竟然当着别人的面吃老婆剩下的饭！

大佬那么淡定，这种事肯定做了不少次了！

大佬连吃饭都那么帅，要不要人活了！

这"狗粮"简直吃到撑好吗！

阮啾啾："你们两个还能听到我说话吗？喂、喂？"

白珑从一副如梦似幻的姿态中清醒过来。她看了看程隽，又看了看身旁的魏恬，猝不及防地拍了一下魏恬："你上次还嫌弃我的口水呢！"

"我错了、我错了……"

阮啾啾觉得有些好笑。

他们哪里知道，程隽只是吃货属性而已。平时在家里，他偶尔还会护食。每当阮啾啾手痒痒想欺负一下程隽时，就会装作不经意地夹走他的饭菜，紧接着便会目睹程老板默默地把自己的盘子挪到安全区，免得他来之不易的饭菜遭受飞来横祸。

一顿饭，主客尽欢。

白珑踢了魏恬一下，让他去买单，被阮啾啾拦住。

"别了、别了，就当我们请客。"

"那多不好意思啊。"白珑说道。

"酒店是程隽的。"阮啾啾的劝退很直白。

"哦。"白珑本来还准备劝阮啾啾，听到阮啾啾这么一说，瞬间有几分尴尬。她不好意思地收回手，坐在座位上。

白珑被程老板的霸总气息震惊到差点儿泪流满面。真羡慕啊，她也想某天睡在自己的酒店里啊！身旁的魏恬安抚地拉住白珑的胳膊，说道："你以后也会有的，等着我给你挣。"

白珑哼了一声："我自己也可以的。"

阮啾啾看着两个人的互动，忽然有些羡慕了。

万年单身狗如她有那么几秒钟，也想谈甜甜的恋爱啊。

阮啾啾的余光落在程隽身上，程隽无动于衷地吃着水果拼盘，甚至趁着阮啾啾不留神，偷走了阮啾啾的一块柠果。

阮啾啾："……"

她真的能指望程隽吗？她还不如指望什么时候陨石砸在地球上毁灭全人类。

白珑拿起包包，笑着问道："啾啾，要去洗手间吗？"

"哦，好的。"

两位小姐妹挽着手去洗手间和谐地补妆。

阮啾啾跟着白珑穿过走廊，并肩站在洗手间的镜子面前。阮啾啾从包里掏出口红仔仔细细地涂好，身旁的白珑拿着口红，挤了挤眼睛，说："昨晚过得还不错，丝巾都系上了啊——"

这正是阮啾啾临时想到的办法，露不如遮，遮住了，白龙马反倒会想入非非，还以为他们昨晚的确做了点儿什么。

阮啾啾淡定地嗯了一声："还不错。"

个屁！

她可是被掐了一下却什么也没留下，回想起昨晚的互掐现场，阮啾啾就越发郁闷。她和程隽哪有夫妻的样子啊，谁能像程隽一样猝不及防地掐她一把？不知道的人还以为是家暴呢。

白珑羡慕地感叹了一声。

"长那么好看，那么有钱，玩游戏超酷，还宠老婆，性格又好，又谦逊，世界上怎么会有这么完美的男人？！"

"你呀，就是每天和程大佬面对面相处太久了，才会觉得这些事平常。"白珑涂好了口红，将其收回包里，这才笑着望向阮啾啾，"我和魏恬可都看到了，程大佬全程注意着你的一举一动呢。"

阮啾啾："咦？怎么可能？"

在她的印象中，程隽都在忙着吃自己盘中的食物，怎么可能有空暇理会她的事情？

"那当然。"白珑双手合十，一副小女人的模样，"那眼神啊，啧啧啧……我真是连嫉妒的心都没有了。不过想想也是，家里放着这么一个大美人，是个男人都会心动的。"

阮啾啾："……"

程隽那个家伙，并不能简单地归属在"男人"这一范畴里。

洗手间里的两人正你来我往地聊得热络，包间里的两个男人中间则弥漫着一股尴尬的氛围。

阮啾啾和白珑离开之后沉默的几分钟，让时间一下变得有些难熬。

魏恬抠抠手，又挠挠脑袋。按照以往的经验，他不喜欢的聊天氛围要么自己破局，要么干脆玩手机懒得搭理别人，但此刻面前坐着的是程隽，他别说有多余的动作，呼吸都显得极其小心翼翼。

"……"

"……"

死寂的沉默继续在两人中间蔓延。

魏恬抓耳挠腮，愣是不敢主动挑起话题。

就在这时，坐在他对面的程隽缓缓地抬起头望向他："我有个问题。"

"您说！"魏恬瞬间坐得笔直。

"你……是用什么方法追到女朋友的？"

魏恬："……"

第十四章
再抱九秒钟

阮啾啾跟白珑回到包间的时候，两个男人神色各异。程隽显得淡定得多，继续慢悠悠地吃水果拼盘，魏恬则是眼神闪烁，时而复杂地偷瞄一眼阮啾啾，时而瞅一眼程隽，一副不敢多说的样子。

阮啾啾好奇地问："你们刚才在聊什么？"

"就是聊了聊山河之类的……"

阮啾啾："……"

魏恬连忙站起身，拉住白珑的手腕说："走，我们还得赶飞机呢，你的东西都没有收拾完。"

白珑被拽得身体不由自主地跟着魏恬向前走，不忘朝着阮啾啾挥手："那我们就走啦，时间着急，不好意思！"

"没事，飞机落地了记得给我发一条信息。"阮啾啾笑眯眯地望着两人离开。

然后，阮啾啾压低嗓音问程隽："你们真的没有说一些奇奇怪怪的话题？"

程隽："就是关于山河之类的。"

阮啾啾："……"

这两个男人是被下蛊了吗?

同一时间,拽着白珑向外走的魏恬忐忑不安。白珑终于憋不住了,问道:"你们两个人到底说了些什么?着急死我了。"

魏恬挠了挠头,说:"嘿,别提了,一开始我还以为大佬要出轨呢,结果搞了半天,他是想给阮啾啾来点儿惊喜。"

"所以呢?"

"他问我当初是怎么追到你的,你说我怎么追到你的?"

白珑的脸唰地红了。

"臭不要脸!"

魏恬当初是如何追到她的,可谓惊天地泣鬼神。那时候他们都还在上大学,某天晚上,魏恬开车带她到了一处小山坡上,两人坐在山头上,她在来的路上没吃什么东西,抱怨肚子饿,魏恬便从车里拿出一个小蛋糕。

蛋糕没吃几口,她的牙被硌了一下,她将东西吐到手心里发现居然是一枚戒指。就在这时,魏恬单膝下跪,拿起戒指,温柔地询问她能不能演练一遍求婚。就在这时,漫天绚丽的烟花炸开。

望着漫天的烟花,白珑惊喜地捂住唇,激动到热泪盈眶。后来,两人在小山坡上……

魏恬讲述到这一段的时候被程隽打断,也让魏恬从美好的遐思中醒来。

"总之就是这样。"

"哇,结婚这么多年程大佬还想要给妻子惊喜,我哭了。你给我好好记住,五年后也要对我这么好!"

"好嘞、好嘞,绝对没问题。"

魏恬在她的额头上轻吻了一下,将她抱在怀里。

他状似苦恼地道:"那就快让我履行身为丈夫的责任,求求你了。"

"讨厌。"白珑羞红了脸嗔怪道。

这一边，真正的夫妻俩各有各的想法，不同床也异梦。

阮啾啾换了睡衣，跷着腿坐在沙发上玩手机。还有两天半的时间才回家，她不知道接下来还会有什么安排。如果真要说的话，她还是挺喜欢滑雪的。

"今年的年过得可真有意思。"阮啾啾伸了个懒腰，"我还是第一次出来玩呢。"

"那么在这之前呢？"程隽问道。

"在这之前——"

阮啾啾差点儿脱口而出自己以前的生活状态，连忙又将话咽了回去。她干咳了一声，收回两条修长的腿，继续说道："在这之前，也就一个人过，冷冷清清的倒也还算过得去。"

想到这里，她竟有些伤感，心情如被打翻的调味盒，五味杂陈，酸甜苦辣的滋味都有。

"以后不会了。"

阮啾啾："嗯？"

"不会冷清的。"程隽一手插兜，探出一只手揉了揉阮啾啾的头顶，把她的头发揉得一团糟，"明年可以在家里包两百个饺子，这样你就不会觉得冷清了。"

感动几秒钟又被强行憋回去的阮啾啾："你做个人！"

程隽沉吟片刻后道："一百五十个也行。"

"……"阮啾啾给了他一记死亡凝视。

程隽是挨了一锤回房间睡觉的。

阮啾啾深感自己面对程隽的时候，就像是一名进入更年期的班主任，每天都在被活活气死的边缘试探。

她郁闷地回到卧室，躺在柔软的大床上。这一回的大床房顶上没了镜子，也好让她能安安心心地睡着。她渐渐地来了睡意，盖着被子睡过去。恍惚中，她仿佛梦到一个温暖的怀抱，略显粗重的呼吸声在耳旁响起。

阮啾啾迷迷糊糊地抬起头，就看到了程隽的脸。

他的样子比起平日的温暾，增添了几分说不出的诱人味道，一双细长的眼眸低垂着，里面涌动着某种不知名的情绪，单薄的唇染上了一抹艳色，看得阮啾啾口干舌燥，一时间竟然有些蒙了。

他俯下身，捧着阮啾啾的脸颊，低低的嗓音就像是含着细碎的沙石，听得她心底一阵痒痒。

他说："不是说好了吗？"

阮啾啾咽了咽干涩的喉咙，颤巍巍地问："什么？"

"不是说好，要吃素三鲜馅儿的饺子吗。"

阮啾啾："哈？！"

她猛然间惊醒。

浑身热热的，出了一层薄汗，让阮啾啾有些透不过气来。她后知后觉地发现是自己卷在被子里睡着了，怪不得大脑缺氧，怪不得……

阮啾啾的脸瞬间爆红。难不成她做了个未遂的春梦？春梦的对象还是程隽？

不过，谁家的春梦会是这样的结局啊？！

阮啾啾满脑子只剩下了饺子、饺子、饺子。

"早餐吃饺子吗？还是云吞？"卧室的门外传来程隽慢吞吞的自言自语，"还没起来吗？雪橇犬都已经工作半天了。"

阮啾啾："……"

"我又不是狗！"

程隽："知道了。"

阮啾啾："什么叫作知道了？所以你之前并不知道吗？"

她极其清楚地听到程隽那个狗男人在客厅里叹了口气，仿佛在隔空表示阮啾啾的无理取闹让他无可奈何。

"……"

今天也是阮啾啾怀疑程隽能不能摆脱无性繁殖的一天。

两人吃了午饭，程隽提出傍晚的时间可以出去玩。

阮啾啾愣了愣，问道："这个时间上山会不会有危险啊？万一有山体滑坡之类的，雪崩把我们埋了怎么办？然后，我们两人被困在雪山上，没有食物来源，你要把我当作粮食养着吃？？直到有登山队上来救了你，你便撒谎说我被雪埋了之类……"

程隽瞟了一眼阮啾啾，堵住了她的脑补："只是去附近的一片平地。滑雪场人造雪更多。还有，我不吃人肉。"

"哦。"

"穿厚一些，我们下午出发。"

"那下午饭呢？"

"附近有餐厅，我们可以出去吃。"

"这样啊。"阮啾啾擦了擦嘴，"所以我们要出去玩什么？"

程隽眼神飘忽地道："看……山河之类的。"

阮啾啾："……"

他说是看山河，那就看山河，反正在酒店里待着也无聊。阮啾啾跟着程隽出发，他竟然不知何时叫人在楼下停了一辆车，阮啾啾坐在副驾驶座位上，系好安全带，任由程隽慢悠悠地驶向另一个地方。

中午吃的东西不多，半下午的时候阮啾啾就有些饿。她期待着程隽所说的餐厅，已经准备好要吃顿大餐了。

雪天路滑，程隽开得不快，两人过了许久才到达一片平地上。这里空旷无人，四周是披着雪的干枯树林，遥遥望去，山上顶着皑皑白雪，令人心情都跟着畅快许多。

天色暗得很快，程隽的车停在平地上有好一会儿了，他说是车有点儿小问题，需要修一下，让阮啾啾坐在车里等会儿。

阮啾啾一开始还在玩小游戏，眼看着天色越来越暗，手机上显示的电量不足一半，便下了车问程隽："还可以吗？不行的话叫拖车。"

"修好了。"程隽站在车后道。

"辛苦了、辛苦了，那我们继续走？"

程隽忽然问她："你饿吗？"

阮啾啾眨巴眨巴眼睛。在等待的时候已经有些饿过头，反而没那么饿了。她诚实地回答道："还好。"

程隽："所以你有点儿饿？"

"大概算是有点儿饿。"

阮啾啾也不知道为什么程隽突然开始关心她是否饿着肚子的问题："所以我们快去餐厅，吃完了饭，再出来玩怎么样？"

程隽忽然从后备厢里捧起一块小蛋糕，是一块奶油蛋糕，被塑封的小盒子盖得严严实实。他将其塞到阮啾啾的手上："饿了就吃。"

阮啾啾难掩惊讶地道："你提前准备了小蛋糕？"

"没有，本来打算当口粮的。"

可是谁的口粮会放在后备厢里啊？

阮啾啾默默地按捺住吐槽的欲望。程隽能分给她一块蛋糕就已经很友好了，这是件多么难得的事情，她应该感动才对。她掀开塑料盒，问道："你要吃吗？"

"不要。"他的回答过于快，让阮啾啾不禁怀疑，这块蛋糕是不是搁的时间已久。

她不由得联想到自己曾经吃过的一块过期的巧克力，而罪魁祸首正是面前一脸无辜的程隽。

"该不会蛋糕坏了吧？"阮啾啾表情狐疑地望向手上的蛋糕。

程隽摇头："放心吃。"

"好，谢谢你啦。"

阮啾啾掏出叉子，说："我们在这里干吗啊？该不会有人放烟花吧？虽然这里不是市区，但放烟花也不太好，造成空气污染不说，万一——不小心点燃了枯树就糟糕了……"

程隽忽然打断她的话："你不喜欢烟花？"

阮啾啾舀了一小口蛋糕，是新鲜的奶油，吃起来很甜。她含含混混地说道："还行，我对烟花什么的不太感兴趣。"

程隽："……"

正在吃蛋糕的阮啾啾被程隽按住后肩，推着她让她上车。阮啾啾蒙了一下，问道："怎么突然要上车啦？"虽然外面有点儿冷，但景色挺好看的，阮啾啾还打算等会儿多照几张照片呢。

程隽只是推着她，示意她上车："外面冷。"

阮啾啾稀里糊涂地被推到车里，坐在后排的座位上，程隽砰的一声关上车门，留给阮啾啾一道黑色的背影，看样子他应该是在打电话。

或许他是有急事。

她收回目光，继续吃甜甜的小蛋糕。或许是第一口尝到了甜味，阮啾啾吃的速度很快，几乎没有几口就吃完了整块蛋糕。待到程隽打电话快速交代一下不要放烟花的事后，打开车门，便看到阮啾啾优雅地擦拭着嘴唇。

蛋糕只剩下一个空盘。

他僵硬地站在车外，一手扶着车门，脚底踩着的雪嘎吱嘎吱响，冷得很，他一时间却分不清到底是谁更冷了。

察觉到程隽的神情不太对劲儿，阮啾啾问道："怎么了？"

程隽诡异地沉默了："……"

如果他没记错的话，按照他的要求，戒指是被塞到蛋糕中间的位置的，她舀几勺奶油就能看到。

两人之间弥漫着一阵令人窒息的死寂的沉默，这阵沉默的源头程隽，让阮啾啾无所适从。

程隽："……"

阮啾啾："到底发生了什么？为什么我感觉你的表情不太对劲儿？"

程隽又沉默许久，几乎让阮啾啾不耐烦的时候，他缓缓地问道："吃蛋糕的时候没有感觉到什么不对劲儿的地方吗？"

听他这么一问，阮啾啾顿时陷入了迷茫之中。

"什么意思？该不会你真的给我吃了一个变质的蛋糕吧？！"

"不是蛋糕的问题。"

"难不成还是塑料盒的问题……"

"我塞了一枚钻戒……"

阮啾啾一脸疑惑。

"在蛋糕里面。"

"……"

阮啾啾先是愣了一下，随即大脑一片空白："你的意思是我吃了一枚戒指？等等，多少钱的戒指？"

她第一时间想到的竟然是戒指的价格。

"几十万。"

几十万？！阮啾啾大惊失色之余，不假思索地大手一挥："走、走、走！赶紧开车带我去医院，趁着现在时间还早，说不定洗胃能取出来！"

程隽："……"

"快啊，把我拆了卖掉还不值这么多钱呢！"阮啾啾一想到几十万会打水漂，肉疼到简直要哭了。她催着程隽上驾驶座，自己坐在后排座位上捂着胃，心里默念着希望时间还来得及。

车辆启动，程隽开着车，沉默无语。

本来这应该是浪漫的事情，此刻却变成了乌龙，一想到等会儿洗胃的不好受，还得在医院多花钱，阮啾啾就更肉疼了，一时间不知该心疼钱还是心疼自己。

车里一下子安静下来，两人一个坐前排，一个坐后排，阮啾啾望着程隽的后脑勺，不用看都能想象到他装作温暾镇定的样子，忽然扑哧地笑了一声。

"我真是服了你了，怎么想到这么老土的主意的？"

程隽手握方向盘半晌，语气飘忽地说道："学习。"

阮啾啾哭笑不得。

"你这到底是学习了哪门子的主意？"

惊吓之后，心情恢复了平静，阮啾啾已经做好去医院洗胃的准备。这时候再回味起程隽刚才的举动，她突然灵光一闪，问道："你刚才该不会是想给我看惊喜吧？难道是……烟花？"

程隽："没有。"

"我居然猜对了？"

烟花加上钻戒，这还真有点儿霸道总裁的样子。真可惜，计划赶不上变化，要什么没什么，他们还得去医院。

这样的场景大概阮啾啾也没想到。

摸了摸肚子，阮啾啾又是好笑又是无语，别过脸望着车窗外冰天雪地的寒冷景色，声音倏然放轻了："其实没必要用戒指、烟花这些东西，我没有你想象中的那么爱钱。"

尽管表面上咋咋呼呼，总是嚷嚷着这个贵那个值钱，实际上她对钱财的渴求并不是很强烈。钱够花就好，真正戴上钻戒，她还得怕弄坏了，怕丢掉了。

"我不是那么想的。"

阮啾啾愣了一下："嗯？"

程隽一边开车，一边说道："如果钱能留住你的话，或许我就不会担心到睡不着了。"

"……"阮啾啾一时讶然，怔怔地望着程隽。

"也不会半夜守在客厅怕你溜走。"

"……"

"上班的时候总是担心回去之后又是一个人。"

"……"

"做监控系统和定位轻而易举，但我从来没想过将这些东西用在你身上。就在半小时前，体会了哪怕竞赛生涯中最有挑战的一次比赛也从未有过的忐忑而又不受控制的情绪。"他一手扶着方向盘，安静片刻，继续道，"如果喜欢一个人也可以像编程一样简单就好了。或许我就能找到 bug，破解你的防火墙，编出能动摇你的病毒。"

"……"

一股热气渐渐在阮啾啾的脸颊上蔓延开，她只觉得脸滚烫得惊人，烫到简直要把她的心也融成一摊水。她想不到，程隽这样的直男说起情话来，竟如此动人。

车里恢复了沉默，阮啾啾只依稀能听到轮胎碾压在雪上发出的声响。

　　她原以为两人之间，自己处于劣势，怕受伤害才不敢喜欢程隽，不敢主动付出，嘴上说着要尝试一下，在心底却卑劣地退缩着，哪怕他在坚硬的外壳外面屡次试探，她也装作什么都不知道，维持着无动于衷。

　　阮啾啾的视线落在自己的膝盖上，她握紧了拳头，显得有几分局促不安。

　　"其实……"

　　叮咚叮咚——程隽的手机铃声响起，瞬间被他按掉。他僵硬地握紧了手机，过了半晌才问道："其实什么？"

　　其实她根本没办法喜欢上他？

　　其实她已经有了喜欢的人？

　　其实——

　　"你先接电话。"阮啾啾握拳干咳了一声，避开话题。

　　就像躲在壳里的蜗牛偷偷摸摸地探出触角，稍有变动，立即缩了回去，怎么敲都不再出来。在阮啾啾看不见的地方，程隽的神色破天荒地多了几分黯然。

　　尽管如此，他脸上的表情一如既往地平静。

　　他将电话回拨了过去："喂。"

　　电话是酒店经理打来的，语气有些惊慌失措："老板，拿错蛋糕了，里面没有戒指……这种事情竟然失职简直是罪不可赦，我已经让负责的厨师收拾东西滚……"

　　"戒指在你那里？"程隽打断了他的话。

　　酒店经理愣怔了一秒，随即应声道："对、对、对，就在酒店，您放心，被我好好地保管着，绝对不会丢掉！"

　　世间最美好的成语大概就是虚惊一场了。

　　程隽慢吞吞的声音平静到毫无起伏，让酒店经理心里惴惴不安："老板……您要处罚就罚，没能监督到位我也有责任，我……"

　　"你不用走。"

　　"啊？"

　　"把厨子也叫回来，这个月给双倍工资。"

酒店经理蒙了："老、老板？"

回应他的是老板挂掉电话的忙音。

车里安静得很，阮啾啾坐在后排座位上也听得一清二楚。她的心情有些复杂，方才捂着肚子就像怀揣着财宝，现在她的肚子一文不值，大概也就值几斤肉钱。

不过，不用去医院洗胃，对阮啾啾来说简直是最好不过的事情了。

两人坐在车里，持续着尴尬的沉默。

美好的氛围被破坏得一干二净，这种时候两人继续诉衷肠，简直是雪上加霜。

阮啾啾干咳了一声，望向窗外，说："回去，肚子饿了。"

"要去那家餐厅吗？"

"别了。"

她真是有些怕了，生怕程隽再弄出什么奇奇怪怪的"惊喜"。上一次新年差点儿坐飞机跑到另一座城市的教训阮啾啾还记得，她抿了抿唇，说道："下次这种事情，还是事先通知一声，我不希望再浪费精力了。"

如果还有下次的话。

程隽轻飘飘地嗯了一声，不知他此刻心情如何。

车子缓缓启动，来时的路上两人还能聊几句天，回去的时候就变成了两个哑巴，谁也不说话。阮啾啾的手肘倚在车窗上，外面的天色已漆黑一片，天空中点缀着几颗闪烁的星辰，微弱的光辉纵然寥寥，却也在努力地绽放着属于自己的光彩。

她的嘴角不自觉地带上了几分笑意。

回到酒店，两人默契地都没有提在车里发生的事情。酒店的自助餐人不多，两人默然地吃完了一顿饭，阮啾啾能明显地感受到程隽陡然减少的饭量。

他居然只吃了一份主食，简直是天上下红雨，不可思议。

两人默然地穿过走廊，进了客房。

这个点睡觉的确还有些早，还有几个小时到零点，这一年才真正迈过去。

"那——"

"那——"

"你先说。"

"你先说。"

阮啾啾啼笑皆非地道："我们什么时候这么有默契了？"

程隽别过脸，没有接话茬，而是慢吞吞地说道："时间不早了，睡。"

这时，阮啾啾向前迈了几步，走到程隽面前。她比程隽要矮一头，显得越发娇小可人。程隽没有说话，用眼神询问阮啾啾要干什么。

阮啾啾眼神镇定，耳尖却红通通一片。她张开双臂，略显尴尬生涩地说道："允许你抱十秒钟。不许拒……"

话还没说完就被打断，下一秒，阮啾啾落入一个熟悉而又陌生的怀抱。修长有力的双臂紧紧抱着她，他像是怕她跑了似的，勒得她不太舒服地挣扎了一下，反而被抱得更紧。

鼻间净是程隽好闻的气息，带着雪的冷意，却又渐渐融化。

阮啾啾的脸颊染上了淡淡的粉色，这让她看起来无比诱人，可爱得不像话。

"先内测一下，大概还是有希望的。"

或许，她不应该拒绝得太快。谁也不知道以后会是什么样的。

头顶传来程隽闷闷的回答，声音沙哑。

"好。"

"……"

两人又是一阵沉默。

阮啾啾说道："那个……十秒钟已经到了，你快松开……"

"还没有。"

她被搂得更紧了："还有九秒钟。"

距离回家还有一天时间，阮啾啾却总感觉有些别扭。

一想到昨晚漫长的十秒钟，阮啾啾忽然不敢出门面对程隽了，生怕程隽再抱住她不放。她坐立不安，眼看挂在墙上的时钟嘀嗒嘀嗒地快要走到中午，门口响起咚咚咚的敲门声。

程隽懒懒的声音隔着门板传了过来："吃饭吗？"

"吃。"她清了清嗓子，"我换一下衣服。"

"厨子做了饺子，等会儿就送过来了。"

"知道了、知道了。"

程隽没了声音，估摸着他应该走远了，阮啾啾蹑手蹑脚地站起身，扶着床头柜就像做贼一样悄悄地拎起自己的衣服，尽管她也不知道自己为什么要如此小心翼翼。

她站直了身体，动作缓慢地提起裤子，就在这时，猝不及防地又响起程隽慢吞吞的声音："你该不会是在紧张吧？"

扑通！

阮啾啾一个没站稳，一屁股栽倒在地上。

"闭嘴！"她怒道。

程隽："……"

好，她只是有点儿局促。阮啾啾母胎单身多年，从没有过恋爱经验，向来好强的她又怕在程隽面前示弱，睡了一整晚都没想好要用怎样的态度来面对程隽。

没过多久，阮啾啾便想开了。

她只不过是心动了几秒钟，把她勒得死紧的是程隽，自己有什么好心虚的？

阮啾啾洗漱好之后走出门，程隽已经在餐厅等着了。他把两盘饺子的盖掀开，坐在椅子上说："吃饺子。"

"哦，好。"

一到饭点，两人便忘记了其他事情，非常和谐地吃着饺子。阮啾啾蘸了点儿醋，一大个饺子塞进口中，饺子皮薄馅多，浸着点儿汁水，口感极好，阮啾啾吃得不亦乐乎。

坐在桌对面的程隽则比平日吃得慢多了。

阮啾啾的余光瞥到他，下意识地问道："怎么了，不好吃吗？"

程隽嗯了一声。

“没有你做的饺子好吃。”

突然被夸奖，对比的还是高薪挖来的大厨，阮啾啾心底不由得一阵雀跃。紧接着，程隽认真地说："回去我想吃你包的饺子。"

“好啊、好啊。”

“一百个。”

阮啾啾："你还是吃空气去。"

“八十个也可以。”程隽竟然开始讨价还价。

“再说我就让你吃一星期的泡面。”

程隽继续讨价还价："配菜用部队火锅？"

阮啾啾："……"

真的是，他没救了。

吃了饺子，两人去外面散步。回忆起当初被雪球砸的恐惧，阮啾啾按捺住想玩雪球的心思，谁知道这个狗男人会不会有竞技精神，搞什么比赛第一爱情第二。

空旷的雪地上没什么人，大家几乎都去泡室外温泉或是去滑雪场玩了，从酒店出来的一大片空地上只有没融化的雪，踩在地上嘎吱嘎吱地响。

程隽的目光落在阮啾啾的脚上。

两人防寒装备非常齐全，帽子、围巾、手套、羽绒服应有尽有，阮啾啾怕冻脚，穿着羊绒的雪地靴，据说是澳洲羊毛，非常保暖。

阮啾啾意识到程隽盯着她的脚看，问："怎么啦？"

“你的鞋——”

“是不是很好看？”一双鞋还挺贵。阮啾啾炫耀地抬起脚向程隽展示。

“像猪蹄。”

阮啾啾："……"

“抬起来更像了。”

阮啾啾："……"

程隽是挨了一记隔着手套的捶打才安静下来的。

他怏怏地站在一旁，阮啾啾则兴高采烈地拍了拍手，说："我们来堆雪人。"

　　阮啾啾很少有过堆雪人的想法，在她的印象中，雪人就是动画片里圆头圆脑的样子，再插根树枝，弄几块石子，也就基本上做好了。阮啾啾开心地堆着地基，滚出一片平地来，半晌没听到程隽的声响，还以为他偷懒不愿意动弹。

　　只听一阵汽车引擎的轰鸣传来，阮啾啾惊讶地抬起头，一辆越野车停在附近，有人恭恭敬敬地下车，把一桶工具递给程隽，又恭恭敬敬地目送程隽走过来。

　　阮啾啾蒙了："你为什么要拿这么多东西？竟然还有铲子？我们是要造房子吗？"

　　程隽慢吞吞地回答道："不是要堆雪人吗？"

　　她是想堆雪人，不是想砌冰雕啊！

　　出乎阮啾啾的意料，程隽动手能力很强。平时在画稿上自然想怎么画怎么画，但实际操作起来，阮啾啾还是完全没有头脑的。程隽竟然还拿了一个小马扎让她坐在一旁，她围观着程隽堆雪，将其拍瓷实，最后做出了一个一米多高的大概轮廓。

　　渐渐地，大致形象清晰了，阮啾啾越看越觉得雪人熟悉，恍然大悟道："这不是我设计的女侠的形象吗！"

　　这下她真的很意外了，没想到程隽竟然能记得如此清楚。

　　程隽的手被冻得通红，他却全程无动于衷，只是专注地堆雪人。阮啾啾托着下巴，望着程隽的侧脸，久违地意识到他长得可真好看，几乎可以称作漂亮。

　　"该你了。"

　　"嗯？"

　　程隽把工具递给阮啾啾："画画。"

　　3D建模阮啾啾还是很有经验的，一开始她的动作慢一些，上下估量着大概的尺寸，渐渐地，她的动作越来越快，只听到雪的碎块簌簌掉落在地面上的响声不断传来，人物的具体细节渐渐成型了。

　　程隽站在旁边给阮啾啾拿工具。

　　她认真的模样和平日里不同，有一种利落、沉静的美。眼睑上的霜很快融化，因为她不停地忙碌，额头上渗出汗珠，脸颊也红扑扑的。

"好啦！"阮啾啾终于站直了身体，腰又酸又僵，却很有成就感。

面前的女侠的形象完完整整地呈现了出来。她一手叉腰，歪着脑袋，嘴里依然衔着那根万年不变的草叶，一边的嘴角扬起，这让她的笑看起来更加灵动。

阮啾啾擦了擦头上的汗珠，非常满意地端详雪人片刻，拿出手机拍了几张照。

再不拍雪就要融化了，今天辛辛苦苦忙活一下午的时间，待到明天估计就只剩下一坨雪了。

"好可惜啊，她的寿命太短了。"

程隽看了一眼阮啾啾手机上的照片，也从口袋里掏出手机，慢腾腾地说："把照片都传给我。"

"好的。"传照片的时候，阮啾啾不忘谴责程隽，"你看我把雪人都能拍得那么好看，再看看你……"

在她的视线中，程隽的壁纸赫然是那天两人在雪地里的合照。

阮啾啾笑得傻兮兮的，身旁被当成人形枕头的程隽捂得严严实实的，什么都看不到。

"啊……你竟然还留着，丑死了。我只是闹着玩的，快删掉。"

程隽就跟护宝似的将手机举得很高："不要。"

阮啾啾放弃挣扎："好，随你了。"

那总比她在雪地里摔成狗啃泥的照片好得多。

程隽收到阮啾啾的照片，迅速将其发给了涂南。

程隽："新游戏的纪念品有了，就按照这个做。"

正在家里接受七大姑八大姨的审问的涂南："这么随便的吗？"

涂南："了解。"

涂南："老板，我看到嫂子发的朋友圈了，你们去滑雪好玩吗？跟嫂子过得开心吗？"

涂南："我好想念你们啊，等过了年，我回去找你们玩！"

涂南："老板，你怎么不回我？？？"

他将最后一条消息发过去之后，屏幕上突然跳出一句话：对方已经开始了好友验证，您还不是他（她）的好友。请先发送好友验证……

涂南哭了。

老板又把他给删了！

"你看这孩子，单身太久忧郁成这样，可怜哟……"

涂南听到亲戚的话，哭得更厉害了。

玩雪人玩得尽兴，也算是给这一场旅行画上了圆满的句号，两人上了飞机，阮啾啾系好了安全带。

飞机旅程还有几个小时的时间，空姐推着小车发放预订好的餐饭，阮啾啾惊讶地发现，竟然是上一次坐飞机时她觉得味道还不错的飞机餐。

察觉到阮啾啾的注视，程隽解释道："吃东西不能亏待自己。"

阮啾啾："好有道理的样子。"

她掀开盖子，饭上多放了两片鳗鱼，比上次要丰盛得多。阮啾啾吃得津津有味，把水果和甜点都吃得一干二净，听到程隽说备了好几份，又厚着脸皮要了一份。

坐在她身旁的程隽最不喜欢吃飞机餐，当他看到阮啾啾大快朵颐的时候，本觉得味如嚼蜡，忽然也跟着吃出了点儿滋味来。

程隽问："很好吃吗？"

阮啾啾说："当然好吃啊……喂！不许偷我的鳗鱼！"

程隽嚼了一口，还真是，怪好吃的。

飞机飞到中途，寒冷的云层之上，终于露出澄澈而碧蓝的颜色，渐渐染上橘红的瑰丽色彩。阮啾啾本来说要看落日，等着等着却睡着了。她紧闭着眼睛，纤细的睫毛浓密卷翘，红唇抿着，睡得很规矩，手放在扶手上，一动不动。

程隽的目光飘忽半响，然后他就像个窃贼一样动作缓慢地把手覆在阮啾啾的手背上，将她的手握紧。

阮啾啾大概是睡熟了，什么反应都没有。

如果这时候有人能听到阮啾啾的心声，肯定会听到她冷静的分析。

她是醒呢，还是继续装睡呢？

她得再想想……

程隽果然实现了他的诺言。

包饺子不是阮啾啾一个人包的，一半是阮啾啾的元宝饺子，一半是程隽的"月亮"饺子。他添了很多馅儿，月亮饺子煮漏了好几个，差点儿变成汤，让阮啾啾好一阵取笑。

他吃了两盘半饺子，阮啾啾生怕程隽把胃给撑破了，连忙制止他毫无节制的行为。

程隽也只有在吃这件事上不克制了。

对其他事情，他总是一副毫无兴趣的倦怠模样，就连工作也是做完了就绝对不会磨磨蹭蹭多浪费时间。

头一回感受到只有两个人过年的氛围，阮啾啾觉得还挺不错的。她已经想好明年去另一座城市过节了，不如去海边，光着脚丫到处跑，感受一下寒冬里的艳阳。

坐在沙发上的程隽忽然问道："去上班吗？"

"当然去啊。"

在家无所事事的感觉实在是太不美妙了，还是有一份工作她才心安。阮啾啾不停地剥橘子吃，橘子是程隽去超市买的，又甜又水，简直要甜到她的心里去了。

"你吃吗？"

阮啾啾的话音未落，程隽就接过她手里的橘子吃了起来。

阮啾啾："我的意思是让你自己剥。"

程隽："谢谢。"

阮啾啾："哦！"

或许是橘子吃太多了，第二天阮啾啾醒来，舌尖长了个口腔溃疡，疼得她刷牙都眼泪汪汪的。

程隽还以为她哭了。

他站在原地沉思了片刻，说："如果你不想上班的话，就别去了。"

他那样子，颇像父亲哄不愿意上学的孩子，带着几分小心。阮啾啾立即反驳，话一出口就变成了含含混混的语调："吾才木有（我才没有）……"

程隽："……"

疼到说不出话来的阮啾啾："……"算了，她还是闭嘴吧。

阮啾啾再次回到公司的时候，涂南就差锣鼓喧天鞭炮齐鸣举着应援牌来欢迎她。他全程热情到不像话，围着阮啾啾东问一句西问一句，关怀到连助理看他的眼神都难掩嫌弃。

阮啾啾舌头还疼，说话都有几分心不甘情不愿："您不四要开非吗（您不是要开会吗）？"

涂南的眼神瞬间变得很诡异："嫂子你怎么了？"

阮啾啾："桑火（上火）。"

涂南以诡异的眼神表示他压根不信。肯定是表面无欲无求实际衣冠禽兽的老板把嫂子的舌头咬破了，男人嘛，就这样，再像个人，面对喜欢的女人时都跟畜生一样。

如果程隽知道涂南会这么比喻，大概会直接把涂南送出嘉澄。

"原来是这样啊！正好，嫂子你要不要喝茶，我朋友带了几两好茶……"

"吾有四，吾先走了（我有事，我先走了）！"

涂南的热情攻势实在是让阮啾啾招架不住，她连忙落荒而逃。徒留涂南站在原地，茫然地挠了挠脑袋："不对啊，嫂子你的办公室就在这里呢，你要去哪儿？"

身后的小秘书微笑着说："去一个清静之地。"

涂南："我们嘉澄还不够清静吗？"

秘书继续微笑："是呢。"

涂南："……"不知道为什么，透过秘书的那双漂亮的美瞳，他依稀察觉到了几分嫌弃。

阮啾啾借尿遁绕了一圈又回来了。

许久不见的老孟笑呵呵地坐在阮啾啾的座位旁，等着她回来。她一进门，老孟就热情地道："啾啾！春节玩得怎么样？"

阮啾啾先是谨慎地左右观察，发现没有涂南的存在，这才松了口气："还好。"

老孟："你怎么啦？"

今天第 N 次解释自己的口腔溃疡，让阮啾啾很是心累。

老孟了解到情况之后，体贴地让阮啾啾坐在座位上。

这时阮啾啾才看到老孟黑了一圈，眼窝却是白白净净的，咧嘴笑的时候，一口大白牙显得异常灿烂，让阮啾啾差点儿笑出声来。

"里们去辣儿玩了（你们去哪儿玩了）？"

"嘿，别提了，去了一趟海南，你嫂子说要晒出健康的小麦色皮肤，晒了一整天才告诉我她涂了防晒霜。"说起这事，老孟就有一把辛酸泪，"太惨了，我双手放在肚子上睡的，一觉醒来肚子上白白的一片，差点儿把你嫂子笑死。"

阮啾啾想象到那幅画面，忍不住噗的一声笑出来。

老孟带了海南的特产，空运回来的水果可不便宜，阮啾啾不好意思地推辞，却被老孟以辛辛苦苦带过来如果不要他也懒得拿回去的理由堵了回来，有杧果、椰子，满满当当地塞了几箱。

老孟拍了拍她的肩膀道："等你什么时候不上火了再吃，没事，这东西放得住。"

阮啾啾："……"

她可不想再遭受口腔溃疡的折磨了，一是牙疼，二是舌头疼，再加上偶尔表现严重的"姨妈"疼，简直求生不得求死不能，这大概是人在世上最痛苦的几层考验了。

因为一张嘴就疼，阮啾啾不想说话，不想喝水，连饭也不想吃，就那么坐在椅子上一动不动，一心只画画。

画画使她快乐。

又过了半个多小时，手机嘀的一声响起，程隽发来信息。

程隽："来我的办公室。"

阮啾啾："干吗？"

程隽："吃饭。"

阮啾啾一头雾水地进了程隽的办公室，还以为程隽没吃饱。早晨醒来舌头疼得厉害，阮啾啾心烦意乱就没有准备饭，空着手去了公司。尽管嘉澄的伙食已经出了名地好，还上过几次热搜，据说请的大厨都是从各个地方重金挖来的，她料想程隽肯定还是不喜欢公司的伙食的。

阮啾啾推开门，就见程隽坐在办公桌后，桌上摆着几盒餐饭，有清淡的粥，有软软的金银小馒头，还有一小碟清爽的配菜。

目视阮啾啾进来，程隽掀开饭盒，说："吃，等会儿就凉了。"

阮啾啾忽然有些感动。

程隽竟然还会给她准备这些东西，不容易，他真是长大了！

阮啾啾一边喝粥，一边表示一定要回报程隽，给他做一顿大餐。这时程隽慢吞吞地说道："我中午吃了大餐。"

阮啾啾："嗯？"

"这是白送的，不想吃就打包回来了。"

阮啾啾一口粥吞也不是吐也不是："……"

程隽立即恢复求生欲："开玩笑的。"

"里再皮吾真四要打死你（你再皮我真是要打死你）。"

"但小菜的确是送的。"

阮啾啾："……"

程隽："哈，还是开玩笑的。"

阮啾啾默默克制住一锤送他上天的举动。

这玩笑一点儿都不好玩！这顿饭真是没法好好吃了！

好在程隽做了回人，在阮啾啾喝粥的时候从抽屉里拿出一盒药，慢慢抠出两颗，又接了一杯开水放在一旁。阮啾啾喝粥喝了一半，头顶着直勾勾的视线，不得不抬起头来。

"又怎么了？"

程隽认真地问道："好吃吗？"

"怎么了，里也想次（你也想吃）？"

"那就不好意思了……"他竟然从抽屉里又掏出一个勺。

涂南意识到两人中间涌动着的不明气氛，讪讪地道："我就是进来说件不太重要的事，既然老板还忙，那我就出去好了。"

方才的正义路人溜之大吉，留下夫妻两人面面相觑。

阮啾啾一时着急，都顾不上舌头疼了："对不起，身体没受伤吧？"

程老板及时地卖惨道："全身都疼。"

"不会伤到盆骨了吧？要不要去看看？"阮啾啾细细一想，程隽因为她手骨折过、肩部还被划了一道口子，不由得更愧疚了。

她拽住程隽的胳膊，脚步还没迈出去，手腕就被握住。程隽只是轻轻地一带，阮啾啾就跟跄着撞在他的怀里。他的手臂搂着她的背，将她往怀里带了带。

头顶传来程隽温暾的声音："好像好多了。"他这样说着，手上的力道却没松。

阮啾啾的脸瞬间爆红。

这家伙，竟然在找理由占她的便宜！

正在她被紧紧抱着的时候，出了门的涂南折了回来。他想了想，办公室家暴影响不太好，万一被其他人看到了就不好办了，决定还是劝劝嫂子关门做事。

涂南敲了敲门说道："那个……"

阮啾啾："……"

她下意识地推了程隽一把，惊慌之际爆发的力气极大，一记排山倒海就把程隽推了出去。程隽的腿撞到椅子，椅子咚的一声又被掀翻在地，幸好人没事。

涂南进来的时候，便看到阮啾啾一下把老板推得老远的画面。

涂南愣神片刻，小声说道："还没结束呢？"

阮啾啾："……"

程隽："……"

晚上阮啾啾回家的时候，涂南送了不少降火的水果，神情紧张兮兮的，仿佛是在给领导送礼。他一片好心，就是怕老板回家再挨打，简直太惨了！

阮啾啾望着把后备厢塞得满满的水果，陷入沉默之中，这其中一半是老孟的特产，一半是涂南的心意。

程隽又幽幽地叹了口气。

阮啾啾："对不起。"

程隽默默地把水果都抱到空闲的角落里，默默地回书房继续工作，默默地吃了饭，默默地洗锅，默默地吃饭后水果，愣是一句话都没有跟阮啾啾说。阮啾啾一开始还有些愧疚，不知道用什么办法弥补他比较好。吃了饭，白龙马忽然上线叫阮啾啾一起去"吃鸡"，阮啾啾便忘了程隽这一茬，高高兴兴地躺赢去了。

和白龙马一起玩的队友技术不错，带着阮啾啾"吃鸡"好几次，她全程非常投入，玩得异常开心。

程隽在她身旁默然，意识到自己真的完完全全被无视了。

待到阮啾啾结束"吃鸡"，下了线，回过头才发现程隽竟然还没走。他坐在沙发上，头倚着靠枕歪倒在一边，紧闭着眼睛，不知何时睡着了。

阮啾啾愣了一下。

这个点睡觉已经有些迟了，程隽如果在沙发上睡一夜的话，一不小心就会着凉。阮啾啾凑过去轻轻推了推他的肩膀。

"程隽？程隽？"

程隽嗯了一声，懒懒地揉了揉眼睛。

阮啾啾说道："你怎么在这里睡着啦？快回房间，别感冒了。"

程隽睡眼惺忪，嗓音带着几分沙哑："还有事情没做。"

阮啾啾不明白地问："什么？工作还没完成吗？"

话音刚落，她落入一个怀抱，怀抱里有着程隽熟悉的体温，香味儿很淡，却很好闻。阮啾啾挣扎一下无果，便认命地被紧抱着。

他抱了很久都没松手，阮啾啾正要让他松开，这时头顶传来程隽慢吞吞的声音。

"你的后背，好肉哦。"

阮啾啾："闭嘴！"

她就知道他的狗嘴里吐不出象牙来！

口腔溃疡过了几天终于成功痊愈，心情美好了，阮啾啾逢人脸上也带着笑意。

经历了数次被老板拉黑删除的惨痛教训后，涂南学会了等一会儿再进办公室。他咚咚咚地敲响门，耐心等待片刻后，才屁颠屁颠地进了门。办公室里只有程隽一人，他正对着电脑噼里啪啦地敲键盘。

涂南东张西望着，鬼鬼祟祟的动作引得程隽抬头瞥了他一眼。

程隽："有事？"

涂南压低嗓音，捂着嘴小声说："老板，最近不挨打了？我就知道降火是最管用的。我跟你说啊，这病……"

程隽头也不抬地打断了涂南的话："最近工作太少？"

涂南一惊，连忙补救："其实我是来向老板汇报工作的！"

程隽无动于衷地说："哦，正好，今天加班。好好表现。"

涂南："……"

他真不应该抱着看热闹的心思进来！老板就是个人精，怎么可能看不出来他的想法！

阮啾啾今天下班早，正好有时间去购物商场逛。

司机把她送到购物商场后，就在楼下等着阮啾啾。私人司机是位非常老实的大叔，平日里开车一言不发，嘴也严实得很。阮啾啾打算买完衣服之后给司机带点儿小点心和饮料，就算他不吃，家里的小孩也会喜欢的。

阮啾啾已经习惯了一个人去商场购物，导购小姐一见到她便笑靥如花，恭恭敬敬地领着她挑衣服。阮啾啾看时间还早，就多逛了一会儿，直到天色暗下来，华灯初上，才拎着大包小包的东西回到车上。

她把点心和饮料递给了司机大叔。大叔平日里一言不发，难得露出几分羞赧的表情，说什么都不要。

推辞来推辞去，阮啾啾干脆直接将东西放在车上，说什么也不拿，司机大叔这才难为情地说了声谢谢。

车子平稳地行驶着，阮啾啾坐在后排座位上看手机，想了想，给程隽发了条信息。

阮啾啾："今晚吃什么？"

程隽："有的选？"

阮啾啾："你懂就好，晚上煮粥喝。"

程隽半晌没有回复，似乎是在消极抗议。不用想象，阮啾啾的脑海里立即浮现了程隽敢怒不敢言的郁闷模样。

阮啾啾乐得差点儿笑出声。

司机大叔从后视镜里看了阮啾啾一眼，见到她眉眼带着笑，不由得跟着抿唇微笑。他打开音乐播放器，车里响起轻柔的钢琴声，让人的神经都跟着放松下来。

车子在黑夜中平稳地行驶着，道路两旁的景色迅速掠过，晕成模糊的剪影。

一辆黑色的越野车渐渐跟了上来。

相对于阮啾啾的车上轻松愉快的气氛，这辆越野车的车主冷着脸，在黑夜中因为脸部肌肉过度拉扯，表情竟然显得有几分狰狞。如果阮啾啾此时能看到车主的模样，一定会惊呼出声。

车主居然是徐碧影！

多日不见，徐碧影的脸色越发蜡黄憔悴，如果说一年前的她是个落落大方的小美人，现在她则十分憔悴，浑身上下散发着沉沉的死气。

自从上次使伎俩陷害阮啾啾不成反蚀把米，徐碧影唯一的靠山南宫傲天彻底垮台，一夜之间从霸道总裁变成毫无前途的垃圾二代，同样，指望着能翻身的徐碧影再一次押错宝。她也越过越不甘心。

顾游离开了她，程隽也对那个女人念念不忘，还公开了他们的婚姻状态。

阮啾啾那个女人到底有什么好的？

一想到这里，徐碧影越发愤怒。

她今天就是抱着跟阮啾啾同归于尽的心情而来的。

她要拉着阮啾啾一起死！

第十五章
别抛下我

这边，阮啾啾未能察觉到即将爆发的危机。

她坐在后排座位上玩着手机，白龙马又在叫她上线"吃鸡"，阮啾啾动作迅速地回复道："等我回去，你们先玩。"

白龙马："好的，那你快点儿。"

最近一有时间就"吃鸡"，阮啾啾感觉自己都快变成黄鼠狼了。游戏害人！

涂南会顺路把程隽送回去，因此司机直接将车子开向家所在的地方。望着两旁的道路渐渐熟悉起来，阮啾啾把手机塞到口袋里，准备等会儿下车。

这时，一辆车疾驰着从他们的车旁擦过，不待阮啾啾反应，对方猛地挤上来，只听嘭的一声，坐在后排座位上的阮啾啾没坐稳，伴随着惯性一头栽倒在座位上。头部重重地撞在柔软的垫子上，还是很疼的，阮啾啾没控制住发出一声痛呼，随即动作极快地拽住靠背，免得自己再遭受第二次撞击。

前排的司机情急之下发出一声怒吼："您坐稳了！"

阮啾啾连忙问："怎么回事？！"

"那个人是故意的！"

司机第一时间联想到的就是绑架，怎么会料到坐在另一辆车上的徐碧影是抱着同归于尽的心情撞上来的。越野车在黑暗中发出低沉的咆哮，拐了个弯，面朝着他们冲来！

徐碧影一脚踩在油门上，丝毫没有要给自己留活路的想法。

此刻她心中只剩下无边的恨意。

路人发出惊慌失措的尖叫，车窗开了一道缝，把徐碧影的头发吹得肆意飞扬。她紧紧盯着对面的车辆，似乎想透过玻璃戳穿坐在后排座位上的阮啾啾，让阮啾啾意识到惹怒别人有多么危险。

徐碧影想，自己这辈子算是毁了。顾游和她断了关系，她还跟家里的人闹翻了，只因为他们要她早点儿想开，劝她多去相亲，嫁给平平无奇生活如一潭死水的普通人。

徐碧影嘴角扬起嘲讽的笑容，她怎么可能嫁给一无是处的失败者？

比起普普通通的人，她更愿意嫁给除了有点儿钱一无是处的南宫傲天。她一直告诉自己，一定要有一场轰轰烈烈的爱情，梦想中的婚姻是徐碧影一生中最大的期待。

她会和自己爱的人携手踏入婚姻的殿堂。而如果她不能嫁给爱情，那么嫁给钱也是好的，这两者之中至少得有一样。

之前因为她错把宝押在程隽身上，让她差点儿穷困潦倒，却没想到程隽竟然是嘉澄的老板。一想到自己几乎要走不下去的时候程隽都硬着心肠对她不闻不问，徐碧影就更恨了。

她恨程隽的冷漠，更恨程隽的差别对待。若是程隽对所有人都是如此冷漠，或许她还不会如此绝望和愤怒。但当看着程隽揭开真实身份，让阮啾啾那种女人坐在了嘉澄老板娘的座位上，徐碧影就有种被羞辱得仿佛当街被扒得一干二净，赤裸裸地躺在大街上的耻辱感。

正是因为这种对比太强烈，徐碧影越发感到痛苦。

阮啾啾得到了钱，得到了无一处不完美的程隽，竟然还勾搭走顾游。

徐碧影只觉得万分不甘心！

她眼睁睁地看着自己本应该拥有的东西被尽数抢走，几乎每一天都在煎熬中挣扎。

若不是南宫傲天彻底将她抛弃，她还不至于如此崩溃。

连那种废物都嫌弃她，凭什么？

徐碧影在两人吵架的时候，一时气极，恶向胆边生，竟然随手拿起水果刀捅了南宫傲天一刀。徐碧影本想就此自我了断，彻底结束这荒唐的人生，这时想到了阮啾啾。她不甘心只有自己一个人离开，阮啾啾那样毫无羞耻感、得意扬扬的女人也不配活在这个世界上！

所以，她找上门来了。

"钱是我的，人也是我的啊！"徐碧影发出一声嘶吼。

两车距离相撞不过几秒钟的时间，阮啾啾心跳如擂鼓，不知为何，一股从未有过的死亡的危机感笼罩着她，让她浑身战栗。她看到司机在极力打方向盘，听到车胎因为突然转向而在柏油马路上发出吱呀的刺耳声响，车子以从未有过的剧烈幅度甩到一旁。

惊险的瞬间，阮啾啾的脑海里竟然浮现出程隽的脸。

她想，如果她出了事，程隽没饭吃怎么办？他会不会蹲在雪地里等她回去，就像那次一样，一直一直等着她？

他说：别走。

他说：我喜欢你。

他说：抱一下。

而她该回应点儿什么比较好？

砰！

"夫人？夫人！"

阮啾啾觉得自己的脑袋就像被塞到了一口大钟里，听别人敲了一首新年快乐歌。巨大的声响震得她晕头转向，偏偏她又无比清醒。

354

死寂的黑色在她睁开眼的刹那消散，车顶的颜色映入眼帘，她看到司机的脸在焦急地晃动。

"您还好吗？我已经叫了救护车，您别害怕，先生在赶来的路上……"

阮啾啾迷茫地眨了眨眼睛："我没死？"

司机找出一块布巾按住阮啾啾的额头上的伤口，小心翼翼地说道："恐怕额头要暂时破相了。"

原来，那一阵撞钟般的轰鸣，是因为她的头重重地撞在了风挡玻璃上。

阮啾啾迟钝地捂住头上的布巾，劫后余生感觉浑身发麻，这时才缓过劲儿来。她长长地吸了口冷气，身体僵硬得厉害，脑袋里混乱的记忆挤压着她的神经。

她好像……将以前的事全部想起来了。

阮啾啾哑着嗓音问道："你没事？"

驾驶座上的人更容易受到伤害才对。

司机说："我没事，我打方向盘避开了，但是车尾被撞到，才让您受伤了。"

"没事就好，没事就好。"

阮啾啾颤颤巍巍地坐直身体，果然，风挡玻璃上有一块凝固的血迹，看起来有几分骇人。

破相了就破相了，她又不是明星，也不靠这张脸活，命留下来了就好。

有那么一瞬间，阮啾啾几乎以为自己要死了。

"对了……凶手呢？"

司机指了指阮啾啾身后的某处："撞到墙上了，是个女人，已经昏迷不醒。"

"女人？"

阮啾啾有了不好的预感："我下去看看。"

"夫人……"

"没事、没事，这会儿就是有点儿头晕，不碍事的。"

　　阮啾啾被司机小心翼翼地搀扶着下了车。车祸现场的周围已经围了一些路人，正朝着他们指指点点。司机打方向盘将车子停到了马路中间，车尾损坏得十分严重。若是两辆车子真的面对面撞上，她大概会被撞成肉饼。

　　阮啾啾心有余悸地望向徐碧影的车。黑色的越野车撞在墙上，破碎的玻璃和零件外壳散落得到处都是，可以想到对方的速度到底有多快。

　　阮啾啾缓缓走到越野车面前。

　　车头已扭曲变形，坐在驾驶座上的女人满面鲜血，被紧紧地卡在驾驶座上，生死未卜。那张蜡黄的脸此时泛着黯淡的灰，被破碎的风挡玻璃划了几道口子，显得触目惊心。

　　徐碧影这辈子是彻彻底底地完了，她足以被判刑。哪怕她花钱将自己捞出来，蓄意谋害嘉澄的老板娘这种事情，也必定会让她的一切行为曝光在世人面前，被网友翻来覆去地提起，她这辈子都会不得安宁。

　　从一开始，徐碧影的人生就注定走向失败。

　　她把自己的人生寄托在别人身上，就得承受这样的后果。她的未来并非与自己紧密相关，而是和她"赌"的男人紧紧地联系在一起。

　　徐碧影从小到大没有半分特长，也没有什么值得奋斗的人生目标。不论是追求程隽，还是想留住顾游，她始终是与社会脱节的存在，没有想过自己如果失败后还能做什么。她没有什么兴趣爱好，她的朋友也在苦心钻研怎么嫁给好男人，还给她支着。她不喜欢工作，只想做一名全职太太，想像菟丝花一样依赖丈夫，同时又站在背后永远温温柔柔地支持他。

　　阮啾啾忍不住想，徐碧影其实一直活在自己臆想的世界里，和顾游的生活毫无关联。如果他们结婚，那么这桩除了家长里短外两人没有任何共同语言的婚姻究竟能维持多久呢？

　　若是某天两人离婚，徐碧影还会有活下去的勇气吗？

　　现在看来，徐碧影未必能做到如她自己所说的那么坚不可摧。

　　阮啾啾望着徐碧影凄凄惨惨的模样，一时间竟不知该说点儿什么，只是长长地叹了口气。

身后响起 120 急救车和警车的鸣笛声，昭示着徐碧影接下来的人生与"未来""希望""幸福"这些美好的词汇将渐行渐远。

围观的群众之中，不乏看热闹、一头雾水、录视频发到各种社交网络上的人，乱哄哄的，嘈杂声几乎能掩盖住警车的鸣笛。

阮啾啾站在一旁，看着 120 急救医生小心翼翼地把不省人事的徐碧影救出来，抬到担架上。

这时，有一道身影快速地从拥挤的人群中穿过，飞快地跑向阮啾啾。

那道身影赫然是程隽。

阮啾啾站在原地，有些怅然，一时间竟不知道自己在想些什么。她看着程隽，感觉熟悉又陌生，记忆中的冷淡男人和现在的程隽交叠在一起，渐渐变成同一个人。待她抬起头的时候，她已经撞入一个熟悉的怀抱。她踉跄着后退一步站稳，这才回过神来。

程隽不似平日的淡定平静，呼吸粗重，胸腔急剧地上下起伏。阮啾啾的面颊紧贴在他的衣服上，隔着柔软的布料，她能听到怦怦的心跳声。他一言未发，只是抱紧阮啾啾的时候，手臂在颤抖。

她抬起手想要安抚一下程隽，却发现他的衣服竟然被汗水打湿了。他浑身都带着蒸腾的热气，明显他一路上跑得很快，才会这样大汗淋漓。

阮啾啾差点儿被勒得喘不过气来。

"程隽啊……"

"嗯。"

"我都想起来了。"

程隽的身体僵了僵，随即阮啾啾的耳旁传来他低低的询问："那，你还要我吗？"

这句话不应该是她来问吗？阮啾啾眼眶一红，紧紧地抱住他。

她的声音很轻，语气却很坚定。

"要，怎么可能不要？"

耳旁的喧闹声未曾停止，闻风赶来的记者都想抢到第一手的新闻资料。好在警方的人手足够，再加上嘉澄的工作人员也到场了，这才避免阮啾啾又陷入一场舆论风波里。

阮啾啾坐上了另一辆急救车。程隽全程没说一句话，只是握着她的手，手指僵硬，力气很大，握得阮啾啾有几分疼。

徐碧影被送去 ICU 急救。阮啾啾检查全身后，很快出了结果，幸好只是轻微脑震荡，静养几天就没事了。

额头上的伤口上贴好了纱布，带着点儿刺痛感，衣服上沾着几滴血迹，让阮啾啾看起来颇为凄惨。她坐在病床上，跟程隽沉默许久，这才小声说道："我……其实没什么问题了。"

做全身检查实在是太多余，阮啾啾都心疼浪费的钱。

程隽看了她一眼，盯着阮啾啾的时候，细长的眼眸黑沉沉的，没了以往的漫不经心神色，看着怪吓人的。阮啾啾顿时变得讪讪的，本来的理直气壮瞬间消散。

行、行，检查就检查，她就当这是今年的年终体检了。

警方的动作很快，立即调取了两辆车的行车记录。徐碧影抱着要和阮啾啾同归于尽的心理，自然没想过要把行车记录仪拆除，视频中暴露的东西足够直接定下她的罪。

一名警察敲了敲门，走进来要做笔录。

阮啾啾如实地把当时的情况告知了对方，警察认真地记下来后，皱了皱眉，说："她这是何必呢？"

阮啾啾问："怎么了？"

"她在开车行凶之前刺伤了一名男子，该男子与她同居多日，目前在另一家医院抢救。最重要的是，刚才在急救的时候检查出，她怀了孩子，但很不幸地流掉了，孩子的父亲很有可能是被刺伤的男子。"

阮啾啾愣住。孩子的亲生父亲，绝对不可能是顾游了。

"总之，接下来的事情就交由我们来负责，请不要担心。程先生，能出来一下吗？"

在阮啾啾疑惑的目光中，程隽跟着警察出了门。两人站在楼道上，警察这才继续说道："嫌疑人的家属希望能在庭外和解，并表示会尽力补偿。程先生，你……"

"不需要。"程隽打断了警察的话，语气慢吞吞的，却让人听出几分掩盖于冷漠理智下那未曾消解一星半点儿的怒气，"他们最好别弄巧成拙。"

"好的，我知道了。我会转达意见的。"

警察离开后，单人间的病房里又陷入了一阵死寂般的沉默。阮啾啾坐了一会儿，低垂着头，鬓角的碎发有些散乱。

程隽走进门，神色恢复了正常，牵住阮啾啾的手问道："还疼吗？"

"啊……还好。"

若不是他的手还紧紧地拽着她的手，阮啾啾几乎以为程隽早已恢复平静。

他的手心出了汗，濡湿的感觉让阮啾啾有些别扭，但此刻，她没有要抽回手的意思，这时候的她反而像是在安慰程隽，明明是她受了伤，程隽却比她的反应更加强烈。

"其实……在那一瞬间，我很怕自己会死。"

"……"他的目光倏然转向她。

"我还以为我再也见不到你了。"

阮啾啾略显别扭和委屈的坦白，让程隽心中生出几分不合时宜的欣悦，漫长的等待终于有了回应，他怎么可能不高兴？

不待阮啾啾反应，他将她紧紧地抱在怀里，轻声说："不会的，不会见不到的。"

咚咚咚！敲门声伴随着急切的声音，隔着门传了进来，"嫂子！嫂子你还好吗？"

涂南的动作极快，处理完事故的后续事宜后就赶到了医院。尽管司机在第一时间说明阮啾啾只是小伤，但是程隽当时的表情和反应，涂南这辈子都忘不掉。他简直要被吓坏了，忙完后第一时间赶过来看望。

"嫂子！"

　　涂南莽撞地推开门，入目却是老板正把嫂子紧紧地抱在怀里的画面。老板的死亡凝视让涂南意识到，自己大概、或许、可能，又来得不是时候。

　　涂南尴尬地挠了挠脑袋："没问题就行。"

　　气氛被打破，阮啾啾没能继续说下去。不过他们的时间还长，也不急于这一时，阮啾啾叫住涂南，感谢他的到来。

　　尽管涂南有些冒失，但他是担忧她的人身安全。

　　被惦记着的感觉很好，阮啾啾非常认真地说道："谢谢。"

　　涂南先是一愣，随即破天荒地红了脸，不好意思地说："嫂子怎么突然这么正经啊？我怪不习惯的。没事就好，没事就好。"

　　阮啾啾难得见到他薄脸皮的样子，不由得扑哧一声笑了。

　　涂南的脸更红了，他不遗余力地夸赞道："嫂子你真好看，破相了也这么好看。"

　　阮啾啾："……"

　　程隽："……"

　　平时涂南也人模狗样的，怎么到夸她的时候，话越说越变味了呢？

　　涂南意识到情况越抹越黑，干咳了一声，连忙转移话题："对了，剩下的事情有傅子澄在呢，这件事该怎么处理就怎么处理，不会让凶手逃脱制裁的。"

　　"那真是谢谢你们了。"

　　两人正说着，又是咚咚咚的敲门声响起，门被推开，来者是顾游。

　　从公司赶来的他衣衫凌乱行色匆匆，颇为狼狈。他大跨步地进来，第一眼先看阮啾啾的情况，确定她没问题之后，终于能让一路上紧绷的神经松懈下来。

　　顾游苦笑着，脸上满是羞愧之色："对不起，此时道歉也太迟了。是我没有处理好碧影的问题，给你造成了这么大的困扰。这件事解决之后我会给人事部提交辞呈，我以我的名义发誓徐碧影再也不会有伤害你的机会……"

　　"请你千万别这么说。"

顾游总是习惯性地把所有事情揽在自己身上。眼看着他连工作都不要了，阮啾啾急忙打断他的话："徐碧影和我之间有一些说不清的误会和矛盾，但这些事情和你无关，同样与其他人无关，所以请你不要自责。"

顾游愣了一下，以为阮啾啾是在安慰他，难掩苦涩地扯了扯唇。

"尽管如此，她走到今天这一步，也有我的责任。我不应该因为愤怒抛下她，导致她现在一步步走向不可挽回的境地。"

阮啾啾听着顾游的话，眉头拧得越来越紧："我没想到，你竟然会有这样的想法。"

"我……"

"你教唆过她吗？你做过错误的暗示吗？"顾游正要解释，被阮啾啾再次抢话，"成年人就应该为自己的决定负责。得不到的东西宁愿去伤害，这样的价值观是你灌输给她的吗？如果不是，你凭什么揽下别人的责任？"

顾游被阮啾啾一连串的反问逼得哑口无言。

阮啾啾站起身，表情从未有过地严肃，甚至多了几分恨铁不成钢的意味。她直勾勾地盯着顾游闪躲的眼神，放缓语气道："正因为你总是想替她承担责任，才会让她存有侥幸心理，让她以为事事都有人在后面担着。顾游，大家都是成年人了，每个人都是独立的个体，有太多事情与你无关，比如此事。"

"……"

病房里一片寂静。

顾游呆愣地站在原地，一时间竟不知该说些什么好。

这样严肃的时刻，涂南压抑不住心声，极小声地发出一句告白："嫂子也太帅了！"

阮啾啾："……"

顾游缓慢地眨了眨眼睛，仔细地回味着阮啾啾对他说的话，许久后释然地长出一口气。

"谢谢。虽然可能还做不到……但是，我会对自己负责任的。"

"那就好。"阮啾啾拿出老板娘的风范道，"明天继续上班，否则扣你奖金。"

顾游跟着笑了。

"对了，徐碧影那边——"

顾游说："不知道，我还没来得及过去。"他得到消息后第一时间便跑到了阮啾啾的病房里来，确定她没事之后才安心。

顾游望着阮啾啾和程隽从进病房之后就紧紧牵着的手，眼神闪烁了几下，说心中没有失落肯定是假的，但他已经在调整自己的心态，好让自己能快点儿迈过这段暗恋未果的情坎儿。

这时，方才做笔录的警察走进来，看到屋子里多了几个人，愣了一下，说："徐女士已经醒了，你们要过去见她吗？"

"那我就过去看看徐碧影。"顾游说。

"对了，她还希望做笔录的时候能有阮女士在场。"

警察的话音刚落，几人面面相觑。阮啾啾下意识地和程隽对视，程隽稳稳地握住她的手，示意她安心。

阮啾啾回握住他的手，抿唇微笑起来。

"那我也过去。"程隽说道，也算是了结与徐碧影的孽缘。

躺在病床上的徐碧影已经冷静下来了，身旁站着几名警察以及她的家属。

一见到阮啾啾，几人眼泪汪汪，一副情愿下跪求饶，也要让阮啾啾原谅徐碧影的架势。被他们这么一闹，搞得好像阮啾啾仗势欺人，而徐碧影才是真正的受害者。

见到顾游几人更像见了亲人似的扑上前，顾游一时间难以应付，好言劝几人离开，几人却红着眼眶说什么也不走。

徐碧影躺在病床上，神情麻木，仿佛家人的行为与她无关。

医生开始阻止众人："别吵了，病房需要安静。病人刚刚被抢救过来，再这样吵下去对她的身体不好。"

顾游也说："您还是先安静下来吧，咱们出去说，现在要开始做笔录了。"

一听到要做笔录，疑似徐碧影的母亲的一名中年妇女哭得更厉害了："我们家阿影是个单纯善良的好孩子啊，顾游你千万不要误会，她就是脾气坏了点儿，但她绝对做不出伤害别人的事……"

"出去。"

程隽的声音不大，却很清晰。他的话一出，众人在顷刻间便安静下来，徐碧影的母亲的脸色有些难看，但她依然想用惯用的做小伏低的伎俩来让嘉澄的老板消气。

"我是个孩子的母亲，我心里……"

程隽将目光转向徐碧影的母亲所在的方向，让她在几秒钟内消了声。

涂南向前走了一步，笑容很冷地道："这位阿姨，您大概还不明白您女儿犯下的过错的严重性。我劝您这会儿出门吹吹风，冷静一下，免得让您女儿因为您这会儿的言行，白白多坐几年牢，这样不太划算是不？"

"我、我……"徐碧影的母亲哪里见识过这样的阵仗，不过小打小闹地折腾几下，迎上他们冰冷的视线，一时间有些讪讪的。

顾游叹了口气道："阿姨，您再闹下去，就是害碧影。"

没过多久，房间又恢复到安静的状态。

徐碧影静静地躺在床上，精神状态还算不错，只是一双眼眸在望向所有人的时候都充满了敌意。尤其是当她看到阮啾啾的时候，那眼神仿佛恨不得立即跳起来掐住阮啾啾的脖子。

"你来了。"徐碧影哑着嗓子道。

阮啾啾伫立于病床前，俯视着她，说："你想见我？"

"呵，等会儿有话想单独聊聊。"

徐碧影抛下这句话后，明显感觉到阮啾啾被几人护着，仿佛她这个躺在病床上的人是豺狼虎豹。她愤愤地冷笑了一声，说："我都认罪了，你们怕什么？我吃不了她。"

已经预料到结果的顾游还是面露悲伤之色："碧影，你不应该的。你真是太傻了。"

徐碧影也红了眼眶。

从昏迷中醒来发现自己没能死成，又得知阮啾啾只不过受了轻伤，徐碧影已经满心不甘与疲惫。紧接着，医生遗憾地通知她孩子没能保住，徐碧影的第一反应便是愕然，她居然会怀上孩子。她和南宫傲天上床的次数屈指可数，每一次都是不痛快的回忆，她没想到不经意间居然留下了一个小生命。

徐碧影一手捂着小腹，一手遮住双眼，不知是想哭还是想笑。

她的命运为何如此惨淡？

她还是想不明白啊！

南宫傲天正在另一家医院接受治疗，情况稳定。他们下次再见面，恐怕就是在法庭上了。

徐碧影哑着嗓音缓缓地道："我认输。是我倒霉，是我不够谨慎，我需要付出极大的代价，不论你们这些看客要怎样折磨我，我都认了。"

"你还不明白吗？"阮啾啾轻轻叹了一声，"没有人想要你的命，也没人要故意害你。"

"没有人要故意害我！只不过有人夺走了一些属于我的东西。"徐碧影紧紧地盯着阮啾啾，"你得到的东西足够多了，就不要再在我面前假惺惺地装好人了！"

"我夺走你的什么了？"阮啾啾问。

"我的顾游！我的程隽！你把他们都夺走了，夺走了啊！"徐碧影声嘶力竭地吼道，眼泪顺着眼角滑落，"他们本应该都是我的！"

她的话一出，在座几人除去阮啾啾之外，一致认为徐碧影已经疯了。顾游也就算了，她盯着别人的老公是怎么回事？她又怎么跟程隽扯上了关系？此时就连顾游的神色也变得不太好看了。

顾游说："碧影，我属于自己，不是你的所有物，其他人同样如此。"

"可是、可是你在阮啾啾出现之前，爱的是我对不对？是她抢走了你对不对？"

"……"

顾游沉默着，不愿意戳破她的幻想。事实上，从一开始他对徐碧影的感情只有亲情以及推卸不掉的责任感。他们之前在一起更多是因为父辈施加的压力，他却要一辈子对她负责。

顾游的沉默引起了徐碧影的不安，她等待着回复，却看到顾游脸上的所有情绪都不是她想要的。她心生寒意，浑身的血液渐渐冰冷，四肢的热度渐渐退去。

"游哥哥，你喜欢过我的对不对？"徐碧影问得小心。

顾游只是沉默不语。

在这件事上，他连欺骗都做不到。许久，他才低声说："对不起。"

不喜欢就是不喜欢，这是他没办法勉强的事情。

徐碧影方才还闹腾的架势伴随着顾游的一声道歉，终是重重跌落在虚空中，她仅存的执念与骄傲被摔得粉碎，一文不值。她的脸上挂着一丝挤出来的僵硬笑容，喉咙里却发出一声悲戚的哀号。

自始至终，她居然……没有被任何人爱过吗？

她呆呆地看了看顾游，顾游别过脸去，神情歉疚。她又望向自始至终一言不发的程隽，他的目光根本吝啬于投在她身上，无论她如何奋斗努力，都无法让他好好地看自己一回。

徐碧影轻声问道："为什么我喜欢的人都不喜欢我？"

"因为爱情不是靠蛮力追逐，而是相互吸引。"阮啾啾声音平静地向她叙述着事实，"如果自己都不曾爱过自己，别人又怎么会爱上你？"

"……"

徐碧影的唇颤了颤，半晌，她似是失魂落魄地道："我可真讨厌你啊。"

徐碧影对自己的过错供认不讳。她已经放弃了自己的人生，阮啾啾只希望她能从中感悟到点儿什么，好让她这辈子没有白白来过。

他们准备离开病房的时候，徐碧影叫住了阮啾啾。

"我有几句话想单独跟你说。"

程隽握住了阮啾啾的臂弯，将她朝着自己的方向带了带。

阮啾啾安抚地搂住他的胳膊，摇了摇头："没事的，就几句话。"
徐碧影此刻虚弱无力，别说想害别人，就是举起胳膊都酸软无力，根本害不了人。

程隽说："半分钟。"

阮啾啾笑了："好，半分钟就半分钟。"

病房里只留下了徐碧影和阮啾啾二人。为了避免发生意外，阮啾啾离她有一米多远，徐碧影冷哼了一声，说："我倒是想咬你，你离我近一点儿我还有力气。"

"别了，我的肉不好吃。"阮啾啾表情诚恳地道。

徐碧影没有理会她的玩笑，继续冷冰冰地问道："你现在得意吗？"

"我为什么要得意？"

"我最后才弄明白，你这简直是一箭双雕的好主意啊。打入嘉澄内部，让自己成为嘉澄的第二个老板，同时发展和顾游的感情，待到程隽死了，你就可以光明正大地继承嘉澄，再过几年，名正言顺地和顾游在一起。我真是想替你鼓掌，我算计不过你。"

"什么？"

徐碧影的笑声是畅快而得意的："程隽会死，会被别人害死，至于是谁我是不会说的。这就是他的结局。"

其他人纷纷出了病房，顾游没有看到徐碧影的父母，来回张望着，却差点儿撞到一名护士。小护士年纪不大，圆圆的苹果脸，个头娇小，一双漂亮的杏眼，目光对上顾游之后便挪不开了。

仿佛命中注定般，两人四目相对时均愣了愣。

顾游回过神来，客气地道："这位女士？"

"你是顾游！"小护士语气难掩雀跃，脸蛋通红，"好巧啊，没想到我竟然能见到真人！"

顾游还以为这人是他的粉，对方却叽叽喳喳语速极快地说道："你可能不记得我啦，我不仅是你的粉，还跟你一起玩过游戏呢。《如梦令》你还记得吗？我也在长月踏歌帮派，跟白龙马他们的关系都不错，你带过我几次，你还夸我技术不错来着。"

一连串的话语让顾游不由得愣神，随即记忆力绝佳的他立即想起当初的确有这么一号人物。当时他觉得很难得见到技术这么好的女孩子，于是就随口夸了对方几句，结果被徐碧影知道了，她哭哭啼啼地闹了好几天，他便依着徐碧影的要求删除对方好友，再没过几天，这个女生退出了帮派。

这时的他隐隐约约地联想到，这个女生退帮的行为或许也是与徐碧影有关联的。

提到游戏，小护士的表情多了几分黯然，她似是想到了一些不太美好的过去。走廊另一头的护士叫了一声她的名字，她清脆地应声后戴上口罩，连忙说道："太难得见到你了，对了，我拿到《侠客行》的内测名额了，游戏 ID 叫小仙女，如果你打团的时候人不够的话能不能带我一起玩啊？"

顾游愣了愣，连忙回道："呃……好的。"

另一头的护士又叫小护士的名字，小护士匆匆忙忙地挥手，小跑着消失在走廊的拐角处。

半晌，顾游不由得莞尔。

他这是怎么了，怎么跟个毛头小伙子似的？

阮啾啾无法确定徐碧影说的话是否真实。

那一瞬间，阮啾啾感觉仿佛命运女神举着铁锤敲在她的头顶上，发出恶意的嘲笑。她的脑袋昏昏沉沉的，竟有些蒙了。

阮啾啾表面上还是没露怯的。

这时候，但凡她露出半分脆弱的表情，被徐碧影确定了什么，都是一种落下风的行为。

"徐碧影小姐，我不明白你在说什么。"阮啾啾的嘴角扬起一抹不太明显的弧度，"事实上，就目前的情况来说，你相信的事情都与你的意愿相悖。你得到过你想要的结果吗？人总会死亡，该来的时候每个人都避不开，不该来的时候想什么都没用，就像你想跟我同归于尽，我还能活着从车里走出来一样。"

"所以你认为程隽能避开？"徐碧影嘲弄地笑了一声。

阮啾啾说："我相信，因为他在这个世界是主角。"所以他命不该绝。

徐碧影嘲弄的笑僵在嘴角。

"有这时间来恐吓我，你不如多反省反省，想想如何度过狱中漫长而又令人煎熬的时光。"

徐碧影握紧拳头，尽管浑身上下毫无力气，依然用尽力气大声道："我不会后悔的！"

阮啾啾只是用怜悯的目光望着她："是吗？"

两人短暂的交谈结束，阮啾啾一走出病房，徐碧影方才还硬撑着的身体便没了力气，颓然地倒在病床上。她的目光落在苍白的天花板上，面色灰青，没有丝毫刚刚的自信。

她的脑海里浮现出顾游失望的眼神、家人伤心和难以置信的神情、南宫傲天的惊恐喊叫，最后是医生怜悯的叹息：孩子没了。

她的腹中竟然短暂地停留过一个幼小的生命吗？

徐碧影的手从床上缓缓地挪到她冰冷的小腹上，眼中涌起久违的泪水，又被她硬生生地憋了回去。良久，唇瓣翕动，她发出细若蚊蚋的声音："我……不后悔。"

她也不能后悔。

徐碧影的话就像一颗种子，迅速在阮啾啾心中生根发芽，开出黑暗的花朵。

她看见程隽系着粉色的 Hello Kitty 围裙，背对着她洗碗，便更难受了。她将徐碧影说的话告诉了警察，只是不知道究竟哪一天她才能真正安下心来。

就在阮啾啾思考着该如何走下一步的时候，程隽忽然转过身来，慢吞吞地问道："是我今天吃太多了吗？"

阮啾啾："嗯？"

"所以，你生气了。"

阮啾啾："你觉得我像那种人吗？"

程隽不假思索地回答："像。"

阮啾啾磨了磨牙："我劝你少说话。"

程隽："所以你果然还是生气了。"

阮啾啾："……"

程隽就是有这个本事，能在三言两语中挑起她的火气。阮啾啾郁闷地瞪了他一眼："喂，我问你，将嘉澄视为眼中钉的公司多吗？"

程隽从冰箱里拿出一瓶养乐多，拆开封盖，慢悠悠地说："不多，也就十几个。"

阮啾啾竟无言以对。十几个还叫不多？？人家联合起来，够把他整死很多遍了好吗！

"你有没有想过，或许他们会对你做出一些不利的举动？就像徐碧影对我做的事那样。"阮啾啾问得很含蓄，试图帮程隽找出一些不利因素，好想出规避风险的办法。

程隽握住养乐多，目光投向阮啾啾，盯得阮啾啾浑身不自在后，才继续说道："是她和你说了些什么吗？"

"我……"

"别多想了，我又不是乔布斯，就算我死掉，涂南他们依然能顶大梁。嘉澄有着成熟的运转模式，少了一块奠基石，很快会再填上去。"对手有这个时间，不如提升自己的实力，或是干脆挖空心思做点儿阴招，把设计师或是程序员挖过去，这才是商人利益最大化的手法。而想通过谋害某个人来使自己的公司前途平坦，不是愚就是蠢。

阮啾啾："哦！"

她想了想觉得也是，嘉澄这么大的公司，并非靠着一个人运转。但换句话说，对涂南他们而言，程隽也是核心的领导人物，程隽嘴上说着自己不重要，却是不可替代的存在。

阮啾啾的表情有些严肃。她思考了很长时间，突然想到，万一程隽没机会被商业竞争对手害死呢？或许——他吃垃圾食品吃到身体垮掉、感冒懒得去医院结果活活病死在家里、长期不健康的作息和饮食习惯导致身体发生癌变……哪一样都挺有道理。

她不由得有些无语，再次望向程隽的时候，意识到程隽这副懒散骨头还能活到现在，也是挺不容易的。

程隽："……"不知道为何，他总有种不祥的预感。

阮啾啾在他的注视中唰地站起身来。

"从今天开始，保护身体，珍惜性命，饮食和作息一样不能少。"

程隽："……"

"好了，为了避免你死得太快，还是早点儿睡吧。"

阮啾啾推着他朝书房走去。程隽不情愿地瞥了一眼桌上摆着的干果和零食，被阮啾啾严肃的眼神瞪了回去："快睡觉！年轻人不要老熬夜！"

程隽："我的零食……"

嘭！

门被阮啾啾关上，发出一声撞击，隔着门板，阮啾啾幽幽地道："如果被我发现桌上的零食不见了，明天就吃空气。"

"……"

阮啾啾这一觉睡得不太安稳，她翻来覆去，梦里的场景乱糟糟的。

她翻了个身，梦中依然紧皱着眉，一副睡得不安稳的样子。突然，她一巴掌拍在床板上，发出清脆的响声。

漆黑的客厅中，一道缓慢挪动的身影因为从阮啾啾的卧室里传来的响动声，立即停在原地。

居然是程隽。

他深更半夜出现在客厅里，除了偷吃，也只剩下偷吃了。

许久，没有传来阮啾啾的呵斥声，他便继续默默地挪动到厨房。

冰箱里的汽水不见了，柜子里的泡面也不见了，程隽找了一圈，别说香肠，连个塑料封皮都没见到。他默默地又从厨房挪到客厅，坐在沙发上。

桌上摆着零食和干果，程隽伸出手，像平日一样拿起一袋肉脯干，正准备撕开，脑海里浮现阮啾啾一本正经的警告。

程隽沉默了片刻。

为了一袋零食牺牲一顿美味的午饭，他怎么想都觉得不划算。

幸好还有秘密小基地，阮啾啾一时兴起，肯定忘记了沙发底下还有东西。程隽双腿分开，躬下身去，把手伸到沙发底下，却什么也没摸到。就在他以为零食都被没收之际，指尖碰到了膨化食品的袋子。程隽动作轻巧地将袋子抽了出来。

"……"竟然是，空袋子？

他将手电筒的光打到沙发底下，果然一无所有，留下的空袋子仿佛是阮啾啾用来嘲笑他的工具，一方面是警告他，一方面是让他彻彻底底地死心。

程隽坐在沙发上一动不动。

漆黑的客厅里，他双手交握，凝视着空袋子，面色忧愁。

涂南察觉到，最近老板的生活作息异常规律。

经常熬夜工作的他时而给老板发几条工作上的相关信息，到第二天早晨才有回应。老板抽屉里的零食没了，老板每日必备的饮料换成了白开水，某天涂南给老板发信息的时候，老板竟然说要去晨跑，没时间。

晨跑？？

他确实是已经工作的成年人，而不是被管束得规规矩矩的高中生吗？！

涂南的震惊迅速在小圈子里蔓延开，每当程隽没能及时回复信息的时候，涂南和傅子澄他们几个便在"群聊"群里意味深长地聊天。

"又去晨跑了。"

"不，这个点不早了，可能在午睡。"

"吃健康餐，没地沟油的那种。"

"哈哈哈哈哈，老板辛苦了！"

涂南已被移出群聊，傅子澄已被移出群聊，焦樊已被移出群聊。

涂南最震惊的地方在于，他和程隽从学生时期便相识，那时候的程隽出了名地不喜欢被约束，三天两头找不到人，连教导主任都过来劝程隽参加竞赛，程隽说不去就不去，谁的面子都不给。偏偏就这样，程隽第一名的成绩从高一到高三，始终稳稳地压着第二名涂南一头。

涂南也问过程隽，如果不想出风头，为什么不考得低一些呢？

程隽一手握着书，斜睨他一眼，不咸不淡地表示，太麻烦。

他做错题会挨骂，会被叫到办公室，会被罚抄，会在离开教室的时候被骂得狗血喷头，说不定还会被叫家长。成绩优异的学生是有特权的，只能说涂南不争气，自己没本事考不到第一名。

学生和老师心目中的高岭之花程隽在此刻忽然抬起头，认认真真地用慢吞吞的语气问道："这么简单的题，你是如何弄错的？"

"……"涂南抑郁了。

涂南从人人称赞的天之骄子，从此之后变成了程隽的小跟班。他想跟着程隽一定有搞头，组团多帅气。事后果然，涂南跟着程隽一起上大学，一起创业，一起开公司，一步步地看着小公司以令行业人士震惊的速度崛起。

他可真是服程隽，决定以后的事业都要单方面地跟程隽绑定，哪怕势头最好的时候也没想过自立门户。涂某人表示，他心甘情愿地当程老板一个人的"舔狗"。

"舔狗"什么的，说一辈子，就得是一辈子！

现在，看着程隽被管束得像是去了全封闭式的中学，涂南一开始还有些担心，怕老板不耐烦，怕他会跟嫂子吵架——尽管涂南的大脑里还没能勾勒出程隽吵架将会是什么样的场面。

午饭的时候，涂南正好打算过去看看老板最近怎么样。

他拐过拐角，远远地就看到嫂子跟老板面对面地站在走廊上。

阮啾啾抬起头说："听我的叮嘱了吗？"

程隽："我想……"

阮啾啾："不，你不想。"

程隽："……"

按理说，以往这种时候，程隽别说多说一句话，连人都懒得理会。涂南小心翼翼地探出头，跟阮啾啾相对娇小的个头相比，程隽高一些，他双手插兜，听着阮啾啾的话，脸上没什么表情，试图用无声的沉默抵抗阮啾啾的专政。

涂南这一回是真正看清程隽的表情了。

在外人看来，程隽这种不咸不淡的模样，搞不好就是不太高兴。

涂南跟着程隽这么多年，对程隽也算是了解许多，程老板的脸上哪有半分不情愿，被阮啾啾管束着，他乖顺得不像话，表面上一副不情不愿的样子，实际上心情好得不得了。

涂南上一次看到程隽的这副表情，还是公司第一次研制出来的游戏大获成功的时候。

涂南："……"

若要用一个略显猥琐但是很恰当的词来形容此刻的程老板——

他是在暗爽！

不对，程隽都被管得这么严了，还高兴个什么劲儿？

单身狗涂南茫然地望着程隽跟在阮啾啾身后，两人一前一后地进了办公室，门被关上。

涂南的脑海里又浮现学生时期的画面，程隽那张漂亮的脸蛋上没什么表情，他指着涂南本来打算请教的难倒全年级的一道数学大题。

你连这个都不会？

这个都不会？

都不会？

不会？

这道题太难了啊！单身狗不会做啊！

坐在办公室里的阮啾啾忽然转过头，疑惑地来回张望："奇怪，我怎么感觉好像听到了一声狗叫？公司里不是不能养狗？"

程隽淡定地吃着煎蛋："听错了。"

"也是。"

最近阮啾啾在生活作息和饮食方面严格地要求着程隽。一开始她并没打算这么严格，只是想把标准提高一些，等着程隽讲价还价，不料都过去好几天了，程隽一副逆来顺受的样子，阮啾啾不让吃的东西，他也就没吃过了。

这样一来，阮啾啾还有些不好意思。

"其实……偶尔吃零食也没什么的。但是尽量多喝白开水，少喝饮料比较好。"

程隽淡定地偷了阮啾啾餐盒里的一块鸡肉："好。"

阮啾啾：以为我瞎吗！

为了表扬程隽最近的表现，阮啾啾决定给他买几块小蛋糕。作为惊喜，阮啾啾当然不会说出来。她已经想好等会儿午睡结束，借故出门一趟。

不知何时，程隽从身后悄无声息地走上前。他今天穿着一件黑色的薄款羽绒服，里面套着卫衣，手指冰冰凉凉的。

伏在桌上的阮啾啾睡得正熟。

他安静地站在她身后，沉默片刻，缓缓伸出一只手，一副要揉揉她的柔软头发的模样。窗外碎金般的光洒落进来，两人的背影镀上了一层朦胧的柔光，让这场景看起来很美。

下一秒，脖颈处的皮肤被冰冷的手指覆盖住，就像是冬天被人从衣服领里扔进去一个雪球，彻骨的寒冷冻得阮啾啾打了一个激灵，差点儿从椅子上跳起来。

"你干吗？"阮啾啾怒气冲冲地道。

程隽："叫你起床。"

阮啾啾："……"

这狗男人还是吃垃圾食品吃到死算了。

程隽是挨了一锤才从阮啾啾的办公室里出来的，阮啾啾真不明白他没事找事有什么意思。迎面撞到多日不见的顾游，两人四目相对，顾游略显尴尬地笑了一下，试图找一个话题打破两人之间的僵持气氛："我是来找涂总……"

程隽一手插兜，从他身旁擦肩而过，一副懒得听他继续说下去的表情。

顾游："……"他好像……又被忽视了。

下午的工作比较忙，阮啾啾没时间出门，待到下了班，看一眼手机，估摸着这个点还能买到蛋糕，便让程隽在公司门口等着她，两人可以顺路去附近的一家餐厅吃饭。

仲春时节，三天两头刮大风，一阵一阵透心的凉意使得阮啾啾瑟瑟发抖。

她戴着帽子和口罩，快步进了蛋糕店，买好一块奶油慕斯、一块半熟芝士、一块千层蛋糕。店员将东西打包好之后，阮啾啾拎着几块小蛋糕，哼着歌，愉快地朝着公司所在的方向走去。

这时候，她远远地听到了众人议论的嘈杂声，就在嘉澄的大门口，零零散散地围着一些行人，隔着不过几米的地方，一辆红色轿车撞在了路灯上，车头被撞得凹陷进去，满地碎片，现场情况惨烈。

阮啾啾瞬间就想到那晚差点儿出车祸的恐惧，心跳突然加快，莫名地有一种恐慌笼罩在心头。她不自觉地加快了脚步，越走越心慌，直到最后，干脆小跑着冲上前去。

"太惨了啊，被撞成这样，不死也得丢半条命。"

"不会是嘉澄的员工吧？在大门口出了车祸。"

"看起来还是个年纪轻轻的小伙子啊。"

"就是……"

阮啾啾快步挤进去，终于看到是怎样的场面。趴在地上的男人已经陷入昏迷，浑身是血，卫衣被染红一片，黑色的羽绒服被剐出好几个洞，白色的绒毛挤了出来。

他身材瘦高，黑色的鬈发散乱地挡住了面容。

阮啾啾怎么会忘记，今天的程隽就是穿着这样一身衣服来到她的办公室的。

她失力地跪倒在地上，连忙掏出手机拨打120急救，心慌得厉害，就连手指也在颤抖。巨大的悲伤从胸口涌起，堵得阮啾啾喉咙发涩，说不出话来，眼泪哗哗地顺着脸颊滑落。待到拨通电话，阮啾啾的声音已控制不住地颤抖起来，她一边哭一边说坐标，求他们赶紧过来，伤者快要不行了。

阮啾啾的哭声在一片议论声中如此明显，周遭的人不禁怜悯地议论起来。

"是伤者家属，估计是女朋友。"

"太可怜了……"

"唉……"

涂南是跟着程隽一起出门的。程隽一副懒得搭理他的模样，涂南依然美滋滋地在程隽身旁说："我跟你讲，我可能也要谈恋爱了。"

程隽没有搭理他，而是戴上了耳机。

"老板，你都不好奇的吗？老板，求求你快问我一声，我不容易啊。"

涂南一脸急切地道："我觉得我的秘书在暗恋我，你知道不？是我感情太迟钝了，才没发现她竟然对我藏着如此深的情感！"

程隽换了一首歌，重金属的音乐压过了涂南的声音。

涂南哭丧着脸。

他还想讲讲自己的心路历程呢！

两人从大门出来，便看到马路上围着一群人，一看就知道是车祸现场。其中一阵号啕大哭的声音分外明显，听的人也不由得跟着悲从中来。

涂南没忍住多看了两眼，然后……

涂南："咦？那不是嫂子吗？"

程隽摘下耳机，顺着涂南指的方向，便看到人群之中，阮啾啾正跪在地上哭得很伤心。

涂南："……"

程隽："……"

涂南："嫂子在哭谁？"

程隽："我也想知道。"

第十六章
哭什么

阮啾啾哭得手脚冰凉，脑袋麻木。

身旁的围观群众都在可怜她。听着他们的窃窃私语，阮啾啾更加伤心。程隽离开了这个世界，她就是孤零零的一个人了，没有交心的挚友，没有亲人，更没有能互相依偎的存在，世界仿佛瞬间从彩色变成了黑白的。

这种时刻，阮啾啾忽然有些明白，为什么程隽在母亲走了之后，一直活得浑浑噩噩，丝毫不爱惜自己的身体。

他大概也认为自己活得毫无意义。这样的心情，也只有此时她才能真正体会到。

"程隽……你这命也太苦了……"她又是一阵悲从中来。

嘈杂的人群顷刻间安静下来，阮啾啾瘫坐在地上，入目是一双黑白条的运动鞋、黑色的休闲长裤。她愕然地擦掉眼泪，泪眼模糊地抬起头，便看到程隽正站在她面前俯视着她。

他低垂着眼睑，露出的漆黑眼睛定定地看着阮啾啾。她的脸上还挂着未干的泪痕，鼻尖红通通的，表情是鲜少表露在脸上的软弱。

两人四目相对。

片刻后，程隽轻声道："怎么哭了呢？"

"……"

阮啾啾一时间以为是自己神情恍惚，大脑产生了幻觉。

程隽在她呆呆的注视中半蹲下来，伸出手用手指轻拭她的眼泪。泪水浸湿他的指尖，他感觉竟有几分灼热，连带着把心尖儿都狠狠地烫了一下，他的指尖不禁轻微地颤抖着缩回。

程隽望向她，慢吞吞地说道："别哭了，好丑啊。"

阮啾啾一脸蒙地感受着他皮肤的温度，半晌，迟钝的大脑终于开始运转。她顾不得擦眼泪，哑着嗓音问道："你、你没死？"

程隽认真地说："我还没吃到你做的满汉全席。"

听到程隽的话，阮啾啾又是生气，又是啼笑皆非，心底五味杂陈，那股滋味如何她也说不清楚了。她磨了磨牙，瞪着程隽说："想都别想！"

夫妻两人还没杠上满汉全席的事，120救护车就来了。

"在场有患者家属吗？"

"有！"

在场的"吃瓜"群众纷纷响应，指着坐在地上的阮啾啾。小姑娘哭了老半天，瞧瞧，两只眼睛都要肿成核桃了。

突然清醒的阮啾啾："……"

面对急救医生的询问，阮啾啾干巴巴地说："是……"

她总不能说自己弄错了人，在这里白白哭了一场吧？

程隽说："这是嘉澄的员工，我是老板。"

阮啾啾："……"

"那就好、那就好，快点儿上车！"

两人上了急救车，留下涂南等待警察到来，处理后续事务。阮啾啾跟程隽面对面坐着，她问道："你怎么知道他是嘉澄的员工？"

难道程隽记忆力好到连对方长什么样都记住了吗？

程隽慢吞吞地说："衣服是昨天到公司的，我顺便要了一套。"

阮啾啾："……"

"他们经常团购衣服，方便省事。"

"……"

阮啾啾对此没印象是有理由的。平时她的社交圈主要集中在老孟、涂南跟程隽几人中间，程隽就不说了，万年的卫衣搭配；涂南比较骚，再加上工作需要，几乎天天都是西装示人；老孟挺喜欢打扮，从没穿过卫衣，导致阮啾啾早就对其他人的服饰没什么概念了。

阮啾啾捂住脸："原来是这样啊。"

抢救及时，伤得不是太严重，伤者在几个小时之后终于成功地被抢救回来。虽然阮啾啾不认识对方，但看着那凄凄惨惨的场面，多少是有些同感的，听到医生说伤者被抢救回来了，不由得跟着长出一口气。

"太好了。"

肇事司机同样被拉到医院抢救，司机的伤势较轻一些，没过多久就醒过来了。但他即将为自己酒驾撞人付出代价。

程隽顺手垫付了治疗的费用，阮啾啾耐心地在走廊上等着，打开手机翻了一下。

涂南："嫂子，你又火了。"

阮啾啾一脑袋问号。

涂南："看热搜。"

"……"

阮啾啾连忙打开微博，话题"嘉澄员工待遇有多好"飙升到第一位，隐隐有爆的趋势。

她点开话题，首先映入眼帘的便是某个大号博主转发的视频。视频是路人拍的，镜头中的伤者被抬到担架上，阮啾啾和程隽两人表示自己是家属，一前一后地上了救护车。

大号"放荡不羁笑点低"正文里写着："公司职员出车祸，老板亲自保驾护航，也只有嘉澄有这种待遇了！据现场的人说，老板娘都落泪了，希望我的老板也能为我哭一次［微笑］。"

这条微博转发数十万，评论点赞飞快飙升。

其他的微博同样在夸嘉澄有人情味，够仁义。嘉澄可不需要老板立人设来赚取好感度，相反，当初真正的老板和老板娘的身份曝光后，两人就一直低调示人，仿佛没有他们的存在，路人缘好感度高得很。

随即，有嘉澄的员工晒出自己的福利以及食堂的美味伙食，并表示嘉澄的福利比他们想象中的还要好很多，看得网友们羡慕嫉妒恨。

这也太棒了！这简直是天堂般的地方啊！

阮啾啾的私信数量简直要爆炸，她的最新一条微博下面已经被评论淹没。

"小仙女啊！你怎么这么可爱！"

"你连哭都那么好看，虽然只有模糊的侧脸！我恋爱了！"

"@嘉澄，叫你们老板出来跟我决斗。这个女人是我的。"

阮啾啾向下滑了一下，更多的评论都是在夸她或是向她告白，看得她哭笑不得，干脆关掉微博。谁能想到今天这一场风波竟然会发展成现在的情况。

阮啾啾不想拿别人的生死来给自己炒热度，于是装作没看到，也没有理会各种各样的评价。

程隽出了门，远远便看到阮啾啾一脸纠结地伫立在原地。

他表情自然地上前牵住阮啾啾的手："走。"

"去哪儿？"

"回家。"

程隽的手掌干燥冰凉，紧握着阮啾啾的手，让她没法挣脱。她稀里糊涂地跟着程隽，两人一前一后地走着，阮啾啾想起一件事，懊恼地拍了下脑袋："啊呀，蛋糕被扔到地上了！"

程隽难得没有计较蛋糕跑到哪儿去了的问题。

他走在前面，始终比阮啾啾快了半步，背对着阮啾啾，慢吞吞地问道："为什么要买蛋糕？"

阮啾啾干咳了一声："为了奖励你最近听话的表现。但是你也不可以趁机乱来啊。"

程隽继续问："为什么要哭？"

阮啾啾被噎了一下。

这个问题来得突然，她本以为经历过方才一系列慌乱的意外，程隽早就应该将此事忘得一干二净才对。

一想到自己傻乎乎地哭了半天，被程隽全程看在眼里，懊恼和尴尬便涌上心头，阮啾啾眼神飘忽，转移话题道："也没什么……对了，晚上吃什么？本来说好去餐厅吃饭的。"

程隽走得不快，嗓音也慢悠悠的："前面有一家餐厅味道不错。"

"哦，那我们就去那家！"

成功规避了这一个问题后，阮啾啾默默地在心底松了口气。果然，程隽这个狗男人一听到吃这件事，便什么东西都想不起来了，这可真是个好习惯。

天色已然黑沉沉一片。

程隽沉默地拉着阮啾啾的手，她不禁有些恍惚，自己在什么时候居然对程隽牵她的手也不抗拒了？

不知为何，她总感觉程隽怪怪的。

是她的错觉吗？

阮啾啾沉思之际，一滴水掉落在鼻梁上。她哎了一声，仰起头，雨渐渐由一滴一滴变得越来越大。阮啾啾半眯着眼睛说："竟然下雨了啊！快，快找个地方躲雨。"

阮啾啾拽住程隽的手腕，发现一直沉默着的程隽脚步变快了。

她跟着加快脚步，走着走着就小跑起来。这时候的阮啾啾气喘吁吁地道："你慢一点儿啊，我快要跟不上了！"

程隽却没有听话地放缓脚步。

"喂！程隽？程隽！"

程隽的脚步更快了，阮啾啾不得不跑起来，鞋子踩在潮湿的地上发出嗒嗒的响声。她开始感受到自己的胳膊被拽得有点儿疼，随即愣了一下，说："你要带我去哪里？前面不是餐厅的方向啊！"

程隽不但没有朝着大路上继续走，反而拉着阮啾啾折进一条小道。

阮啾啾更心慌了。

他这架势，怎么像是要把她给卖了呢？

"程隽？程……"

程隽的脚步猛然停住，阮啾啾差点儿一头撞在他身上。她抬起头，便看到程隽正定定地望着她，盯得阮啾啾浑身不自在。有那么一瞬间，她几乎以为程隽想在这里杀妻骗保。

雨水将程隽的头发打湿，他向前走了一步，逼迫着阮啾啾不由自主地向后退，直到后背撞在墙上。

她承认她有些尿了。

平日里程隽慵懒的模样见惯了，此刻却很是不同，但她又说不清具体是哪方面不太对劲。

程隽问："为什么要哭呢？"

阮啾啾表面上很硬气，内心实则慌得不行。她努力睁圆了眼睛，虎着脸说："我想哭就哭，泪腺长在我身上，多愁善感的时候发泄一下不行吗？"

程隽温暾的声音在淅淅沥沥的雨夜中如此清晰。

"是因为我吗？"所以她才会哭得那么伤心，仿佛整个世界都要崩塌了似的。

阮啾啾立即跳脚。

"你别问了，我没有在哭你，不要自作多情！"

阮啾啾越是张牙舞爪、虚张声势，越是能让人窥出她的心虚。说完这句话后，阮啾啾忽然意识到，程隽一直在静静地看着她的反应。

她的脸唰地红了，不知是因为羞恼，还是因为别的莫名的情绪。

阮啾啾别过脸，表情僵硬地说："我肚子饿了，要走了，你想在这里淋雨就淋着。"

语毕，她向身旁迈了一步，感受到手腕上的劲儿陡然变大，还没来得及迈出第二步，就被程隽这个狗男人拽了回来。

她正要炸毛，却看到那张漂亮脸蛋在眼前放大，占据了她所有的视线。

在阮啾啾茫然的表情中，程隽低低地叹息了一声，似是说了一句"算了"。

算了？什么算了？

阮啾啾没能问出口，话就被他彻彻底底地用唇堵了回去。

阮啾啾的脑袋是蒙的。

她几乎可以清晰地感受到程隽的呼吸吹拂在她的面颊上，像是空调开到最热的风，吹得她脸颊通红，耳根也一片红。

唇瓣上的触感轻柔而真实，她才后知后觉地意识到他们之间发生了什么。阮啾啾浑身僵硬得像块木头，动也不敢动，仿佛巨大的螺旋桨从天空中呼啸而过，脑袋里只剩下嗡鸣声。

她挣扎了一下，却被程隽掐住腰动弹不得。

程隽这个狗男人力气怎么这么大？

阮啾啾感到一阵天旋地转，几乎要窒息了。

程隽没有更进一步，只是在她的唇上停留片刻，便离开她的唇，缓缓松开了手。

唇瓣上依稀还残留着他的余温。雨下得越来越大，这一场春雨来得匆忙，就像阮啾啾此时此刻的心情。她不敢抬头，因为知道程隽一直在看她。她还没准备好面对他们走到这一步的关系。

两人之间弥漫着一股沉默的气氛。

雨滴打落在墙壁和泥泞的地上，发出噼里啪啦的响声。

头顶传来程隽的声音："你……"

阮啾啾莫名紧张起来："什么？"

"你是不是偷吃了奶油泡芙？"

阮啾啾："……"

她的确在买蛋糕的时候顺便买了几个奶油泡芙，吃完了才出的门。至于程隽是如何发现的——大概是，她的唇上残留着奶油的香甜味道。

程隽叹了口气，幽幽地道："果然是偷吃。"

阮啾啾："……"

这浑蛋……该不会是……为了检验她是否偷吃才压着她亲了一下吧？

绝对是这样啊！

阮啾啾无语凝噎，有种自己被骗了的感觉："你……"

"走。"他打断了她的话。

程隽握住她的手腕，带着她出了偏僻的小道，表面上稳得不能再稳。短暂的插曲过去，走出去的时候阮啾啾几乎已经忘记了那个吻。

他们两人和谐地吃了饭，谁也没有再提这件事。

程隽跟阮啾啾淋了雨，浑身湿漉漉的，餐厅的空调也没能让她暖和过来。待到他们从餐厅里出来，迎着冷风，阮啾啾一个不防打了个喷嚏，随即抖了一下："好冷，还是打车回去吧。"

程隽说："我穿了羽绒服。"

以为他要将羽绒服脱给自己穿的阮啾啾连忙摆手："不用了，等会儿在车里就暖和了。"

程隽望向阮啾啾的时候，满脸写着"你在想什么"。

"我的意思是，羽绒服挺保暖，下次你也来一套。"

阮啾啾："……"

程隽："……"

程隽是挨了一锤才上私家车的。

半点儿求生欲都没有的浑蛋，阮啾啾回想起来，觉得自己真是鬼迷心窍，才会被程隽占便宜。她就应该在他心怀不轨的时候一拳送他上天，好让他意识到自己的举动是多么不应该。

这场雨下得越发大，空气中弥漫着一股潮湿的泥土腥味，夹杂着清新的柳枝条的气味。雨点啪啪嗒嗒地落在地上，就像是依萍和书桓在雨中拥吻时的那场雨。两人身上的衣服都被弄湿了，阮啾啾换了鞋，说："书桓……"

程隽："你叫谁？"

阮啾啾："对不起，顺口了。"

浑身泛着冷意，骨头就像是浸在冷水里，阮啾啾哆哆嗦嗦地裹上外套，程隽却揪住这事不放："书桓是谁？"

阮啾啾："你干吗？你没看过《情深深雨蒙蒙》啊？"

"为什么要叫他的名字？"

"我就是顺口、顺口。"

"为什么会顺口？"

阮啾啾哭笑不得："你该不会要跟一个电视人物较劲儿吧？"

程隽："你心虚了。"

阮啾啾："……"

有时候她真是搞不懂程隽清奇的逻辑。她有什么可心虚的？

阮啾啾郁闷地说："我才懒得跟你纠缠，我要去洗热水澡了，否则会感冒的。"

下一秒，阮啾啾见识到了什么叫作人间真实。

她眼睁睁地看着程隽这个狗男人对她退避三舍，瞬间离她好几米远。在阮啾啾的死亡凝视中，程隽淡定地说："不要传染给我了。"

"……"

听听，这是个人能说出来的话吗？

阮啾啾承认自己逆反心理相当严重，于是，她反应极快地采取了打击报复的办法。她洗了澡出门时，程隽正坐在沙发上看电视，她趁着他专注地看电视的时候，悄无声息地把空调温度调低，特意开了冷风，自己则裹上厚厚的衣服。

程隽一副没有察觉的样子，继续看电视。

过了一会儿，他意识到不对劲儿了："屋里的温度有点儿低，空调遥控器在哪儿？"

阮啾啾："不许调高温度，我觉得刚刚好。"

程隽："我回房间……"

"你敢回去试试。"

"……"

程隽安静片刻，慢吞吞地说道："你是在报复我吗？"

阮啾啾拒不承认："没有的事。"

"你想让我感冒的话，这样的效率也太低了。"

阮啾啾："哎？"

程隽别过脸，认真提议道："不如想个更有效的办法？"

阮啾啾没过几秒钟，便明白程隽是什么意思了。她眼前一黑，面前的画面顷刻间颠倒，后背撞在了柔软的沙发垫上。

阮啾啾没出息地怂了，弱弱地说："还是把温度调高吧，感冒就不好了……嗯！"

他的手肘撑在沙发上，手抓住阮啾啾乱动的手腕，选择直接凑上去吻住她的唇。唇与唇相贴，亲密而又不曾体会过的柔软触感令程隽的喉咙发出一声低低的叹息。

这一次他并没有浅尝辄止，而是像吃一块小草莓蛋糕似的，一点点地仔细品尝着她的唇的滋味。

程隽感觉像是柔软的棉花糖，却比棉花糖更加柔软，比马卡龙更甜，却又不腻。

她鲜少表现出软弱无力的样子，他稍微控制不住地咬了一下她的唇瓣。

阮啾啾几乎以为自己要被吃掉了，被当作食物一样，慢慢地吃干抹净。

她发出一声低低的抽气声，很快被吞没在激烈的唇齿交缠中。

他的动作从一开始的生疏变得越来越熟稔，阮啾啾完完全全没了挣扎的余地，被他亲得气都快要喘不上来。

她的胸腔剧烈起伏着，隔着厚厚的衣服，她依然能感受到程隽的体温。

渐渐地，她已然感受不到冷风，燥热而缱绻的呼吸令人浑身发热。

阮啾啾面红耳赤地被程隽亲了个够，迷迷糊糊地想，唾液传播能导致别人感冒吗？为什么她总觉得自己是被占了便宜呢？

半夜，房间里响起门被推开的声音，从两个房间里走出俩人，额头滚烫，脚步虚浮。

两个人同步地坐在沙发上，拿起温度计夹好。

程隽："唉。"

阮啾啾："唉。"

一场高烧持续一夜便好了，幸好两个人只是一时着凉。

阮啾啾的心情很复杂。

想到昨晚的吻，她见到程隽还有些尴尬，但因为两人受凉发烧，又在尴尬之余增添了几分说不出的……名为滑稽的气息。

阮啾啾捂住了脸。

别人家谈恋爱都是甜甜蜜蜜的，他们俩怎么就总是捅娄子出意外呢？

这时，程隽从书房里出来，已经换好了衣服，又是黑色的羽绒服，只不过里面的卫衣换成了浅灰色的，胸口的地方有一只可爱的小章鱼图标。这种奇妙的活泼画风，肯定不是程隽自己买的衣服，他的审美几乎就是以黑、白、灰为主的纯色，没有花纹没有配色，日常的穿搭都是休闲而没有特色的衣服，非常大众。

要不是那张脸祸国殃民，他的样子拉出去绝对是非常朴素而又合群的码农。

"又是公司的衣服？"

"嗯，你要吗？"

"不要。"

程隽慢吞吞地问道："走吗？"

"哦……好的。"

阮啾啾干咳了一声，若无其事地拿起包，跟着程隽出了门。两人坐在后排座位上，阮啾啾低头看着手机。又过了一天时间，她的微博涨粉数十万，转发、私信、点赞的数量快要爆炸，她只好把所有的提示都设置为不提醒。

司机大哥放了一首轻柔的音乐，车窗被打开一道缝，阮啾啾望着窗外，清冷的风吹拂在她的脸上。

仿佛一夜之间，万物新生，街道两旁的绿化丛添了几分绿意，修长挺拔的树苗伸展着枝叶，花苞酝酿着，等待一展春光。

阮啾啾深深吸了口气，眯起眼睛："真好，春天又来了。"

她独居的时候最怕秋天，最漫长的是冬天，现在跟程隽住在一起，时间久了，遇到的事情也多了，竟然没怎么关注过季节的变换。这不知是算好事还是坏事，阮啾啾自己也说不清了。

程隽说："再过两周，杏花、樱花都开了，要去看花展吗？"

阮啾啾愣了愣，随即展颜回应："好啊。"

说起来，他们两个人至今都没有正经地约会过。程隽居然能提出去外面走走，而不是待在家里当咸鱼，可以说是非常有进步的举动了。

阮啾啾回眸笑起来，一双含情的桃花眼弯成漂亮的弧度，眼尾微挑，眼珠漆黑而闪亮，就像是有万千星子在其中沉睡，又因为欣悦的心情而闪烁出动人的光彩。

他的目光落在她柔软而粉粉嫩嫩的唇上。

食髓知味，程隽忽然体会到这个词背后是怎样一种折磨人的心情。

他握住阮啾啾的手，她的手指很柔软，能被他轻易地拢在掌心里。在阮啾啾呆愣的注视中，他缓缓地凑上前……然后，被阮啾啾一巴掌按在脸上。

阮啾啾面无表情地道："会感冒，别碰我。"

前排的司机没忍住，发出极轻的气音，像是在努力憋笑，整个人宛若上了发条的小玩偶，咔嗒咔嗒地上下抖动。

程隽："……"

意识到老板的死亡凝视，司机默默地住了嘴，中间的挡板调下来，遮住了他们的身影。

阮啾啾表示自己是非常记仇的。

这个狗男人，怕感冒不碰她，为了共沉沦又亲了她。她对程隽的行为耿耿于怀。

在她原谅他之前，他是别想动她一下了。

公司电梯的门打开，阮啾啾先迈出脚步，程隽安静地在身后跟着。途中两人偶遇公司职员，员工皆是小心翼翼地点头。

没过半个小时，公司就有风言风语在员工的闲扯中流传开来。

"大老板是妻管严啊！"

"老板娘走在前面，头都不带回一下的，可帅了。"

"啧啧啧，估计老板昨晚上跪遥控器了。"

若是阮啾啾听到这些话，估计得郁闷死。她只不过是走在了程隽前面，怎么会传出这么多奇奇怪怪的绯闻？

阮啾啾进了办公室，程隽非常自然地跟了上去，被阮啾啾拦在门口。

"你干吗？"

"随便走走。"

阮啾啾："回你的办公室去。"

程隽身体力行地展示着什么叫作扎根就不动弹了。

两人正僵持着，老远便听到涂南的说话声。

"今晚一起吃个饭？"这是涂南的询问。

"不吃。"这是小秘书冷冰冰的回答。

"我知道你害羞。没关系的，我……"

"老板，你这是职场性骚扰，需要我向你科普一下吗？"

涂南被噎住："……"

总是跟在他身旁的小秘书一脸冷漠，把平日里对待竞争对手的那一套毒舌同样用在了涂南身上："老板是因为长久没有性伴侣，难以释放的多巴胺在作怪吗？精虫上脑也要理智一些，不要把我当作其他那些想怎么说就怎么说的女人。工作时期，希望你能够收敛一下，否则我就要考虑昨晚猎头给我提供的高薪工作了。"

涂南一惊："有猎头挖你了？工资很高？我给你涨啊，这都不是事！"

小秘书摇头："薪酬虽然不错，但不至于能让我心动到把我给挖走。"

涂南松了口气："那就好。"

"令我心动的是，人家的老板，智商、情商都挺在线的。"

"……"

涂南半晌才反应过来，自己是被小秘书转着弯给骂了。他的脸一阵青一阵白的，秘书斜睨他一眼，丝毫不给面子地自己率先离开了。

涂南："……"

他这个老板当得有何尊严？连自己的秘书都可以嘲讽自己，他还能说什么呢？

两人交谈的地方距离阮啾啾的办公室不远，阮啾啾听了个够，这才推门走出来，问道："你这是怎么回事啊？"

涂南就像是老乡见老乡，两眼泪汪汪，上手就拽住阮啾啾的胳膊把她拉回办公室。一进门撞到正坐在办公室里的老板，涂南顿时讪讪的。程隽从他一进门，目光就径直盯着他握着阮啾啾的胳膊的地方，那眼神，让涂南回忆起加班的恐惧。

涂南连忙松开手。

他今天已经得罪秘书了，再得罪一个老板，这日子就没法过了。

阮啾啾好笑地双手抱胸，问道："所以你刚才到底在干吗？"

涂南一脸郁闷地说道："就是正常的男女互动啊。不是，嫂子，你不知道，我还没来得及跟你说呢。昨天我本来想找你讨论讨论具体情况，结果看到你跪在地上哭，就没……"

"好了、好了，这段请跳过，谢谢。"阮啾啾露出假笑。

涂南还没意识到自己把老板娘也得罪了。

他摸了摸头顶，说："我是发现我秘书暗恋我。"

阮啾啾："嗯？？？"

面对阮啾啾反应相当大的表现，涂南更委屈了："嫂子，你这是什么反应啊？我说错什么了吗？"

阮啾啾："没错、没错，你继续说。"

"总之就是，我发现她很关注我，不仅是在工作上，还有生活上也是。上周我去相亲两次，她可不高兴了，和我冷战一天多时间。还有还有，她总是会故意引起我的注意，然后用截然相反的态度来假装她不在乎。"

别的不说，涂南相亲两次的事情阮啾啾是记得的。他把一个洽谈的工作扔给了秘书，导致秘书本来想请假的计划泡汤，小姑娘满脸写着不高兴。

听着涂南的种种"证明"，阮啾啾无比确定，这家伙估计是单身太久，得了一种名为"异性看我一眼我就想到跟她的孩子叫什么比较好听"的臆想症。

这些全是涂南单方面的感受啊。

阮啾啾耐心地问道："那……你有什么切实证据吗？她有没有向你表白过？"

一说到这里，涂南的眼睛都亮了。

"有啊！"

上次他有些累，趴在办公桌上睡了一会儿，秘书提醒他半小时之后还有一场会议，涂南便坐直了身体。这时候，他和小秘书四目相对，他明显地看到，那双经常冷着的眼眸里竟然带着几分羞涩的笑意，她微微抿唇，欲语还休。

"老板……"

涂南的心快速跳了一下。

"结果被电话打断了，我真是要气死了。你说那时候她除了是要表白还有别的事吗？"

阮啾啾："……"

如果她没记错的话，当时她正好从程隽的办公室出来，恰好撞到了涂南的秘书。小姑娘扑哧扑哧地笑了好久，阮啾啾一时好奇没忍住问了一句，便看到秘书憋着笑说："涂老板趴着睡了一会儿，坐起来的时候额头上有一个圆圆的手表印，特别像二郎神。"

望着面前一脸荡漾的涂南，阮啾啾真不忍心戳破他的美梦。

"这都是你单方面的想法啊，你没办法确定的话，这么跟秘书说话就是性骚扰、办公室恋情。"

涂南一脸嘚瑟："她肯定会向我告白的。"

阮啾啾："祝你好运。"

既然涂南来了，阮啾啾强行把程隽推给了涂南，让大老板不要再待在她的办公室里，扰她的清净。今天的工作有很多，阮啾啾才没心情跟他们扯皮。这时候的阮啾啾忽然有几分明白涂南的秘书的心情了。

远离不了的时候，她就时时刻刻很想捶爆男人的狗头啊！

不知道涂南的白日梦能做多久。

阮啾啾正在赶工，门被推开，老孟进来了。

阮啾啾用余光瞟了他一眼，说："有事吗？"

老孟笑眯眯地道："今天的啾啾依然是勤奋的啾啾呀。"

"有话快说。"

"这个先给你。你这个小丫头，什么时候搞了一套纪念品都不跟我说，我老婆可喜欢了，说想请你画一幅原稿呢。"

"咦？纪念品？"

阮啾啾茫然地望向老孟，老孟晃了晃手里的一个钥匙扣，是女侠形象冰雕的小制品，做工精致，活灵活现，大概有一个指头那么长。纪念品是今天嘉澄官方公布的，还发微博@了画手肥鸟先飞。

阮啾啾忙着画稿，自然没有发现这事。

她看着小冰雕，又惊又喜，没想到程隽竟然把它做成了钥匙扣。

回想起当初她还可惜冰雕停留的时间太过短暂，现在倒好，永永远远地保留下来了。原来程隽问她要照片，是这样一种用途。

她心里一暖，接过钥匙扣甩了甩："真好看。"

"还有一件事。"

"什么？"

"后天你有时间吗？有一个小型聚会，都是同行参加，有几个是我的朋友，我带你去见见世面。"

阮啾啾受宠若惊地道："这、这可以吗？"

"你就记得打扮得漂漂亮亮的就可以啦。"老孟笑眯眯地摸了摸阮啾啾的脑袋，就像是对待自家的孩子一样，"真好啊，我也想要个闺女，我家那个臭小子成天鸡飞狗跳的，一点儿都不好玩。"

听到老孟的形容，阮啾啾哭笑不得地道："哪有用好玩来形容自己家的孩子的。还有，我也不小了。"

最近头发长得有些长，阮啾啾用小皮筋在脑袋后扎了一个小鬏鬏，越发像个青春俏皮的女学生，导致大家看着她，脑海里本来很正常的大老板便变成了一名潜在的有特殊癖好的有钱男人。

能被老孟带去聚会，阮啾啾自然非常感激。在这个圈子里，她还没有立身之地，是老孟一步步把她带进去的。

阮啾啾认真地说："谢谢。"

"嘿，别这么客气。"

冰雕的纪念品被阮啾啾挂在手机上，小人在她面前晃来晃去，十分可爱，导致阮啾啾对程隽的气也消了。她想，程隽有时候是让人无语了一点儿，但也不是没有可取之处，真心实意的惊喜就很能打动她。

程隽坐在沙发上，余光瞥到阮啾啾的嘴角噙着笑意。

似乎回来的时候她的心情就很好。

阮啾啾察觉到他的注视，甩了甩手机上的装饰："这就当作你送给我的礼物啦，谢谢。"

这种小事情她都能高兴成这样啊。程隽双手搭在后脑勺处，装作正在看电视的样子。因为阮啾啾的笑，他的心情也微妙地跟着愉快了一些。

他慢吞吞地说道："那你什么时候送我礼物？"

她说好的过生日，被他毁了；说好的奖励他的表现，蛋糕被扔到车祸现场不见了。

程隽问得理直气壮，阮啾啾却没好气地说："我送过礼物给你的呀。"尽管只是小心意，但她很喜欢带回来的小石子，自己手上还戴着一条石子手链呢。

程隽一脸疑惑。

阮啾啾："……"

面对他茫然的注视，阮啾啾冷笑着说道："你该不会把我送给你的小石子都忘记了吧？"

程隽一副努力回忆的表情，半晌，迟疑地问道："羊粪球？"

"再说羊粪球我就要翻脸了，谢谢！"您的好友暴躁阮啾啾已上线。

她果然不能指望这个狗男人能知道什么叫作浪漫。阮啾啾怒目而视，开始审问程隽："我送你的羊粪球……呸！我送你的小石子，你该不会扔了吧？"

程隽一脸认真地道："需要我找找吗？"

阮啾啾："你怎么不把你自己给丢了？"

不过她因为一颗小石子去怪罪程隽，就相当没必要了，丢了就丢了，程隽又不喜欢戴首饰，没将其放在心里也是理所当然的。只是她心里还是有那么一点点失落的，自己的心意被随意丢弃，仿佛连带着自己也不被在乎。

但是她想了想，那时候的程隽不喜欢她，随意地将小石子扔在一旁不也是很正常的举动吗？

阮啾啾自己安抚自己，终于得到了些安慰。

"行。"阮啾啾把手机塞进口袋里，"我先去洗澡。"

外面闷雷声渐起，一阵冷风掠过，估计半夜又会有一场淅淅沥沥的小雨。最近因为这天气，阮啾啾的衣柜有些发潮，等过几天晴天，她就把衣服都晾出来散散味。

热水哗啦哗啦地洒落在瓷砖上，氤氲的水汽蒸腾着，令人浑身发热。

阮啾啾解开了衣服，站在花洒下，柔软而白皙的身体染上了一层粉红的颜色，双腿笔直修长，身材比例极好。一出美人沐浴图，也只有镜子能欣赏到了。

她把头发打上泡沫揉搓着，樱花香精的味道清清淡淡的，闻起来很舒服。阮啾啾满脑子都想着后天参加小型聚会，自己该如何打扮比较好。

她穿长裙吗？会不会显得太刻意？穿牛仔裤又好像不太正式。

看来她还是得问问老孟，具体的聚会到底该怎么穿比较好。这样想着，阮啾啾仰起头，让温热的水洒在她的脸上。头发上的泡沫就像丝滑的奶油慕斯，缓缓地从发鬓滑落，滴落在白皙而富有光泽的肌肤上。

咔——一道微弱得就像是把电流截断的响声过后，浴室内的灯光瞬间暗掉。

阮啾啾被吓了一跳，急忙关掉花洒。

脸上还有没冲掉的泡沫，她连忙拿起毛巾擦了擦，大声地问程隽："是停电了吗？怎么回事？"

隔着门，程隽说："别害怕，整个小区都停电了。"

阮啾啾："……"

早不停晚不停，偏偏在她洗澡洗到中间的时候停电。浴室里黑漆漆的，骤然从明亮到黑暗，恍若失明一般，阮啾啾什么也看不到了。

她小心翼翼地向前走了一步，没摸到衣服所在的地方。

就在这时，一道亮光隔着浴室门的磨砂玻璃照亮了一半浴室，阮啾啾终于能看清楚衣服在哪儿了。

隔着门，传来程隽模糊而温暖的询问声："看清楚了吗？"

"看清楚了！"

就着程隽打的灯光，阮啾啾匆匆地用水把头发上的泡沫冲掉，这才擦干净身上的水珠，换好衣服。待到她走出门，房间里一片漆黑，程隽倚在墙边，一手插兜，一手用手机给阮啾啾照明。

阮啾啾苦恼地问道："什么时候才能来电？"

程隽说："正在抢修电路，得等个几小时。"

小区是比较旧一点儿的房子，偶尔发生设备接触不良的现象，还是挺正常的。大概所有人都想不到嘉澄的老板和老板娘竟然会住在一个和他们的身份不太搭调的破旧的小房子里。

"停电就停电了。但是这么早，我也睡不着啊。"阮啾啾顿了顿，说，"不如我们……"

倚在墙边的程隽站直了身体，眼睛一亮。

"不如我们来看鬼片！我的笔记本电脑里有哦。"

程隽："……"

停电看鬼片，这是一件非常应景的事情。

幸好笔记本电脑提前充了电，估计能撑几小时，足够他们看完一部电影了。

为了制造足够的仪式感，阮啾啾把私藏的程隽的零食全部搜罗了出来，当事人程隽敢怒不敢言，只能默默地充当打光人员，帮阮啾啾照亮一筐零食，看着阮啾啾将其拿到客厅的茶几上摆好。还有搁了一两天没吃完的熟食，放在冰箱里也是放着，阮啾啾干脆一起拿了出来。

阮啾啾来回忙活着，程隽负责帮她拿东西，花了一会儿工夫准备好一切，阮啾啾才打开笔记本电脑，随口问程隽："你想看哪部电影啊？"

程隽幽幽地望着阮啾啾打开了罪恶的 E 盘，打开电影——恐怖片，从上至下一排，影片分国籍归类，极其有条理性。

"想看哪个国家的，我随你挑。这里有一大半电影我看过了。"阮啾啾豪迈得像是要请客。

程隽："……"

一般来说，日韩绝对是要跳过的。尽管他鲜少看恐怖电影，不代表他不知道。欧美的鬼怪偏血腥暴力，也跳过。中国……以他对阮啾啾的了解，她是绝对不可能放一些国产烂片在列表里的。

综上所述，用排除法来筛选，程隽的目光终于落在"泰国"两个字上。

从语言上来说，泰语较软糯，不容易伤耳朵；从知名度来说，泰国的恐怖片似乎并不怎么出名，大众的传播度较低，他几乎闻所未闻。

于是程隽慢吞吞地说："泰国。"

"好的！看哪个？"

哪个名字看起来都怪吓人的，于是程隽随便指了一个。

"《鬼影》？你的运气不错哦。"

程隽还没能细细琢磨出阮啾啾所谓的"运气不错"是什么意思，电影便开始了。偌大的客厅一片漆黑，窗帘被拉得严严实实，两人坐在沙发上，一人抱着一个枕头，阮啾啾拆开了一袋巧克力，将其掰开，分给程隽一半。

两人同时把巧克力塞进口中，安静地看着电影。

不同的是，阮啾啾的身体略微向前倾斜，靠近屏幕，程隽则是后背倚着沙发，表情镇定地抱紧了靠枕，一副绝不会被吓到的表情。

黑黢黢的客厅里，仿佛电影自带音效，音乐声和说话的声音都比平时大很多。

"哎！"

程隽被阮啾啾的惊叫声吓得向后趔趄，沙发发出咚的一声响。

阮啾啾："你在干吗？"

程隽："你叫一声是想干什么？"

阮啾啾："哦，就是忽然想起来这部电影之后的剧情，我看得太早，有些细节忘了。"

程隽："……"

"继续看、继续看，我记得后面很精彩哦。"

电影的剧情越来越扑朔迷离，更多能指引出真相的线索浮出水面。阮啾啾嚼着果脯，看得津津有味。相反，坐在一旁的程隽除去阮啾啾一开始递给他的半块巧克力之外再也没拿起过零食，他全程维持着抱枕头端坐、表面上异常淡定的状态。

不知不觉间，他默默地向阮啾啾靠近。

一只手缓缓地放在阮啾啾的胳膊上，正在看鬼片的阮啾啾激灵了一下，别说，这种气氛下摸出一只手，还真是有点儿刺激。阮啾啾转头看到的便是程隽的手覆在她的手腕上，然后将她的手握住。

阮啾啾一脸疑惑地问："怎么了？你是不是有点儿怕？"

程隽摇头道："我是怕你害怕。"

阮啾啾："好。"

回想起当初在鬼屋的表现，程隽应该不是不怕鬼的人。阮啾啾想了想，决定还是让他自欺欺人地抓着她好了。

电影全程渲染出一种低迷而恐怖的气氛，让人提心吊胆，随时提防着突然来的那么一下，不过幸好没有太多吓人的镜头。

阮啾啾问道："害怕吗？"

程隽努力平复着心情："还好。"

说着，他悄无声息地挨在阮啾啾身旁，和她挤在一起。人家都是女朋友害怕，嘤嘤嘤地挤在男朋友的怀里，程隽倒是非常自觉，看着看着干脆紧挨着阮啾啾，如同惊弓之鸟，剧情稍一变得惊悚，他便僵直了身体，连呼吸都要消失了。

原本他以为漫长而令人煎熬的电影时间，竟然因为阮啾啾在身旁而变得很快。电影即将迎来结局，阮啾啾看得目不转睛，身旁的程隽却意识到有些不对劲儿。

这部电影结尾突转的画面，堪称让人毛骨悚然。

阮啾啾淡定地看完了结局，却听到身旁传来一声急促的抽气声，在寂静的黑夜中非常清晰。如果此时通了电，她一定会看到程隽怀里的抱枕几乎要被他勒成两半。

"你怕了？"

"没有。"程隽的声音很稳。

阮啾啾来了捉弄他的想法，慢腾腾地转过脸，在电脑屏幕发出的光的映照下，她的面颊带着不自然的青白色。她的头发散落在肩头，两人四目相对。

她幽幽地说："看，你的肩头上是什么？"

本来这只是个小小的玩笑，偏偏在阮啾啾话音刚落的时候，屋里的灯光骤然亮起。下一秒，阮啾啾无比清晰地看到程隽僵硬且受到惊吓的表情，那双平日里半耷拉着眼皮的睡凤眼睁得极大，眼瞳里映出了阮啾啾阴恻恻的脸。

程老板已经被吓到失去表情管理能力。

阮啾啾："……"

程隽："……"

不知道为何，看到程隽被吓得面无血色，阮啾啾的脑海里却浮现出一只奓毛的猫耳朵高高竖起的样子，估计程隽真的被吓坏了。

阮啾啾一时间有些不好意思。

她干咳了一声，说："开玩笑的，开玩笑的，你别害怕。"

程隽表情僵硬，估计仍没有缓过神来。笔记本电脑被关掉，他默默地收拾着残余的垃圾，默默地把剩下的零食都收到了柜子里，默默地抱着抱枕朝着书房走去。

从头至尾，他一句话都没说。

阮啾啾想，程隽该不会是生气了吧？

不过胆小的人被这么一吓，的确很容易留下心理阴影。阮啾啾有些愧疚，试图做出补救地道："那个——你肚子饿吗？要不要吃点儿什么啊？"

程隽头也没回地进了书房的门。

按照以往，拿出食物的诱惑，程隽绝对会原谅她。在他的心目中，什么事都没有食物大。

而现在……程隽竟然不理她了！

阮啾啾这下是真正意识到了问题的严重性。

她跟上前，程隽进了书房，瞥了她一眼，一脸"为什么要跟着我进来"的样子。阮啾啾讪讪地说："你确定不吃东西吗？我昨天买了意面哦，可以做肉酱意面，海鲜意面也可以的。"

程隽的脚步顿了一下，然后他在阮啾啾希冀的目光中说："不吃，为了身体健康。"

阮啾啾："……"

程隽最擅长的事大概就是让她挖坑自己跳了。

阮啾啾问："你真的不吃吗？我肚子饿了，可以顺便帮你做一份。"

"不吃。"

"那好。"

阮啾啾退出书房，眼睁睁地看着程隽把书房的门关上。她不由得叹了口气，早知道就不闹程隽了，现在倒好，打从他们认识以来，这是程隽第二次跟她生气。

第一次阮啾啾还不知道理由，但最终因为一份偷吃的外卖，他们又恢复友好关系。

但现在他们是男女关系，该如何修复呢？该不会是需要一个拥抱？一个吻？一个……

阮啾啾："……"算了，她还是用美食诱惑一下吧，这些怎么想怎么不靠谱，毕竟程隽从来都是不按套路出牌的。

有现成的意面，阮啾啾做好肉酱，煮了面，热腾腾的气让整个厨房都暖和起来。她端着一盘意面，悄无声息地走到书房旁，敲了敲门。

"程隽？程隽？我的面做好啦。"

隔着门，程隽的声音闷闷地传来："我睡下了。"

"哦，好。如果你饿了，就自己热一下吃。"

阮啾啾想，这下真的是完蛋了，不知道程隽什么时候才会消气。她沮丧地抱着一盘意面，自己回房间吃独食去了。

同一时间，躺在床上的程隽正在看手机，手机微弱的灯光映照着他的脸。

屏幕上赫然显示着之前他保存过的书签，上面写着：

女人最不喜欢的男人类型。

一，胆小幼稚。

今天的阮啾啾仍然是郁闷的阮啾啾。

明明昨天早晨她坐在车上的时候，还不想搭理程隽，现在就彻底反过来了。两人同样是坐在后排座位上，程隽非常刻意地窝在另一边，硬生生地和阮啾啾隔开了一个人的距离。

两人沉默不语，司机大叔见状也有些尴尬，干脆直接拉下挡板，好让夫妻俩自己解决问题去。

程隽低垂着头，双手插在口袋里。他凌乱的短发蓬松而柔软，估摸着他是没睡好，有些炸毛，发梢弯成奇形怪状的小弧度，反而越发让人莫名觉得有些可爱。

他低垂着眼睑，不知道是在看自己的腿还是盯着车在发呆。以阮啾啾的角度侧着脸瞄一眼，她能看到他纤长浓密的睫毛隔许久才迟钝地眨一下。

若不是睫毛眨了一下，她几乎要以为身旁的男人是一个大型的人偶。

阮啾啾更郁闷了。

有句老话怎么说来着？夫妻没有隔夜仇，他怎么还惦记着不放了呢？阮啾啾察觉到他眼眶下泛着乌青，一副没睡好的样子，便生出一阵内疚的情绪。

他果然还是被吓到了。她不应该拿这种事来开玩笑的。

阮啾啾还记得以前念初中的时候，班里有个学习不错的女生特别害怕昆虫。那时候班里的男孩子正处于人见人嫌狗见狗嫌的缺德年纪，可劲儿地戏弄人，逮住机会就能上天。他们不知道从哪个渠道知道这名女生害怕昆虫，几个人连夜搞来一堆虫子，全部塞到她的书包里。

待到她下了体育课，从书包里掏书本，却掏出不少死虫子来，更有一些活的虫子扑闪着撞到女生的脸颊和脖颈上。

班里响起一声非常凄厉的尖叫。

阮啾啾跟班里其他学生一样眼睁睁地看着那个女孩子哭着跑出去，然后休学，消失不见。

班里的男生们因为这件事，再也没敢动其他人一根手指头。

那时候的阮啾啾和其他女生一样，还是有些怕虫子、怕黑、怕鬼。她为了避免自己也发生这样的情况，努力地去接触这些令人恐惧的东西，渐渐地，由一开始的夜不能寐到后来渐渐麻木，再到后来，她甚至从中找到乐趣，彻底成为一名体验惊险刺激的发烧友。

如今望着程隽消沉的样子，阮啾啾忽然意识到，她跟那些喜欢捉弄人的男孩子没什么两样。

"那个……"阮啾啾小心翼翼地朝着程隽的方向挪了一下，换来程隽一副生怕阮啾啾靠近他的表情。

阮啾啾不折不挠地道："昨晚的事情……"

"不用提了。"程隽消沉地打断了她的话。

情况果然很严重啊！万一他留下心理阴影怎么办？

阮啾啾懊悔不已，试图继续和程隽沟通："对不起，我不应该让你看恐怖片，给你造成了不好的体验。不过你放心，我下次看这种电影一定不会找你了！"

对不起，我不应该让你看恐怖片。

我下次一定不会找你了。

我不应该……

我下次一定……

程隽的耳旁回旋着阮啾啾真情实感的保证。

如果阮啾啾此刻能明白程隽是因为什么而情绪消沉，便会知道，她此刻的话对程隽来说无异于二次伤害。

程隽还记得那本书里提到过女人不再爱人的表现之一：当一个女人不再对你有情感上的依赖，而是要学会自己承担一切的时候，她也就不再需要你了。

她也就、不再、需要、你、了。程老板自闭了。

迎着阮啾啾诚恳的目光，程隽一言不发地把卫衣的帽子掀起来戴上，一手拽住两根松紧绳，默默地向下拽，帽子渐渐收缩，遮住了他的大半张脸。

此刻，程隽的情绪用一个字来形容，那就是——丧。

阮啾啾："……"

她又说错什么话了？！

两人之间沉默而又诡异的气氛持续到公司。

焦樊出差回来，正好撞到程隽朝着办公室的方向走去。他欢欢喜喜地打着招呼，却连老板的一个眼神都没得到。程隽双手插兜，低垂着头，越过焦樊走远了。那架势、那表情，若是他打扮一下，会让人以为是《行尸走肉》的群演跑错片场了呢。

焦樊惊了："老板这是发生了什么事？"

意识到不对劲儿的焦樊连忙给涂南发信息，问道："我不在的这段时间发生什么大事了吗？"

涂南回复得很快："当啊！"

"什么什么？"

焦樊心底一沉。公司发生这么大的事他竟然不知道，是他的失职。

涂南语气轻快地说："我快要谈恋爱了啊。"

焦樊："……"

涂南："你怎么不说话了？"

焦樊："你做个人。"

莫名其妙地被怼了一句的涂南感到很冤枉。他坐在办公室里，沉思许久，忽然想通了——焦樊现在感情还没有着落，正处于爱而不得的状态，一回来就遭遇秀恩爱的事，生气也是正常的。

这么一想，涂南就不委屈了。

这时门被轻轻敲响，秘书走了进来。她今天的穿着和平日差不多，但以涂南的火眼金睛，他非常容易地发现，小秘书竟然涂了口红，还化眼妆了。

她果然对自己有意思，竟然还用化妆来吸引他的注意力，甚好，甚好。

涂南正要夸她一句，便听到秘书冷冰冰地说："老板，我晚上不加班，请假。"

"请假？你干吗去？"涂南不由得愣住了。

"相亲。"

他脸上的笑容瞬间凝固："啥？！"

焦樊和涂南两人不约而同地到了程隽的办公室，借着谈工作的名义，一个试图搞清楚老板身上发生了什么事，一个试图诉苦表示自己的委屈。

涂南："我好像又要失恋了。"

焦樊："你不是刚刚说要谈恋爱？？？"

涂南叹了口气："她说我幼稚又无聊。"

"竟然说你幼稚啊……"

原本不在状况的程隽突然抬起头，听到两人的交谈，就像是有成百上千的箭头瞬间扎入他的心脏。这下，他真的抑郁了。

每个人有每个人的烦心事，阮啾啾坐在办公室里有些走神。

图稿画了一次又一次，越画越奇怪，最后电脑上显示着一张草稿图，是龟缩在一个角落里的程隽，头顶着乌云，满脸写着不高兴。

阮啾啾更纠结了。她又没有谈过恋爱，要怎么哄程隽？

真正意义上来说，她对程隽并不是知根知底的。因此在这种关键时刻，她根本搞不懂程隽是因为什么生气，唯一能想出来的办法，也就是用食物哄一哄他。

昨晚她睡得太迟，今天早晨起来没做便当，等会儿就得去食堂吃饭。一般程隽会在食堂的小灶吃饭，他不喜欢人多的地方，更不喜欢别人盯着他看，尽管表面上一副满不在乎的样子。

阮啾啾没过多久就看一次时间，等待的时间总是无比漫长及令人煎熬。

终于，在她的注视下，墙上挂钟的指针指到了午饭时间。

阮啾啾犹豫了一下，给程隽发信息。

阮啾啾："你去食堂吃吗？我们一起。"

几分钟过去，程隽破天荒地没有回复她。这让阮啾啾更加不安，难道他们的夫妻情分就要断于一部泰国电影吗？这也太扯淡了！

阮啾啾干脆站起身，拿着手机去找程隽。

途中撞到许久不见的焦樊，阮啾啾热情地跟他打了招呼。

焦樊先是笑呵呵地叫了一声嫂子，随即神经兮兮地凑上前，小声说道："嫂子，你跟老板怎么啦？吵架了吗？"

"也不算是吵架，就是……我可能把他惹生气了。怎么了？他一早上都在干什么？"

焦樊能这么问，肯定是因为目睹了某些场景。

焦樊压着嗓音说："老板一早上都没说过一句话呢，完全不搭理人！他就坐在落地窗旁边，动也不动，跟一块望夫石似的，我从来没见过老板如此消沉的模样。"

阮啾啾："……"完了、完了，事情好像越发不受控制了！

阮啾啾问："他现在在哪儿呢，还在办公室吗？"

"嗯，看样子他估计是不吃午饭了。"程隽不吃午饭，相当于天上下红雨，焦樊也觉得很诡异。

"嫂子啊，你别跟老板生气，他就那么一个人，做什么事都不着急，有时候可能不是那么敏感，无法察觉别人的想法。我有时候也很生气，但是想了想工资，嘿嘿，也就认了。"

阮啾啾感觉啼笑皆非，因为现在的情况明明是程隽在生她的气啊。

"行的，没事，程隽那边有我处理，你们不用担心。"

"好、好、好，那我就放心了。嫂子辛苦了！"

跟焦樊分开后，阮啾啾率先去了食堂的小灶，让厨子给她打包两份饭带回去。

饭还热乎乎的，阮啾啾的肚子咕噜一声，在提醒她应该按点吃饭了。阮啾啾揉揉肚子，快步向前走去，到程隽的办公室门前，轻轻敲了敲门，却没有听到程隽的声音。

阮啾啾推开了门。

"……"

宽敞的办公室里只有程隽一个人。他坐在椅子上，望着桌上摆着的电脑发呆，仿佛祥林嫂附身，整个人动也不动，阮啾啾又想笑，又觉得此刻的场面怪凄凉的，顿时笑不出来了。

阮啾啾拿着饭放在程隽的桌面上，说："该开饭了，你再不吃就得饿肚子了。"

程隽依然沉浸在他的阴云迷雾之中无法自拔，怎一个消沉了得。

阮啾啾实在是看不过眼，叫了程隽一声："你清醒清醒，如果还是觉得心里难受，不如今天别工作了，好吗？"

在阮啾啾的劝导中，程隽终于抬起头，慢腾腾地望向她。

两人面面相觑。

程隽消沉地问道："这是不是散伙饭？"

阮啾啾："……"

他这是什么清奇的脑回路啊？

第十七章
狗男人

阮啾啾被程隽这么一问弄得有些蒙。

她原以为程隽是被吓到，才会对她不理不睬，现在看来似乎不是这么一回事？

阮啾啾有些好笑地道："为什么要散伙啊？"

程隽："……"

他的脑海里还回荡着"幼稚"二字，但程老板是怎么也说不出这话的。阮啾啾笑容明媚，没有半分不高兴或是不耐烦的样子："你是不是不舒服啊？别想太多，有什么事咱们说清楚。"

程隽冷不丁地发问："你讨厌我吗？"

阮啾啾被问得有些茫然："我为什么要讨厌你？"

很好。她不讨厌，四舍五入就等于喜欢他。

程隽默默地凝视着阮啾啾，在阮啾啾丈二和尚摸不到头脑的时候，站起身走到了阮啾啾面前。

阮啾啾："……"他是要干吗？

程隽忽然朝着阮啾啾伸出双臂，浑身依然散发着一股很丧的气息。他闷闷地说道："抱我。"

那一瞬间，阮啾啾被某种奇妙的电流击中，让她的心控制不住地柔软下来，姨母心泛滥。程隽维持着双手伸出的姿势，等着她的温柔抚慰，表情乖得不像话，丧中还带着几分可怜。

阮啾啾噗地笑了一下，眉眼弯弯的。

她的态度倏然软了下来，她半是好笑半是无奈地张开双臂回抱住程隽，柔软的身体贴在他的身上，细长的胳膊抱住他的后背，安抚性地拍了拍。程隽揽住她的腰，手上的力气收紧，脸埋在她的肩上。他的鼻间净是阮啾啾身上好闻的味道。

阮啾啾身上就像没有骨头，浑身都很软，抱起来手感极好，程隽忽然明白，为什么有些人极喜欢人形抱枕了。

阮啾啾差点儿要被抱得喘不过气来。她的胸腔挤压着程隽的胸腔，空间逼仄到快要无法呼吸，阮啾啾只好提醒他："好啦，松开手，我的气都要上不来了。"

"……"程隽用沉默表示抗议。

到最后，阮啾啾还是被结结实实地抱了个够。若不是老孟发信息问她在哪儿，阮啾啾大概要被程隽抱到天荒地老。

怀抱的温存和吻是不一样的。两人拥抱着彼此的时候，仿佛将自己毫无保留地展示给对方，将全部温暖和万般情绪表露出来，这种毫无防备的坦然会让人着迷。

阮啾啾不但不讨厌这样子的程隽，相反，她很喜欢。

"饭都要凉了，快吃。"

重新回到座位上的时候，程隽浑身颓丧的气息消失殆尽。他打开饭盒，开始吃饭。阮啾啾还记得他对这道辣子鸡丁不反感，让师傅满满当当地盛了好多。程隽慢吞吞地吃着饭，看得阮啾啾心情愉快。

末了，当阮啾啾擦擦嘴准备走人的时候，程隽忽然问道："你最不喜欢哪种类型的男人？"

偶尔打直球，会更明显地得到想要的效果，在这方面，程隽从来不知道什么叫作脸面。果然，阮啾啾被他突兀却又直白的询问给问住了。

她先是有些愕然，不明白程隽为什么会问这样的问题。经过慎重思考之后，阮啾啾说："大男子主义、自私自利、小心眼、好色、贪财、爱说大话、好高骛远……大概就是这些。"

程隽在心里默默排除，发现自己一条都没中，就像是玩游戏时开启闪避技能，尽数躲开障碍会使人心情异常美好。

"哦……对了。还有，"阮啾啾眼神意味深长地望向他，"狗男人。"

程隽："……"

阮啾啾："我回去继续工作了，你也加油哦。"

狗男人的意思，程隽在网上查了很久，终于大概弄明白是怎么一回事。

他松了口气。还好，他不是。

焦樊正要忙着去工作，却被不知从哪个角落溜出来的涂南紧紧拽住。涂南神经兮兮地小声说道："你知道我看到什么了吗？"

焦樊："你这不是废话吗？我又不是长了天眼。"

"嘿！"涂南还没缓过神来，手舞足蹈地用动作和夸张的表情来展示他那一瞬间的震惊心情，"老板竟然张开手，就这样，然后等着嫂子抱他！"他心目中坐在神坛上多年的男人，在这一刻从云端跌落。

程隽再也不是那个强大到毫无弱点、比谁都要冷漠的男人了！

他竟然会主动要求！抱！一！下！

涂南很难描述他见到那一幕的心情，就像是平日被供着的狮子，有朝一日发现它居然变成了一条狗，还是任人踩躏的那种。

若不是他恰好有事路过，隔着玻璃看到老板和老板娘的动作，他估计还把程隽当作冷漠的酷哥。

焦樊和他的心情同样复杂，他们又给傅子澄打电话，添油加醋地把事情说了一遍。若不是怕老板再把他们踢出群，他们还真是想好好地和老板调侃一下。

涂南怪异的表情在程隽面前也未能收敛，一脸欲说还休，他绕来绕去，弄得程隽很烦。

正在埋头工作的程隽忽然头也不抬地说道："你今晚加班。"

涂南："为啥？"天降噩耗！

程隽脸上只写着几个大字：加班还需要理由？

"……"

涂南是哭丧着脸回办公室的。小秘书还没走，正在整理文件。他灵光一闪，学着老板的样子，朝秘书张开双臂，觍着脸说："抱我一下。"

小秘书就像是盯着死人一样面无表情地望向涂南，漫长的沉默后，终究没忍住爆了一句粗口："你脑子被驴踢了吗？！"

下班的路上，阮啾啾撞见了许久未见的顾游。

自打上次徐碧影一事结束之后，他们便再也没有正面的交集了。徐碧影现在进了监狱，正经历着铁窗生活，阮啾啾只希望她能够清醒一些，不要再试图动歪脑筋。

不知顾游是否去探望过徐碧影。但阮啾啾看着他身穿风衣、英俊潇洒、温文尔雅的模样，想必最近生活过得不差。

顾游的脸上带着几分意外："啾啾，你也这么迟下班的吗？"

"嗯，最近比较忙，又要开始新项目了。"因为《侠客行》广受好评，她也渐渐有了名气，一些公司点名要跟阮啾啾合作。

"辛苦了。"顾游抿唇微笑道。

"工作嘛，痛并快乐着。"

两人有一搭没一搭地聊着。

经历过上次的事情之后，顾游对她释然许多，神情不再拘谨，也让阮啾啾由衷地替他感到高兴。

顾游："对了。"

"嗯？"

顾游微笑着继续说道："我最近遇到一个很不错的女孩子，很凑巧，她曾经也跟我们在一个帮派玩过游戏。如果发展顺利的话，以后我会把她介绍给你们认识的。"

阮啾啾望向顾游，真心实意地说道："恭喜你，也祝福你们。她肯定是个很好的女人。"

顾游真诚地望着她道："谢谢。"

恐怕阮啾啾永远不会知道，是她无形中的支持陪伴他度过了那一段难挨的时光。回忆终究是回忆，如今他们都要各自朝着自己人生的方向前进了。

就在这时，一道目光幽幽地盯着两人，阮啾啾打了个冷战。

奇怪，为什么她总有种……被鬼盯上的感觉？

顾游向前望去，不禁莞尔道："程隽。"

迎面走来的程隽一手插兜，一手牵起阮啾啾的手。他漫不经心却又警告意味十足地瞥了顾游一眼，这才拉着阮啾啾离开。

身后的顾游目送着两人的背影，看得有些好笑。程隽也并不是别人眼中毫无感情的木头美人，从他的动作来看，可以说他是相当在乎阮啾啾了。

再强大的人面对爱情的时候，都会有软肋。他们都是如此。

顾游自言自语道："我们都会幸福的。"

阮啾啾被拽得离开得仓促，一边追着程隽快步走着，一边对顾游摆了摆手。

程隽："不允许看他，不许跟他道别。"

阮啾啾："为什么？"

程隽一言不发地握紧了她的手腕。

大概是因为患得患失，话到嘴边，他顿了顿，说："晚上吃什么？我饿了。"

阮啾啾："我就知道！"

老孟说的聚会如约而至。阮啾啾特意化了妆，就在她涂睫毛膏的时候，程隽就像一个幽灵似的默默地飘到了她身旁。

"这是什么？"他指着睫毛膏。

410

"哎哟你吓死我了！"

寂静的房间里突然响起程隽的询问声，阮啾啾被吓得手一抖，一块睫毛膏蹭到眼皮上，连带着把眼影也给毁了一半。

"你下次能先打个招呼吗？"

程隽慢吞吞地说："这不是吗？就像问今天天气怎么样、你中午吃了什么，在对方正在做的事情上找到一个切入点，会让两人的谈话变得更容易。"

他一长串的理论让阮啾啾很是惊讶。

"你是从哪儿学的这些？"程隽竟然也开始关注搭话的技巧了，了不得、了不得。

阮啾啾的提问使程隽的眼神飘忽起来："网上的广告。"

"哦……"

如果让阮啾啾知道他已经把关于两性话题的所有书籍看了个遍，估计她得当场嘲笑出声。此处需要强调的是，程老板秉着严谨的原则，参考多方数据，主要以豆瓣评分为主，终于列下一个书单，终极秘密书单，只有他一个人知道其中的具体内容。

阮啾啾用棉签细细地把晕染的睫毛膏擦掉，这才继续说："晚上你自己吃，我得出门。"

"你去哪儿？"

"老孟说带我去一个小型聚会，接触一些前辈，这对我来说是很好的事情。估计等我回来天也黑啦，所以……你自己看着办。"

程隽沉默许久，嗯了一声，默默地走出阮啾啾的卧室。

阮啾啾："……"

不知道为什么，她总会脑补出程隽头顶着雪花，萧瑟地唱着"小白菜呀地里黄"的场面。阮啾啾连忙甩甩脑袋，把这幅诡异的场景甩出脑海。

她挎上小包，随手拨弄着刚刚卷过发梢的头发，转头便看到程隽坐在沙发上。

"你记得吃饭啊，别吃垃圾食品。"

程隽的目光追随着她。

阮啾啾站在门口换了鞋，抬起头，看到程隽一手插着口袋缓缓地走到了她面前。阮啾啾朝他摆了摆手："那我就走了。"

"早点儿回来。"

程隽孤零零地站在门口，仿佛阮啾啾抛弃了他一样。阮啾啾被盯得有些不忍，正想着要不要安抚他一下，就在这时，程隽慢吞吞地道："楼下的炸鸡店晚上不送外卖，我不想下楼，你回来的时候帮我带一份。"

阮啾啾："……"

程隽："要甜辣酱和蛋黄酱。哦，再加一份薯条、一瓶可乐。"

阮啾啾："……"

程隽："我说完了，你可以走了。"

阮啾啾："……"

"再！见！"铿锵有力的二字甩给了程隽这个狗男人。

老孟自己开着车，说正好过来接阮啾啾。阮啾啾一开始有些不好意思，幸好老孟是顺路，她便给老孟发了地址。老孟来得早，隔得很远阮啾啾就看到一辆风骚的宝蓝色宝马，车身两侧喷有彩绘，不知道是什么卡通人物。

这辆车极其惹眼，来来往往的路人有回头多看几眼的，也有拿出手机拍几张照片留作纪念的。

老孟坐在驾驶座上说："我还怕你找不到呢。"

"怎么可能找不到？"阮啾啾系好安全带，说道，"你的车就是舞台中央最靓的仔。"

老孟把这当作夸奖，哈哈地笑了一声。

"我真没想到你们两口子住在这么普通的地方，安全系数不太高啊。有意愿的话你们还是换个高级公寓比较好，这年头坏人不少，别把世道想得太单纯。"

"嗯，我知道了。"

阮啾啾怎么能说，这栋楼对程隽来说，不仅仅是一栋房子这么简单。于他而言，这里或许承载着许多回忆。

"小美女今天穿得真好看。唉，可惜我儿子还在读书，要不然就让你等等他了。你家里面还有好看的妹妹吗？给我留几个。"

阮啾啾："你怎么说得跟拐卖人口似的？"

两人一路上聊着天，准确来说依然是老孟单方面地进行轰炸，絮絮叨叨地跟阮啾啾讲春季的漫展有多好玩。阮啾啾听得头昏脑涨，幸好距离聚会的那家俱乐部不远，她下车的时候，就像是安迪刚从肖申克监狱里逃出来，恨不得张开双手迎接新鲜而自由的空气。

聚会的地方是私人俱乐部，人员进出都会出示会员卡，阮啾啾看得新鲜，一路上跟在老孟身后，努力让自己表现得不像个乡巴佬。

老孟被她拘谨的模样逗乐了："没事的，你别紧张，都是一群好朋友，他们性格挺活泼的。"

"呼……"阮啾啾长出一口气，"好的，我知道了。"

侍者将他们两人领到了其中一个房间，走廊里安静无声，就像没有人似的。阮啾啾按捺住紧张的心情，侍者推开了门——

坐在沙发上的几人纷纷回头，每个人脸上都贴了一堆字条，那场景要多滑稽有多滑稽。阮啾啾震惊与茫然之际，差点儿笑出声来，笑声被她极快地憋了回去。

老孟倒是丝毫不给面子地哈哈大笑道："你们几个人又玩牌。"

"这不是等你们嘛。后面就是那个传说中的啾啾小鸟对不对？小姑娘怎么这么漂亮啊？快过来、快过来，中间的位置是留给你的。"

几人兴奋地招着手，果然如老孟所说，他们没有任何架子，甚至热情得过分。

阮啾啾坐在沙发中间，如坐针毡。除去老孟之外还有三个人，两名中年男人、一名略显年轻的女人，老孟分别向阮啾啾介绍了他们的身份，一个个看着不起眼，却是同行中高山般的存在，其中的老魏因为私人问题几乎半隐退，他的作品千金难求。

阮啾啾得知他曾经为国漫做出的贡献，对其不由得更加恭敬。

"哎呀，别这么拘谨，小心被贴字条咯。"

老魏说话的时候，脸上的字条被他吹得上下飞舞，阮啾啾一时间也严肃不起来，有些无语地望着他们。

老孟笑呵呵地道："我都说了，一群老小孩。"

他的话受到了三人的一致唾弃："呸！你才老，我永远十八岁。"

"就是。"

在他们时不时的插科打诨中，阮啾啾渐渐放松下来。几人对她好奇心满满，问了她很多问题。问到她从哪里毕业、师承何人的时候，阮啾啾都回答不上来，只能含含糊糊地说是自学的。

"你的作品有灵气，小姑娘以后发展前途很好，不一定要做游戏。"

"那做什么？"阮啾啾愣了。

老孟岔开了话题，说："这糟老头子坏得很，总劝人改行，你别听他的。咱们今天不聊工作。"

老魏也没生气，端起茶杯说："那我自罚一杯，啾啾你别生气。"

"我当然不会生气。"阮啾啾笑着说道。

几人茶过三巡，果盘吃得差不多了，干果、零食嚼得腮帮子疼，茶也喝了好多。这样的聚会和阮啾啾预想中的可太不一样了，她本来还以为会经历一场严峻的考验，已经打起精神做好万般准备，现在倒好，喝茶喝到只想上厕所。

说不谈工作大家还真是不谈工作，阮啾啾听着他们谈论一些平常的琐事，倒也觉得有趣。

大家说着说着，话题又转移到阮啾啾身上。

徐姐笑吟吟地问："你和你们家那口子感情不错啊，年轻真好。"

"对啊，什么时候计划要个孩子？不过再玩几年也不错，或是说你们是丁克夫妻？"

阮啾啾被问得有些尴尬。

生孩子？两人八字还没一撇呢。

经过这么一打岔，长久处在安全地带中的阮啾啾忽然有了危机感。她仔细想了想，程隽虽然迟钝了一点儿，但也是个正常男人，没办法无性繁殖的啊。

所以说，程隽也有欲望。

有欲望。

欲望。

大概是程隽在阮啾啾面前表现得太过温顺，又不会像其他霸道总裁一样动不动就强吻她，将她扔到大床上这样那样，导致她在面对程隽的时候毫无顾忌。

隽隽……也是个成熟的男人啊。

突然间被危机感笼罩的阮啾啾愣住了。

直到聚会结束，老孟把她送到家楼下，她买好炸鸡进门，都一直沉浸在某种奇怪的自我矛盾情绪之中。

承认程隽也是个正常男人是件很难的事情吗？或许是。阮啾啾脑补着他们生下孩子，程隽带着孩子一起吃泡面、一起大半夜偷偷从某个地方揪出一袋零食的画面，就感觉手痒痒，想揍人。

程隽推开门，便看到阮啾啾莫名其妙地瞪了他一眼，把炸鸡塞进他怀里："吃你的炸鸡。"

程隽："……"

他哪里知道，阮啾啾是脑补出他未来身为父亲会出现的坑娃日常，心里这才蹿起一股无名火来。

程隽打开袋子，低头扒拉了一下，别过脸慢吞吞地问："汽水呢？"

"啊，忘记了。"阮啾啾坐在卧室里开始卸妆，"你看看冰箱，冰箱里大概是有汽水的。不要喝太多哦。"

程隽依言走到厨房，打开冰箱门，里面放着一排养乐多、几盒牛奶，还有几瓶啤酒。他忽然记起，上次点外卖的时候店家送错了饮料，把几罐啤酒当作瓶装雪碧送了过来，然后啤酒就一直孤零零地被"流放"在冰箱角落里。冰箱里一瓶汽水也没有，程隽翻了几遍，确定他只有两个选择，要么酒，要么养乐多。

或者他可以不喝。

程隽拎着袋子里的炸鸡，思考片刻，拿出了两罐啤酒。他平时很少喝酒，但酒量不错，从来没有醉过，饮料、果啤之类的东西喝一两罐也没问题。

阮啾啾在脸上涂涂抹抹半天之后，走出房门，就见程隽正坐在客厅的沙发上吃炸鸡。

"咦，你怎么喝啤酒？"

"冰箱里没有汽水了。"

"哦……"

"你要吃吗？"

阮啾啾摇了摇头："不吃了，肚子很饱。"

她坐在程隽身旁，跷着腿玩手机，程隽喝冰啤酒的时候喉结上下滚动，阮啾啾余光瞥到，不由得走神了。她已经能想象到冰凉的液体从食道中滚动下去，是怎样一番美好的滋味。

准确来说，阮啾啾有点儿馋了。

她连着看了程隽几眼，被程隽成功捕捉到："你饿了吗？"

"没有……"阮啾啾坐直了身体，凑到他身边问，"啤酒好喝吗？"

程隽还能回忆起她撒酒疯的样子："你不能喝。"

"我就喝几口嘛。你放心，我绝对不撒酒疯，喝完就回房间去睡觉。"

此刻的阮啾啾在嘴馋之际，已经忘记回来时还在思考程隽是否和其他男人一样的问题。

喝啤酒必定会导致早晨起来脸有些浮肿，但第二天不用上班，她已经决定明天在家宅一天，自然就不用理会浮肿的问题。

阮啾啾明显心动了："我就喝一口。"

程隽又回忆起了她撒酒疯时的样子。

他的目光飘飘忽忽的，似是记起某些画面，这一次他不但没有拒绝她，反而主动问道："重新开一瓶吗？"

"不用了，我就喝一口你的。"

"好。"

冰凉的啤酒瓶轻触皮肤，让阮啾啾不由自主地打了个冷战，她仰头喝了一大口啤酒，感觉实在太爽快，没忍住又喝了两口，这才将罐子递给程隽："喝完了！给你。"

程隽接过啤酒罐，瓶口仿佛还残留着阮啾啾的唇瓣的余温。

阮啾啾惬意地仰躺在沙发上玩起手机，身旁的程隽已经吃完了炸鸡，把战场打扫干净。他路过客厅的时候看了阮啾啾一眼，阮啾啾一副淡定的模样，丝毫没有醉酒的样子。

"……"程老板也不知道自己在失望些什么。

天色已经不早，程隽处理好厨余垃圾，走到阮啾啾身旁说："我去睡了，晚安。"

阮啾啾半眯着眼，没有回应他。

程隽语气温暾地道："别在这里睡，会着凉的。"

听着程隽的提醒，阮啾啾似是有几分烦躁地拧起眉头，指尖点在额头处，轻轻揉了揉。夜晚的灯光照在她的身上，衬得她的肌肤越发白皙，仿佛一块羊脂玉般毫无瑕疵。她抬起手肘的时候，宽松的袖子滑落半截，露出纤细的手臂。

她舔了舔唇，懒洋洋地说道："那你抱我回去啊。"

程隽："……"

阮啾啾睁开眼睛，一双桃花眼带着迷蒙的笑意，波光流转，妩媚动人。

"隽哥哥——"

他瞬间没了声音。

传说中的一口倒，大概说的就是阮啾啾这样的人了，偏偏她还对自己的酒量毫无知觉。

仿佛浑身没骨头似的，阮啾啾眯起眼睛朝他挥手，哧哧地笑了起来："猪哥哥，背我啊。"

程隽："……"

暧昧的场景瞬间变成高老庄的猪八戒背媳妇，这两者的差距可真是太大了。

程隽叹了口气，走到阮啾啾面前，任由阮啾啾倚着他，连扶带抱地把她送回卧室，放在床上躺倒。怀里软玉温香，程老板却心如止水，原因在于阮啾啾张口一个猪哥哥，闭口一个俺老孙，实在是让眼前的场景显得万分诡异。

阮啾啾搂着他的脖颈不撒手："你给我讲个故事嘛，讲个故事嘛。"

程隽被闹得没脾气，慢吞吞地问道："讲什么？"

"就……讲《一千零一夜》好了。"

程隽："……"

这故事没个几天几夜是讲不完的。

阮啾啾撒酒疯闹着不松手。她的脸颊粉扑扑的，眼眸波光流转，红唇娇软艳丽，怎一番旖旎了得。坐在床边的程隽沉默片刻，忽然意识到他是给自己挖坑，自找苦头吃。

阮啾啾忽然嘿嘿笑了一声："你真好看。"

程隽从小到大极其厌别人评价他的长相，但阮啾啾绝不是别人。他安安静静地俯视着阮啾啾，脖颈被她柔软的手搂着。也只有酒醉的时候，阮啾啾才会这么主动了。

阮啾啾半晌没动弹，就在程隽以为她睡着了的时候，她又含含混混地说："我不允许你死……谁都……不可以伤害你……"

一种奇妙的情绪在他的胸腔间流淌，让他感觉滚烫而温柔。

程隽低声说道："不会的。"除了阮啾啾，再也没有人能够伤害到他了。

阮啾啾在半梦半醒间说出了最后一句话："我会陪着你的……所以，别害怕。"

梦中的她看到程隽孤零零地站在门口，仿佛被整个世界抛弃了。所以，她对着程隽说出了这样的话。

"……"

卧室里安静得不像话。

坐在床沿的男人一手撑着床垫，任由阮啾啾搂着他的脖颈。他低垂着头，散乱的碎发滑落，遮住了他的眼睛，让人看不清他的眼神。他一动不动，缄默了很久。

终于，男人慢吞吞地说道："那我们约定好了。"

醉醺醺的阮啾啾什么也没听清，只是自顾自地嘟哝着，不知道又梦到了什么样的场景。

程隽俯下身，在她的红唇上印下一吻，唇与唇的简单相触都令人如此心悸。

末了，他又觉得不够，吻流连在她的额头、眉心、眼睑上，最终又回到她柔软的唇上。他轻咬阮啾啾的唇，就像是有几只蚂蚁从唇上爬过，细细密密的痒令她忍不住发出一声轻哼。

唇舌被轻易地撬开，两人唇舌纠缠。半梦半醒中，阮啾啾感到肺部的空气都快要被抽干，她挣扎了几下，却被对方抓住手腕。她感觉好像有千斤重的物体压在她身上，令她动弹不得，迷迷糊糊地由着程隽的吻越发没了轻重。

他的吻顺着面颊向下，落在她柔软而白皙的脖颈处，洁白的皮肤毫无瑕疵，就像一块干干净净的白布，等着被浓墨重彩地晕染。

果农程隽终于成功地种下一颗红通通的"小草莓"。

当他还想进一步动作的时候，不知何时阮啾啾已经放弃挣扎，睡着了。

程隽："……"

他感觉嗓子里像是咽了一块火炭似的，灼热的温度炙烤着喉咙，每一处神经都在叫嚣。

"啾啾……"他的声音又干又哑。

阮啾啾不但没有醒来，反而猛地一脚把毫无防备的程隽从床上踹了下去。她是有起床气的，最烦别人打扰她睡觉，醉梦中的无差别攻击彻彻底底地打破了这会儿的旖旎气氛。

坐在地板上的程隽别过脸望向阮啾啾。她睡得正熟。

程隽沉默许久，又发出一声叹息："唉。"

阮啾啾起来的时候，脑袋里一团糨糊。

她只记得自己坐在沙发上玩手机，对怎么回的卧室、怎么躺在床上睡着的，都没了印象。

"啊。"她喝酒了！

阮啾啾穿上拖鞋，揉了揉眼睛推开门。程隽正倚着桌子，一边看手机一边吃速冻的饭团。阮啾啾下意识地问道："饭团有没有从冰箱里拿出来后放一会儿再吃？"

程隽点头。阮啾啾叮嘱过他很多次，尽管他嫌麻烦，但还是照做了。

"那就好。"

阮啾啾用手把头发抓散，有些不好意思地继续问道："我昨晚是不是喝醉了？"

程隽沉默。

"我有没有撒酒疯？"阮啾啾没了记忆，生怕自己像上次一样做出一些不太妥当的事情。

程隽慢吞吞地说道："你踹了我一脚。"

阮啾啾："……"她竟然踹他？！

看程隽的话不似作假，阮啾啾面带尴尬地道："没有踹到……嗯，某些重要部位吧？"

见程隽眼神飘忽，阮啾啾不由得更紧张了。

"该不会——"

"腰疼。"

"腰？！……哦，是腰啊。"阮啾啾松了口气。

程隽幽幽地问道："你以为是哪儿？"

"喀喀喀……"

这个问题，阮啾啾拒绝回答。

她转身去洗手间洗漱，程隽继续吃饭团，没过几分钟，洗手间里传出阮啾啾的惊呼。

"咦！我的脖子怎么了？为什么有一块红肿？"

程隽差点儿被饭团噎住。

阮啾啾啪地推开洗手间的门，一手拽开衣领，朝程隽指着自己的脖颈处，修长的脖颈右侧有一道嫣红的痕迹，和白皙的肌肤形成鲜明对比，显得十分惹眼。

两人四目相对，程隽表情僵硬。

阮啾啾："该不会……"

程隽："……"

阮啾啾："该不会是家里有虫子吧？糟了糟了，你等会儿去超市买杀虫的药，早早消灭它们。"

程隽："……"

阮啾啾是真的没有多想，以至于果农程先生成功逃脱嫌疑。阮啾啾照着镜子瞅了半天，一脸郁闷，这么明显的地方被咬了一口看起来的确不雅观，万一几天都不消，被公司的同事传闲话就不好了。

她找出遮瑕膏，仔细地在红肿的地方涂上一层又一层，确定看起来不太明显之后，回到了客厅。

程隽一个饭团吃了好久，让阮啾啾不禁怀疑他是不是有心事。

"你昨晚睡得不好吗？我怎么感觉你怪怪的？"

程隽望向她，脑海里浮现的是昨晚阮啾啾一副娇柔可人的样子。她躺在床上，一副万千风情、旖旎艳丽的样子，醉眼迷蒙地叫着哥哥。

"饭团味道不好。"他说。

阮啾啾信以为真："哦，那下次就别买这个口味的了。"

程隽买了药，在阮啾啾的指挥下将每个房间都好好地"杀虫"一番。令阮啾啾失望的是，几天过去，别说虫子，连一条虫腿也没见到。

或许是杀虫药的药效不好，也或许是虫子预知到即将到来的危险，提前跑路了。

只是从那天之后，阮啾啾就再也没被虫子咬过，可以说是松了口气。

一场春雨之后，附近的公园里樱花、杏花竞相开放，争妍斗艳，极为动人，引得大家纷纷去踏青游玩。趁着人还没有多到把花踏干净，阮啾啾找到空闲，也拉着程隽去赏花。

赏花当然得穿上漂亮的裙子，阮啾啾穿着一条青色长裙，衬得她艳丽动人。她一路上欢欢喜喜的，准备拍几张好看的照片。

当然，如果程隽靠得住就更好了。

阮啾啾一路上都在叮嘱程隽："你等会儿听我的话，我说怎么拍你就怎么拍。”

程隽：“好。”

“如果你把我拍得很丑，我会记仇的。”阮啾啾发出警告。

程隽：“好。”

“这么有自信的吗！”

就算程隽答应得如此淡定，阮啾啾依旧无法信任他。她已经做好被直男的拍照技术气死的准备了，这个点人不多，但两人的出现依然是全场瞩目的焦点。幸好阮啾啾有先见之明，两个人一人一副墨镜，挡住了半张脸，这架势不像是来赏花的，而像是要去T台走秀。

所以，两人也变得更加引人注目了。

阮啾啾拉着程隽朝没有人的树丛走去，抬头便能看到正在绽放的花朵，娇艳欲滴，展示着春日的美好景象。阮啾啾深深吸了一口空气，心情愉快地道：“真好啊，好久没这么走走了。”

程隽忽然望向她。

阮啾啾问：“咦？你看我干什么？”

随即她意识到，这种时候，一般男主都会说女主比花更美。大概程隽是要酝酿一下措辞。

为了今天拍一些美美的照片，她特意化了美人妆。程隽虽然直了一些，但不代表没有审美的能力。

他慢吞吞地说：“你脸上沾了东西。”

“……”

这时候的阮啾啾就很尴尬了。

“在哪儿？你帮我擦掉，该不会是眼妆晕了吧？”

程隽上手在她的左脸眼尾处擦了一下，把所谓的脏东西擦得干干净净。阮啾啾意识到不对劲儿，连忙拿起手机打开前置摄像头。

程隽强调他擦得非常干净，不留痕迹。

阮啾啾怒视着他：“你为什么把我画的泪痣给擦了？”她辛辛苦苦找位置点上去的，就是为了拍照好看！

程隽是挨了一锤才开始准备给阮啾啾拍照的。

少了一颗美人痣，阮啾啾的心情非常不美妙，尤其她还要面对程隽这样不靠谱的摄影师。阮啾啾一边教他如何找角度取景，一边摆好造型，等着程隽给她拍照。

程隽表现得非常专业，就像是一名老练的专业摄影师。他淡定地调好焦距，对准了阮啾啾。

咔嚓！咔嚓！照片一张接着一张地拍，待到程隽示意拍照结束，阮啾啾连忙跑上前看程隽拍出的照片的效果。

出乎意料的是，他居然拍得很好。

照片中的美人如花隔云端，在影影绰绰的枝叶中微微一笑，竟像是林间的花妖，清纯却又有种不自知的风情。背景找得很好，角度不错，聚焦刚好，这可以说是完成度非常好的一张照片，后期基本不需要修图。

阮啾啾是真的震惊了："发生了什么？为什么你的技术突飞猛进？"

程隽慢吞吞地回答道："学习了一下，很简单的。"

阮啾啾："……"

为什么她总有种智商被碾压的感觉呢？

程隽给阮啾啾拍了好几张照片，阮啾啾拿着相机要给他拍，被程隽拒绝了。程隽说："我不喜欢拍照片。"

"好。"

阮啾啾抱着相机，说道："本来我还打算拍几张我们的合照，那就算了，下次有机会再说。"

"合照是可以的。"

阮啾啾："嗯？"

程隽重复了一遍："合照是可以的。"

既然程隽说可以，阮啾啾便愉快地拿起相机对准两人拍照。她一手挽住程隽的胳膊，亲昵地倚着程隽的肩膀，身旁的男人瞬间变得僵硬，尽管如此，表面上他还是一副平静如水的淡定模样。

画面定格在这一瞬间。

阮啾啾缩回胳膊，查看着相机里的照片，眨了眨眼睛，问："你的脸怎么突然这么红啊？"

抬起头的时候，程隽已经恢复正常。面对阮啾啾的疑问，他回答得很镇定："穿太多了。"

说着，他握住阮啾啾的手："走，去看花。"

程隽一路上没有松开手。他的手掌宽大而温暖，一直牵着阮啾啾的手，两人并排着安静地走在树丛中，这样的体验让阮啾啾不禁觉得很美好，就像被喂了一块蜜糖，心里甜甜的，仿佛空中弥漫的气息都变成了糖果的味道。

程隽的目光准确定位："前面有卖糕点的摊点，我去买几块。"

阮啾啾："……"

果然，甜滋滋的味道并非她的想象，而是真的有小摊在卖吃食。小摊上摆着做工精致的各式各样的糕点，阮啾啾一眼相中了樱花糯米糕，说："这个来几样。"

软糯的糕点入口即化，嚼在口中带着几分香甜的黏腻口感，很好吃。

程隽大手一挥道："每样来五个。"

"喂，你吃得完吗？"

阮啾啾在话一出口后，便知道自己多问了。对程隽来说，只有不够吃的情况，怎么可能有吃不完的时候？

来了个大客户，老板欢欢喜喜地打包好糕点，又送了几块，非常热情地将东西递给两人道："你们等会儿是要去庙里的？"

"庙？这附近有庙吗？"

"对啊，听说是从唐朝开始供奉到现在，可灵了，求姻缘、求事业，求什么都行。你们是小两口，过去拜拜也挺好的。如果不信这个，你们就当我没说，哈哈哈哈！"

"正好，都到庙这儿了，那就过去看看。"

今天的这一切都来得奇妙，阮啾啾只想好好地替她和程隽祈祷，希望日子过得平顺一些，希望程隽不要遇到灾祸。

这年头就连庙都很与时俱进，阮啾啾原本还有些担心没拿零钱，估计是没办法买香火了。

眉清目秀的小师父动作极快地掏出支付二维码，说："您扫这个就成。"

阮啾啾哭笑不得地扫了二维码支付。

程隽全程拽着阮啾啾的手腕，就像怕她跑了似的。小师父望着两人，微微一笑，弄得阮啾啾怪不好意思的。

她将香火供在案前，从小到大都没有过如此虔诚的时刻。阮啾啾双手合十，闭上眼睛，嘴里念念有词。

阮啾啾承认自己很贪心，因为许了很多愿望。

她希望程隽能够平平安安，希望涂南他们几个早日脱单，进入美好的婚姻状态，希望老孟能够活得长长久久，希望顾游和他的女朋友幸福美满……她许了很多愿望，唯独把自己给忘掉了。

待到阮啾啾缓缓睁开眼睛的时候，撞上了程隽漆黑的眼眸。

阮啾啾被吓了一跳："你离我这么近干吗？"

"我有个问题。"

"你说。"

程隽说："摆的供品能吃吗？"

阮啾啾："当然不能！"

她连忙把程隽拽出庙，两人一前一后走得风风火火，寥寥的香客的注意力都被两人吸引过去。阮啾啾连忙叫程隽戴上墨镜，出门在外还是小心一点儿比较好。

"你还没有说，你刚才表现怎么那么奇怪？"阮啾啾一脸不解，"你到底在想些什么？"

程隽还没来得及张口，就在这时，一道身影缓缓地走过来，看起来年近耄耋，一副仙风道骨的样子。老先生笑眯眯地望着他们两人。

"姑娘，今天要来算算命吗？我看你有点儿意思。"

阮啾啾摆了摆手："不算命、不算命。"

"姑娘，你的印堂隐隐有黑云浮动啊，最近有没有睡好？看起来像是有某些奇怪的东西缠着你，你得辟辟邪，我这里有辟邪的符，你……"

算命先生一边说一边从怀里掏出符来，阮啾啾正打算拒绝，程隽的动作却比她更快。

他越过阮啾啾，抓住算命先生正在掏符的胳膊。

程隽背对着阮啾啾，她看不清他的表情。他站得笔直，摘掉墨镜，握住算命先生的手一动不动，就连语气也是慢吞吞的："你在胡说什么？"

阮啾啾不由得惊了。

程隽竟然生气了？

她清楚地看到算命先生扯起一抹难看的笑容，露出一颗金灿灿的牙齿，脸上堆积的褶子都快能夹死苍蝇。面对着程隽，算命先生有些哆哆嗦嗦的，下意识地把符塞回了口袋里。

"好、好、好……对不起、对不起，打扰了！！！"

说完这几句道歉的话，算命先生落荒而逃，身手矫健得完全不像个小老头。

阮啾啾站在程隽身后一脸蒙。

"喂，你吃错药啦？今天怎么还凶别……"

她的话还没来得及说完，程隽转过身猛地把她抱在怀里。他的臂膀搂着阮啾啾的后背，让她不得不紧挨着他的胸膛。脸颊埋在程隽的胸膛上，阮啾啾感觉心漏跳了一拍，脸颊变得绯红。

"不许别人这么说你。"他说。

程隽抱了她很久，阮啾啾几乎能感受到前来上香的大爷大妈谴责的视线。尽管他们没有在寺庙里面这样，在院子里似乎也不太恰当。阮啾啾尴尬地示意程隽松开胳膊，好让他们快点儿离开这里。

程隽不太情愿，半晌才放开手。两人望着彼此，气氛有些暧昧。

然后阮啾啾看到程隽浅灰色的卫衣上被印了一个口红印。

阮啾啾："……"

程隽的卫衣上的口红印非常惹眼，让阮啾啾有些尴尬。她奋力地用纸巾使劲擦，却怎么也擦不掉，反而糊成一大坨粉红的颜色。

阮啾啾："就这样。"

程隽倒是不在乎顶着一坨晕染的粉红色痕迹走来走去，拎着一袋被冷风吹得硬邦邦的糕点回了家。

两人终究没能在外面吃饭，正好厨房的冰箱里有上次剩下的咖喱酱，阮啾啾煮了满满一锅咖喱，饱满的米粒在电饭锅里蒸腾着热气。她给程隽加了好几勺咖喱，用来补偿口红印的尴尬。

饭后两人开始看电视，还没看多久，程隽缓缓地走到阮啾啾面前蹲下，和她平视着。

"我还没有问，你在庙里许了什么愿？"

阮啾啾还以为他要说一些重要的话题，却没想到竟然是这种小事。她有些哭笑不得地说道："我还以为是什么事呢。就是希望你身体健康平平安安，希望大家都很好这些愿望。"

"许下的愿望都会成真吗？"

"我觉得肯定会成真。"他们都会平平安安、幸福地走过这一生。

"那你知道我许了什么愿吗？"程隽问。

"嗯？什么愿望？"阮啾啾说着恍然大悟地道，"你该不会许愿让我给你做满汉全席吧？"

这个狗男人！他转来转去，话题还是转到吃上了！

程隽摇头道："不是。"

"那是什么？"

程隽望着她说："我的愿望是，你永远不会扔下我。"

"……"

"……"

房间刹那间陷入死寂一样的沉默。阮啾啾怔怔地望着程隽，他孤孤单单地蹲在地上，就像一只即将被抛弃的大型犬，不敢太过靠近她，生怕她被吓跑，话脱口而出之后就垂下了眼睑。

半晌，阮啾啾轻轻地感叹一声，手肘压着膝盖，脊背伏低，拉近和程隽之间的距离。

阮啾啾放轻了声音问道："你为什么觉得我会丢下你呢？"

"因为……因为我总是惹你生气。"

有那么一瞬间，阮啾啾几乎以为程隽要说出什么惊天动地的话来，闻言啼笑皆非道："你还知道你总惹我生气啊。"

不过还好，她习惯了，偶尔还会奇异地觉得程隽这样也挺可爱的。

阮啾啾想，自己大概是疯了。

阮啾啾最是吃软不吃硬，见不得程隽这副可怜兮兮的消沉模样，心都跟着软了。她揉了揉程隽的头发，就像是在哄程隽似的，说："我不会离开的。"

程隽："你确定？"

阮啾啾："绝对不骗你。"

这一段小插曲以阮啾啾的保证结尾。

打从跟程隽说要试一试之后，她就再也没想过要离开程隽了。说起来也很奇妙，不过大半年时间，她已经融入这里的生活，和周围的一切都有了亲密的关系。

这一年发生了太多事情，就连阮啾啾也无法保证未来究竟会怎样。

翌日，程隽上班的时候便恢复正常，一如既往地慢吞吞，一如既往地……直男到让阮啾啾很想捶他。

"不要偷吃我的蘑菇！你自己明明还有一大份！"

程隽理不直气却壮地道："你的更好吃。"

阮啾啾："……"

蘑菇都是一个锅里炒出来的，他怎么能区别对待？阮啾啾严重怀疑程隽是找借口想多吃几口蘑菇。事实证明她果然没想错，趁着阮啾啾不注意，程隽夹起了阮啾啾的鸡排。

阮啾啾："这是我的鸡排，放下。"

程隽："就一口。"

阮啾啾犹豫了一下道："好，那你少吃啊——啊你在干什么？"

她目瞪口呆地看着程隽张开嘴，居然塞了一大块鸡排到嘴里，连渣都没留。阮啾啾气急败坏地按住程隽的脸："你给我吐出来！"

程隽的两侧脸颊鼓鼓囊囊的，他嚼啊嚼，任由阮啾啾怎么愤怒也绝不松口，硬生生地将鸡排咽了下去。

"……"阮啾啾泄气地瘫坐在椅子上。

她真傻，真的，单知道程隽能吃，却没想到他的一口竟然是这么大一口。

程隽把自己碗里的蘑菇挑到阮啾啾的碗里："抵消。"

阮啾啾阴森森地冷笑道："你以为我傻吗？"

程隽差点儿脱口而出一声是。

他是挨了一锤才安静的。

阮啾啾表示自己真是被猪油蒙了心，才会答应跟程隽一起吃饭，偶尔一起工作。午饭结束后她还在气愤自己的午餐被吃了一半，再次回过头的时候，程隽竟然不知何时睡着了。

他坐在椅子上，头倚着扶手椅的靠背，就连在睡梦中也拧着眉头，一副凝重的样子。

他张了张嘴，说了什么阮啾啾没能听清楚。

"别……"

阮啾啾又凑近几分，近到几乎可以数清楚他的睫毛有多少根。这一张脸简直好看到人神共愤，他若是做偶像的话凭着脸没实力都可以红到爆。正在阮啾啾分神之际，那双紧闭的眼眸突然睁开，黑漆漆的眼珠里映着阮啾啾几乎要贴上去的脸。

程隽："你……"

阮啾啾有些尴尬地摆了摆手："我就是想叫你……"话还没说完，她就被程隽打断。

"你该不会是，想偷吻我吧？"

阮啾啾大惊失色，脸涨得通红："我呸，你想得美！"

他们之间是有过几次亲吻，但不代表阮啾啾已经把这当作日常。被程隽陡然间提起亲吻的事，阮啾啾的脑海里浮现程隽亲吻她的场面。那个潮湿的雨夜里，唇与唇厮磨的温存……她缩回脑袋，拍散浮想联翩的画面。

不，他们都错了，程隽是靠无性繁殖的。阮啾啾默默地开始给自己洗脑。

打从被程隽抢食之后，阮啾啾毅然决然地回到了自己的办公室工作。

这种时候都没让程隽吃空气，阮啾啾真是感谢自己的善良。

咚咚咚——门被敲了几声，老孟走进来，搬开一把椅子准备跟阮啾啾聊天。老孟一说到公司外面的花都开了，阮啾啾就想起之前去庙里的事情，随口提了那么几句。

老孟略显惊讶地道："啊，那个庙我去过，挺灵的。之前我在庙前的算命先生那儿买了一个符，你真别说，顶大事了，没过几天我差点儿出车祸，若是再晚个几秒，我家宝儿就成寡妇了。"

阮啾啾安抚他道："没事就好，没事就好。"

老孟笑呵呵地说："没事，我的办公室里有好几个祥瑞辟邪，我给你请一个。"

阮啾啾："请一个？"

老孟把他桌上的一个瑞兽摆件送给了阮啾啾，还有一个辟邪的挂件顺手挂在了阮啾啾的办公室的墙上，说："咱也别说什么唯心主义还是唯物主义了，都是图个吉利，你也别介意。"

"我感谢都来不及，怎么可能介意？"老孟也是一番好心，阮啾啾感激地接过东西。

老孟又说了几句，若不是他今天的工作还没收尾，估计他就搬着椅子继续扯东扯西了。老孟出去没多久，门被推开，程隽走了进来。

"你怎么来啦？"

"今天工作少。"

工作少他还一副瞌睡样，阮啾啾在心里默默嘀咕了一声。不知道程隽是熬夜玩游戏，还是熬夜吃零食，总之哪一件都不是好事。

"老孟过来干什么？"

"怎么，你查岗啊？"阮啾啾故意揶揄了一句，这才继续解释，"老孟来送我一些辟邪的东西，就是图个吉利。"

程隽沉默了。

在他的想法中，本来身体就弱的阮啾啾，竟然还折腾这些东西，岂不是没事找事？

阮啾啾朝他挥了挥手："你怎么在发呆？"

"没什么。"

下班之前，老孟又来了一趟。

这一次他直奔主题，上前把辟邪的两样东西摘了下来。老孟暗暗嘀咕，大老板破天荒地找上门，竟然是为了这点儿小事，简直是宠妻狂魔，非要说什么阮啾啾气场弱，别把她自己给镇没了。

阮啾啾惊了："哎、哎，老孟你怎么拿走了？"

老孟说："听人家讲，这些东西好像不太适合摆在房间里，会冲人气，我下次求个平安符送给你。"

阮啾啾对这些一无所知，不明所以地问："还有这些讲究啊？"

老孟在心底嘿了一声。

可不是，大老板的讲究可真多。

两人吃了晚饭，阮啾啾还想看《新白娘子传奇》，却被程隽先一步调到某台的手撕鬼子剧上。

阮啾啾："我真没想到你是这样的品位。"

程隽淡定地说："这是魔幻现实主义，用夸张而讽刺的手法，以乐景写哀情……"

"停、停、停！打住！"阮啾啾啼笑皆非，真是服了他了。

傍晚的时候外面下起淅淅沥沥的小雨，冷风透着一股湿气，一个劲儿地顺着门缝钻进来，让人觉得有些瘆得慌。阮啾啾披着外套跟程隽看了一会儿电视，开启满点吐槽技能，一直喋喋不休地念叨这都是什么鬼剧情。

程隽安安静静地听着阮啾啾的吐槽。他还在吃香蕉，腮帮子鼓鼓的，就像是一只松鼠。

这一晚上，阮啾啾睡得不太踏实。

门外淅淅沥沥的雨还没停，啪嗒啪嗒地打在窗沿上，伴随着树叶的哗哗声，潮湿的冷意钻到心底，让阮啾啾打了个哆嗦。

她小心翼翼地披上外套，赤着脚，蹑手蹑脚地走到卧室门口推开门。客厅里一片漆黑，阮啾啾偷偷摸摸地朝着程隽的书房走去，想听听他晚上是不是在做别的事情。

程隽的书房门紧闭着，半点儿声音也无。

阮啾啾屏住呼吸，侧着耳朵听着动静。

就在这时，身后传来幽幽的询问声："你在听什么？"

下一秒，阮啾啾爆发出惨烈的尖叫："啊啊啊啊——鬼啊！"

阮啾啾被吓得不轻，惨白着小脸，惊魂未定，半晌都没缓过劲儿来。

那一瞬间，她真是要被吓到当场去世。

阮啾啾心有余悸地拍了拍胸口："你在客厅干什么？吓死我了！"

客厅的灯没有开，程隽站在黑黢黢的房间里，阮啾啾看不清他的表情，只能听到他平静的询问声："你在做什么？为什么要听我的动静？"

阮啾啾问道："你该不会又偷吃零食吧？你说你，万一没了我督促怎么办？你迟早得被自己害死。"

"万一没了我"几个字狠狠地扎在了程隽的心上。

阮啾啾正要让他回去睡觉，突然听到外面轰隆一声巨响，仿佛一道雷劈在头顶上，房间猛然间被照亮几秒，吓得阮啾啾直接扑到了程隽怀里。

怎么突然开始打雷了？方才还好好的，这破天气，说变就变。

程隽踉跄几步才站稳，紧紧地把阮啾啾抱住。

他的身体颤抖着，臂膀将阮啾啾勒在自己的怀中。阮啾啾还以为他也被突然的闷雷吓了一跳，连忙说道："没事，你别怕，一会儿就好了。"

阮啾啾的话音刚落，又是一道惊雷响起，亮如白昼的光透过窗帘将客厅照亮，雷声大作，噼里啪啦的雨点砸在墙壁上，雨声越发急促。程隽认认真真地提问道："你会走吗？"

今天的他对这一问题尤为执着，仿佛只要他一松口，阮啾啾就会被一种无形的力量拽走，从此再也没了踪迹。

阮啾啾觉得有些好笑："这么大的雨，我还能去哪儿啊？"

他没有回答，把阮啾啾勒得喘不过气的拥抱始终没松开。

阮啾啾想，他怕她消失不见，该不会是——

这么一想阮啾啾有些美滋滋的："你该不会以为我是仙女下凡来完成跟你的姻缘吧？"

如果程隽这么想，她还挺乐意的。

谁还不是个小仙女呢？

程隽："……"

阮啾啾："请你说是！"

程隽眼神飘忽，求生欲迅速上线："你是小仙女。"这句话他说得非常敷衍，阮啾啾一巴掌把他推开，对他怒目而视。

程隽："好、好，你说什么就是什么。"

阮啾啾："……"为什么她更不高兴了呢？

她转过身，黑着脸说："本仙女要回去睡觉了。"

轰隆隆！又是一道来得不是时候的惊雷声，吓得阮啾啾差点儿抱头。平时她从来没有怕过打雷声，只是今天的响动太吓人，仿佛冥冥之中真的有鬼神盯着她的一举一动。

阮啾啾小脸惨白，灰溜溜地滚回了程隽的怀里。

"我今天是不是真的要被雷劈死啊？"

黑夜中的程隽低垂着头，将她抱了个满怀。阮啾啾抱住他的时候，就像是沉寂已久的机器被充上电，开始运行。那种充实的感觉，是她从未体会过的。

头顶响起程隽低低的安抚声："别怕，有我在。"

阮啾啾竟然奇异地被安抚了。

越发急促的雨声中，两人拥抱在一起，阮啾啾感觉到了久违的踏实。

阮啾啾将头埋在程隽的胸口，声音闷闷地道："我的秘密只允许你一个人知道。事先说明，你不许反驳我！我就是小仙女，怕你饿死才下凡拯救你，你知道了吗？

"总之，你只需要明白我是不会走的。别再担心了。"

程隽沉默片刻，声音慢吞吞的，却很清晰。

"不用为我下凡，我捧着你。"

"……"

阮啾啾先是一愣，随即仿佛心里炸开上万朵烟花，炸得她头昏眼花，面红耳赤，心里甜得要冒出泡泡来。她必须承认，程隽偶尔不犯傻的时候，认认真真地说出的情话，比世间任何语言都好听。

程隽接着说道："万一脸着地怎么办？"

阮啾啾的笑容凝固在脸上。她正要一巴掌拍开程隽的胳膊，却被对方一手箍住腰肢，一手按住了后脑勺。

"开玩笑的。"

"你……嗯……"

她的话还没说出口，便被程隽的唇堵了回去。她突然睁大眼睛，昏暗的房间里，是程隽过于放大的面容。他捂住阮啾啾的眼睛，低声说："别睁开。"

阮啾啾的脸颊粉扑扑的，小巧的耳尖通红，醉人的桃花色在她的肌肤上蔓延开来。朦胧的光笼罩着她的脸蛋，帮她遮挡住了羞赧之色。

她听话地闭上了眼睛。

这一次，他是蜻蜓点水般吻了她一下，唇与唇温暖地相触，就像在汲取对方的呼吸和温度。阮啾啾生涩地仰着头，下意识地紧紧拽住他的衣服，好让自己能够站稳。

程隽克制住情绪，在她的唇上留下几个吻。这一次，他的表情从未有过地认真。

"你不喜欢我也没关系，只要能一直待在我身边就好。"他没有太多的奢求。

阮啾啾心头一酸，没想到程隽会再次这样表白。她睁开眼睛，怔怔地望向程隽，那双看似平静的眼眸里究竟隐藏着多少不安，他才会说出这样的话来？

程隽避开她的目光，转移话题，慢腾腾地说道："回房间睡觉，快天亮了。"

他松开双臂，让阮啾啾从窒息的怀抱中脱身。

程隽要转身离开的时候，换作阮啾啾上前拽住他的胳膊，直接粗暴地把他推到了墙上。阮啾啾表面上极其淡定，内心其实慌得不行。

程隽有些茫然地眨了眨眼睛。

阮啾啾干咳了一声。

明知道她最讨厌煽情了，这个狗男人！

她强行板着脸，一手按住程隽的胸口，面无表情的模样就像是在给下属开会。若不是她的个头矮了一截，她必须仰起脑袋，气势说不定会更强一些。

"我是来做一个小结的。初步测试已通过，虽然有 bug，但不影响整体运行。鉴于你表现良好，经讨论决定，给予嘉奖。"

程隽："……"

阮啾啾一本正经地说："低头。"

程隽眨了眨眼睛，非常听话地低下头。他的余光瞥到阮啾啾踮起脚，身体朝着他凑过来，紧接着，嘴角被印上轻轻的一吻。就像是一朵轻盈的棉花糖，还没待他品尝出味道，阮啾啾便像缩着脑袋的鹌鹑，刺溜一下跑回卧室去了。

"我回去睡觉了，晚安！"

嘭的一声，阮啾啾的卧室门被关上，只留程隽一人倚墙站着。

他半晌没缓过神来，过了一会儿，意识到方才发生了什么事，细长的手指落在自己的唇上，依稀还能感受到她的温度。

"……"

程隽睁大眼睛，表情僵硬，半点儿不像方才淡定的样子，耳尖红通通一片。

这时，叮叮咚咚的铃声响起，隔着门缝钻了出来。是阮啾啾的起床闹铃，上班的时间要到了。闹铃被猛地按掉，卧室里又变得寂静无声。半晌，阮啾啾不情不愿地打开门，冒出头发乱糟糟的脑袋，努力掩饰着脸上的尴尬："喀喀……那个，该上班了。"

一场暴风雨歇了，待到他们出门的时候，只剩下路上泥泞的水迹以及弥漫在空气中的草木清新气味。

两人坐在车上，沉默不语。

如果不是阮啾啾的左手被紧紧握住不放，外人还以为他们是吵架了。

阮啾啾别过脸望向窗外，想装作不在意的样子。不就是一个吻吗？他们都是成年人了，有什么害羞的？

坐在驾驶座上的司机抬头看了一眼后视镜，察觉到两人不同于往常的气氛，露出心照不宣的笑容，打开电台，车里顿时响起轻柔的歌声，车速也放缓了。

程隽今天心情很不错，不仅很不错，是非常不错。

凡是接触到他的人都能感受到程老板心情愉悦。

涂南偷偷地溜到阮啾啾的办公室里，挤眉弄眼地问："嫂子，老板怎么那么高兴啊？"

阮啾啾凉凉地斜睨他一眼道："我听小秘书说，你性骚扰她。"

话题骤然转到自己身上，涂南连忙喊冤："不是啊，嫂子你别误会，我不是那样的人！我就是想表现得主动一点儿，你知道的，女追男隔层纱，我想让她别太费劲。"

阮啾啾："做你的春秋大梦去。"

早晨因为突发事件，阮啾啾哪有心思做饭，中午只能去食堂吃饭。为了避开程隽，免得尴尬升级，阮啾啾破天荒地端着盘子，和同事们坐在一起。同事们受宠若惊地连忙给阮啾啾挪开一个位置，好让阮啾啾坐的地方更加宽敞。

正当他们有一搭没一搭地聊天的时候，正在叽叽喳喳地说话的小女生们突然安静下来。

她们俏脸通红，傻愣愣地看着万年不出现的大老板端着一个餐盘出现在食堂里。

程隽非常淡定且没有把自己当成外人似的坐在阮啾啾对面。众目睽睽之下，他慢吞吞地问道："就吃这么少？是因为半夜被折腾得没睡好，所以没食欲吗？"

　　哗——程隽的话一说出来，所有人都误会了。

　　阮啾啾瞬间面红耳赤，朝着程隽使眼色，让他别乱说话。

　　程隽端着一碗银耳枸杞汤，放在阮啾啾面前："补身体。"

　　阮啾啾："……"她几乎要羞愤到去撞墙了。

　　周围的同事听到两人的对话，表情五彩纷呈，碍于老板和老板娘就在身旁，只能默默压下心中的震惊。

　　这简直是神仙夫妇啊！颜值高，感情还这么好！

　　不过几小时时间，公司里各种传闻都有，传得沸沸扬扬的。

　　罪魁祸首程隽一个人坐在办公室里睡着了。

　　他面前摆着几本书，每本上面都画了印记，有些甚至做了笔记，分别有：《情话大全》《教你如何快速高效地追求异性》《女人最讨厌的一百种男人》。

第十八章
少吃点儿

阮啾啾是睡得迷迷糊糊的时候被吵醒的。

手机铃声一遍遍地闹腾,吵得她脑袋疼。她半迷糊地闭着眼睛,手在柔软的被子上摸索,费劲地伸到床头柜上,终于抓到了罪魁祸首。

阮啾啾没看来电显示便接通电话:"喂?"她懒洋洋地说道。

"啾啾,你快来,你公公快不行了啊!"

公公?她还太监呢!

久违的声音哭得上气不接下气。阮啾啾想了半天,才想起来还有曲薇这么个人。她记起来自己算是有公公和婆婆的人。隔着电话,曲薇一边哭一边说:"他突然被拉去急救,医生说他活不了多久了,你们快来看他最后一面!"

曲薇的话因为哭腔而含混不清,阮啾啾猛地睁开眼睛,下意识地翻身坐了起来。

她第一时间想到的是,程隽知道这个消息吗?

阮啾啾挂掉电话，大跨步地推开门，程隽正在冰箱里翻腾，不知道在找什么，在阮啾啾推门的瞬间立即关上冰箱门。阮啾啾快步走上前，连程隽也意识到她的不对劲儿了。

程隽问："怎么了？"

阮啾啾顿了顿，望向程隽，尽量放缓语气说："曲薇给我打电话了，说叔叔可能……不太行了。"

"……"

程隽默然地站在原地，脸上没什么表情，一双细长的睡凤眼半耷拉着，没有任何情绪起伏。他拧开手里的养乐多，说："她又骚扰你？"

曲薇也是会挑软柿子捏。她若是给程隽打电话，只会让程隽在听到她的声音的第一时间便挂断电话。

阮啾啾抿了抿唇，说："你自己做决定，不论是什么样的选择，我都支持你。"

她对程隽和父母亲之间的事情根本不了解，也无法得知程隽的父亲究竟做了哪些过分的事。不论程隽是去看望他父亲，还是不去看望，都有他自己的理由，任何人以亲情的名义逼迫他人都是道德绑架。

不是用一句"无法抹去的血缘关系"就能清清楚楚地抹平所有恩怨的。

程隽望向她，沉默了片刻。

在阮啾啾的脑海中，程隽已经变成程小可怜，她用温情的目光默默地看着他，给予他力量。

两人四目相对，这一刻仿佛即是永恒。

程隽似是沉思已久，终于开口了："那我早晨想吃饺子。"

阮啾啾："啊？！"他们不是在说他父亲的事情吗？怎么他突然拐到了吃上，而且还毫无痕迹，非常自然？！

程隽理不直气却壮，语速慢得令人火大："你不是说，我的所有选择你都支持吗？"

阮啾啾："……"

好好的话题说跑偏就跑偏。

"早晨还想吃饺子？你怎么不吃馄饨？还要加个配菜是不是？"

程隽："听起来还不错……"

阮啾啾回应了一记死亡凝视。

程隽是挨了一锤才安静下来的。

早饭哪有现成的饺子。他们最近渐渐习惯健康饮食，冰箱里只有各种健康食材，肉也尽量替换成不容易长胖的鸡肉、鱼肉以及少量牛肉了。阮啾啾对他们的饮食结构非常满意。

早晨他们应该吃什么？当然得吃有营养的东西啊。

全麦面包加一个紫薯，再加牛奶麦片，构成最佳营养早餐。

程隽咬了几口于他而言没什么滋味的全麦面包，长长地叹了口气。阮啾啾坐在餐桌对面吃小番茄，一个接一个，非常愉快地适应了这样的健康生活，且全程监督："都吃完哦，不许剩。"

程隽满脸写着忧愁。

他不再提程父的事情，阮啾啾也不好多问。既然当事人都不在乎，她这个算不上儿媳的儿媳，做好妻子的本分就好。

两人坐在车上，各有各的心事。

叮叮咚咚——阮啾啾的手机铃声再一次响起，她拿起手机，上面显示着来电信息，赫然是曲薇。曲薇估计是等了半天没等到消息，着急了。阮啾啾看了一眼程隽，坐在她身旁的程隽比她的动作更快，拿起她的手机挂断电话将人拉黑然后关机，动作一气呵成。

阮啾啾看得目瞪口呆。

程隽把手机还给她，语气温暾地道："不用理会，等会儿再开机。"

"哦……好的。"

阮啾啾收回手机，车里又恢复了安静的气氛。

她偷偷摸摸地瞄了程隽一眼，程隽正在看窗外的景色，手肘搭在车窗边缘，一副出神的样子。今日的他比往常更沉默，大概他也是有些难过的。

难为他一早上都装作若无其事的样子。

阮啾啾的心软了下来，她紧抿着唇，想着要不要说点儿什么。

程隽望着窗外，低垂着眼，睫毛细长浓密，唇间溢出轻轻的叹息："全麦面包真的好难吃。"

伸出半只手的阮啾啾："……"

她真是疯了，才会相信程隽有正经的时候！

两人一进公司，恰好撞到涂南跟个哈巴狗似的围着小秘书，哪里有他嘴上说的什么给小秘书一个机会、女追男隔层纱之类的样子。阮啾啾看得哭笑不得，装作没看到，默默地回到自己的办公室，打开电脑，面对着画稿发呆。

曲薇虽然蠢，但也是个有心计的女人，阮啾啾真不希望对方再借着别的名义闹腾。

画稿涂涂画画，始终没能成型，阮啾啾索性坐在椅子上发呆。程隽从来没有提起过关于母亲的事情，除了这套房子，还有曲薇的只言片语透露了一些信息。阮啾啾忽然意识到，她对程隽的过往是不甚了解的。

"唉……"她不禁也发出一声叹息。

亲密的陌生感，怎么会让她觉得有点儿别扭呢？

手机嗡的一声，屏幕上显示着程隽的信息。

程隽："在干什么？"

坐在办公室里的程隽已经在想晚上要去吃韩式烤肉，但具体能不能吃烤肉，还得经过阮啾啾的同意。在别人眼中，程隽低头专注地盯着手机，表情凝重，一副在谈上亿单子的架势。

正拿着平板电脑投放 PPT 的傅子澄结巴了一下，目光迟疑地望向程隽，不知道该不该继续说下去。

程隽用余光瞟了他一眼，让他继续。

傅子澄：老板一定在谈非常重要的生意！我得好好表现！

会议室里的其他人：难道公司遇到重要危机了吗？为什么老板的脸色如此凝重？

整个会议室里，人心惶惶，众人纷纷暗地揣测程隽到底遇到了什么事，导致他的表情如此严峻。程隽就像等待着高考成绩被放出来的考生，腰挺得笔直，等待着阮啾啾的回答。

半晌，阮啾啾回复了。

阮啾啾："发哆。"

程隽忽然站起身来，朝傅子澄示意他继续，自己则快步出了门。傅子澄难掩紧张地小声问涂南："我没讲错话，是我今天表现得不好吗？"

被叫了一声的涂南这才回过神来。

他的对面坐着正在记录会议内容的小秘书，一副兢兢业业只关心家国天下不关心儿女情长的样子，让涂南万分沮丧。

涂南迟钝地问："你说什么？"

傅子澄："……"

果然！是他今天表现得太差劲了吗？

阮啾啾回了信息之后便继续望着电脑发呆。等了一会儿没等到程隽的回复，她意外地拿起手机，却看到手机上显示着两个大字：发哆。

阮啾啾惊了。

她回复的不是发呆吗？这都是二十六键输入法的锅！

她正准备解释，办公室的门猛然间被推开。程老板拿着手机，表情严峻得像是要破产，仿佛顶着一顶绿油油的帽子："你为什么发哆？要给谁发哆？发什么哆？"

阮啾啾："你是不是太激动了？我只是不小心打错字。"

程隽："哦。"

"你该不会就为了这么点儿小事跑过来吧？哎，不对，你不是在开会吗？"

程隽一手插兜，眼神飘忽，方才的气势瞬间消失殆尽，说道："公司在开会决定下一个项目，是傅子澄负责。还有……我基本上已经了解到重要内容了，等会儿回去会继续讨论，等到讨论结束就去吃韩式烤肉，我们今天早早休息，明天还有重要的工作要做……"

程隽不带喘气地说完这番话，听得阮啾啾目瞪口呆。

"等等！你最后半句话说的什么？"

程隽继续轻飘飘地说："我们今天早早休息……"

"不是，前面那句。"

程隽："我先去开会了。"

"没有烤肉？"

"没有烤肉。"程隽乖巧得像个小学生。

阮啾啾看着他就像罚站似的站在原地，卫衣的帽子蔫蔫地耷拉着，连带着整个人都有些恹恹的。阮啾啾哭笑不得地说："吃烤肉就吃烤肉。"

他们又不是要绝食，不至于顿顿都得吃得营养健康。

程隽闻言眼睛一亮。

待到晚上工作结束，两人到了韩式烤肉店。阮啾啾要了一份全牛套餐，在程隽期待的目光中，点了两份菌菇套餐、一份鸡胸肉、一份泡菜炒饭，多要了几份生菜。

阮啾啾真诚地问："绿菜够吗？"

程隽默默地站起身道："我去一趟洗手间。"

"好。"

阮啾啾想，点了这么多，两个人吃绝对足够了，晚饭不能吃太多，要学会克制。

程隽没过一会儿便回来继续坐在座位上。阮啾啾倒了一杯大麦茶，正慢悠悠地捧着喝，这时有两名店员走过来向他们欢呼鼓掌，把阮啾啾吓了一跳。

阮啾啾："……"

"恭喜，两位成为我们店里的第一万桌顾客，幸运地获得了我们店里的大奖——"

阮啾啾眼睁睁地看着小推车推过来一碟碟鲜红的肉片，满满当当地堆积着。她一脸惊讶，还有这种好事？

她哪能知道，某些人为了吃，可以说是不择手段。

443

油渐渐变得滚烫，程隽夹起几块牛肉放了上去，发出刺啦刺啦的响声，红色的肉片瞬间被烤熟，配上小料、泡菜，卷上生菜送入口中，简直再美味不过。

手机突然响了一声。

阮啾啾拿起手机，上面显示着涂南的名字。

涂南正在跟傅子澄失魂落魄地逛街，涂南忽然想到，只有女人才了解女人，说不定找找嫂子支着儿，会让他的爱情之路更加顺利。

他连忙给阮啾啾发信息，当然，如果能去嫂子家蹭一顿晚饭就更好了。

傅子澄一听也来劲儿了："我也想吃嫂子做的饭！"

真是瞌睡来了送枕头，阮啾啾很快便回复道："我跟程隽在烤肉店，店家送了好多肉，你们要来一起吃吗？"

涂南："给我坐标，我们马上就到！"

正在烤肉的程老板对自己的这一方法非常满意，却不知道噩耗即将来临。

十分钟后。

涂南："嘿嘿，嫂子、老板。"

傅子澄："嘿嘿，嫂子、老板。"

程隽一手拿着夹肉的夹子，望向两人的时候，就像在看死人。

医院。

躺在病床上的程父奄奄一息，面如金纸，形容枯槁。他嘴上戴着氧气罩，眼窝深陷，才没过多久竟然又瘦了十几斤。他躺在床上一动不动，仿佛死去一般，身上笼罩着一股将死之人的气息。

若是阮啾啾看到他这个样子，恐怕会被吓一跳。他的头发白了一大半，看着哪里有五六十岁的企业家的样子，简直是个七八十岁、半截腿要埋到土里的糟老头。

吱呀一声，门被推开。

曲薇款款地走到他面前站定。她一头波浪鬈发,穿着貂皮大衣,身上挂着首饰,显得贵气无比,一张脸光滑白净,站在程父面前,就像是他的女儿。

身旁的小护士跟上前,曲薇双手抱胸,脸上的漠不关心都懒得掩饰:"他还能活几天?"

护士被她的话吓了一跳。她在重症监护室里见多了各种生离死别、酸甜苦辣,如此无动于衷还带着轻蔑的话,倒不是很常听见。

"如果家属愿意出钱治疗的话,或许还可以再拖几个月。"

"几个月啊……"曲薇一副若有所思的表情,摆了摆手,就像使唤仆人似的让护士离开。

程父依然处于昏迷中。

曲薇放轻了声音说:"这时候就看你的儿子救不救你了。如果他不救,你这个老子当得也太失败了。"

她现在有几乎九成的把握程隽一定会给她钱,而且是不少钱。曲薇是聪明人,明白若是自己彻彻底底地激怒了程隽,对方有的是本事让她人间蒸发,只不过程隽根本不屑于在她身上浪费这些时间。

他给钱,她走人,他们互相成就对方,岂不是两全其美的事?

一想到自己一通电话之后,程隽夫妻两人不仅对程父不闻不问,甚至懒得派个人来问话,曲薇就恨得牙痒痒。

他们不来,那她就过去!

另一边,涂南和傅子澄蹭了一顿烤肉,足足吃了一两千块钱的东西,阮啾啾看得目瞪口呆,服务生更是目瞪口呆。店里的服务生就像是凑热闹似的,轮番上阵热情地给他们烤肉,差点儿把其他桌的客人晾在一边。

阮啾啾吃了不到半小时就吃不动了。

她默默地看着三个大男人胡吃海塞,开始思考一个问题——到底是涂南他们把程隽带坏了,还是程隽带坏了涂南他们?

这件事简直是个谜。

桌上的盘子清理了好几次后，阮啾啾终于忍不住，幽幽地问道："你们还没吃够？"

被一道凉飕飕的视线盯着的两个男人表情一僵，缓缓放下了筷子："饱了。"

涂南这时候才想起来，他是来问嫂子关于爱情的问题的。两人正要嬉皮笑脸地跟嫂子开玩笑，便发现程隽凉凉地盯着他们俩。上一次他们被这么盯着的时候，足足加了几天班，至今对此记忆犹新。

傅子澄干咳了一声："我们还是回去吧。"

涂南："就是、就是，嫂子再见。"

他们在饭店门口便分道扬镳。

阮啾啾好笑地问程隽："烤肉好吃吗？"

程隽老老实实地回答："好吃。"

偶尔大吃一顿，他就能恢复元气，这样的生活恐怕是简单而又美好的了。阮啾啾趁着程隽不留神，手摸到他的小腹，顿时大惊小怪地叫道："哇，你的肚子竟然都没有鼓起来？太不可思议了！"

程隽猛地后撤，迅速离阮啾啾几米远，活像见了鬼似的。

阮啾啾："我有这么可怕吗？"

面对阮啾啾一脸的茫然诧异，程隽默默地把自己的外套拉链拉上。她的手指碰到他平坦的小腹的时候，就像是有一道电流从被碰到的地方刺溜一下蹿到头顶，他的耳尖冒起一阵灼热感。

程隽恢复淡定，却仍和阮啾啾保持一米左右的距离。

"你的手指好冰。"他说道。

阮啾啾一脸无语："原来是因为这个！"

程隽这个狗男人果然时时刻刻将自己保护得严严实实的！

两人回了自己的房间。阮啾啾躺在大床上却怎么也睡不着，估计是吃太多了，脑袋也乱糟糟的。她一边胡思乱想，一边来回翻腾，渐渐有了睡意。

阮啾啾梦到了非常恐怖的场景。

她梦到自己只是一缕魂魄，在城市里游走。远远地，她听到了一人的吵闹声，尖锐刺耳。阮啾啾不由自主地顺着声音飘过去，居然看到曲薇和程隽面对面地站在一起。

曲薇愤怒地指着程隽，要让他掏钱。程隽双手插兜，就像是她第一次见到他那样，表情漠然到不在乎，眼神散漫地望着某一处。

曲薇吼得声嘶力竭，程隽却无动于衷。

曲薇的表情变得越发狰狞。

就在这时，墙角蹿出一道身影，冲上去就是一刀！程隽身体一颤，试图抓住对方，却控制不住地倒在地上。

红色的血漫延开来。

阮啾啾吓得眼泪都要掉出来了。她冲上前，却什么也抓不到，只能眼睁睁地看着倒在地上的男人渐渐没了呼吸。

"程隽！程隽！程隽！"

一只温暖的大手握住了她扑腾的手，阮啾啾猛地睁开眼睛。程隽顶着一头乱糟糟的头发，将她搂起来抱在怀里："怎么了？看到什么了？怎么被吓成这样？"

阮啾啾醒了过来，心有余悸地惨白着一张脸，这才意识到她只不过是日有所思夜有所梦。

她长出一口气，颤颤巍巍地说："没什么，就是做了个噩梦。"

程隽抱着她道："这会儿感觉好些了吗？"

"嗯，好多了。"

阮啾啾松开胳膊，缓过神来。

大概是因为昨天曲薇的电话，才导致阮啾啾心底的担忧重新被翻出。幸好什么事都没有，她也就放心了。

由于噩梦，阮啾啾一早上都有些萎靡。她一路上都在走神，连程隽偷偷摸摸地牵她的小拇指都没发觉。司机大叔在等红绿灯的时候，不小心瞟到这一幕，忽然感慨万分。

老板果然是个妻管严啊，牵个小手都偷偷摸摸的！

今日的公司风平浪静，大家都兢兢业业地忙着自己的工作。

阮啾啾忙得头大，正在笔尖飞舞的时候，有人给她发了一条信息。

阮啾啾还以为是程隽叫她中午一起吃饭，便装作没看到似的继续工作。她可不想在食堂当众面对程隽，说一些奇奇怪怪的话了。据老孟说，有同事以他们两人为原型画了一些日常的小漫画，在公司内外大受好评。

待到阮啾啾看到连载漫画的时候，不由得黑了脸，只想把罪魁祸首拉出来当面对质。

她怎么变成面对霸道总裁时嘤嘤嘤的小娇妻了？

程隽才是嘤嘤嘤的"小娇妻"！

阮啾啾在分神之际，复制错了图层，连忙焦头烂额地改回来。手机又响了起来，阮啾啾烦躁地放下笔，拿起手机，却看到陌生人的短信。

"我是曲薇，现在在你们的公司大楼下等着你们。如果你们不出来，我就把一切事情曝光在众人面前！"

又是她。

阮啾啾皱起眉头，只想让曲薇离得越远越好。还想趁着程父病重的时候来敲诈，曲薇真是疯了。谁曝光谁还不一定呢。

曲薇此刻就站在公司的大门口，焦躁不安地等待着。

她就是仗着大白天阮啾啾不敢把她怎么样。更何况——曲薇摸了摸自己还没显怀的小腹，这就是自己的法宝。

曲薇走来走去，半晌没等到人出来，变得更加焦虑。

奇怪，阮啾啾为什么还不出来？难道程隽把她给拦住了？他们就真的有自信她不会闹出任何水花吗？但凡出任何声誉上的问题，对他们来说都是重大的打击。

曲薇正是想仗着舆论的优势解决问题。她多的是时间和他们耗。

看在孩子的分儿上，程隽肯定不会把她怎么样。程隽和她接触过的一些心狠手辣、狡猾市侩的老总不同，他更有原则，不会轻易动她的，否则，她也不至于到现在还能站在这里。

阮啾啾此刻正坐在程隽的办公室里。

隔着模糊的玻璃，程隽站在办公室门外，正在跟一名陌生男人说话。程隽背对着阮啾啾，她只能看到男人微微低着头，没有直视程隽，时不时地点点头。

阮啾啾无聊地托着下巴，心想程隽这副样子，还真是有点儿总裁的架势。

看到曲薇发来的信息，阮啾啾的第一反应就是拿着手机去找程隽。程隽的脸上没什么表情，他只是让她坐在座椅上，不用理会这些事，自己则出门打了个电话。

程隽已经在处理曲薇的事情，曲薇比他想象中的更心急，在程隽还没有着手处理好一切的时候，曲薇又蹦跶着找上门来。

若是阮啾啾能听到程隽的声音，便会发现他的声音比平时低许多，卸掉散漫的语气，添了几分漫不经心的冷意。

"就这样。"

"知道了。"

程隽推开门，回到办公室里。阮啾啾坐在他的座位上，东瞅瞅西看看，享受着属于大老板的专属座位。她听到他进门的声音，问道："处理好了吗？"

程隽："嗯。"

"那就好。"

回想起梦中的那一幕，阮啾啾还有些背后发凉。

这个女人太过贪婪，给了她想要的东西，她只会在得了好处之后越发肆无忌惮。

阮啾啾叹了口气。

"你说你怎么这么容易被欺负呢？"区区一个后妈都能骑到他头上。

若不是程隽以不愿意让她掺和这些破事为由，拒绝了阮啾啾的毛遂自荐，阮啾啾真想好好教训一下这个厚颜无耻的后妈。

程隽在阮啾啾眼里就是一棵苦命的小白菜。

小白菜程隽："……"

如果阮啾啾知道程隽刚才交代了些什么事，一定会收回自己的话。

曲薇怀揣着满心期待，等着拿到属于自己的钱。

她站在楼下走来走去，不知不觉间变得越发焦躁不安。为什么程隽还没有来找她？

一名陌生的男人从嘉澄公司的大门出来，西装革履，文质彬彬，曲薇当然认识这人。这正是之前负责程父住院事宜的小范，他们打过交道。小范推了推眼镜，走到曲薇面前。

曲薇下意识地挤出讪讪的笑容："程隽呢？我有事找他。"

"老板工作太忙，所以让我来处理这件事。"

"你们该不会又像上次那样来吓唬我，一毛不拔吧？"曲薇立即回想起程父一开始住院的时候，他们只报销住院费，让她连一毛的便宜都没有占到。

小范笑得很友善："哪儿能呢？"他们不仅不会让她拿到一分钱，还得让她把自己的钱也吐出来。

曲薇依然没有放松警惕。

小范这副表情，总让她觉得自己可能落不到好。她咬了咬牙，说："你给程隽打电话，我有件事必须给他说。"

小范说："您有什么事就给我说，我会替您转达的。"

"这是我们的家事！我是他的后妈！"

曲薇的嗓门一高，周围的人纷纷朝他们所在的地方望过来。曲薇像是得到助力一般，胸有成竹地捂住小腹说："我有孩子了。这怎么着也是程隽的弟弟或妹妹，他不可能丢下我不管吧？"

小范脸色一变道："孩子？"

曲薇冷冷地眯起眼睛，似是得意地仰着下巴道："这一次我就有理由了。我身为后妈，他这个继子难道不应该赡养我吗？待到我老公死了，我就无依无靠了……"

小范推了推眼镜："行了、行了，我知道了。"

"我保证，你们给了我钱，我就绝对不会再来骚扰你们。"

小范说："我得先去看看程伯父的情况，您知道的，老板虽然表面上对他父亲不闻不问，实则非常关心他父亲，绝对会心软。"

曲薇就像得了保证，连忙说道："那我们一起去，我陪你。"

想到老板的话，小范笑眯眯地点了点头。

阮啾啾坐在程隽的办公室里，忍不住问他："你打算怎么办？"

程隽将手插在口袋里，慢悠悠地走到她对面的椅子前坐下："中午去食堂吃吗？还是出去吃？"

"我跟你说正经事呢！"

"我想吃寿司。"

阮啾啾："……"

成、成，程隽不愿意说，她也就不问了。

程隽中午叫了外卖，两人是在办公室一起吃的饭。在阮啾啾的监督下，他没能点到太多寿司，吃完饭就开始啃苹果，发出咔嚓咔嚓的响声。

在曲薇的臆想中，程隽夫妻两人大概心急如焚，正在烦着要怎么来处理她的事情。若是她知道两人正在享受美好的午饭时光，恐怕得气死。

曲薇跟着小范到了医院。

小范先是去检查程父的情况，然后和医生沟通，曲薇耐心地等待着。

小范从病房里出来之后，说："既然情况属实，我们就不耽搁时间了。您先去做个亲子鉴定。"

曲薇愣了："什么？"

"您该不会以为老板不需要任何证明吧？鉴于您的信用不太良好在先，这一次的亲子鉴定，我会全程陪着您。"

曲薇的冷汗下来了。

程隽发现她怀的不是程父的孩子了？

不过还好，她早有两手准备，做好程隽会来查她怀孕这事的措施。表面上她着急地咬了咬牙，一副不愿意和小范去做亲子鉴定的模样："我不管，如果要我做亲子鉴定，你们就必须先签合同，

451

把钱给我！"

小范不同意，曲薇就开始闹。他头痛地揉了揉眉头，转身说是要给程隽打电话。过了一会儿，小范拿着手机走过来，对曲薇点了点头。

"老板说可以。"

曲薇松了口气。她早就和医生串通好，因此亲子鉴定结果出来，百分之百会显示孩子是程父的。她只需要等着拿钱就好了。

小范微微一笑道："夫人，您是要现金还是楼盘？"

"当然是楼盘！"

曲薇的小姐妹已经给她盘算好最近正在开发的一个新楼盘，毗邻富人区，风景优美，位置好，户型大气。她看到楼盘的时候眼睛都绿了，但眼下的情况是大家都在疯抢那个楼盘，她别说买，连个门道都没有。她早就瞄准这一楼盘，就等着程隽上钩了。

这时候的房价还算不上太贵，但曲薇听在房地产公司工作的小姐妹说，下周又得涨一波，此时正是买房子的好时机啊。

曲薇已经开始幻想自己一跃成为富婆的美好梦境了。站在她对面的小范似笑非笑地道："那我们先签合同？"

"好、好、好！"

下午还没下班的时候，阮啾啾忽然收到白珑的一条信息。

"啾啾，我下个月就要结婚啦！"

阮啾啾先是一愣，随即恭喜她道："太棒了！"

"如果你有时间，一定要来啊。"

"没问题！"

时间过得好快，上一次白珑还在商量订婚事宜，现在却要准备结婚了。白珑连着问了好几个细节，想参考阮啾啾的意见，阮啾啾哪知道婚礼现场是什么样子，便溜到程隽的办公室找程隽。

程隽正在看书，阮啾啾一打开门，他就动作极快地把笔和书全部塞到了柜子里锁好。

阮啾啾没有错过他的一举一动，表情狐疑地问："你在干吗？"

程隽表现得非常淡定，转移话题让阮啾啾分心："怎么了？"

"哦，没什么，白珑结婚，问我一些细节，我不太清楚，所以过来问问你。"打从坦白自己小仙女的身份之后，这些不知道的事情，阮啾啾也用不着掩饰了。

阮啾啾说："你肯定记得吧？"

"不知道。"

"哎？"

"我们就领了证，什么都没办。"

"这样啊！"所以说，程隽跟她一样，其实什么都没有经历吗？

一对老夫老妻面面相觑。阮啾啾真不敢相信他们俩居然对结婚这件事一无所知。

"行，那我给白珑回复一下。"

阮啾啾艰难地百度着答案，找了半天，给白珑发了几条参考意见。至于能不能用上，就不是她能想到的问题了。

程隽望着她仔仔细细地浏览着别人穿婚纱的照片。阮啾啾看得很认真，还不忘给程隽指道："你看这张是不是很好看？新娘好漂亮啊！"

阮啾啾从来没有穿过婚纱，倒是当过伴娘，看到别人分享的婚纱照片，自然觉得很好看。不过于她而言，婚礼已经是过去式，显得不那么重要了。

程隽一副若有所思的表情。

这时，手机发出振动的嗡嗡声，是小范打来了电话。

小范："老板，已经做了亲子鉴定。"

程隽："好。"

几天的平静生活差点儿让阮啾啾忘记曲薇的事情。

曲薇没有闹腾，估计是程隽找到办法让她走人了。阮啾啾好奇地问程隽："你是怎么把曲薇给解决掉的？"

程隽慢吞吞地说："给房子。"

"啊，果然。"

让曲薇占了便宜，阮啾啾其实是很不甘心的。但她转念一想，若是花钱买平安，未免不是好事。她还能记起那个可怕的梦，若是曲薇真的一气之下做出什么事情伤害了程隽，再多的钱都无法把人挽救回来。

程隽不缺这点儿钱，能让他们安静，也就不再跟曲薇较劲儿了。

阮啾啾嘟囔着道："行，一切尊重你的决定，能让她别作妖就好。"

程隽坐在沙发上吃坚果，是阮啾啾在三只松鼠买的坚果大礼包，正好补充营养，每天少吃点儿刚刚好。她眼睁睁地看着程隽趁她不注意竟然快把一袋碧根果吃完了，连忙黑着脸阻拦。

"你少吃点儿！"

程隽咔嚓咔嚓就像一只松鼠似的嗑着零食，一边应声一边顺手朝嘴里倒了一把蟹香味的瓜子仁。

"……"

阻拦不成功的阮啾啾幽幽地问："对了，你知不知道瓜子仁都是怎么来的？"

程隽："嗯？"

"没有牙的老奶奶一颗一颗辛辛苦苦地用嘴嗑出来的，所以你要慢慢吃哦，珍惜人家的劳动成果。"

程隽："……"

尽管知道现在瓜子仁都是机脱，但听阮啾啾这么一说，程隽总觉得怪硌硬的。他默默地放下了手里的一袋蟹香味瓜子仁。

阮啾啾笑眯眯地说："这不就对了吗？！"

两人和谐地共处了片刻。

程隽看着手机，状似不经意地提起："你下个月要参加婚礼？"

被程隽问了一句，阮啾啾还有些惊讶，没想到他竟然还记着这件事。距离下个月还有不到两周的时间，白珑特别遗憾阮啾啾已经结婚，不能给她当伴娘，但非常热情地邀请阮啾啾去参加她的婚礼。

阮啾啾每天总是跟程隽一起上班下班，朋友寥寥可数，能有白珑这样对她一直热情友善的朋友，阮啾啾其实是很高兴的。

她不太擅长处理跟人的亲密关系，幸好遇到的人都不错。

阮啾啾说："对啊。怎么了？"

程隽慢吞吞地哦了一声："日常交流任务。"

阮啾啾："你这是把我当作NPC（Non-Player Character的缩写，是游戏中一种角色类型，意思是非玩家角色，指的是游戏中不受玩家操纵的游戏角色）来升级增加经验呢？！"

就在他们两人说话的工夫，另一边，曲薇耐心地等待了几天，终于拿到亲子鉴定。鉴定结果显示，孩子是程父的。

曲薇拿到亲子鉴定后，眉开眼笑地给小范展示，小范一脸无奈和不情愿，接过鉴定书，说："那我们就选个日子签协议。"

曲薇连忙接茬："择日不如撞日，就今天怎么样？"

既然曲薇说今天签合同，小范也没犹豫，他掏出手机给律师打了电话，曲薇耐心地等待了一会儿，律师便带着合同过来了。为了让自己不吃亏，曲薇也叫来了自己的律师，一遍遍地审视合同有没有漏洞，最后终于敲定合同。

曲薇拿着合同，狡猾地又加了个条件："如果这时候他愿意再给我两百万，我就跟他爸离婚。"

程父手下的房产已被变卖，公司倒闭，她可不想程父死了之后自己去还债。

比起让曲薇还债再来纠缠程隽，程隽必定会选择用两百万这种对他来说毛毛雨的数字让她闭嘴，远离他的生活。

临时抬价加条件，这让小范的脸色有些为难："您这……"

"你就说能不能成？"

"这不好说，我先给老板打电话。"

小范磨了好一会儿，在曲薇等待到快没耐心的时候终于点头。律师现场拿出笔记本电脑重新草拟合同附加条件，曲薇看到上面写着"两百万"三个大字时，满心满眼都是钱。

曲薇爽快地签了字，抱住合同就像是抱着一个宝贝。答应给她买的楼盘，小范说过两天就能到手，到时候电话联系。

谅他也跑不了，曲薇放下心来，踩着高跟鞋噔噔地进入了程父的病房。

孩子不是程父的这件事，只有曲薇和她的情夫知情，但她为了钱，跟情夫合计之后让他先少安毋躁。情夫早年被程父打压过，对程父一直怀恨在心，知道自己给曲薇播了种，早就按捺不住想将这事告知程父，目的就是活生生地把他气死。

曲薇仗着程父病重说不出话来，才得以一手遮天。怀孕的时间正好是程父被接到家中休养的时候，曲薇怀孕的消息一泄露，风言风语都是在传程父老当益壮。

程父是在楼上亲眼见到曲薇和情夫勾勾搭搭，才气得当场昏厥过去，各种毛病堆积着爆发，别说说话，能睁开眼睛都是好事。

曲薇进了病房。

程父缓缓地睁开疲惫的眼睛，却看到曲薇款款走来的身影。

一张纸落在了他的面前。

曲薇似笑非笑地道："看到了吗？你的好儿子给的赡养费，这一套房子涨涨价得上千万了。"

程父猛然瞪大眼睛，发出粗重的喘息声，却怎么也说不出话来。他憋得脸通红，一副要活生生被气死的样子，让曲薇差点儿笑出声来："你气死啊，死了之后，你的孝顺儿子正好给你还债。老娘跟你离婚了，你自己玩去。

"对了，你儿子大概根本不在乎这点儿钱。也是，人家是大老板，你就是个破落户。"

好不容易才被抢救回来的程父，差点儿又一次进入急救室。

拿到合同的曲薇才不管程父的死活，现在要做的事就是去逍遥快活，出去好好玩一通，回来等着拿房子、拿钱，日子别提多美好了。

同一时刻，在老板的授意下，小范找上了曲薇的情夫。若是曲薇在现场，定然会大惊失色，没想到他们竟然摸到了情夫那边。

坐在椅子上的中年男人跷着腿，大腹便便，一副商人的精明与市侩样子，手指间夹着一根雪茄，打量着对面的小范："怎么了？怕我把他后妈给他爸'戴绿帽子'的事捅出去，灭他的威风？"

小范推了推眼镜，一副温文尔雅的模样："您误会了。我看曲夫人要跑路，这才过来提醒提醒您。"

他把一份亲子鉴定递给了对方。

在对方半是狐疑半是轻蔑的眼神中，小范非常客气地说道："医生是我们自己人，不会作假。曲夫人怀了孩子，拿了一套房子，算是补偿她没有功劳也有苦劳。"

"什么？！"

男人已经顾不上抽手里的雪茄，拿起亲子鉴定报告，气得脸瞬间扭曲成肥腻的一团。他一想到曲薇正拿着自己的钱出去逍遥，自己被当作傻子蒙骗，愤怒得大骂出口，随即怒气冲冲地去找曲薇算账。

小范望着对方离去的背影，给老板发信息："老板，下一步？"

程隽："嗯。"

程隽的电脑上显示着一些婚纱的照片，很快又被他一一关掉。

阮啾啾完成一阶段的工作，终于可以休息一下了。她仰躺在柔软的椅子上刷着动态，指尖向下一滑，给她推送的都是……婚纱照片？阮啾啾愤愤地想，现在的引擎简直越来越没有节操，她只不过在别的浏览器里看过几眼婚纱照，后台竟然能窃取她的浏览信息推送相关内容。

阮啾啾本来打算一一将其点掉，却突然看到一件非常漂亮的婚纱。婚纱齐胸无袖、收腰，裙摆拖得长长的，是纯净圣洁的白色。阮啾啾眼睛一亮，好奇心促使着她继续点了下去。

紧接着她就没完没了地看起婚纱来，一件又一件，看得眼花缭乱。

婚纱太好看了！看得她都想结婚了！

"……"哦，不对，她已经结婚了。

程太太满脸写着郁闷。

不知不觉间，时间就在她浏览各种图片信息的时候悄悄流逝。待到阮啾啾看了一眼时间，才震惊地发现居然已经过去两三个小时了。

她还有工作没做呢！

阮啾啾正要关手机，扫了一眼微博，却发现有一条热搜——男子当场暴打女子。

现场的照片和视频模模糊糊的，别人不一定看得出来视频主角是谁，阮啾啾却绝对不可能忘记曲薇的那张脸。

阮啾啾："哎？！"

不对啊，曲薇不是在讹钱吗？怎么她转头就被别的男人暴打，还是被情夫打？

评论下关于家暴的争执进入了白热化状态，有骂男人的、骂女人的、骂女权的、骂妇联的……她随便点进去都是触目惊心的感叹号。随即又有人"扒"出，男方其实是达众科技公司的老总，有妻子，而他嘴里骂骂咧咧的"贱人"给他"戴了绿帽"。明眼人都明白了——这老总可当得真委屈，情妇出轨不说，自己不知情的时候竟然上了热搜。

男方的身份被"扒"得干干净净，一堆好事者跑到公司官博下留言，一片绿色汪洋，看得人忍俊不禁。

视频中的曲薇被扇了几巴掌，哭得梨花带雨，说要解释，对方却怎么也不听，一怒之下两人扭打成一团，场面相当糟糕。阮啾啾看得稀里糊涂的，不懂曲薇究竟做了什么事。

阮啾啾没忍住，给程隽发信息："曲薇那边是怎么回事啊？"

程隽回复得很快："不知道。"

阮啾啾想，大概曲薇真的做了太多坏事，导致现在报应到自己头上了。

曲薇没想到自己玩得好好的，突然就被冒出来的情夫打了一顿，嚷着要她还钱。她一时气极，仗着自己即将有上千万的房产，直接将情夫怼了回去，就此跟他断了干系。

本来她也没打算养孩子，这下正好，潇洒地做她的富婆去，从此一辈子不愁吃、不愁穿。

为了让孩子他爹是谁死无对证，曲薇解决了情夫的问题之后就去流了孩子，丝毫没有留恋。翌日，她拿到钱和房子后，简直乐开了花。

这时，曲薇那做房地产工作的小姐妹给她发来信息。

"薇薇，我这里有一套更大的房子，你要不要换？时间紧急，就给你几个小时时间决定，多加两百多万，就换多几十平方米的豪华户型呢！"

曲薇眼睛一亮，随即狂喜万分。

这岂不是送上门的财神爷吗？

"要、要、要，给我留着！"

她手上的钱几乎被她花得一干二净，但她可以先贷款，变卖抵押一些东西，用不了多久钱就又回来了。

为了庆祝自己即将成为顶级富婆，曲薇邀请了一帮姐妹喝酒庆祝，她请客。

醉了一天一夜，曲薇终于从床上爬起来，晃晃悠悠地套上衣服出门。

她给闺密打电话，却打不通了。

曲薇难以置信地疯狂给对方打电话，没过多久，话筒里响起温柔的提示音，显示对方已经关机。曲薇急眼了，连忙拦下一辆的士跑到楼盘所在的地方。她疯疯癫癫的身影引起了保安的注意，几人把她拦了下来。

"你干什么去？"

"我要见我朋友！我买了这里的楼盘，是这里的业主！"

几人面面相觑，就像见到一个疯子，说道："抱歉，这位女士，这楼是烂尾楼，早就没了资金，还被曝光过质量问题，投资商跑路了，还拖欠着好多人的工资呢。里面都被人拆光了，钢筋都差点儿被偷干净，我们是负责过来巡逻的。绝对不可能有人卖房给你啊！这楼至少扔了好几个月了！"

曲薇心里咯噔了一声。

她跟闺密一起耍手段搞了不少钱，两人坑别人是好手，曲薇也对闺密放心得很。

她万万没想到，自己唯一相信的人，竟然把她给坑了！

曲薇眼前一花，联想到前段时间跟闺密通气自己要捞一笔钱之后，闺密就总是给她介绍这套楼盘，不知道从哪儿搞了一堆人和信息数据，愣是把她唬得一愣一愣的。她可是被骗得一分钱都没剩了啊！

一想到自己的巨款打了水漂，曲薇就恨不得一头撞死。她颤颤巍巍地扇了自己一巴掌，在几名保安惊愕的眼神中，一头栽倒在地上。

"女士！女士！"

或许是最近看婚纱图太多，阮啾啾用什么软件，后台都会给她推送关于婚纱的信息，让她几乎怀疑自己的手机是不是中了病毒。

阮啾啾郁闷的同时，心情说不出地复杂。

她斜睨程隽一眼。程隽还从来没在她面前穿过西装，不知道他穿着一身正装的时候，是不是人模人样。

想到西装她就想到了婚礼，想到婚礼就想到了新婚之夜……喀喀喀。

她在胡思乱想什么呢？

程隽正在低头看手机，头也不抬地说："你在偷看我。"

被现场抓包的阮啾啾略显尴尬地哼了一声："你想多了！"

为了让自己显得更自然一些，她端起一块桌上放着的草莓奶油蛋糕，拿起叉子舀了一口，甜甜凉凉的奶油在舌尖化开，阮啾啾又舀了一口。

程隽不知何时化身幽灵，默默地飘到了她身边。

阮啾啾被吓了一跳，手里拿着舀了一勺奶油的叉子，问："你干吗？"

程隽一手撑在沙发靠背上，身体渐渐靠近阮啾啾，目光聚焦在阮啾啾柔软的唇上，眼睑低垂，眼眸里闪烁着动人的光。阮啾啾紧张得绷直了身体，脸颊绯红，半眯着眼睛，等待着程隽吻她。

被占便宜就被占便宜，说起来，凭着程隽的脸，谁占谁的便宜还真不一定。

阮啾啾等了一会儿，没等到吻，却听到程隽在她耳侧含含混混地问："你为什么要闭眼睛？"

阮啾啾："……"

程隽："……"

阮啾啾睁开眼睛，却看到自己叉子上的一块奶油蛋糕没了。

所以说程隽这个狗男人竟然只是为了偷吃一口蛋糕吗？！

阮啾啾恼羞成怒，只想一锤送程隽上天。

程隽是挨了一锤才停止作死行为的。

他怏怏地、规规矩矩地坐在她身旁，说："对不起，我下次不偷吃了。"

阮啾啾闻言，脸颊烧得更加厉害。程隽是绝对没想到，她竟然是为了另一个理由恼怒。她自己默默地消化着情绪，坐在身旁的程隽安静片刻，叫了她的名字："啾啾。"

"干吗？"阮啾啾望向他，没好气地拖长了声音。

她的余音消失在一个吻中。

程隽还想进一步动作，把被吻得软软乎乎的阮啾啾按倒在沙发上，连草莓蛋糕掉在地上都不知道。阮啾啾有些迷糊地想，平时连吃饭的时候都有条不紊、不紧不慢的程隽，怎么在吻她的时候，就一副要把她吃进腹中的架势呢？

程隽的手机铃声在这时响起。

他不耐烦地按掉，没过多久，铃声又响了起来。

听着铃声，被吻得神魂颠倒的阮啾啾恢复神志，忽然发现自己的衣服领口不知何时被程隽解开了一颗扣子，露出细嫩雪白的肌肤，令人遐想。她急忙推开程隽，红着脸把衣服整理好。

程隽接起电话的时候，声音冷淡到把电话另一头的小范吓了一跳。

小范没了面对曲薇时的淡定，小心翼翼地说："老板……程老先生醒过来了，说想见您最后一面。他的状态不太好，估计他熬不了太久了。"

接到消息的程隽沉默不语。

"要安排吗？"小范问。

程隽依旧沉默着。

阮啾啾意识到他的不对劲儿，压低嗓音问道："怎么啦？是发生什么事了吗？"

许久，程隽才慢吞吞地说："我可能要去一趟医院。"

阮啾啾眨了眨眼睛，脑海里瞬间想到的就是关于程父的事情。她没有问出自己的猜测，而是放轻了声音说："我跟你一起去。"

程隽没有拒绝，便是同意了。

他们打车到了医院，程隽一路上沉默不语，阮啾啾安抚地握着他的手。程隽别过脸，望向她道："没事的，不用担心。"

"我知道。"

两人到达医院，一名夹着公文包、文质彬彬的男人站在医院门口，见到程隽二人，便恭恭敬敬地叫了一声老板和夫人。阮啾啾被叫得怪不自在的，不由得干咳了一声。

到达病房前时，阮啾啾下意识地停下了脚步。

程隽转过身看了她一眼，伸出手牵住她的小拇指，将她拉了进去："没有什么见不得人的。"

被拉进病房后，阮啾啾有些不自在。程父躺在病床上，病床被微微调高，好让他能够稍微坐起。仿佛回光返照，他的眼睛明亮而精神，整个人看起来竟比一两年前更为精神抖擞。

只是当他开口的时候，嘶哑的声音暴露了他的精神状态："我还以为，你不会来看我了。"

对他的话，程隽无动于衷，脸上多余的表情都没有。他漠然地看着自己的亲生父亲，就像是在看一个和自己毫不相干的陌生人。

程父扯了扯唇，挤出的笑容比哭还难看："听说……是你替我收拾了烂摊子。"

"……"

他说话的时候有些费劲，说几个字就得喘几声，却依然硬撑着继续说道："从你、从你上高中的时候起，我就对你寄予厚望，以为你能继承家业，却不料你这个没出息的家伙……竟然、竟然对此毫无兴趣。"

"一无是处……的，废物，我骂了你十几年，"程父苦笑了一声，"十几年啊。"

自从程隽的母亲离世之后，他们之间只不过是不太熟悉的陌生人而已，逢年过节都未必会联系一下。

这时门外传来吵闹的声音，分明是曲薇来了。

她被拦在门口，依然不依不饶地要进来。程隽转身，直接把门打开。曲薇脸上愤怒的表情在她看到程隽的瞬间僵成一团，配着乱糟糟的头发，这让她看起来滑稽又可笑。

曲薇的眼泪下来了，她扑通一声跪在地上："是我的错……求求你们原谅我！我不是故意的！"

钱都没了，她可怎么活啊？

躺在病床上的程父看着她那副可怜又可恨的样子，笑得痛快，笑着笑着又开始咳嗽："你、你！喀喀喀——你也有今天啊……"

曲薇强忍着愤怒做小伏低地道："我照顾他！我来照顾他，只求你们看在我们夫妻缘分的分儿上……"

程隽平静得很，不疾不徐地道："先忙着还钱。"

曲薇忽然愣在原地。

等等！程隽、程隽知道这一切？！

她感觉脑袋嗡嗡作响，不敢相信地瞪大了眼睛。不待曲薇发作，身后有几名保安已把她拖住，将她朝着门外拽去。曲薇不甘地大吼大叫道："我也是你的母亲！你不能这样对我！程隽！！！"

站在走廊上的医护人员纷纷议论起来。

"这人的精神已经出问题了。"

"估计是疯了。"

病房里又恢复死寂般的沉默。

程父笑够了，也咳嗽够了，嗓子沙哑地道："你、你长本事了，会收拾人了。"

程隽一手插兜，面无表情地望着程父，一言未发。

大限将至，被妻子背弃，儿子不愿认他，程父低低地苦笑了一声。可以说，一切都是他自作自受，怨不得别人。若不是他当初婚内出轨，正好妻子出了意外，恐怕现在他也会拥有一个温暖和睦的家庭，而不是躺在病床上无人照顾。

他还记得程隽刚上小学那年，还拥有一个和睦的家庭，妻子给他准备蛋糕，程隽还送给他自己做的模型，精巧得不像是小孩子的手笔。那时候的他觉得自己是世界上最幸福的人。

后来钱挣多了，他跟着一群混迹花丛之中的人混来混去，就混得不成样子了。

摆在柜子上的模型某天不小心被摔碎了，他也毫不在意，就像是对家人一样，变成假模假样的关心。

再后来，他变得一无所有，连个收尸的人都没有了。

程父缓缓地伸出颤巍巍的手，捂住自己的面颊，凄凉与羞愧感在心头滚动着，从指缝间迸发了悲伤的哭泣声。他像个孩子一样号啕大哭起来。

"对不起啊……"

病房里只有程父断断续续的哭声。

只是他这句对不起是对谁说的，就没人知道了。

程隽从医院回家时，一路上一言未发。

阮啾啾偷瞄他好几次，进了房子后，她换了鞋，小声问程隽："你要吃点儿什么吗？肚子饿不饿？"

程隽虽然表面上没说什么，但心里还是挺难过的。沉默内敛的人便是如此，哪怕是平时最爱吃东西的吃货，此刻也吃不下东西才对，阮啾啾说完这句话便后悔了。她能体谅程隽的心情，他现在需要的大概是一个人好好安静片刻的空间，怎么可能会想到吃的呢？

程隽说："汤面。"

阮啾啾："什么？"

程隽的语气确定而郑重："加两个鸡蛋。"

阮啾啾："……"

吃面就吃面，加鸡蛋就加鸡蛋，人总得补充体力。面条在沸水里翻滚，阮啾啾沉默地等待着面条煮熟，却没发现程隽倚在冰箱上，安安静静地看着她煮饭。她给程隽加了三个鸡蛋，自己没什么胃口，只做了程隽一个人的份儿。

汤面被端到桌上，程隽安静地吃着面条。阮啾啾坐在他对面，一手拄着下巴，漫无目的地打量着厨房。她想找点儿话题，却怎么也想不到合适的开头。

一个人吃面，一个人假装发呆。

程隽吃了几口，忽然站起身来。

阮啾啾愣了一下，问："怎么了？是面的味道不对吗？"

在她茫然的注视中，程隽拿出一个碗回到座位上，挑出一筷子面还有一个鸡蛋，又倒了些汤，这才把碗放到阮啾啾面前。

"吃。"

这一瞬间，阮啾啾感动了。

程隽竟然还会分吃的给她？这简直是从恶犬口中抢饭，比浪子回头还要金贵啊！

阮啾啾感动得都要落泪了，冲着这一刻的温情，有那么一瞬间，真的想好好研究研究满汉全席是怎样做的。

程隽慢吞吞地说："哦，对了。"

阮啾啾一脸疑惑。

"这是你欠我的，下次记得还上。"他用下巴指了指阮啾啾的面。

阮啾啾："……"

怎么的，他舔了一口就是他的了吗？狗男人果然是狗男人！

"这是我做的面，你吃了一口就是你的了？"阮啾啾反驳了一句。

程隽理不直气却壮地说："对。"

阮啾啾："你这是强盗逻辑！"

程隽指了指自己吃过一口的荷包蛋："我的。"他又指向他啃过几次的阮啾啾，"我的。"

阮啾啾先是愕然地眨了眨眼睛，随即意识到程隽这句话的含义，脸腾地红了，故作镇定地瞪了他一眼。

"闭嘴，吃饭不要说话。"

因为方才的插曲，家里又恢复了平时的气氛，这让阮啾啾轻松不少。

程隽像往常一样吃完面条，慢吞吞地收拾碗筷去洗。他把碗放在洗碗池里，穿上粉粉的围裙，低垂着头不知道在想什么，半晌没有动静。

阮啾啾抿了抿唇，走上前道："不想洗就搁着。"

程隽转过身，伸出双臂，闷闷地说道："抱我。"

阮啾啾心头一软，抱住他的腰，将脸埋在他的胸口，脸颊贴着他柔软的卫衣布料，依稀能感受到他温热的体温。程隽缓慢地收回手，将她抱在怀里。

他们就这样沉默着拥抱了很久，久到阮啾啾的腿都要麻了。

阮啾啾终于憋不住道："松开。"

"不要。"程隽牌强力胶如是说。

阮啾啾："你先松开。"

"……"

"我想上厕所。"

程隽："我跟你……"

"你想死吗？"

两人的腻腻歪歪到此为止。

程父的身体已经一天不如一天，即使再用昂贵的药物，请专

466

家治疗，依然阻止不了身体机能迅速衰老。接下来他需要做的就是尽量享受自己最后的一段时光。

程父没有强求程隽过去陪他。他们之间有着十几年的冷漠，不是一句道歉的话就能消解的。

父子两人心里对此清楚得很。

阮啾啾知道，她跟程隽这一次在医院和程父的见面将是最后一面，程隽是绝对不会再来这家医院的。

她躺在床上，没有丝毫睡意，又是一个让人难熬的夜晚。

阮啾啾望着天花板陷入了沉思。

曲薇想拿钱没拿到，现在破产又得还债……阮啾啾不禁想起自己的那个梦。梦里的曲薇单方面地向程隽诉说着什么，程隽却无动于衷，直到她开始哀求、愤怒，然后……

一道身影冲上前，一刀捅进程隽的身体后，匆匆逃走。

阮啾啾有些不安地捂住了胸口。

打从徐碧影像诅咒一样的预言说出口后，阮啾啾便一直惴惴不安。曲薇现在就是一个不定时炸弹，若是不知道她的动向，阮啾啾完全不能安心。

咚咚咚——突然响起的敲门声吓得阮啾啾打了一个激灵。

门外响起程隽慢悠悠的声音："睡了吗？"

阮啾啾："你干吗？？"

程隽："我的房间里的空调坏了，好冷。"

空调居然坏了？

不过春天都过了大半，眼看着就能换上单薄的衣服裤子了，怎么可能会冷？更何况他还盖着被子。

阮啾啾坐起身，打开卧室门，就见程隽抱着被子站在门口，一副弱小可怜又无助的样子，默默地凝视着她。他哈了一口气，说："好冷啊。"

您的卖火柴的小男孩隽隽已上线。

"……"

阮啾啾把他拦在门口道："回去，不许过来蹭被窝。"

程隽满脸写着无辜，一副是阮啾啾在无理取闹的样子："我不蹭被窝，蹭床。"

"这不是一样吗？"

程隽抱紧被子，指了指床："我的。"他又指了指阮啾啾，"我的。"

阮啾啾："……"

两人僵持不下。程隽活脱脱像个无家可归的流浪狗，眼巴巴地望着阮啾啾。阮啾啾心一横，把门关上了，隔着门让他回自己的书房睡觉去。门外没有脚步声，就像没有人站在门口似的，只剩下寂静的沉默。

阮啾啾想，晾着程隽一会儿，他便会死心，自己回房间去睡觉了。

突然要睡到一起，阮啾啾觉得还怪别扭的。她从小到大这么多年，除了上学的时候小伙伴之间会挤在一张床上聊天之外，还从来没有和谁在一张床上一起睡觉的经验呢，尤其对方还是男的。

阮啾啾坐在床上，故意大声说道："我睡啦，晚安！"

门外的程隽很沉默，没有回应她。

一分钟过去了，两分钟过去了，五分钟……阮啾啾躺不住了。

她在心里唉声叹气，知道程隽肯定是吃准了她会心软，但她又实实在在狠不下心让程隽在门口一直站着，仿佛他真的是一条可怜兮兮的流浪狗，就等着她收养他。

阮啾啾郁闷地下床推开门，程隽果然还站在门口，和她关门时看到的姿势一模一样。见到门被打开，他眼睛一亮，抱着被子可怜巴巴地瞅着她。

阮啾啾磨了磨牙。天知道程隽顶着一张漂亮的脸蛋，每次做出这副表情的时候，有多大的杀伤力。别说是她，就是铁石心肠的人也得败下阵来。

若不是阮啾啾还要点儿面子，差点儿就上前抱住程隽哄哄他了。

不行！她不能惯着他！某些人只会蹬鼻子上脸，顺着高跷踩上天。

阮啾啾面无表情地说："我们说好了，我睡左边，你睡右边，我六你四，不许逾矩，不许做奇怪的行为，躺下来就安安静静地睡……喂喂！"

她的话还没说完，程隽便自来熟地牵住阮啾啾的小手，拉着她朝床的方向走去。

阮啾啾有些慌了手脚："你干吗？"

程隽很自然地说："睡觉啊。"

他说睡觉果然真的是睡觉。两人一人一床被子，裹得紧紧的。在阮啾啾的严令禁止下，两床被子中间就像是有一条无形的线，不允许程隽越过去。

面对面怪尴尬的，两人平躺着又总觉得怪怪的，仿佛他们俩真的做了什么。

阮啾啾裹着被子翻了个身，背对着程隽。两人陷入准备睡眠的安静状态，阮啾啾闭着眼睛，表情却半点儿没有放松，脸颊一直紧绷着，一副在忍耐的样子。

"程隽，不要朝着我睡。"

背后响起程隽温暾的声音："我没有。"

阮啾啾继续忍耐地道："你呼出的气落在我的脖子后面了。"

程隽："哦。"

面对着即将被揍的危险，程隽终于有求生欲了，动作缓慢地挪了一下。阮啾啾总算感受不到微弱的气流吹到她的脖颈处，让她几近爹毛的诡异了。

夫妻两人睡觉就是这样子的吗？对她这种睡眠要求比较高的人来说，她简直想象不到若是两人盖着同一床被子，胳膊搭着胳膊，对方一动弹自己也会受影响的场景。

这样她怎么可能睡得着啊？

阮啾啾依然在胡思乱想，想着程隽到底有没有睡着，会不会在盯着她的后脑勺看，他的心情又如何，毕竟程隽应该也是第一次和别人睡在一张床上。

"有点儿紧张。"程隽说。

"嗯？"阮啾啾惊了，"你怎么知道我在想什么？"

程隽慢吞吞地说道："你是在想，两个人一起睡，感觉为什么这么奇怪？"

阮啾啾："……"

他竟然全部猜中了。

黑黢黢的夜里，窗帘被拉得严严实实的，阮啾啾只能模模糊糊地看到房顶的灯。她缩在被窝里，把自己卷住，原以为和程隽躺在一张床上会很忐忑，很不适应，现在感觉也还好。

阮啾啾问道："那你的感觉呢？"

相比起来，程隽应该比她更不喜欢和别人接触才对。

面对阮啾啾的询问，程隽沉默片刻才道："觉得本来就应该如此。"

"啊……"就像是表白一样的话，让阮啾啾不自觉地又朝着被窝里缩了缩。幸好房间里黑漆漆一片，他根本看不到她脸红的样子，才让阮啾啾没那么尴尬。

房间里恢复寂静，阮啾啾望着天花板，率先开口说道："虽然你不让我管这些事情，但是……我有点儿怕曲薇对你做出点儿什么事。"

程隽侧过脸，定定地凝视着她："又做噩梦了吗？"

阮啾啾做了关于他的梦，仅仅是咀嚼着这几个字，都让程隽不自觉地愉悦起来。

"没什么，就是梦到曲薇伤害你。"阮啾啾小声嘟囔道，"有些内容和现实中重合度很高，所以我就有点儿怕。"

"……"

"程隽？你睡着了吗？"

阮啾啾背对着程隽，费劲地将自己连带着被子卷了过来。她一翻身，立即越过了三八线，扑通一声撞到程隽的被子上。阮啾啾抬起头，嘴角差点儿擦到程隽的下颌。她慌乱之余连忙向后挪，好让自己离程隽远一点儿。

两人离得太近了，近到她在慌乱中余光瞟到程隽正在盯着她瞧，那双眼睛中涌动的情绪，朝着她心脏最柔软的部位使劲儿戳着。

　　阮啾啾面对着他哈哈干笑了一声，忽然发现房间里的空调一直没有开。

　　某人说冷，在她的房间里却淡定得很，显然是醉翁之意不在酒。

　　"我去开空调。"

　　"不用了。"

　　"那、那我……"

　　"别动。"程隽这一声极低，就像是压抑着什么，从嗓子眼儿里迸出的两个字，沙哑的尾音微微上扬。

　　阮啾啾怔怔地望着他。程隽的一张脸在她眼前放大，纤细的眉目线条、漂亮的唇形，最关键的是那双眼眸里正涌动着某种促使人犯罪的惊心动魄的美丽光彩，阮啾啾咽了咽干涩的喉咙。这张脸太好看了！她完全没有拒绝的余地啊！

　　像是有一万只蚂蚁在心上爬来爬去，挠得阮啾啾有些稳不住了。

　　阮啾啾鬼使神差地缓缓凑上前去。

　　她能感受到程隽有些紊乱的呼吸。在程隽目不转睛的注视下，阮啾啾仰起头，有些颤抖地在他的唇上落下一个轻轻的吻。程隽的唇很凉，阮啾啾吻了一下，就像是烈火扑面而来点燃了草原，让他的呼吸都燥热起来。

　　宛若蜻蜓点水，阮啾啾柔软而甜美的唇停留片刻，便离开了他的唇。

　　为了让自己显得很淡定，像是一名老手，阮啾啾清了清嗓子："我的。"

　　两人说好的安分睡觉，被她的这一举动给毁了。

　　阮啾啾的唇忽然被吻住，炽热的呼吸和滚烫的唇令她不由得有些慌乱，脑袋发蒙，她一时间忘记拒绝他。程隽的动作不像往日那样轻柔，他舔舐着她的唇，克制不住地咬了一下，让阮啾啾

471

痛呼了一声，随即连抽气的声音也消失在他的唇间。

程隽这次该不会真的想把她吃了吧？

阮啾啾像是即将被捕捉的幼兽，瑟瑟发抖地叫着他的名字："程隽……程隽……"

她的呼唤反而让他更加难以按捺住躁动情绪。

阮啾啾想，今天她大概是要栽了。

这一吻激烈而绵长，吻得阮啾啾差点儿忘记呼吸，憋气憋到头晕眼花。她想从被子里挣脱，却发现被子裹得太严实，程隽同样想要伸出胳膊将她按住，却发现阮啾啾把他的被子掖得严严实实的，还裹了两圈让他动弹不得。

阮啾啾扭动了一下，没能掀开被子。

程隽动了一下，没能掀开被子。

两人忽然从吻中清醒过来，四目相对。

阮啾啾："……"

程隽："……"

从方才的迷迷糊糊中突然惊醒，阮啾啾显得很尴尬。她的唇被咬得有些发胀发痛，若不是此时不允许，她还想捶程隽一下。

程隽问："是不是不能继续了？"

阮啾啾："睡。"

第十九章
我愿意

翌日，从床上醒来的阮啾啾睁开眼睛，身旁的程隽已不知所终，让她不由自主地松了口气。

幸好幸好，若是醒来的瞬间两人四目相对，该多么尴尬啊。

正在阮啾啾胡思乱想的时候，程隽的电动牙刷的嗡嗡声响起，他肩上搭着毛巾，睡衣松松垮垮，有些懒散地从门后探出脑袋。伴随着电动牙刷的噪声，他满嘴泡沫，含含混混地打着招呼。

"早上好。"

"啊，早上好。"

阮啾啾愣了一下。程隽如此自然而熟稔的姿态，就像是两人同床共枕了无数次，他先醒来去洗漱的样子。

昨晚两人被裹得严严实实，程隽在情动的时候都没能把被子挣脱，阮啾啾也就放心了。她相当安逸地一觉睡到天亮，精神饱满，除了下唇有些肿胀。

阮啾啾连忙凑到镜子面前照了照——

果然，她的唇软软粉粉的，唇瓣比平时更丰润，就像是打了玻尿酸似的。

她的唇竟然肿了！都怪程隽！

两人之间最郁闷的绝对是程隽。他昨晚在阮啾啾睡得迷糊的时候有些不甘心地挣扎了几下，试图以安安静静不吵醒阮啾啾的方式掀开被子，却没能挣扎开，最终不得不放弃。

程隽被裹成一个肉粽子一样，默默地望着天花板，陷入沉思之中。

究竟是哪一步出了错？

早晨醒来的程隽瞄了几眼熟睡中的阮啾啾。她睡得正熟，小脸粉扑扑的，唇瓣微张，要多可爱有多可爱。程隽眼神一动，却想起自己还被裹得严严实实的，便想先挣脱束缚再说。

然后，程隽扑通一声滚落在地上。

幸好有柔软的被子垫着，他掉在地上的时候没多大声音，阮啾啾竟然没醒。程隽躺在地上思考了很长时间的人生，决定还是起床好了。

阮啾啾一路上都像做贼似的东张西望。

很好，拐角处无可疑人物，视野开阔，不会存在有人突然冲上来躲不掉的可能性。她鬼鬼祟祟的举动很快吸引了程隽的注意。

程隽："……"他们难道不是来超市买东西的吗？

程隽终于忍不住，一手按住阮啾啾的脑袋，问："你在干什么？"

阮啾啾就像王八被按住似的一动不动："别闹！我在观察敌情。"

程隽沉默了。

他停在原地，阮啾啾走得好好的，差点儿一不留神撞在程隽身上。阮啾啾紧张兮兮地问："你干吗？！"

程隽接起电话，听着对方的讲述，半晌才缓缓地道："嗯，知道了。"他挂断电话，望向阮啾啾，"我得告诉你一件事，刚刚得知的消息。"

"什么？"

"曲薇为了躲债，已经跑到国外去了。她应该这辈子都不会回来了。"

"咦？！"

阮啾啾吃了一惊："真的吗？你确定她出国了？不会回来了？"

"回来的话，她借高利贷的人不会饶过她。"

"这样啊……"

得知曲薇的消息，阮啾啾终于能够长长地舒口气了："太好了。虽然她没有还债，但在国外想必日子也不好过。"

曲薇不回来的话，也就说明梦中的那一幕永远不会发生了。阮啾啾想想自己果然是神经太紧张，才会整天胡思乱想。

她不知道的是，程隽是因为她总念叨这件事，才让小范找人伪装成债主，找到曲薇门前催债，扬言她不还钱就还命。曲薇被吓坏了，连门都不敢出，连夜找渠道逃了出去。

据小范说，他发现曲薇逃走的前一天还在试图买凶杀人，只是没能联系好人就被这一突发事故打断了。

她家中还有一把瑞士军刀。

"……"程隽望向阮啾啾。

她还在拍胸脯，懊恼自己太过大惊小怪，让程隽不要受她的影响。若是他把真相说出来，恐怕阮啾啾会更加害怕。

所以，他还是不要说了。

阮啾啾得知曲薇不会出现之后，挽着程隽的胳膊，就连脚步都轻松多了。

"太好了，这真是个天大的好消息。为了庆祝，我们今天吃点儿好吃的！"

程隽眼睛一亮。

购物车满满当当的，差点儿装不下，从水果到蔬菜到肉，还有少量零食和果脯、干果之类的东西。阮啾啾现在刷起卡来都不带手软的，就差把购物袋拎回去的力气。

好在程隽吃得多，力气也大，拎着两个满满的购物袋也不喘一下。

这时候的阮啾啾还有些纳闷，怎么晚上他连被子都不能挣脱呢？

东西实在太多，阮啾啾同样分担了一个沉甸甸的购物袋。

超市距离住处不远，两人走几分钟就到了，打车有些多余，但将这么多东西拎回去同样不容易。阮啾啾累得满头大汗，程隽却全程稳如泰山，还能分神瞟几眼甜品店。

阮啾啾："……"

真的是，他没救了。

就在阮啾啾望向程隽的时候，余光瞥到一道黑影，如噩梦中的凶手一般，朝着他们冲了过来。

阮啾啾还没从噩梦中缓过神来，被这似曾相识的一幕吓到，下意识地拎起手里的购物袋，猛地朝着对方砸了过去——

嘭！

"嗷嗷嗷！"熟悉的哀号声伴随着重物砸在地上的声响传来，对方跌倒在地。

待看清对方的长相后，阮啾啾吃了一惊："涂南？"

跌倒在地上的赫然是涂南。他穿着一身黑色运动衣，黑色棒球帽被甩飞到了下水道井盖上，正龇牙咧嘴地揉着后背，要多凄惨有多凄惨。

"嫂子，你这是有多恨我啊？我的命好苦哇！"涂南说着说着不由得悲从中来。

程隽全程漠然地看着涂南做戏。

阮啾啾连忙冲上前问涂南："要紧吗？需不需要我叫救护车？你还能站起来吗？"

涂南享受着嫂子的温暖关怀之余，瞥到老板冷飕飕的视线，不由得讪讪地收敛几分做作的痛苦表情。后背是疼，但的确没疼到多厉害的地步，涂南在地上坐一会儿就缓过来了。

"没事没事，我缓一缓就好了。"

"你在这里干吗呢？你知不知道你这个样子真的很像一个图谋不轨的人？"若是他戴个口罩，阮啾啾恐怕当场就一记断子绝孙腿。

涂南苦着脸说："我听她们说，温茜喜欢运动型的阳光大男孩。她的住处离这里不远，我正打算过去制造偶遇的机会呢，见到你们就很激动啊，想冲上来给你们制造一个惊喜。然后，我就扑街了。"

温茜是他的小秘书。

阮啾啾哭笑不得地说："你这么一身冲上来谁都害怕好吗？"

"咦——"涂南盯着阮啾啾，忽然不动了，一副百思不得其解的表情。

阮啾啾满脸写着莫名其妙的表情："你在看什么？怎么了，是我的头发太乱了吗？"

"不是。嫂子，这个月份就已经有蚊子了，你要早早买驱蚊水啊。"

阮啾啾反应过来涂南指的是什么，脸一红，说道："买了、买了，买了驱蚊水。"

"那就好。"

"算了、算了，不多说了，我还得制造偶遇机会去。"

涂南站起身，一脸衰相地拍了拍身上的灰，朝两人道别。他跑了两步，朝自己嗅了嗅，竟然从口袋里掏出一瓶香水，一边跑一边狂喷。

阮啾啾："……"

这家伙能跟程隽这样的万年直男扎堆，也不是没有原因的！

阮啾啾抬起头的时候，发现程隽正在看她。

程隽低下头问："刚才是害怕了吗？"

"又是我大惊小怪了。"阮啾啾有些沮丧地叹了口气，"抱歉，我下次会注意的。"

程隽朝她伸出手。

阮啾啾一脑袋问号。

程隽拎起阮啾啾的购物袋，将其套在另一只手上，又把自己的胳膊伸了出去："每次出门的时候，你都抓住我的胳膊，这样就不会担心了。"

阮啾啾："嗯？"

程隽别过脸，阳光洒在他的面颊上，镀上了一层温暖的光晕："回家。"

"好。"阮啾啾扬起唇，挽住了他的胳膊。

两人安静地走了片刻。

"为什么要撒谎？我们没买驱蚊水。"

"你还是闭嘴吧。"

或许是因为程隽的一番话，阮啾啾放下了心，再也没有做关于程隽的噩梦。

程隽就很过分了，每天晚上找不同理由来蹭阮啾啾的床。阮啾啾每次都明确拒绝，把他赶回房间去。当然程隽也有不听话的时候，赖在床上就是不走，阮啾啾也拿他没办法，只好默认程隽躺在床的另一侧。

程隽躺在床上的时候很安静，每次都能够安安稳稳地睡觉。

一开始他还想凑上来亲亲，被阮啾啾捶了几次之后便老实了。

阮啾啾这几天加班，回去累得只想睡觉，哪还有心情跟程隽亲亲抱抱。这导致程老板的幸福指数直线下降，公司的其他人也受到影响，涂南几人加班了好几天，苦不堪言。

这年头，做 IT 不如卖红薯啊！他们泪目了。

阮啾啾忙碌了好些天，忙着忙着差点儿忘记白珑结婚的事。

她请了假，精心挑选了一个小礼物。白珑的婚礼在周六，订在一家豪华酒店，阮啾啾早早就起来收拾打扮，换上了一条长裙，头发发梢卷成内扣的样子，一侧的碎发别到耳后，露出精致小巧的耳朵，耳垂上戴着一条银色的几何形耳坠，很衬她白皙的肤色。

阮啾啾忙活了半天。

程隽的存在太惹眼，阮啾啾不想被别人发现，再加上他原本就不喜欢热闹，她便让他在家里待着。

"你自己随便吃点儿什么，我去参加婚礼了。"

程隽嗯了一声，慢吞吞地打开一瓶养乐多喝起来。他今天也有事要做，正好和阮啾啾错开。

"好好看看。"

阮啾啾："……"

举办婚礼的酒店停车处不乏豪车，白珑和魏恬的家境都不错，两人也算是情投意合，双方父母非常支持，算是婚姻美满。

白珑提前打好了招呼，有人在门口等着阮啾啾，届时会把她带到化妆间。阮啾啾是不太善于交际的人，一想到房间里不知道有几个人，脑补了一下就觉得有些尴尬。

但她不太好拒绝白珑，想了想，还是答应了。

婚礼只有一次，她还是以新人的意愿为主比较好。

阮啾啾被带到化妆间里，白珑坐在梳妆镜前，化妆师正在给她补妆。阮啾啾一进门，白珑便热情地和她打招呼："啾啾，你来啦！"

身旁站着几位漂亮的伴娘，神色各异，纷纷打量着这位长相不俗的陌生朋友。阮啾啾笑了笑，说："你今天真好看！"

"哎呀，你也是！"

白珑笑眯眯地让阮啾啾拿把椅子坐下，有人好奇地问道："白珑，不介绍一下这位是谁吗？"

不待白珑回答，阮啾啾接话道："游戏里认识的朋友。"

"哦，这样啊……"

白珑心思聪慧，立即明白阮啾啾不愿意透露身份。她朝阮啾啾眨了眨眼睛，说："最近都不见你玩游戏了，看来夫妻生活很和谐啊。"

阮啾啾连忙摆手："哪有，工作太忙了。"

白珑任由化妆师在她的脸上折腾，说："没事，我最近也不玩《如梦令》了，下次带你玩'吃鸡'。"

白珑这话一出，其他几个女生不由得捂着唇笑出声来，就连化妆师也手一抖，连忙憋笑着给白珑补救。

阮啾啾愣了一下，回过味来，不禁哭笑不得。

她还是装作什么也没发生好了。

婚礼还有半个多小时就要开始了。阮啾啾也帮不上什么忙，把小礼物放在白珑的桌上，说要先去宴席上坐着。她出门时差点儿撞到迎面而来的人。

"抱歉抱歉……"

"没事，还没撞上呢。"几名西装革履的伴郎嘻嘻哈哈地笑了起来。

阮啾啾抬起头，伴郎们嬉笑的表情一愣，一个个瞬间面红耳赤，抓耳挠腮地望着阮啾啾，满脸写着不好意思。他们大概以为从房间里出来的不是伴娘就是化妆师，谁能料到竟是个大美人？

阮啾啾客气地笑了笑，转身离开了。

几个伴郎进了化妆间，连忙问白珑："刚刚那个妹子是谁？贼漂亮啊，大学念完了吗？不介意的话给个联系方式呗？"

白珑没好气地瞪了几人一眼："别想啦，人家结婚好几年了，年龄比我还大呢。"

"看着也太嫩了！"

"结婚也不介意啊，离婚的时候我排队啊！"

"我呸！"白珑笑骂了一句，"你们简直是想吃天鹅肉的癞蛤蟆，人家就是离婚也看不上你们这样有几个破钱就瞎折腾的富二代。"

阮啾啾并不知道化妆间里发生的小插曲。

酒席上几乎大半的位置坐满了人。阮啾啾刻意走在灯光不显眼的地方，找了一个角落坐下。偌大的地方没一个认识的人，好在她一个人也不尴尬，淡定地给程隽发着信息瞎聊。

阮啾啾："你在干什么？"

半晌，程隽回复："玩手机。"

阮啾啾："哦。"

可以说这是相当符合实际的理由了。

阮啾啾："记得吃饭。"

程隽："嗯。你什么时候回来？"

阮啾啾："酒席结束之后就回去了。"

程隽："我去接你。"

程隽说要来接阮啾啾，阮啾啾是相当意外的。她转念一想，程隽又没有车，司机周末不上班，程隽要怎么来接她？打的士过来？

阮啾啾："你还是别浪费钱了。我自己回去就行。"

程隽："我会及时到的。"

"……"

程隽，别名隽崽，日常技能——拒绝和阮啾啾调到同一频道上。

既然程隽坚持要来接她，阮啾啾便同意了。程隽这么反常，搞不好今天会发生什么事，身为女人的阮啾啾第六感非常准确。不知道为什么，这让她回想起在雪地里吃完的一块没有戒指的蛋糕，还有程隽没能放出去的烟花。

阮啾啾正在胡思乱想的时候，婚礼开始了。

司仪的语言极其富有感染力，配合着大屏幕上两人的照片，将新人从相识到相知的甜蜜瞬间连说带编地顺了一遍，让大家一会儿乐得哈哈大笑，一会儿又被感动得红了眼眶。

阮啾啾听得有趣，跟着大家不停地鼓掌。

身为新娘的白珑今天是最美的，一袭白色婚纱拖地，纤细的胳膊轻挽着自己的父亲，脚步缓慢地朝着新郎走去。

灯光骤然暗了下来，唯有两束聚光灯打在两人身上，两人四目相对，眼里充满着令人动容的爱意。

阮啾啾不禁自我代入几秒，程隽穿着一身笔挺的西装，而她一袭婚纱站在他对面，两人渐渐靠近，她的瞳孔中映着程隽温柔的面容。

然后，新郎程隽慢吞吞地问："你的眼屎，为什么在发光？"

阮啾啾瞬间从臆想中惊醒，心有余悸地拍了拍胸口。

幸好幸好，她不用再结一次婚了。

她忽然觉得，程隽还是不要给她惊喜的好，他简直就是一股泥石流，分分钟能把场面变成尴尬现场。

她还是别瞎想，好好看新郎新娘的婚礼比较好。

不过程隽说的那句好好看看，总让阮啾啾忍不住多想。他为什么突然要她好好看看别人的婚礼呢？该不会他要给她一个惊喜吧？

阮啾啾沉思片刻，又觉得这不可能。

程隽会想到给她举办一场婚礼？她简直想都不敢想这种情况。此人还在学习做个人，至于做个男人、做个丈夫，于他而言还是非常难的事情，比编程要难得多。

婚礼还在继续。

新娘白珑抑制不住眼泪，一直在擦拭眼角，站在对面的魏恬看得心疼，小声劝她别哭了。这甜甜蜜蜜的一幕看得阮啾啾不由得甜到了心里。

她看得正投入，有人坐到了她身旁，是一名挺年轻的男生，打扮得也很时髦。

"加个微信？"

"不好意思。"阮啾啾礼貌地拒绝了。

其间陆陆续续有几人过来要她的联系方式，都被阮啾啾以尴尬而又不失礼貌的微笑拒绝了，幸好动静不大，才不至于引得其他人注意。

这时候的阮啾啾忽然觉得还是有个婚戒比较好。别人搭讪，她只需要一言不发地露出自己的戒指，就可以成功地劝退一拨人了。

婚礼进行到后半段，宾客们开始进餐，阮啾啾吃了几口东西，却听到有几人在议论她，不由得微微蹙起了眉头。平日里她的社交圈本来就小，再加上有程隽在身旁劝退，阮啾啾鲜少感受到一堆狂蜂浪蝶前来骚扰的场面。

这让她有些不愉快。

于她而言，不是喜欢的人不停地向她告白，就和骚扰无异。

酒席吃了大半，白珑他们正在忙着敬酒寒暄，阮啾啾此时突兀地站起身来不太好。她耐心地等着酒席散了后，就像是被豺狼追赶似的，匆匆忙忙地朝着门口走去。

身后有人在叫她："美女，给个联系方式呗？"

其他宾客有不解茫然的，也有起哄的。阮啾啾尽量维持着良好的风度，怕给白珑完美的婚礼留下不太美好的小插曲。若不是因为在婚礼现场，阮啾啾有的是方法把他们穷追猛打的骚扰怼回去。

在他人看来，美人羞涩内敛，一副轻轻柔柔的可爱模样，更惹人心动。

阮啾啾下了台阶，有人要拽她的胳膊，被她迅速躲开。

对方正要说话，在望向前方的时候表情忽然僵了僵。

几米远的地方站着一名身材颀长的男人，一身笔挺的黑色西装，却显得有些散漫，领带打得有些松，领口的扣子不知何时被解开了，大概是极不喜欢被束缚的感觉。

他蓬松的短发被梳到脑后，露出光洁的额头，使得一张漂亮的脸毫无遗漏地露了出来。

一双睡凤眼正盯着那只试图拉住阮啾啾的胳膊的手，他脸上没什么表情，漆黑的眼珠透着锐利的光，攻击意味十足，也让本来打算搭讪的几个男人心虚地后退了几步，避开他的目光。

周围的人纷纷倒吸一口冷气。这是什么神仙颜值？

阮啾啾也惊了。

程隽是要出道进军娱乐圈了吗？他竟然穿着西装！西装！阮啾啾在心中发出呐喊声，他也太好看了，和平时穿卫衣的感觉完全不一样啊！

事实证明，好看的人偶尔收拾打扮一下，只会更加令人移不开眼。

有那么一瞬，阮啾感觉仿佛真是霸道总裁站在面前，撞上那双眼眸，心脏怦怦乱跳起来。

在他们震惊困惑的注视中，男人朝着阮啾啾伸出手说："走。"

"啊……哦，好的。"

阮啾啾按捺住疑惑，握住了程隽的手掌。在周围的人艳羡与好奇的讨论声中，程隽带她走到一辆风骚的兰博基尼面前，打开车门，示意阮啾啾进去。

阮啾啾一脸蒙地看着程隽坐上驾驶座。

"等等，你会开车？那平时你为什么总是需要司机？"

程隽慢悠悠地回答："懒。"

"……"这可真是一个令人无法反驳的理由。

车子缓缓启动，阮啾啾的余光瞥到还有不少人盯着他们俩指指点点，脸颊泛红，她小声问道："你这是要干吗？吓我一跳。"

程隽没有回答她的问题，而是问道："婚礼好看吗？"

他一手握住方向盘，时不时地看一眼阮啾啾。此时的程隽帅气十足，看得阮啾啾心里一阵忐忑。

"好看是好看，但是……你今天这是要干什么？"

程隽的回答很简短："结个婚。"

"……"

坐在副驾驶座上的阮啾啾吃了一惊："等等……结婚？！"

她怎么也没想到程隽会说出这样一个回答来。

阮啾啾的脑袋里一团糨糊。她一脸蒙地望着程隽，后者却淡定得很，还不忘提醒阮啾啾："休息一会儿。"

休、休息？

大家都是成年人，阮啾啾很明显地想多了，而且多想了不止一点点。她紧张到浑身僵硬，努力让自己镇定下来，问程隽："我们现在要去哪儿？"

"等会儿你就知道了。"

阮啾啾满脑袋大写的问号。

她要结婚，却还被蒙在鼓里。哪个新娘会有这样的待遇？

程隽该不会是在开玩笑吧？

她的疑惑并没有得到解释。车辆行驶了几十分钟时间，程隽开得不慢，阮啾啾全程胆战心惊，好像程隽要把她拐去卖了似的。终于，车停在了路边。阮啾啾东张西望，一副草木皆兵的样子。程隽率先下车，走到副驾驶座旁帮她打开了车门。

"这里是？"

他们来到了一处繁华的商业街道，面前正是一家私人定制的高级婚纱店。阮啾啾下意识地望向程隽，却看到程隽朝她身后示意。

阮啾啾顺着他的视线别过脸，惊讶地发现涂南的小秘书正在门口等候。她一下车，小秘书就上前挽住她的胳膊，笑吟吟地带着她朝着店里走去。

"哎、哎，我们要去干吗呀？"

"你进去就知道啦。"

程隽没有跟着阮啾啾进入店里，让阮啾啾有些慌。小秘书全程非常淡定，两人一进门，店长便带着几名店员迎上前来，笑眯眯地伸出手，示意阮啾啾朝试衣间走。

阮啾啾小声问小秘书："你知道这是怎么回事吗？能不能给我透个底？"

小秘书笑得非常和善："不可以哟。"

"……"

今天难道不是她结婚吗？为什么大家都要瞒着她一个人？阮啾啾的心情极为复杂。

她被带着朝试衣间走去，推开试衣间的门后，映入她的眼帘的便是人形模特身上穿着的一条纯白色婚纱，剪裁完美，做工精致，价格不菲。阮啾啾怔怔地望着面前的婚纱，不是因为她知道这件婚纱有多么昂贵，更不是因为面前的婚纱不够美丽。

这件婚纱，她曾经在网页上看到过好几次。

每一次阮啾啾都忍不住打开，一遍遍地看这件婚纱的每个细节。这一款婚纱本就是限量版，目前已经绝版了，她不知道程隽是用什么办法拿到这件婚纱的。最重要的是，程隽竟然为了一件婚纱费了这么大的心思。

阮啾啾也无数次幻想过，若是自己穿上婚纱会是怎样一幅画面。她也曾期待过自己成为最美的新娘，接受亲朋好友的祝福，在大家的见证下完成属于她的婚礼。

自从和程隽在一起之后，阮啾啾便再也没想过要办一场婚礼。她连结婚证都拿了好多年了，还怎么好意思办婚礼？

而现在——阮啾啾用手背揉了揉眼睛，开玩笑地说道："那个浑蛋，真是要把我给弄哭了。看我等会儿不捶他。"

小秘书握住她的手，说："眼泪留着到婚礼现场流。现在要不要先试穿一下？"

"啊……好的。"

换衣间配备着浴室，成套的衣服、鞋子都摆放得整整齐齐的。阮啾啾换掉衣服，卸了妆，冲了个澡。清楚外面还有人在等候，而程隽……还不知道他在搞什么，阮啾啾又是紧张，又不由得生出几分期待来。

既然程隽已经做好准备，那她还是安安心心地享受这一场婚礼吧。

她的丈夫，程隽。

"……"

阮啾啾的脸唰地红了，她使劲儿拍了拍自己的脸颊。在别人看来，他们俩都是老夫老妻了，她这么害羞是要干吗？不行不行，她一定要冷静下来，万一程隽突然不合时宜地取笑她怎么办？

坐在化妆间等候的小秘书点开了微信群。

其中一个名为 A 计划的群里一共有五个人，群已经被她置顶。群里弹出一条消息，竟然是程隽发的。

程隽："大家有问题吗？"

涂南："就等着嫂子呢。"

傅子澄和焦樊："+10086。"

秘书："我这边没问题。"

除了新娘此刻大概还在浴室里思考人生。

阮啾啾洗了澡出门，小秘书已经取了婚纱，温温柔柔地问道："我帮你？婚纱一个人不好穿。"

让别人帮忙换衣服，对方又很有可能会和涂南凑一对，阮啾啾怪不好意思的。她白净的面颊上浮起两抹红晕，衬得肤色如玉，娇软可人，看得同为女人的小秘书也在心里默默感慨，老板娘是真的好看。

果然是两口子，两人的颜值一个赛一个好看。

阮啾啾本想逞强一下，却发现自己的确不太好穿，不得不求助小秘书。面对着试妆镜，小秘书帮她整理好裙摆，软软的纱手感极好，布料滑溜溜的。

阮啾啾想，自己虽然年龄不小了，但还是有着一颗小公主的心。婚纱做工精致繁复，垂感极好，在灯光的照耀下，她拈起裙摆微微晃动，仿佛有倾泻而下的星光在闪烁。

　　阮啾啾不知道程隽是从什么地方得知她的身体尺寸的，这件婚纱她穿着非常合适，布料完美地贴合着身体的每一寸肌肤，露出她纤细修长的脖颈、柔软的肩头、细窄的腰线，无限放大了她身体线条的优点。

　　阮啾啾站在镜子面前的时候，一时间有些恍惚。

　　小秘书捂住唇，眼睛闪亮："天哪，也太好看了！"

　　随即进来的化妆师和发型师也惊呆了。她们呆呆看了阮啾啾许久，这才真心实意地发出大段赞美，让阮啾啾不由得有些赧然，连忙打断话题，坐在梳妆台前等着她们给她打扮。

　　发型师还有些遗憾："可惜了，若是长头发肯定更好看。"虽然有假发片，但阮啾啾的发质明显更好。

　　回想起当初剪头发跑路保平安，阮啾啾还有些好笑。她当初到底是怎么下决心剪掉头发的啊？

　　阮啾啾用余光看到小秘书正在看手机，不禁好奇地问："你们接下来要做什么？跟我说一声，好让我有点儿准备？"

　　小秘书收起手机，秉持着严格保密的原则以及坚决不透露任何细节的职业素养，摇了摇头。

　　"你等会儿就知道了。"

　　"你们这么弄，我真的很忐忑。程隽呢？他现在在哪里？"

　　小秘书神秘一笑道："他可是新郎。"

　　"好。"

　　化好妆容，盘起头发，别上几朵鲜嫩的小花苞，戴上耳坠和项链，阮啾啾面对着梳妆镜的时候，差点儿化身水仙花，没完没了地照起镜子来。

　　小秘书满眼惊艳，没忍住咔嚓咔嚓地照了很多照片。若不是此刻不允许，她还真想揉揉阮啾啾的脸。忽然想起正事，她连忙看了一眼时间，说："天哪，时间快到了！我们出发。"

她的话倒是提醒阮啾啾了："我们要去哪儿？"

"当然是婚礼现场。"

婚纱店被包了下来，店里除去店员和化妆师，只有阮啾啾跟小秘书两人。店员们围观着漂亮的新娘，一个个脸上喜气洋洋的，有两人自发地帮阮啾啾牵起裙摆，小秘书牵着阮啾啾，朝着门口走去。

小秘书说："今天就由我当你的娘家人，你不要介意。"

"怎么会？我当然不介意。"

没想到还有这么体贴的安排，阮啾啾心中涌起一阵感动，她和小秘书相视一笑，两人的关系因为这一举动，瞬间亲密了许多。

"别紧张，今天的婚礼一定很美好。"

"嗯。"

阮啾啾紧张到手心都出了汗，待到门被打开，她不由得惊呆了。

台阶上铺好了红毯，红毯的最底端是一辆黑色的豪华婚车。程隽专用的司机大叔西装革履，正站在车门前，朝着阮啾啾笑了一下。

这并不是最让阮啾啾震惊的。

她震惊的是，婚车后面停着一辆辆黑色的豪华跑车，几十辆都不止，规规矩矩地排在后面。阮啾啾已经能脑补出等会儿车队开到大街上，将会引起怎样的轰动。

阮啾啾结结巴巴地问："这是干吗？！"

"车队。"

"车队？我又没有亲戚，哪里来这么多车？！"

小秘书非常淡定地说："程总说了，别人婚礼上有的，我们肯定不能少。"

车门被打开，阮啾啾坐在婚车里，努力让自己不那么紧张。

上午还在参加别人的婚礼，下午自己就要做新娘，这可以说是史无前例的超级大惊喜了。阮啾啾的心情还有些复杂，这让她有种不真实感——

她竟然要嫁给别人了？

她和程隽都没有选一个特定的日期，没有自己订酒店，没有试一下酒席是否合口味，没有家人，没有写请柬，没有纠结一下婚房的布置，更没有期待已久的失眠。

阮啾啾将双手搭在膝盖上的婚纱上，柔软的婚纱质感握在手心里轻盈得不像话，像是天边的云朵，也像是被日光炙烤到即将化为水滴落在地上的棉花糖。

她仰起头，努力地眨巴眨巴眼睛，把眼眶里的泪水憋回去。尽管化妆师提到过妆容防水性极好，她仍然怕弄花了眼妆。

正在开婚车的司机大叔看了一眼后视镜，露出理解的温和微笑："别哭，马上就到了。"

"好。"阮啾啾使劲儿吸了吸鼻子。

婚车后面跟着一辆辆酷炫的黑色跑车，整齐划一，不知道的人还以为是哪家的富豪或是道上混的大哥的女儿要结婚，摆这么大的场面。在等红绿灯的时候，阮啾啾瞥到道路两旁的人纷纷拿起手机拍他们，她的脸皮薄，瞬间红了脸。

这么招摇的方式，肯定是涂南他们出的主意！

若不是知道外面的人看不到她，阮啾啾恐怕得把自己缩到座位底下去了。

她幻想过那么多次婚礼的场面，却从来没料到自己有朝一日会和程隽这样的人在一起。不过短短二十分钟左右的车程，阮啾啾却想了很多，脑海中，记忆交叠，让面前的场景显得有些不真实。

仿佛尘埃落定，她真的要嫁人了，要成为别人的妻子了。

婚车缓缓停下，司机大叔笑着说："阮小姐，准备好了吗？"

阮小姐？

他是第一次以单身女士的称呼来叫她，阮啾啾愣了愣，眼眶一红，又想哭了。

"哎哟、哎哟，你可别哭，等会儿还得高高兴兴地参加婚礼呢。"

这是一处度假别墅，阳光明媚，视野开阔，风景美好得不像话。程隽果然跟她一个想法，没有叫公司的员工来参加他们的婚礼。阮啾啾想要的便是一场不太喧闹的婚礼，只需要最亲密的家人和朋友来见证便可以了。

她轻轻地松了口气。

车子纷纷停在后面，排成整齐的一排。阮啾啾回过头，便看到一排排司机探出脑袋，朝她招手。不知是谁喊了句新娘好漂亮，其他人纷纷笑起来。

夕阳下的她肤色雪白，乌发红唇，小秘书从一辆车上下来，帮阮啾啾捧着轻盈的婚纱。

这时候，有两人走上前来，竟然是老孟和他的妻子。

两人上下打量着阮啾啾，满眼遮挡不住的惊艳。老孟惊叹道："新娘也太美了！"

"老孟？你们……"

"今天我们就是你的长辈。"老孟夫妻两人穿着礼服，打扮得精精神神的。他们素日最不喜欢穿得规规矩矩的，今天这副模样真是破天荒地正式。

老孟上前，让阮啾啾挽住他的胳膊，笑呵呵地说："我这也算是嫁闺女了。"

阮啾啾愣在原地。

"别发呆了，婚礼要开始了。"老孟促狭地眨了眨眼睛，"可不能哭哦。"

老孟的话音刚落，阮啾啾便控制不住地红了眼眶，眼角的泪水顺着脸颊滑落。她怎么可能不哭？都怪程隽，婚礼大家就应该高高兴兴的才对，怎么一个个都使劲儿戳她的泪点？她已经忍了很久，现在却怎么也控制不住了。

老孟夫妻两个，加上小秘书和司机大叔，全部慌了手脚，连忙安慰阮啾啾，帮她擦眼泪让她别哭。

他们越是这么说，阮啾啾越是刹不住车，哭成了泪人。

几人围着新娘劝她别哭。此刻若是有不知情的人看到这一幕，恐怕会以为是新娘不愿意嫁人，被强行逼着穿上了婚纱。

天哪，太丢脸了！她都二十多岁的人了，怎么能当着大家的面哭成这样？

阮啾啾难堪到想捂住脸，大家却怕花了妆，愣是不让她的手碰到自己的脸颊，就像是哄小姑娘似的小心翼翼地把她脸上的眼泪擦掉。

她的脑海里忽然浮现一段久远的回忆。当初经历父母离婚，她一个人硬生生地扛着，咬牙去打工也不愿意找父母要生活费。有一天她累到躺在寝室的床上不愿意动弹，听到隔壁床的小姑娘不好意思地说父母为了给她庆祝生日，愣是从隔壁省跑过来，给她买了一个大蛋糕，现在要给大家分着吃。

大家热热闹闹地吃着蛋糕，阮啾啾却推辞说自己肚子疼不想吃，一个人躺在床上，耳旁都是笑闹声。她那时也是像今天一样，眨眨眼睛把眼泪憋了回去。

她不愿意在别人面前哭的。

但今天就像是泪腺崩了，明明是一件快乐的事情，为什么她却控制不了自己？

"你还别说，这化妆品说防水可真防水，你哭了半天连粉底都不带花掉的。回去的时候能不能让我这个娘家人蹭一瓶？"老孟逗了阮啾啾一句，惹得她又是哭又是笑。

她终于止住眼泪，简单地整理好心情。

"这才对。今天你这么漂亮，就应该一直开开心心地笑。"小秘书笑着道。

阮啾啾抬起头，突然发现一架摄像机一直记录着她的一举一动，天空中航拍的无人机嗡嗡地飞着，全程录下了婚礼的过程。

就像是明星被发现绯闻，阮啾啾吃了一惊，连忙摆手："不许拍，这段不许拍，快掐掉！"

如果被程隽看到她哭包似的样子，他肯定会嘲笑她的。阮啾啾要面子，才不愿意让程隽取笑。

摄影师点了点头："好嘞！"说着，他把镜头调得更近了，非常直观地录下了阮啾啾的表情变化。

阮啾啾："……"

这一场草坪婚礼想必准备已久。他们穿过一条小径，两旁是茂密的树丛，阮啾啾的婚纱被小心翼翼地托着，免得钩到枝枝叶叶。

幸好小径足够宽敞，提前修剪过，他们弯弯绕绕地走了好久，一想到全程有镜头跟着，阮啾啾就尽力让自己显得端庄优雅。

她挺直了背，小声问道："还没到吗？"

老孟小声回答："快了。怎么了？"

"我有点儿饿了，上午没吃多少东西。"

丛林中冷不丁地冒出摄影师幽幽的声音："对话都录下来了哦。"

阮啾啾："……"

此刻的她只想让摄影师离远点儿。

轻柔的风吹拂着面颊，阳光暖融融的，像是要把人的心都化掉了。最近几天不是刮风就是阴天，还时不时地下雨，今天好不容易有个好天气。在参加白珑的婚礼的时候，阮啾啾就想到如果能够办室外婚礼，肯定也很棒。

冥冥之中仿佛有种心灵感应，让她和程隽心意相通。

正在她胡思乱想之际，小径到了头，面前的视野骤然开阔起来。

婚礼现场早已经被布置好，涂南、傅子澄、焦樊三人穿着伴郎服，正一本正经地站在原地。他们见到阮啾啾时眼睛一亮，忍不住欢呼道："来了、来了，新娘来了！"

此时天已经暗了下来，夕阳缓缓下落，天边的云被染上了一抹瑰丽的玫瑰香槟色，美得令人窒息。草坪上的树上缠绕着星星点点的灯光，不仅如此，座椅、花架上都亮起闪烁的光。几株桃树的花已经绽开，艳丽的花瓣在风中纷纷扬扬地飘落。昏黄的落日中，眼前的整个世界都沉浸在这旖旎的光晕中，令人不禁怀疑，这到底是人间还是误闯入的一处仙境。

世界安静无声，阮啾啾站在原地。

在这令人迷醉的光晕尽头，伫立着一道修长的身影。他目不转睛地凝视着阮啾啾，一时间竟然忘记接下来的流程。

涂南小声提醒："老板，该走上前了。"

老孟也在一旁提醒阮啾啾："跟着我向前走。"

阮啾啾回过神来，连忙踏出脚步，程隽也朝她走了过来。这一条路似格外漫长，阮啾啾只觉得自己走了好久都没能到程隽面前。

她提起自己的婚纱裙摆，忽然迎着程隽的方向小跑过去。

白色的婚纱在身后飞扬，一瞬间，她仿佛真的要羽化成仙，消失不见。

在几名伴郎的惊呼声中，阮啾啾不小心踩到一片纱，差点儿跌倒在地。好在程隽比她的动作更快，世界骤然颠倒，阮啾啾便落入了程隽的怀抱。

阮啾啾紧张地抬起头，程隽问道："怎么样？脚有没有受伤？"

她慌乱地摇了摇头。

两人站直了身体，阮啾啾小声问："接下来该怎么办？"看样子，似乎没有证婚人。

程隽从口袋里掏出一个戒指盒，一脸淡定，就像是在安排工作，对阮啾啾说："接下来你只需要说，你愿意。"

"你这真不是强买强卖吗？如果我说不愿意呢？"阮啾啾从紧张的状态中恢复，还有心思开了个小玩笑。

程隽淡定地说："不允许。"

说着，他从戒指盒里掏出一枚男式戒指，说："先给我戴上。"

阮啾啾："……"

有他这么霸道的吗？

围观的众人看到新郎掏出戒指强行让新娘帮他戴上的场面，不由得有些无语。

他这真的不是抢婚吗！他们老板也太没出息了！

阮啾啾好笑地拿起那枚男式戒指，一本正经地问程隽："我会限制你吃零食，会突然没理由地发火，会生气到捶你，会让你没那么自由。所以，程隽先生，你愿意嫁给我吗？"

面对新娘的誓词，新郎陷入了沉思。

阮啾啾："……"

这个狗男人，竟然不吭气了？

他该不会真的为了吃，宁愿放弃她吧？

阮啾啾对自我产生了极大的怀疑，以至于她不禁怀疑程隽是要娶老婆还是娶个厨子了。

围观的众人也吃了一惊，生怕程隽做出什么反悔的事情，一个个紧张到恨不得按程隽的头。老板给力一点儿好吗？他能不能有点儿觉悟！

程隽："……"

阮啾啾："……"

就在这时，头顶传来直升机轰隆隆的声音，阮啾啾下意识地仰起头，便看到满天的花瓣纷纷扬扬地从天空中落下。她伸出手掌，几片粉嫩的桃花瓣落在掌心里，颜色嫣红好看。

竟然下了一场桃花雨。

落日沉了下去，留下天边颜色浓重的云霞。

嗡嗡声让两人的低语变得模模糊糊的，其他人都有些听不清楚，只能看到他们四目相对。程隽低下头，握住她的手指，轻轻说道："听说人间的新娘可以白天娶，仙女化身的新娘要等到日落之后，才能带着她踏过冥河，一起回到家中。

"我怕你跑了。"

阮啾啾又是感动又是好笑。

程隽直截了当地伸出手。他的手指修长好看，指腹有薄薄的茧子，这双手曾经无数次地朝着她伸过来，却没有一刻像现在一样意义隆重。阮啾啾拿起那枚男式婚戒，小心翼翼地给程隽戴上。

因为紧张，她的手有些抖，阮啾啾深呼吸几次才有勇气继续动作。程隽的动作比她迅速得多，他直接握住阮啾啾的手，给自己戴上了戒指。

他的手掌有些冰凉，明显他不像表面上那么淡定从容。

阮啾啾的手探到了底，她这才结结巴巴地问道："好、好了？"

程隽淡定地指挥："接下来，不要动。"

他掏出了一枚女式戒指，在如此郑重的场合，阮啾啾却忽然噗的一声笑了出来。她指着程隽手里的戒指，哭笑不得地问："怎么会有这么大的戒指？"

准确来说，是戒指上面的钻石大，这大概就是传说中的鸽子蛋钻戒了，简直要亮瞎人的眼睛。

能把钻戒做出一副暴发户的气质，也是没谁了。

这戒指好看是真的好看，就是……实在太大了！

程隽就像发现工作上的严重失误，脸色都有些不对了。按照他的研究，霸道总裁都会给女主一枚鸽子蛋大的钻戒，难道是切割技术不好，让阮啾啾不喜欢？

直升机还在撒桃花瓣，其他人只听到轰隆隆的声响，见到两人的嘴一张一合，却不知道他们俩在说什么，看得众人干着急。

程隽沉默片刻，就像泄了气的皮球似的，语气难掩失落："你不想娶我了吗？"

他的眉眼漂亮得不像话，低垂着眼眸，就像是个委屈的小媳妇，可怜到让阮啾啾立即心软了。这场景，若是程隽穿着婚纱也没有丝毫违和感。

"哪有，我又没有拒绝你。"

"好的。"

程隽直接拿起她的手就要给她戴上戒指。

阮啾啾急忙制止他："等等！你还没有问我愿不愿意呢！"

程隽："我不想问。"

阮啾啾："……"

程隽说："我不想有听到第二种可能性的机会，否则，我就没办法一厢情愿地让你不要离开我。"

"……"

阮啾啾想，她果然被程隽套住了，恐怕再也没办法对他说"不"字。

她仰起头凝视着程隽，眼睛里仿佛有万千星辰闪烁："那你听清楚——我愿意。"

两人的距离近了，更近了。大家都屏息等待着新人接吻，摄影师看着两位新人，差点儿忘记调焦距。涂南几个单身汉更是激动到热泪盈眶，就像证明了哥德巴赫猜想似的恨不得鼓掌欢呼："老板果然不是无性繁殖啊！"

小秘书："……"

眼看两人就要亲上了，这时一瓣桃花落在阮啾啾的鼻尖上。她的鼻子有些痒痒的，没控制住，忽然打了个喷嚏。

"阿嚏！"

程隽："……"

阮啾啾一脸无辜地道："抱歉。"

纷纷扬扬的花瓣雨结束，直升机离开，就像是一场梦境到了结尾，阮啾啾赶紧对程隽说："快、快、快，先把戒指戴上。"他们的交换仪式还没完成呢。

程隽帮她戴上了戒指。看着那硕大的钻戒，阮啾啾忽然有种自己是暴发户的错觉。

程隽没能吻到她，正要低下头，嘭嘭嘭的礼花声打断了他的动作。几名单身汉乐得发出狗叫声，朝着新人身上喷礼花。

"新婚快乐！！"

满脸都是礼花的阮啾啾一脸愕然地别过脸，恰好看到镜头离她不远，估计是把她的这一反应完完整整地录下来了。

"……"程隽幽幽地望向涂南。

涂南几人缩了缩脖子，小声道："好像，放早了？"

迎接他们几人的便是老板的死亡凝视。

阮啾啾揉了揉小肚子，说："有吃的吗？我饿了。"

程隽："但是……"

阮啾啾："嗯？你想说什么？"

但是，接下来他们不应该是入洞房吗？程老板默默地凝视着阮啾啾，希望她能意会自己的意思。阮啾啾却误会了，说："没问题，你今天想吃多少吃多少。"

程隽陷入了沉思。

他果然应该办中式婚礼，这样就可以直接把阮啾啾带走了。

涂南他们准备了香槟和各类烧烤、点心。阮啾啾早就饥肠辘辘，拖着婚纱便上去吃东西。她吃得不亦乐乎，跟大家嘻嘻哈哈的，早就把新郎忘到脑后了。

阮啾啾吃得五分饱后，忽然意识到程隽竟然没在她身边。傅子澄小心翼翼地碰了碰她的肩膀。

阮啾啾茫然地回过头，便看到方才还酷炫霸道的程总裁一个人默默地站在树下，孤孤单单、凄凄惨惨，就差给他做个舞台背景灯，放一曲《小白菜》了。

程小白菜孤单而又失落地望着地面，就像是被阮啾啾抛弃了似的。

阮啾啾："……"奇怪，今天的程隽怎么变了个人一样？

她端着几块小蛋糕走上前。大家正喧闹大笑，玩得极开心，衬得程隽这边更为孤独。

阮啾啾问道："你怎么啦？为什么不吃点儿东西？"

程隽梳在脑后的碎发松散了几缕，恹恹地耷拉在鬓角处，漂亮的脸蛋上写满了失意。

阮啾啾："……"

程隽说："我好像身体有点儿不舒服，你能陪我上楼拿药吗？"

"啊，好啊。"

阮啾啾拖着长长的婚纱，跟着程隽上了楼。悄悄目睹全程的几名单身汉就跟见了鬼似的，说："你们看到了吗？你们看到老板那表情了吗？他还是人吗？大尾巴狼装小白兔？"

小秘书白了涂南一眼："男人为心爱的女人改变，不是很正常吗？"

涂南觍着脸说："我也可以做你一个人的小白兔。"

小秘书："离我远一点儿，老狗。"

阮啾啾跟着程隽上了楼。别墅一共有三层，每一层都有休息的地方，程隽牵着她的手，带着她上了三楼，白色的婚纱拖在旋转式楼梯铺着的红色地毯上，极美。

程隽推开其中一个房间的门，把阮啾啾拉进屋，关上了门。

阮啾啾后知后觉地意识到不对劲儿了："关门干什么？"

程隽眼神飘忽地道："怕别人随便进来。"

房子是他早就买下来的，房间也是早早便布置好的，谁是大尾巴狼，谁是小白兔还真不一定。

房间的酒柜里摆着好几瓶酒，阮啾啾上前拿出两瓶酒和几个酒杯，努力让自己镇定下来。接下来即将面对什么，看着程隽的眼神，她怎么会不明白？

她蹬掉高跟鞋，好让自己方便行走。灯光下，阮啾啾一双白皙的脚踩在地毯上，更显得脚趾小巧可爱，肤色白嫩。程隽的目光落在她的脚上，便移不开了。

阮啾啾察觉到他的注视，连忙缩回脚，坐在地上。好在婚纱蓬松繁复，完美地把她的脚遮住了。她拉着程隽坐下，这才打开酒瓶，把空酒杯摆在两人面前。

阮啾啾咕嘟咕嘟地给程隽倒了满满一杯酒，满到差点儿溢出来："你一杯。"

她又给自己倒了约莫有半个指甲盖那么高的酒，估计抿一口就没了："我一杯。"

阮啾啾想把程隽灌醉了事，可谓司马昭之心路人皆知。

程隽坐在地上，一手撑着地板，望向阮啾啾。

他忽然慢吞吞地问道："你是想灌醉我吗？"

阮啾啾哈哈干笑了一声："哪有……"

"可是我已经醉了。"

第二十章
叫隽哥哥

程隽一句似是而非的话，让阮啾啾像是猛地灌了一口伏特加似的，浑身蹿起一股热流，脸颊变得嫣红，就连耳根到脖颈也不能幸免，一片令人遐思的玫瑰色在洁白的皮肤上晕开。

"你胡说什么啊？果然是醉了。"她小声嘟哝一句。

程隽只是静静地凝视着她，眼睛一眨不眨，看得阮啾啾浑身不自在。

听说男人喝多了之后是不容易乱性的，阮啾啾铁了心要让程隽喝几杯酒，把酒杯递给程隽，说："你喝。"

程隽没有拒绝，拿起酒杯仰头将酒喝尽，喉结上下移动，衣领敞开着，这让他看起来竟然多了几分令人口干舌燥的性感。

"……"

阮啾啾有些不自在地别过脸，手里的酒杯被她紧紧握住，她的手指上还戴着硕大的"鸽子蛋"，这让她的手看起来有些滑稽。

她把手里的戒指拔了放在桌子上，故作镇定地说道："我们今晚是不回去了吗？"

"嗯。"

"那……我睡这个房间，你睡另一个……啊啊啊——你干什么？"

阮啾啾惊慌失措地捂住眼睛，一手指着程隽。

面对阮啾啾的惊慌，程隽脱掉西装外套搭在手肘上，又解开了一颗纽扣，有些不适地调整着领口的大小。

他有些莫名地望向大惊小怪的阮啾啾："穿正装不太舒服，所以脱了外套。"

他穿惯了卫衣，衬衫这种紧紧裹着身体的纤细布料，怎么穿怎么不舒服。程隽微微蹙起眉头，继续解开袖口的纽扣，好让自己更放松一些。

阮啾啾全程警惕地注意着他的一举一动，就像是流浪猫盯着要走上前的人类，尾巴随时要炸毛。

程隽问："你不换衣服吗？"

"我干吗要换衣服？"

阮啾啾说着倒退一步，差点儿被脚下的纱绊一跤。她踉跄着扶住桌子，总算让自己站稳。

这么一看，她似乎的确得换衣服，万一跌倒就很难堪了。

衣柜里有睡衣，阮啾啾翻了翻，找出一件包裹比较严实的，朝程隽挥了挥手，说："你出去，我要换衣服了。"

程隽淡定地说："我帮你。"

"谁要你帮我！"阮啾啾差点儿再次炸毛。

把程隽赶到门外后，阮啾啾才开始换衣服。穿婚纱的时候有小秘书帮忙，阮啾啾没怎么觉得累，待到脱婚纱的时候，便发现婚纱很沉，她还特别难够到后背的拉链。阮啾啾累到满头大汗，却怎么也够不到拉链，急得她真想把婚纱剪出一条缝，让自己钻出来。

阮啾啾折腾了好久都脱不下来婚纱，焦躁之余没有办法，只好清了清嗓子，说："那个，程隽，你过来帮我。"

门应声被推开，程隽走进来半蹲在地上，在阮啾啾的示意下，帮阮啾啾拉开拉链。他修长的手指在拉拉链的时候，指腹蹭到阮啾啾白嫩的后背，就像是在画一条直线，缓慢地向下滑动。

阮啾啾绷直了身体，紧张到不敢动弹："你快点儿。"

程隽慢吞吞地哦了一声。

等待的时候很是磨人，因为紧张，阮啾啾的神经异常敏感，他的指甲轻轻划到她的皮肤上，都能引得她一阵战栗。阮啾啾努力使自己看起来非常淡定，问道："好了吗？"

程隽迟迟没有回答。阮啾啾已经能感受到一道过于炙热的视线在她的后背上流连，令她不自觉地揪住了衣领。

"你回你自己的房间睡，我也要睡了。"

阮啾啾没敢回头看程隽的表情。

在这种时刻，她总是尿得要死。阮啾啾默默唾弃着自己关键时刻总是掉链子，试图在不经意间完成逃脱程隽视线的壮举。

她柔软而洁白的手腕突然被程隽拽住，使得她动弹不得。

"……"阮啾啾不敢动了。

身后传来程隽慢悠悠的询问："酒也喝了，你还要去哪儿？"

"我不懂你的意思。"阮啾啾开始装傻。

"没事，等会儿你就懂了。"

"……"

阮啾啾愣了愣，还没琢磨出味儿来，手腕上的那只手用力一拽，她面前的一切景象陡然横倒，她还没来得及反应就如失力般坠落在柔软的大床上，目光落在房间的吊灯上，橘黄色的灯光有着模糊的光晕，越看越暧昧。

她惊呼一声，正要反抗，程隽俯下身来，吻住了她的唇。

"嗯……"

唇间猛然蹿进一股辛辣的酒味，刺激着她的神经。阮啾啾像离水的鱼似的扑腾了几下，却被他撬开唇舌，加深了这个吻。他的呼吸灼热得就像一团火，点燃了阮啾啾本就燥热的神经。她控制不住地扭动了一下，耳旁传来程隽低到有些沙哑的声音："啾啾……"

阮啾啾差点儿被这一吻闷得喘不过气来，不由得发出微弱的轻哼，却被对方当作默许。

501

她的面颊越发滚烫，白色的婚纱有些凌乱地挂在肩头上，胸前的美好若隐若现，这让她看起来非常……好欺负。程隽难耐地掐住她的腰肢，好让阮啾啾别乱动。

他一手扯开自己的衣服的几颗纽扣，吻顺着她的嘴角向下，到了纤细柔软的脖颈上。

这下，果农程隽可以正大光明地留下几颗红通通的"小草莓"了。

阮啾啾因为害羞和无措，皮肤泛着粉红色，像是一只虾子，只想自己缩成一团。

白色的婚纱不知何时被剥落，凌乱地掉落在地上，皱皱巴巴的，明显是被大力揉捏过很多回。阮啾啾全程迷迷糊糊、稀里糊涂的，仿佛她才是喝酒喝得最多的那个，被程隽哄骗着，什么都依着他。

昏黄的灯光下，床上的两人紧贴在一起。

这时候阮啾啾才意识到程隽其实是个大尾巴狼，但为时已晚。

平时温和慢热得像个乌龟的程隽，一到床上就像变了个人，让阮啾啾有些害怕。她仿佛是放在餐盘上待享用的一道极品美味，对方看也看够了，闻也闻够了，小心翼翼地尝了尝，感受到美好的滋味之后便露出本来的面目，彻彻底底地将她吞入腹中。

阮啾啾是被疼哭的。

她哭得很厉害，比今天从车上下来的时候哭得还可怜，泪珠一串串地滑落，偏偏程隽嘴上哄着她，给她温柔的吻，吻着她的眼睑，试图安抚她的情绪，却依然没停止动作。

阮啾啾想，小说里的内容都是骗人的，说什么过一会儿就能飘在云端，感受到无与伦比的快乐。此刻的她只想一脚把程隽踹下去，还想给程隽一拳，让这个无情无义、无理取闹的狗男人意识到她有多难受。只是身上没力气，浑身的骨头像被抽走大半，阮啾啾连话都说不出来了。

最后，她只得哭着咬住程隽的肩膀。

糟糕的是，程隽好像更兴奋了。

他在她的唇上亲了亲，趁着阮啾啾无力反抗的时候，凑到她的耳边，哑着嗓音道：

"叫隽哥哥。"

两人几乎是一夜未眠。

仿佛被车轮来回碾压的阮啾啾差点儿当场去世。她睁开眼睛，便看到程隽那张漂亮的脸在她面前晃来晃去，眉眼间的春风得意完全掩饰不住。

这让阮啾啾极其不爽。

因为愤怒，她身上有了劲儿，第一反应就是踹了程隽一脚。

咚的一声，还没来得及反应的程隽被一脚从床上踹了下去。

程隽："……"

阮啾啾对他怒目而视道："臭不要脸！臭流氓！"

一想到昨晚某人逼着她一遍遍地叫隽哥哥，阮啾啾脸热到几乎能够煮熟一个鸡蛋。她缓慢地掀起被子的一角，果然，她还是"真空"状态。

阮啾啾连忙拽紧了被子："我要换衣服，出去、出去、出去！"

程隽套上一件宽松的睡袍，慢吞吞地进浴室洗漱去了。

阮啾啾连忙拿起衣服，昨晚竟然该死地失策，没能守住最后一条防线。她的脑海里忽然浮现程隽昨晚的模样，一张漂亮的脸因为染上几分情欲而显得异常动人，让阮啾啾移不开眼。她差点儿看呆了，自然忘记反抗程隽。

阮啾啾懊恼地拍了拍自己的脑袋，好让自己清醒一些。

美色误人啊。

阮啾啾全程面无表情地穿着衣服，依然沉浸在羞耻的情绪中无法自拔，浑身又酸又痛，脖颈上的"小草莓"不得不用高领的衣服遮住。

浴室的门猝不及防地被打开，程隽走出来说："对了，你要不要……"

两人四目相对。

阮啾啾的衣服穿了一半，不上不下地卡在中间，她愕然地望向程隽，表情都凝固了。

时间似在这一刻停止。

程隽："你吓到我了。"

阮啾啾："你是不是人？"

程老板终是没能逃过被捶的命运。

唉……

两人从别墅回来的时候，大家都不在，阮啾啾全程和程隽保持着一段距离。

自从那一晚之后，阮啾啾看到程隽就浑身不自在，甚至想搬出去，离程隽远一点儿。

"鸽子蛋"被阮啾啾收到了柜子里，她可不能戴着这么大的钻石戒指走来走去。程隽倒是淡定，晚上像个禽兽，白天就是狗男人。总而言之，横竖他都没办法做人。

婚纱被收到了柜子里，幸好房间里有几个超大的柜子，才让她有空间把婚纱挂在里面。她拉开柜门，看到里面挂着的那件白色婚纱，还能记起穿上它时甜蜜的感觉。

阮啾啾一时有些恍惚。

这下，她真的嫁给程隽了？不是假婚，而是有了真正属于他们的一场婚礼。

她想想还真是觉得好笑，那天的车队引起一阵轰动，公司里的同事们在上班的时候纷纷讨论起来，说不知道哪家的豪门大小姐这么气派。他们把本市有名有姓的富豪数了一遍，却怎么也没想到正主就坐在眼前。

阮啾啾淡定地坐在大家身旁，深藏功与名。

早晨上班的时候她是和程隽一起坐车到的公司，一想到脖颈处的草莓印还没消，阮啾啾就尴尬得很，暗暗坐得离程隽远了一些。

她装作玩手机的样子，余光瞥向身旁的程隽。程隽的头发又恢复了以往蓬松而略显凌乱的样子，一根呆毛翘起，这让他显得有些迷糊。他套着宽松的黑色卫衣，一手拿着手机，非常"佛系"地……

阮啾啾惊了，他看的不是婚礼的图文记录吗？

她隐约瞟到几个字，不由得好奇地凑上前去，还没来得及看清内容，手机屏幕突然暗了下来，映出她一张显得贼兮兮的脸。

阮啾啾："……"

程隽慢吞吞地问："你在干什么？"

阮啾啾连忙缩回脑袋，和程隽保持一段距离："没什么，我随便看看。"

"哦。"

两人恢复了平静的沉默期。

程隽倚着座椅靠背，半合着眼睛闭目养神。阮啾啾继续心不在焉地玩手机，白珑精神百倍地呼唤着她，说要带她"吃鸡"，被阮啾啾以工作忙的理由拒绝了。

阮啾啾正在低头敲字，这时身旁传来程隽的询问："身体还疼吗？"

"……"

阮啾啾一个没拿稳，手机咣的一声掉落在地上。她手忙脚乱地低下头找手机，一只修长的手从她的脚下捡起手机，将其放在了她的膝盖上。

她抬起头，便看到程隽放大的脸出现在眼前。

"腰酸？"他问道。

"怎么可能！"

他离得太近了！

阮啾啾的脑海里有那么一瞬间忽然浮现程隽覆在她身上的画面，他的脸也是离她这么近，呼吸粗重地唤着她的名字。阮啾啾脸唰地红了，她急忙向后仰头。

咚的一声，阮啾啾的后脑勺撞到了车窗的玻璃，这一下撞得她有些蒙了，茫然地愣在原地。

程隽："哈。"

阮啾啾："……"

他竟然还敢笑她？难道不是因为他突然凑过来，她才会撞到玻璃的吗？

面对阮啾啾的黑脸，程隽的求生欲瞬间满格。

他伸出一只手，在阮啾啾茫然的注视中，宽大的手掌落在她柔软的头发上轻轻揉了揉。他的手掌温暖而又轻柔，轻轻地揉着阮啾啾被撞到的后脑勺，低着嗓音问："还疼吗？"

他就像在哄一个小孩子，用了十足的耐心和温柔。阮啾啾的心跳不由得加快几分，她下意识地跟着摇了摇头，老老实实地说："不疼了。"

"那就好。"程隽松了口气，"本来就已经够傻了。"

阮啾啾："……"

司机大叔默默地降下挡板，不想目睹一场血案。

于是，早晨上班的时候，嘉澄公司上下的同事又看到了日常的一幕——高贵冷艳的老板娘走在前面，面无表情地目视前方，慢半步的老板默默地跟在身后，双手插兜，神态有些恹恹的，就像刚刚被教训了一通的大金毛。

公司上下又开始窃窃私语。

老板果然是妻管严啊！

阮啾啾回到办公室，开始今天的工作。

老孟跑到办公室里来遛弯，朝着阮啾啾挤眉弄眼地道："怎么样啊新娘子，要不要度个蜜月？"

"你有没有听过，夫妻度蜜月，妻子谋杀亲夫的案件？"

老孟："啊？什么时候发生的事？我没看到过啊。"

阮啾啾打开电脑，一本正经地望向他道："为了社会和谐，为了不给警察制造麻烦，掐掉犯罪源头不去度蜜月，是我为社会和谐做出的最大贡献。"

老孟先是一愣，随即哈哈大笑："对了，过两天他们又要开个茶话会小坐一下，你要一起吗？"

阮啾啾愣了愣："还是上次的人吗？"

"没错。"

"有时间的话我会过去的。"

"那可就太好啦，"老孟笑眯眯地道，"他们都很喜欢你。"

阮啾啾跟着莞尔一笑。

老孟总是把她当作自家女儿似的，逮住机会就正面、侧面地夸她。她知道，老孟是怕她没有建立起足够的自信心，夸夸她好让她不要生怯。

她也在努力朝着前方继续前进。

工作忙了一半，阮啾啾忙得头大，倒了一杯咖啡不紧不慢地喝着。

就在这时，她的手机突然嘀嘀地响了几声。

是涂南的信息。

涂南："嫂子？"

涂南："嫂子你在吗？"

涂南："嫂子我有点儿事想跟你说。"

涂南："嫂子你不回我，我就过去啦！"

涂南："我马上到！"

一连串的"嫂子"看得阮啾啾眼睛发麻。一般来说，涂南这么急切肯定没好事。为了保平安，阮啾啾决定抛弃手机暂时跑到别的地方避难。

她放下咖啡杯正要跑路，办公室的门忽然被打开，一道身影溜了进来，赫然是人模狗样的涂南。

阮啾啾："你干吗？上班时间为什么跑到我的办公室来？"

涂南觍着脸，小心翼翼地凑到阮啾啾面前说道："嫂子啊，我是有事来求你的。"

阮啾啾："对不起，我最近挺忙的，你还是找别人吧。"

涂南找她肯定没好事！涂南当"舔狗"肯定没好事！这是阮啾啾总结出的血的教训。

涂南哭丧着脸道："别啊，你看我还帮你们布置婚礼现场呢。我成全你们，你们不能成全一下我？"说着说着，涂南戏精附身，一手握成拳头，忧愁地唱起了《成全》。

阮啾啾："别说你的秘书了，你这副模样，连我都想打爆你的狗头。"

要比起来谁更犯傻，涂南是当仁不让的第一名。程隽有时候好歹还是个酷哥呢。

涂南哇的一声哭了出来："嫂子！求你救救我，我活了这么多年第一次遇到爱情，谁能想到这么难！"

阮啾啾："有话就说有屁就放。"

涂南："周末我们四人约会怎么样？"

阮啾啾："……"

"我单独约她她不出来啊。如果说这是你的主意，她肯定不会拒绝的。"

涂南嘿嘿笑了一声，英俊的脸因为他不正经的表情，显得有几分欠揍："这样，咱们约会的时候，希望你们能帮帮我，顺便衬托一下我有多么喜欢她以及我的英姿就更好了。"

阮啾啾："……"

她真的没有偏心，也绝对不是站在程隽那边，但涂南是有多想不开，想让程隽来衬托他？程隽站在原地，露出那张惊为天人的漂亮脸蛋，瞬间就能把所有雄性生物比下去了。

阮啾啾："喀喀，这不太好。要不，你重新想个办法？"

涂南丝毫没有自觉，非常自信地摆了摆手，说："你放心，剩下的我自有安排。"

对涂南的爱情之路，阮啾啾当然希望能够顺利一些。看着他一副自信满满的样子，阮啾啾没忍住问道："你都安排什么了？说给我听听，我帮你把把关。"

涂南东张西望，确定周围没有人之后，压低了嗓音说道："我跟你讲，我买到一本神书，名叫《教你如何快速高效地追求异性》。里面说了，人在精神极度紧张的时候若是身旁有异性在，由于心跳加快，大脑会产生错误的判断，让人以为自己喜欢对方。所以，我决定带小秘书去玩惊险项目，或是鬼屋之类的。"

阮啾啾陷入了沉思。奇怪，为什么她总觉得涂南描述的这一场景似曾相识？

过后，阮啾啾便把涂南的事情暂时搁置了。

涂南说是四人约会，但全看他的造化了。这时的阮啾啾正好也想看看小秘书的反应，若是小秘书认为受到骚扰，感到非常厌恶的话，她一定会制止涂南。

阮啾啾和程隽回到家后，像往常一样换了衣服，然后阮啾啾去厨房做饭。

她背对着冰箱，身后传来程隽开冰箱门的响声。身后一响起程隽的脚步声，阮啾啾就下意识地绷直了身体，生怕他做出什么不轨的事情。

幸好，她想多了。程隽真的只是过来拿一瓶饮料喝。

咔——养乐多的盖子被打开，程隽咕嘟咕嘟地将一瓶养乐多喝掉，这才慢吞吞地问道："今天吃什么？"

"啊，炖肉汤。"

程隽幽幽的目光落在炖锅上。

阮啾啾："不准偷吃，肉还没熟呢！"

两人吃了饭，阮啾啾就被白珑叫去玩游戏，玩着玩着就忘记了程隽。白珑的游戏技术不错，魏恬也很厉害，阮啾啾这种菜鸟玩家都能被他们带入圈内，这样玩游戏简直成就感爆棚。

"哇，居然'吃鸡'了！"阮啾啾拿着手机，坐在沙发上欢呼了一声。

想悄无声息地搂住她的程隽被吓了一跳，动作僵了僵："……"

阮啾啾压根没留意到他的小动作，继续投入到下一局游戏当中。

"'吃鸡'了！

"哇，太棒了，躺赢'吃鸡'啊！"

阮啾啾玩了几个小时都不带休息一下的，就连准备躺被窝之前，也在洗漱间一边刷牙一边含含混混地叫着一起"吃鸡"。

她躺在被窝里后也继续聚精会神地"吃鸡"。

阮啾啾的注意力高度集中在手机屏幕上，全程没发现身旁躺着的是人是狗。

躺在另一个被窝里的程隽默默地望着天花板，本来还想和阮啾啾蹭到同一个被窝里，现在发现自己的存在感已经为零。

他忽然觉得，是时候转行了，游戏耽误了多少家庭啊！

这时，阮啾啾忽然别过脸，面色绯红地盯着他。

"隽隽啊……"

程隽眼睛一亮。

阮啾啾："一起'吃鸡'吗？"

程隽："……"

遭到拒绝的阮啾啾完全没有受到影响，玩得正欢。身旁的程隽默默地拿出手机，默默地点开阮啾啾的联系方式，默默地点击昵称，然后把备注改成了——黄鼠狼。

两人坐在沙发上，阮啾啾拿出了手机。

"'吃鸡'吗？"阮啾啾问程隽。

"黄焖鸡？小鸡炖蘑菇？大盘鸡？"

阮啾啾："哦，我是说游戏。"

程隽目光幽幽地盯着她。

打从白珑带阮啾啾入坑之后，阮啾啾的业余生活便尽数奉献给了游戏。下班时间几乎都用来玩游戏，把程隽晾在一边，别说摸摸抱抱了，连个多余的眼神都很少给他，俨然一副网瘾少女的样子。

程隽何止是不高兴，是非常不高兴。然而阮啾啾并没有发现这一问题。

上班时间，涂南发现程隽总是坐在电脑面前发呆。某次无意中经过，涂南看到程隽的电脑屏幕上显示着公司自创建以来所有游戏的名字。涂南呆了，没忍住问道："老板，你在干吗？"

程隽双手交叉，盯着电脑屏幕，脸上没什么表情："考虑企业转型。"

"……"

被暗地里叫作黄鼠狼的阮啾啾不仅对此毫无察觉，还打算把自己的周五之夜全部留给游戏，早早地和白珑约好了时间。回家吃完

他是我的宇宙星河

下册

饭，程隽在洗锅时，她便扑到床上，压着柔软的枕头打开游戏。

　　程隽默默地走到她身后，阮啾啾正玩得聚精会神，眼睛一眨不眨，表情紧张。白珑不小心被人打死，魏恬要报仇，阮啾啾则跟着魏恬到处晃悠。她玩得正起劲儿，丝毫没有察觉到程隽的接近。就在这时，一声枪响，阮啾啾连忙抱头蹲了下去。

　　魏恬骂了一声："被打死了！"

　　阮啾啾："啊？？"

　　魏恬："啾啾，全靠你了！不求你能干掉别人，你就在圈里跟他们耗，搞不好能来一把渔翁得利。"

　　头一回被两人寄托希望，阮啾啾非常紧张，手指谨慎地在手机屏幕上滑动，等待着下一次圈的范围缩小。阮啾啾控制着游戏人物，偷偷摸摸地在遮蔽物附近躲藏起来，耐心等待着。然而还没等到范围圈缩小，她就听到砰的一声枪响，被吓了一跳，没找到对方就开始抱头鼠窜。

　　"救命！"

　　很可惜，能救她的白珑和魏恬都已经凉了，只能叽叽喳喳地指挥着阮啾啾，导致场面一度陷入混乱。

　　阮啾啾趴在床上，已经手忙脚乱，这时背后响起程隽慢吞吞的声音："想让我帮你吗？"

　　她愣了一下，忽然记起家中还有个超级大神。

　　阮啾啾眼睛一亮，如小鸡啄米般飞快地点头。

　　程隽："玩完这把就休息一会儿。"

　　阮啾啾："嗯……"她犹豫了。

　　"那就你自己玩。"程隽说。

　　情况紧急，估计阮啾啾再犹豫几秒就得被发现，血溅当场。

　　又是砰的一声，对方没打中阮啾啾，却实实在在地让她抖了抖。她忙不迭地答应程隽的要求，把手机塞给程隽："快、快、快！"

　　程隽接过手机，不过几秒就进入状态。

　　他的表情看着有几分漫不经心，手指的速度却不慢，阮啾啾凑上前，还没来得及找到对她开枪的人是谁，程隽就发现目标，一枪崩了对方。

观战的白珑和魏恬都惊呆了："啾啾，你开挂了？？不对，是大神在旁边吗？"

阮啾啾："喀喀喀，是的。"

白珑和魏恬瞬间淡定了，开始给程隽摇旗呐喊。

"大神加油啊！"

"大神帮我们报仇啊！"

这一幅场面，让阮啾啾不由得回忆起当初在《如梦令》的场景。她看了程隽一眼，程隽的侧脸很好看，鼻梁挺拔，下颌收得利落，有种纤弱的少年感，一点儿都不像个开公司的大老板。如果说这是偷偷跑出来的高中生，都会有人相信。

程隽淡定地操纵着游戏人物，只听一声接着一声的枪响，阮啾啾眼睁睁地看着他杀入了决赛，最后顺利"吃鸡"。

"太帅了！"阮啾啾的眼睛里闪烁着耀眼的光芒，她望向程隽的时候，表情就像是粉丝在看偶像，满满的崇拜和爱慕。

被恭维的程隽大佬没有表现出一丝高兴的样子，把手机递给了阮啾啾："实现诺言。"

阮啾啾凑上前，讨好地说："我们一起来玩吧？就玩半个小时好不好？"

程隽："不好。"

"就半个小时嘛。隽隽——隽崽——隽哥哥——"幸好阮啾啾及时关掉了语音，她的央求一声比一声嗲，程隽侧过脸盯着她。

"疯了？"她就为了个游戏这样？

阮啾啾："……"

她嘟囔着说道："那我再玩最后一局，最起码得跟白珑他们交代一下嘛。"

她点击进入游戏，偷瞄程隽一眼，果然程隽满脸写着不高兴。

阮啾啾小声说："下回补偿你好不好？你想吃什么都可以跟我说。"

程隽问："吃什么都可以吗？"

512

"满汉全席那种高难度的东西肯定不行！"

程隽嗯了一声。

在阮啾啾全神贯注地在游戏里找落地地点的时候，他忽然凑上前，从背后搂住阮啾啾的腰肢。阮啾啾还没来得及反应，他低声问道："吃你可以吗？"

阮啾啾："不……嗯——"

她没说完的话被吞没在他的唇齿间。

白珑和魏恬还有些纳闷，阮啾啾怎么玩着玩着就没了声？挂机？她到底干吗去了？

两人连着问了好几遍，都没能得到阮啾啾的回答。

手机被扔在床上，阮啾啾被吻得七荤八素，已经不知道自己在何处了。不知不觉间，她身上薄薄的衣衫被解开，露出雪白的皮肤，他凑上去，留下了点点红痕。

阮啾啾脸红心跳，控制不住地发出轻哼声。她揪住程隽后背的衣服，叫他的名字："程隽……"

程隽哑着嗓音，尾音挑起："嗯？"

阮啾啾的衣衫几乎要被剥了大半，看得程隽气息不稳。他将手覆在她柔软的腹部上，轻轻摩挲着，引得阮啾啾一阵战栗。她不自觉地揪紧了程隽的衣服，喘着气说："我、我来例假了……"

程隽："……"

这话如当头棒喝、迎面冷水，程隽的欲火瞬间被浇熄了大半。

阮啾啾涨红了脸道："所以……"

她躺在床上，身体毫无防备地袒露在他面前，面颊嫣红，雪白的肌肤毫无瑕疵，一双桃花眼泪光点点，红唇被吻得有些红肿，简直是在引人犯罪。

程隽一手撑在床边，低垂着头，一言不发。

随即他站起身，在阮啾啾的注视中咣地关上浴室的门。伴随着哗哗的水声，阮啾啾知道，程隽肯定是冲冷水澡去了。

"……"

她真的对不起程隽。

当天晚上，没有吃到嘴的程隽得到了相应的补偿。阮啾啾蜷缩到他的被窝里，和他盖着同一床被子……玩游戏。

世间最痛苦的事情不是吃不着，而是明明人就在他身旁，毫无防备、毫无拒绝意愿的时候，他却不能吃。

程隽望着天花板，幽幽地叹了口气，今天也是把她备注为黄鼠狼的一天。

阮啾啾玩了一半，忽然别过头说："啊，有件事我忘了给你说。"

程隽："……"

"涂南说要去游乐场进行四人约会哦，明天早晨我们就出发，到时候在游乐场碰面。"

程隽没有回应，而是看着阮啾啾，眼神分明写着：涂南那种玩意儿凭什么跟他一起四人约会？

阮啾啾："没事，到时候他们玩他们的，我们玩我们的，就当是一起约会去了。"

约会？

程隽想，这个词听起来似乎还不错。他的嘴角翘起一个不明显的弧度。阮啾啾继续说道："涂南还想用惊险项目体现自己的英雄魄力呢。你别怕，到时候我会保护你的。"

程隽："……"

阮啾啾想了想，又补上了一句："我允许你扑到我怀里。"

程隽："……"

在追人这件事上，涂南要比程隽狠得多。

他们的四人约会直接定在了全市最大的游乐场里，惊险刺激项目应有尽有。阮啾啾起了个大早，异常兴奋地拽着程隽的胳膊，程隽则懒洋洋地任由她拽着自己向前走。

今天的阮啾啾和程隽穿得很休闲，一人一顶鸭舌帽，遮住半张脸，阮啾啾穿着黑色的连帽衫和牛仔裤，程隽穿着深灰色的连帽衫和休闲长裤，两人走在一起还真有几分情侣的模样。

路过街边一家店的橱窗时，阮啾啾拉住程隽，指着镜子里的两个人："哇，你看，我们好像穿着情侣衫啊。"

程隽全程不在状态的表情这才稍微缓和下来。

他看了看阮啾啾，又看了看自己，似乎的确很像那么一回事。

阮啾啾高高兴兴地拽着他向前走去。

好久没有去游乐场，她还记得上次在游乐场是多么快乐。涂南和他们约定的时间是早晨九点，早早进入游乐场，人少一些，他们还能够多玩几项游乐项目。

待到阮啾啾和程隽到游乐场之后，涂南和他的小秘书正好从街道的另一边朝着他们走过来。

小秘书撑着遮阳伞，规规矩矩非常秀气，只是一副冷若冰霜的模样，看来冷漠的源头是身旁的"舔狗一号"涂南。

涂南见了阮啾啾和程隽便热情地打招呼。

"嫂子、老板，你们来啦！哎哟，你看你们，出来玩都要拉我们凑数，多不好意思啊。温茜还说这是我的主意，我现在就得澄清一下，嫂子你说是不是？"

阮啾啾不得已地点头道："是、是，是我的锅。"

待到四人买了票进门的时候，阮啾啾小心地凑到涂南身旁道："刚才有点儿过头了。"

涂南："啊？是吗？我还觉得我表现得不够诚恳呢！"

阮啾啾："……"

她忽然觉得，就涂南这情商，他配小秘书温茜真是有些不够格。

买了票的涂南率先提议大家一起去玩海盗船。

阮啾啾下意识地瞟了程隽一眼。程隽表现得非常淡定，一副与世无争的模样，然后压了压帽檐。

避开他们两个后，阮啾啾问程隽："你可以吗？要不然我找个理由，我们俩去玩别的项目？"

你可以吗？

这句话问一个男人，就相当于问"你是三秒吗""是不是不行啊"。程隽默默地望向阮啾啾，说："我可以的。"不论是在哪方

515

面他都可以。

阮啾啾没想太多，只是叮嘱程隽若是感觉不舒服，一定要跟她说。

这个点玩海盗船的人不是很多。

幸好早晨的早点他们吃得不是太多，免得等会儿上下翻转时把东西都吐出来。四个人站在门口排队，待到海盗船停下后，工作人员放行，让他们坐在了船上。

涂南说什么都要坐在第一排，阮啾啾体谅程隽，把程隽拉到了中间一排坐下。

隔着老远她都能听到涂南得意扬扬的叫嚣，说自己是游乐园小王子。他的嗓门有些大，引得其他人纷纷看过来，小秘书默默地别过脸，装作不认识他的模样。

阮啾啾："……"

海盗船坐在中间最没有刺激的感觉。阮啾啾坐在中间也玩得很开心，身旁的程隽没有像上一次一样脸色煞白，当然也没好到哪儿去。

尽管如此，他全程面无表情，就像是受刑似的结束了这一程。

两人从海盗船上下来，然后阮啾啾看到小秘书一脸尴尬地走了过来。

阮啾啾愣了一下，向后张望："涂南呢？他跑到哪里去了？"

小秘书说："嗯……他从一开始就有些不舒服，刚刚结束之后，被工作人员扶到厕所吐去了。他还让我一定不要跟着他一起过去，让我先跟你们会合。"

阮啾啾："……"

她简直不敢想象那场面有多尴尬。

涂南玩不了也就算了，还要在喜欢的人面前逞强，这下可好，丢人丢大发了……

三个人站在原地，相顾无言，气氛尴尬到令人窒息。

阮啾啾干咳了一声道："正好涂南不在，有句话我就直接问了。你对他有好感吗？如果是因为工作，你可以跟我说。"

被阮啾啾这么一问，秘书眨了眨眼睛，别过脸去，沉默了。

许久，她冷哼道："我对他怎么可能有感觉？他这种人，活该单身。"

阮啾啾不由得扬起唇角。看样子，涂南还是有点儿希望的。

她们正说着，强装镇定的涂南缓缓地走了过来。他已经冷静下来，幸好有天生的厚脸皮撑着，才不至于看到秘书就想逃。

阮啾啾笑吟吟地说道："正好有些累了，我们还是休息一会儿吧。"

涂南露出感激的表情。刚才早点都被吐得一干二净，这会儿肚子正空空如也，他只想吃点儿东西塞满自己的胃。

四个人坐在一家餐厅里，随意点了些东西。阮啾啾握着手，笑眯眯地提议："我们去玩一些别的项目吧。我觉得偶尔玩一些不刺激的项目也是挺好的。"

"哎，不用！来游乐园就是要玩刺激的项目对不对？"

涂南顾不得自己是最狼狈的那个，非常执着地给阮啾啾递着眼色。

他这一次来游乐园目标很明确，就是让秘书喜欢上自己，怎么可能因为区区一个海盗船就半途而废？这可不是他的风格。

阮啾啾："可……"

"你怎么点了咖啡？"阮啾啾的话被程隽打断。

她愣了愣，望向程隽。

程隽说："你不是肚子不舒服吗？"

"啊……我给忘了。"

程隽淡定地把另一杯奶茶推给了阮啾啾："还是不要喝咖啡了。"

在涂南美好的畅想中，老板来是为了衬托他的英姿，怎么能显得比他更加体贴温柔。正在他纠结之际，他和小秘书的饮料也被端了过来。

恰恰相反，涂南点的是咖啡，小秘书点的是奶茶。

涂南学得有模有样地说："你怎么能点奶茶？"

秘书："我肚子不疼。"

涂南："你不是要减肥吗？"说着，他自作主张地把奶茶推到了自己面前，"你还是不要喝奶茶了。"

小秘书："……"

阮啾啾："……"

程隽："哈。"

涂南的脚被结结实实地踩了一下，他发出嗷嗷的惨叫声，引得店里的客人纷纷朝着他们几个人的方向看过来。

阮啾啾连忙压了压帽檐，压低嗓音道："喂，你小声点儿。"

万一他们几个被人发现就不好了。

虽然他们算不上什么流量人物，但被别人发现，恐怕就得打道回府。涂南连忙做出捂嘴拉拉链的动作，好让自己显得更加安全无害。

吃了点儿东西，涂南恢复精神了，四个人便准备继续玩游戏。

这个点人渐渐多了起来，他们决定速战速决，趁着还不用排长队的时候早点儿玩完几个热门项目。

涂南在大摆锤、过山车、蹦极几个惊险项目中挑挑选选的，最终还是决定让女孩子们来决定，以彰显他的绅士风度。

阮啾啾："我随便。"

小秘书："那就大摆锤。"

涂南不自觉地松了口气。

大摆锤这种项目，看起来一点儿都不吓人，四个人坐成一圈，若是害怕都是大家一起喊，这时候怎么表现都不丢人。

阮啾啾："嗯……"

她是有些怕程隽有心理阴影的。上一次程隽玩了一圈，回去的时候一路上都不太高兴，阮啾啾真怕他晚上睡不着。与她的紧张忐忑相反，程隽表现得淡定多了，一手插在口袋里，一手拿着不知道什么时候买的蛋卷吃了一路。

他专注地舔奶油的模样，别说，还真是有几分……可爱。

阮啾啾看着看着，心里只想上前揪揪程隽的脸。世界上怎么会有这种常常犯傻又这么可爱的男人？阮啾啾的心情极其复杂。

四个人正好轮到最后几个空座位，他们坐在椅子上，确认防护措施没有问题之后，就等待着开始。离他们不远的一个男生正在玩视频软件，似乎是要录视频。他固定好了自拍器，好让镜头能照到他的整张脸。

　　就在他们的耐心等待中，摆锤缓缓地晃动起来，一下，又一下。

　　"……"

　　阮啾啾默默地抓住程隽的手，像是在给程隽吃定心丸。程隽反握住她的手，他的手掌温暖干燥，带着刚刚好的温度，让阮啾啾忽然觉得，好像玩惊险游戏都是一种甜蜜的体验。

　　摆锤猛地甩到半空中，景物骤然倾斜，让人分分钟有种被送上天的感觉。

　　程隽突然握紧了阮啾啾的手。

　　"别怕别怕。"阮啾啾安慰他道。

　　这时，她的左边传来涂南凄惨的叫声："嗷嗷嗷——"

　　阮啾啾："……"

　　程隽："……"

　　不知道为什么，听到这样杀猪般的惨烈叫声，大家忽然觉得大摆锤也不是那么惊险了。坐在一排的游客们也有像涂南一样惨叫出声的，但谁也没他的嗓门嘹亮，他的声音一出，大家纷纷哄笑出声，霎时间紧张刺激的气氛被破坏得一干二净。

　　于是，大摆锤上一直回荡着涂南惨烈而有节奏的叫声。

　　就连阮啾啾都觉得……这简直是，丢死人了！

　　相比起来，程隽的紧张只不过是身体僵硬，面色发白，要含蓄得多，表面上他还要逞强。

　　看着他这副模样，阮啾啾真不知道该说心疼他还是想笑了。

　　他们下了大摆锤，涂南一手扶墙，颤颤巍巍地伸出了手指头。

　　"我觉得，也不怎么样嘛。"

　　小秘书又是好气又是好笑，冷冷地瞥了他一眼："我都要被你吵死了。"

　　"我那是模仿魏晋的文人长啸，以表达我内心不羁的情怀！"

519

"闭嘴。"小秘书说出了三个人的心声。

他们坐在长椅上缓了缓，准确来说，是在等涂南恢复精神。

小秘书虽然也有点儿害怕这些惊险项目，但不恐高，害怕就眯着眼睛倒也还好。唯有涂南的噪声让她不堪忍受，她简直要控制不住吐槽的欲望，好好损涂南一次。

不过，看在涂南这么狼狈的分儿上，她也就忍了忍。

涂南还没休息多长时间，就说要去鬼屋玩。

阮啾啾没忍住问道："你确定？"

"当然！"

涂南想，他不太擅长玩高空惊险项目，但鬼屋这种玩意儿，他堂堂一个七尺男儿，一名伟大的唯物主义者，怎么可能被一些明知道是工作人员装扮的鬼吓到？接下来他就要让大家看看，什么叫作真正的男友力！

阮啾啾：可拉倒吧。

上一次的鬼屋之行，程隽被吓得够呛，这一回阮啾啾非常主动地拉住了他的胳膊。

"如果你害怕了就跟我说。"

涂南的听力贼好，他立即凑上前挤眉弄眼地道："老板竟然还怕这些东西啊。没事、没事，我来……喀喀——我什么都没说。"

程隽原本望着阮啾啾拽着自己胳膊的手，听到涂南的狗言狗语，转脸面无表情地盯着他，吓得涂南打了一个激灵。

虽然他说是要老板来衬托他，但程隽是什么人，他又不是不知道。

招惹程隽，他只会吃不了兜着走。

四人被工作人员放进了鬼屋。

面前的景物骤然变成黑暗一片，尽管程隽表面上仍然一副淡定到云淡风轻的模样，阮啾啾还是明显感受到他的身体僵了僵。

涂南和小秘书还算正常，小秘书明显有些紧张，小心翼翼地到处试探，涂南则安慰她别害怕，如果有需要，他的怀抱就是她最坚强的后盾。

或许是他的腻腻歪歪连工作人员也看不下去了，四个人还没走两步，上空突然坠下一个人头。

面目狰狞、血淋淋的一个人头，和涂南四目相对。

四个人愣在原地，安静了几秒。

涂南的表情瞬间凝固。

他虚弱地道："怎么办？我觉得……我下一秒就会晕过去……"

阮啾啾："没事！"说着她豪迈地一巴掌拍上去，硬生生地把道具打到了老远的地方。

在三人目瞪口呆的注视中，阮啾啾丝毫不在乎地擦了擦手上黏腻的颜料。程隽默默地挪到了阮啾啾身旁，尽量和她挨在一起，才能体会到安全感。涂南也默默地挪到程隽身旁，蹭蹭阮啾啾的"男友力"。

精神上过于紧绷，导致他完全没有注意到老板的死亡凝视。

小秘书眼中闪烁着星星一般的光芒："啾啾，你太厉害了！"

阮啾啾非常谦虚地说："没什么、没什么，我只是比较熟悉鬼屋的套路。"

她的话音刚落，又是一只假手掉落下来，吓得涂南嗷一声，反手一个熊抱，紧紧抱住程隽不放。

其余两人："……"

程隽忍耐半天才没有一脚把他踹开："松开。"

涂南开始慌了，鬼屋一点儿都不好玩！

他一边念叨着不害怕，一边神经兮兮地四处张望，早就忘了要如何向小秘书展示自己的英姿。那场面看起来要多无助有多无助，就连小秘书都有些不忍。

接下来的时间，就在涂南时不时的鬼哭狼嚎和小秘书的瑟瑟发抖中度过。阮啾啾和程隽安静如鸡，一个人觉得有点儿没意思，一个人是被吓到了，表情僵硬地跟在阮啾啾身旁。

察觉到程隽有些可怜兮兮的表情，阮啾啾不由得心疼了。

早知道她就拒绝涂南的提议了。

今天的程隽，差不多是重温一场噩梦，心情是绝对美妙不起来的。

阮啾啾小声问："你还好吗？"

程隽沉默了片刻。

若是平常，他肯定一言不发，但此刻面对着阮啾啾的关心，在漆黑的鬼屋中，他不动声色地凑近了阮啾啾，握住她柔软冰凉的小手，感受着她难得的体贴。

程隽的声音显得有些委屈："我想抱抱你。"

阮啾啾听到这话，心都要化了。

正当她要伸出双臂，好好抱抱程隽的时候，涂南嗷的一声，跳起来抱住程隽就不撒手。程隽面无表情，就像是甩垃圾似的把涂南甩开，方才还是眼巴巴地求拥抱、求抚摸的小可怜，瞬间化为阴森森的地狱使者，吓得涂南不敢轻举妄动。

程隽没能抱到阮啾啾，又开始幽幽地凝视着她。

阮啾啾好笑地伸出手臂，这时一阵阴风吹过，耳旁仿佛有呼吸声，吓得小秘书汗毛竖立。小秘书正嘤嘤嘤地想投入涂南的怀抱，涂南比她叫得还惨，拉住程隽不放。

程隽眼睁睁地看着阮啾啾的拥抱再一次消失在涂某人的惨叫声中。

"……"

一波未平一波又起，一群人从另一间鬼屋里冲了出来，鬼哭狼嚎地朝着他们所在的方向飞快奔跑，身后还跟着一群丧心病狂的工作人员，一个个张牙舞爪，竟然还在追这群人。

黑暗中有些看不清周围的情况，拥挤慌乱的人群中，涂南惊叫一声，连忙拽着"秘书"的胳膊向前跑去。

他的力气极大，慌乱之中，他竟然硬生生地把对方拽到另一个房间去了。

人群散尽，房间里又恢复了安静。

阮啾啾站在原地，身旁站着一脸茫然、正紧紧地抱住她的胳膊的小秘书。两人面面相觑，不由得陷入思考。

所以，涂南这是把程隽拽跑了？

阮啾啾安抚着小秘书的情绪："别怕，我在这儿呢。"

秘书眼里再次闪烁着崇拜的光芒："嗯！！"

半晌，许是涂南终于回过味来，隔着不远的房间里响起了他的一声惨叫。阮啾啾顺着声音，牵着秘书的手，带着她一起走到另一个房间。

她打开门后，两人停下了脚步，默默凝视着黑暗中的两个男人。两个男人身旁是一堆鬼怪的模具，看起来怪吓人的，就连小秘书也被吓了一跳。

两个大男人被吓呆了。

程隽僵在原地没敢动。

涂南瑟瑟发抖没敢动。

对比起来，阮啾啾和小秘书温茜淡定得要命。阮啾啾有些好笑地看着他们俩被吓到化身雕塑，一瞬间感觉仿佛性别对换，她和小秘书才是应该男友力爆棚的人。

阮啾啾上前展开双臂抱住程隽，安抚着他的情绪。尽管她比程隽矮半头，但非常有气势，程隽乖乖地被阮啾啾抱在怀里，鼻间净是她好闻的气息，安心地做着厕隽崽。

涂南瞟了瞟他们俩，又瞟向自家的小秘书。

小秘书大怒："你想都别想！"

从鬼屋出来之后，几乎每个人都出了汗，涂南更是腿软了，扬言这辈子再也不来游乐园玩了。

正好借着这个机会，阮啾啾提议他们两队单独玩一会儿，两个小时之后再集合。除了小秘书有点儿不情愿，其他人都很满意这个提议，不待涂南他们回答，程隽拽住阮啾啾就走。

隔着很远，阮啾啾看到小秘书走在前面，涂南跟在后面，两人朝着旋转木马那边走了过去，想必是要去玩一些更没有杀伤力的项目。

涂南大概是忘记自己一开始的目的了。

阮啾啾好笑地说："涂南也真是太高估自己了。以为女人都会比男人更胆小吗？未必。"

程隽闻言眼神飘忽。

两人走到一排排小摊面前，这边都是一些小游戏，有射击、套圈、夹娃娃……阮啾啾自诩游戏黑洞，玩这些游戏她都是来贡献人民币的，想赢一把比登天还难。

但他们今天就是来玩游戏的嘛，纯属娱乐。

阮啾啾拉着程隽，高高兴兴地说："你想玩哪个？我们一起。"

程隽不感兴趣地收回视线，目光反而落在了花花绿绿的卖棉花糖的小摊上。

阮啾啾："……"

几分钟后，程隽拿着超大号的彩色棉花糖，就像玩游戏似的，聚精会神地吃着，连脸上有几缕像棉絮一样的棉花糖也没察觉。阮啾啾看得有趣，便由着他继续吃棉花糖，自己花钱买了十个套圈，打算来玩一把套圈游戏。

十个套圈都没中，很好，她预料到的画面。

阮啾啾又去玩射击，一个气球也没打中。很好，这么难打她打不中也正常。

老板是个年轻男人，笑呵呵地说："没事、没事，小姑娘，我再送你几颗。"

阮啾啾有些不好意思："不了、不了，说不定我比你还大呢，我都二十多岁了。"

"哎呀是嘛，怎么你看起来跟个高中生似的？"

这时，身后有一对情侣正在等待，看着面容年轻得很，只有十六七岁，大概都是高中生。女孩子有些不耐烦了，丝毫没有意识到自己的抱怨声不小，说的话清清楚楚地落入了阮啾啾的耳中。

"好烦啊，都这么大了，装什么幼稚啊，能不能快一点儿，等得我烦死了。"

她身旁的小男生嘘了一声，小声说道："你别这么大声。"

"我大声怎么了嘛，还不允许我抱怨一下？要不是为了那套恐龙情侣衫，我才懒得跟他们耗时间。技术那么差，我都不懂她是有多大的毅力，到现在都不放弃，菜鸟就别玩。"

阮啾啾愣了一下。

她本来是打算走人的，听了这话有些气不过，但若是真的掏钱买了子弹，又一个都没中，估计会被对方嘲笑死。

"帮我拿着。"程隽忽然把吃了一半的棉花糖塞到了阮啾啾的手中。

在她疑惑的注视中，程隽拿出一张纸巾擦了擦手，给老板示意再来一次。一次最少六颗子弹，程隽坐在椅子上，阮啾啾握住他的棉花糖，便听到程隽问："有什么想要的东西吗？"

阮啾啾："啊……我觉得都还好……"

程隽随意地拨弄着手中的玩具枪，顺手把帽檐抬高半截。他的腿太长，只好叉开，倒显得椅子像是儿童椅似的。

阮啾啾是真的没想到，程隽玩起这种游戏来也丝毫不差。在一群人的瞠目结舌中，砰砰几声，他每一下都打破一个气球，且速度极快，就连身后排队的小情侣也不吭声了。不知道为什么，坐在椅子上显得有些慵懒的男人，此时浑身散发着不高兴的烦躁气息。

程隽放下手中的玩具枪，手肘抵着桌面，漫不经心地用下巴指了指上面摆着的一套情侣衫："就要这个。"

"好的、好的，没问题！"老板非常客气地把情侣衫递给了程隽。

程隽拿起情侣衫走人，一手牵着阮啾啾的手腕，握着棉花糖的阮啾啾连忙跟上去，留下傻眼了的一对小情侣，脸色一阵青一阵白。

等等，他们的情侣衫！

老板笑着摇了摇头："小孩子还是别乱说话啊。"

阮啾啾走远了，笑眼弯弯地望向程隽。

程隽接过棉花糖继续淡定地吃着，方才还显得有些锐利的眼神，此刻却只剩下随和。

程隽是个极其护短的人，见不得任何人欺负她。尽管和高中的小孩子争这种卡通情侣衫有些幼稚，但阮啾啾还是莫名地感到高兴。

她满足地抱着情侣衫，说："我们下次约会就穿这个？"

"好。"他低下头望着她，目光不自觉地柔和了些许，凑上去就要吻她。

阮啾啾："棉花糖粘到鼻子上了。"

程隽："哦。"

两人晃晃悠悠地玩了不少项目，到最后就连阮啾啾都有些精疲力竭。生理期还没过，走了这么长时间，她已经开始腰酸背痛。阮啾啾捶了捶腰，问道："时间是不是快到了？我们该回家了？"

她正说着，手机铃声响起。

阮啾啾接起电话，是涂南打来的。

隔着手机她都能想象到涂南哭丧着脸的样子："我把温茜惹生气了，就不跟你们会合了，我去找她赔礼道歉！"

阮啾啾还没来得及问他到底干了什么事，居然让小秘书提前走人了，涂南便急吼吼地挂断了电话。

阮啾啾哭笑不得："这家伙还真是风风火火的啊。"相比之下，程隽就很高兴，没有名为涂南的苍蝇打扰，整个世界清净了大半。

"回家。"他说。

"好。"

晚上，程隽借着受到鬼屋惊吓的名义，可怜巴巴地各种求爱抚、求安慰，终于如愿以偿地把阮啾啾抱在怀里睡了一觉。

虽然他只能看着不能吃。

阮啾啾体谅他今天担惊受怕，便由着他。

两人和谐地睡了一晚上，早晨醒来，程隽默默地盘算着想要趁阮啾啾睡着占点儿便宜，比如亲亲她之类的，熟睡中的阮啾啾却被来自傅子澄的消息铃声振醒了。

"嫂子、嫂子，快看热搜，哈哈哈——"

阮啾啾不明所以。

热搜怎么了？该不会嘉澄又上热搜了吧？

她打开微博热搜，看到其中一个热搜名为《游乐园男子惨叫泰山版》。

"……"

不知道为何，她有一种不祥的预感。

阮啾啾打开了视频。

他们昨天玩大摆锤的时候，有名男生在自拍。热搜上的赫然是这名男生的自拍视频，一开始响起的是最近爆红的《隔壁泰山》，歌词欢快地唱道："我是隔壁的泰山，抓住爱情的藤蔓，听我说——"

下一秒，视频中响起似曾相识的惨叫声。

"嗷——嗷嗷嗷——"

惨叫声正好应和视频的背景音乐，完完全全……踩点成功。

"……"

阮啾啾想，看到这个视频的涂南，肯定一辈子都不想再踏入游乐园半步。

程隽已经坚持健康饮食好些天了，为了奖励他，阮啾啾决定做一顿大餐。

这个时节吃海鲜正好，她在海鲜市场订购了不少海鲜，螃蟹正新鲜，放在蒸锅里蒸熟了就可以吃。为了避免程隽吃太多胃寒，阮啾啾没敢买太多，正好蒸一屉。

海鲜大餐满满当当地摆了一桌。

程隽慢吞吞地跟在她身后，帮忙把碗筷摆好、端盘子，忙来忙去，还不忘趁着阮啾啾不留神，吃掉几个虾。

"你最近表现不错，这些都是用来奖励你的。"

程隽规规矩矩地坐在餐桌对面，就像是学校的三好学生领取奖励，等待着阮啾啾结束颁奖词。

阮啾啾难得地发了一条朋友圈，照片是一桌海鲜大餐，不用调滤镜都令人食欲大开，配的文字是"奖励某人的健康饮食"。

她发了朋友圈没过多久，就有好几个人给她点赞和评论。

老孟："哎哟哟，年轻人秀恩爱就是了不得。"

白珑："我的天，这些都是你做的吗？看起来太好吃了！"

涂南："老板健康饮食？"

傅子澄："嫂子，你对老板可真好。"

焦樊："就是，老板啥都有的吃。"

阮啾啾："……"

不知道为什么，她总觉得他们话里有话。阮啾啾用余光瞥了程隽一眼，程隽还没有发现她的异样，在慢悠悠地剥虾吃。

阮啾啾把几人拉到了同一个讨论组里。

阮啾啾："你们什么意思？是不是看到了什么？希望你们诚实回答［微笑］。"

涂南："嗯？没有发现啥啊！嫂子，我也想吃虾！求求你带带我！我给你寄一箱空运的海鲜，特新鲜，你就让我蹭两口成不？"

阮啾啾："想吃虾可以啊。"

她的话刚发出去，正在装死的焦樊和傅子澄噌地冒了出来。

焦樊："吃虾？"

傅子澄："我也要！"

阮啾啾："……"

阮啾啾："只要你们说说，程隽最近都在吃什么，有没有背着我偷偷吃零食。"

几人沉默了。

聊天群半晌没有动静，阮啾啾便明白，程隽肯定是背着她偷吃零食了，而且还不是一次两次这样做。望着程隽还在享受海鲜大餐，阮啾啾露出阴恻恻的笑容，继续打字。

阮啾啾："如果你们不说，我就截图给他看。"

涂南："别呀！这不是破坏你们夫妻的感情吗？"他这话后面还跟了个卖萌表情。

傅子澄："涂南你骚不骚，不要再发颜文字卖萌了！"

涂南："你说什么呀，女孩子最喜欢这种表情了！"这话后面继续跟着卖萌表情。

阮啾啾："……"

眼睁睁地看着他们东扯西扯没有扯到重点上，阮啾啾表示最后

528

一次警告，他们再不说她就要采取行动了。几个人这才泄了气，吞吞吐吐地抖出程隽在办公室偷藏零食的恶劣行为。

既然出卖就要出卖到底，几个人破罐子破摔，帮阮啾啾批斗程隽这种不诚实的行为，一人一句，聊天记录噌噌噌地往上冒，看得阮啾啾一个头两个大，连忙制止他们，让他们不要再说下去了。

几个人还有些失望似的，让阮啾啾无言以对。

掌握证据后，阮啾啾递给了程隽一个死亡凝视。

正在剥虾的程隽抬起头，便看到阮啾啾像在盯一个死人似的盯着他。程隽不由得陷入沉思，半晌后谨慎地发问："是我吃得太多了？"

阮啾啾摇了摇头，微笑道："珍惜你的最后一顿晚餐，犹大。"

程隽："我出卖了什么吗？"

阮啾啾："你出卖了自己的尊严和灵魂！"

两个人大眼瞪小眼，衬得程隽一脸无辜。

阮啾啾："你还没意识到自己的错误吗？我再给你最后一次机会，你是不是骗了我什么？只要你现在承认，我还能考虑要不要原谅你。"

求生欲促使程隽的海马体飞快运转，刨出大量记忆来。

他沉思许久，说："对不起。"

阮啾啾的面色和缓了一些："说。"

"你昨天的衣服的确很像茄子，我不应该昧着良心夸你。"

阮啾啾："……"

吃完饭，就在程隽洗锅的时候，阮啾啾便开始发作了。程隽的被子被送回了自己的书房，阮啾啾表示严禁他来她的卧室睡觉。站在门口的程隽孤零零一个人，面对着紧闭的房门，叫着阮啾啾的名字，声音显得有几分可怜。

"啾啾，我好冷啊。"

阮啾啾："夏天都快到了，你冷个毛线！"

程隽这晚上没有软乎乎的阮啾啾抱在怀里了。他一个人重新躺回自己硬邦邦的单人床上，望着熟悉的天花板，明明才从书房挪出

529

去不久，却仿佛过了好多年，都不适应一个人睡觉的感觉了。

他甚至有些讨厌这种怀里和身旁空荡荡，好像整个世界只有他一个人的空寂感。

柔软的被子盖着有些厚实，焐得身体都要出汗了，他却总觉得被窝冰凉，怎么都焐不暖和。

程隽睁着眼睛，盯着天花板发呆，过了许久，叹了口气："唉。"

同一时间，躺在自己床上的阮啾啾睡得正熟。

还是一个人睡宽敞的大床比较舒服，虽然少了程隽好像缺了点儿什么，但她很快便因为自由自在的畅快心情快速入睡。

在梦中的阮啾啾梦到程隽可怜巴巴地缩在角落里，呼唤着她的名字。她本来没有任何心理负担的，却看到程隽低垂着眼睑，紧抿着薄唇，浑身散发着阴郁气息，让她不由得生出几分愧疚感来。

她对程隽是不是太过分了？

阮啾啾开始怀疑自己，或许应该直接向程隽坦白为什么会生气，毕竟程隽经常和她不在同一个频道，一时间没能猜出来也是理所应当的。

"啾啾……啾啾……"

阮啾啾猛地睁开眼睛，便听到程隽在敲门："要迟到了。"

阮啾啾："……"

她快速换好衣服化好妆，坐在餐桌边吃水果麦片的程隽看着她一会儿在他左边，一会儿在他右边。在程隽眼中阮啾啾几乎没有任何变化，她却花费大半个小时的时间去折腾。

阮啾啾终于收拾好，拎着一个包包，随手从冰箱里拿出之前在便利店买的饭团，说："走走，司机应该等了好久了。"

"哦。"

两人坐在车上，程隽拿起饭团，阮啾啾还以为他要偷吃，没想到程隽拿起饭团后放在手里焐着。

阮啾啾一脸疑惑。

程隽慢吞吞地说："你说过的，吃凉的对胃不好。"

"……"

一时间，她心中不由得涌出几分感动。阮啾啾望向程隽，他的眼眶有些泛青，昨晚他应该是没有睡好。一想到自己睡得昏天暗地，阮啾啾干咳了一声，说道："昨晚的事——"

程隽平静地说："虽然不知道是因为什么事，但肯定是我错了，对不起。"

阮啾啾："……"

他这么一说，反倒让她更加愧疚了！

"不是，我才应该说对不起。这件事我从一开始就应该挑明，这样不会让你产生困扰。"阮啾啾侧过身体，面对面地看着他，"我昨晚生气，是因为发现你一直在偷吃零食。"

她一本正经的表情，仿佛发现程隽出轨，谁能想到竟然是为了零食的事？

程隽眨了眨眼睛。

他表面很平静，心里门儿清，把告密者的名字挨个画了出来，就等着事后清算。

阮啾啾叹了口气："你不应该欺骗我的，让我觉得自己是一个暴力执法者，你开始回避我。"

程隽："不会的。"

阮啾啾："你可以吃零食，但是不能吃太多，我也是为了你的身体着想。"

她嘟囔着，拧起眉头，语气不像是在教训他，反而像是在撒娇。他听着听着，目光便落在她张张合合的红唇上。她的唇瓣红润饱满，非常适合接吻。

程隽忽然凑上去亲了一下她的唇："对不起。"

阮啾啾被吓了一跳，下意识地望向坐在前排的司机大叔，司机大叔非常上道地拉下隔板，将两人彻彻底底地隔绝在后排的世界里。阮啾啾的脸唰地红了，方才她还理直气壮地教训人，被程隽亲了一下之后就有些底气不足了。

她恼羞成怒地瞪了程隽一眼："别闹！我们在说正事呢！"

程隽敷衍地嗯了一声，蹬鼻子上脸地跟阮啾啾挤在一起，搂住她的腰好让她别乱跑。

程隽的一张漂亮脸蛋近在咫尺，低垂的眼眸凝视着阮啾啾，如鸦羽般的睫毛轻颤着，眼睛细长，眼珠漆黑，平日里他漫不经心惯了，眼神聚焦盯着她的时候，却让她有种被紧紧锁住的感觉。

程隽慢吞吞地说："这就是正事。"

两人从车上下来的时候，阮啾啾戴着口罩，面无表情地走在前面。程隽挨了一锤，明显是被揍习惯了，淡定地跟在她身后。

公司里的员工们见到这一幕忍不住窃窃私语——今天又是老板娘高贵冷艳的一天呢！

两人到了办公室里，阮啾啾表示要检查一下程隽究竟藏着多少零食。她双手抱胸，等着程隽就像是掏宝贝似的，一样一样地将东西拿出来。眼看着桌上摆的东西越来越多，阮啾啾惊了。

"你这是在藏粮食过冬吗？"

这时，涂南几人正要进办公室，隔着几米发现阮啾啾和程隽面对面站着，桌上摆了一堆零食。

求生欲让几人迅速刹车。

涂南："我觉得我可以出差一个月。"

傅子澄："带带我。"

焦樊："你们不能把我一个人扔在这里啊！"

阮啾啾还没发现门外的动静，程隽还在一一向她呈上赃物，就在这时，程隽的手机铃声响起，屏幕上显示着小范的名字。

程隽点开，电话那头传来小范的声音，让两人的逼供现场的气氛瞬间冷却下来。

"老板，就在刚才，程先生过世了。"

第二十一章
还是不是人

听到消息的第一时间，阮啾啾下意识地望向程隽。

他一手抓着麦丽素的袋子，接电话的时候还不小心抖出几个麦丽素，骨碌碌滑落在地上的麦丽素奇异地和小范的声音相互映衬，宛若在配一出滑稽而悲伤的舞台剧。

程隽短暂地愣了一下，脸上没什么表情，一副无动于衷的样子，第一反应是把掉落在地上的麦丽素捡起来，扔到垃圾桶里。

手机的屏幕还亮着。小范还在电话另一头等待程隽的回答。电话那头传来医院嘈杂的动静，似是有家属正在和医生争执，越发显得办公室寂静无声。

程隽慢吞吞地把麦丽素的袋子放在桌面上，这才说道："火化。"

他就像是在敲定一桩生意，话语干脆利落。

阮啾啾陪程隽去火葬场的路上，两人一言未发。

程父的尸体被运到火葬场进行火葬，火葬场距离他们所在的地方不远，不过二十分钟的车程便到了。

两人一下车，就见几名中年人士站在门口，男男女女脸上表情各异。他们想必也来得着急，比起阮啾啾和程隽两人朴素的打扮，他们更显得光鲜靓丽。

阮啾啾下意识地拽住程隽的衣袖。

"不是我说，侄儿呀，你说要火化你爸，为什么都不跟我们说一声呢？"一名身材微胖、高颧骨的女人踩着恨天高，象征性地擦拭着眼角道，"可怜他一辈子没享过福，临老了儿子有出息了，没想到他却走得这么早。"

"就是，真是可惜了啊。"

从他们的言语和神态中，阮啾啾倒不觉得他们是为亡人惋惜，而是为这笔没享受到的钱而惋惜。

程隽全程把他们当空气，视若无睹地朝着门走去。

小范率先走出来，手指扶了扶金丝框眼镜，手肘夹着公文包，一副彬彬有礼的模样，走到两人面前道："老板、夫人。"

阮啾啾点了点头："程伯父现在……？"

"已经安排上了，等会儿就开始火化。"

身旁几人连忙跟上来和程隽搭话。早在嘉澄被曝光出来的时候，他们一个个就坐不住了。

早年间他们都只不过算是小康家庭。程父在外面闯荡，不仅娶了一个如花似玉的大美人，还创业成功发了财，在钢铁丛林里有了落脚之地。

当初有多少人对程父冷言冷语，如今就有多少人一拥而上地想占便宜。一开始程父还会救济亲人，到后面，程父本就是个暴脾气，忍耐不住便爆发了，大闹一场后和他们断了联系。

这么多年来，他们之中有人做生意发了小财，也有人傍上了大款，总之活得都还算滋润。听说程父妻离子散，一个个幸灾乐祸地看着笑话，只说他是报应。他们听到程父的公司出问题，更是把这归于程父早年做太多亏心事。

该看的笑话看够了，他们便不再关注程父，谁能想到突然冒出来个嘉澄总裁，居然是当初那个寡言少语的程隽？程家的小子？

他们不由得惊呆了，于是便想借着各种机会搭上程隽这条线，无奈也不知道程隽住在哪里，跑到公司连大门都进不去，更别说见到本人。

正巧，他们等了这么久都没有机会联系上程隽，终于借着程父过世的名义，通知所有亲戚后，时隔多年再次见到了程隽。

当初那个沉默寡言、光有一张好看的脸的小孩子，现在长身玉立，一表人才，就连站在身旁的妻子也是万里挑一的大美人。夫妻两人穿得极朴素地站在殡仪馆门口，却像两个明星，走哪儿都是极其惹眼的存在，让几人在心中暗暗咋舌。

程家是没有这么优秀的外貌基因的，说到底，还是因为程父当初娶了个大美人，让他们又是羡慕又是嫉妒。

他们跃跃欲试的兴奋表情与殡仪馆沉重的气氛大相径庭。他们盯着程隽就像是吃货盯着一块极品牛排，眼睛都挪不开。

阮啾啾看得很不舒服。

她从来没想过，在自己的亲人离世的情况下，这些人为什么还能关注别的事情。

程隽侧过脸望向小范，说："找个新坟地。"

"好的。"

程隽的母亲原本应该被埋在祖坟里，但是家里的人都不认她，说她是外地的姑娘，和风水相冲，于是程父把她埋到了一片风水不错的坟地里。后来程隽把母亲的坟地迁到了别处，程父早些年还去看望，渐渐地就遗忘了这件事，得知程隽迁坟地的事，也只是不轻不重地说了几句，没有再提。

如今程隽尽管会负责程父的葬礼，但并不代表他愿意把程父和母亲并排埋在一起。程隽反握住阮啾啾的手，像是在示意她安心，两人进了大门。

小范自然没有阻拦这些亲戚的理由。他微微一笑，嘴角没什么弧度，站在几人面前，说："今天是葬礼，希望诸位先生女士以死者为大，其他的事情以后再说。"

"你算个什么人啊，拦在这里？"

"我不算是什么人。当然，"小范扶了扶眼镜，"如果您以后弄不清楚清算财产怎么做比较好，欢迎您来找我。尽管我的律师团队价格比较高，但业务方面非常尽职尽责。"

"你！"

"按照我以往的脾气呢，恐怕也得问一句，您算是什么东西，跑到这里来撒野？"

小范说得彬彬有礼，客气极了："现在我脾气好了，不打人，否则还得赔您断了腿的医药费，多不划算。"

他这话一出，几个人的脸色都有些变了。

小范的微笑很冷："什么垃圾都往老板身旁凑，他不说话，可不代表我们是木桩子。"

阮啾啾跟着程隽进了殡仪馆，远远没有看到几人跟上来，她还有些担忧。

她压低了嗓音，小声说道："程隽，那些亲戚有没有关系啊？他们会不会又跟曲薇似的，黏上来不放。"

程隽的脚步很稳，他慢吞吞地说道："曲薇是曲薇，但不会再有第二个曲薇。"

曲薇有被收拾的余地，那些人，程隽理都懒得理。

阮啾啾："可是……"

程隽握紧了她的小手。他的手掌温暖干燥，裹着她的手背，令她感到非常踏实。

"我说过的，这些事你不用操心。"

她愣了愣，一抬眼，目光便撞上他低垂的视线。两人四目相对，阮啾啾知道自己此刻的感动有些不合时宜，刚想笑一下，又连忙收敛笑意，只是轻声说道："我知道了。"

程隽不愿意她为这些事操心，那她也就不操心。

因为门口的那几个人，阮啾啾不由得联想到自己的亲戚。他们似乎也是如此，冷眼看着自己的父母离婚，冷眼看着阮啾啾没人要，也曾有人心软可怜她，但一想到她以后得有人负责，便一个个缩回了手。

阮啾啾心里想着这件事，嘴上不自觉地问了出来："为什么会这样子呢？大家都是这么冷漠的吗？"

程隽看了她一眼："也不是的。有些冷漠是天生的，有些冷漠是被迫的。"

火化是一种奇幻的仪式。

进去的人沉甸甸的，体积有大有小、有胖有瘦，化为灰后，便都成了一抔土，没有任何区别了。

小范联系好了墓园。程父的骨灰盒落葬不需要仪式，因此整个过程沉默而迅速。傍晚，太阳渐渐垂落，瑰丽的余晖洒落在地面上，墓园的墓碑都被照得亮堂起来，落日的宏伟壮丽竟把凄凉悲伤掩盖住了。

阮啾啾站在原地，静静地看着下葬的过程。

程隽一手插兜，看着土被埋上，立起墓碑。墓碑上的字简简单单，从头至尾没有提到程隽和程隽的母亲的名字。

小范的言语成功地劝退几人，但还有不到黄河心不死的人，跟到墓园来，假模假样地放下一束小雏菊。

雏菊有些蔫蔫地耷拉着脑袋，迎风瑟缩，要多凄凉有多凄凉。

夫妻两人全程没有理会那些亲戚，程隽面无表情，成功地吓退了他们想要搭话的心。

趁着程隽在打电话跟别人交谈的时候，一名瘦高的中年男人挑起话头："你们还年轻，不懂什么叫作亲情，你看程隽现在绝对后悔。什么叫作树欲静而风不止，子欲养而亲不待。程隽现在年纪小，还憋着一口气。亲戚之间有多大的仇恨啊，你也劝劝他，别让他怄气，我们这个大家庭永远欢迎他。"

阮啾啾听得都要呕出来了。

一群人看着她乖乖巧巧全程不说话，便以为她是哪家善良单纯的千金大小姐，别人说什么她相信什么。

当初程隽的母亲就是这样被他们给忽悠来忽悠去的。

阮啾啾冷笑了一声。

"大家庭？当初程隽没了母亲，被后妈压榨赶出家的时候，你们谁替他做主了？他的母亲尸骨未寒，父亲就跟别的女人领结婚证了，你们谁出来说过半句不是？以前你们没把自己当长辈，现在还要别人供着你们？你们以为是养条狗吗，高兴的时候叫一声，不高兴的时候踢一脚，还不允许对方记仇？"

"嘿，你这小丫头怎么说话呢？"

阮啾啾的语速有些快，语言还讽刺得很，刺得他们一个个脸上磨不开，又不好跟阮啾啾急眼，气得脸红脖子粗，干瞪着眼又不好发作。

"我怎么说话了？"

阮啾啾一手叉腰，没有发现程隽已经挂了电话，正站在她身后默默地看着她，目光灼灼。

她怒气冲冲地说道："我嫁给程隽，只认他一个丈夫，剩下的人他认我就认，他不认，那跟我有什么关系？"若不是在坟墓面前不好吵架，阮啾啾还有更多话能怼过去。

程父当初是怎么对待程隽的，她一直看在眼里。现在这些人还想来分一杯羹，要比起来，他们连曲薇都不如。好歹曲薇还知道要讨好一下，维持着表面功夫，不要撕破脸。

他们倒好，想来薅羊毛就来，真以为程隽人傻钱多啊？

阮啾啾还要继续怼几句，突然她的连帽衫的帽子被揪起，向后一拉，她下意识地顺着对方的手劲儿后退，退到了程隽身后。

方才还要扎毛的小辣椒，瞬间变成了毫无攻击力的小绵羊。

程隽把她护在身后，脸上没什么表情，多余的眼神都懒得给这些人。

"既然已经看望结束，就离开这里。"

"侄儿呀……"

"我想，小范该说的话已经都说明白了。"程隽一手插兜，冷冰冰地盯着他们，眼神就像一把锐利的刀，眼瞳极黑，看得人心头发颤。

"他的意思，就是我的意思，还记得当初的三叔吗？"

"……"

几人瞬间没了声音，相顾无言。

随即他们讪讪地笑了一声，面色有些发白。尽管他们还想蹭蹭程隽的钱，但小命要紧，程隽的眼神不像是在开玩笑。

他们尴尬地说了声再见，连忙转身离开，一个个像屁股着了火，溜得极快，没过多久就不见了踪影。

阮啾啾站在程隽身后，目送他们狼狈离开的背影，傻愣愣地问道："三叔怎么了？为什么他们就跟见了鬼似的？"

"他当初想傍上一个有钱人家的大小姐，做了过分的事情，没过几天便被人找上门，差点儿被打成残废。"

阮啾啾吃了一惊："你也会这么做吗？"

程隽："嗯。"

阮啾啾："嗯？！"

程隽睨她一眼，语气温暾地说道："连玩笑都听不出来吗？违法乱纪的事情还是不要做。"

阮啾啾："你真是吓死我了。"果然，程隽是最不像霸道总裁的总裁了。

清冷的夜色渐渐变深，晚风吹起，有些冰冰的风从耳旁掠过，就像是鬼魂在耳旁吹气，阮啾啾自己脑补了一下，吓得抖了抖。

程隽搂住她的肩膀："走。"

"哦……知道了。"

两人顺着路向下走去。阮啾啾忍不住问道："他们不会再来纠缠了？"

"不会的。"程隽顿了顿，才继续慢悠悠地说道，"就如你所说，你只认我一个丈夫就好了。"

她的脸颊上瞬间浮起两抹晚霞。

这句话自己说的时候没觉得有什么不对，但程隽一说，阮啾啾总觉得像是她在告白似的，听得她面颊一阵火辣辣地发烫，恨不得立即上前捂住他的嘴："你不要提！"

程隽一脸认真地道："这不是你说过的话吗？"

"我不管，就是不让你提。"

阮啾啾上手就要捂住他的唇，却被程隽拉住手腕。他手上力道一紧，阮啾啾便踉跄着落入他的怀中，和他紧紧地贴在一起。她下意识地仰起头，便看到程隽正凝视着她，方才还手忙脚乱要挣脱的阮啾啾瞬间没了声音。

他看着她的眼神太过缱绻，让她的心不争气地狂跳了几下，仿佛要从胸腔里蹦出去。

程隽低声说道："你刚才据理力争的样子，让我很想吻你。"

若不是在墓园这么做不太妥当，他真的会吻下去。

阮啾啾的脸红到像要被煮熟。程隽为什么总是会在她没有防备的时候说一些让她心动的话？

她连忙挣脱程隽的怀抱，说："我们快回家。"

程隽依言牵起她的手，两人一前一后地朝着墓园门口走去。

最后一缕日光被吞噬，天空暗淡下来，有星星点点的光照亮天空，为他们指引回去的路。

程父走了，还留下了一套房子。

房子是二层别墅，从外面看已经有些破旧，墙皮剥落，瓷砖泛黄，种植的花草疯长，依稀能窥出原有的被修剪过的样貌。

翌日，程隽要过去收拾一些东西带走，阮啾啾便自告奋勇地跟了过去。

昨晚程隽回家的第一件事便是躺在阮啾啾的床上，用沉默的方式宣示主权。折腾了一下午，阮啾啾有些心累，由着他躺在床上，自己随意地洗漱之后很快便入睡了。

昨晚有些没睡好，她烦躁地揉了揉面颊。程隽看了她一眼，慢吞吞地问道："晚上没睡好？"

"肯定是你晚上睡觉压着我了。"阮啾啾把原因通通归咎到了他身上。

程隽一副倒地还能中枪的呆模样。

"……"

程隽手上拿着钥匙，把门打开。院子空落落的，阮啾啾东张西望，不自觉地压低了嗓音："哎，大房子真的好空啊。"房子占地面积大，再加上足够宽敞的院落，住的人少，会让人有种空寂的失落感。

相比起来，阮啾啾更喜欢和程隽住在两室一厅的老房子里，在家里有足够的安全感。

程隽嗯了一声。

房子采光极好，但由于落地窗前面的大树枝叶长开了，散落的凌乱枝条挡住了半边窗户，使得透进来的光暗了几分，越看越凄凉。

别墅里值钱的东西都被曲薇搬得一干二净，就连电视机都被卖了。阮啾啾真是佩服曲薇这种坐在地上还得抠一块泥的精神。

一层是客厅、娱乐室、开放式厨房，二层便是主卧、次卧以及书房、杂物室。

程隽径直上了二楼，打开杂物室的门。

里面堆积着好些凌乱陈旧的摆件，有泛黄的书籍、老家具，乱七八糟堆得到处都是。

阮啾啾的目光落在一个纸箱子上，里面有几样玩具，虽然搁了很久，样貌还是崭新的，估计当时几乎没被拿起来玩过。她蹲在箱子面前，把玩具一样样地拿了出来。

"咦……"阮啾啾下意识地瞥向程隽。

程隽回头看了她一眼："怎么了？"

"你以前的奖状，还有奖杯，全部留着啊。"旧物整理得整整齐齐，看样子是被精心摆放着的，从小学到高二便戛然而止了。

541

但阮啾啾没记错的话，程隽大学时和涂南同校，那所大学在国内排名第二，怎么到高三程隽就没了奖状？阮啾啾总觉得其中有故事，却不敢问，怕戳到程隽的伤心事。

程隽一边刨旧物件，一边慢吞吞地说道："高三那年休学了。"

"啊。"

"母亲过世之后，我一年没去上学。"但是他依然参加了最后的模拟考，依然拿着准考证去参加高考，依然遥遥甩开第二名的涂南，拿到全校第一的优异成绩。

如果他高三那年没休学，大概会直接被保送进入大学。

"这样啊……"阮啾啾岔开话题，"真巧，我快上高三的时候父母离异，差点儿没钱上学，我以为我一辈子的学历就终止在高二了呢。当时的我都打算去街头卖画了，谁能想到老师好心，借钱给我让我念书。后来高三毕业我兼职三个月，把借老师的钱全部还了回去，大学攒了几笔钱还完父母后，剩下的钱于我而言就是全部家当了。"

当时的父母都对她很冷淡，客气地推辞一下便收下了钱。阮啾啾就当是跟他们彻底断了关系。

阮啾啾挤了挤眼睛："我是不是很厉害啊？一般人能在这么短的时间内赚到这么多钱？"只是当时凭着一股蛮劲儿，差点儿让身体报废，导致她很长一段时间都病恹恹的。

后来一方面为了身体，一方面一个人很好养活，她也就懒得为挣钱这种事拼命了。

谁能知道是她先死，还是钱先被花光？被遗弃她的父母拿到她的遗产，阮啾啾宁愿穷着也不愿意让这种事情发生。

程隽不知何时停下了动作，走到她身旁蹲了下来。

"超级厉害。"他认真地说。阮啾啾的眼睛先是睁大了，随即弯出甜美的弧度。

程隽真是越来越会说话了。比起一开始相遇时的他，现在他简直完成了从狗到半人类的史诗级进化。

就在这时，阮啾啾的余光扫到一团黑乎乎、毛茸茸的物体，她忽然颤颤巍巍地指向某处："蜘蛛！！"

程隽以迅雷不及掩耳之势躲在了阮啾啾身后。

"……"

沉默的局面僵持了许久，阮啾啾才幽幽地说道："我看错了，好像只是一坨垃圾。"

程隽："哦，我给你扫了。"

程隽是挨了一锤才安静的。

对这件事情，阮啾啾一直耿耿于怀。她不敢相信在遇到危险的时候，程隽竟然躲在她身后？他躲在她身后？？？

说好的情比金坚呢！他们这还没有习惯同林鸟的身份，就大难临头各自飞，他还要拉她当垫背？阮啾啾真是越想越气，一记死亡凝视射向程隽："我决定和你冷战。"

程隽露出一副可怜的模样，低垂着眼眸，耷拉着脑袋，声音放得很低："对不起，我错了。"

阮啾啾："装可怜也没用。崽，阿爸对你很失望。"

她能控制住自己保持冷静，已经说明她足够温柔。

阮啾啾瞪了程隽一眼，决定回去再算账，继续把关于程隽和程隽的母亲的老物件都找出来。东西不多，两人找了半天没多大收获，程隽在一堆杂物里翻了又翻，居然找出一本相册。

看到相册，阮啾啾暂时和他冰释前嫌，感兴趣地凑了上去。

"这是老相册吗？里面会不会有老照片啊？"

"嗯。"

"好棒啊，我想看看！"

出乎意料的是，相册里有不少程隽的照片。从他走路歪歪扭扭的幼儿时期，到上小学、初中、高中，圆乎乎的小屁孩一步步变成了身材瘦长的清秀少年。

初中毕业照上的程隽，简直好看到让阮啾啾的心怦怦狂跳。

他也太好看了！

阮啾啾联想到了自己以前的学校，若是像程隽这样的帅哥出现在学校，别说全校的女生，恐怕他的名字能传遍整个市，多的是其他学校的女生翘课过来堵他。

"你上学的时候肯定被很多女孩子追过。"阮啾啾用胳膊肘推了推他，"你有没有谈过恋爱？"

程隽回答得很简短："没有。"

"真的吗？面对那么多好看的小女生，你竟然能残忍地拒绝？"

但是联想到程隽一路以来的表现，阮啾啾忽然觉得若不是婚姻把她和程隽绑在一起，恐怕他们俩会是两条互不干涉的平行线，永远没有相交的可能性。

阮啾啾翻开下一页相册，却被程隽按住。

她意外地别过脸，程隽问道："那你呢？"

"我记得我好像说过，我没有啊。"

"你说过，学校有超级厉害的学长。"

阮啾啾："啊……其实我是开玩笑的。那时候我对谈恋爱没兴趣。"当然她后来也对谈恋爱没什么兴趣。

程隽认真地问："是没有人追你吗？"

阮啾啾："我劝你闭嘴做个人。"

她那时候也是小有名气的才女加美女，在学校里也是很有人气的好吗？阮啾啾怒视着程隽，让程隽挪回了视线："继续看照——"

啪的一声，相册被程隽合上。

阮啾啾的眼睛明显亮了亮。刚才那一眼扫得太快，但她分明看清楚了，下一页是一张老照片，照片中的程隽很小，竟然穿着女装！

"幼儿园的节目表演，没什么可看的。"

"不行，我要再看一眼。"

程隽："该回去了。"

"女装的你，挺好看的。"阮啾啾用诡异的眼神上下打量着程隽，让他有种被惦记的不妙感觉。

"看都看了，还在意这一眼吗？你让我看看你的女装造型，我就暂时不跟你生气。"

程隽沉默片刻，极不情愿地把相册递给了阮啾啾。

　　她仔细观摩着脸蛋红扑扑的小程隽，越看越觉得可爱，真想将那时候的他抱在怀里使劲儿揉来揉去。

　　阮啾啾的嘴角噙着笑意。

　　前面的都是程隽的照片，还有部分程父的照片，她从头至尾没找到程隽的母亲的照片。阮啾啾小心地问道："那个……有伯母的照片吗？我很想看看她长什么样。"

　　能生出程隽这样的孩子，程隽的母亲肯定是如仙女一般的存在。

　　程隽翻相册的手指一顿，随后他说："最后一页有一张。"

　　许多照片被程父烧掉了，他是怕曲薇吃醋，程隽没来得及保存。不过对程隽来说，照片只不过是一种寄托的念想，更美好的是脑海中的回忆，这些才弥足珍贵。

　　阮啾啾将相册翻到最后一页，正要说什么，眼睛忽然瞪大。

　　照片上的女人穿着十几年前流行的一条高领长裙，长发披肩，笑得温婉动人，一张脸风华绝代。

　　"这……是婆婆吗？"

　　程隽抿唇许久，才道："嗯。"

　　"看照片就知道，婆婆一定是非常温柔的人啊。"

　　之前于她而言，程隽的母亲是一个重要的符号，却一直没什么概念。经历过这件事之后，阮啾啾不由自主地想着，若是程隽的母亲还在世的话，她们一定会相处得很好。

　　程隽的目光微微闪烁，在阳光的照射下，仿佛有一层朦胧的水雾在他的眼珠间滚动，却又转瞬即逝。

　　他别过脸，消化着属于自己的微妙情绪。从窗户照射进来的光很温暖，一点儿都不刺目。从乱糟糟的杂物室里拿出的几样旧物件摆在他们两人身旁，依稀能从中找到之前生活的旧影。阮啾啾不由得握紧了程隽的手，得到更加用力的回应。

　　司机大叔在外面等着，两人把东西抱了出来，好拿回去。程隽的一大堆奖状、奖杯都被阮啾啾带到了车上。

对程隽而言这些就是毫无用处的废铜烂铁，阮啾啾却说什么都要把东西拿回去。看着奖杯，阮啾啾有种与有荣焉的自豪感："我的隽崽真的是很棒啊！"

司机："噗。"

程隽："……"

一不小心把心里的称呼吐露出来的阮啾啾丝毫没有害羞的样子，反而大大咧咧地拍了拍程隽的肩膀："放心，我回家后会把这些都擦干净，全部挂在墙上。"

程隽的脸上只有想死的表情。

阮啾啾只不过是开个玩笑，回到家之后，她把奖杯都擦拭了一遍，将奖状整理好，便存放起来了。程父的房子已经卖给别人，剩下的东西都会被清理掉，若是连这些回忆都没能留下来，那太可惜了。

两人吃了饭，程隽非常主动地坐在阮啾啾的床上，以表明自己的身份和地位。

阮啾啾不明白他为什么对这张床如此执着。她晚上不是累得慌就是打游戏，根本没有机会让程隽抱抱亲亲，但程隽仍然乐此不疲，就像是在宣布主权似的。阮啾啾看着坐在床上的程隽，脑海中浮现小小嫩嫩的程隽身着可爱女装的样子，乖巧到令人只想好好揉几下。

阮啾啾眼睛一亮："隽隽呀。"

程隽感受到她的不怀好意，眼皮跳了跳。

"你答应我一个要求，我保证绝对不攥你回去睡怎么样？"

"什么要求？"哪怕是让他一年不吃零食，程隽都答应。

阮啾啾："只不过是一个小小的要求。"

"嗯？"

"穿一次女装好不好？"

"……"

死寂的沉默过后，程隽站起身走向自己的书房。他还是回去睡吧。

"答应我会有很多福利哦。"阮啾啾就像是诱惑亚当、夏娃吃禁果的毒蛇，声音又软又媚，"任你亲亲抱抱怎么样？"

程隽停住脚步。他选择亲亲抱抱。

程隽果断地回到阮啾啾的房间里，坐在床上，一副任人宰割的咸鱼样。

阮啾啾欢呼一声，飞快地跑到衣柜前找衣服，还想征求程隽的意见，问他想穿什么。回答阮啾啾的是程隽的死亡凝视。

阮啾啾找了一条纯色长裙。幸好她还留着怀念长头发时买的假发，今天刚好派上用场。

全程被当作人形模特的程隽任由阮啾啾折腾。她给他戴上假发，给他化了淡妆，待到一切完成之后，阮啾啾把长裙递给程隽，自己则出门等待程隽穿上长裙的效果。

房间里传来一阵窸窸窣窣的声响。

许久后，程隽说："好了。"

阮啾啾怀着期待推开门，呼吸不由得一窒。坐在床上的美人面容绝美，五官轮廓精致秀美，轻点胭脂色的唇更显得诱人。他黑发如瀑，本应该到脚踝的长裙只到他的膝盖处，露出的肌肤白皙却又线条流畅，这种介于男女之间的中性美，让阮啾啾几乎要看傻眼了。

他也太好看了！

阮啾啾忍不住咽了咽干涩的喉咙，颤巍巍地走到程隽面前。

美人抬眼，一双眼眸盈着水光，实际是因为无聊打了个哈欠。他张口问道："好了吗？"

阮啾啾就像是古代的公子哥看到花魁，伸出手勾住他的下颌，好让他能直视她。两人四目相对，阮啾啾挑了挑眉，鬼使神差地问道："你知不知道吃胭脂？"

程隽："嗯？"

"只有这个词才符合我此刻的心情。"

　　说着，阮啾啾缓缓俯下身，在他的注视中吻住他的唇。美人当前她岂能当柳下惠？她此刻满脑子都是把程隽这样那样的想法，双腿压在床上，把程隽按倒。

　　然后，她拽住程隽继续亲。

　　唇与唇相触的感觉极为美好，她轻轻咬了一下程隽的唇，让他下意识地动了一下。头一回体会主动的感觉，阮啾啾不由自主地兴奋起来。她把他的唇瓣蹂躏够了，便顺着他的面颊向下，一连串的吻带着口红的残痕留在程隽的下颌和脖颈处，画面显得香艳无比。

　　阮啾啾忍不住舔了一下他凸起的喉结。

　　躺在床上的程隽已经出了一身薄薄的汗，被阮啾啾这一下刺激到身体僵硬，从嗓子里溢出一声喘息。他极喜欢她此刻的主动大胆行为，忍耐着没有翻身把阮啾啾压在床上。

　　隔着柔软的布料，她轻轻触碰着他的肌肤，能感受到他火热的温度。

　　阮啾啾兴奋起来就玩大发了，怎么主动怎么来。

　　这一晚的战况异常激烈，两人几乎闹腾到大半夜才停止。衣服被扔得到处都是，假发也早被扔到了地上，阮啾啾浑身酸软，动弹不得，累到只想好好睡一觉。

　　她躺在程隽的怀里，一觉睡到了天亮。

　　荒唐的一夜，导致阮啾啾第二天精神萎靡，整个人懒洋洋地在办公室瘫了一天，动都不想动。老孟还觉得有些稀奇，调侃阮啾啾是不是又熬夜打游戏。

　　脑海里回想起昨晚的场景，阮啾啾依然忍不住脸红心跳。

　　今天的涂南发现，老板工作格外认真，已经盯着电脑屏幕眼睛一眨不眨地看了一整天，到傍晚依然神采奕奕，就像是充电满格的机器人。

　　涂南在心里嘀咕，果然爱情使人奋进？

　　若是他此刻看一眼程隽的电脑屏幕，便能看到上面正显示着——

各种大码女装。

"……"

阮啾啾回到家,有些懒洋洋的,也懒得做饭,便和程隽一起订了外卖。饭后白珑叫她一起打游戏,她有一搭没一搭地玩了几局,忽然意识到程隽似乎许久没出声。

"程隽?你在干吗?"

阮啾啾茫然地进入自己的卧室,然后便看到程隽坐在她的床上,动作规规矩矩,就像是学生在等着领奖励。见到阮啾啾进来,他指了指床上的裙子,慢吞吞地说道:"今晚继续。"

阮啾啾沉默了。某些人为了性生活,脸都可以不要了吗?

阮啾啾向程隽真实地展示了什么叫作提起裤子就翻脸不认人。

她憋出了一句话:"你好骚啊。"

为了让自己不再被赶到书房,程隽动了几年都没动过的房间布置格局。

他叫人把书房的床抬走了,只剩下书桌和书柜,书房顿时显得宽敞许多。程隽表示,再买一套书桌,可以让阮啾啾也在书房办公。

阮啾啾:"我才不要。"

既然整个房子里只剩下卧室的一张床,程隽便名正言顺地挪到了阮啾啾的房间里。阮啾啾正在卸妆,余光瞥到程隽一会儿坐在床边,一会儿躺在床的正中央,在阮啾啾茫然的注视中来回翻滚。

阮啾啾:"程隽,你几岁了?"二十多岁的人还玩滚床?

程隽翻过来翻过去的动作停了下来。他仰躺在床上,张开双手,就像是在测量床的大小,然后慢吞吞地说道:"床好像有点儿小了。我换张大的。"

阮啾啾愣了一下:"不小啊。"

他们两人平躺着睡的时候都绰绰有余,怎么可能不够?

程隽:"翻身的时候,有点儿小了。"

阮啾啾下意识地望向床，回想起程隽方才的动作，眨巴眨巴眼睛，过了半晌回过味来，面红耳赤地怒视着程隽。

"臭不要脸！不换！"

原来某些人是为了滚床单的时候更宽敞方便？

"但是会掉下去。"

"掉下去就在地上。"阮啾啾不假思索地怼了回去。

程隽仰躺在床上陷入了沉思。

"好像也不错。"

阮啾啾："……"

就这样，程隽终于正式在阮啾啾的卧室里定居。不，应该说，他终于成功地行使自己身为这个家的男主人的权利。他趴在床上，抱住柔软的枕头，侧过脸看阮啾啾在脸上忙活，卸掉妆洗了脸，把护肤品一层又一层地拍到脸上。

两人一个护肤，一个围观护肤，倒是异常和谐。

程隽说："你这个样子，好像糊胶水。"

阮啾啾："闭嘴。"

"这是什么？"

"乳液。"

"这是什么？"

"精华。"

"这是什么？"

"眼霜。"

"这是什么？"

阮啾啾正在擦颈霜的动作顿住，没好气地说："你是十万个为什么？"他哪里来的那么多问题？

接收到死亡信号的程隽终于停止发问，躺在床上等着阮啾啾过来。初夏的时间，天气渐渐热起来，阮啾啾穿得不多，棉麻质的睡裙外露着一双嫩生生的笔直小腿，捂了一个冬天的肤色雪白得耀眼。

她坐在床边继续朝腿上抹着身体乳，说道："明天周六，正好出去走走，晒晒太阳。"

程隽嗯了一声，继续目不转睛地看着阮啾啾涂身体乳。

阮啾啾："你能不能别看了？"他看得她都有些不自在了。

身体乳的香味有些甜腻，抹在腿上化开，味道变得清淡些许，刚刚好。阮啾啾浑身都是一股好闻的香味，程隽撑起手肘，半坐着，从身后搂住她的腰肢，在她的脖颈后轻轻印下一吻，白皙的皮肤上瞬间晕开一抹玫瑰红的印记。

阮啾啾不自觉地抖了一下，本是在抱怨，却因为声音过软，仿佛是在娇嗔一般："别乱动，我还没涂完。"

他的脸埋在她的脖颈处，鼻间净是好闻的味道。她的皮肤柔软却滚烫，浑身泛着绯红的颜色，就连光裸的脚趾也泛红，场景美不胜收。

"我帮你涂。"他的嗓音低了些许。

这一涂，阮啾啾第二天直到下午才出门晒太阳。腰疼、大腿疼，她感觉浑身上下就像是被卸了骨头似的，怎么都不舒服。阮啾啾慢悠悠地走在前面，身后是从挨一锤荣升为被拧了一把的程隽，正在给她打伞。

程隽望着阮啾啾，不由得开始思考。

阮啾啾穿着长衣长裤，戴着帽子和墨镜，出门之前把露出来的皮肤涂了一层防晒霜，还不忘一边涂一边瞪了程隽一眼。

现在她浑身裹得严严实实的，还要打伞，这就是女人口中的晒太阳？

程老板默然。

若是阮啾啾知道程隽此刻脑海中的胡思乱想，恐怕还想再捶他一次。

今天阳光正好，温暖宜人，晒在身上暖洋洋的，偶有微风掠过，带来一丝凉意。阮啾啾半眯着眼睛，摘掉墨镜仰起头，公园的道路两边种着树，树影婆娑，树叶簌簌作响，清新的绿色让人的心情跟着好了起来。

阮啾啾仰起头，感慨道："真好啊。"

程隽凝视着不远处的超市，店门口那两个超大的冰柜里堆积着满满的雪糕："嗯。"

"我们坐会儿，我有些累了。"

腰酸背痛还要出门走路，果然不是一个明智的选择，或许她应该选择去按摩店。

阮啾啾的脑海里迅速浮现洗澡的时候，白皙皮肤上都是斑驳红痕的画面。

"……"算了，她还是安安静静地待在家里好了。

两人坐在长椅上，正好背靠大树的阴凉，程隽收了伞，眼神闪烁片刻，慢吞吞地说："我去一趟卫生间。"

"哦。"

然后……阮啾啾目送某人嘴上说着去卫生间，实际是朝着超市的方向走去。

他这是以为她瞎吗？！

阮啾啾哭笑不得地望着程隽的背影，果然看到程隽绕了一圈，最后站在冰柜面前，不知道看中了哪种雪糕。

温柔的风吹拂着面颊，阮啾啾来了睡意，没忍住张嘴打了个哈欠。她困倦地揉了揉眼睛，心想若是公园里有露天的睡床就好了，自己肯定能好好地睡一觉。

就在这时，她忽然感到脑袋一阵眩晕，眼前天旋地转，差点儿一头栽倒在地上。

阮啾啾使劲儿揉了揉脸颊，好让自己清醒一些。

"怎么了？"身后传来程隽的声音，程隽伸出手在她的脑袋上摸了摸，他的手掌贴在她柔软的头发上，握过冰激凌的手掌是冰凉的，动作却很温柔。

不轻不重的力道渐渐让阮啾啾冷静下来，她长出一口气道："都怪你，害得我晚上都没睡好。"

程隽半蹲在她面前，就像在哄孩子似的，把两盒冰激凌摊在手心里："你先挑，想吃哪个？"

莫名被抚慰到的阮啾啾忍不住想笑。随即她故作正经地板着脸，问道："你不是说去洗手间吗？"

　　"啊，顺路。"程隽也像煞有介事地回应。

　　阮啾啾噗的一声笑了，挑了左边的冰激凌，是蔓越莓口味的："就这个。"

　　两人拿着冰激凌，一边走一边吃，冰冰凉凉的冰激凌在口中化开，让方才被阳光晒得没精神的阮啾啾清醒了些许。

　　或许是因为最近发生了太多事情，工作上比较忙，总加班，导致阮啾啾精神状态不是很好。

　　两人吃了冰激凌，回到家，阮啾啾换了睡衣便倒头大睡。

　　在公司的时候，她好几次感到头晕，为了避免让大家担心，阮啾啾没跟任何人说这事。

　　晚上回到家，阮啾啾做菜的时候有些心不在焉，把盐和糖搞混了，菜要多难吃有多难吃。程隽吃了一口之后，瞟了她一眼，二话没说地继续吃菜。若不是阮啾啾尝了一口菜，还以为她是做了多么美味的佳肴。

　　"呸呸呸……"阮啾啾连忙把一块肉吐出来。这块肉又酸又咸，难吃得要命，她吐出来后便立即狂灌凉水，好让口中那股说不出的古怪味道消退。

　　程隽淡定地又吃了一口菜。

　　阮啾啾擦了擦嘴角，望向他，一脸诧异地问："你怎么还吃呢？"

　　"不吃好浪费。"

　　阮啾啾："……"有些人就是典型的不要命只要饭。

　　"别吃了、别吃了，吃这么多盐对身体不好，等会儿你得渴死。"她擦了擦嘴角的水渍，叹了口气，有些懊恼，"我们下楼吃点儿东西，随便什么，这些菜就别吃了。"

　　程隽的目光还迟迟停留在桌上的饭菜上。

　　"……"

阮啾啾非常怀疑，程隽是不是味觉退化，吃不出甜咸。可他分明又能在吃饭的时候尝出楼底下的汤不够新鲜，肯定用了添加剂，慢吞吞的言语之间充满了嫌弃。

同桌的阮啾啾连着喝了几口汤，也没喝出不对劲儿来，反而觉得味道不错。她不禁郁闷地问道："那你今天吃饭的时候怎么没跟我说？那么咸的菜你竟然也能吃进去。"

程隽："很好吃的。"

阮啾啾："骗人。"男人的嘴，说谎的鬼。

程隽倒没有争辩自己是不是真的在撒谎，吃了一口米饭，慢悠悠地问道："今天怎么了？"

"嗯？"

"从早晨到现在，你一直心不在焉的。"

被戳中心事的阮啾啾抿着筷子："没事，就是有点儿累了。"她不确定自己的身体是不是出了状况，还没去检查，或许只是低血糖。

程隽焦虑起来要比她想象中的吓人得多，若是他再像之前一样几天几夜不睡觉，坐在沙发上守着她，阮啾啾恐怕要比现在更受煎熬。

阮啾啾打起精神继续吃饭，再也没提这件事。

两人这一顿饭吃了不少，阮啾啾感觉肚子撑得慌，让程隽先去结账，自己则在门口站着。一阵风吹过，她又感到眩晕无比，便使劲儿揉了揉太阳穴。

程隽一手插着兜走出门，穿着薄款黑色连帽衫和长裤，一张白净漂亮的脸在月光下朦胧美好，眉头却微微蹙了起来。

"怎么了，不舒服吗？"

阮啾啾："没事。"

两人正说着，雨打落在屋檐、树叶和地面上，滴滴答答的。不知是谁吆喝了一声下雨啦，天边骤然亮起一道白光，朦胧的天色都被照得大亮，接着又是轰隆一声，雨下得越发急了，不过一会儿两人身上便被淋了一层湿意。

照目前这阵势，估计雨只会越下越大。

"快、快、快！"阮啾啾连忙拽住程隽往回跑。

两人小跑着往回冲，脸颊上满是滴落的雨水，整个世界都模糊起来，唯有程隽的手一直紧紧地拽着她的手腕，大雨滂沱的世界里只有他是最真切的存在。

奔跑到了楼下，终于有挡雨的地方，两人停下脚步，阮啾啾急促地呼吸着，双手撑在膝盖上平复心跳。

站在她对面的程隽发梢带着水意，眼睛里仿佛蒙着一层雾，黑漆漆的有些让人看不清。

阮啾啾恢复了大半精神，冰冷的衣衫让她忍不住抖了抖。她正要上楼梯，却被他紧紧拽住手腕带得后退两步。后背靠在冰凉的瓷砖上，阮啾啾惊愕地抬起头来。

他的面容在她眼前放大，离她越来越近。

然后，她的整个世界里只剩下程隽眼眸中深不见底的黑色。

第二十二章
他死了，我也不活了

阮啾啾愣在原地。

他抿着唇，一手托着她的后脑勺，重重地吻了下去。两人的呼吸变得燥热，阮啾啾被吻得几乎要窒息。

明明被雨淋湿，他的身体却是燥热的，紧贴着她的身体，烙铁一般烫得她心头发颤。

阮啾啾的脑袋里一团糨糊，她只知道踮着脚搂住他的脖颈回吻，汲取着最后一丝空气。

不知过了多久，就连雨势也小了不少，被程隽咬了好几下的唇瓣有些刺痛，让阮啾啾一时回不过神来。她颤抖着身体长长吸了几口潮湿的水汽，还紧紧倚着程隽的胸膛。

一场夜雨下来，两人的衣服已经湿透。

为了避免出现像上次一样的结局，他们赶紧回房间换了衣服。阮啾啾去厨房熬姜糖水，好把身体里的寒气驱出去。

小锅咕嘟咕嘟地煮着姜糖水，阮啾啾坐在沙发上等着，从洗手间出来的程隽腰上围着一条浴巾，露出线条流畅的上半身。他的身上没有大块的肌肉，没有明显的健身的痕迹，但每一块肉都紧紧实实的，验过货的当事人阮啾啾表示，硬邦邦的，手感极好。

赤裸的上半身明晃晃地出现在眼前，阮啾啾连忙别过脸道："你干吗？快把衣服穿上！"

听到阮啾啾的怒斥，程隽原本要到书房的脚步暂缓，他反而走到她面前停下。

他弯下腰，阮啾啾瞥一眼便能看到极其美好的风光，还有……肩胛骨处留下的草莓印和挠痕。

他的皮肤是奶白色的，更显得红痕触目惊心，依稀能让人从中看出晚上是有多么激烈。

罪魁祸首阮啾啾的脸瞬间爆红："……"

程隽慢吞吞地说道："害羞什么？"

阮啾啾："喀喀喀……"

也是，草莓印是她留下的，挠痕也是她弄的，她有什么可害羞的？尽管如此，阮啾啾依然忍不住面带报意地道："去把衣服穿上，小心别弄感冒了。"

"哦。"

一个吻结束之后，程隽便恢复正常，仿佛在雨夜中，眼底涌动着激烈情绪的人并不是他。

他依言换了衣服，阮啾啾熬好了姜糖水，将其倒在碗里，有些心不在焉地想将碗端到桌上。瓷碗透热，炙热的温度瞬间穿透指腹，烫得她一个哆嗦，差点儿把碗打翻在地。

"啊！"阮啾啾没拿稳碗，眼看着滚烫的汤水就要洒在她的手臂上，恐怕得结结实实地被烫一下。身后的程隽比她反应更快，上手接住碗。冒着热气的姜糖水被打翻了一小半，洒落在程隽的手上，在阮啾啾的惊呼中，他稳稳拿住碗，皮肤瞬间被烫得泛红，他却很淡定。

"天哪，你怎么用手接了？快放下、快放下！"

阮啾啾拉着他到洗碗池前，将水龙头拧开，哗哗的水流下，一遍遍地冲着程隽的手。家里没有烫伤药，阮啾啾回忆着附近最近的药店这个点应该还没关门。

她叮嘱程隽多冲一会儿，至少得冲十分钟，自己则要去药店买药。

程隽拦住了她："不用了。"

"这会儿感觉不到疼，等会儿有你难受的。"阮啾啾又生气又心疼，视线一直落在程隽的手上，"药店很近，上次我不还给你买过药嘛，几分钟就回来了。"

"那我跟你一起去。"程隽关掉水龙头，擦了擦手，回卧室穿外套。

"不用了，多大的事，哪需要两个人一起去。你听我的话，多冲冲凉水。"阮啾啾想，程隽的手那么值钱，把一百个她卖掉还不一定值这么多钱。

"不行。"程隽站定，望着阮啾啾道，"要跟你一起。"

"一起"两个字他咬得极重，似是在强调什么。

阮啾啾愣了一下，忽然明白程隽此刻的不安感或许比她想象的严重。程隽心思敏感，每当她情绪异样的时候，他很快就会察觉到。而现在感受到阮啾啾的焦虑，也许……他比她更加焦虑。

她不由得扬起唇，试图缓和气氛："别多想，我又不是出去就不回来了。好、好，既然你这么说，那我们就一起走。"

雨夜冷风阵阵，阮啾啾穿上外套，却看到程隽被烫的那只手已经红通通一片。

她走上前说："我帮你。"

她揪住他的衣摆拢在一起，一手拽着拉链向上拉。拉链摩擦发出窸窣的声响，一不小心卡到中间，怎么也拉不上去了。阮啾啾一使劲儿，拉链嗖的一下滑上去，程隽正低着头，拉链正好夹到他的下巴。

程隽："……"

阮啾啾："对不起……"

拉链重新被拉回胸腔的位置，然而程隽的下巴上已然留下一道红色印记。他默默地凝视着她，表情看起来要多可怜有多可怜。

今日的程隽负伤惨重。

阮啾啾看着他，没忍住又笑了，这一次不像方才僵硬地扯起嘴角，而是眉眼间都盛着满满的笑意："你大概是最凄惨的霸道总裁了。"

原本有些奇怪的气氛，因为这一小小的举动，变得轻松愉快。

程隽的手烫伤不严重，哪怕不用烫伤膏，过几天也能好个七七八八。药店里的几名店员羡慕不已，调侃小两口真是恩爱，阮啾啾本来满心着急，听到她们这么一说，面颊上浮起一抹不好意思的红晕。

阮啾啾把药揣进兜里，拉着程隽回家。

脚下的沥青路潮湿泥泞，一不小心还会踩到水坑，每一步阮啾啾都走得小心翼翼。她踮着脚，一手紧紧地拽住程隽的袖子："下雨就这点不好，特别容易触雷。"

程隽慢吞吞地嗯了一声。

"你这几天还是少用手，虽然说不严重，但伤就得好好养。"

"嗯。"

"还疼吗？"

"如果我说疼，你会抱抱我吗？"他问得理直气壮。

两人的谈话中断，阮啾啾沉默了几秒，噗地笑出声来："你这么高的个头，好意思撒娇啊？"说着，她忽然转过身抱住程隽，不忘摸摸他凌乱而蓬松的头发。

程隽就像一条温驯的大型犬，任由阮啾啾将他的头发揉得乱糟糟的。

"还疼吗？"

"如果我说疼，你会亲亲我吗？"

阮啾啾："别蹬鼻子上脸哦。"她嘴上这么说，翘起的嘴角却是怎么也掩藏不住的。

两人缓慢地朝着家的方向走着，有程隽在身边，阮啾啾便莫名感到安心。她想，就算有再多问题程隽都会解决，程隽便是那种看起来不太靠谱，其实非常可靠的人。

两人一前一后地上着楼梯，程隽在前面一手插着口袋，一手钩着阮啾啾的食指。

阮啾啾跟在他身后，忽然想起什么，兴致勃勃地说道："你知不知道古希腊神话中的俄耳甫斯？"

"嗯，音乐天赋极高。"

"你还记得关于他的妻子的爱情故事吗？他想从冥府带回自己被毒蛇咬死的妻子，得到准许后牵着她的手往人间走，却被告知在见到人间的第一缕阳光之前不许回头，否则妻子会永世被留在冥府里。"

程隽慢吞吞地问："非要说这么可怕的故事吗？"

阮啾啾："哦。"

她只是联想到俄耳普斯的故事，却差点儿忘记做过的梦。经过程隽这么一提醒，上下联系岂不是成了此刻的程隽和她的情况？这的确还挺可怕的。

阮啾啾连忙呸呸两声："乌鸦嘴，我乱说的。"

程隽握紧了她的手指："所以，你别乱跑。"

不论她去哪里，都必须是他能找到的地方。

"我……"

啪的一声，楼道应景地陷入黑暗，阮啾啾被吓得浑身起鸡皮疙瘩。随即她意识到，老房子的线路估计又出问题了。程隽陡然用了劲儿，拽住阮啾啾不松手，她连忙安抚程隽的情绪。

"别怕、别怕，我刚刚瞎说的，我就在这里呢。"

真是说什么来什么，阮啾啾内心似有一万头羊驼奔腾而过，方才情绪紧张之下，她差点儿张嘴爆粗口，幸好被她硬生生地憋了回去。

断电要不要断得这么及时啊？别说程隽，连她都要被吓死了。

"吓死我了……上次断电才过多久啊，怎么又出问题？"

程隽问："你还好吗？"

"没事、没事，我找一下手机。"

程隽出门没带手机，幸好她带了。阮啾啾在口袋里翻了翻，一不小心把药膏拽了出来，药膏掉落在地上，阮啾啾哎呀一声，连忙伸手要去捡。

突然又是一阵眩晕袭来，她扑通一声跪倒在地上。

刹那间灯亮了，楼道里不再是漆黑一片。

听到身后的响动，程隽变了脸色，迅速回过头，却在下一秒僵在原地。

楼道里干干净净的，台阶上滚落着治疗烫伤的药膏。

而阮啾啾静静地倒在地上，不省人事。

嘉澄公司。

涂南几人坐在办公室里沉默无声，面朝着一个空荡荡的座位。那里本应该有程隽的存在，但在几个月前，一切发生了天翻地覆的变化。

嫂子突然倒地昏迷，求遍名医，至今未能醒过来。

回想起当初老板木然的表情，仿佛魂魄都丢了，几个大男人顿时心酸到说不出话来。

"老板他……"涂南叹了口气，还是没能继续说下去。

涂南还记得当初嫂子出走，老板颓废到几乎要自我放弃的样子。

以前别人要是说程隽离了某个人不能活，他不仅会嗤之以鼻，还要狠狠地嘲笑回去。

现在，涂南是真的不敢确定了。

涂南咬了咬牙："我去看看。"

"我们也去。"

"行了，公司事多，还得你们撑着。我就过去看看他还有气没。"

"涂南你别胡说！"

涂南还真怕程隽只剩下半口气。

来到医院，涂南还没敲门，门突然被推开，程隽站在门口一言不发，面无表情地望着涂南。

程隽穿着宽松的连帽衫，蓬松的短发有些凌乱，但看起来还好，不似涂南想象中的憔悴得不成样子，瘦一大圈。

"干什么？"程隽问。

"没事，我就是过来看看你好不好。"

"回去。"

"老板！"

涂南一手撑在门框上，咬了咬牙，说："如果你实在难过，我的肩头可以借你……等等，别关门呀，夹手了、夹手了！"

放在门框上的手差点儿被门夹成两半，涂南反应极快地收回手，心有余悸地松了口气。他小心翼翼地拍了拍门，叫道："老板？"

"回去，别吵到她。"

隔着门，程隽的声音模模糊糊地传来："回去。"

程隽背倚着冰凉的门，望着天花板陷入沉默。或许他真的是受到惩罚的俄耳普斯，只因为回过头看那一眼，便让阮啾啾永永远远地沉睡，和他相隔在两个世界里。

塞在柜子里的一些食物已经发霉变质。

这么长时间，他也说不上来自己究竟吃了几顿饭、睡着过几回。身体在提醒他，腹中空空荡荡的，急需新的能量补充，但心理上他抗拒任何方面的进食。

他倚着冰冷的门板沉思了许久，站直了身体，拿出久违的泡面。他将水倒在面饼上，呆愣片刻，忽然意识到这是冷水，根本泡不开面饼。

他默默地倒了冷水，重新接热水泡上。方便面很快被泡好，散发的红烧牛肉的味道有些诱人，又让他隐隐作呕。他皱起眉头吃了一口，第二口却怎么也塞不进去了。

汤水渐渐冷下来，面坨得厉害，凝固成糟糕的模样。

程隽面无表情地站在原地，忽然开始认真思考：是不是醒着才是最艰难的事情？

一场初雪落下。

一夜之间，钢铁丛林也白了头。

嘉澄的事业蒸蒸日上。少了一名优秀的原画师，尽管遗憾，但优秀的人才从来不少，新游戏的预告一出，玩家们纷纷兴奋地将短短的视频浏览多次，画面一如既往地精美，结构精巧，人物丰富有特色。

只是……有人忍不住地问："为什么总感觉缺了点儿什么？"

他们纷纷拥入肥鸟先飞的微博下面。

肥鸟先飞的上一条微博还停留在半年前询问大家下午饭是吃米还是吃面。

不知道究竟发生了什么事情，嘉澄官方并没有给一个明确的答复，大家只好在下面留言，希望肥鸟先飞早点儿回来。一时间，伴随着嘉澄新游戏的发布，"笨鸟快飞回来"的热搜也冲了上去。

看到这一幕的小秘书捂住唇，眼眶泛红，差点儿哭出声来。

她身旁的涂南将她抱在怀里，温柔地安慰道："别哭了，一切都会好起来的。"

阮啾啾陷入沉睡的第一个冬天，公司上下仿佛也进入了寒冬期。

不知是不是大家的错觉，之前笑笑闹闹的氛围消失不见，就连平日里总是爱开玩笑的涂总也是经常性地板着脸，不再像往常一样明晃晃地跟在秘书身后，即使他们两人已经确定了男女朋友的关系。

阮啾啾的那间办公室还保留着，办公室里的摆件纹丝未动，仿佛在等待着主人的归来。

老孟隔三岔五就会带一些保平安的符挂在阮啾啾的办公室里，办公室里已经挂得满满当当，看起来有种吉庆的滑稽感，只是大家祈祷平安的人依然没能回来。

平安夜，程隽像往常一样结束工作，坐在办公椅上，不知是在发呆还是沉思。

原以为阮啾啾不在身边的程隽会像以前一样不把身体当回事，

不会照顾自己，然后大家都没想到每一次的雨雪天，他都会记得换上外套，三餐规律地在食堂解决，爱惜身体，独来独往，寡言少语。

在没有遇到阮啾啾之前，程隽也是这般沉默，那时候是懒得说话，而现在是无话可说了。

有时候他们真怕程隽憋出病来。

但是这个世界上再也没有人劝得了程隽，唯一能走入他的内心的人正是令他如此麻木的罪魁祸首。

"老板，你不回家吗？"傅子澄小心翼翼地问了一句。

平安夜，涂南跟秘书出去玩，焦樊飞到美国去找安柔，唯有傅子澄凄凄惨惨，他却看到程隽还静静地坐在椅子上一动不动。

过了好一会儿，程隽才迟钝地瞥了他一眼："嗯？"

"我是说，你不回、回家吗？"

话音刚落，傅子澄就知道自己说错话了。对程隽来说，空荡荡的房子哪里还算是家。别说程隽，就连他自己也有些难过地别过脸，只知道小声地说对不起。

医生说阮啾啾情况特殊，只有她自己抗争成功才能醒来。

医生说阮啾啾随时有可能醒过来，但是这样的情况不确定得多久。

医生说……

程隽默然地站起身，在傅子澄的注视中，拿起外套披在肩上，默默地出了办公室。司机还在停车场等着他。程隽每日机械式地上下班，几乎不需要睁眼睛，也能熟悉地记着每一步该踩的地方。

大概是因为太无聊，他甚至数过从办公室到停车位需要走多少步，下车回到家又需要走多少步。从天堂到地狱的距离约莫便是这么长了。

他回家换了一套衣服，再去医院陪阮啾啾。平安夜他不在身边，阮啾啾一定会感到孤独的。

鞋子踩在楼梯上，一步接一步，空荡的楼道里响起脚步的回声。他脸上没什么表情，像往日一样慢吞吞地走上楼梯，就在这时，只听细微的啪的一声响过后，楼道霎时间陷入黑暗。

程隽僵在原地。

黑黢黢的楼道中，一片死寂。

程隽紧紧地握住扶手，背挺得笔直，黑暗中的面容模糊不清。在伸手不见五指的楼道里，他屏息凝神，紧张到落在扶手上的手指都在发抖。

这时，有人走出门查看到底是怎么回事，窸窸窣窣的脚步声多了起来，有人说是这一片小区都停电了，过会儿便好了。

大家正说着，楼道的灯骤然大亮。

程隽站在原地半晌，仿佛身处整个世界的边缘，抱着最后一丝希望回过头去。

空荡荡的楼道上，什么也没有。

他抿着唇，手上松了力气，缓缓蹲下去，头埋在膝盖上。

楼道的灯明晃晃的，甚至有些刺目。

阮啾啾做了一个漫长的梦。

梦里似乎什么都没有，只剩下一片虚无，她到处寻找着程隽却怎么也找不到。她能听到程隽跟她说话、程隽的哀求、程隽的哽咽声。

阮啾啾很想抱抱他，跟他说说话，但是身体就像灌了铅似的，怎么也醒不过来。

然后——她突然惊醒。

阮啾啾茫然地眨了眨眼睛，却发现自己在医院里。似曾相识的场景让她不禁回想起当初失忆时的情况，而现在又是怎么一回事？

她只不过是低头捡了个药，就又摔跤了？

这也太倒霉了吧。

医院里静悄悄的，阮啾啾缓缓地坐起来，望向窗外，表情忽然有些茫然。黑色的夜空中还在向下洒落纷纷扬扬的雪花，她呆愣在原地，半天没有反应过来。

等等，现在是冬季？

阮啾啾意识到一件非常严重的事情——不是快到夏天了吗？为什么现在是冬天？

门被轻轻推开，主治医师带着护士走进门来，随即愣在原地，和坐在床上的阮啾啾面面相觑。阮啾啾试探性地挥了挥手："请问，现在是什么时候？"

嘉澄。

温茜接起电话，原本一脸疑惑，在听到对方的话语后忽然瞪大眼睛，难以置信地咣的一声推开椅子，站在原地。她身旁的助理被吓了一跳："是发生什么事情了吗？"

"没事、没事……不、不，有事！涂南呢？不对、不对，找老板！"

情况紧急，温茜工作以来遇到最大的危机也没这么慌张过。

会议室正在开会，傅子澄正对着PPT滔滔不绝、唾沫飞溅，正当他要展示下一页PPT的时候，门咣的一声被推开，秘书温茜站在门口，就连走神的涂南也被吓了一跳。

"茜茜？"

"我、我刚刚接到来自医院的电话。"

"老板！老板你慢点儿！别跑啊！"

得到消息的程隽外套都顾不上穿，拿起手机就朝着大门飞奔而去。涂南和他认识这么多年，还没见他在除了健身房和操场之外的地方飞奔过。他高声叫了下程隽，让程隽别着急，程隽却转眼间就没了踪影。

地下停车场寂静无声，司机大叔正在打瞌睡，玻璃窗突然被咣咣地敲了两声，吓得他瞬间惊醒。程隽正站在车窗外，语气急促地说："下车。"

"老板？"

"不用拔钥匙。"

"哦，好、好……"司机连忙从驾驶座上下来，然后便看到程隽动作极快地坐上驾驶座，启动引擎，车子以飞快的速度从停车场冲了出去。程隽将车子开得极快，轮胎碾在地上发出吱呀的刺耳声响，看着惊险至极。

司机被吓得够呛，隔着很远还在呼唤程隽："记得系安全带啊！

不要开这么快啊！"

一场雪困住了整座城市。

尽管雪已停歇，道路却泥泞湿滑，大家都尽量将车子开得慢些，然而一辆黑色的私家车速度明显比别人快，而且在这种天气下竟然也敢超车。

被超车的司机都在骂这个人简直是不要命了。

无人的红绿灯路口，黑色的私家车行驶而过，就在这时，意外发生了，一辆红色的小车竟然闯红灯，飞快地朝着对面驶去！或许司机是没看到路口还有另一辆车，红色小车堪堪要撞上去的时候连忙刹车。

雪天的路太滑，撒了盐的路依然没能让车停住，红色小车以飞快的速度朝着黑色私家车斜斜地撞了上去，黑色私家车猛地拐弯。

砰！

阮啾啾在医院已经耐心地等待很长时间，按照平时这个点，就算是在路上拦辆车，程隽也早应该到了才对。她接到电话的时候，涂南差点儿哭出来，一个大男人带着哭腔说话让人觉得又好笑又有些戳心。他说程隽已经在路上，让阮啾啾等会儿，可她左等右等，始终没有等到程隽出现。

程隽该不会是走错路了吧？

不知道为什么，阮啾啾心里总有种不好的预感。今天的雪下得这么大，万一程隽着急，一不小心出车祸就糟糕了。

就在这时，正低头看手机的一名护士说："东街路口又出了车祸。"

"啊？怎么样啊？没出什么事吧？"

"谁知道呢。这帮人下雪天开车也不知道减速，一个个都怎么想的？唉。"

阮啾啾面色煞白地问："出车祸的是什么颜色的车？"

"好像是黑色路虎，我看到朋友圈发的动态，好像还在处理。"

"距离有多远？"

她问得急切，使得对方不由得抬头望向她。

"不远，一出门向右走几百米就到……哎，你去哪儿？"

阮啾啾腿肚子都软了。她自私地希望那个人不是程隽。她大脑空白一片，只知道朝着医院的门口冲去，只有看到车祸现场的车牌号，她才能冷静下来。

身后的医生、护士没拦住阮啾啾，眼睁睁地看着她跑远。医生推了推眼镜，还有些骄傲。

"医师按摩得不错啊，大半年过去了，病人一起来就能跑。"

护士："……"

阮啾啾朝着大门外跑去，星星点点的路灯使得夜色朦胧，有些看不清路。就在这时她眼前一花，咚的一声和来人撞到一起。

对方踉跄着差点儿跌倒，两人皆后退一步，才在朦胧的夜色中看清彼此的面容。

对阮啾啾来说，她只不过一天没见到程隽。此刻的她还不知道，程隽已经在这个世界上，孤孤单单而又抱着令人绝望的希望，等了她七个月零五天。

他僵在原地，表情也僵得可怕，目光落在阮啾啾身上，便像粘了胶水似的，再也挪不开。

"……"

"……"

周围寂静无声。

"程……"

阮啾啾还没来得及叫完他的名字，只见对方向前迈了一步，然后她被一股大力紧紧地拽过去，一头撞入对方的怀抱。他将她紧拥在怀里，双臂收得极紧，用力地挤压着肺部的最后一丝呼吸，紧到阮啾啾几乎要窒息。她简直要喘不过气来，却下意识地先安抚程隽的情绪。

她没想到程隽会怕成这个样子，拥着她的怀抱一直在颤抖，不知是因为天气太冷，还是他的情绪波动太大。

阮啾啾只好轻轻地抚摸他的后背，好让他安心。

怀抱熟悉而温暖，有着独属于程隽的气息，阮啾啾紧绷的神经松懈了几分。

后遗症便是鼻子一酸，她没忍住就掉了眼泪。泪眼蒙眬中阮啾啾差点儿哇的一声哭出声来："我以为是你出了车祸！你要吓死我了！我看到外面下着大雪还以为又是几年过去了……"

豆大的眼泪顺着面颊簌簌滑落，不过一会儿她便哭湿了程隽的衣襟。

他沉默地忍耐着，听着阮啾啾在怀里叽叽喳喳地哭诉埋怨，被浸湿的衣襟贴着胸口，就像火一样炙烤着他的皮肤。他只想用力收紧臂弯，让两人之间毫无空隙，却又怕伤到她。

阮啾啾还在哭。

有那么一瞬间，她真的以为要失去程隽了。以往她说得潇洒，他们各过各的，如果谁有了意中人便和平离婚，还要祝福对方。而现在，程隽敢有别的想法，她就要手刃这个狗男人。阮啾啾从未像现在这样意识到，程隽已经在她心中占据着多么重要的位置。

她抽泣了几声，这时，啪嗒一下，有一滴黏稠的液体滴落在她的额头上，随后缓缓地滑下来。

滴答，又是一滴液体滑落。

阮啾啾心里咯噔一声，她连忙让程隽松开手，程隽却像聋了似的怎么也不松开。阮啾啾简直要被气哭，连忙拽他的胳膊，这才让自己脱离程隽的怀抱。

借着昏黄的灯光，阮啾啾擦掉额头上湿漉漉的液体，仔细一看，竟然是血。

她慌慌张张地仰头，程隽的额头不知何时被磕破了，血正顺着好看的眉眼向下滑落，脸颊两侧都是血迹，有些触目惊心。

阮啾啾看得心惊肉跳："你怎么……程隽！程隽！"

就在她的呼唤声中，他晃了晃，跌倒在泥泞的雪水中，不省人事。

"程隽！"

阮啾啾简直要把这辈子的眼泪都流干了。

还好几名医院的保安反应及时，帮阮啾啾把程隽拉到医院。一到医院程隽立即被拉去急救。心情大起大落，阮啾啾已处于崩溃的边缘。她强忍着不再哭，却怎么也擦不干眼泪。涂南他们赶到的时候，便看到阮啾啾身上披着外套，手上、脸上都是血，正蹲在墙边哭。

这场景要多凄惨有多凄惨。

"嫂子，终于找到你了！老板现在怎么样？"

"我、我不知道……他流了好多血……"阮啾啾哭得上气不接下气，已经想好如果程隽没了命，她就去陪葬，"我……他死了我也不活了……"

"你好好活着。"她背后突然响起一个略显沙哑的男人的声音，是程隽。

阮啾啾脑袋一蒙，哭声戛然而止，脸上还有斑驳的泪痕，看起来有些傻气。她怔怔地抬起头，便看到程隽走到她面前，蹲下身默默望着她。他的额头上贴着一块纱布，血已经被止住，看起来并无大碍。

医生站在一旁说："车祸影响不严重，下次一定要系安全带。还有，他晕倒是因为低血糖，还有些营养不良，饮食方面多注意。"

他居然……营养不良啊，竟然会是这种理由？

她在瞎担心什么啊？阮啾啾又想生气，又想笑，稀里糊涂地又开始掉眼泪。

她不是一个爱哭的人，但今天不知道怎么了，看到程隽总是想哭，控制不住自己的情绪。

两人面对面蹲着，阮啾啾有些窘迫地别开脸，不想让程隽看到她的眼泪。

程隽蹲在她对面，定定地端详她许久，面容忽然在她眼前放大。

在小秘书的惊呼声中，程隽伸出一只胳膊按住阮啾啾的后脑勺，脚后跟微微踮起，凑上去吻住她的唇。

阮啾啾想，她一定是疯了，才会在程隽吻她的时候心跳急促到整个人都在发颤。

她不敢相信，程隽是以怎样的心情，在毫无音信、毫无希望的情况下等待自己七个月的。

七个月啊。

怪不得她总觉得他瘦了，两人拥抱的时候她能清楚地摸到他的脊骨。阮啾啾想到这里心酸不已。

"行了，醒了就好。"老孟长长地舒了口气，半开玩笑地挤了挤眼睛，"工作堆积挺多，你休息几天就快点儿上班。"

"好，大家辛苦了，谢谢你们。"阮啾啾感动地朝着他抿唇微笑。

今天能赶到这里的人都在担忧她的安危。她很感激居然有这么多人还牵挂着她。大家望着她的时候，眼神关切而温柔，让本就处于情绪敏感期的阮啾啾差点儿又要泪崩。

医生好好地给阮啾啾检查了一番，确定她没有问题之后才放行。

他们走到医院门口时，涂南忽然反应过来，问道："老板的车被拖车拖走了？你们别叫车了，我送你们回去。"

若是知道涂南的跑车如此风骚，阮啾啾大概会选择拒绝。

其他人纷纷开车各回各家。

秘书温茜坐在副驾驶座上，阮啾啾跟程隽坐在后排座位上。阮啾啾亲眼看着涂南帮秘书系好安全带，两人之间的动作暧昧亲昵，分明不像是工作伙伴。

阮啾啾吃了一惊："你们——"

涂南："我都说了，她绝对是喜欢我……嗷嗷——别打，我错了、我错了！"

温茜俏脸通红，冷冷地瞪了涂南一眼："如果你想跪遥控器，可以继续胡说八道。"

"不、不、不……"涂南连忙摆手。

程隽默默无声地坐在阮啾啾身旁，握着她的手热到出了汗，却一副不撒手的架势。阮啾啾明白他是没有安全感，便由着他紧握着她的手。

车辆缓慢地在大街上行驶，渐渐地，又有雪花簌簌飘落，徜徉在夜晚寂静的城市中。望着窗外纷纷扬扬的雪花，阮啾啾的脑海里却满是程隽的身影。他是如何见证碧绿的枝叶渐渐泛黄掉落，最终被大雪覆盖的呢？

这一切，阮啾啾都不得而知，更不敢问起。

涂南把他们送到楼底下，秘书还在吐槽他谜一样的品位，涂南连忙服软地表示过两天换车，让秘书挑一辆好看的车。

两人笑闹着，目送阮啾啾和程隽离开。

涂南这才长出一口气："太好了。嫂子再不回来，我都怕老板熬不过这个冬天了。"

温茜："是啊，幸好。"

两人相视一笑，重新回到车上，搁置在心中的一块大石头终于落地，今晚能睡个好觉了。

对阮啾啾来说，上一次上楼梯，不过是一天前。

她牵着程隽的手，随口提到俄耳普斯的神话，没想到故事居然成真了。阮啾啾发誓自己一定不再胡说。她拉着程隽的手向前走了两步，程隽却忽然停下脚步。

阮啾啾一脸狐疑。

"你先走。"

像是害怕噩梦重演，他走在阮啾啾的身后，牵着她的手不肯松开。阮啾啾安抚着他的情绪，率先上楼梯。这一段路程格外漫长，仿佛在走一段独木桥，她不用回头都知道程隽此刻必定紧绷着神经，眼睛一眨不眨地盯着她，生怕她像之前一样突然昏倒。

好在一路上没有发生任何意外，他打开门，拉着阮啾啾进了门。

七个月过去，房间依然是原来的布置，仿佛她真的只是离开了一天。

"我没醒的时候你有没有好好吃饭啊？"

阮啾啾一边问一边打开冰箱，没想到冰箱里竟然有水果，而且一瓶养乐多都没有，只剩下几盒还没喝的牛奶。

程隽站在她身后，语速缓慢地回答阮啾啾的问题。

"三餐都规律地吃，戒了零食，天冷了会记得添衣服，早起早睡定时打卡训练，该做的工作都完成了，偶尔参与社交圈活动。"

"……"

"所以，我不会给你添麻烦的。"

阮啾啾默然，眨了眨眼睛，努力控制着自己不要再哭出来，却在看到程隽表情不安而小心翼翼的那一刻红了眼眶。

她努力地吸了吸鼻子，侧过脸道："你想吃什么？"

程隽说："什么都可以。"

"我看看还有没有其他东西。"

出乎意料的是，米、面明显换过新的，她不用担心放得太久不能吃。冰箱里有新鲜的蔬菜，还有肉、鸡蛋。阮啾啾愣了一下，程隽不会做饭，也绝对不可能做饭，所以……

蔬果这么新鲜，哪怕他不吃想必也会经常替换。

他每天都在等着她。

她做了两碗简单的面条，给程隽卧了两颗蛋。

两人面对面地坐在饭桌旁，程隽拿着筷子，半晌没有下筷。他低头看着碗里的面，散落的碎发遮住了眼睑，阮啾啾看不清他眼底的情绪。

她放轻了声音道："快吃，面要坨了。"

"……"

他忽然短促地抽泣了一声。饭厅里寂静得掉根针都能听见，阮啾啾几乎不敢相信，程隽……居然……在哭？

她呆愣在原地，却看到程隽握住筷子，挑起面条吃了起来。吸面条的声音不大，却掩盖住了其他声音。他吃完面条和鸡蛋，又把碗里的汤都喝得干干净净。

阮啾啾问："是不是还没吃饱？"

程隽放下碗："饱了。"

他已经很长时间没有一次性吃这么多食物了。

程隽像往常一样去洗碗，半晌没听到声音，就会下意识地看一眼阮啾啾还在不在。

阮啾啾去洗手间，程隽也想跟进去，被阮啾啾急忙拦在门外。

"我只是上个厕所！"

"我不介意。"

"我介意！"

程隽站在门外，厕所门紧闭着，隔了几秒钟他便会叫阮啾啾的名字，她会及时回应。冲澡的时候她也是一直在跟程隽说话，导致她咕嘟咕嘟喝了不少洗澡水，差点儿被呛着。

她理解程隽此刻的心情，因此对他的要求都尽量满足。

睡在床上的时候，程隽动作轻缓地将她抱在怀里，她的鼻间净是程隽清爽的味道，她也安安心心地抱住程隽的臂膀。两人相拥着，程隽什么也没做，只是单纯地盖着棉被和她一起睡觉。但他们均睁着眼睛，没有睡意。躺着躺着，阮啾啾有些疲惫，迷迷糊糊地便睡了过去。半梦半醒间，她听到程隽不安地轻声呼唤着她。

"啾啾？"

她迷糊地亲了亲他的下巴，缩到他的怀里："我在。"

我会一直在的。

第二十三章

找个好人家

阮啾啾一觉醒来，天已经大亮。

她睡眼惺忪地揉了揉眼睛，没想到自己居然睡了这么久。她缓缓睁开眼眸，入目便是程隽的脸。他那一双漆黑的睡凤眼正定定地瞧着她，不知道他看了多久，阮啾啾几乎怀疑他根本没睡。

她蜷缩在他的怀抱里，仰着脑袋："你什么时候醒的？"

"刚刚醒。"

骗人，他肯定没有睡好。

阮啾啾知道这种事情强求不来。程隽本就没有安全感，她又昏迷了七个月，他放得下心来才怪了。

经历一场分离之后，程隽乖巧黏人得不像话，完全不会惹阮啾啾生气。人就是这么奇怪，程隽犯傻的时候让她气不打一处来，不犯傻的时候她却总是担心程隽的精神状态会不会出问题。

阮啾啾专心致志地配合着程隽。两人一起手拉手去逛街购物，一起去公园散步，一起在厨房里忙活，晚上一起睡觉。

如果程隽不在她上厕所和洗澡的时候总是叫她的名字就更好了。

阮啾啾在厨房里做饭，程隽给她打下手，把几个圆滚滚的土豆削皮。阮啾啾只听到咔嚓咔嚓的削皮动静许久都没有停歇，下意识地回过头，便看到程隽正站在垃圾桶旁，把手心里只剩下一个小苹果那么大的土豆又唰唰地削了几层。

阮啾啾："你在干吗？"

程隽："健康。"

阮啾啾："……"

程隽是差点儿挨了一锤才被赶出厨房的。

她继续切土豆，把切好的土豆放进锅里，不知为何，总感觉身后有一道幽幽的视线，盯得她浑身不自在。阮啾啾望向令她不自在的方向，忽然沉默了。

堂堂嘉澄公司的老板，倚着冰箱坐在瓷砖地上，双手环住并拢的双腿，连帽衫的帽子不知何时戴在头上，收缩的松紧带被拽下长长的两条，帽子遮住了大半张脸，留一双眼睛，正消沉地望着她。

阮啾啾："你坐在地上干什么？"

程隽："我是不是惹你生气了？"

阮啾啾："你想多了。"

她又好笑又无奈，走到冰箱面前拿食材，程隽坐在地上，举起一只手帮她拉开冰箱的门，依然默默地望着她。

阮啾啾拿出几棵绿菜，看到有一盒小番茄，便也全部拿了出来。

程隽将目光转移到小番茄上，张开嘴："啊。"

两人大眼瞪小眼。

"……"

阮啾啾拿他没办法，拿出一颗小番茄擦了擦，没有洗就塞到程隽的嘴里。程隽丝毫不介意番茄干不干净，享受着唇齿间甘甜的番茄汁水的味道。

两人安安静静地吃着饭，为了给程隽补充营养，阮啾啾不停地给他夹肉，居然破天荒地把程隽喂撑了，简直难得。

程隽嘴里塞得满满的，含含混混地问："过年想出去玩吗？"

阮啾啾："啊，出去玩啊，没有什么特别想去的地方。"其实在家里待着就很好了。

"那今年就在家里。"

"好啊。"

晚上洗了澡，阮啾啾在吹头发，程隽自告奋勇地拿起吹风机给她吹。不知道是不是自己的错觉，阮啾啾总觉得好像闻到一股烧焦的味道。她狐疑地嗅了嗅，说："我的头发是不是焦了？"

程隽默默地把一小缕头发藏了起来。

"没有。"

他给她吹好头发，又帮她抹上护发精油，尽管手法略显粗糙，但动作很轻，不知不觉地就让阮啾啾微微眯起了眼睛。头发被按揉的感觉很舒服，让她不自觉地产生睡意，张嘴打了个哈欠。

程隽擦干净手，从阮啾啾背后环住她细软的腰肢，下巴贴在她的颈窝处。

他温热的呼吸吹拂在她柔软的皮肤上，令阮啾啾不自觉地瑟缩了一下。

"程隽……"

"嗯？"

他的手在她的腹部轻轻摩挲，试探着掀开衣襟。他侧过脸，唇落在她纤细的脖颈处，留下一连串轻吻。阮啾啾的身体绷得紧紧的，她不自觉地握住他的手腕，面颊上飘起一抹绯红色彩。

程隽将她紧抱住，吻她的嘴角。阮啾啾被他的举动弄得有些痒痒，忍不住笑出了声，被触碰到的肌肤生出酥麻的感觉，她又想扭动又想挣脱程隽的怀抱，磨蹭了几下，却听到程隽低低喘息了一声。她陷在柔软的被子里，被程隽吻得迷迷糊糊的，只知道搂住他的肩膀，让两人贴得更近一些。

他按住她的后脑勺，吻得深入，使得阮啾啾被迫仰起了头。

"程隽……程隽……"她如呢喃般一遍遍地叫着他的名字。

一开始，程隽吻得很温柔，就像是对待一块易碎的珍宝，每一个吻都小心翼翼，生怕吓到她。渐渐地，他的动作越来越激烈，让阮啾啾有些胆战心惊起来。她越是叫他的名字，程隽就越控制不住地在她的每一寸肌肤上留下红痕。他咬了一下她的唇，让阮啾啾不自觉地痛呼一声，随即痛呼又被吞没于他的吻中。

阮啾啾就像一只待宰的羔羊，洁白如玉的肌肤赤裸裸地露在外面，房间里的温度略低，阮啾啾有些怕冷，下意识地往程隽怀里缩。她的身体毫无防备地紧贴在他的身上，醉人的红晕在她的身上蔓延开来。

他已经准备进行最后一步动作的时候，突然停住了。

他将脸颊埋在她的颈窝处，一动不动，平复着自己的呼吸。

阮啾啾瘫软在床上，俏脸通红，半晌都没有等到程隽继续动作。她渐渐恢复神志，迷茫地眨了眨眼睛："程隽？"

程隽竟然就这么放过她了，坐起身来，脸上没什么表情，眼眸里还残留着方才的情欲。他拿起衣服穿上，一副要中场暂停的架势，让阮啾啾呆住了。

阮啾啾开始思考，到底是哪一步出了问题？

她不至于对程隽已经没有吸引力了吧！

阮啾啾的脑海里忽然浮现一种极有可能的情况。

她惨白着小脸，颤颤巍巍地问道："你……该不会、该不会是不行了吧？"

她想了想也是，他这么长时间见不到她，心情抑郁加上其他方面杂七杂八的问题，造成这种影响简直是理所当然的事。

阮啾啾心情复杂地考虑了几秒，觉得虽然程隽不行，但她还是爱他的。不会因为这种事离开他。

程隽："……"

他动作一顿，幽幽地凝视着阮啾啾："是因为没有防护措施，我下楼去买。"

阮啾啾："哦。"

对不起，她误会了。

这种时候下楼，大煞风景。阮啾啾用被子遮住身体，犹犹豫豫地红着脸提出意见："其实……不用做措施也可以的。"

程隽表情坚决地道："不可以。"

他害怕阮啾啾因为各种事情身体受到伤害。如果是因为孩子，他宁愿没有孩子。

程隽回来的速度很快，阮啾啾几乎以为他是跑回来的。

他回来的时候，手里拎着满满当当的两大袋子东西，场面极其壮观。

阮啾啾："你干吗买这么多？"

程隽一本正经地反驳："不多。"

若不是没了，他可能还会多买一些。

程隽用一晚上让阮啾啾见识到，他不是不行，是很行。

阮啾啾到最后啜泣着求饶，嗓子都要哑掉却没能让这个狗男人停下来，他反而更加投入，将她折腾得够呛，连什么时候睡着的都不知道。

这导致第二天阮啾啾睡到下午都起不来床，浑身就像是被车轮碾过似的，哪儿都疼。她愤愤然地使劲儿捶了程隽一下，程隽毫无知觉，甚至低头亲了亲她的唇，一副还想继续的架势，被阮啾啾急忙拦住。

　　她可不想丢人到在床上躺好几天起不来。阮啾啾躺在床上，忽然想起程隽昨晚的坚决表态，没忍住问道："如果我怀了孩子呢，你会让我打掉吗？"

　　程隽正在玩她的头发，闻言沉默片刻，然后语气温暾地说："如果你想要，就留着。"

　　"然后呢？"

　　"好好保胎，孕妇身体最重要。"

　　"然后呢？"

　　"生孩子的时候肯定会很费力气，所以你要多补充营养。"

　　"然后呢？孩子生出来之后呢？"

　　程隽玩头发的动作停了下来。他望着她，就像在说一件寻常的事情，淡定万分："然后，给他找个好人家。"

　　阮啾啾："……"

第二十四章
我爱你

还没到春节，便又有一件令人惊喜的事情发生。

顾游要结婚了。

阮啾啾得知消息之后惊讶不已。对她这个错过大半年时光的人来说还没听说顾游有女朋友，没想到顾游就准备结婚了。他结婚邀请了阮啾啾夫妻两人，开玩笑地表示如果程隽不来他也能理解。

阮啾啾回了一个大笑的表情。

手机叮的一声，顾游发来了一张结婚照。

女生漂亮可爱，个头略显娇小，依偎在顾游的怀中，笑容动人甜蜜。作为准新郎的顾游低头凝视着她，笑容明朗，两人之间的爱意浓到简直化不开。

阮啾啾由衷地替顾游感到高兴，写了一大段祝贺词正准备发送，一只手越过她的肩膀，夺过手机审视了片刻。

程隽一手插着口袋，慢吞吞地问："为什么要写这么多？"

阮啾啾："这是婚礼祝福啊？"

程隽："不行。"

他按住删除键，将几行字全部删掉，直到编辑页面只剩下干巴巴的"恭喜"两个字，点击发送。

阮啾啾："……"

手机另一头的顾游回复得很快。

顾游："程隽？"

程隽："……"

阮啾啾还没来得及嘲笑程隽，便看到他动作极快地点到联系人页面，忙不迭地拦住他："哎，你别删人家啊！"

顾游的婚礼显得热闹多了。他定在一家豪华酒店举行婚礼，人缘极好的他邀请到了许多亲朋好友，场面热热闹闹的。阮啾啾这一桌坐着程隽、涂南等人，除去程隽一副强行面无表情的样子低头剥花生吃，剩下的人都鼓掌祝福。

新郎、新娘站在高台中央，相视一笑，新郎将新娘搂住，低头印下轻轻的一吻。灯光照在两人身上，大厅里响起一阵轻柔的歌声，两人眉目如画，似一对神仙眷侣。

"哇，好浪漫啊。"阮啾啾忍不住双手合十，坐在身旁的秘书温茜也是两眼冒红心。

坐在两人身旁的两个男人对视一眼，满脸写着不理解。

温茜说："我以后的婚礼想在海边举办。"

阮啾啾："我……算了，我已经办完婚礼了。"

典礼结束后，新婚夫妇挨桌打招呼，到程隽这一桌的时候，其他桌的宾客都忍不住朝这边多看几眼，还以为是请到了神仙颜值的明星。听其他知情的人一说，众人才知道那竟然是嘉澄的高层。

这年头，没点儿颜值都不好意思当老板了啊！

顾游冲他们点头微笑，一一将他们介绍给新娘。

阮啾啾笑得非常开心，不料程隽拿起花生米就塞到她嘴里："不许笑。"

阮啾啾对他这种"柠檬精"无来由的、奇奇怪怪的嫉妒心感到非常莫名其妙。打从收到邀请起他就不高兴，婚礼结束了，他依然把阮啾啾拉得远远的，好像她和顾游真的有过那么一段感情似的。

两人漫步在街道上，今天天气还不错，尽管温度不高，却没有冷冽的风。

阮啾啾说："下次不许这样，你别让涂南他们误会了。"

"哦。"

程隽牵起她的手，揣到自己的口袋里，回答得慢吞吞的，一副没把阮啾啾的话当回事的样子，被阮啾啾斜睨一眼。

有些人，放松警惕之后就开始说"狗言狗语"。

不过程隽能渐渐恢复正常，对她来说是一件再好不过的事情了。

回到家阮啾啾才想起来："对了，我们婚礼时的光盘呢？"

坐在沙发上专心致志地剥松子的程隽别过脸说道："在书房的桌子上，有一个黑色U盘。"

"好，我去找找。"

两人相处这么久，阮啾啾来程隽的书房的次数少得可怜，不是他不让进，而是他的房间真是简单又干净，没有丝毫秘密可言，阮啾啾若不是有事，根本懒得进去。

书房的门敞开着，现在的程隽已经极少关书房门，因为他的注意力更多放在了阮啾啾的床上。

阮啾啾在书桌上翻了半天，只看到一个黑色的小盒子，被方方正正、规规矩矩地摆在书桌上一个不显眼的位置。

她以为是U盘盒，打开却看到里面是再熟悉不过的……羊粪球。

盒子里垫着绒布，系着红绳的黑色小石子光滑漂亮，一看就知道经常被抚摸。阮啾啾下意识地瞟了一眼坐在沙发上的程隽，他还在剥松子，她又是好笑又是感动。

原来程隽说丢掉了小石子是撒谎，东西一直摆在他的桌子上。

她决定装作没看到，小心翼翼地将其摆回原来的位置。

原来U盘在显示屏的后面，似乎被用过很多遍，外壳有些磨损，阮啾啾兴致勃勃地拉着程隽一起看婚礼录像，程隽却忽然站起身，语气飘忽地道："我好像还有事。"

阮啾啾："……"

不知道为什么，她总有一种不好的预感。阮啾啾黑着脸强行拉住程隽一起看婚礼录像。

录像一开始画面唯美，有阮啾啾穿着婚纱走出来的美丽模样以及她擦拭眼泪时泪眼蒙眬的样子。

阮啾啾不在的时候，程隽早就看过这段录像不下百遍，自然知道接下来是什么画面。

程隽试图岔开话题："我饿了。"

阮啾啾拽住他的胳膊："憋着！"

下一秒，镜头陡然放大，全程集中在阮啾啾的脸上，非常清楚地记录下了她的表情变化过程，就连哭的时候略微晕染的眼影也拍得清清楚楚，一般人当然不会这么拍，更何况是一名有经验的摄影师。

当初是程隽要求摄影师全程把阮啾啾的表情拍得清清楚楚，身为罪魁祸首，他有些心虚。

"真好看。"

阮啾啾："……"

"程！隽！"

程隽是挨了一锤才恹恹地向阮啾啾道歉的。

同一时间。

女子监狱中，又到了每周有限的娱乐时间。她们完成自己的生产任务之后回到监舍休息，等待着等会儿放电影。

一名身形消瘦的女人靠墙坐着，脸上没什么表情，眼神漠然。她望着墙壁静静发着呆，不知道在想什么。其他人早就习惯她这副神游天外的样子，对她不理不睬。

从她憔悴的面容中，依稀可以窥出几分昔日的美丽容颜，这女人赫然是徐碧影。

电视被打开，响起喧闹的音乐声，有人正拿着遥控器调台，距离电影播放还有几分钟时间，这时候偶尔看看别的节目也是被允许的。

突然，一个低沉柔和的声音从电视里传出："向大家介绍我的妻子，这是我今年收到的最幸福的一个礼物……"

坐在角落里的徐碧影猛地站起身，把其他人吓了一跳。

"你怎么了？"

她二话不说地走到电视面前。屏幕上的男人英俊温和，任谁都能通过他眉眼之间溢出的柔情看出他是真的很爱自己的妻子。他搂着妻子的腰，两人大大方方地站在镜头面前相视一笑，惹得娱记纷纷发出起哄的笑声。

在其他人无措的呼喊声中，徐碧影扑通一声掩面跪倒在地上，喉头哽咽，过了半晌，发出悲哀的一声呜咽。

她的脑海里又浮现阮啾啾询问她的一句话。

"你后悔吗？"

如果后悔就能让人生重来一次，她一定会哭着喊着求上天再给她一次机会。

但是命运女神再也不会眷顾她了。

这时候的徐碧影才意识到，她为她的愚蠢和冷漠付出了多么大的代价。

她这辈子恐怕都将活在阴影之下，追悔思过，度过余生。

监舍里的悲痛哭声，久久未能停止。

春节即将到来。

幸好城市禁放鞭炮，阮啾啾想到一群熊孩子捂着耳朵龇牙咧嘴的场景，还有些胆战心惊。身为一名被无辜波及过的路人，她最不喜欢鞭炮，连带着对烟花也无感。

两个人过节很难有气氛，阮啾啾为了让节日过得更有意思，特意拉着程隽买了一堆用来吃吃喝喝的果蔬肉禽。过年除去看春晚，也只有吃点儿大餐令人愉快了。

原本是四个人的聊天群，现在阮啾啾和温茜也加入其中。除夕那一天，大清早涂南就吆喝着发红包，大家随意。红包一个比一个大，尽管不缺钱，红包加起来还不够买件新衣服，阮啾啾却抢得不亦乐乎。

她运气一般，连着抢了几个红包都没多少钱，其他人多多少少抢到了大额红包，唯有涂南运气爆表，接连几个红包都是最佳手气。

偏偏这时候的涂南还挺嘚瑟，连着在群里发了几条语音，向大家炫耀他抢到了多少钱。

大家都保持沉默。直到屏幕上显示涂南被移出群聊，群里又恢复了快活的氛围。

大家高高兴兴地又发了几轮红包，这下阮啾啾也抢到最佳手气，没有涂南的存在，一切都显得如此欢乐而平和。

涂南挨个私聊，发颜文字求大家把他拉到群里，大家都忙着抢红包，压根没有人理会他。就连温茜也发了个连环锤的表情包，说他活该。

涂南在朋友圈发了一条动态哭诉："没人爱我，真难受。"

过了几分钟，就有了好几条评论。

涂父："吵架了？不会，温茜那么好的小姑娘，你把她怎么着了？"

涂母："你不要说胡话，我们都死了吗？"

大姑："大过年说什么呢，这孩子。"

小舅："年轻人不要太冲动。"

七大姑八大姨开始给他私发诸如"夫妻的相处之道""男人必须疼老婆""百善孝为先"的话……让涂南叫苦不迭，开始后悔自己为什么发动态不分类。

他给温茜吐槽，温茜听完后乐坏了。

尽管只有两个人，阮啾啾依然精心准备年夜饭。花样一多，阮啾啾表情懊恼地一拍脑袋，估摸着明天得吃剩饭。偏偏程隽还在身旁指点江山，认为还可以多加几块肉。

阮啾啾："你想撑死吗？"

程隽思考了片刻道："这个死法，挺好的。"

阮啾啾："……"

下午的时候，阮啾啾准备揉面包饺子，两个人加上一些菜和零食饮料，饺子根本吃不了几个。

程隽给她帮忙（添乱），待到揉好面团，被擀成面皮，他自顾自地开始包自己的月亮饺子，没过一会儿，案板上的阴晴圆缺就纷纷上线。

阮啾啾表示，等会儿这些丑陋的饺子一定要全部留给程隽吃。

两人忙活着，时不时说几句话，程隽包饺子包够了，擦了擦手给阮啾啾喂草莓，放在案板旁的一盘鲜红的大草莓不过一会儿就你一个我一个地吃了大半。

程隽抬眼，看见阮啾啾正低头擀面皮，眼神专注得可爱。他用指尖蘸了点儿面粉，趁着阮啾啾不注意抹在她的脸上。阮啾啾惊叫一声，反应极快地反击。

阮啾啾的手上都是面粉，她作势要拍到程隽身上，却被程隽搂住腰揽到怀里。

他低垂着眉眼，握住她的手，凑上前吻住她的唇。

她的唇很软，带着草莓的甜美芬芳，令人不自觉地想要深吻。程隽不知疲倦地一遍遍勾缠着她的唇舌，手指不自觉地滑到她的腰间，面粉沾在两人身上都未曾察觉。

程隽哑着嗓子说："等会儿再包饺子。"

阮啾啾脸颊绯红："大白天的胡说什么呢。"

他将她托起，放在桌子上继续吻。每当阮啾啾想要拒绝程隽胡来的时候，那张放大的面颊沾染着欲望，就漂亮诱人到让她不仅说不出拒绝的话，心底还会生出几分想要糟蹋程隽的心思。

就在这时，咚咚咚的敲门声响起！

两人的动作一僵，阮啾啾小声地说："我没有叫外卖啊，可能是敲错门了。"

程隽："不用管。"

他勾起阮啾啾的下巴正准备继续，咚咚咚的敲门声又响了起来。两人隔着厚厚的大门都能听到涂南的大嗓门："老板、嫂子！是我们啊，快开门！"

阮啾啾："……"

程隽："……"

涂南："不要装作听不见，我知道你们在家！"

阮啾啾连忙擦了擦唇，脸颊通红地整理着衣襟："快开门！"

房门被打开的时候，涂南厚脸皮地挤了进去，全然不顾程隽一

587

副看死人的表情。没想到，涂南身后不仅跟着温茜，还有傅子澄。焦樊去美国陪安柔，留下傅子澄这个单身狗眼眶里的热泪不停打转。

没想到，一年过去了，只剩下他一条单身狗了！

"哇，嫂子做了这么多好吃的啊！"

"太棒了，果然涂南说得没错，过来有饭吃。"

"哈哈哈——可不是！"

这里可没有女人做饭男人侃大山的规矩，反倒变成阮啾啾和温茜做甩手掌柜，分别支使着自家男人做事情，傅子澄在一旁打下手。涂南非要说自己当年也是厨神一枝花，番茄炒蛋这种万年出不了错的菜居然还能炒得如此难吃，也是不容易。

饭菜被端上桌，他们热热闹闹地举杯，阮啾啾也高兴地举着酒杯，碰杯之后便被程隽中途拦截。

"不准喝。"

"就一口嘛。"

"等会儿人走了再喝。"他按住她的手。

程隽的暗示很明显，阮啾啾的脸唰地红了。幸好大家都笑笑闹闹的，没有人听到他们两个人的低语。

傅子澄忽然笑了一声，说："焦樊要跟我们视频呢。"

视频另一头的焦樊刚刚醒来，穿着睡衣睡眼惺忪地跟他们打招呼，非常羡慕嫉妒恨地看着一大桌菜。他们开了几句玩笑，焦樊身旁忽然冒出一个脑袋，赫然是安柔。

几人安静了片刻，忽然不知道该说什么好。安柔正好望向阮啾啾所在的方向，朝她晃了晃手上的戒指，冷哼了一声。

"我也是名花有主的人了，不要误会，我不吃回头草。"

阮啾啾："噗……"

傅子澄一惊，整个人都酸了："你们什么时候求的婚？居然都不告知我！"

焦樊摸了摸脑袋："告诉你干吗？"

几个人又热络起来。

视频电话结束之后，阮啾啾趁着吃饭的间隙看了一眼手机，却发现有人给她发来好友邀请，对方的备注上写着"不许把我的名字改成小姐妹"。

她不用猜也知道这是谁。

阮啾啾一阵好笑，同意好友申请。许久没见，安柔仍然是一副趾高气扬的模样，说自己也要结婚，不介意阮啾啾体会一下国外的婚礼。

阮啾啾发了个点头同意的表情包。

这时，安柔又发了一条："对不起。"

阮啾啾愣了一下。

对方撤回消息，又说道："发错了，你什么也没看到。就这样，我要去约会了，祝你们夫妻迟一点儿厌倦彼此。"

阮啾啾忍不住会心一笑。

"谢谢小姐妹。"

"住口！"

一顿年夜饭众人吃得肚子滚圆。

程隽全程死亡凝视着众人，直至终于明白这群人是打算待到跨年，这才放弃。他想让阮啾啾多给他一点儿注意力，阮啾啾却忙着跟大家聊天，忽视了他。

他一个人默默地走到书房，半晌，阮啾啾没找到程隽，四处张望，发现他站在书房的窗边孤零零地吹冷风，背影萧瑟。

阮啾啾缓缓地走过去，从身后抱住程隽。

程隽身体一僵。

"你过来干什么？"嘴上这么说，他却将阮啾啾拉进怀里抱紧了，免得她吹冷风。

阮啾啾将脸埋在他的胸口，许久才发出一声满足的轻叹，声音闷闷地道："隽啊。"

程隽对她奇奇怪怪的称呼早已免疫："嗯。"

"我爱你。"

番 外

"女人，你这是在玩火。"

程隽将脚抵在墙边，一手插在裤兜里，低垂着眼睑，眼神深沉。明灭的火光照亮他的侧脸，更衬得他轮廓线条俊美。

"……"

阮啾啾蹲在地上，拨弄一下火苗，忍无可忍地说："不就是烤个红薯，你至于吗？"

她面前的火烧得正旺，树枝燃烧发出噼里啪啦的响声，隐隐约约能嗅到红薯的香味。大家说好一起来农家乐玩，涂南他们等会儿就到，正好趁着有时间，阮啾啾索性烤了几个红薯等会儿一起吃。

不知道程隽是从哪儿看的霸道总裁文中的对白，以为阮啾啾会喜欢。他以研究论文的精神学习了很久，并贯彻到方方面面可以用到的地方，不该用的地方也乱用，阮啾啾拦都拦不住。

她没好气地瞪了程隽一眼，说："过来，吃红薯。"

"哦。"

程隽方才还一副霸道总裁的深沉模样，转眼间化身乖顺听话的大金毛，听话地蹲在阮啾啾身旁，望着阮啾啾拿着树枝把烤好的红薯扒拉出来。

红薯表皮还很烫，程隽却毫无防备地伸出手。阮啾啾还没来得及阻止，便看到程隽的指尖碰到了红薯。

他动作一僵，倏然缩回手。

阮啾啾："果然被烫到了。"

程隽沉默片刻后道："再试一次。"

阮啾啾："……"

有些人，为了吃连命都不要了。

红薯放凉一些后终于能够入嘴，外皮烤焦，里面软糯香甜，入口绵软，好吃得不行。可惜阮啾啾烤得不多，一人一个刚刚好，程隽吃完了就盯着阮啾啾，她好笑地掰了一半递给他。

"喏，最后半个，等会儿还有饭可以吃。"

程隽听话地把剩下的半个红薯吃完。

他擦了擦手，动作忽然停住。

阮啾啾坐在他身旁，眨了眨眼睛，不明所以地望向他。

程隽像是意识到什么，伸出手掌，食指和中指指腹通红。

他慢吞吞地长叹一口气，幽幽地说："好疼。"

阮啾啾："……"

所以说，吃完了他才后知后觉地感受到痛了吗？

农家乐其实好玩的东西不多，对大家来说，只不过是换个地方一起聚会，群里面的聊天记录动不动就"99+"，按照以往程隽的习惯，若不是阮啾啾在里面也聊得高兴，他早就把其他几个人踢出群了。

"听说顾游的妻子怀孕了。"

"是吗，这么快？"

"大概是没有做防护措施。"

说到这儿，温茜用手肘碰了碰阮啾啾的胳膊，逗趣道："你呢？结婚都这么多年了，怎么想的？"

"呃……暂时没想法。"

生孩子这种事，顺其自然比较好。阮啾啾和程隽在一起已经两三年，程隽对她却总是腻腻歪歪的，时而犯傻一下，她一生气他就装可怜，让阮啾啾拿他没办法。他们对两个人的日子还没有丝毫厌倦之意，所以不着急要孩子。

这种事情，阮啾啾希望是程隽来决定，她只能尽量给他足够多的安全感。

他们嘻嘻哈哈地笑闹着吃了晚饭，便早早回去休息，第二天还要去摘草莓。

郊区的房子要比市区的楼房冷许多，阮啾啾洗了澡，早早地就躺在被窝里，将整个人都埋了起来。没过多久，程隽也钻进被窝，把阮啾啾抱在怀里。

阮啾啾仰着头推了他一把，说："你别抱着我睡。"

前几天他总抱着她睡，害得她都要落枕了。

程隽："你这就嫌弃我了？"

阮啾啾："我不是，我没有。"

程隽："女人啊。"

阮啾啾："……"

她没能拗过程隽，最后还是躺在他的怀里睡觉。睡着睡着程隽就开始在她的脸颊上亲亲，阮啾啾拍了一下他不老实的手，程隽闷哼了一声，说："手疼。"

阮啾啾反应过来，下意识地把他的手拽起来："真的疼吗？我去问一下主人家有没有药……"

"不用。"

他抓住她的手，与他十指相扣，然后在黑夜中翻身将她压在床上。

"你就是药。"

阮啾啾："你再说这种神经病一样的话，我就把你踢下床。"

程隽一秒变规矩："好的。"

不用等到第二天摘草莓，程隽这就在阮啾啾身上种下许多颗红通通的"小草莓"。两人进行到最后一步，阮啾啾赤着身体窝在被窝里，脸颊红红的，可爱到让人想一口吞掉。

程隽的唇贴在她的颈窝处，半眯着眼睛，手习惯性地在床头柜的抽屉里摸索。

然后，他的动作停了下来。

阮啾啾："……"

程隽亲了亲她的脖颈处洁白的肌肤，语气懊恼地道："忘了拿东西了。"

久违的又一次。

上一次阮啾啾记得程隽是大半夜跑到楼下去买的，现在他们身处荒郊野岭，哪有卖安全套的地方？他一手撑着床，说："我去问涂南借。"

阮啾啾唰地红了脸："这种东西怎么能借？不行！"这也太尴尬了！

程隽可怜地蹭了蹭她的下巴，一遍遍地呢喃着她的名字，叫得阮啾啾心都软了。

阮啾啾面带赧色，小声说道："我算了一下，今天是安全期……应该没事的。"

他们偶尔一次，也不至于命中，那真的是命了。

有孩子的概率与阮啾啾的主动邀约，一个是魔鬼一个是天使，程隽犹豫了。这时，阮啾啾搂住他的脖颈，凑上去吻住他的唇，柔软的身体紧贴着他，语气带着几分促狭的笑意说："你可以推开我哦，我们俩继续睡觉。"

程隽的喉结艰难地上下滚动着。

阮啾啾主动的下场就是，第二天的摘草莓队伍中，她和程隽成功地请假。

阮啾啾给的理由是来了例假身体不舒服，想躺在床上好好休息。温茜过来看望了一眼，阮啾啾正裹着被子趴在床上，程隽给她倒水喝，温茜信了，让她好好休息，他们一定会多摘一些草莓拿回来。

温茜一走，阮啾啾就红着脸使劲儿捶程隽。她的力气本来就不大，程隽没事人似的，还语气温暾地问她等会儿想吃点儿什么。

阮啾啾："……"她真是服了他了。

两天一夜的农家乐之行，阮啾啾收获两拨草莓，一拨在身上，一拨在后备厢里。

一想到第二天还得去上班，阮啾啾的心情就更不好了，她时不时地递给程隽一道冷飕飕的眼刀，完全忘记晚上明明是她先主动的。

一路上接收着死亡凝视，程隽满脸写着无辜。

几天过去后，阮啾啾完全没有不舒服的感觉，便忘了这件事情。

待到她意识到问题的严重性的时候，已经来不及了——

原本以为是最近压力大，内分泌失调，阮啾啾去查了一下，医生却眼神诡异地让她多查几个项目。检验单出来之后，阮啾啾独自坐在医院的长椅上发呆，直到程隽拿着两瓶矿泉水进来。

程隽问："身体不舒服吗？"

阮啾啾失魂落魄地摇了摇头，把检验单递给他。

程隽看了一眼："……"

两瓶矿泉水哐当一声掉落在地上，滚了好远。

夫妻两人愁云惨淡，尤其是身为丈夫的程隽脸上半点儿高兴的表情都没有，让护士以为两人的感情生活走到了破裂边缘，非常客气地让他们回去想好，慎重考虑。

从来没有当母亲的打算的阮啾啾也被吓得不轻，但好在目前感受不大。回家的路上，她反倒安慰起程隽，告诉他如果接受不了，就把孩子流掉也没关系。

程隽从医院出来的时候就木着脸，回家依然是这副表情，就连饭都没吃几口，让阮啾啾不由得担心起来。

他摸了摸她的头顶，一言未发。

这一晚上，程隽抱着阮啾啾一夜没睡着。

程隽的不对劲儿就连其他人也明显地感觉到了。上班时间，原本在开会，程隽却一副神游天外的表情，傅子澄讲了大半内容，程隽笔记本电脑上的 PPT 半晌都没翻页。

程隽看着手机，在屏幕上上下滑动，不知是在查看什么，看得聚精会神，眼神凝重。

其他人时不时地偷瞄程隽一眼，一致猜测是傅子澄的方案有问题，就连傅子澄也结巴了一下，不由得自我怀疑起来。

若是他们此刻看一眼程隽的手机，就能看到上面显示的条目都是什么：

"流产的危害""顺产与剖腹产的具体流程""生育对女人的影响""如何最大限度地减少生育对女人的伤害""女人愿不愿意生孩子"……就连"产后抑郁具体表现"这样的话题他也看了不少。

程隽低头看了很久，脑海里浮现阮啾啾坐在医院长椅上的表情。她拿着一张检验单，局促不安地望着他。

紧张、震惊、茫然的表情背后，没有害怕，却有难掩的惊喜，想必她是想要这个孩子的。

傅子澄讲述完毕，坐在办公室里的员工都等着程隽发表意见。众目睽睽之下，程隽的脸上没什么表情，他啪的一声将笔记本电脑合上，众人的身体也不由得跟着抖了一下。

程隽沉默许久，然后像是决定了一件极其艰难的事情，坐直了身体。

"生。"如果她想要的话。

其余众人："……"

生孩子是一件大事。

阮啾啾没想到程隽竟然会想留下这个孩子。她摸了摸平坦的小腹，还没有成为一名母亲的自觉，程隽却开始为她的十月怀胎做准备了。

他买了一大堆书，一摞摞地放在书房的柜子里，阮啾啾闲得无聊，过去打量了一番，便看到一排排书目中间除了孕婴之类的书名，还有各种神话故事、民间故事解析，夹杂着奇奇怪怪的《养儿不如养狗》《斯巴达式教育》《孩子自己要懂事》之类的书。

阮啾啾："……"

然后，她眼睁睁地看着程隽拿出一个纸箱，铺好布，郑重其事地将其放在柜子里。

阮啾啾有一种不妙的感觉："敢问，纸箱子是用来做什么的？"

程隽头也不回地关上柜子，慢吞吞地说："到时候后悔还来得及。"

阮啾啾竟无言以对。

孩子还没出生，当爸的就准备把孩子送给好人家。一想到柜子里摆放的箱子，阮啾啾默默地摸了摸肚子，开始担忧以后的育儿生活。

晚上，两个人躺在一起，程隽又习惯性地开始摸摸抱抱。

阮啾啾一巴掌拍在他的脸上，让他动弹不了。

程隽一脸疑惑。

阮啾啾："书都看了，你不知道怀孕前三个月和后三个月不能同房吗？"

程隽："……"

他摸出手机，手机的亮光映出一张沉默的脸。他表情木然地看了好几遍手机上的内容才确认阮啾啾说的是真的，顿时程氏祥林嫂附身："我真傻，真的。"

为了一次的冲动断送后半辈子的幸福，这是他做过的最亏本的一笔投资。

他眼中翻滚着后悔、绝望、生无可恋的情绪。

阮啾啾差点儿噗的一声笑出来。

从今天开始，程隽的"和尚生活"即将开始。他仰躺在床上，如果不是胸口还在起伏，阮啾啾几乎要以为他掌握了自绝经脉的技能，要一巴掌把自己拍死重来。

阮啾啾还在一旁火上浇油，腻在他的怀里，柔软的脸颊在他的胸口滚来滚去。

程隽的身体僵得像一块木头。

半晌，他说："我去看书。"

阮啾啾："你确定？都这个点了。"

留给她的是程隽萧瑟孤独的背影。

程老板最近研究起各种奇奇怪怪的书来，同时心情变得非常差，几乎可以比得上阮啾啾消失时期的三分之一，让其他人胆战心惊，生怕做错事情。程隽从来没有骂人的习惯，只会将一双从来不正眼看人的眼眸转向对方，直勾勾地、一言不发地盯几秒钟。

这就足以让大家瑟瑟发抖了。

被程隽盯着的感觉实在是太可怕了啊！

涂南终于忍不住，暗暗让温茜问问阮啾啾是怎么一回事。阮啾啾还没找好时机坦白自己怀孕的事，跟温茜喝下午茶时聊了好久，全程不喝咖啡、不吃冰，就连动作也比平时谨慎许多，其间程隽还发了几条信息问她什么时候回家。

温茜开玩笑地问："你该不会怀孕了吧？"

阮啾啾愣了愣："被你发现了？"

"……"

"……"

"我！的！天！哪！"温茜惊叫一声，引得整个餐厅的人纷纷朝着她们两人所在的方向望来。

阮啾啾把她拽住，小声地比画道："别告诉别人，我还没做好公开的打算。"

温茜非常坚定地点了点头。

到了晚上，阮啾啾收到了来自涂南、焦樊、傅子澄、安柔、老孟、老孟的老婆等一行人的兴奋问候。

温茜特不好意思地给她发了条消息："我发誓，真的，我只告诉了涂南一个人！"

阮啾啾怕的就是被涂南知道。

要知道以他的大嘴巴能力他足以把消息传播到整个世界的人都知道好吗？

不过经涂南的大嘴巴传播之后，也免了阮啾啾再一一告知。大家的长篇祝福几乎要回不过来，同时所有人也明白为什么程隽如此不高兴。对别人来说，生女儿是小棉袄，生儿子是小裤衩；对程隽来说生什么都不如阮啾啾身体健康重要。

他已经在给阮啾啾挑月嫂，准备在她肚子大的时候轮换着照顾她。

阮啾啾一脸无语："其实没那么严重……"

程隽说："你没有母亲，我也没有，所以有很多事需要别人来指导。"

程隽说得很对，阮啾啾最近已经有厌食的倾向。油烟对身体不好，她偶尔会给程隽煮个面，但大多数时候程隽是在食堂解决吃饭问题，竟然还给阮啾啾请了营养师进行荤素搭配，她的每日三餐就变成了营养餐，一克坚果都不能少。

这导致阮啾啾原本不想吃东西，现在却不知不觉吃多了。

站上体重秤之后，阮啾啾如遭天打雷劈，面对着上面显示的数字难以置信。她捏了捏脸上的肉，瞪大眼睛，意识到自己即将面临最重要的长胖危机。

阮啾啾开始拒绝每天吃那么多东西，并给程隽科普孕妇肥胖导致生孩子的困难性。

程隽表示吃营养餐不会胖多少。

阮啾啾问："我这副样子你不会觉得太胖了吗？"

程隽："胖也没关系……"

下一秒，程隽日常挨捶打卡。

看着阮啾啾怒气冲冲地消失的背影，程隽陷入沉思。这是孕期的暴躁表现吗？果然，怀孕之后阮啾啾越发喜怒无常了。

他不知道的是，这和怀孕不怀孕没有任何关系。

身为女性，在问出这句话的时候，只希望男方回答"瞎说，你一点儿也不胖"，而不是安慰她胖了也没事。

程隽是肯定不会懂阮啾啾的心理的，因此并不会意识到自己的话有什么错。

一段时间后，老孟的妻子约阮啾啾见了个面，笑吟吟地望着阮啾啾，说："孩子看起来长得很快啊，你看看，肚子都有点儿显怀了。"

阮啾啾淡定地摸了摸小肚子。

"这其实是脂肪。"

老孟的妻子："……"

肚子渐渐变大，阮啾啾的心情每天都在直线下降。她总感觉肚子里装着不轻不重的秤砣，睡觉不敢翻身很恼火，偶尔想让程隽抱着睡也不能实现很恼火。

总之，她每天都行走在心情极差与还好的边缘。

程隽默默地等待到三个月过去，十二点一过，长臂一伸就把阮啾啾搂在怀里，在她脸上亲了亲。

阮啾啾睡得迷迷糊糊地道："嗯？干吗？"

程隽："三个月了。"

阮啾啾醒了大半："没兴趣。"

程隽低垂着头，孤孤单单地在床头坐着，任凭身后的阮啾啾睡得正熟，轻微的呼吸声在夜里显得如此清晰。

程隽："唉。"

阮啾啾怀孕的第四个月，程隽的心情也跟着直线下降。

孕妇要尽量减少身体受辐射，自然得少碰电脑和手机。

在一群人好说歹说之下，阮啾啾只好放下手头的工作，暂时回家休息。能拥有这么长的假期，也只有她这个老板娘能享受这种待遇了。

她躺在家里闲得无聊，没想到老魏通过老孟联系上了她。阮啾啾参与过几次他们的聚会，对这位大佬依旧充满崇敬之心，虽说对方是老孟的朋友，嘴里叫着一样的称呼，但说到底对方是前辈，她不敢怠慢。

他们谈了好久，阮啾啾才明白，魏先生居然是来拐她转行的。

说转行也不算，只不过是让她从游戏转到动画。老魏有一个工作室，正在开启新项目，一直希望阮啾啾能够加入，现在也算是一个很好的机会。

阮啾啾跟他聊了许多，说到最后老魏眼睛闪闪发亮，手舞足蹈，

599

哪像个五六十岁的男人，讲起自己的项目来就像个小孩似的。

她决定考虑几天时间。

程隽全程脸上没什么表情。他对自己的妻子竟然被人挖墙脚这种事情感到十分不快，但是不论阮啾啾做什么样的决定他都不会阻拦。

阮啾啾腰酸背痛，本来不是水肿体质，现在晚上多喝几口水，第二天腿部就会浮肿。她将双腿搭在程隽的腿上，懒洋洋地倚着靠垫。

程隽慢吞吞地剥着果仁，当着背景板。

"我听说，人家都会上一些准妈妈的培训班，我也报个名。"

程隽："讲什么的？"

"大概是照顾小孩子的常识之类的内容。"

闻言，程隽沉默了良久，目光瞟向锁着纸箱子的柜子，慢吞吞地说道："我觉得应该是用不上的。"

阮啾啾："……"

她顺着程隽的目光望去，面无表情地道："别给我说你已经想好要将孩子送给谁了。"

程隽的脑海里浮现出了他理想中的几个人选，沉思片刻后道："还没确定。"

阮啾啾："……"

她开始替未来的孩子感到担忧了。

跟涂南他们小聚时，中途阮啾啾就有些不舒服，胃里一阵泛酸想吐，程隽便早早地把她带了回去。一路上阮啾啾都懒洋洋地倚在他的肩头上，神志迷糊。

两人最近见面的时间很少。

程隽忙工作，阮啾啾忙着育崽，回到家两人聊一聊阮啾啾就开始犯困，早早躺在床上呼呼大睡。

从怀孕开始，程隽的表现就让阮啾啾担心他是不是真的不喜欢孩子。谁家的父亲会给孩子准备好纸箱子，还选好好人家啊？

阮啾啾将腿搭在程隽的腿上。

程隽说："怎么还有几个月？"

阮啾啾疑惑地看向他。

"好想吃你做的饭。"

阮啾啾："你能不能想点儿别的？"这让她总是怀疑自己在程隽眼里就是一名高级厨师。

程隽："哦，我已经快要定好人选了。"

阮啾啾："……"

她沉默了片刻，问道："你是真的不喜欢小孩吗？仅仅是因为我说要，你才同意的？"

程隽看了她一眼，慢吞吞地说道："别乱想。"

阮啾啾正要继续说什么，肚子里的小生命突然动了一下。她身体一僵，满脸紧张地惊叫道："动了动了！快听！"

方才还满脸写着不感兴趣的程隽飞快地将脸颊贴在阮啾啾的肚子上，倒让阮啾啾惊讶万分。

然而他一贴上去，肚子便立即没了动静。

他坚持了五六分钟，依然毫无动静。

气氛变得有些尴尬起来。

阮啾啾也开始怀疑，是不是肚子里的小孩已经有了自己的想法，能听懂程隽的话，才不愿意跟他交流。

阮啾啾："……"

程隽："……"

他慢慢地坐直身体，慢慢地把阮啾啾的腿挪到沙发上，留给阮啾啾一个背影。

阮啾啾愣了愣："你要干吗去？"

程隽幽幽地回答："提前联系下家。"

阮啾啾："……"

他联系下家的举动被阮啾啾连忙阻止，尽管她很好奇程隽心目中的人选是谁，但这种事还是不要问比较好。

程隽没听到胎动的直接后果便是——纸箱子被垫了两层报纸。

没错……身为一名父亲，从来不在细节上抠的程隽不仅没在箱子里垫毛巾，还把公司的报纸拿回来，随意揉了几下，皱巴巴地按在箱子里。阮啾啾扶着腰在一旁看热闹，看着看着就哭笑不得了。

"下次肚子动了，我会快点儿叫你，你没必要这样。"

"可以，但有必要。"

阮啾啾："……"

行的，她也劝不住程隽了。

阮啾啾摸了摸鼓起的肚子，笑眯眯地问道："如果是个可爱的女儿呢，你舍得送人吗？"

程隽铺报纸的动作一顿，沉思片刻后他说："如果是女儿，就多铺一层报纸。"

如果是儿子，两层报纸就够了。

阮啾啾："……"

别人家的父亲都开始考虑给孩子起名字、给孩子买衣服了，程隽倒好，每天只想着把孩子送给别人。程隽铺好报纸，郑重其事地把箱子锁在了柜子里。阮啾啾全程目睹他的一系列行为，忽然觉得，箱子可能买小了。

说不定到时候是她把父子两人一起扔到纸箱子里，送到千里之外。

程隽翻脸结束，非常自然地搂住阮啾啾的腰，仿佛她和她肚中的孩子是两个分裂的个体，并不妨碍他喜欢一个不喜欢另一个。

顾游的妻子的肚子比阮啾啾的大多了，听说她怀的是双胞胎，阮啾啾又是羡慕又是惊恐。

一想到自己薄薄的肚皮里撑着两个孩子，阮啾啾就止不住地胡思乱想，听到电视中气球爆炸的声响，晚上做梦都会梦到自己的肚子越来越鼓，隐隐在爆炸的边缘试探。

有经验的人看了她的肚子，都说怀的是女孩子。阮啾啾不懂怎么就能看出肚子是尖的还是圆的，不过别人那么一说，她不由得也有些期待了，希望能生个可爱的女孩子。

男孩子万一像程隽一样，一大一小每天"狗言狗语"，岂不是要气死她？

还是女孩子好，他们两个人宠着，程隽肯定也会对女儿更有耐心。阮啾啾已经能想到程隽眼神温柔地托着女儿，揉揉她的小脸蛋，两人温情地共同玩耍的场面。

她这样想着，晚上做梦都是粉粉嫩嫩的小姑娘，睁着一双黑漆漆的眼睛，奶声奶气地说着话，看得阮啾啾心都要化了。

阮啾啾早晨倚在程隽的怀里，挺着肚子懒洋洋地说："过段时间给小孩子买衣服，多买点儿粉色的小衣服。"

什么颜色的衣服程隽都无所谓，他自己都不太在意穿搭，更别说孩子。

只要孩子不光着，满足最基本的穿戴需求，于他而言就已经足够了。

程隽应了一声。

阮啾啾问："你想好名字了吗？"

程隽困倦地揉了揉眼睛，鼻音浓重地问："嗯？什么名字？"

"孩子还有两个月就要出生了！你长点儿心！"阮啾啾作势咬了一下他的胳膊，"幸好我已经准备好，草拟了很多个名字，到时候如果你想不出来我们就挑一个。"

程隽说："就叫程秀。"

阮啾啾对他怒目而视："你休想！"

接受了阮啾啾的洗脑，程隽沉思片刻，觉得有个女儿大概是一件不错的事情，总比儿子强。他终于不再纠结柜子里的纸箱到底要铺几层报纸的问题，如果生的是个女儿的话，大概箱子就用不上了。

关于孩子叫什么的问题直到快生产，两人依然没有定论。

阮啾啾被磨得没了脾气，再加上肚子一天天变大，沉甸甸的十分难受，浑身不舒服，吃也吃不进去睡也睡不好，把阮啾啾折腾得够呛，每天她都处于爆炸的状态。

即使给老魏画画也没能拯救她无比暴躁的心情。她烦躁起来，有时候一天能画几十张画，连她自己都不知道在画什么，只想把身体抛到外太空去。

她忽然觉得身体没有这多余的几斤肉是多么幸福的一件事情。

程隽看着心疼，却什么也做不了。

他想，待到孩子一出生他就去做结扎，再也不要孩子了，一个就足够了。

千盼万盼，终于到了预产期，阮啾啾每天看一眼日期都要热泪盈眶，仿佛待在监狱十年的囚徒即将刑满释放，她也要卸下货物，浑身轻松自由自在。

阮啾啾从来没有这么期盼过自己能早点儿去医院。

几个保姆和营养师全程将阮啾啾照顾得无微不至，阮啾啾没有烦过半点儿心。她还记得年龄不大的时候，母亲对她还很温柔，偶尔还会提到当初怀她的时候，挺着大肚子做饭、洗衣服，阵痛的前一刻还在熬汤。

仅仅是这么一想，阮啾啾都忍不住捂住圆鼓鼓的肚子。

阮啾啾忽然不怨母亲了。她曾经也经历过分娩的痛楚，也做过一名合格的妻子和母亲，年幼的时候，对自己的疼爱是真的。

大概人世间所有的感情都不能简简单单地用爱和不爱两个词来概括。

阮啾啾闭上眼眸，轻柔地抚摸着肚皮。

她会努力做一名合格的母亲。

就在这时，肚子突然一阵抽痛，已经经历过几次阵痛的阮啾啾丝毫不慌张，尽管疼得她面色煞白，后背出了涔涔冷汗。

程隽刚刚洗完澡，拿着毛巾擦着头发，便看到阮啾啾满面痛苦地撑在床边。

"怎么了？肚子疼？！"

"没事没事，应该还是阵痛……"阮啾啾勉勉强强地挥了挥手。

距离预产期还有一两周时间，大概这又是一场虚惊。

阵痛来得剧烈，阮啾啾被折磨得发出抽气声，仿佛下半身被割裂一般，又仿佛一吨重的锤子重重地敲在肚子上，疼得她紧紧拽住床单，浑身的汗浸湿了睡衣。

"不行了、不行了……"阮啾啾的声音已经带着哭腔，"好像、好像真的要生了！"

程隽慌了。

被拉到医院后，阮啾啾虚弱地躺在病床上，已经痛到话都说不出来，濒死一般喘着气。医生检查开了几指，良久摇了摇头说："还得再等一会儿。"

这一等又是两个小时，阮啾啾忍不住便开始哭。她控制不住自己，满心只剩下恐惧和委屈。她还没生孩子就疼成这样，真正生的时候得多疼？

程隽站在床边，一遍遍地低声安慰她，还不忘给她喂点儿吃的，好让她等会儿有力气生孩子。

阮啾啾憋着劲儿咬牙吃下了程隽喂的食物。

吃着吃着，她忽然咬住程隽的手指，痛苦之下也没敢使劲儿，怕咬坏了程隽的手指，只留下浅浅的牙印。阮啾啾一边哭一边含含混混地说："我好痛，我再也不生孩子了……"

从没有见过阮啾啾如此难过痛苦的模样，向来镇定的程隽沉默着，把手指送到她口中："咬几下就有劲儿了。"

阮啾啾哭得更厉害了，滚落的眼泪浸湿了他的手："我舍不得，呜呜呜……"

又是一阵阵痛后，终于收到准备生产的通知，阮啾啾此刻只想快点儿把孩子生出来，整个人脑袋都是蒙的。被请出去的程隽站在生产室门口，听着里面传来护士的鼓劲儿声和阮啾啾的痛苦呻吟。

待到涂南他们闻讯赶来的时候，便看到程隽站在楼道里，脸上没什么表情。

产房里的阮啾啾还在努力生孩子，大家听声音都一阵害怕。

涂南真是佩服程隽，在这种时候还能冷静地等待妻子生产，果然是大佬。他递给程隽一瓶水，让程隽喝一口。

程隽木然地伸出手，握住矿泉水瓶。

这时涂南才看清楚，塑料瓶里的水一直在晃动。

原来——程隽过度紧张焦虑之下，指尖在发颤。

他是我的宇宙星河

涂南小心翼翼地说："那个……老板，别太紧张，肯定没问题的。"

从认识程隽以来，涂南第一次这样劝他。别说程隽，涂南自己都觉得怪别扭的。紧张这种情绪，能和程隽挂钩吗？开玩笑！

程隽的脸上没什么表情："我没紧张。"

话是这么说，他手里的矿泉水瓶却处于被捏爆的边缘。

涂南想，十几年了，终于有能嘲笑程隽的理由。但这个理由实在太过骄傲，让他不由得羡慕起来。不知他什么时候也能做一名父亲，只是眼下八字还没一撇，得先结婚再进行下一步动作。

他们都在走廊上等待着。

阮啾啾这时才明白一句话，生育是女人的一道鬼门关。

即使在现代医学技术成熟的情况下，依然不能百分百地避免分娩的痛苦和各种后遗症。在这之前，她考虑过无痛分娩和水中分娩，可惜的是一方面药物过敏，一方面是身体问题，最后两种方法都被否决掉了。若不是怕剖腹产后遗症比较厉害，阮啾啾宁愿选择动一刀子。

她累得满头大汗，护士还在让她用力、用力。

她简直要把吃奶的劲儿都用上，每一根脚指头都在用力，用力到快要抽筋。

终于，阮啾啾听到了助产护士惊喜的声音："出来了、出来了！再加把劲儿！"

没过几秒钟，就像是把几吨重的货物卸在甲板上，阮啾啾精疲力竭地倒在床上，听着他们恭喜的声音。

前段时间还有些胎位不正，阮啾啾真怕孩子是脚先出来，万幸一切顺畅。她瘫在床上，累到眼睛都快睁不开，只想好好睡一觉。

但此刻，阮啾啾有更重要的问题急需答案。

她努力地将眼睛睁开一道缝，虚弱地问："是、是女儿吗？"

"是小王子啊！恭喜你！"

小……王子？

儿子？

"……"如一道惊雷当头劈下，阮啾啾泪流满面。

身旁传来几名护士善意的笑声："瞧瞧，母亲都激动得哭了。"

初为人父，本应该先看看孩子的程隽却大跨步地跑到阮啾啾的病床前，紧紧握住她的手。阮啾啾恍恍惚惚之中差点儿要睡着，被程隽冰冷的手指激了一下，不由得抖了抖。

程隽的手怎么像一块冰棍似的？阮啾啾艰难地睁开眼睛，模模糊糊的目光中，只看到程隽望着她，脸色煞白，眼眶都红了。

阮啾啾看清楚后，又是难过又是好笑，努力想伸出手摸摸他。程隽反应极快地凑上前，好让阮啾啾的指尖能碰到他的脸颊。

她濡湿的指腹带着涔涔汗意，轻轻碰了碰程隽的脸，就连声音也轻得要听不见了："你当爸爸了，不能哭……"

她只见过两次程隽要哭出来的模样，两次都是因为她。

程隽握紧了她的手，低声问："是不是很痛？需要喝点儿水吗？有没有觉得身体很难受？别害怕，医生都在，一定会让你恢复得完好如初。"

他不说还好，一说阮啾啾便哽咽一声，眼泪蓄在眼眶里："是个男孩……"

程隽愣了愣。

虽然他希望是个女孩子，但此刻还是阮啾啾更重要："不喜欢男孩子吗？"

"不是……我、我买了好多粉衣服……"还有女孩子的小发卡、蝴蝶结、小裙裙，足够孩子穿到幼儿园毕业。

男孩子、女孩子都一样，只不过她一直做好准备以为是个小公主，结果恰恰相反，让阮啾啾一时间反应不过来。

程隽认真地说："纸箱子已经准备好了。"

他这话一出，阮啾啾差点儿垂死病中惊坐起。

她以为程隽只是说说，没想到他真的打算把孩子送给好人家啊！阮啾啾连忙说："不行、不行！"

程隽摸了摸她的脑袋，慢吞吞地说："开玩笑的。"

"……"

如果不是此刻连瞪一眼的力气都没有，阮啾啾真想捶他。

说了几句话，阮啾啾已经累到话都不想说了。她先躺在病房里休息，若不是医生过来客气地提醒程隽产妇要安静休息，他这个当爹的差点儿忘记自己还有个刚出炉的儿子。

涂南他们围成一圈仔细打量孩子，一个个笑逐颜开，还没等程隽同意，就开始自诩干爹，并且为谁当老大、老二、老三差点儿吵起来。

程隽走到面前，仔仔细细地端详着新生的孩子。

涂南感慨地赞美道："果然还是当父亲了，你们看老板多稳重，目光多温柔。"

话音刚落，程隽皱了皱眉头。

"是不是抱错了？怎么丑成这样？比廉价 3D 页游的建模还丑。"

其余人："……"

这种爹，还是不要为好。

皱巴巴的小婴儿安静地睡着了，并没有听到亲爹对他的评价。程隽端详孩子片刻，觉得看着看着顺眼了一些，不至于让他此刻只想回去拿出珍藏已久的纸箱。

这时，方才还安安静静的婴儿突然吭哧几声，在程隽冷静的注视中哇哇地号啕大哭，嗓门震天响。

程隽："……"

或许，好人家才是孩子最终的归宿。

阮啾啾睡了一觉起来，整个人都精神不少。

她躺在床上，护士把孩子抱了过来。孩子刚刚哭闹一场，此刻睡得正香，阮啾啾看得有趣，忍不住摸了摸孩子的小脸蛋。正在睡梦中的婴儿哼唧一声，手挥舞了几下。

围在孩子身旁的一群人也跟着乐呵呵地笑了。

阮啾啾斜睨程隽一眼，问："终于不打算送个好人家了？"

程隽淡定地说："可以考虑。"

"什么好人家？"傅子澄问道。

"他一开始不打算要孩子，等着孩子生了就送给好人家，还在三个人选里斟酌。"提起这件事，阮啾啾就有些想笑。

其他人的思路瞬间跑偏。

涂南拍了拍胸脯："肯定有我，都不用问。没事，你们哪天想出去玩，我这个干爹绝对愿意牺牲时间好好照顾孩子。"

阮啾啾瞬间沉默："……"

涂南急了："嫂子，这就是你的不对了，你该不会是质疑我吧？我的能力还用得着说吗？老板，你说对不对？我都跟着你十几年了，你还不放心我？"

以阮啾啾对程隽和涂南的了解，人选里面有谁都有可能，但肯定没有涂南。

涂南绝对是第一个被淘汰掉的人选。

涂南说了一大堆，等着程隽嗯一声，没想到等了半天都没等到程隽的回应。

他的表情处在要垮的边缘，然后他一脸惨淡地问："该不会……真的没有我？？？"

程隽没什么表情地瞥了他一眼，眼中的意味，分明是怎么可能有他。

涂南嗷地哭出了声："苍天啊、大地啊我的青春竟然浪费在一个渣男身上！"

若不是温茜踩他一脚，恐怕涂南真的能装模作样地挤出几滴眼泪来，就连阮啾啾都有些看不下去。

傅子澄骄傲自得地道："不用说啊，肯定有我。涂南，你反思一下，自己为什么挤不进名单，别以为你有对象就了不起。老板，你说是不是？"

程隽用同样的目光瞥了他一眼。

傅子澄："……"

焦樊："那应该……有我？"

程隽："……"

三个大男人差点儿抱头痛哭，只当自己的青春喂了狗。几个人脸上写着不甘，非要问清楚程隽究竟选择了谁，吵吵闹闹地把孩子惊醒了，孩子又哇哇哭起来。

程隽冷飕飕的眼刀落在了他们三人身上。

涂南、傅子澄和焦樊异常同步地讪讪笑了一声。

"当我什么都没说。"

阮啾啾在医院休息了几天，身体没有大碍后就回到家里。还是家里舒服，就连睡眠质量也提高不少，阮啾啾睡了个昏天黑地。

她回到家的第一天，大家都提着各种营养品来看望，本来就满满当当的柜子塞不下，东西堆在客厅的角落里堆成了一座小山。有丰富经验的月嫂照顾孩子，阮啾啾不至于焦头烂额，每天的睡眠都跟得上，奶水也充足。

哺乳期过得极快。

阮啾啾生育孩子之后，胸部要比平时饱满许多，就连罩杯也升级了，阮啾啾却一点儿都不高兴。本来就胖了一些，胸部更大，显得她整个人都臃肿起来，她心里只惦记着过段时间就开始减肥。

相比之下，程隽嘴上答应着，却在阮啾啾喂奶的时候找各种理由默默围观，眼睛都挪不开。

阮啾啾瞪了他一眼，把衣服领子拽下来，遮住美好的春光。

"你还没给孩子起名字呢，要我自己决定吗？"

程隽慢吞吞地说道："我觉得程秀很好。"

阮啾啾冷笑，还不忘轻轻摇晃孩子："你最好不要让我再听到这两个字第二次。"

收到威胁信号的程隽沉默。

孩子乖得很，晚上躺在床上睡觉，白天也很少哭闹，一逗就咯咯地笑出声来，越看越可爱，大家都稀罕得不得了。白天保姆在家里照顾，晚上有阮啾啾带着孩子就好，基本上没让人费过心。

皱巴巴的小脸渐渐长开了，孩子越看越好看，阮啾啾每天都要抱着亲好多遍，差点儿忘记自己还有个老公，让程隽成天吃醋。

又是几个月过去。

孩子像往常一样睡得正熟，阮啾啾躺在床上渐渐有了睡意。

程隽躺在她身后，臂膀缓缓地搂住她柔软的腰，摸了摸软软的小腹，手感极好。他的手缓缓滑上去，唇凑到阮啾啾的颈部亲吻起来。阮啾啾身上带着一股说不清的奶香味，她的皮肤白白嫩嫩的，比生孩子之前养得还好。或许是因为当了母亲，整个人温柔许多，加上许久未和程隽亲密，她不自觉地情动几分，发出了低低的喘息声。

程隽嗅着奶香味，喉结上下滚动，嗓音哑了些许："可以了吗？"

阮啾啾羞红了脸颊，小巧的耳垂也红通通的，越发可爱。

"可以……"

不待她说完，他便翻身将她压在床上，上下索取。

就在这时，原本睡得正熟的孩子忽然吭哧一声，哭了出来。他哇哇的哭声在寂静的夜里如此嘹亮，程隽还想再亲亲阮啾啾，被阮啾啾一巴掌按住了。

她清醒大半，面色还带着潮红，把被揭开的衣服拢住，系上纽扣，推开程隽下床抱住孩子轻轻摇晃起来。

阮啾啾耐心十足，一边摇晃孩子一边轻声哼着歌，吵吵闹闹的婴儿哭了几声便停下来，小嘴微微张着，又睡着了。他的眼角还噙着泪珠，看起来可怜巴巴的，十分招人疼。

程隽接过孩子，放在摇篮里，郑重其事地问："可以继续了吗？"

阮啾啾的脸又唰地红了："这种事就不要问出口啊！"

得到默许的程隽将她搂在怀里继续亲，两人亲着亲着又滚在床单上。正当气氛热烈，阮啾啾的衣衫都要被褪尽时，孩子忽然吭哧一声，伴随着熟悉的前奏，哇哇哇地哭出声来。

二人的热情瞬间冷却。

阮啾啾："……"

程隽："……"

阮啾啾连忙推开程隽，把衣服套上，抱着孩子继续哄。平时孩子很少会晚上闹，今天不知道是怎么了，闹个不休，阮啾啾拿他没办法，只好继续轻声哼歌。

她只不过抱着摇晃几下，孩子又睡着了。

阮啾啾长出一口气，轻手轻脚地把孩子放在摇篮里。

程隽一手撑在摇篮上，面无表情地盯着摇篮中的孩子，企图用死亡凝视威胁孩子让他不要再捣乱。

两人耐心地等待了很久，孩子睡得很香，半点儿没有要醒来的意思。阮啾啾在心里松了口气，正准备去喝口水，程隽从背后抱住她，轻声说道："累吗？"

"不累，还好啦。"

她已经轻松很多了，只不过是孩子偶尔夜啼，不是什么大事。

程隽吻了吻她的鬓角："辛苦了。"

阮啾啾握住他的手，别过脸，在程隽的嘴角留下蜻蜓点水的一吻。她难得充满柔情的眼眸看得程隽一阵阵心跳加速，他又将阮啾啾压在床上继续进行未能完成的事情。

熟悉如噩梦般的吭哧声又响了起来。

孩子哇的一声号啕大哭，这一回不等阮啾啾翻起身，程隽面无表情地抱起孩子，一边拍孩子的后背一边哄。这一次孩子哇哇的哭声怎么也停不下来，阮啾啾接过孩子哄了半天也哄不好，给奶孩子也不吃，尿不湿也干干净净的，孩子没有发烧，没有异样。阮啾啾着急得只想打个的去医院看看孩子到底是怎么一回事。

程隽一言不发地从阮啾啾的怀里抱起孩子，在阮啾啾大惊失色的询问声中进入书房，一手抱着哭哭啼啼的婴儿，一手打开柜子，拉出纸箱子。

跟在他身后的阮啾啾惊了："你干吗？大半夜的你要做什么？"

程隽："不要他了。"

阮啾啾："……"

孩子哭得浑身红通通的，表情皱皱巴巴，眼泪一串串地掉，看得阮啾啾心疼不已。纸箱子里垫着报纸和毛巾，程隽一手按了按，把号哭不止的婴儿放了进去。

神奇的一幕发生了。

方才还大哭的婴儿瞬间停止哭闹，满足地咂了咂嘴，睡了过去。

阮啾啾看得目瞪口呆。

孩子竟然……不哭了？

这是什么诡异的操作？

她试探性地把孩子抱了起来，没几秒钟，孩子隐隐有撇嘴要哭的迹象，阮啾啾连忙又把孩子放在纸箱子里，孩子顿时恢复甜美的睡颜。

书房里陷入诡异的沉默。

半晌，阮啾啾一脸不可思议地道："他……难道把这里当作他的窝了吗？"

相比起来，程隽淡定万分："或许。"

阮啾啾："……"

让孩子睡在纸箱里，总有种虐待孩子的错觉，幸好纸箱足够宽敞，阮啾啾铺了几层软垫子，把小枕头摆在箱子里，将孩子放在纸箱里，裹上小被子，放在摇篮旁边。

阮啾啾再三确定孩子睡得很舒服，这才悻悻地坐在床边。

这究竟是怎样的爹、怎样的儿子？一个个都和正常人不一样。若是被人家看到他们家的孩子躺在纸箱里都能睡得这么舒服，指不定还以为她是个后妈。

这么一想，阮啾啾便更郁闷了。

程隽没想那么多，挤在阮啾啾身旁，下巴蹭了蹭她的颈窝。阮啾啾被蹭得有些痒痒，忍不住笑出声来。

他吻住了她柔软的唇。

为了不吵醒孩子，阮啾啾全程憋着声音，忍得很辛苦。房间里响起两人略显粗重的呼吸声，阮啾啾软成一摊水，任由程隽在她身上作恶。她的身体极为敏感，没折腾多久她就想求饶，却怎么也推不开压在身上的男人。

这一夜，阮啾啾久违地被吃干抹净，硬生生折腾到半夜，偏偏程隽还一副精力充沛的样子，拉着她的手想继续。

阮啾啾只得求饶，许诺诸多不平等条约，程隽终于答应，亲了亲她的鼻尖，将她抱在怀里睡觉。

　　不知道程隽是怎么跟保姆说的，保姆下午才过来，好让阮啾啾不至于那么狼狈。孩子白天清醒着，睡在摇篮里也不哭了，双目亮晶晶的，就像是两颗宝石。阮啾啾拿小玩具逗他，逗得孩子咯咯地笑出声。

　　母子亲近的场面如此和谐，程隽在一旁注视着，目光不自觉地柔和下来，忽然觉得有孩子也不是什么坏事。

　　阮啾啾招呼他："快过来，看他笑得多开心。"

　　程隽走过去，俯身望着摇篮里白白嫩嫩的婴儿。孩子的五官渐渐长开了，依稀能看出精致的五官轮廓，不论是像阮啾啾还是像程隽，以后这孩子必定是个祸国殃民的好坏子。

　　孩子朝着程隽笑，一双笑眼弯弯的，让程隽立即联想到了阮啾啾笑起来时的动人模样。

　　程隽伸出手，摸了摸孩子柔软的小脸。

　　方才还笑呵呵的婴儿瞬间撇嘴，吭哧吭哧地哭起来。

　　程隽："……"

　　阮啾啾眼睁睁地看着他拿起纸箱子："你要干吗？"

　　程隽："找个好人家。"

　　虽然程隽每次都只是咋呼，但阮啾啾真怕他哪天被惹生气，真的把孩子给送走。父子俩好像天生不对盘，孩子见她总是咧着嘴笑，但见到程隽总是晴转阴，不过几秒就哇哇大哭，真不知道两人上辈子是什么关系，才有了这样一段孽缘。

　　每每见到程隽拿着纸箱子，满脸不痛快，阮啾啾便有些哭笑不得。偏偏孩子见到纸箱子还兴奋得不行，就像是见到了亲人。

　　程隽更不高兴了。

　　这导致夫妻两人差点儿忘记起名字的事情。

　　阮啾啾把自己想的名字一一罗列了出来，非要让程隽也想几个名字。程隽坐在沙发上吃葡萄，慢吞吞地道："我觉得……"

　　"不许你说程秀！"

程隽："哦。"

阮啾啾看着自己列出来的几个名字，总觉得太过文雅秀气。她希望孩子以后活泼好动，别像程隽一样总是闷着，还是开朗一点儿的性格更好。

程隽看了一眼纸张上的一排排名字，给出提议："点兵点将？"

阮啾啾："请你不要如此随便。"

哪有点兵点将地选孩子的名字的，也就程隽能想出这方法了。

两人坐在沙发上沉思片刻后，程隽打了个响指："有了。"

阮啾啾眼睛一亮："什么？"

"程乐多，寓意快乐多多。"

阮啾啾："……"

程隽疑惑地看着她。

她阴恻恻地将死亡凝视投向程隽，没好气地说道："别以为我不知道，你是想到了养乐多。我还叫程哈哈呢，岂不是更快乐？"

程隽依旧淡定："这个名字也不错。"

"……"

她真是要被气到无力了。

两人想了许久，都没能想出足够满意的名字。思来想去，两人觉得还不如程隽的程乐多听得顺口又好记，但是这个名字实在是太过随意，其他人听到恐怕都会联想到养乐多。

阮啾啾可不想孩子以后上学，所有人都揪着他的名字开玩笑。

她在学生时期就因为名字被起过许许多多的外号，有的恶意的外号也曾让阮啾啾伤心，所以孩子的名字一定不能像她一样起得太过直白。

又是一阵讨论之后，终于，两人决定了最终的名字。

他们把"多"换成了"铎"，天将以夫子为木铎，有警醒正音之意，有寓意又好记。

于是，程乐铎，就这样在父母的精心呵护中，渐渐长大了。

幼儿园开园的第一个月。

　　如果要说谁是幼儿园里最幸福的小孩，大家一定会指向程乐铎小朋友。

　　程乐铎有世界上最好看的爸爸妈妈，这是大家在上学第一天就公认的事实。大家彼此不熟悉，而程乐铎在不认识的人面前都装得很酷，酷哥劲儿十足，惹得幼儿园的老师们喜欢得不得了，然而，大家都不知道的是，为了不去幼儿园，程乐铎小朋友在前一天晚上还哭得上气不接下气，用撒娇、卖惨、绝食的行为企图让妈妈回心转意。

　　他一想到一整天都看不到阮啾啾，就哭得更厉害了。

　　程乐铎非常非常黏阮啾啾，经常在程隽抱着阮啾啾的时候哭哭啼啼，仿佛自己的家园被侵占了一样。偏偏阮啾啾还总是站在孩子那一边，程隽数次想给顾游打电话，让他把这只崽子拎过去，跟顾游家的双胞胎做伴去。

　　阮啾啾安慰半天，绞尽脑汁才让程乐铎渐渐安静下来。他委屈巴巴地擦了擦眼泪，心里知道卖惨是不能让阮啾啾心软了。

　　相比之下，身为父亲的程隽表面上什么也没说，转过头就在部门员工的群里发了几个超级大红包。

　　大家抢到红包乐开了花，虽然不知道是因为什么事，有钱人的快乐大概是他们想象不到的，心情好不好都能随意撒红包玩。

　　谁都没想到，第二天许多小朋友带着自己喜欢的小玩具去找程乐铎，用自己心爱的玩具求他换一天爸爸妈妈。

　　比起在家里的软包子样，程乐铎小朋友酷酷地坐在椅子上，一副对大家爱搭不理的模样，一个玩具都不要。

　　大家羡慕极了，以为他一定有数不清的玩具，才会对大家手中的宝贝不感兴趣。在他们心中，程乐铎有城堡那么大的家，有私人游乐场，有堆成山的玩具。有的孩子更是小声对其他人说，爸爸妈妈说程乐铎和王子一样有小钱钱。

　　于是，程乐铎便真的成了幼儿园里当之无愧的小王子。

　　他的年龄还很小，脸颊两侧的婴儿肥圆乎乎、肉嘟嘟的，让原本一双微挑的桃花眼反而多了几分天真可爱，不过三四岁他就已经初具俊美精致的长相。除去一双眼睛像妈妈，他其余的五官轮廓和程隽有七八成相似，阮啾啾曾经还拿出程隽当年的照片对比过，仿佛是小程崽自己拍下的照片。

每当程隽跟孩子坐在一起的时候，就像是一对精致的俄罗斯套娃，怎么看怎么可爱。

阮啾啾为了记录一些有趣的琐事，开了个微博小号把父子俩的日常画成了四格漫画，没想到漫画竟然一炮而红。

至于程隽干过哪些过分的事情——阮啾啾可以微笑着拍胸脯表示，多到令人难以想象。

时间回到两年前的某一天。

阮啾啾出去逛街，只剩下程隽在家里带孩子。

几个月大的孩子刚刚会爬，但是只会倒爬，像老鼠似的刺溜着后退，还爬得挺快。程隽一个不留神，孩子就卡在沙发底下，哇地哭起来。程隽从沙发底下将孩子抱出来放在小纸箱里，没过一会儿孩子又爬到茶几底下，卡在茶几底下出不来了。

程隽面无表情地抱起孩子放在纸箱里，已隐隐有暴走的迹象。

"不许乱爬。"他指着孩子警告，也不知道对方有没有听懂。

过了一会儿，程隽含着棒棒糖过来看一眼，孩子安详地躺在纸箱里，眨巴着大眼睛，炯炯有神地盯着他手中的棒棒糖。

孩子露出渴望的眼神，伸长了手，试图抓住程隽的棒棒糖，眼看吃不到，吭哧吭哧地又要哭了。

程隽陷入了沉思。

棒棒糖已经被吃光了，只剩下口中没多少的这么点儿，给小孩吃太不卫生。程隽站在原地，不过片刻就想到一个绝佳的办法。

待到阮啾啾回来的时候，拎着大包小包的东西，程隽帮她接过包，阮啾啾问道："对了，宝宝呢？"

"在纸箱子里。"

阮啾啾："……"

纸箱子已经成为小程的第二个家,拦都拦不住,她也渐渐习惯了。

待到她身上的寒气散了散，她洗了手，过去要抱孩子，却看到

617

程乐铎躺在纸箱子里，抱着一根一次性筷子咬个不停，口水糊得到处都是，还一副津津有味的样子。

这场景，要多凄凉有多凄凉。

阮啾啾冷着脸，让程隽给一个解释。

程隽理不直气却壮地道："筷子上面蘸了蜂蜜，又甜又健康。"

"……"

这件事的直接后果便是，程隽吃了一个星期的健康餐后，非常诚恳地反省自己错误的行为，并向阮啾啾保证再也不犯。

时间再回到一年前的某个晚上。

阮啾啾躺在床上睡得正熟，压根没有发现枕边人悄无声息地下了床，默默到了客厅，默默从几个隐秘的角落里揪出几袋零食，默默地坐在沙发上。他拿起一片薯片含在嘴里，企图使用软化战术，让阮啾啾听不到嚼薯片的咔嚓咔嚓的响声。

别说，这种偷偷摸摸吃零食的感觉，比正大光明地吃要美味多了。

沙发上还堆着几袋零食，他打算像往常一样悄悄吃完，悄悄刷个牙，回到床上抱着阮啾啾继续睡觉。

这才是一个完美的晚上。

就在这时，漆黑的客厅中，程隽敏锐地捕捉到阮啾啾的房间的门被缓缓地打开一道缝。厚重的窗帘导致一丝光都透不进来，唯有阴森森的门缓慢地开启，令人不自觉地有些毛骨悚然。

程隽身体一僵。

在他凝固的目光中，一道扭曲的身影蠕动着，一步步爬出来，姿态极其怪异。

他爬到程隽面前，抬起头，望着程隽手里的零食，一张稚嫩的脸上写满了渴望："我也要吃。"

程隽断然拒绝道："不行。"

"不然我告诉妈妈。"

程隽："……"

从此，夜晚的零食大队从一个人变成两个人，成功添加一名新成员。

以上皆为程隽先生的口述。

在他口中，一名两岁左右的小孩子狡猾顽皮，诡计多端，一边威胁程隽要告阮啾啾，一边还会观察多方敌情，帮程隽隐瞒。现场抓包的阮啾啾黑着脸，瞪着一脸无辜的程隽，问："你觉得我相信你吗？"

程隽："你听我解释……"

他的话还没说完，软软嫩嫩的程乐铎抱住妈妈的腿，眼泪汪汪、奶声奶气地央求道："妈妈，抱抱！"

阮啾啾的心都要化了。

她本来是要批斗父子俩不应该大半夜吃零食，一个诱导一个从犯，谁也没好到哪里去。程乐铎这么一叫，阮啾啾便只剩下满心的疼爱，在他脸上吧唧吧唧亲了好几口，抱着儿子继续对程隽进行训斥。

程隽恹恹地低头认错，余光却瞟向程乐铎，眼神深沉。

受到惊吓的程乐铎一撇嘴道："爸爸凶我……"

阮啾啾柳眉竖起："程！隽！"

程隽："……"

他看到程乐铎歪在阮啾啾的怀里偷偷笑了。

父子两人本来不对盘，却在偷偷吃东西这件事情上达成一致。面对着两名吃货偷吃被抓时弱小可怜又无助的目光，阮啾啾真想离家出走算了。

她生气地换了衣服出门，走的时候还不忘拎着垃圾下楼，在门外晃悠了好几圈，忽然不知道该去哪儿，便在楼下的一家蛋糕店点餐，愤愤然地吃下两个小蛋糕。

一下午的时间飞快过去，阮啾啾一边生气一边给他们打包小蛋糕、蛋挞和奶油泡芙，生气地回了家。

她真没想到，几个小时里程隽竟然都没给她打电话！

程隽果然是狗男人！

　　阮啾啾走到楼底下，却看到有两个人坐在台阶上，一大一小。两人就像是被抛弃的流浪狗，仰起头眼巴巴地看着阮啾啾，一副不敢靠近怕阮啾啾生气的模样，让她的气瞬间消了大半。

　　阮啾啾强装冷硬地说："在楼下干什么，装可怜？"

　　程隽说："本来是打算去找你的，出门发现忘记拿手机。回去拿手机，发现没拿钥匙。"

　　阮啾啾："……"所以这俩货就硬生生地坐到现在吗？

　　她真是服了他们两个了。

　　程隽抱着已经睡着的小程，阮啾啾牵着程隽的手，一家三口上了楼梯。程隽静默片刻，说："我以为你不要我了。"

　　阮啾啾失笑道："怎么会。"

　　"但是一想到程乐铎还在，我就知道你肯定不会走。"

　　阮啾啾停顿在原地。她拽住程隽的手，两人站在楼梯上，四目相对，她无比认真地望着程隽，一双乌黑的眼眸里映着程隽的脸。

　　阮啾啾说："不论有没有小程，我都舍不得丢下你。"

　　即使结婚多年，程隽依然时而没有安全感，阮啾啾无比耐心地安抚着他的情绪，每一次都不例外。

　　听到阮啾啾的话，程隽心里一动，异样的光亮在他眼中闪烁着，他凑上去吻住了她的唇。

　　这一个吻温柔缱绻，缠绵悱恻。

　　如果不是程乐铎揉着眼睛迷迷糊糊地问好像闻到了小蛋糕的味道，程隽还能够让这个温存的吻停留更久的时间。

　　晚上，父子俩坐在沙发上吃小点心。程乐铎特别爱吃蛋挞，但从小父母教他的习惯便是不能抢着吃，要适度地跟大家分享，还要感谢为他带来美食的人。他吧唧地亲了一口阮啾啾，声音软糯地说："妈妈，谢谢您！"

　　阮啾啾连忙吧唧一下亲回去，将小面团子搂在怀里揉搓一番，这才心满意足地把他松开。

　　程隽学得有模有样，凑上前说："啾啾，谢谢你。"他耐心地等待着，就像是在等一样奖品，就差把一张好看的脸凑到阮啾啾的唇上。

阮啾啾："……"

她好笑地亲了亲程隽的脸颊，被他这副有些可爱的样子逗乐了。

程隽嘴上说着不喜欢程乐铎吃他的东西，却等着程乐铎把喜欢吃的小糕点吃了个遍，肚子浑圆之后，这才处理剩下的食物。

"啊，对了。"阮啾啾说，"我明天工作室有事，去不了幼儿园，幼儿园要举办一个亲子活动，你去参加吧。"

程隽还没有参加过亲子活动，愣了一下，望向阮啾啾。

上一次的亲子活动，程隽正忙着加班，临时堵车没能去成，当时似乎跟阮啾啾说好，下一次让他去。

程隽陷入了沉思。

阮啾啾："你别想找理由，想都别想。"

程隽："啊，被看穿了。"

她跟程隽在一起这么多年，怎么可能不知道他在想什么！

阮啾啾幽幽地说道："而且，我劝你做好准备哦。"

程隽："……"

"幼儿园里的所有小女生，都想做他的女朋友。"

程隽："……"

翌日，父子两人头顶着阴云，一个坐在驾驶座上开车，一个坐在后排座位上，两人凝重而又郁闷的表情异常同步。

程乐铎面对程隽就没有软面团的劲儿，满脸写着无情冷酷："我想要妈妈陪我。"

程隽一手扶着方向盘，慢悠悠地说："你以为我不想？"

程乐铎："……"

程隽："……"

果然，两个男人之间没什么话可说。

父子两人的出现在幼儿园造成了轰动，隔壁班的小女孩都拉着爸妈要过来玩，几个老师面对程隽也不禁害羞地红了脸，回过神来连忙劝各位家长领着孩子回到自己的班级。

千辛万苦，老师终于组织好纪律。

罪魁祸首父子俩之间还弥漫着一种不可说的尴尬气氛，直到开始组织比赛，能稍微自由活动，程隽坐在椅子上发呆，程乐铎则是在老师的通知下不情不愿地准备比赛项目。

这时，几个小女孩怯生生地走上前，望着程隽，害羞地说道："公公，婆婆去哪里了？"

程隽："……"

像是意识到他有些蒙，几个小女孩叽叽喳喳一番，红着小脸蛋说："没事，请您原谅我们的唐突。以后还请多多关照。"

程隽："……"

待到几人一走，程隽立即给阮啾啾发信息。

程隽："我想早退。"

阮啾啾回复得很快："你试试！"

程隽："……"

程乐铎满脸写着不高兴。本来应该是他和阮啾啾一起参加的趣味项目，现在倒好，期待都落空。他不太高兴地到了程隽面前，说："等会儿你要抱着我折返跑，把气球踩破。"

程隽啧了一声，比程乐铎还不耐烦。

他下意识地想拒绝，脑海里却浮现阮啾啾怒气冲冲的模样，话到嘴边又咽了下去。程隽一手插在口袋里站起身来："走吧。"

程乐铎："不许消极面对比赛，会很丢人的。"

竟然被小崽子戳中心事的程隽慢吞吞地瞟了他一眼，决定在黑名单里再给程乐铎记一笔。

比赛需要抱着孩子折返跑回到原地，把脚上绑着的气球踩破，要求跑的时候不能踩到气球。

别人家家长都是把孩子抱在怀里，程隽这一对父子异常奇葩突出。程隽就像扛大米似的把程乐铎一手扛在肩膀上，尽管这样的姿势不太美妙，但两人的存在依然引起大家的热烈反响，就连对手家庭也忍不住给他们鼓掌欢呼，差点儿忘记自己还在比赛。

角落里传来小女生的尖叫。

"啊啊啊——老公加油！公公加油！"

"我们家乐铎太帅了吧！"

一瞬间，仿佛整个幼儿园都变成了他们两人的大型走秀舞台。

程隽："……"

程乐铎被扛在肩膀上，拒绝抱住程隽，一副酷哥的表情道："别惊讶，我有很多迷妹。"

话音刚落，裁判宣布比赛开始，程隽抱着程乐铎就向前跑去，身体的剧烈晃动吓得程乐铎小脸煞白，忙不迭地八爪鱼似的抱紧程隽，感受着身旁飞速掠过的风。

程隽半点儿没有含糊，折返跑，踩气球，动作迅速而利落，在一群小女生的尖叫声中拿到第一名的成绩。

程乐铎呆了。

他原以为程隽会慢吞吞地磨时间完成比赛，没想到程隽比他还尽心，居然拿到第一名。

程隽站在原地，深藏功与名。

如果不拿点儿证据回去给阮啾啾看，他极有可能上不了那张柔软的大床。他说赢比赛就是赢比赛，态度绝对不会含糊。

接下来的几个项目，程隽表现得都非常优秀。程乐铎配合着程隽，玩得满头大汗，却异常开心。

在一群迷妹的欢呼声中，两人回到车上，车门紧闭，把外界喧嚣的声音隔断。程乐铎抱着一堆奖品，嘴角微微翘起，别过脸望向窗外，故作老成地说："表现还不错。"

作为一名父亲，这一次程隽并没有说出一些奇怪的话。

他坐在驾驶座上片刻，说："想吃小蛋糕吗？"

程乐铎愣了愣，下意识地点头："好啊。"

程隽开着车，父子俩一路上安静无语。程乐铎大概是没想到程隽会主动邀请他，嘴角止不住地上扬，直到程隽把车停在路边。这家蛋糕店他们经常过来，距离家所在的地方不远，店里蛋糕卖得很好，下午的时候有一些种类就会断货。

程乐铎最爱吃杜果千层蛋糕，表面上很冷静，实则内心暗暗祈

623

祷着希望还有小蛋糕。

两人下了车，伴随着风铃响声进入店里，前面还有两个人在排队。

父子俩一出现便吸引了所有人的目光，众人窃窃私语，惊艳地打量着两人。店里的老板淡定多了，朝着两人微微一笑："您好，请问您需要什么？"

"我要……"

前面两人选择自己想吃的小蛋糕，没过多久，程隽两人身后又排了几个人，正好也是大人带着小孩。

程乐铎紧张地盯着保鲜柜里的杧果千层，只剩下最后一个，幸好前面的人都没有点这个蛋糕。

轮到程乐铎，他指着杧果千层："阿姨您好，我要这个。"他点了杧果千层，又点了几个小蛋糕，都是阮啾啾爱吃的，程隽站在一旁等着付钱。

就在这时，身后的小男孩发出哭哭啼啼的声音，指着程乐铎："我也要这个！"

"抱歉哦，只剩下最后一个了，想吃明天再来吧。"

小男孩比程乐铎的个头矮一些，听到自己要的小蛋糕没有了，坐在地上就开始哭，男孩的父母在原地手足无措。程乐铎望了望被打包的杧果千层，心中不舍，有些犹豫地望着对方。

"给我嘛、给我嘛！"大概是这么吵闹惯了，小男孩哭着嚷嚷起来，父母两人抱着希望看向程乐铎。

程乐铎抿着唇，决定还是把蛋糕让给对方好了。爸爸妈妈教过他，要和谐友爱，不能抢东西，要照顾比他年龄小的弟弟妹妹。

程乐铎将目光投向程隽。

程隽拎着一袋蛋糕，径直朝着玻璃门走去，头也不回地说道："走了。"

程乐铎一脸疑惑。

正在哭闹的小孩子愣了愣，哭得更厉害了。

孩子的父亲忍不住嘟囔了一句："当爸的都没有给孩子树立谦让的好榜样……"

程隽停住脚步，慢吞吞地侧过脸，瞥向他们。小男孩止住哭闹，期待地看着程隽朝他们走近，然后程隽钩住程乐铎的帽子，说："我怎么教你的？"

　　程乐铎茫然地眨巴着眼睛。

　　程隽低垂着眼眸，声音在寂静的蛋糕店里十分清晰，让在场的人都听得清清楚楚："即使有时没有谦让也不要觉得愧疚，你只不过是个小孩子。"

　　程隽的话已经说得够客气了。

　　他的意思分明是，都是差不多大的小孩，凭什么不礼让就是不懂事？他们算老几？

　　语毕，程隽钩着程乐铎的帽子，把他从蛋糕店里带出来，留下夫妻两人面面相觑，脸色漆黑如锅底。孩子还想继续哭闹，却不知道父母丢了人，心中正不痛快，他父亲拉住他就是几巴掌拍在他屁股上："怎么这么不懂事？一天就知道哭！"

　　孩子这一下真的是哇的一声开始号哭。

　　程隽和程乐铎上了车，程乐铎坐在后排座位上，还有些没回过神来。

　　程隽系上安全带，慢悠悠地说道："谦让是应该的，但是如果有人让你觉得不舒服，就没必要客气对待。"

　　程乐铎眼睛一亮，回答得异常干脆："我知道了！"

　　两人又沉默了一阵。

　　程隽说："我在学校赢得奖励的时候，我的母亲每次都会带我来买蛋糕。"

　　程乐铎小心翼翼地问："是奶奶吗？"

　　他不像别人家有奶奶和外婆，很小的时候便有懵懵懂懂的意识，知道她们是去了"另外一个世界"，因此，他不敢轻易地提起爸爸妈妈的爸爸妈妈。他想，没有家长的爸爸妈妈，一定过得很不容易。

　　程隽嗯了一声，说："你在学校要好好努力学习，但也要过得快乐。如果有烦恼可以向我倾诉。"

这句话，程隽从小到大听过无数遍。

他的脑海里还能浮现那张温柔的笑脸，母亲总是鼓励着他，每次听到这句话的时候程隽都异常满足。他想或许他也应该像母亲一样鼓励程乐铎。

程乐铎稚嫩的脸上写满了认真。

就像是程隽当初回应母亲一样，他点了点头，说："好。"

自从程乐铎小朋友能够单独睡觉之后，程隽的书房便被占领，改造成了程乐铎的房间，里面贴着各种奇奇怪怪的卡通贴纸。程隽每次进入程乐铎的房间，看着自己用了十几年的书房变成了这样，想揍程乐铎的心都有了。

程乐铎的房间里除了衣柜、书柜、玩具区、书桌之外，便是一张柔软的小床。

别看他外表如此冷酷，实则铺着小猪佩奇的床单。

最重要的是，床头还放着一个破破旧旧的小纸箱。每当程乐铎跟爸爸冷战不开心的时候，他就会委委屈屈地缩在小纸箱里，等着阮啾啾过来安慰他。

他把纸箱当作最重要的纪念品，每当问起阮啾啾为什么会有这样一个纸箱的时候，阮啾啾都哈哈笑着使劲儿亲他一下，说因为他是上天送来的加急快递，把纸箱子也留了下来。

程乐铎小朋友因此写了一篇稚嫩的文章，名字叫《爱像纸箱》，还拿了小学一年级征文比赛全市一等奖。

知道真相的阮啾啾竟无语凝噎。

程乐铎不知道，为什么每次叔叔阿姨来他们家的时候，都会对着墙上的奖状憋笑。尤其是涂叔叔，这么大年龄还一副不正经的样子，当了父亲却总是被温阿姨揍，让程乐铎忽然觉得，他的父亲相比之下还是有点儿地位的。

焦樊叔叔带着漂亮阿姨来过几回，他们来的次数最少，听说是定居在国外。

傅子澄叔叔依然没能脱单，每次聚会的时候都不能戳到他的伤心事，否则他一定会嗷呜嗷呜地哭。

程乐铎还见过顾游叔叔。

他总觉得爸爸不太喜欢顾游叔叔，但是顾游叔叔家的两个双胞胎小姐姐实在是太可爱了，单纯又好骗，心甘情愿地给程乐铎分享任何好吃好玩的东西。程乐铎一心只想要甜甜的糖果，对小女孩不感兴趣，她们说要一起过家家扮夫妻，他都冷酷地拒绝。

妈妈说他比爸爸还"狗"，这让程乐铎无法理解。

狗究竟是怎样一种形容呢？

一场大雪降临在这座钢铁丛林里，阮啾啾拉开窗帘的瞬间，刺目的雪白色令她下意识地眯起眼睛，不适地揉了揉："居然下雪了啊。"

话音刚落，她便听到客厅传来吧嗒吧嗒的脚步声，果然，程乐铎敲了敲门就冲了进来，朝着阮啾啾要抱抱。

程乐铎都是上小学的孩子了，回到家依然是奶声奶气的小面团。谁能拒绝这么一张好看的小脸蛋的哀求？阮啾啾将他抱在怀里，亲了亲他的脸，笑着说："睡好了？"

程乐铎赖在她的怀里，声音软软地说："妈妈，我们去堆雪人好不好？"

"好啊。我们先吃点儿东西再下去。"

程乐铎得到回应，留下吧唧一个吻，就高高兴兴、屁颠屁颠地去洗手间洗漱了。

躺在被窝里的程隽懒懒地坐直了身体，柔软的被子滑落，露出他赤裸的上半身，锁骨的位置还有阮啾啾留下的"小草莓"。阮啾啾看得一阵脸红心跳，走上前把衣服递给他："快穿上，别让孩子看到了。"

程隽顺手拽住她的手腕，把她拉到怀里。阮啾啾小声惊呼一声，面前的一张俊脸放大，程隽在她的唇上落下了温柔的吻。

"你还没有跟我说早安。"

"妈妈，我的……"

627

程乐铎的声音忽然响起，门被推开，阮啾啾下意识地把程隽按在被窝里埋住，但在程乐铎小朋友的眼中，妈妈把爸爸塞在被窝里，肯定是很生气要揍他。

程乐铎愣了愣，笑了："妈妈加油！"

他还是等会儿再过来吧。

阮啾啾目送着孩子远去："……"

闷在被窝里的程隽说："我觉得我们得换个大一点儿的房子了。"

阮啾啾："或许。"

这套房子已经容不得他们一家三口折腾了。

吃了早餐，他们裹得严严实实地下了楼。说是堆雪人，却发现雪不够多，堆出来的效果可能也不太好，程乐铎有些失望。为了逗他开心，阮啾啾砸过去一个小雪球，程乐铎啊地叫了一声，瞬间开心，把雪球砸回去。

两人一来一往玩得极为开心，半晌，阮啾啾玩得有些累了，坐在地上休息。

"你们俩也好好玩啊！"

程乐铎把希冀的目光投向程隽。

程隽的脸上没有多余的表情，他捡起地上的雪，握紧，朝着程乐铎砸了过去。程乐铎反应极快，躲过去后便也朝着程隽砸雪球，如此和谐的场面让阮啾啾幸福感爆棚。

她拿起手机记录下了这美好的瞬间。

恰好，程乐铎一个雪球砸到了程隽的衣服上，黑色的羽绒服上绽开白色的花，程乐铎高兴得咯咯地笑出声，打完就想跑。

程隽捏起了一团雪。

在阮啾啾的手机镜头中，程隽的雪球精准地砸了过去，啪的一声砸中程乐铎的后脑勺。就像断了线的风筝，方才还欢乐地奔跑的程乐铎小朋友失了力，一头栽在雪堆里。

程乐铎，扑街。

程隽："我赢了，游戏结束。"

举着手机的阮啾啾："……"

她就知道程隽干不出什么好事来！

一家三口回到家中，换了衣服，程乐铎掐着点打开电视，伴随着熟悉的音乐，动画片开播。阮啾啾不知道的是，程乐铎虽然表面上不说什么，但每当同学们讨论最爱看的一部动画片，并且买了很多动画周边的时候，他心中都充满了骄傲。

这是他的妈妈参与制作的动画片！他还有独家版的签名画报！

在程乐铎心目中，妈妈画画超级棒，妈妈做饭最好吃，妈妈是全世界最漂亮的女人，妈妈无所不能。

至于程隽，哦，他只是一个有点儿钱的男人。

外界都说嘉澄的老板有多么厉害，大家有多么仰慕程乐铎的父亲，他眼里却只看到程隽每天跟在阮啾啾身后，就像条大型金毛似的求抚摸，一点儿都没有男子汉的样子！

程乐铎一边这样想着，一边奶声奶气地让阮啾啾亲亲他。

男子汉的尊严先放到一边，等会儿他就拿起来！他，说到做到！

程隽在一旁投来死亡凝视。

果然是学校的作业不够多。

程乐铎过生日的时候，叔叔阿姨都来给他庆祝。阮啾啾订了超级大的蛋糕，做了一桌好菜。这么多年过去，蹭饭的人口数量急剧增长，家里已经快要容不下他们。

切了蛋糕，阮啾啾忽然感觉胃有点儿恶心，对着蛋糕干呕了一声。

程隽反应极快地问道："怎么了，不舒服？"

"我不知道……"

身旁的温茜眼神诡异地问道："你该不会——"又怀孕了吧？！

阮啾啾冷静思考片刻，才发现她好像的确好长时间没来例假了，不知道避孕环节在哪一步出了问题。

她抬起头，紧张却又期待地望向程隽。

程隽呆愣在原地："……"

半晌，他迟钝地开口道："换房子吧。"

怀第一胎的时候，阮啾啾浑身不舒服，也算是吃了不少苦头，待到怀第二胎的时候，不仅什么反应都没有，吃好喝好，精精神神，灵感还来得快。

老孟还开玩笑，说是缪斯投胎到阮啾啾肚子里了。

程乐铎乖巧地坐在阮啾啾身旁，摸了摸她柔软的肚子，问道："妈妈，会是弟弟还是妹妹？"

"不知道呢。"阮啾啾笑眯眯地将他搂在怀里，"那我们的小可爱想要弟弟还是妹妹呀？"

程乐铎和别的小朋友不同。对妈妈生二胎这件事，他相当有自己的意见和看法。他端端正正地坐直了身体，仰着一张漂亮的小脸，认真地掰着手指头说："从理论上来说，是弟弟比较好。我淘汰的玩具可以给他玩，他惹我生气我就可以教训他，他还能在饭桌上分散爸爸的注意力，让爸爸忘记我不爱吃西蓝花的事实。"

阮啾啾的笑容凝固在嘴角："……"

这孩子的缺心眼，怎么和他爸一样？程乐铎是她看着一天天长大的，究竟是什么时候跑偏的呢？

"但是呢，我还是喜欢妹妹。"

程乐铎眼神深沉，语气带着一股哭劲儿："这个家的男人，两个就够多了。"

阮啾啾竟无言以对。

家里的小男人想得可以说是相当全面了。

不过，如果是她的话，肯定还是希望要个女孩子的，儿女双全，自然再好不过。当然，如果是个男孩子她一样喜欢。程乐铎是从小被阮啾啾疼爱着长大的，每天和缩小版的程隽黏黏糊糊亲亲热热，她怎么可能不心软？

幸好还有程隽唱黑脸，不至于让两个人都宠爱着孩子，当然再怎么宠爱也是有限度的，在这方面阮啾啾和程隽和谐地达成一致。

孩子需要正确的教育观念培养，才不至于长歪。不过程乐铎打小就懂事，现在上了学，成绩优异，兴趣爱好广泛，有教养、性格好，走到哪儿都受欢迎。

"妈妈你放心，不论是弟弟还是妹妹，我都会好好照顾的。我是大哥，要懂事。"他紧抿着唇半晌，又小心地补了一句，"但是妈妈一定要记得，我也是你的宝贝。"

孩子在外是懂事而又有礼貌的好学生，回家就是黏黏糊糊的撒娇包，程乐铎的这话一出，阮啾啾感觉心都要化了。

阮啾啾捧着程乐铎小朋友的脸，使劲儿亲了一口："我怎么可能会冷落你呢，小傻瓜。"

得到承诺的程乐铎心满意足，高高兴兴地回房间做题去了。

倚在书房门口，幽幽地凝视着母子俩互动半晌的程隽深感自己才是那个真正失宠的人。阮啾啾全程没发现他的存在，让他无比失落。

阮啾啾这才注意到程隽，看着他一副可怜巴巴的样子，觉得有些好笑："怎么啦？"

程隽走到她面前，将脸凑过去。

阮啾啾满脸疑惑地看着他。

程隽理不直气却壮地道："我也是你的宝贝。"

阮啾啾："……"

都三十多岁的男人了，是怎么好意思说出这句话来的？

家里的孩子都不带程隽这样吃醋的，阮啾啾又好笑又想捶他。程隽软磨硬泡终于得到阮啾啾的吻，最终心满意足地把她抱在怀里。

阮啾啾说："别闹，我今天还有工作要做。"

"肚子都这么大了，别工作太久，还是好好休息吧。"

"没事，孩子听话得很。"

倒是家里的大孩子令人操心。

心里没数的程隽当然没能意识到阮啾啾的话外之意。他抱着阮啾啾不撒手，说："房子已经布置好了，明天过去看一眼吧。"

"好。"

虽然阮啾啾也已经把这个老房子当作家，但是第二个孩子生出来之后这里就会更加拥挤，再加上小区安保措施并不是很好，不管出于哪方面顾虑，他们都得换个新家了。

相对于阮啾啾的依依不舍，程隽看得更开。以前他把这栋房子当作自己的家，是因为对家的记忆只有这栋房子能给予他。现在就不一样了，阮啾啾和孩子所在的地方，就是他的家。

阮啾啾望着客厅的背景墙，说："我们以后会经常回来的。"

程隽将她耳旁的碎发别在耳后，在她的脸颊上印下一吻，声音轻柔地道："好。"

在阮啾啾挺着大肚子的时候，一家人搬进了新家。一开始别说阮啾啾，就连程乐铎都有些不习惯。房子太大，地方太安静，搬进来的前几天他还有些忧郁，好在很快调整好心情。

只因为他拥有了独立的卧室和书房，还有用来娱乐的游戏室。

也只有程隽才会放心地让程乐铎玩游戏。

程乐铎的自制力很好，程隽从来不担心这一问题。

一家人搬进来的第一个周末，大家就到他们家中来聚。这一回不用担心坐不下，大人小孩吵吵闹闹高高兴兴，瞬间给房子带来了烟火气息。

涂南的女儿是个话痨，比涂南的话还多，一见程乐铎就双眼放光，凑上去叽叽喳喳地说个没完，偏偏苹果小脸上带着纯真的笑，让人生不起气来，惹得程乐铎全程面无表情，拿她没办法。

安柔回国，焦樊陪着她一起过来，两人是丁克一族，对生孩子的话题说得头头是道。傅子澄更郁闷了，谈了几年的女朋友没有要结婚的意思，别说孩子，他可能一不小心真的要无性繁殖。

傅子澄的话一出来，众人纷纷乐得直拍腿。

别怪人家小姑娘不给他机会，傅子澄直男属性满点，小姑娘明示暗示让他求婚他却怎么都没弄懂，总在一些无关紧要的事情上抓瞎。

大家真是替他捏了一把汗。

阮啾啾听着他们的对话，坐在一旁面带微笑，轻轻抚摸着自己的肚子。

程隽从身后抱住她的腰："累了吗？要不要回房间休息？"

阮啾啾摇了摇头："不累。"

话是这么说，程隽却一直没松开手，就这么轻轻柔柔地抱着她，像是抱着最珍贵的珍宝。

两人享受着这一刻的美好时光，阮啾啾侧过脸，亲了亲他的脸颊，眼神如水般温柔缱绻："真好。"

她想，世间万物再如何变化，只要他们都在，她就无所畏惧。

三年后。

程隽倚在床边，给孩子讲睡前故事。

程乐曼眨巴着圆溜溜的大眼睛，扎着两个小辫儿，可爱得紧，让人看着就忍不住想亲亲抱抱。

今天讲的是《小王子》，程乐铎在一旁凑热闹，问："爸爸，每个小王子都会遇到自己的玫瑰花吗？"

程隽思索片刻，嗯了一声。

"可是玫瑰花敏感又容易生气，肯定会让人觉得烦恼。"

倚在门边的阮啾啾笑眯眯地望着程隽，看他如何处理孩子的问题。程乐曼虽然不太懂，但也跟着胡乱点头。

程隽缓缓地开口道："那朵玫瑰有可能会敏感、容易生气，还会让你体会到痛苦的滋味。但是她也会带给你欢乐和幸福，会带给你独处时永远体会不到的满足感。世间存在万千朵玫瑰，有那么一朵是独属于你的、独一无二的玫瑰。当你遇到她，一定要小心呵护。"

程乐铎听得入了神："真的会有这样的玫瑰吗？"

程隽合上书，和阮啾啾四目相对，眼神温柔。

"会有的。"

并且她是以一种猝不及防的方式闯入他的生活的。

从此，他的一生都和她牢牢地捆绑在一起。

他甘之如饴。